小説「聖書」

使徒行伝

Walter Wangerin
ウォルター・ワンゲリン 著

Akiko Nakamura
仲村明子 訳

徳間書店

PAUL : A NOVEL
by
Walter Wangerin

ソノーラ州カボールカに近い
メキシコ西岸、ペスカドールに住む
わが兄弟、フェリペ・ワンゲリンに

CONTENTS

目　次

〔紀元一世紀の地図〕

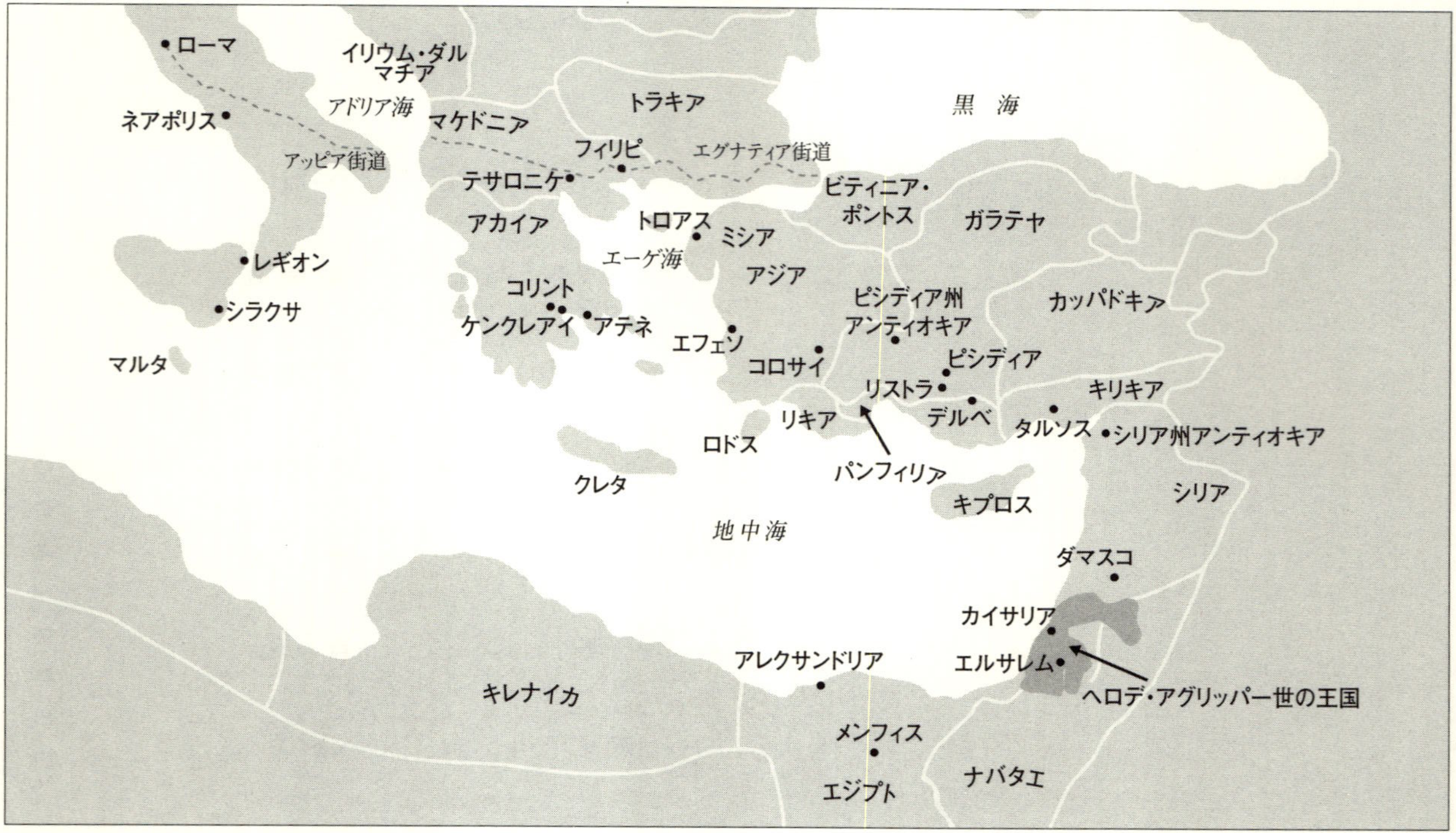
ローマ
イリウム・ダルマチア
ネアポリス
アドリア海
アッピア街道
マケドニア
トラキア
黒 海
フィリピ
エグナティア街道
テサロニケ
ビティニア・ポントス
アカイア
トロアス
ミシア
ガラテヤ
レギオン
エーゲ海
アジア
コリント
ピシディア州アンティオキア
カッパドキア
シラクサ
ケンクレアイ
アテネ
エフェソ
コロサイ
ピシディア
マルタ
リストラ
キリキア
リキア
デルベ
タルソス
シリア州アンティオキア
ロドス
パンフィリア
クレタ
シリア
キプロス
地中海
ダマスコ
カイサリア
エルサレム
ヘロデ・アグリッパ一世の王国
アレクサンドリア
キレナイカ
メンフィス
ナバタエ
エジプト

一世紀のローマ皇帝

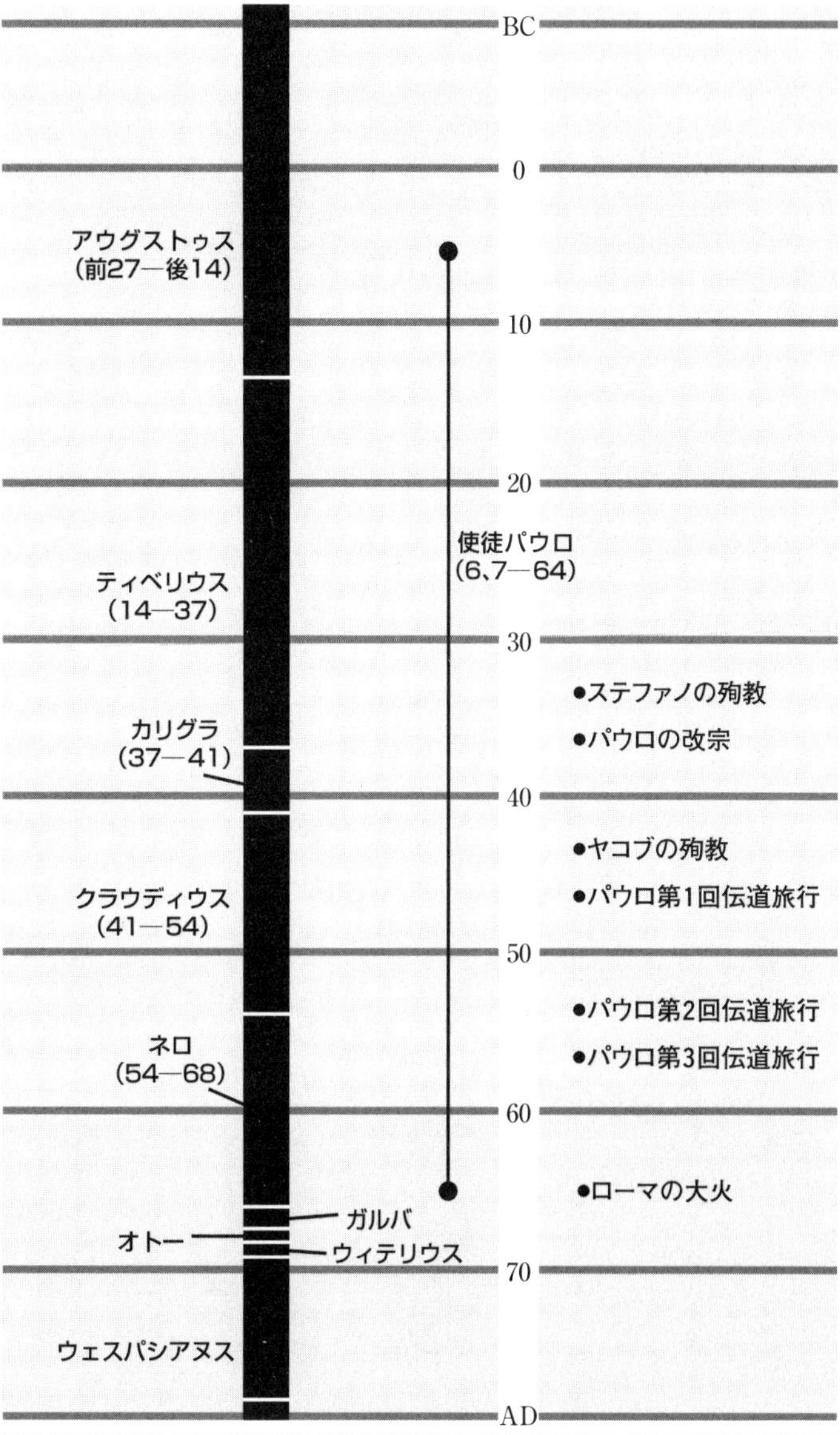
BC
0
10
20
30
40
50
60
70
AD
アウグストゥス
(前27—後14)
ティベリウス
(14—37)
カリグラ
(37—41)
クラウディウス
(41—54)
ネロ
(54—68)
ガルバ
オトー
ウィテリウス
ウェスパシアヌス
使徒パウロ
(6,7—64)
●ステファノの殉教
●パウロの改宗
●ヤコブの殉教
●パウロ第1回伝道旅行
●パウロ第2回伝道旅行
●パウロ第3回伝道旅行
●ローマの大火

カバーデザイン／熊澤正人
カバーイラスト／高橋常政

プロローグ

コリント

ローマ
イリウム・ダルマチア
アドリア海
ネアポリス
アッピア街道
マケドニア
トラキア
フィリピ
エグナティア街道
テサロニケ
アカイア
トロアス
ミシア
エーゲ海
レギオン
アジア
コリント
シラクサ
ケンクレアイ
アテネ
エフェソ
コロサイ
マルタ
リキア
ロドス
クレタ
地中海

◆

プリスカ Prisca

1

朝、「声」がしました。しめった空気のなかをやってくる「声」は、風になびく長い旗のようでした。〔エウカリストーメン〕そしてまた言います。〔トー　テオー　パントテ　ペリ　パントーン　フモーン……〕

そのきわだった「声」は町からやってくるのですが、ここにいるわたしの耳のなかにとどまり、遠くからのびてきた針糸の先のように刺すのです。〔ムネイアン　ポイウーメノイ　エピ　トーン　プロデウコーン　ヘーモーン……〕

言葉がききとれるまえから、その「声」に耳を刺激され、それにひかれるようにしてわたしは家を出て町にむかいました。

その日は市場へ行くつもりはありませんでした。夫のアキラはすでにそこにいて、仕上げた商品――三張りのテントを、朝日のまぶしく照りつける市場の、西側にある店に納めていました。夫は必要なものを手にいれて、早くもどるつもりでした。ほかに市場に用はありませんでしたから。わたしは家で、自分のあつかう手仕事をのせた作業台のまえにすわり、一人でも二人でも客があればいいと考えていました。

革の上にかがみこんで、丸い刃のついた刃物で裁断していました。髪をうしろで束ね、そこにはだれもいなかったので話をすることもありませんでした。

四週間まえ、冬の嵐がおさまってからはじめての船でとどいた手紙には、母が死んだという知らせがありました。「心痛のためだ。おまえがお母さんをローマに一人のこして、去っていってから、十日もしないうちに」と父は書いてきました。ほんとうに、わたしは一人きりでした。知らせは六カ月おくれのものでした。でも悲しみがやってきてからはまだ四週間です。

そのときわたしは、縁縫いや継ぎあてにつかうためのじょうぶな切れ端がとれるように、丸刃の刃物で革の目に沿って裁断しているところで、わたしの背骨の右上はもう痛みだしていました。そのとき、回転する砥石《といし》にあてた刃物が火花を発するように――その「声」がしたのです。

　すぐに気づいたわけではありません。それまで蚊がうなっているのに気づかなかったのに、ちょっとその音が変化するとそれに気づくようなものです。

　つまり、「声」の音はすこし高くなったのですが、それはやかましいというのではなく、きわだっているのです――それで気づいたわけです。

　今、朝の市場は人の騒音でわきかえっています。市場までつづく石の道路には空《から》の荷車が音をたてて跳ね、雄牛は重い足音をひびかせ、石工《いしく》は槌《つち》で石をととのえ、人びとは自分たちの商品を売りこんでいます。非番の兵士はだれもが笑い、騒々しく、子どもははしゃぎ、物乞いたちはたくましい肺で自分たちのみじめさをあわれっぽくなげいています。物乞いの何人かは金持ちの富を非難する哲学者で、ほかにもいる哲学に関心をもつ者たちは、たのまれもしないのに立ち上がり、自信たっぷりに一本調子の講義をきかせています。買い物に来た貴婦人は、荷物もちの奴隷たちをはべらせ、男たちは柱廊の下で政府や競技会のうわさ話をし、わたしたちのきらいな犬が吠えても、それでもなお――雑踏の上にそびえるオベリスクのように、「声」はわきあがってくるのです。大きい声ではありません。大きくはないけれど、それだけがくっきりと、きわだっているのです。

　もしそれが「耳にここちよい」声だったら、朝の騒音のなかにききのがしてしまったでしょう。

　また、あのように尊大で、ひときわ高い鼻声でなかったら、無視していたでしょう。

　あるいは、それがやんでいたら。

　だから、わたしは革を一枚裁断しおえるまえに歩きだしていました。頭をおおうこともわすれて、市場への階段をおりていったのです。声をたどって。熱心な耳にみちびかれるままに。


　それは、わたしたちがコリントに来てからまだ六カ月もたたない、秋から冬を越して春をむかえたころのことでした。

　ローマにいたわたしたちに危険がせまっていたため、冬の嵐に海路をとざされてしまうまえに、取るものも取りあえず、わたしたちは二人きりで、東へと海をわたってきたのです。それよりしかたがありませんでした。皇帝の命令によって追放され、わたしたちは着の身着のまま、逃げるようにしてローマを出てきたのです。

「わたしたち」と言っても、夫とわたしのことです。まるでわたしたちがえらい人物のように言ってしまいましたが――いったい、ティトゥス・クラウディウス・カエサル・アウグストゥス・ゲルマニクスが、パラティヌスの丘から下をみて、二人のユダヤ人をつまみあげ、世界一の都市からわざわざ追いだすようなことをするでしょうか。

ここがみえれば、わたしが笑っているのがわかるでしょう。わたしたちが重要な人物だなんて、とんでもないことですから。わたしたちはユダヤ人、それだけ言えば十分ではないでしょうか。疑念にとりつかれた皇帝の国にいるユダヤ人が、吐きだされたのです。あるいは権力者の夜の宴会のために、タールにひたされ、燃えあがるたいまつとしてかかげられたのです。

いいえ、ごめんなさい。こんな皮肉を言って。でもこれだけではないのです。

そのころクラウディウス帝は、ローマのむかしからの宗教を復活させようとしていました。彼はしるしと奇跡を目撃したからです。ユリウス・カエサルさえ征服することができなかった白い北の島を、彼の四つの軍団がついに侵略したのです――軍団は自分の神々とともに侵略したと、皇帝は言いました。だから、ローマ市民のだれもが、その神々を礼拝しなければならないというのです。

そこでクラウディウス帝はローマの建国八百年を祝う厳粛な祝典の開催を命じ、みずからがその監督となりました。それは数々の競技や試合がおこなわれ、栄誉と栄冠がかけられた非常に大がかりな、百年に一度の競技祭《ルーディー・サエクラーレース》でした。

そんなことではわたしたちに影響はなかったのですが、皇帝がつぎにしたことは、ポーメーリウムを拡大することでした。ポーメーリウムとは、古代ローマのもっとも古い境界のことです。つまり、ローマの神々だけが礼拝され、みとめられる「本来の」町のまわりをめぐる想像上の円のことです。しかしアキラとわたしは、ポーメーリウムのそとにただ一つある丘、アウェンティヌスにある会堂に属しておりました。すぐにその丘と会堂はその境界内に入るようになり、わたしたちの会堂は解散するか、移動するしかなくなったのでした。

そのときの騒ぎといったら、まるでアリ塚をけとばしたようでした。ひそんでいたものがいっせいに日の光のなかへ投げだされ、わたしたちの社会の内部だけにとどまっていた緊張は、世間に知れわたるところとなり、皇帝はそれに反応したのです。

わたしたちユダヤ人社会の緊張は根深いものでした。ある人たちは、メシアは地上にやってきて、十字架上で死んで埋められたが、三日めによみがえったと信じておりました。この点で、父とわたしの意見は分かれたのです。父はほかの大勢の人たちと同じように、「神に油をそそがれた者」が死ぬとは信じられなかったのです。母はそのあいだで板ばさみになってしまいました。母の心はわたしたちのほうにありました。でも母の人生は夫とともにあったのです。

　といっても、このくいちがいだけで父とわたしのあいだが断絶し、会堂が分裂したわけではありません。長年にわたって、敬虔《けいけん》で正直な多くのユダヤ人たちは、ユダヤ人社会を分裂させることなしにいろいろなメシアを信じてきました。でも最近、ギリシア語を話すユダヤ人たちがローマにやってきて、このメシアによる救いは全世界的なものだと教えていたのです。なぜなら、彼の死によって、異邦人は信仰さえもてば、ユダヤ人と対等にされたのだから、と。

　会堂にいる、神をおそれる異邦人たちは、その教えをきいてよろこびました。

　でも指導者たちは侮辱を感じました。

　彼らはこう論じました。「わたしたちは何者なのか。わたしたちは神にえらばれた者なのだ。どこに住もうと、わたしたちはほかのどの民ともちがう聖なる民だ——そしてそのちがいのしるしは割礼《かつれい》だ。アブラハムの神がほんとうのメシアなら、その契約のしるしを取り消されるはずはない」と。

　布教に来たユダヤ人たちは、能弁をもってそれに答えました。すると会堂の指導者たちは論ずるのをやめ、命ずるようになりました。神がユダヤ人との契約をみすてるなどと教えるのは、冒瀆《ぼうとく》だと言うのです。「背教だ。律法にしたがわない者は去れ」と彼らは言いました。

　そのことが起きたのは、わたしたちがちょうどアウェンティヌスの丘にある会堂から追いだされたときでした。建物をうしなったため、その論争を内輪のものにしておくことができなくなりました。さらにまずいことに、わたしたちは自制もうしなってしまいました。すぐにユダヤ人は安息日に、おおやけの場所で争うようになりました。ユダヤ人がユダヤ人をなぐるのです。当局者がわたしたちに目をつけないわけはありません。

　そしてそれだけでは十分ではないかのように、布教に来たユダヤ人たちはローマの状況に無知でした。彼らの話に、皇帝も疑念をもつようになったのです。

　彼らは飢饉《ききん》を預言したからです。

　わたしたちは彼らにだまっているようにたのみました。

　それなのに彼らは立ち上がって、世界じゅうで穀物が不足すると、おそろしい託宣をつげました。

その言葉がいかに真実であろうとも、ほんとうにおろかな人たちです。クラウディウス帝は二つのことを心底おそれていたのですから。一つは、魔術、占い、占星術、預言、預言者といったものでした。つまり、政府を転覆させたり、皇帝を暗殺するために役立ちそうな、ひそやかな手段をきらっていたのです。

これは衆知のことでした。わたしたちは知っていました。みんなが知っていたのです。たとえば百年に一度の競技祭《ルーディー・サエクラーレース》の年、ペトラという市民は、銀貨がちりに変わる夢をみました。ペトラは奴隷でも異邦人でも、魔術師でもありません。ふつうのローマ市民でした。でも人びとは、彼の夢は国の金が価値をうしなうという預言だと考えました。そしてあわれなペトラがその夢をみたことを否定しないでいると、皇帝は彼の首を切ったのです。

「口をとじて、すわりなさい」と、わたしたちは同胞のおろかな預言者に言いました。「皇帝がいらだっているのがわからないのか」と。

そのころローマ人たちは、不吉な鳥が高い場所にとまり、上からカピトル神殿をにらみつけているのを気にするようになりました。たえまのない地震で家々が倒壊していることを、人びとはとりざたしました。

そして皇帝の二つめのおそれは、一つめよりたちの悪いものでした。国の基本的な機構がくずれ、全ローマ帝国が自分にはむかうかもしれないと思ったのです。なにしろ飢饉は想像もできないような災害です。皇帝でさえ命をおとすかもしれません。そしてすでにそのころ、市内では穀物が不足していたのでした。

実際にある朝、クラウディウス帝が大広場で判事席についていると、群衆が彼をとりかこんで、食料を要求したのです。わたしも人込みによってそちらのほうへ押されていきました。とつぜん群衆が大胆につめよったので、護衛が救出にかけつけるまで、クラウディウス帝は隅のほうまで追いやられていたほどです。

気の毒なクラウディウス帝。彼はみじめな姿をさらしてしまいました。細い脚に巨体をのせ、その腕と脚がずっとふるえているのです。頭はふらふらして、指はぴくついていました。口のなかの舌が長すぎて、話すことは不明瞭。尊厳などあったものではありません。無法者たちに命じることができないのです。大広場で人びとは彼をおどしました。一人になってから、皇帝はさぞ彼らをさげすんだことでしょう。

そのようなわけで、わたしたちユダヤ人の状況はこれ以上悪くなりようがないほどだったのです。わたしたちの宗教は、すでにローマの教師や作家たちにさげすまれていました――たとえば有名な哲学者のセネカは、それを迷信とよんでいましたし、ユダヤ人の会堂で起こった口論は町の当局者の注意をひき、飢饉の話は皇帝に血の凍る思いをさせました。だから意外だったわけではありません。ただそこを去らなければならないのが悲しかったのです。

　クラウディウス帝は治世八年めになると、「クリストゥス」にしたがう者と彼がよぶ、ことに手に負えないユダヤ人をローマから追放する布告を出しました。むろん、それはキリストの信者のことです。メシア、十字架にかけられた者、ナザレのイエス――その人をさした言葉です。

　アキラとわたしはそのイエスにしたがっておりました。わたしたちが重要な人物でないことはおわかりでしょう。わたしたちは口うるさくも、敵対的でも、好戦的でも、手に負えないわけでもありません。ただ信じることのうちにある何かによってかたくなになり、ローマを去る決心をしたのです。

　父はいっしょにのこるように、わたしたちに言いました。

「隠れているのですか」とわたしは言いました。

「血族がいっしょにいるためだ」父は言いました。

「わたしたちの主、メシアをこばむことはできません。それよりほかにないのです」

「いったいどんなメシアが家族を分けるというのか。どんなメシアが娘を父にはむかわせるのか」

「メシアがそうさせるのではありません、お父さん。これはローマ皇帝がしていることです」

　父はわたしに口づけしませんでした。声をかけることも。背をむけたまま去ってゆき、母をともなうこともしませんでした。父は一方へ、わたしたちはもう一方へと、永遠にわかれることになったのです。

　母はなすすべもなく、泣きながらわたしたちのあいだに立ちつくしておりました。

「お母さん、わたしたちといっしょに来てください」と、わたしは母の手をとって懇願しました。

　わたしがふれると、母はふるえました。そしてひざをつき、泣きながら床にくずおれました。でもわたしの切なる願いに母は応えてはくれませんでした。

　アキラとわたしは、二人だけでローマをたちました。東へむかうアッピア街道をいそぎ、冬の嵐が海路をふさぐまえにブリンディシを出る最後の船にのりこみました。そして寒い季節をむかえたコリントについたのです。

　南の丘陵地帯が最初にせりあがるところにある家に、わたしたちは二つの部屋をみつけました。そして町で商売をするために、市場の監督に税金を払いました。ローマと、危険をおかしてそこに住んでいる愛する者たちがなつかしくてたまらなかったのですが、わたしたちはここに落ちつきました。

〔ウー　テロメン　デ　フマス　アグノエイン　アデルフォイ　ペリ　トーン　コイモーメノーン……〕

「コイモーメノーン」という言葉から、わかってきました。今やわたしは耳をすましていました。石の階段をかけおりていきました。その意味を知りたくて、「声」が何を言っているのかを知りたくて。

くだっていくにつれ、風が新鮮になりました。空では、太陽の光とたなびく雲が戦っています。市場で、ちりがまいあがっています。そこにいる人たちの衣は風をはらんでふくれあがり、体にまとわりついています。人びとは散りはじめました。労働者たちは槌をかざして、空をあおぎました。

「コイモーメノーン」とは「眠りについた人たち」という意味です。でも「声」の調子は、それ以上のものを意味していました。「死の眠りを眠っている者たち」というような。「声」は言いました。「しかしあなたがたには、死の眠りを眠っている者たちについて、無知であってほしくない」

わたしはさわがしい市場のまんなかに立って左右をみわたし、そのみなもと、「声」のきこえてくる場所をさがそうとしました。

わかりました。北側にならぶ店のほう。店々の西の端、そこの柱廊の下です。そこでわたしはそちらの方向に、風にむかって頭をさげながら歩いていきました。

大きな水滴がちりのなかに落ちてきました。それからつむじ風が吹きつけてぱらぱらと雨をまきちらし、雨風がともに強まって、雨は人の肌に突き刺さるように降りました。人びとはおおいの下に逃げこみました。わたしの服はみるまにぬれて、脚にはりつきました。子どもたちはこわくもあり、うれしくもありで、はしゃいでおりました。それでも、「声」は耳にとまったコオロギのように、ずっときこえるのです。「……希望のない、ほかの者たちのように、あなたがたがなげき悲しまないように〔あなたがたがなげき悲しまないように〕

柱廊はこみあっていました。わたしのように小さな女でも、人の体のあいだに入りこむすきはほとんどありません。

するとそのとき怒りの声がきこえたので、わたしは思わずしりぞきました。「いやしい、こぎたない物乞いめ」

それから人の骨に木材が打ちつけられるにぶい音がして、

すぐに叫び声があがり、「声」はきこえなくなりました。でも人びとは怒りの声をあげていました。「アペレ、どうしたというのか」

「この男はうちの戸口をふさいでいるんだ」

「雨が降っているのだ。もうだれも商売をしていないではないか」

「物乞いめ。みすぼらしいユダヤ人め」

またなぐりつける音がして、人びとはざわめきました。

「出ていけ。アペレ、出ていくのだ。この怪物《エキドナ》をここから追いだせ」

ちょうどわたしのまえで人垣が割れ、そこから顔を先にして男がとびだしてきて、ぬれた地面にたおれこみ、長々と服をよごしました。彼は悪態をつきながら立ち上がると、南東のほうへ走りさっていきました。

それと同時に、わたしはすきまから人垣のなかに入りこみました――そして「声」がまた話しはじめると、それはもうわたしのまえにいる実際の人になっていました。

一人の男が話していました。「希望のない、ほかの者たちのように。そう書いたか?」

もう一人が「はい」と言いました。

最初の男はこう言ったのです。「エイ　ガル　ピステウオメン　ホティ　イエースース　アペタネン……イエスは死んでよみがえったと、わたしたちは信じています。神は同じように、イエスを信じて死の眠りについた者を……」

ああ、どうしたことでしょう。わたしの心臓が。だれも、わたしの体をどうこうしているわけでもないのに。柱廊の石の床に、小柄な男が脚を組んですわっていました。まわりには革の加工品がひろがり、道具と材料はその手もとに置かれています。

頭はとてつもなく大きく、ほっそりした首がささえるには重すぎるかのようにそれを指の上にかたむけ、頭のてっぺんの二箇所には血がにじんでいました。指がとぶようにうごいていました。「このことについて、主の言葉によってあなたがたに宣言する」と言いながら、その器用な指は二枚の革のあいだに伏せ縫いで、水もれのしない、しっかりした縫い目をつけているのです。

彼は言っていました。「……主の言葉にもとづいて。主が来られるまで生きのこるわたしたちが、眠りについた人たちより先になることは、けっしてありません」

そのときもう一人、男がみえました。ずっと若く、ハチミツ色の巻き毛をたらし、年上の男のほうをむいて同じように脚を組み、パピルス紙に速記のようなものですばやく書きつけているのです。言葉はうしなわれてしまうわけではなかったのです。暗記する必要はなかったのです。また読むことができるのですから。ああ、心臓が。

なぜなら、それは息がとまるような言葉だったからです――そのやせた男ではなく、「声」が、「声」そのものがそうさせるのです。

雨降りのこと、まわりにいるぬれたコリントの人びとのこと、しなければならない仕事のこと、夫のアキラがいないことなど――そのようなすべてのことが、わたしの頭から消えていました。この小柄な男だけになっていました。元気にとびたつ鳥のように、彼からわきあがる言葉があるだけです。その言葉だけが。

「合図の号令がかかり、大天使の声がきこえて、神のラッパが鳴りひびくと、主ご自身が天からくだってこられます」

そのように話しているあいだも、彼の指は縫いつづけ、その光景にわたしは笑いたいような、すすり泣きたいような気持ちになり、またそれを信じるような、おそれるような気持ちになりました。

なぜならイエスという名はやさしく、したしみのあるもので、ふたたび彼が来るという思いは、わたしのなかでしあわせな息吹《いぶき》のようにふくれあがり、あらゆることがすぐに正しくされるというよろこびが打ちつけて、心臓を高鳴らせたからです――しかし母はそのときどこにいるのでしょうか。そして母もその言葉をきくのでしょうか、神のラッパのまえでどう感じるのでしょうか。

「そしてキリストにむすばれて死んだ者は、まず最初に復活し」と、その大きな頭をした男が言うと、わたしは思わずひざまずいていました。彼はこう言っていたからです。「それからわたしたち生きのこっている者たちは――空の上で主と出会うために、彼らといっしょに雲につつまれて引き上げられます。このようにしてわたしたちはつねに主とともにいることになります。だからはげましあい――」

「いまいましいユダヤ人の虫けらよ。身分のある者のまえで、どうしてすわりつづけるのか」

急に雨降りの日にひきもどされました。わたしはいそいで立ち上がりました。書き物をしていた若者も立ち上がり、インクのつぼを落としました――でも年配の男は、あらたにやってきて話している者に、ただ顔を上げただけです。だれもがみな、やってきた人に場所をあけるためにしりぞきました。それは太った役人のような感じの男でした。そのうしろでは、靴職人のアペレが雨のしずくをしたたらせながらにらみつけ、くりかえし言っていました。「立て、ユダヤ人よ。エラストさまのまえで立たないか」

アペレのうしろには武器をおびた四人の兵士がひかえ、その役人の権威がほんとうの、現実のものであることをしめしていました。

　血色のいい大柄なエラストは、コリントの市場の監督で、アキラとわたしは六カ月まえ彼に税金を払っていました――そのエラストが言いました。「あなたにはわたしの立場がわかっていないらしい。そうでなければ、自分の立場がわかっていないらしい」

　すると小柄な男はにっこりしました。「わたしの立っている場所なら、このとおりですが」と、彼は組んだ脚をしめした。それは冗談でした。

　にっこりしても、彼の顔だちがましになるわけではありません。眉は黒々として濃く、あいだがつながっています。細いわし鼻をして、大きな顔についた目は縁が赤く、口はすばやくうごき、唇は赤くぬれていました。頭のてっぺんには血がにじみ、はえぎわにオレンジ色の虫のような形の傷があり、その顔にうかんだほほえみは、泥棒のもののようでした。

　その冗談も監督の気分をやわらげませんでした。

　エラストは言いました。「あなたは、靴職人のアペレにうったえられているのだ。わたしはあなたをこの市場からしめだすこともできる。だいいちあなたは、役所に登録さえしていない」

「何のために登録するのでしょうか」

「ここで商売するためだ」エラストは言いました。

「じつは」と、やせた男は言い、その声は鼻にかかって、ますます耳ざわりなものにきこえました。「わたしはここで商売をしているのではないのです」

　太ったエラストはおどろくほどすばやく手をのばし、革をつかみあげて、その縫い目を引き裂きました。「これが商売ではないというのか」

　小柄な男は立ち上がりました。「そのとおり、これは贈り物なのです。このテントは、ここにいる友人が旅をするときのためにつくっています」

　エラストは肥満した体を若い「友人」のほうにむけました。

「おまえの名前は」

「テモテです」

「筆記者のテモテか、おまえはこの男の言葉を書きとっているのか」

「はい」

「この男の言葉を書きとめて、どうしようというのか」

「手紙にします」

「なるほど。そしてその手紙を宛て先まで、だれがとどけるのか」

「わ、わ、わたしです」

「おまえが？　そうか、なるほど。おまえは善良で信頼できる労働者だからな。そしてテモテよ、いったいだれにとどけるのか。それには何日かかるのか。いく晩をすごさなければならないのか」

「テサロニケです。十四日の夜をすごすことになります」

「十四日の夜を星の下ですごすのか」

「いいえ」

「では何の下だ、テモテ。どんなおおいの下で休むのか。筆記者のテモテよ」

「テントの下です」

「そうか。そのテントはだれがつくったものか」

「このかた。パウロです」

「そしてそのテントはだれがおまえにあたえたのか、テモテ」

「パウロです」

「きいてくれ」エラストは、まわりに立っている人たちにむかって声をあげました。「筆記者は革職人に二つのものをあたえる。書きとったものと、テサロニケにそれをとどけ、読みあげてからもどってくるまでに要する四週間だ。それにたいして革職人は、筆記者にテントをあたえる。これを何とよぶか」

「交換だ」とアペレは大声で言いました。

「そして交換とは?」エラストはザクロのように真っ赤な顔をしてよびかけました。

「商売、商売だ」

　パウロとテモテの二人には、その意見も重要なことには感じられないようでした。

　エラストは小さな男のほうへむきなおり、ぷっくりした手を、手のひらを上にしてさしだしました。「さあ、たったいま自分から市場の税金を払うか、さもなくば兵士たちがあなたの尻から皮をはぐかだ」

　あたりはしずまりかえりました。柱廊のひさしからのびる樋《とい》に雨水がながれ、下のぬかるみにいきおいよく落ちていきます。パウロという男はだまったままほほえみ、細くまがった脚をわずかにゆらしています。支払うことも、抗弁することも、何もしないつもりのようでした。

　靴職人のアペレはかん高い声をあげました。「切れ、この男から皮を切りおとせ」

　市場の監督は肩をすぼめました。空の手をひっこめ、うしろにいる兵士たちに合図するためにそれを上げようとしました。

　そのときでした、わたしが行動にでたのは。このわたし、プリスカが——あることをしたのです。そうでなければ、主がなさったことです。わたしには何かをしようという考えはありませんでしたから。

わたしはとんでいって太った役人の手をつかみ、それにすがりついて大声で言いました。

「この人の税金はもう払ってあります。わたしが自分で払いましたから」

　エラストは親指と人さし指でわたしの手首をつかみ、骨のあいだを強くしめつけました。わたしはつかんでいた彼の手をはなそうともがきました。

「おまえはだれだ」彼はわたしをみくだすように言いました。

「プリスカ、アキラの妻です。ローマからやってきた革職人です。おぼえておいででしょう?」

「おぼえているとも、ふたくち分ではなく、ひとくち分だけ払ったことをな」

「ええ、おっしゃるとおり。そしてこの男は、わたしどものところではたらくために、コリントへやってきたばかりなのです。おっしゃるとおり、わたしはひとくち分を払いました。あの税金には彼の分も入っているのです。うちの者なのですから」

〔……カイ　ホートース　パントテ　スィン　クリオー
エソメタ……〕

〔このようにして、わたしたちはつねに主とともにいることになります。だから今のべた言葉によって、はげましあ

いなさい〕

第一部

ダマスコ

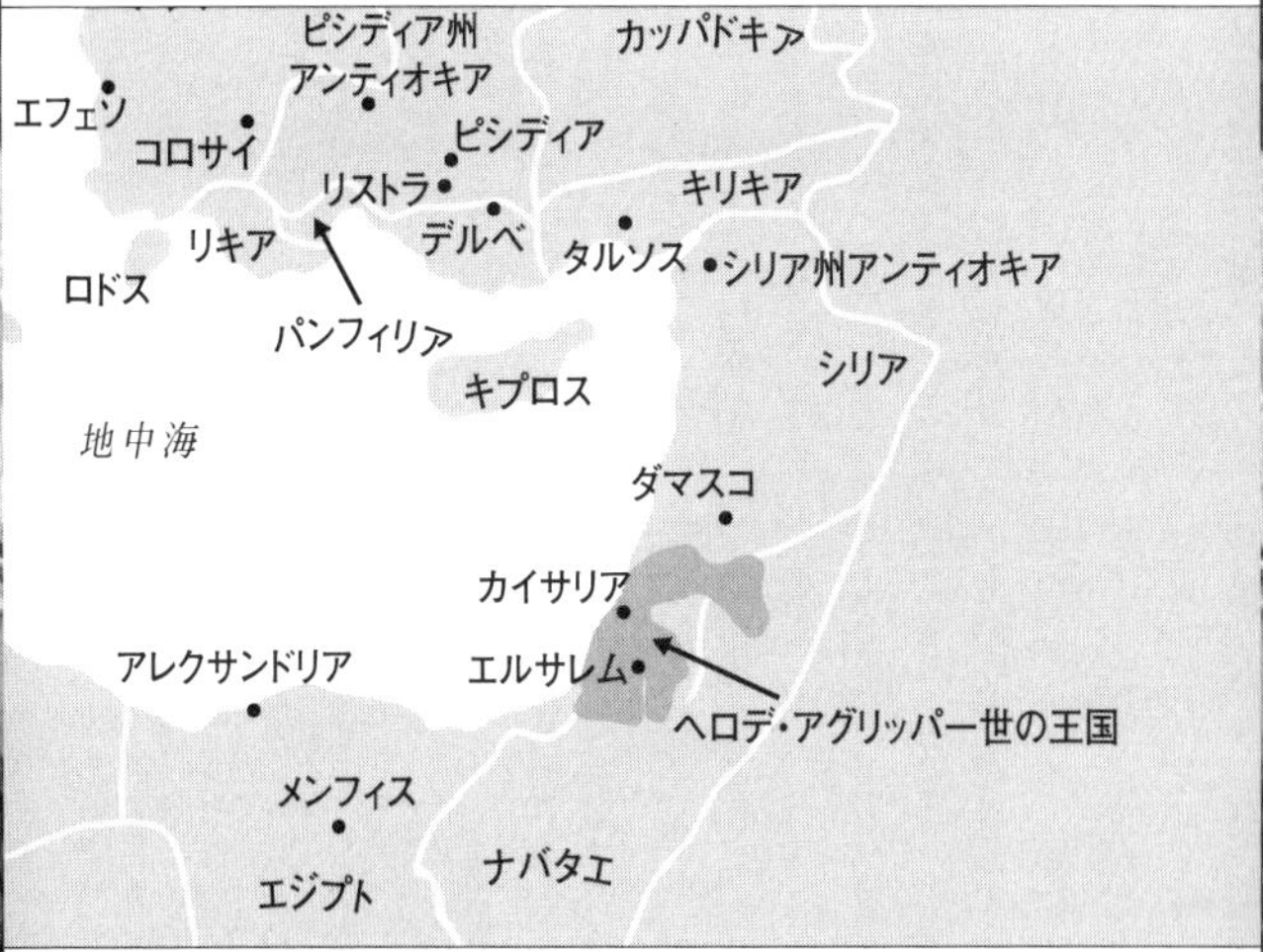
ピシディア州
アンティオキア
カッパドキア
エフェソ
コロサイ
ピシディア
リストラ
キリキア
デルベ
リキア
タルソス
シリア州アンティオキア
ロドス
パンフィリア
キプロス
シリア
地中海
ダマスコ
カイサリア
アレクサンドリア
エルサレム
ヘロデ・アグリッパ一世の王国
メンフィス
ナバタエ
エジプト

ヤコブ James

2

わたしがステファノを好きではなかったことは、みとめておこう。ほかの者たちは彼を好いていたが――。ほかの者たちは、彼に不相応な名誉をあたえていた。わたしにはそんなことはできなかった。

ステファノを筆頭とするギリシア語を話すユダヤ人たちが、わたしたちのように権威をもって話したり行動したりできるようにと、ケファ（シモン・ペトロ）と十二使徒たちはその方策をさぐっているありさまだった。

わたしは反対だった。それは、ギリシア語を話すユダヤ人たちが、生きている主をみなかったためではなかった。彼らは実際みなかったのだが。また、彼らが最近エルサレムについたばかりで、ヘブライ語など気にもとめず、ギリシア語ばかり話すためでもなかった。むろん、彼らのことがどうしても好きになれないためでもなかった。

わたしが反対だったのは、この人たちが、モーセにも、アロンにも縛られないためだった。律法も神殿も、彼らにとってむなしいものだった。それどころか、トーラー（ユダヤ教の律法）や至聖所に公然と反対したのだ。彼らがイエスについてただ一つ知っていることは、イエスがむなしい儀礼をさんざん非難したことだけらしかった。

たしかにイエスは、みずからの利益をはかる祭司たちをさげすんでいた。預言者エレミヤもそうだった。しかしそれは、ひとことで言えばこういうことだ。イエスもエレミヤも神殿の悪用と、そこにつかえる者たちの罪深さを憎んだのだ。

しかしステファノや彼にしたがう者たちは、主の非難の論点をすりかえ、神殿そのもの、古代の抑制、神の知恵そのものを問題にしていた。そして彼らはその結果のことを、まったく考えていなかった。

ともかく、それは初期のころだったので、すべての教会はよろこび、息をはずませ、つねにおどろき、荒々しい興奮にみちていた。何かに気をくばることもなかった。結果のことなどだれも考えていなかった。

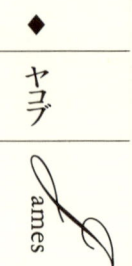

使徒のそばでは白日のもとに聖霊が燃え、生まれてから歩いたことのなかった者たちが跳ねあがった。ケファの口からとつぜん聖霊が雷のように話し、うそをついた者は彼の足もとにたおれて死んだ。

　世界の終わりは、海からわきあがる嵐の雲のように近いと、わたしたちは言い、そう感じていた。すでに死者たちが墓からあらわれているという話もあった。無学な者たちの口から賛美歌がほとばしりでた。

　そのころは、冷静なラビの知恵によってではなく、情熱によって決断がおこなわれていた。ギリシア生まれのステファノもたしかに奇跡をおこなっていたし、ヘブライ人のキリスト信者はそのことをよろこんだ。なぜならそれは、つねにものごとの中心にあるエルサレムが、栄光のうちにもどられる主にまみえるために、ユダヤ人を故国へと、世界のあらゆる国々から神の子どもたちを家へと、ひきよせているしるしだったからだ。

　だから十二人の使徒は、七人の上に手を置いた。わたしは反対したが、むだだった。六人とステファノをうけいれたとき、わたしは獰猛《どうもう》で危険な毒ヘビをふところにいれたような気がしていた。

3

心のなかでひそかにユダヤ教をこばんでいるユダヤ人は、背教者ではあっても、その問題は自分自身のなかにとどまっている。だまっていれば、彼は聖都においてさえ容認される。彼の罪は隠されているからだ。

しかしそのようなユダヤ教の否定を説教のなかでおこない、ほかの者に説きつけようとする者は、おおやけの問題となり、忌《い》むべきものとなる。彼の心や、その説教がすぐれて力をもつものであればあるほど、彼は危険な人物となる。神の人びとを分けようとする者は、「あなたがたの神、主の目に悪とされることをおこない、契約を破っている」のだ。

ここでモーセ五書（トーラー）の五番めの書から引用しよう。ステファノを処刑したとき、権力者たちが忠実にしたがおうとした権威はトーラーだったからだ。

それはこう言っている。『もしあなたがたのなかに……男であれ女であれ、あなたがたの神、主の目に悪とされることをおこない、契約を破り、ほかの神々につかえ、わたしが禁じた太陽や月、天の万象をおがむ者がいるならば、その知らせを受け、それをきいたときには、よく調べなさい。そのような忌むべきことがイスラエルでおこなわれたことが事実だとわかったら……』

ここでちょっと切ろう。ここにのべられた条件を分析し、しかるのちに、いかなる行動がなされるかをあきらかにしようと思うからだ。

神を愛する者は、神の律法を愛する。そして律法を愛する者は、律法を実行するはずだ。彼らにとって生きることはしたがうことにあり、死はしたがわないことにある。律法は、目にみえない神の全世界への愛であり、それにしたがう人びとの行動のなかに律法は場所と形をあたえられ、目にみえるものにされている。

いま引用した部分でトーラーは、律法にしたがう人びとがおそろしい行動をとらなければならなくなる場合として、五つの要件をはっきりあげている。

一――悪、つまり「忌むべきこと」が、つぎのように起こること。人びとが主なる神ではなく、ほかのものを礼拝し、ほかの契約をむすぶとき（主なる神は、地上においては、イスラエルとの契約において定義され、その慈悲につけられた名をトーラーという）。

二――「あなたがたのなかに」悪が「みつかる」こと。つまり、悪をおこなう者があなたがたの一人、神の契約にあずかる人びとの一人であり、その悪が、近い親戚であれ注意深い隣人であれ、共同体の者に知られること。

三――悪について「その知らせを受け、それをきいた」こと。権威筋が悪に気づいたこの時点において、もはや選択の余地はない。それを知ることによって、律法に忠実な者はある行動を余儀なくされるのだ。共同体の一人がはじめて悪を発見したというだけなら、ちょっとした間違いですむかもしれないが、このように二次的に伝達されてしまうと、ある意思のもとにおかれることになる。その意思は、人びとや、主や、指導者など、すべてのものの意思を統合するようなものでなければならない。そしてそこからみちびかれる結果は、民の命と健全さに沿うものでなければならない。

四（人びとをふたたびきよめるための、最初の意図的な段階）――指導者たちは、事実を「よく調べ」なければならない。この結果、いかなる罪が犯されたのか、あやまった礼拝によって背教の罪が犯されたのか、それとも社会不安をあおるために偽証がなされたのかが確定される。この調査は、トーラーがつぎのようにのべていることにのっとるものとする。すなわち、『二人か三人の証言を必要とする。一人の証言で、死刑に処せられてはならない』。

五（ただ一つとられる、明瞭な行動）――指導者たちは内輪での合意をみたのち、「イスラエルで忌むべきことがおこなわれたのは事実」と判明したと、おおやけに宣言する。

それからどうなるのか。これら五つの要件をみたしたあとにつづく行動とは何か。ここでトーラーにもどろう。

『それからこの悪をおこなった男ないし女を門につれてゆき、石でこの男ないし女を打つ。処刑にあたっては、まず最初に証人が手をくだし、それからすべての人びとが手をくだす。こうしてあなたがたのなかから悪をとりのぞかなければならない』

あなたは処刑をみたいだろうか。わたしはそのようすを、わたしの師からきいたとおりに説明しよう。その説明はトーラーに成文化されているわけではなく、口伝によってつたえられているからだ。

告発された者は縛られて町の城門からひきだされ、小高い場所の、罪人の背丈の二倍の深さがある切りたった崖につれていかれる。

罪人の有罪を証明した証人は（近い親戚であれ、注意深い隣人であれ）すすみでて、告発された者を崖のふちからつきおとす。罪人はあおむけに着地するようにされる。

落下によって死ねば、そこで処刑は完了する。

まだ罪人が生きていれば、つぎに二人めの証人が重い石を高くもちあげて崖のふちへすすみ、告発された者の胸の、ちょうど心臓の上に石を落とす。それによってあばら骨をくだき、心臓を破裂させて、男あるいは女を殺すためだ。もし成功すれば、そこで処刑は完了する。

もしこの大石によっても告発された者が死ななければ、すべての者が石をひろい、告発された者がほんとうに死ぬまで、その上に石を投げる。

これがわたしたちの口伝である。これがおそろしく、また神聖な律法なのである。

4

彼はいったい何を考えていたのか。もし彼が神殿を非難するために境内に入っていかなければ――しかもあのようなギリシア風のなりをして、ギリシア語を話しながら――自分のすることがもたらす結果について、よく考える余裕もあっただろう。しかし彼はおおやけのことにするつもりだった。大胆だった。自分の能弁を信じていた。自分が告発しようとする者たち自身の耳に、非難の言葉をたたきこもうとしていた。

そしてすぐ思いどおりになった。彼と論争するため、敵対者たちが押しよせたのだ。アレクサンドリア、キレネ、アジアなど、彼と同じように離散先《ディアスポラ》からやってきたユダヤ人たちが――そしてキリキアからやってきた、とくに目をひく若者もいた。

ソロモンの回廊にならぶ、柱の一本のわきに立ってステファノはたずねた。「神はどこに住んでおられるのか」

何人かの男たちは、夏の日盛りの陽にかがやく神殿のほうをしめした。「あそこだ。おそろしい闇のなか、そしてご自分の民のなかに。あそこだ」

ステファノは横柄にうなずいた。「どうしてそれがわかるのでしょうか」

「聖書に書いてある」男たちは言った。「聖書によれば、どこでも幕屋《まくや》が張られるところにおられる。われわれの先祖が放浪していたときでさえ、神は民のなかにおられたのだ」

「幕屋は神殿ではない」

「どちらも神の契約のもとにある。その契約は、神がダビデと更新され、また神殿の建設者ソロモンともふたたび更新されたものだ」

「どうしてそれがわかるのですか」

「聖書がわれわれの証拠だ」

「なるほど」ステファノは柱のなめらかな石にこぶしでふれながら言った。「真実というものがあるとすれば、それは聖書にしめされているはずだ。しかし聖書はゆがめられているかもしれない」

するとキリキアの若者が口をひらいたが、彼は立ち上がりはしなかった。遊牧民のようにしゃがみ、ひざにあごをのせていた。「ゆがめられてはいません」と彼は言った。「聖書に書かれている証拠と真実が合わせられ、一つのものとして代々教えられてきたのですから。わたしたちは、アブラハムと彼の代々の子孫の、重みと歳月によって話をしている。それはアブラハムのおこなった割礼にはじまって、ここでおこなわれる過越祭《すぎこしさい》の犠牲《いけにえ》の子羊にまでいたるものだ。それらはあそこ、あの祭壇にのせられるのです。あなたはそのすべての歴史を否定するのですか」

ステファノは視線をさげてほほえんだ。「いいや、ちがう。わたしは否定しない。しかし神は歴史について、預言者の口からこう言われています。『はじめからのことを思い出すな。昔のことを思いめぐらすな。みよ、わたしはあたらしいことをおこなう。今や、それは芽生えている。あなたたちはそれを悟らないのか』と」

キリキア人は肩をすぼめた。「あなたのもちだす『あたらしいこと』や預言者は、四百年まえにエズラが律法を施行するために生まれたときには、すでにどちらも古いものになっていた。古いものは、いつもあなたやあなたの仲間たちを混乱させるようだが、わたしたちやわたしたちの仲間はつねにそれによって強められているのだ。聖書に耳をかたむけることです」とキリキア人は言い――じつを言うと、わたしはそれをきくために身をのりだしていた。彼の態度は自信にみちていた。

「よくきいてください。千年まえにソロモンの神殿が奉献《ほうけん》されたとき、その内部は密雲にみたされたため、祭司たちは息をつまらせて出てきました。その雲は主の栄光だったのです。そしてソロモン自身がつぶやきました。『主は空に太陽を置かれたが、ご自身は暗闇に住むと言われた』と。そして彼は言ったのです。『わたしはあなたのためにすばらしい家を建てました、あなたが永遠に住まわれる場所を』と」

それはすぐれた回答で、引用は完璧なものだった。聖書をわけなく記憶からひきだせるこの若者に、わたしは感心した。

ステファノはまだ笑みをうかべながら、ひげの剃《そ》られたあごをなでた。「それで？　あなたは神を一つの場所に縛りつけるのですか」と彼は言った。「もしそうなら、どうしてこの場所をえらぶのでしょう。アブラハムが最初に神に出会った川のあいだの土地ではいけないのでしょうか。神がヨセフをはぐくまれたエジプトでは？　遠すぎるのですか。では、神がモーセと顔と顔を合わせて語られたシナイでは？」

ステファノはよろこびにみたされていた。一撃をくわえようとするその目は、かがやいていた。「ソロモンの家について、いと高き神ご自身はこう言われなかっただろうか。『天はわたしの王座で、地はわたしの足台だ。あなたがたはわたしにどんな家をつくろうというのか。わたしの憩《いこ》いの場所とは何なのか。これらはすべて、わたしの手がつくったものではないか』と」

キリキア人はうごかなかったが、ほかの論者たちは腹をたてていた。「おろか者め。おろか者よ」と彼らはステファノに声をあげた。「聖書をねじまげている。天と地を統《す》べる神は、どこでも気にいられた場所をえらんで住まわれる――そしてこの家をえらばれたのだ」

「かつてはえらばれたが、今はえらばれない」とステファノは答えた。「『正義とめぐみのわざをおこないなさい』と主なる神は言われた。『人を苦しめたり、しいたげたりせず、この場所に罪のない者の血をながしてはならない。さもないと、この家は廃墟となる』と」

「なんだと？　何を言うのか」と彼らはさけんだ。「あなたは神殿がむなしいと言うのか」

ステファノはわたしをみながら言った。「わたしの愛する友人のヤコブでさえ、あなたがたが罪のない者の血をながしたと証言するだろう」

彼の目と言葉はわたしをおどろかせ、はずかしめた。そのやり方に、わたしは怒りをおぼえた。彼の話にもちだされたことがいやだった。そっとそこをはなれようとした――しかしだれもわたしに気づいていなかった。

彼らはステファノにだけ気をとられ、さけんでいた。

「主の神殿がむなしいなどと、どうしてそのようなことが言えるのか」

「わたしは『廃墟となる』と言ったのだ。すたれる。みすてられる、と。そこにはちがいがある。もっとも――」ステファノの唇は笑みをたたえた。「もっとも、泥棒の巣窟《そうくつ》になって、彼らでいっぱいになるかもしれないが」

「なんということを」彼らはいきどおりで息をつまらせた。「神の家を侮辱し、こんどは神の祭司を侮辱するとは」

「いや、いや、あなたがたにはわかっていない」ステファノは両手をあげて大声で言った。「わたしはほかのだれでもない、あなたがたを侮辱したのだ」

「われわれ？　われわれだと？」

「あなたがた、そして『主の神殿、主の神殿、主の神殿』というむなしい信条に隠れている者たちを」

「その歯をへし折ってやれ」彼らはさけんだ。「舌を切りとってしまえ」

「しかしこれはわたしの言葉ではない」ステファノはさけんだ。「エレミヤの言葉なのだ」

男たちはつばを吐き、こぶしをふりあげた。

わたしがおそれていたとおりの怒りがわきあがった。怒りはふくれあがって見境がなくなり、ステファノとその仲間だけではなく、キリスト信者の共同体全体を破壊しかねなかった。

しかしその騒動のなかをつらぬいて、かん高い鼻声がきこえた。「すべてがあたらしいと信じる者にしては、あなたはひどく古い権威にたよっている。ひどく古い、えらばれていない、くつがえされた権威に」その声はうたうように言っていた。

　怒りにかられた論者たちがしりぞくと、そこにはあのキリキアの若者がいた。いまだにしゃがみ、ひざをかかえながら、するどいラッパのような声で話していた。

「どうしてわたしたちはあなたの言うことに耳を貸さなければならないのか」キリキア人はステファノをみすえながら言った。「わたしたちの権威、わたしたちの契約と犠牲、わたしたちのすべての歴史を、あなたはだれの権威によって無効にしようとするのか。わたしたちは神にえらばれた民だ。ユダヤ人だ。これらのことにおいてこそ、わたしたちはユダヤ人でいられるのだ。それなのに何の権利があって、何世紀ものあいだわたしたちをほかの国々からまもってきた城壁をこわそうというのか」

　ステファノは息を吸って胸をふくらませ、高らかに言った。「神なるメシア、そしてわたしの主、ナザレのイエスの御名《みな》と、お力によってだ。今ではそのイエスが、すべての人の命をまもる城壁となられたのだ」

　ほかの男たちは息巻いたが、キリキア人はほほえんで言った。「ではそのナザレのイエスが、われわれの祭司を泥棒にし、神殿を廃墟にするのか」

「いや、そうではない。イエスはそのように考えておられたというだけだ。そして祭司たちはイエスを十字架にかけることによって、それを証明した。ながされた罪のない者の血とは、彼のことだったのだ。しかしその恐怖のあとには希望がつづく。彼は芽生えているあたらしいものでもあるからだ」

　人びとの不服のうなり声は高まった。

　キリキア人は言った。「まあ、まあ。ではそのような言い分がいきつく先を考えようではないか。もしあなたが言うように、今やそのナザレのイエスが人びとをまもる城壁となったなら——すべての人びとをまもる、とあなたは言ったと思うが——ユダヤ人のユダヤ人らしさは何の意味もないものになってしまったということなのだな」

　ステファノは言った。「そのとおり」。その言葉にものおじするところはなかった。

「しかしなぜ、あのようにすばらしいものが、とつぜん何の意味もないものになってしまうのか」キリキア人はたずねた。「創造主だけが被造物を消すことができるのだ。そしてユダヤ人らしさを消しさるには、神はご自身をこばまなければならず、そのようなことは不可能だ」

　ああ、わたしはこのキリキア人が気に入った。自信にみちた能弁で論争をやわらげ、同時にまた論争を研ぎすまされたものにしていた。もうだれもさけんでいなかった。だれもが耳をすましていた。怒りは理性に変わった——それはまた、なんとみごとに筋だてられた論述だったろう。

正直いって、わたしはステファノよりキリキア人のほうにずっと親近感をいだいていた。わたしはステファノと同じように、イエスが地上にくだった神なるメシアだと信じていたが、ステファノとちがって、イエスのユダヤ人性は否定していなかったからだ。

メシアは、ダビデ王と同じようにユダヤ人だった。メシアはユダヤ人に約束されたのだ。メシアはまずユダヤ人に、それからユダヤ人をとおして全世界に送られた。キリキア人は正しい。ユダヤ人性はぜったいにまもられなければならない。それは世界のためでもあるのだ。

「そして、そのイエスには力があると、どうしてあなたが知っているのか」若いキリキア人はステファノに言っていた。

「トーラーの言葉と預言によってだ」ステファノは答えた。「あなたたちのしたがう権威によってだ。なぜなら、主なる神ご自身がモーセにこう言われたからだ。『わたしはあなたのような預言者を立てよう。わたしの言葉をその口にいれ、彼はわたしが命じることすべてを彼らにつたえる』と。イエスは預言者だ。そして彼の力は神から直接くだってくる。イエスの言葉は、モーセの古い律法に代わるあたらしい律法をしめしている。それに、ご自分の約束をまもられる神は、この約束をまもっても、そのことによってご自身をこばむことにはならない。神はご自身を栄光のうちに高められているのだ」

キリキア人は目をとじ、ステファノが引き合いに出した箇所の残りを引用した。「『しかしわたしの名をつかい、わたしが話すように命じなかったことを、わたしの名によって語るなら、その預言者は死ななければならない』」

キリキア人は燃えるような目をひらいた。とつぜん彼は立ち上がり、自分の顔をステファノの顔につきつけてさけんだ。「まさにこうやって、あなたがたの預言者は、この預言を現実のものにしたのだ。イエスは死んだ。呪われて死んだ——それが証拠だ。神に命じられた言葉を、彼が語らなかった証拠だ。そしてそれこそが、神がナザレのイエスにかんしてまもられた、ただ一つの約束だ。神は彼を呪い、そのために彼は死んだ」

キリキア人より体の大きいステファノは、声をはりあげて言いかえした。「そのとおり、彼は死んだ。あなたがたが殺したのだ。しかし主なる神は彼を復活させてくださった」

「ちがう」キリキア人は野良犬を追いはらうように手をたたきながらさけんだ。「神は彼を復活させられなかった。証人をよんでくるがいい。あなたの冒瀆《ぼうとく》的な主張をささえる一万人の証人をつれてくるがいい。わたしは、論破されることのない、わたしのただ一人の証人、『聖なるトーラー』によって、彼らを一人のこらず言い負かしてみせるから。

あなたの言うイエスの死は、呪いの死にほかならない。聖なる憎悪の死だ。『木にかけられた者はみな呪われている』と書かれているからだ。神はあなたのイエスをさげすまれた。神は彼を忌みきらわれたので、呪いをもってその命をとりさり、イエスを崇拝する者が王国のそとで死にたえるようにされたのだ。みるがいい、あなたの家よりすたれ、みすてられた家はないことを」

石打ちの刑にかんする律法の、第三段階めをみたしたのはそのキリキアの男だったと、わたしは思っている。彼は最高法院へ行き、ステファノは主なる神以外のもの――それも死んだ男をおがんでいると告発したのだろう。

四段階めは目まぐるしい速さで起きた。これら一連の出来事は、わたしたちの主が十字架にかけられてからわずか二年後に起こったのだ。

四段階めはこうだった。ステファノは最高法院へひかれていき、審問をうけた。キリスト信者たちは彼のために祈った。むろん、わたしも祈った。しかしわたしは彼のことが好きではなかった。彼がわたしたちにもたらす被害をおそれていた。それでも彼はわたしの兄弟だった。わたしは神殿に行き、半日のあいだ石段にひざまずいて、彼のために祈っていた。

わたしが祈っているあいだ、ステファノにはつぎつぎと劇的なことが起きていた。彼は裁判のとちゅうでひざまずいた。目は上をみあげ、顔はかがやき、大きな声でうたった。「みよ。みるがいい。天がひらいて、神の右に人の子が立っているのがみえる」と。

その高慢な冒瀆によって一同ははげしく怒り、ステファノの腕に縄をかけていた者の罵声《ばせい》が、わたしのところまできこえたほどだった。わたしは立ち上がり、彼を町のそとへひきずっていく人びとの騒ぎを追っていった。

夕刻になるころだった。わたしにはそのすべてが影絵になってみえた。ああ、わが主よ――黒々とした一団が、けわしい丘の端にのぼっていった。何人かは衣をぬぎ、上着をしっかり帯にはさみこんでいた。

一人がたくましい両腕でステファノをもちあげて、丘の端まではこび、彼を岩の上に投げ落とした。大きな音をたてて彼は下に落ちたが、それから体を起こしてひざまずくような動きをした。するとほかの男が重い大石をもちあげ、わが兄弟の胸にいきおいよく落とした。しかしステファノはひざまずくように、またうごいた。すぐに彼の上には、黒いひょうのように石が降った。彼はもがいていた。もがくことをやめなかった。〔伏してくれ〕とわたしはささやいた。〔伏して、死んでくれ〕と。

しかし彼はもがきつづけ、やがてゆっくりとひざをつくと、彼が言うのがきこえた。「主よ、わたしの魂をおうけください」そしておどろくことにこうさけんだ。「ああ、神よ、このことで彼らを責めないでください」と。

ふいに彼はくずれ落ちた。まわりの地面に石は降りつづけたが、もがくことはもはやなかった。ステファノは死んだのだ。

5

わたしは真実をはっきり言うのをためらったことはない。今もためらったりはしない。

ステファノの死は、すぐにわたしたちに益をもたらした。彼に同調していたギリシア語を話すユダヤ人たちは、エルサレムを逃げだしたからだ。彼らはサマリア、ティルス、アンティオキア、ダマスコへ去ってゆき、自分たちがまねいた人びとの敵意もいっしょにもちさっていった。

するとわたしたちは祝祭日の祝いや、焼きつくすささげもの、その供儀《くぎ》全体、トーラーへの忠実な愛について、さまたげられたり、問われたりすることはなくなった。わたしたちはふたたび、ユダヤ人のなかのユダヤ人となり、好意的にうけいれられ、毎日のように神殿にのぼって祈った。

そのころのわたしは、イエスの御名を信じる仲間のうちでも、ほとんど権威をもっていなかった。しかし祈ることにおいては、一目置かれるようになった。わたしは長年にわたり、長く熱心な祈りをささげたので、わたしの両ひざにはたこができ、それがラクダのこぶのようにかたいと冗談を言われるようになった。

わたしの献身ぶりはユダヤ人全般のあいだで誉《ほま》れとされ、ひいては教会全体が好ましいものに思われるようになり、何年ものちに彼らを相手に、わたしたちの命をかけた交渉をすることになったときは、そのことがあるていど有利にはたらいた。

トーラーを愛するわたしには、そのころから、自分ではつかったことのない「正義の」というあだ名がつけられていた。正義のヤコブと。

6

当意即妙で、律法学者のような聖書の知識をもってステファノと議論した若いキリキア人も、ステファノの処刑に立ち会っていた。彼は片隅にすわり、大きな頭をまっすぐにして、不動の姿勢をたもっていた。彼がかかわっていたとしたら、それは石打ちの処刑を確認して報告する、最高法院の執行官としてのものだったろう。少なくともわたしはそう思っていた。

　そのときは彼の名前を知らなかった。むろん今では知っている。たぶん今では、全世界が彼の名を知っているだろう。

　この特別な話を、二つめの告白でしめくくらせてほしい。つまり、彼が今日にいたるまで、エルサレムと諸教会にもたらしてきた苦しみのために――そして、一人の力でささえられる以上の交渉をわたしに強いてきたことのために――その名をきかなければどんなによかったろうと、わたしが思っていることだ。

　その名を知らなければ、わたしは平凡な信仰生活を送ることができただろう。彼のためにわたしはさんざん無理をさせられたが、それでもときに、彼はわたしの生のなかに、自分が生きていることの証《あかし》になるような熱をかきたてることがあった。

　彼はベニヤミン族の「サウロ」といった。ギリシア語（彼の母語であり、彼のすべての手紙が書かれている言葉）では、それを「パウロ」という。

L・アンナエウス・セネカ

L. Annaeus Seneca

7

ちかごろローマへ到着したセネカより
コルドバのわが兄、ノワトゥスへ
ティベリウス帝の治世十七年め

ごあいさつ申しあげます。

あなたの健康と、生まれてからこのかた、わたしとあなたが同じように苦しんでいるこの頑固な喘息《ぜんそく》の回復をなによりも祈っています。しかしわがノワトゥス《ミー・ノワテ》よ、この手紙では、願望と愛情以上のものをお送りすることができます。ある事実を知ったのです。健康のためにいいこと、つまり、エジプトへ行くことです。エジプトでくらしてごらんなさい。半年ほどエジプトの空気を吸えば、兄上の肺にも効果があらわれるでしょう。アレクサンドリアの叔母と、叔父のガレリウスをたずねているあいだに、わたしの呼吸もずいぶんらくになりました。ローマにはまだもどったばかりですが、ほんとうに回復しているらしく、これは長続きしそうです。

アレクサンドリアでは、わたしたちのような症状のことを、ギリシア語でアストマとよんでいました。「あえぐ」ことです。「息の欠乏」とは、まさに言いえています。ラテン語のススピーリウム（喘息）だとあまりその感じが出ていませんし、機能的な感じです。

しかしなんといっても、いちばんその感じをとらえているのが、ホク・アニムム・エゲレーレという表現です。「最後の息」がつづくことですね。ノワトゥスよ、わたしたちはほんとうに死の淵をさまようようなところまでいったものです。病魔に苦しんでいるときは、何度も何度も「死ぬ」ような気がしました。どれほどみじかい発作であっても、それは海のスコールのようにやってきます――はげしくあえいで、ひゅうひゅうとむなしい息をしながらも、自分のしずまりかえった心のなかでは、たったいま出ていった息は、もどってくることがあるのだろうかと考えているのです。

ノワトゥスよ、最後に暗くなってくる瞬間に、あなたもわたしと同じことをするのでしょうか。死についての瞑想《めいそう》、いわば死ぬ練習をするのでしょうか。

ともかく兄上、しばらくエジプトに滞在することです。乾いた空気を吸ってください。深い呼吸ができるようになることにおどろき、あなたの肺は松葉のようにかすかなため息をもらしますから。

エジプトに行ってください――しかしすぐにではない。今はだめです。皇帝は家を浄化することにふるいたっていますから。あらゆる属州の役人を、いきおいこんで自分の監督のもとへとあつめています。おしゃべりなユダヤ人の魔術師のように、急に皇帝の行動が予測できるようになりました。またいつもの隠遁《いんとん》生活にひきこもってしまうまで、待つのです。それから行ってください。

そもそもあの大きなけものが、カプリ島のぜいたくな隠れ家から出てきたのは、セイアヌスのおこないのためでした。ティベリウス帝が実際にローマにやってきたと言っているわけではありません。しかし、その残忍な力をとつぜんここではたらかせるようになり、元老院をとおしてセイアヌスを処刑することによって、みずからの復権をはかろうというのです。

近衛長官セイアヌスがローマにもたらした恐怖が、ティベリウス帝（彼自身もまた恐怖をもたらしうるのですが）を悩ませたわけではないでしょう。むしろセイアヌスの金の像が原因でした。自分の誕生日を祭日と宣言させた、セイアヌスの無分別な高慢のためです。セイアヌスの権力――つまり彼の実体を超えた「虚像」のためでした。ティベリウス帝はその権力を押しつぶしました。しかし頭が混乱していて、セイアヌスの処刑だけではすまなかったのです。

疑念の巣のようになり、皇帝は政策を変えています。かつては属州の総督を、自分の右手のように信頼していたというのに。

かつては彼らを何十年もその地位に置いていたので、属州は一貫性をたもつことができました。しかし今の皇帝は不信をその信条にして、総督たちをなんの理由もなしによびよせているのです。

そしてそれこそが、わたしのエジプト滞在を終わらせた命令でした。ティベリウス帝がわたしたちの叔父ガレリウスをエジプトの総督に任命したのは、十六年ほどまえだったでしょうか。わたしの生涯の半分にもなります。州のほかの地域はおくれていますが、わたしはアレクサンドリアで学ぶことがすっかり気にいってしまい、十年ほどとどまって哲学的な思索をしようと思っていました。それなのに、いったいこれほど急激な変化があるとは、だれが予期していたでしょう。

いそいでエジプトを出なければならなかっただけではありません。

その道中、ほんとうに死と直面し、たちむかわなければならなかったのです。

ノワトゥスよ、この手紙でおつたえしようと思ったのは、そのことです。ここまでそれをさけてきました。重いペンをとって書くのですが、叔父ガレリウスは亡くなりました。

しかし彼の妻――未亡人ということになりますが、叔母は高貴で芯の強さをもつ雌鷹のように、事件からたちなおりました。

くわしい事情は、またお会いしたときに。心の悲しみがさめやらぬ今は、叔父上の死についてかいつまんでお知らせすることにします。

皇帝の呼び出しはとつぜんで、性急なものでした。二週間のうちに、わたしたちはアレクサンドリアの港を出航する穀物運搬船にのりこみました。旅の終わりにはたっぷりと船賃をはずむと、わたしたちは船長や船員に約束しました。すると船の甲板には、わたしたちが気がねなくくつろげるように、りっぱなテントが張られました。

なかの床には長椅子とテーブルがすえつけられ、引出し、箱、ゲーム、絨毯《じゅうたん》などが、小さな部屋にもちこまれました。失意の叔父には妻のほかにも、エジプト人の料理人や、やわらかな音色の笛をふく音楽家、愛情深い甥《おい》がいました。わたしは叔父と叔母のためにずいぶん朗読をし、おもにパピリウス・ファビアヌスの著作を読みました。

しかし航海五日めにとつぜんにスコールにおそわれ、索具の綱は切れ、船は側面に風をうけて横ゆれしました。テントは吸いよせられて内側へしぼみ、縄はのびきりました。テントのそとでは船員たちの叫び声がきこえます。わたしは叔父に、彼自身と妻を長椅子に縛りつけるように言い、それから嵐のなかへ出ていきました。

甲板は波に洗われていました。海水がくるぶしのところで泡立ち、くだけるのです。男が二人、中央でもつれた縄をはずそうとしていました。ほかの三人はおろせない帆を切ろうとしており、船長はわたしにテントにもどるようにさけび――わたしがそれにしたがおうとした、ちょうどそのとき、船全体がもちあがると、危険な角度にかたむいたのです。

立っていられませんでした。道具類が甲板をすべって海へ落ちていきました。船員たちは必死になって索具をつかみました。帆柱がわたしの頭上ではげしくゆれています。そしてテントの壁を切り裂いたのです。

嵐をついて叫び声があがり、ききおぼえのある声がなげいていました。船長が「小舟をおろせ《ミッティテ・スカパム》」とさけびはじめていましたが、わたしはたおれたテントに這いもどっていきました。たおれた扉から這ってなかへ入ると、愛する叔母が、長椅子によこたわる夫の上にふせているのです。叔父の頭のよこは割れて、血がながれていました。叔母の顔は血だらけで、ものすごい形相《ぎょうそう》でした。叔父の目は、みひらかれていました。

　船がぐらりとかたむきました。帆柱は叔父の頭の上方でふらふらとゆれうごいています。テントはあらゆる箇所がふるえ、悲鳴をあげていました。もとの位置にあるものなど、ひとつとしてありません。すべてがうごいているのです。叔父のみひらかれた目と、彼の手に口づけしつづける妻をのぞいて。

「叔父上はそのままにして。はなれるのです。叔母上《マーテルテラ》、行くのです。ガレリウスは死んでいる」

　叔母はわたしに答えませんでした。

　わたしは言いました。「小舟をおろしています。その舟で逃げるのです。いっしょに来るのです」叔母の肩に手をかけると、彼女はそれをはらいのけました。

　エジプト人がテーブルの下にうずくまり、叫び声をあげていました。わたしがきいたのは、彼女のなげきの声だったのです。その瞬間、彼女は、わたしたちの遭遇している恐怖に人の顔をつけたのです。

「叔母上」とわたしはさけびました。「どうしようもありません。彼を置いていくのです。遺体はのこして、自分を救うのです」

　強い刃物でテントの壁が切り裂かれました。まわりで嵐が吹き荒れています。暴風のただなかに船長があらわれて、「船はすてる」とどなりました。そして叔母の腕に手をのばしました。「女が先だ」

　すると叔母がとつぜん声を発したのです。

「いいえ」自分の腕をひきもどしながら彼女は言いました。「夫が先です」

　船長は死体のじっとうごかない目をみました。「奥方よ。この人は死んでいる」

「だからどうしたというのです」叔母は言いました。

「舟は小さい。死人のための場所はない」

「それなら二人で死にます。それで場所もできるでしょう」

「奥方よ、たのむ。どうして死んだ者を助けるのか」

「尊厳のためです」叔母は声をあげ、船長にまっすぐ顔をむけました。風が彼女の髪を、鞭《むち》のようにうねらせています。ひたいには雨と血がいっしょにながれていました。彼女は声をふりしぼって言いました。「この善良な人が地位をうしなったのです。この善良な人が人生をうしなった。でも魂を、海でうしなわせはしない。この人にふさわしい埋葬をするのです」

船長はうろたえ、懇願するようにわたしの目をもとめました。「あなたから、するべきことを言ってください」

わが兄ノワトゥスよ、叔母のむこうみずな言葉が、わたしにおどろくようなことをさせたのです。わたしは声をあげ、風をついてさけびました。「もしこの船を、遺体とガレリウスの妻とともにまもることができたら、すべての乗組員の報酬をひとしく二倍にしよう。しかしできなかったらだめだ。この話はないことにする。なにもなしだ」わたしは船員たち全員によびかけました。「あなたたちはここで死んでしまうかもしれないのだ」

エジプト人の料理人は気をうしないました。

しかし船員たちはすぐ仕事にとりかかりました。武器、箱、家具、テントなど、甲板にある重いものをすべて海に投げすてたのです。穀物だけではなく、陶製の容器まですてました。そして船の先端を風にむけるため、へさきから予備主錨をはずし――それに成功したのでした。

今、ガレリウスは大理石の墓で眠っています。服喪の九日間がすぎました。つとめを果たす日々がはじまりました。彼の盛大な葬儀は、その生涯の業績や妻の気高さに匹敵するものでした。

その妻である叔母が、こんどはその強い目的意識をわたしたち二人にむけているのですよ、兄上。彼女のもっかの計画にあるのはわたしたちなのです。

ノワトゥス、彼女はわたしからあなたに、ローマへ来るようにたのんでくれというのです。最近よくしゃべるようになった叔母は、わたしたちを友人の有力者に紹介したいそうです。わたしたちが政府の役職からはずれ、あまりにも長いあいだしおれていたといって。わたしたちが財務官にえらばれて公職につき、ひいては彼女の夫も果たせなかった元老院議員の位にまでのぼることができるように、彼女は今、その人の機嫌をとっているところなのです。

それもいいではないですか。なにしろ泳ぐこともできないわたしですから、社会の階段をのぼるのもへたで、あえぎながら死の練習をすることになるのでしょうけれど。

◆

ダマスコのユダ

Jude the Damascene

8

「聖なるヨルダン川のながれだす、ヘルモン山のふもとでお会いしましょう」と、ファリサイ派の者は書いてよこした。

それはつまり、ローマ人がフィリポ・カイサリアとよんでいる町のことだった。しかしわたしたちはそこをパニアスとよんでいる。その男、サウロ自身が宗教的な呼び方のほうを好んだのだ。わたしにはすぐにわかった。そして彼の意図した場所もわかった。南へながれてやがてヨルダン川となる水が泉となってわきだしている、よく知られた洞窟だ。彼は、ダマスコまでの道案内をしてくれる者をもとめていた。そして彼がそこの会堂の秩序をとりもどす仕事をしているあいだ、寝食の世話をしてくれる者を。

ここからパニアスへは、ロバにのって二日かかる。ロバをひいて歩けば三日だ。わたしの脚はこわばっている。体の動きもにぶい。わたしにとっては毎日がどんどんみじかいものになっている。しかし今回、わたしは歩くことにきめた。とくに用もなかったからだ。それにヘルモン山は好きだったから。あの山の、大きな老人が遠くで寝そべっているような姿が好きだ。それにパニアスで、クッションをいくつか売ることも考えていた。

だからわたしは安息日のあと、行き帰りにそれぞれ三日分として、二つの革袋にパンとチーズとブドウ酒の容器をいれた。それから七つのクッションをひとくくりにして、そのどちらも小さなロバの背にのせた。

「気をつけてな」と隣人のゼファニヤは言った。

「ファリサイ派の者をつれて、六日のうちにもどってくる。食事でも用意しておいてくれるかね」とわたしは彼に言った。

わたしは「直線通り」を東に歩き、左手をふり、右手でロバをひいていった。野外劇場のところで南へまがり、それからローマ人たちが「マルスの門」とよびはじめた小さな城門から町を出ていった。どこもかしこもあたらしいものだらけだ。あたらしいものが多すぎた。

たとえばフィリポ・カイサリアは、わたしより若い、新築の白い建物でいっぱいだ。日光のもとではまぶしすぎて、それをみるのにまばたきをしなければならない。部屋にはいまだに石の粉が充満しているから、においさえあたらしい。そしてフィリポ・カイサリアというのも、あたらしい名前だ。属領主フィリポスが、自分と皇帝の両方をひと息であがめられるように、この町につけたのだ。

わたしのロバは年老いている。わたしも年を取っている。わたしを一人のこして妻のホデシュが死んでから、わたしは急に年老いた。ホデシュとわたしはいっしょに小さな商いをしていた。わたしは羽毛や羊毛や絹や、さまざまな材質の布地をあつめてきた。彼女は布団地をぬい、つめものをし、ものによっては刺繡《ししゅう》をほどこし、美しいクッションをつくった。それがあまりにみごとなので、王族がクッションを買い、その上にすわったほどだ。わたしたちは店でならんで商品を売った。そしてわたしとロバは、ときどき旅をした――今回パニアスへ行くように。

「神のご加護があるように」と隣人のゼファニヤはわたしに言った。彼も年を取り、おびえている。彼もわたしも、ここにいるユダヤ人たちはみな、町というよりは会堂での変化におびえている。そのことで分裂している。隣人のゼファニヤは「神のご加護があるように」と言ったが、その意味するところは、神がこの旅を成功させ、ファリサイ派の者がわたしたちのところでおこなう仕事にも成功し、あのあたらしい教えが今すぐになくなって死にたえるようにということだった。

あたらしいことが多すぎるのだ。ローマのもたらしたあたらしさも、その一つだ。これなら、うけいれられる。彼らは暑さや水のことを考慮し、高い建物をつくり、わたしのような者さえ安全に小旅行ができるようにした。しかしある種のあたらしさは、はっきりとした憎むべき敵だ。だから自分たちがそれに殺されるまえに、それを殺さなければならないのだ。ヘビの頭をたたきつぶして殺すように。

ああ主よ、わが主なる神よ、古いものはよきものです。そのことが、わたしがロバをひいて、西のヘルモン山にむかっていく理由の一つであり、わたしは愛情をもってその高い山をながめていた。山は、左右にみわたせるかぎりの地平線を占め、白いものをいただき、雄々しく、古代そのままの灰色の姿をみせていた。

みよ。あの山は、神がそこに這う生き物をつくられたときの言葉をおぼえているのだ。アブラハムのまえの時代でさえ、ここに住んでいた人びとは、この山が神聖であることを知っていた。そしてみよ、あの三つの峰を。そのうちもっとも高い南のいただきのあたりに、パニアスはあるのだ。一年をとおして三つの峰は雪をかぶり、冬になると、そのあいだの尾根も、ターバンやショールや房かざりをつけたように白くおおわれる。そしてその日、背後から射す朝日をうけて、雪はピンク色にかがやいていた。ホデシュが赤らんだときのように。

　ヘルモン山の顔は、切りたった岩間や割れ目でしわがよっている。ヘルモン山は滝の涙をながしている。たくさんのひだがよった衣のように、みどりの森林をまとっている。霧のしずくはあつまって流れとなり、野のけものの飲み水になる。ダビデ王は、主なる神はヘルモン山を野生の若い雄牛のようにはねさせると言った。わたしには、そのようなことはわからない。しかしこのことなら理解できる。ヘルモン山をみるとわたしの心臓は、野生の若い雄牛のようにはねるのだ。

　西の斜面には一面にアーモンドの木がはえている。

　一日めの大半は、山にむかって乾燥した平地を西に歩いていった。それから方向を変え、山のふもとにひろがる丘陵に沿って、南西へすすんだ。そこには羊とヤギが飼われていて、羊毛と乳とチーズを産した。

問題が起こりはじめた日のことはおぼえている。過越祭まえの安息日だった。祈りのさいちゅうに四人の男たちが会堂に入ってきた――ユダヤ人にちがいないのだが、だれかとたずねると、彼らは「道」にしたがう者だと言った。

　ぼろぼろの身なりをして飢えていたので、わたしたちは彼らを自宅へつれ帰り、体をふかせ、食べ物と清潔な服をあたえた。それから彼らの話をきいた。それによると、彼らはエルサレムから命からがら逃げてきたところで、彼らはそこで迫害をうけ、指導者の一人のステファノという者は殺されたという。

　彼らはわたしたちと同じようにギリシア語を話した。エルサレムの町の者ではなかった。ローマ帝国内のほかの都市から来たのだ。そしてわたしたちは、エルサレムがどれほどきびしい場所になりうるか、ことに異邦人にたいしてどれほど過酷で、疑い深いかを知っていた。だからわたしたちは「道」の信者たちに心から同情して、彼らをうけいれたのだ。

　しかしその最初の日から、わたしは彼らが尋常ではないような気がしていた。何だかよくわからない熱情や興奮で、いつもふるえているのだ。まるで酒に酔っているようだった。わたしの考え方からすれば、彼らはしあわせすぎたのだ。自分たちをなぐったり、殺そうとする人びとがいても、気にしないのだ。そして彼らが会堂で立ち上がって話しはじめると、わたしたちの同情心は引き裂かれた。わたしはそれをうしなった。

じつのところ、わたしたちは自分たちがアブラハムの子孫であるという純粋性にかんして、エルサレムほど狂信的ではない。わたしたちは礼拝に異邦人をまねく——そして彼らが神を、ゆいいつの真実の神としておそれるなら、また律法をまもって割礼をうけるなら、彼らにも、わたしたちと同じようにイスラエルの救済はあると考えている。

しかしこのユダヤ人たちが語る「道」というのは、要するに、近道をしてしまうことだった。それは律法をはぶく。割礼をはぶく。イスラエル全体をはぶいて、じかに救済へ行ってしまう。主よ、そのような冒瀆《ぼうとく》にいったいだれが共感できるでしょう。

たしかに冒瀆だ。わたしは学者などではない。ずっとクッションの商いをやってきた人間だ。しかしわたしでさえ彼らの教えが、ゆいいつで真実の、イスラエルの聖なる神、主を冒瀆していることがわかる。なぜなら彼らは、自分たちの「道」は通り道ではなく命の道だというからだ。そして、それは一人の人間だ、と。ナザレで生まれ、エルサレムで処刑された、イエスという男。このイエスの名において洗礼をうけさえすれば、異邦人は急にユダヤ人と同じように神に近い者になるというのだ。そしてさっそくダマスコの北にあるアマナ川で、異邦人に洗礼をさずけていた。

わたしたちの同情心は引き裂かれたと、わたしは言っただろうか。雷に打たれた木のように、同情心はまっぷたつに裂けた。そしてダマスコの各会堂も、完全に引き裂かれたとはいかないまでも、そのことによって苦境におちいった。異邦人のほとんどは、そのような自由を知ってよろこんだ。そしてわたしたちは彼らをうしなったのだ。神は彼らの声と、彼らの賛美をうしなわれた。安息日のわたしたちの集会は、病におそわれて男たちが消えていったかのようだった。そしてそのことは異邦人だけにとどまらなかった。今ではユダヤ人のなかにも、ナザレのイエスは油をそそがれた者だと宣言する者がいた。

古い友人のアナニアはわたしにむかって顔をあげようともしないので、わたしは彼に言った。「アナニアよ、どうして古い友人のことをみられないのか」

「みている。みているとも、ユダよ」と彼は言った。

「みているにしても、ずいぶんせかせかと落ちつかないようすだな、アナニア。どうしてわたしが来ると目をそらすのか」

「せかせかしているか、落ちつかないかはわからない」アナニアは言った。「きっとわたしの心配のせいで、そうみえるのだ。古い友よ、あなたのことが心配なのだ」

「だれがだれを心配だって?」

「あなたはおそれている。ものごとは悪くなるのではなく、よくなるのに、あなたにはそれがみえないのだ」

「よくなる?　よくなるとは。それはまったく逆だ」

するとアナニアはわたしに言った。「メシアは来られたのだ、ユダよ。どうして世界が同じでいられようか。世界は同じではいられないのだ。メシアは来られた。そしてすぐにまた来られる」

わたしのあわれな脚はふるえはじめた。ふるえを抑えることはできなかった。

「アナニア、アナニアよ」とわたしはささやき声で言った。「それがわたしのおそれていることだ。そしてそのことのために、あなたはわたしをみることができないのだ」

わたしの目はうるんでいた。ホデシュが目をとじて死んだときと同じ、大きな悲しみを感じて。わたしの心は泣いていた。

するとアナニアがそばにやってきた。わたしを抱こうとしたらしい。彼の顔にあわれみがみえると、急にそのことが腹立たしくなった。わたしはあごをあげて言った。

「それでどうするというのかね、アナニアよ。ローマ人の家へまねかれて、すわって豚肉を食べるのか」

「ちがう」と彼は言った。「古い友よ、あなたは知っているではないか。わたしはトーラーを愛している。いつでもトーラーを愛して――」

しかし彼の話をきくことはできなかった。わたしはすでにそこをはなれていたからだ。

会堂へ行くと、そこでは人びとがたがいにわめきあっていた。部屋ではトーラーの巻物が解かれ、ひらかれているというのに、兄弟が兄弟をののしっているのだ。わたしは片隅にすわり、肩かけをかぶって泣いた。肩をふるわせて。自分のもっとも深い、根っこの部分から悲しみがわきあがり、わたしはすすり泣いていた。

〔主なる神よ、どうかこちらに目をむけられて、あたらしいことがわたしたちにしたことをごらんください。それは敵です。それがわたしたちを殺しているのです〕

そのようなわけで、ダマスコの平和と秩序を回復するために力を貸してほしいと、会堂の指導者たちがあつまってエルサレムの大祭司に手紙を書いたとき、わたしもそこにいたのだった。

やがてエルサレムから二通の手紙がとどけられ、わたしたちの集会の場でつづけて読まれたときも、わたしはそこにいた。一通めは大祭司からのもので、わたしたちの側に立って戦う戦士としてふさわしい、ファリサイ派のサウロという若者が推薦されていた。

もう一通はそのサウロ本人からの手紙だった。そこにはこのように書かれていた。

「わたしはこの教えを論破します。その者は呪われよ《アナテマ・エストー》。だれかがもし一度でも、洗礼をさずけるのは割礼の代わりになるなどと説いたら、その人は神の律法全体をさげすんでいるということです。どうしてか。それは律法がゆいいつのものだからです。それがゆいいつの神の言葉だからです。だから割礼のような一つの掟《おきて》を取り消すことは、契約すべてを、律法すべてをすてることになるのです。

そして救済は律法をとおしてのみもたらされます。なぜなら律法はイスラエルの救済者である神の、よき、完全な御旨《みむね》であり、律法にしたがうことは、その神の御旨を、地上において目にみえるはっきりしたものにすることだからです。

もし割礼がほかのものに取って代わられたら、つまり、生きているトーラーに死んだ男の名が取って代わり、神のまえにユダヤ人と異邦人がひとしくされたら、救済はうしなわれてしまうのです。なぜなら、壁はくずれ落ちるからです。

それがもっともおそろしいことなのです。ごらんなさい。世界のほかのものから隔離されていなければならない神の人びとの神聖さが、破壊されるのを。アブラハムの壁、神とかわした彼の契約、そしてモーセの壁やわたしたちと神との契約がくずされ、たおされていくのです。ああ、わたしには、このイスラエルの破壊者たちを破壊しようという、はげしい意欲がもえあがっています。そのために、あなたがたのところへ行くのです。

ヘルモン山のふもと、聖なるヨルダン川がながれだすところで、どなたか待っていてもらいたい。そしてその人に、最近はげ頭になった者をさがすようにとおつたえください。わたしはあなたがたへの愛と、ダマスコでなしとげる仕事のために、誓いをたてたからです。二十九日のあいだ髪に剃刀《かみそり》をあてず、強い酒も飲みません。そして三十日めには神殿へのぼり、髪を切り、それをささげものといっしょに主にささげます。三十一日めの早朝には立って、あなたがたのところへとんでいくでしょう」

9

〔はげ頭になった者をさがす〕わたしはクッションを売ることより、「はげ頭になった」ことが、何を意味するのかのほうに興味があった。左手でクッションを高くかかげ、右手でロバの手綱をつかみ、パニアスのかがやく大理石の通りを歩いていった。ヘロデ大王が五十年まえに山のふもとに建てた神殿にむかって、売店のまえをとおりすぎていった。

クッションを買いたい者がいたかもしれない。しかし気がつかなかった。黒雲が西からやってきて、山の斜面にぶつかろうとしていた。雨の季節がすぐにでもはじまろうとしていたのだ。ヘルモン山の西にある小麦畑はすでに種まきを終えていた。雨になりそうだった。日暮れまでにロバにカラス麦をあたえなければならなかった。

〔はげ頭になった〕それはどのようにみえるのだろうか。

町からヘロデの神殿にやってくると、はじめに足を踏みいれるのは神殿の裏側で、まるで建物は何かほかのことにかかわっているように思える。前廊は山側をむいている。正確には、山のふもとにある洞窟にむいている。それは非常に古い洞窟で、神聖な場所であるためだれもが知っていて、ギリシア人にさえその神聖さは知られていた。

そこでは多くの神々がおがまれている。たとえばギリシア人がパンと呼ぶ神で、この町の古い名前パネアはそこに由来している。しかしゆいいつの神が、この世界をおつくりになったのだ。そして主だけが「ゆいいつ」なのだ。神殿の前廊と洞窟の入口のあいだにはみどりの庭と低い石壁、古い樹木やきらめく池がある。それがサウロというファリサイ派の者がとくにえらび、わたしが彼に会うことになっている場所だった。わたしが大理石の神殿の町側に面したところに小さなロバをつなぎとめ、建物をまわって歩いてゆくと、そこに彼がいた。「はげ頭になった」者は、わけなくさがせた。

その男はやけに大きな頭をしていて、そのことだけでも彼に気がついただろう。しかし、もっと確実なしるしがあった。その頭皮が耳から耳まで、首からひたいまで日に焼けていたのだ。日焼けして水ぶくれになっていた。頭皮がまるごと、煮立った粥《かゆ》のようにみえた。エルサレムからずっとターバンをかぶらずに来たらしい。

競走でもしているように息を切らしていたが、ただ話をしているだけだった。それが、早口でまくしたてる、サウロのいつもの話し方だとわかった。彼は二人の若者に話していた。しかし、その小さな目がわたしをとらえるとすぐに話をやめ、にやりとして言った。「あなたがわたしのために来たかたなら、わたしは、あなたがたのために来た者です」

とおりすぎる大勢のなかから、彼がわたしをみつけられたのは驚きだった。わたしはうなずいて、「ユダです」と言った。

彼はまっすぐこちらへやってきて、わたしが自分の手にもっていることすらわすれていたクッションをつかんだ。

「あなただと思った、ユダよ」彼はわたしのクッションを高くかかげながら言った。「旅をしているあなたがすぐにわかった」と大きな声で言いながら笑い、わたしを抱いた。「背中をいたわって旅をする、わたしの父のような年老いたユダヤ人だから」

わたしはすぐに彼のことが好きになった。ファリサイ派のサウロに心をひかれ、彼をむかえに来た者が、自分であることをうれしく思った。そのたあいない冗談に、わたしはいつまでもにやにやしていた。

彼は背が低く、聡明で、反応は速く、顔には小さな目がちょこんとつき、指は長かった。そしていったん言葉がながれだすと、もはやそれをとめることはできなかった。

いっしょにいた若者の一人を指さして「マティティア」と言い、またもう一人をさして「ペダイア」と言った。彼らはやわらかそうな肌をした若者だったが、ターバンをつけてくる分別はあったようだ。

それからサウロはまじめな顔になった。「わたしはこの友人たちに、ここは国の北の端だと教えていたところです。ユダよ、あなたは知っているだろうか。おぼえているだろうか。さあ、ここへ来て。洞窟の入口に立って」

わたしたち四人は暗がりのほう、反響する岩のほうへむかった。

サウロはふいに頭をそらせ、聖書の一節を声高く言った。「そしてヨシュアはそのすべての土地を取った、ヘルモン山のふもと、レバノン谷のバアル・ガドに至るまで」すると鳥たちが茂みからとびたった。人びとはわたしたちからはなれた。

サウロはひざまずき、両手のひらを地面に置いた。「ここがその場所だ」彼はつぶやくように言った。「約束された土地の北の端、バアル・ガド。はるかむかしから諸国にとって神聖な場所だったが、千二百年まえに、わが神、主がわたしたちにあたえてくださったのだ。そして洞窟内のくぼみからはヨルダン川の泉がわきだしていて、そこでは異教徒の王さえ身をきよめて、ふたたびきよくなることができるのです」

雨が降った。山にかかった雲のなかで雷が鳴り、それから一時間ほど雨が降ってから、空はまた晴れた。しかしわたしたちは雨が降りだしたときにはすでに東にむかって歩きだし、雨のなかをすすんでいた。小柄なサウロはがに股で、その脚を兵士のもつ弓のようにはずませて歩いた。快調な速度ではずんでいた。しかし年老いたわたしの骨はこわばっていた。わたしはロバにのろうかと考えた。

彼は話していた。「マティティアとペダイアとわたしは、三日のあいだ、だまってみたりきいたりしていることにする。のどにうそをつめこみ、荒らしまわるけものをとらえるために。四日めの朝、週のはじめには、エルサレムの最高法院に宛てた手紙を口述しよう。ペダイアがそれを南へはこぶ。マティティアとわたしとあなた、そして会堂の指導者たちは、神の義において、神の民を破壊する者たちを罰するのだ」

「ちょっとおたずねしますが」わたしはうしろから彼に声をかけた。「それをどうやっておこなうのですか。彼らをどうやって罰するのですか」

サウロは立ち止まり、わたしに答えるためにふりむいた。休めたことはわたしの脚や肺にはありがたいことだったが、わたしの内側はちがうことであえいでいた。わたしたちの集会がまた平和なものになることは、心からのぞんでいる。わたしたちを引き裂いた者たちのことはほんとうに憎んでいた。しかし、わたしはアナニアのことも考えていた。だからこう言った。「彼らをどのように罰するのでしょうか」

「言葉によって」彼はその小さな目でわたしの顔をうかがいながら言った。「そして鞭《むち》と投獄、さらにその必要があれば死をもって」

「死をもって？　死をもっておこなわなければならないのでしょうか」

サウロはわたしのロバに自分のものであるかのように近づき、一つの袋のひもを解いて、大麦パン二枚と、革袋にいれたブドウ酒をとりだした。自分の袋からは大きな革を出して、それを地面にしいた。

「すわってください」と彼は言った。

わたしたち四人はすわった――もっとも彼自身はしゃがんだだけであったが。

サウロはパンを裂き、わたしたちはブドウ酒を分けあった。それを飲んでいるあいだに彼はわたしに話しかけ、会堂でいっしょにすわっているときのように教えた。

「あなたはピネハスの話をおぼえているでしょうか」と彼

はたずねた。「ユダよ、わたしはあなたにピネハスの話をしよう。それは、今のこの時代に重くのしかかっているとだからだ」

サウロの眉は、わたしの好きなヘルモン山のように力強く、とびだしている。そのためによけい目は小さく、強烈に、また井戸のように深くみえる。しかしその日、彼はやさしく頭をかたむけたので、わたしは彼のなかには愛があり、その愛がわたしに語りかけているのだとわかった。このやせた若者は、自分が言わなければならないことを愛していたからだ。

彼は言った。「この話はおそろしいおこないと、さらにおそろしいこと、つまり神の怒りについて語っています。おそろしいが、またすばらしい話でもあるのは、神の怒りを転じて人びとの命を救ったその方法のためなのです」

サウロは長い指で、ちりのなかに絵を描きはじめた。彼は言った。「イスラエルの民は、ヨルダン川の東、モアブの平野にあるシティムに宿営していた。それは約束の地へと川をわたる夜のことだった。ユダよ、彼らは荒れ野をめぐる長い旅を終えるところだった――荒れ野での四十年間を。とらわれの身だった彼らをつれだされた主なる神は、そのあいだも彼らをみちびき、やしない、まもり、彼らからはなれることはなかった。

しかしそれから人びとはモアブ人の娘たちとふしだらなおこないをするようになった。それだけでなくモアブ人といっしょに食事をし、彼らの神々をおがみ、ペオルのバアル（異教の神）をしたうようになった。

するとイスラエルにたいして主なる神の怒りが燃えあがった。

主なる神は、民の長をすべて処刑して白日のもとにさらし、ペオルのバアルをしたうすべての者を殺して、神の怒りをしずめるように命じられた。

そしてイスラエルのあいだに悪疫がひろがったので、すべての民が集会用の天幕の入口のまえにあつまり、涙をながして、主のゆるしをこうた。

しかしまだ民が泣いているうちから、ジムリというイスラエルの男が、コズビというミディアン人の女を自分の天幕にいれた。二人は天幕のいちばん奥の間へ入っていった。

それを、エルアザルの子ピネハスがみていた。彼は立ち上がって集会をはなれると、槍をつかんでジムリのあとを追い、彼と女が交わっているのをみつけ、一本の槍で二人の体をいっぺんに突き刺したのだ。

ユダ？」

しばらくのあいだ、わたしはサウロに名をよばれたことに気がつかなかった。彼はふたたびわたしをみて、「ユダ？」と言った。

「はい」

「ピネハスはジムリに何をしたのか」

「彼を殺しました」

「そう、殺した」サウロは言った。「そして主の言われたことをききなさい。主なる神はこう言われたのだ。『エルアザルの子ピネハスは、わたしのイスラエルにたいする熱情と同じだけの熱情をもって、わたしの怒りを民から去らせた。だからわたしは熱情でイスラエルの民をほろぼすことはしなかった。みよ、わたしは彼に平和の契約をさずけ、彼とそのあとにつづく子孫に永遠の祭司職をあたえる。彼は自分の神のために熱情をしめし、イスラエルの民のためにつぐないをしたからだ』と。

ユダよ」サウロは歩くために立ち上がりながら言った。「民全体の罪をあがなうために、一人か二人の死が必要になることもあるのだ」

その晩は、シリア人の農夫に、クッション二つ分の代価として、わたしたちを泊めてもらった。ありがたいことに、ヤギの乳と干したスモモをもらった。わたしの小さなロバには良質のカラス麦を食べさせてくれた。

サウロもわたしのクッションの一つに大きな頭をのせた。わたしの年老いた骨は痛み、疲れていた。しかしわたしの心臓にはほんとうの熱が感じられた。何かがやってくる。愛するわたしたちの共同体に、何かよきものがもたらされようとしていた。

わたしは考えをめぐらせながら、長いこと身うごきもせず、よこになっていた。今はそうすることが習慣になっていた。わたしのとなりにホデシュが床をしいていたときのように、眠りはすぐにはおとずれなくなっていたから。彼女が目をとじて去っていった夜からは、ほかの者がいるところでは眠れないし、見知らぬ者がいてはなおさらだった。

しかしサウロはちがう。サウロというこのファリサイ派の男は、もはや見知らぬ者とは思えなかった。針金のように強靭《きょうじん》な男。そして熱心だ。どういうわけか、彼のことはすでに月や山や、だれかの息子といったような、身近な、あたりまえの存在に感じられるようになっていた。わたしの息子のようだった。

ふいに彼は話しはじめた。頭にうかんだ会話を、そのまま口からつたえるように。「すべての者の命をまもっているのは、少数の者の熱情です。そうにちがいない。そして死は、最後にちがいをもたらす、ただ一つの行為なのかもしれない。しかし死がつねに罰であるわけではない。あるときは犠牲《いけにえ》だ。ダマスコのユダよ、あなたに約束しよう」

サウロは星のちらばる闇のなかで言った。「もしそのようなときがきたら、わたしは自分の身さえさしだして焼かれるつもりだ」
すぐに彼はため息をつき、いびきをかきはじめた。それほどすぐに彼は眠りについた。わたしは彼の痛々しい頭のことを考えていた。水泡はつぶれ、やぶれた皮膚の下のやわらかい肉は、火のようにうずいているはずだったからだ。

夜のいつごろか、目ざめると、わたしは目から涙をながしていた。朝に近いころだったと思う。そうだ、朝にちがいない。夜明けまえの闇のなかだった。父がそばにすわっているような気がした。頭をたれ、肩をまるめてゆれながら、そっとうたい、むかしのように愛の大きななぐさめをあたえてくれた。何も変わっていないし、あらゆるよきものは同じままなのだが、わたしは子どもになっていて、父はわたしのために朝の祈りをうたおうとやってきたのだ。
それは感謝の涙だった。自分がこれほど愛されていることを、ふたたび感じるとは思っていなかった。
耳のなかでだれかが、たえなる鳥のさえずりのような声で、美しくはっきりと、ヘブライ語でしずかにうたっていた。〔きけ、イスラエルよ。われらの神、主はゆいいつの神である〕
それは、おさないときに最初にきいた、目ざめるときと床につくときの、朝と夜の言葉だった。わたしは家にもどってきたのだと思いこみ、何事もなく、すべてがうまくいっていると思いながら目をさました。目ざめながら泣き、うたっていた。〔心をつくし、魂をつくし、力をつくして、あなたの神、主を愛しなさい……〕
わたしの胸のうちに響いているのは、男の声であった。とても年を取った男の声だった。
しかしシリア人の家の屋根裏にいるわたしのとなりでは、ほかの声がやさしくうたっていた。ファリサイ派の若者の声だった。わたしの目からはあたたかい涙がながれつづけていた。サウロがわたしを神の世界へ、神の愛へと目ざめさせてくれたからだ。そしてすべてがうまくいっていないとしても、これからはうまくいくだろう。
わたしたちはいっしょにヘブライ語でしずかにうたった。〔わが神、主よ、あなたがあがめられますように、世界の王であるあなたは光と闇をつくられ、平和とすべてのものを……〕
それからわたしはふたたび眠りに落ちたようだ。なぜならわたしは歌が高く、高くのぼっていくような妙な感覚をおぼえ、やがてすべての星が歌を雨のように降らせたから

だ。〔主よ、あなたがあがめられますように、あなたは愛のうちにイスラエルの民をえらばれ……〕

10

右の肩に太陽が射してきた。とぼとぼ歩いていくわたしたちの長い影は、ヘルモン山へむかう岩がちの地面にのびていた——ひざがとびだした、スギの木のように高い、おかしな影だった。あたたかさを感じて、わたしの顔はなごんだ。朝の空気がますます冷えこんでくるころで、わたしの関節は冬をむかえてちぢこまっていたからだ。

日の出までに、わたしたちはすでに数時間歩いていた。小柄なファリサイ派の若者はいきおいよくすすむので、このぶんなら夜になるまえに家につくだろう。二日だ。このやせた脚で歩いて。これほどの速さで旅をしたのは、いったいいつのことだったろう。サウロは人の息を速くさせ、追いたて、愉快に笑わせる。そして早死にさせようというのだ。

「ユダよ」わたしのまえにいた彼がよびかけた。ふりかえりはしなかった。とまったり、歩みをおそくしたりもしなかった。はずむような、がに股の早足でちりを蹴りつづけ、前方の空気にむかって大声をあげるのだ。「ユダよ」

わたしはそれに大声で答えるために息をととのえた。

「何ですか」

すると彼は言った。「あなたはいい人だ、ユダよ。良識があって公正な男で、わたしはあなたの友人とよばれることを誇りに思う」

彼は歩きつづけていた——もしわたしの耳がたしかなら、たぶん笑いながら。するとわたしの歩みは少しだけおそくなった。ほほえむだけで、彼はこの老人に歩くことをわすれさせるのだった。

「あなたはマティティアと話すといい」サウロはよびかけた。「あなたのとなりにいる、黒い髪をした美男子のことだが。彼もいまに善良な男になる」

マティティアという男は頰を染め、顔をしかめた。それはほんとうのことだった。彼は咲く花のように美しい男で、くっきりした頰骨と、きりりとした黒い眉をしていた。レバノン杉のような若者は、優美さとたくましさをそなえた美丈夫になっていくところだった。

サウロはまた声をかけた。「どう思うか、ユダよ。マティティアはわたしの妹に目をつけているのだ。どうだろう。彼がほほえむような、はからいをすべきだろうか」

マティティアはほほえんでいなかった。彼の美しい頰はかまどのように真っ赤に燃え、青ざめた口を真一文字にむすび、目はしっかりとまえをみすえていた。となりを歩くもう一人の若者はそわそわと友の目をうかがい、自分はどう反応すればいいかをさぐっていた。

　とつぜんサウロはふりかえり、自分の話が、未熟な若者にどんな効果をあたえたかをみた。そしてかん高い笑い声をあげた。

「ユダよ」彼は声をはりあげた。「うぶなマティティアがわたしの妹を自分の家にむかえ、床にいれる日――その日こそ、彼が善良な男になる日なのだ」

　昼までに、わたしたちは東にむかってすすむようになっていた。一列になって歩き、だれも話をしていなかった――一人ひとりが熱暑のなかで眠っているかのように。それぞれの影は左足のあたりに小さく落ち、わたしは太陽に照りつけられて、うすい短衣《チュニカ》以外のものをぬいでいた。ロバは文句もいわずに、あらゆるものをはこんでいた。

　とつぜん真昼のしずけさのなかで、わたしは頭のうしろに衝撃をうけた。ふりかえろうとすると二度めの衝撃をうけ、あごがとじた。三度めの衝撃はことさら強く、首に岩があたったように感じられた。わたしは地面にたおれた。しかし誓って言うが、そこには何もなく、だれもわたしを打ってはいなかったのだ。それは光であり、わたしたちを打ちたおしたひときわ明るい光、空から射した目もくらむような光の束《たば》であった。二人の若者もわたしと同じようにふしていた。しずまりかえっていた。何もきこえず、ただたおれたわたしたちがうめいているだけだった。それはまるで子どもがたわむれているようなありさまだったが、そうではなかった。

　しかしそれから、頭上で空が裂けるようなとどろきがきこえ、滝のようにごうごうと鳴りつづけた。わたしはさけぼうとしたが声は出ず、息もできなかった。地面がゆれていた。わたしは目をつむって頭をおおった――そしてつぎに起こったのはありえそうもないことだが、ほんとうのことなのだ。とどろきのただなかで、「ティス　エイ、キリエ？」という三つの言葉がはっきりときこえたのだ。

　目をあけると、血のように真っ赤で、そこにサウロがいるのがみえ、あおむけになり、まっすぐ光をみつめていた。「主よ、あなたはどなたですか」と彼は言った。するととどろきは倍になり、そのような轟音のなかでは何もきこえないはずなのに、わたしはきいていた。サウロは言っていた。「ティ　ポイエソ、キリエ？　主よ、わたしはどうしたらいいのでしょうか」

　サウロはいきなりこぶしを目に押しあてると、顔面に火がついたかのように苦しそうにころがった。わたしは光の重圧のもとで立ち上がろうとしていたが、そのあいだにも彼はころがりつづけ、ひざをつき、まえへかがみこんだかと思うと、痛ましい頭を石だらけの地面に打ちつけていくのだった。

　こうして終わった。

　とどろきはやんだ。とつぜんに、まったくやんでしまって、思い出すこともできないほどだった。光はまばゆく、熱かったが、それはふだんと変わらないものだった。急に自分がただよいはじめたように、力がぬけていった。しかしサウロはヤマアラシのように丸まっていた。

　彼はひざのあいだから弱々しく言った。「ユダか」

「ユダ、ユダよ」と、彼がわたしの名前をよぶのがきこえたが、答えるためにうごくことができなかった。関節がかたまってしまっていた。息がとまっていた。

　サウロは言った。「ユダ？　そこにいるのか」

　彼はゆっくりと腕をのばし、這うために体を押しあげた。そして顔をあげた。頭を右にふり、それから左にふると、彼の目のふちが火のように赤いのがみえ、そこにはひとみがなくなっていた。彼の目の、生きている中心が消えていたのだ。

「ユダ」と彼は言った。「ユダ、友よ。助けてくれ。ここへ来て助けてくれ。みえない。みえない……」

　彼に「助けてくれ」と言われて、わたしはまたうごきはじめ、彼のそばへ行った。

11

わたしたちがダマスコの南の城壁にある小さな門をくぐったころには、夕暮れになっていた。空はみがきあげたアメジストのような色をしていた。深くしずかで、紫色の空の奥までみとおせるようだ。わたしはサウロをロバにのせ、手綱をひいていた。

彼は目がみえないことになれていないため、手をひいて歩かせるのはとても無理だった。つねに先を歩いてころびつづけるので、わたしは彼をみちびくというより、つかまえているというようなありさまだった。

エルサレムから来た二人の若者は、わたしたちの少しうしろを歩き――ひそひそとささやきあっていた。おそれていたのだ。そんな彼らを責めることはできなかった。

真昼になってサウロがようやく立ち上がったとき、二人は質問をあびせかけた。「だいじょうぶですか。いったいどうしたのです。何が起こったのですか。これからどうしましょうか」と。

若者たちが気の毒だった。サウロはだれにも話しかけようとしなかったから。歩くのに難儀して、わたしによりかかっていた。体をまえに押しすすめていた。まえに突きすすむようないきおいで歩くのだが、石だらけの地面につまずきつづけ、ころばないようにわたしにすがりつくのだ。

「先生、おねがいです」マティティアは言った。「サウロよ、いったいどうしたというのですか」

「どうしたもこうしたも、目がみえないのだ」とわたしは言った。

「わかってます」マティティアははねつけるように言った。「でもどうして？」

ペダイアが言った。「どうして？　どうしてみえないのか。サウロよ、どうしてみえないのですか」

若いペダイアは泣きだした。「これからどうすればいいのでしょうか」彼はなげいた。

あわれな若者たち。体は大人になりかけているが、心はまだ若さにからめとられているのだ。そしてひどくおそれていた。とはいえ、聖なることが起こったばかりのとき、人にはいったいどんな行動がとれるだろう。

サウロはおぼつかなげな歩みをとめた。左手でわたしの腕をつかみ、右手をまえにさしのべた。「マティティアよ」

マティティアはやってきて言った。「ここにおります」

サウロは言った。「わたしの手をとりなさい」

美しい青年は彼の手をとった。

サウロは言った。「だいじょうぶだ、安心して、友《アデルフエ》よ。

どうするか知りたいのか。帰るのだ。あなたとペダイアはエルサレムにもどりなさい。帰るのだ」

マティティアは、わたしとサウロをかわるがわるみた。わたしには、師の言ったことを説明してくれというようなまなざしをむけ、サウロのほうには、みえない目のうしろに師をさがすようなまなざしをむけた。わたしはだまっていた。何も言うことはなかった。

若者は言った。「できません。わたしたちにどうしてそのようなことができるでしょう。あなたはどうなさるのです。あなたがもどられるなら、わたしたちもそうしましょう」

サウロの傷ついた目からは涙があふれていたが、彼はまばたきもしなかった。彼は若者の手をひきよせ、そこに口づけをして言った。「わたしは家へはもどらない。わたしには家はないのだ」

サウロの口づけに焼かれたかのように、マティティアは口を大きくあけた。そして小さな声で言った。「どうして？」

サウロは言った。「わたしはダマスコへ行き、そこで命令を待つように言われたからだ」

「わかっています」マティティアはどなるように言った。そして手をひきもどした。

「わたしたちはみなダマスコに行くことになっているのです。そのためにやってきたのですから。どうしてわたしたちが必要ではなくなったのですか。どうしてわたしたちを家にもどされるのですか」

サウロは肩をすぼめ、頭をふった。目から涙をながしながら、しばらくのあいだ立っていた。やがてつぶやいた。「すべてが変わったのだ、マティティアよ。家へ帰りなさい」そしてまた歩きはじめたが、こんどはまえよりもゆっくり、わたしにさらによりかかるようにして。

わたしたち二人のまわりで、若者たちはスズメのようにそわそわしていた。「目がみえないなんて」彼らは泣き声で言った。「どうしてみえないのです。どうしたというのです。どんな悪魔がわたしたちを道でおそったのか。何を知っているのですか。何を隠しているのですか」

しかしサウロは答えなかった。ひとことも。

わたしたちは苦労して歩いていった。わたしのまげた右腕に彼の体重がかけられると、心のなかにやさしい気持ちがあふれた。自分の息子が弱り、助けをもとめてもどってきたときのように。

小さなサウロはすぐに足をすべらせるので、わたしは彼をつかまえてしばらくささえ、ふたたび立たせてやるのだった。わたしは彼の木になった。彼はホデシュより軽かった。わたしは彼の力だった。だからわたしは、一同のためにひとつの決断をしてもいいように感じたのだと思う。

「サウロよ、もっとらくに旅をしてもらいたい」とわたしは言った。そして彼を引き上げ、小さなロバの背に置かれた二つのクッションのあいだにすわらせ、こうして夕暮れの町にもどってきたのだ。

　野外劇場の南にある古い通りへ入っていくと、あたりは急に暗くなった。そこではたいまつをたいている者もなく、家々の扉はしまっていた。しかしわたしが住んでいる通りはせまくもなければ、まがってもいない。その名のとおりまっすぐなのだ。道幅はひろく両側には柱廊がある。だから暗くても、歩いている者に道はわかる。若者たちは見知らぬ土地へ来ておびえていたが、わたしは家へもどってきてうれしかった。ここならわたしはもっと役に立つことができるからだ。

　となりのゼファニヤの家をとおりすぎると、彼は戸口から頭をつきだしてよびかけた。「ユダか、あなたとはおどろいた。明日まではもどらないと思っていたのに」

「わたしたちの旅は速かったのだ」わたしは言った。

「では主なる神は成功させてくださったのか、ユダ」年老いた隣人はたずねた。「そこにいるのはファリサイ派の者か。ファリサイ派の者をいっしょにつれてきたのか」

「そうだ。わたしのロバにのっている人だ」

「ようこそ」とゼファニヤはよびかけた。そしてあたふたとやってきて、頭をさげてあいさつした。頭をあげると、ふたたびおじぎをしたが、サウロはそれに応えなかった。それはそうだ。彼にはみえないのだから。しかし彼のまえでそのことを言うのは気がひけた。

　そこでこう言った。「サウロ、これはわたしの隣人のゼファニヤです」

　サウロはうなずいたかもしれない。そして、それがあいさつのつもりだったのかもしれない。

　マティティアははっきりと言った。「彼は話さなくなりました。何かおかしいのです」

　ゼファニヤはわたしをみて言った。「さあユダよ、わたしの約束を果たそう。あなたがたの食事を用意してこよう」

「ありがとう、ゼファニヤ」わたしは言った。

　たしかに、そのとおりだ。わたしはすでに役目を果たし終えていた。わたしたちの会堂をまた平静にもどす手助けをする、ファリサイ派の者をつれてきたのだから。しかし彼が〔ユダよ、助けてくれ〕と言ったとき、その言葉はまっすぐにわたしの心に入りこみ、今やわたしにはしなければならないことがたくさんあったのだ。

わたしは家の中央のテラス《アトリウム》にちょっとした庭をつくっていて、小さくて浅い池には、噴水がちろちろと落ちている。食事をすませ、若者たちを二階の部屋へ案内してから、わたしはサウロをその庭へつれだした。ホデシュとわたしが夕暮れになるとすわった石のベンチに、彼は腰をおろした。わたしは清潔な手ぬぐいをもって、彼のまえにひざまずいた。そして彼を洗いはじめた。彼はそれをこばまなかった。

上着はぬがせなければならなかった。湯にひたした海綿を彼の胸に置くと、そのあばら骨がどれほどせまいか、どれほど彼がやせているかが両手に感じられた。肌は青白く、闇のなかでかがやいているようにみえるほどだった。

「サウロ、サウロ」とわたしは言った。

彼は何も言わなかった。体をふくために、わたしが彼の両腕をもちあげるのをゆるしていた。彼は唇をすぼめていた。まるで、さまざまな思いが、話されないまま心をとおりすぎていくかのように。

彼の視覚はうしなわれていた。ほかにも何かうしなわれているのだろうか。声か。言葉か。

〔サウロ、今わたしの声はきこえているのか?〕

彼の体を亜麻布でふき、衣でおおった。それから彼のとなりでベンチにまたがった。「これは薬だ。そのひどい頭にぬりましょう」わたしはそっと言った。

日焼けによる水泡はつぶれてながれだしていた。そのはがれた皮膚を切りとった。傷には没薬《もつやく》の薬液をつけた。彼の鼻がひらいた。

「没薬は肉を膿《う》まないようにするのです」わたしはつぶやいた。「頭をさげられますか。サウロ、すこし頭をさげてもらえませんか」

彼はそれにしたがった。わたしはよろこびを感じた。彼はわたしの話をきいていたからだ。

頭全体には、オリーブ油と緑青《ろくしょう》と鉛の粉をまぜたものをつけた。油は、包帯が傷にはりつくのをふせぐ。それから長い亜麻布を彼の大きな頭に巻きつけながら、わたしはそっと言った。「あなたはエルサレムから、このようなターバンをしてくるべきだったのだ、友よ」

しかし彼の目をらくにすることはできなかった。アロエの油も、焼けるようなまぶたを冷やすことはできなかった。また、まぶたをくっつけているかさぶたをやわらかくすることもできなかった。やわらかなまぶたを裂いて、出血させそうでこわかったから。視力をなくした彼の目をよくみようとして、わたしは顔を近づけた。鼻で息をするのがきこえた。彼のあたたかい息を頬に感じた。わたしの指先がふれると、彼はびくりとした。

「ユダ、友よ、助けてくれ」

しかし目のことでは、何の助けにもなれなかった。

わたしは立ち上がった。「息子よ、こちらへ」わたしは顔を赤らめた。そして彼をやさしく立たせた。

わたしはサウロを床へみちびき、彼の重みをひじに感じながら、そっととなえた。

「きけ、イスラエルよ。われらの神、主はゆいいつの神である。あなたは心をつくし、魂をつくし、力をつくして、あなたの神、主を愛しなさい」


朝まだ暗いうちに、サウロの二人の連れがわたしの部屋へやってきて、目ざめるのを待って立っていた。油のランプをもっていた。ゆらめく光のなかで、彼らが顔をしかめ、けわしい表情をしているのがみえた。自分たちの確信を、武器のようにたずさえてやってきたようだった。もうおそれてはいなかった。

マティティアという若者は言った。「老人よ、話がある」

わたしは言った。「何かね」

彼は首をこわばらせてはっきり言った。「わたしたちがみたのは悪魔のしわざか、そうでなければ天の罰です。どちらにしろ、目がみえなくなったことには悪がかかわっている」

ペダイアは、わたしがそれに答えるのを待っていなかった。すぐにまた話をはじめたので、二人のあいだですでに話し合いはすんでいるのだと、わたしにはわかった。

ペダイアは言った。「トビト書によれば、トビトは庭で寝ていたときスズメの糞が目に落ちて、目がみえなくなったという。悪魔か堕天使のしわざでしょう。どんな医者にもなおせなかったからです。四年間トビトは祈ったが、やがて天使ラファエルが助けにくるまで、だれにもいやすことはできなかった。魚の胆嚢《たんのう》をトビトの目にはりつけることを教えたのは、ラファエルだった。そのようにして彼はいやされた。天使によって。だから悪魔が彼の目をみえなくしたことがわかるのです。悪魔は人の目をみえなくすることができる」

マティティアはまだ首をこわばらせながらさけぶように言った。「それに、ソドムの邪悪な男たちに主の天使がしたことを思い出すといい。天使は彼らの目をみえなくした。彼らが罪をおかすのをはばむために、そして彼らを罰するために。それと同じ目つぶしだ——何もそれらしいものはみえなかったのに、サウロは白昼とつぜんに目をつぶされたのだから。老人よ、いずれにしろ、この目つぶしは呪いだ。だからわたしたちと同じように、あなたも彼をすてたほうがいい。彼はあなたには何の役にも立たないのだから」

　そして彼らは去っていった。

　わたしに背をむけると、部屋からも、家からも、町からも出て、消えていったのだ。

12

ダマスコの会堂の指導者たちは善良で誠実な男たちで、そのなかのいく人かはわたしのもっとも古い友人だ。わたしとホデシュが結婚したとき、彼らはおどった。彼らの息子の割礼には、わたしたちがまねかれた。わたしがホデシュを埋葬するとき、彼らは泣いた。わたしたちの心はみな同じだ。わたしたちは神を愛している。トーラーを愛している。そして、このようなことが子々孫々まもられていくことをねがっている。

昼になると会堂の指導者たちが家へやってきて、扉をたたいた。

「ユダよ」と彼らは言った。「ファリサイ派のサウロはここにいるのか」

「ああ、ここにいる」

わたしは戸口に立ち、「そう、そのとおり」とうなずいたが、そこをうごかなかった。

「そうきいた」彼らは言った。「きのうの晩あなたが家にもどったとき、そのファリサイ派の者に会ったとゼファニヤが言っていた」

「ゼファニヤはいい男だ」わたしはうなずきながら言った。「ついたのはとてもおそかったのに、わたしたちに夕食を用意してくれた」

わたしはまだうごかなかった。わたしは自分の足もとに目を落とした。

「わたしたちは、あなたの家にいる客人を歓迎するために来たのだ」と彼らは言った。「そしてわたしたちへの言葉をきくために」

わたしはあごひげをこすった。「あなたがたは深く感心するにちがいない。サウロは公正な人で、学問と力と活力にみちている。彼と歩くと疲れてしまってな。そして話せば、わたしをかしこくしてくれる。主はわたしたちに教師をつかわしてくださったのだ。まさしく」

「ユダよ。どうしてわたしたちを家にまねいてくれないのか。わたしたちがじかにそのすばらしいかたに会うことができるように」

「じつは、悪い知らせがあるのだ」わたしは顔をあげ、彼らに懇願するように言った。「きのうここへ来るとき、あの人は病気になってしまったのだ」

「病気？」彼らの表情には心からの同情がうかがえた。「どうしたというのか」

「目だ。目をわずらっておられる」

「ああ、それできのうの夜ゼファニヤは、その人のようすがおかしいと言ったのだな」

「だから、いま彼に会うのは適当ではないと思うのだが」

会堂の指導者たちはたがいをみやり、それだけで一同は心をきめた。

「ユダよ、あなたは親切で、客を大事にもてなす人だ。どうかサウロによろしくつたえてほしい。そしてぐあいがよくなったら知らせてくれ。あなたからの言葉を待っているから」

安堵の思いがどっと押しよせ、わたしはろくに話すこともできないほどだった。深く心をうごかされたことに、自分でもおどろいた。「わが友よ、愛する友人がたよ」わたしは彼らを抱いて言った。「サウロはよくなりますよ。そしてよくなったら、いい働きをしてくれますから」

帰っていく彼らをみながら、わたしは安堵とともに不安も感じていた。

会堂の指導者たちにたいして、わたしは真実をわずかに変えただけだった。そして真実を少々変えることが必要だった。わたしにはわからないことがあったからだ。それにふたたび元気をとりもどすまでは、彼の体も評判もまもってやりたいという、サウロを思いやる気持ちも大きくはたらいていた。しかしどうやって彼を回復させるのか――それがわからなかった。わからないことが、わたしを無力にしていた。

その日、彼は話すことも、飲んだり食べたりすることもなかった。そばに食事を置いても、彼は手をつけなかった。水をいれた杯を彼の口につけ、かたむけたが、水はあごにながれていくだけだった。サウロは、目からハエを追いはらいさえしなかった。ハエは、かさぶたからしみ出す水分にたかっていた。彼が脚を組んで寝床にすわり、体をゆらしているあいだに、ハエは飲み、食べていた。サウロは一日じゅう体をゆらし、ため息をつき、そっとうなっていた。

わたしが彼のそばにすわって夕べの祈りをとなえはじめたときだけ、彼はうなるのをやめた。彼はきいているようだった。そのことにわたしはほっとした。

しかし彼もわたしもその夜は眠れなかった。なにしろわたしはふだんから寝つきが悪い。それなのに、言葉にならない深いうめき声をあげる客が家にいては、寝るのはとうてい無理だった。

「ユダよ、助けてくれ」そのこともまた不可能だった。神はわたしに客をあずけられたが、彼についてどうすればいいのかを教えてはくださらなかったからだ。


翌日は安息日だった。

わたしは会堂へ行くために、いつもどおりの支度をすませた。サウロの部屋へ行き、しばらく出かけるとつげた。きこえているのかどうかはわからなかったが、彼が家のなかで一人きりになることを知らせておいたほうがいいと思ったのだ。

「サウロ」とわたしは声をかけた。「朗読のあとで一同が祈るとき、あなたのための祈りもくわえておきますよ」

すると自分の息子のようにも思えるこの男は、口をひらいてわたしをおどろかせた。

寝床に脚を組んですわったまま、サウロは言った。「ユダよ、行かないでほしい」

「サウロ、サウロよ」わたしは声をあげていた。「話せるようになったのか。腹はすいているのか。何か飲みたいものはないか」

彼が片手をあげたので、わたしはだまった。言葉は出たが、目はみえないままのようだった。だから彼が手をあげたことは厳粛で重々しいしぐさに思え、わたしはだまった。

彼は言った。「家にいて、扉をあけてほしい。わたしをたずねてくる人がいるから」

彼は手をさげなかった。祭司が祝福をあたえているときのようにその手をあげたままだったので、わたしは待った。何もしゃべらずに。その日は何かがちがっていた。サウロもちがっていた。それは彼が話したためであってほしかった。

ともかく、わたしはちがいを感じた。彼の役に立つ三つのことをすることになったからだ。一つは、扉がたたかれるのを待つこと。二つめは、扉をひらくこと。三つめは、やってきた者を家に入れ、サウロに会わせることだ。

体がぞくぞくして、まるで、感覚が麻痺していた骨に血がながれだして、その感覚がもどってくるような感じだった。どうして彼は自分に会いにくる者がいると知ったのか、そう考えてぞくぞくしたのだ。きっとサウロは目の奥でその光景をみていたにちがいない。神の手がさしのべられたのだ。神の手がなさったことなのだ。

そこでわたしはブドウ酒をさがした。すでに焼かれた上等の小麦パンもあった。安息日なのでシチューをつくることはできなかったが、調理しないですむ食べ物をならべた。生のオリーブ、スモモ、そしてほかの乾燥させた果物や、高価な燻製《くんせい》の魚、ピスタチオの実。

体がうずき、息が浅くなり、心臓のあたりに熱を感じるような状態だったので、扉が三回たたかれたとき、わたしはもっていた皿を落としてしまった。

しゃがみこんで、ふるえる手で破片をひろった。なんとおろかなことか。さらに三回扉がたたかれるのをきいてはじめて、まだそとに人を立たせたままなことを思い出した。破片を床にもどし、せまい廊下をぬけて扉へ行き、それをあけた。知っている男だと気づくまえに、二、三度みかえさなければならなかった。よく知っている男。それも悪いときに来たものだ。

「アナニア、ここで何をしているのか」

「よき安息日を、友よ」と彼は言った。「タルソス生まれの男があなたのところにいる。わたしはその人に会いにきたのだ」

「タルソス？　タルソスから来た者などいないが。アナニア、行ってくれ。わたしは用があるのだ。また来週にしてもらいたい」

わたしは扉をしめようとした。とんだ邪魔が入ったものだ。

「ユダ。ユダよ、わたしがあなたの目をまっすぐにみているることに気づかないか。わたしはもうおそれていないのだ、友よ。聖霊と主からの命令があるだけだ」

たしかにアナニアの目はかがやき、ゆるぎのない眉をしていた。声は力にみちていた。しかしとにかく扉をしめようとすると、彼はわたしの手首をつかんで言った。「その人の名はサウロといって、エルサレムからやってきたファリサイ派の者だ。彼はそこで主イエスの信者たちに大きな悲しみをもたらしていた。ユダよ、選択の余地はないのだ。わたしをいれてくれ」

彼はわたしの客の名を知っていた。だれもがわたしの客の名前を知っているが、アナニアは出生地まで知っていた。心臓が凍りつくような思いがした。ここにいるアナニアは――背教のユダヤ人の教えを信じて会堂の悲嘆の種になっている――そしてもし……。

わたしは立ちつくしていた。扉をしめもしなかった。扉を大きくひらきもしなかった。考えることも話すことも、行動することもできなかった。

すると背後からサウロ自身の声がきこえ、その朝わたしがいだいた、よろこばしい期待をくだいたのだ。

サウロは言った。「あなたの名前はアナニアか」

アナニアはわたしのむこうをみて言った。「そうです。そしてあなたはタルソス生まれのサウロだ」

するとサウロは言った。「ユダよ、これがその人だ」

わたしはふりかえった。小柄な客は、廊下の壁をつたいながら近づいてきた。「この人だ、ユダ。いれてくれ」

わたしはひどく年老いている。若いころは自分の感情をうまく支配できたから、自分以外の者を苦しめることはなかった。ホデシュが泣いても、わたしは泣かなかった。彼女をなぐさめた。しかしこのごろでは、感情に支配されている。しかもその感情はひどく強い。感情にひどくとらわれていることが恥ずかしかった。わたしは自分をうしなっていた。

だからわたしはすすり泣きながらサウロに言った。「何が起こっているのですか？　あなたに何が起こったのでしょうか。どうしてアナニアはここにいるのでしょうか」

サウロは壁づたいにこちらへすすんでいた。わたしは彼を助けに行かなかった。その代わりアナニアが家に入り、わたしをとおりこしてサウロのところへ行き、その肩に両手を置いた。

「兄弟サウロよ」と彼は言った。「ここへ来る道中であなたにあらわれた主イエスが、あなたの目がふたたびみえるようになり、また聖霊にみたされるように、わたしをつかわされたのです」

わたしは泣きはじめた。わたしのなかの悲しみは嵐のようだった。それを自分の内にとどめておくことはできなかった。子どもじみた大きな声が口からもれた。そして二人の男がふれあい、それからサウロの目をおおっていたかさぶたがくだけ、魚のうろこのようにひらひらと青白い頬に落ちるのをみていた。すると彼は目をしばたたいた。彼の目はみえるようになっていた。

「あなたにあらわれた主イエスは……」そのような言葉をどう考えればいいのか。わたしたちのあいだで何が起ころうとしているのか。

わたし自身には、彼のことを兄弟サウロとよぶ大胆さはなかった。そして子どものように大声で泣いた。

サウロは頭をさげた。その頭が不思議な白い光でかがやいているのを、わたしは目をみひらいてみつめていた。アナニアは、わたしが巻いたターバンをはずしはじめた。

アナニアは言っていた。「サウロ、あなたは主の御名を異邦人や王やイスラエルの民につたえるために、主のえらばれた器だ。そして主は、主の御名のためにどれほどあなたが苦しまなければならないかをしめされる」

視力をとりもどし、光にかがやき、よろこびに笑っているサウロ。彼がアナニアに笑いかけると、そのときわたしから何かよきものが去っていった。

わたしははげしく泣いていた。しかしもう声を出して泣いてはいなかっただろう。それはきっとわたしの魂と、さびしさの音だったのだ。

二人の男はわたしの家に入っていった。サウロがみずから案内して。

小さな噴水が浅い池にそっと水を落としているテラスに、彼らは行った。わたしはついていかなかった。身うごきもせず、ひらいた扉のところに立ちつくしていた。すると水のはねる音がして、アナニアが言っているのがきこえた。

「われらの主イエス・キリストの御名において、あなたに洗礼をさずける」と。

それから「イエス・キリストはわが主」という、サウロの高い声がひびき、笑い声がそれにつづいた。サウロはおろか者のように笑っていた。わたしは泣きやんだ。そとに出て扉をとじ、会堂へ歩いていった。

13

わたしの妻の名前は美しい。それはヘブライ語で「あたらしい」という意味だ。あたらしい一カ月の新月のように。そして彼女は生涯のあいだあらゆる面でその名のとおり、わたしにとってつねにあたらしく、つねに若かった。しかしそのあたらしさは、古いものを破壊するようなものではなかった。

わたしからみればホデシュは若かった。だから、わかるだろう？　年を取ったわたしを若々しくしてくれた。結婚したとき、わたしはすでに四十五歳になっていたが、彼女はまだ十七歳だった。そのような神の賜物《たまもの》をさずかる資格はわたしにはなかったのに。それから、仮庵祭《かりいおさい》のちょうど二十一日まえになって、彼女は病気になった。

その年、わたしたちはこの祭りのためにエルサレムに巡礼に行くことを計画していた。彼女にとっては、聖都へのはじめての巡礼になるはずだった。しかし病の床にふし、わたしは彼女を看病した。わたしは泣かなかった。彼女をなぐさめた。ホデシュは食べ物を腹におさめることができず、すぐにそのにおいさえいやがるようになった。何かをすこし飲んでも、ひどい発作とともに吐きだした。そして祭りの十八日まえの夜、彼女はわたしにむかってほほえんだ。

苦痛はすっかり消えていた。三日月のようにはかなげな青白いほほえみをうかべると、それから目をとじ、長い長い息を吐きだして死んだ。

仮庵祭のつぎの日、わたしとほかの者たちは会堂の指導者たちに会い、エルサレムの大祭司に宛てて、助けを乞う手紙をいっしょに書いた。ダマスコに、また別のあたらしいことがやってきて、わたしたちを殺そうとしていたからだ。そしてその助けとして、彼らがわたしたちのもとに送ってきたのが熱烈な男、ファリサイ派のサウロだったのだ。

その安息日、会堂へ行ってから家へもどると、すでに夜になっていた。わたしは日が暮れるまで会堂にとどまっていたのだ。

家の窓の一つにランプの光がみえた。家に入り、その窓がある部屋へ歩いていった。サウロにあたえた部屋だった。彼は部屋にいて、これもまた彼を信頼してあたえた寝床に、脚を組んですわっていた。

彼の目はみえるようになっていた。大きな頭をあげ、部屋に入ってきたわたしをみていた。一つの炎によって、わたしたちの影はやけに大きくうつしだされていた。

わたしは言った。「あなたがすわっている寝床は——わたしの妻のものだ」

彼はわたしをみすえて言った。「ユダよ、あなたが知るべきことは一つだけだ。十八カ月まえに十字架にはりつけになったナザレのイエス——彼は生きている」

わたしはかがんで、彼の持ち物を革袋につめはじめた。

わたしは言った。「妻のために、この部屋と寝床がまた必要なのだ。家を出るとき、忘れ物がないようにしてください」

「ユダよ」彼は言った。「わたしが道で会ったのは、イエスご自身だった。神は彼を死者のなかからよみがえらせてくださったのだ。それによってすべてが変わる」

わたしは言った。「行ってくれ、サウロ。行くのだ」

彼は立ち上がった。わたしはしゃがんだままだったので、こんどは彼がわたしをみおろした。

「ダマスコのユダよ、あなたはわたしに父のように接してくれた」

その瞬間ほど、わたしは自分のことを誇りに思ったことはなく、そのことでわたしは神に感謝する。わたしは泣かなかったからだ。ひるまなかった。感情を抑えた。わたしは立ち上がって彼に顔をむけ、目と目を合わせた。そして革袋をわたして言った。「行くのだ」と。

L・アンナエウス・セネカ

L.Annaeus Seneca

14

コルシカ島へ追放されたセネカより
コルドバの母、ヘルウィアへ
クラウディウス帝の治世一年め

ごあいさつ申しあげます。

わたしはこれを「追放」とはよびませんし、だれよりも《マーテル・》すばらしい《オプティマ》母上よ、あなたもそうよぶべきではありません。わたしたちはこれを「不本意ながらの住まいの変更」とよび、そのような変更をさせられても、その当人は、変わる必要はないことをはっきりさせておきましょう。彼はまえと同じ人間であり、これからもずっとそのままなのです。

母上、元老院によってあなたからはなされ、この島に流されてからずっと、あなたになぐさめの手紙を書きたいと思っておりました。しかしそれができるとは思わなかったのです。自分自身のなげきが、わたしのなかのよい言葉をことごとくせきとめて、話されぬまま、言葉にできぬまま、書かれないままにしてしまうのですから。

しかし六カ月がすぎました。たぶんあなたの悲しみも、わたしのいやしをうけいれるほどには、やわらいできたことでしょう。わたしのほうは、確実に悲しみを追いはらいました。

だから書くことにします。

書きはじめにあなたの過去の不運をいくつもあげますが、そのことでわたしを残酷だと思わないでください。大事にされ、贅沢に慣れた心は、わずかに傷つけられただけでひるんでしまいますが、たびかさなる不幸をのりこえてきた女なら、ひどい打撃をうけても勇敢にたえることができます。そして母上、あなたはそのような女なのです——それもはじめから。

あなたが生まれたとき、あなたの母上は亡くなりました。十年まえには、あなたは船の難破という恐怖にたえました。あなたの姉妹とその夫、そしてわたしの三人が海底へしずみ、溺れたと思っていたからです。実際に死んだのは叔父のガレリウスでしたが。彼は大理石の寝台に永遠によこたわりましたが、あなたとわたしは再会を果たし、口づけをして、いだきあうことができたのです。

しかしそれから、あなたの夫である、わたしと同じ名前の父上が死にました。

父上はかつてわたしの命を救ってくれたのですよ。知っていましたか。エジプトに逗留《とうりゅう》するまえ、わたしは持病の重い喘息《ぜんそく》のために、やせおとろえ、咳と寒けに苦しみ、この問題を解決するためにみずからの命を絶とうとさえ考えました。しかしそれをはばんだのは、年老いた愛する父上への配慮でした。自分が死ねるかどうかより、父上がわたしの死にたえられるかどうかが心配だったのです。

それからわたしたちがたえなければならなかったのは、その父上の死でした。しかもあなたとわたしが海にへだてられて、はなればなれのときに。つぎにあなたは、夫をうしなって間もないというのに三人の孫をうしないました。その一人はわたしの子ども、いちばん年下の息子で、その子はあなたの胸に抱かれ、やさしい口づけを雨のようにあびながら死んでいきました。

そして最後にあなたの次男であるわたしが、あなたから引き裂かれ、このみすてられた、岩のそそり立つ石の墓へ生きながら送られたのです。これはあたらしい種類の服喪ではありませんか——生きている者を悼《いた》むという。

このとおり。わたしは一つの不幸も見落としませんでした。なぜなら、わたしはそれらを隠すのではなく、それらに打ちかとうとしているからです。

まずは最後のものからお話ししましょう。あなたは、わたしが悲しんでいると思うから悲しむのでしょうか。どうかそれはやめてもらいたい。わたしは悲しんでいないからです。母上、わたしは満足するように、自分をしこんだのです。四十三という年齢になったわたしは、ほかの者たちが権力の頂点にのぼりつめているときに、権力も自由もうばわれ、自分の全財産もつかえなくなりました。しかしわたしは満足しています。わたしがうしなったものは必要ではなかったものであり、わたしにとって必要なものである、普遍的な自然と人の徳という二つのものは、けっしてうしなわれることはないからです。

なぜなら、これは世界の創造主の意図だからです。その創造主がどんなものかについては、いろいろと考えられます——全能の神、広範な働きをつくりだす形をもたない理性、あるいは、微小なものから巨大なものまでを一様な力でおおいつくす聖なる霊、または運命、または変更不能な因果の連鎖など。しかし創造者がどんなものであっても、これはそのかたの思《おぼ》し召《め》しなのです。つまり、わたしたちのもつ何かが他人の支配下に置かれるのならば、それはわたしたちにとってまったく価値のないものだからなのです。人の最良の部分は、ほかの者の手のおよばないところにあり、それは人にさしだすことも、人からうばうこともできないのです。

きいてください。あなたの上にも、わたしの上にもひろがるこの大空は、自然のつくったほかのどんなものより秩序があり、釣り合いがとれて、いきいきした美しいものです。このすばらしい天空、そして、そのうちでももっとも栄光にみちた部分、つまりそれをみはらし、それをよろこぶ人の心は、永遠にわたしたちのものなのです。

わたしたちがいるかぎり、みるかぎり、それは存在するのです。神の領域をみることができるかぎり、太陽と月、さまよう惑星が緩急さまざまにのぼり、しずむさま、およびただしい星をその軌道に、あるいは定位置に、また流れ星としてみることができるかぎり、そして高みにいる友たちにむかって目をあげ、天体と心をかよわすことができるかぎり、自分の足もとにどのような地面があるかなど、どうして気になるでしょうか。

では追放され、小屋でパンを食べるような落ちぶれた生活になったらどうでしょうか。それでも、みじめなあばら屋にも、徳という家具をそなえつけることができるのです。正義と節度は、大勢の友人のための部屋となります。知恵と公正さは椅子とテーブルに。適切な思いやりの心をもって仕事を分担すれば、何百人分もの有用な手の代わりになります。そして神にかんする知識は、食べ物となり、飲み物となります。ごらんなさい、ただの小屋が宮殿になるさまを。

わたしは幸運の女神を愛したことはありませんし、自分が彼女にことのほか気にいられているように思うときですら、そのようなことはありませんでした。金であれ、地位や影響力であれ、わたしは幸運の女神のもたらす宝を、自分のものと考えたことはありません。だからそれらを盗まれても、わたしのものが取られたわけではないのです。母上、星がわたしの屋根なのです。人の善良さがわたしの家です。わたしには着るものがあります。腹はみたされています。いちばん渇いている部分、魂は、蔵書という水たまりからよろこんで飲んでいます。

わたしのことは、もうこれまでにしておきましょう。ともかく元気にしています。

そしてあなたのことですが、あなたがどのような心の持ち主であるかはわかっています。何があなたを悲しませ、何が悲しませないか。宝石も真珠も、あなたの心をうごかしたことはありません。その目が燃えるのは富などによってではありません。あなたは子どもの多さが自分の年をあらわすかのように、そのことを恥じたり、つまらない美しさのために妊娠を隠したりなさったことはありません。顔を化粧でよごし、うすい衣をつけて体をあらわにしたこともありません。あなたのいちばんの飾りは謙虚さでした。外面的なものをうしなうのは、あなたにとって損失ではありません。内面的なもの、それこそがあなたにとっての傷なのです。すなわち、それは魂であり、愛であり、思考や、死すべき命の絶対的な壁なのです。

ついては、いかがでしょう、母上。哲学を学ぶというのは。

父上が先祖の習慣にあまりしばられる人でなければよかったのですが。そしてあなたに純粋な教育をうけることをゆるせばよかったのです。哲学の教えを知ることは、今のあなたをみちびき、まもることになりますし、わたしにとってもそうなのですから。ほんとうに、父上は古い考えの持ち主だった。

しかし今や人生はご自分のものとなり、判断はあなたご自身がされるようになりました。それに母上は読み方もすでに知っておられる。哲学の基礎もすでにその明敏で、意欲的な心にしっかりときずきあげられている。だからまた本をお読みなさい。それがあなたをなぐさめ、はげましてくれますから。それらに熱心にとりくむうちに、悲しみや不安、なげきや苦しみにも心はさわがず、そのようなことは永久になくなってしまうでしょう。

しかし知恵によって超然とやすらいでいられるようになるまでは、母上、わたしの兄弟たちにたよっていらっしゃい。彼らがなしとげたことをたのしむのです。

ノワトゥスは、元老院議員のL・ユニウス・ガリオンの養子に入ってからめざましい活躍をしています。この聡明な兄弟のことを、わたしたちはあたらしい名前でガリオンとよんでいます。その気さくな魅力をたたえ、また社会的な名誉をよろこんでいるのです。このあなたの長男がローマの空でかがやいているあいだ、彼はあなたを照らしているのです。

そしてあなたの末息子のメラが、あなたのそばでゆったりすごすため、社会的名誉の獲得競争をさげすみ、思索のうちに生きることをえらんだのであれば、彼の余暇はあなたのものなのです。

ガリオンが助けてくれます。そしてメラがよろこばせてくれます。ガリオンはあなたをまもる。メラはあなたをなぐさめる。二人いっしょに、わたしののこしていった場所を埋めてくれます。そして裸にされた三人めの息子さえのぞけば、あなたに欠けるものは何もないのです。

そうでした、あなたはすでに、かわいくて愛嬌のある孫のマルクスに心をとめておられるらしい。あの子の顔の明るさのまえに、どうして悲しみなど宿すことができるでしょう。彼に抱かれても、いやされないほど傷ついた心などありません。あのかわいいおしゃべりで乾かないほどだいそうな涙などありえません。

そしてあの子のつくりだす韻律や、あちこちの広間で声高くまきちらす詩、あのおさない子の頭のなかの物語をきいて、よろこびと笑いがわかない者などいるでしょうか。この言葉をおぼえていてください、マルクスはいつかかならず詩人になります。

そしてわたしたちがみな死ぬまえに、彼が死ぬことなどないよう、わたしは神々に祈るのです。

ああ、運命の破壊が、わたしのところでとまりますように。そして母上、孫たちにとってはお祖母さまである、あなたにふりかかる苦痛が、すべてわたしの上にふりかかりますように。

わたしのほかの家族には、もうこれから変化が起こりませんように。愛するほかの者たちのために犠牲《いけにえ》の羊になれるなら、そして彼らの悲しみがわたしのところで終わるなら、わたしは今の状況も、追放も、自分の息子の死も悲しみはしません。

ヤコブ

James

15

　サウロについて一つ記憶していることがあって、それは純粋でかがやかしく、まるで自分のなかの真珠のようなものになっている。わたしは主の教えにしたがい、この世の合切《がっさい》袋《ぶくろ》にはほとんど何もいれていないが、この真珠はそこに入っているのだ。真珠はのこっている。わたしたちのあいだにはさまざまなことがあったが、この記憶がわたしたちの共有した過去を崇高なものにしている。

　それは、ステファノのまえでトーラーを擁護していた、ファリサイ派の若者としての彼をみてから三年後、そして彼がエルサレムをはなれてから三年後に、わたしたちが二度めの出会いをしたときに起こった。

　サウロはシモン・ペトロの家でそまつなクッションにもたれている。左のひじをテーブルにつき、その手のひらにあごをのせて、おとめがするように頭をかしげている。左手の指はほっそりして非常に長い。それが彼の顔の頬からこめかみにかけてをささえ、小指の先は目の端にふれている。サウロはわたしをみつめている。

　シモンの家のテーブルは馬蹄形をしている。シモン自身はわたしたち二人をもてなす主人として、その中央でくつろいでいる。サウロとわたしはそれぞれテーブルの端を占め、たがいにむきあっている。

　わたしが入ってきたときにあいさつを交わしたきり、わたしとサウロは話をしていない。シモンにみちびかれてわたしが居間に入り、サウロが立ち上がって言葉を発したときから。彼は「ヤコブ」と声をかけてから、ていねいに言った。「わたしたちの主、イエス・キリストの平和があなたにあるように、ヤコブよ」

　わたしはそれに答えるのに、田舎の無骨者のようにつぶやきかえしただけだった。「平和を」と。

　サウロは言葉にならないよろこびに顔をほころばせながら、またすわった。わたしもすわった。シモンはあいかわらずおしゃべりをやめないが、サウロは問いかけるようにちょっと頭をかしげ、だまってわたしをみつめている。

これが実際には、わたしたちの最初の出会いのようなものだ。

その表情からして、彼はわたしについて何か知っていたのだろう。

わたしも彼の改宗のことはきいていた。エルサレムの信者たちは、そのことを疑っていたが、シモン・ペトロは今まさにそのことについて、うれしそうにさわぎながら、わたしにむかってうったえていた。「ほんとうだ、ヤコブ、すべてほんとうのことなのだ。サウロは主をみたのだ。主は彼を細いエニシダの木のように切りとられ、上等な厚板にして、まったくあたらしい神殿を建てられたのだ」

シモンのよろこびはすべてを圧倒する。

そしてわたしは彼を信じる。サウロに目をやると、そこにはほんとうのキリストのしもべ、わたしの兄弟がみえる。

彼をわたしたちの共同体にむかえるにさいして、それにふさわしい言葉を、わたしはどんなに言いたかったろう。彼はわたしと同じようにトーラーを愛している。そして彼はその目の表情だけで、わたしからの言葉を期待している——たしかにわたしの言葉を待っている。彼がほかのだれでもなくわたしを選んでくれたことに、わたしは心をうごかされる。シモンでさえ、彼のかたむけた頭にどのような願いがこめられているかに気づいていないのだ。サウロはこの畏敬にみちた、期待をはらんだ沈黙によって、わたしに名誉をあたえているのだ。

ああ、なんというめぐみ。なんというすばらしい記憶だろうか。

そしてこの時を、かがやく光をはなつ真珠にするように、聖霊はわたしに、あらたまった適切な言葉を話させてくれる。

シモン・ペトロの話を中断したのは彼の妻だ。彼女は酒器にいれたブドウ酒と杯を一つもって食堂に入ってくる。それらを夫のまえのテーブルに置くと、ふりむいて出ていく。

わたしは口をひらき、自分の言う言葉を知るまえから、すでに話している。「そして最後にあなたに」

「何だ。何だ。何と言ったのか」とシモンが言う。

しかしサウロは頭をあげ、両手を組みあわせ、さらにきこうとかまえている。不思議なことだが、彼のこの姿勢によって、わたしの口からは歓迎の言葉の残りがながれだす。「サウロ」と、わたしはこの神聖なやりとりに自分がくわわっているよろこびをあじわいながら言う。「これはわたしたちが知っていることで、この四年間しばしば話してきたから今では定まった言葉になっている。わたしたちはこれをいつも同じように言ってきた——今までは。しかしその最後を変更しなければならないときがきた、サウロ、あなたのために。

わたしたちはこう言うのだ。『キリストはわたしたちの罪のために死んだ。彼は埋葬された。そして三日めに復活した。彼はまずはじめにペトロにあらわれ、それから十二人にあらわれた。ついで五百人以上の兄弟たちにあらわれた。またヤコブにあらわれ』――つまりわたしに」わたしはそっと言う。「『それからすべての使徒に――』」

わたしはだまる。シモンは気づいてだまっている。サウロも。彼の目がうるんでくる。彼はまたたきもせず、涙をぬぐいもしない。

しずかに、厳粛にわたしは言う。「『そしてすべての使徒たちに』と、今まではこの言葉で終わっていた。しかしこれからは、終わりはこのように言おう。『そして最後にキリストは、ダマスコへの道でサウロにもあらわれた』と。あなたにもあらわれたのだ。ようこそ、タルソス生まれのサウロよ」

ふたたびシモンの妻が、こんどは丸い土器の皿に平たいパンをのせて、部屋に入ってくる。中央のテーブルに近づき、夫のむかい側にひざまずいて彼のまえに皿を置く。

そしてつぎのこともまた、わたしの祝福された記憶だ。シモン・ペトロは太い両腕をひらいて祈っている。

サウロは美声とは言いがたい声で、何度もくりかえし「アーメン」とうたっている。「アーメン。ハレルヤ」と。

シモンは両手にパンをもって、言っている。「イエスは死ぬまえ、わたしたちのなかでこのようにされたのだ。パンをとって祝福し、それを裂いてわたしたちめいめいにわたし、こう言われた。『これは、あなたがたのためにわたされるわたしの体である。これを、わたしの記念としておこないなさい』と」

そしてシモンはパンを裂き、右にいるサウロ、まえにいる妻、左にいるわたしにわたす。

つぎにシモンは杯にブドウ酒を注ぎながら言っている。「わたしたちが夕食を終えるとイエスは杯をとり、感謝をのべてから杯をわたしたちみんなにわたし、わたしたちが飲むと、言われた。『これはわたしの血におけるあたらしい契約だ。これを飲むたびにわたしを思い出して、このようにおこないなさい』」

そしてシモン・ペトロは飲み、彼の妻も飲むと、彼は杯をサウロにわたす。サウロはそれを飲み、それから立ち上がり、自分のテーブルからわたしのところへやってくると、そばにひざまずいてわたしに杯をわたす。わたしはそれを飲む。わたしはゆっくりと、深くあじわいながら飲み、唇から杯をはなすと、サウロがつぶやいている。

「しかしわたしはもっとも小さい者だ、ヤコブよ。それもすべて神のめぐみのゆえに。わたしは神の人びとを迫害していたのだから」

こうしてわたしの真珠は丸くとじて、無垢《むく》なものとなる。その完璧《かんぺき》な瞬間のあと、何十年ものあいだには、サウロとのあいだにさまざまなことが起こったが、わたしはこの真珠を神聖なものとしてまもり、わたし自身のなぐさめにしてきた。

シモン・ペトロが言う。「主《マ》よ、来《ラ》てくだ《ナ》さい《タ》」

わたしは「アーメン」と言う。

わたしの手から杯をとってサウロも言う。「アーメン」と。

◆

L・アンナエウス・セネカ

L.Annaeus Seneca

16

荒々しく野蛮なコルシカ島よ。その断崖と荒涼とした広がりに、わたしはとらえられている。実りない秋、灰色の冬、春には洪水がすべての新芽を水びたしにしてしまう。

わたしは書こうとした。自分を律し、読み、考え、観察して、書こうとしたが、失望するばかりだった。つかわない頭はさびついている。きこえるのが、野蛮な話し手自身の耳すら傷つけるような粗野な言葉ばかりでは、どうしてまともな文章が書けようか。

わたしはどうしているかと。あなたはそれを知りたいのか。食べ物も、飲み物も、生命もなく、自分の葬儀の火をともす火花さえないのだ。この生活とわたしをあらわすには、たった二語で足りる。「追放者」のなかの「追放者」。

この島が憎い。灌木《かんぼく》ばかりで焼けつくような、土のないこの岩の島を憎む。夏は残忍なほど早くおとずれ、それからどうなるか。むろんそれから犬星《シリウス》が牙をむいて、けもののように凶暴な季節が荒れ狂うのだ。

神々よ、わたしはもう墓場へと追放されている。そしてただ一つ慈悲を請うなら、この生ける屍《しかばね》の灰が、大地に戻らんことを。

第二部　アンティオキア

黒　海
キア
エグナティア街道
ビティニア・
ポントス
ガラテヤ
ロアス
ミシア
海
アジア
ピシディア州
アンティオキア
カッパドキア
エフェソ
コロサイ
ピシディア
リストラ
キリキア
デルベ
リキア
タルソス
シリア州アンティオキア
ロドス
パンフィリア
キプロス
シリア
地中海
ダマスコ

◆

バルナバ

Barnabas

17

サウロは言った。「ダマスコでは、巣にみたてたアスパラガスにツグミを盛って食べたことがある。ほんのひとくちの料理だが。銀器に盛ったその肉を食べるのだ」

「魚汁《ガルム》は」とわたしは言った。

「なんだって?」彼は言った。

「ガルムをあじわってみるといい。異邦人は料理にガルムをいれるのが好きだ」

「それは何だ」

「はは。まちどおしいだろう?」

実際は、食べることが好きなのはわたしのほうだ。わたしは自分たちの自由を心からよろこんでいた。サウロにとって食べ物はただ必要なものにすぎず、わすれることさえすくなくない。彼はまた、それをあらたまった宣言の手段として利用する。

「ガルムとは魚のソースのことだ」わたしは言った。「サバのはらわたを塩漬けにしてつくる。あるいはマグロで。つくったものは大きな土器のつぼにいれて送る。カデス産が最上だ」

サウロは言った。「ダフネではヤマネを食べた。小さな死骸《しがい》が串に刺してあった」

わたしはふきだした。大きな頭をしたサウロが、顔をしかめながらヤマネの骨を指でつまんでいるのが目にみえるようだった。「それもひとくちの料理だな」わたしは大笑いした。

サウロのほほえみはよそよそしいものだった。

わたしたちはシメオンの家の一隅でくつろぎ、人びとが週ごとの食事と礼拝にあつまってくるあいだ、時間をつぶしていた。シメオンのしもべたちは一日じゅう料理をつくっていた。客たちは自分の食べ物をもってやってきた。そのことがきっかけで、サウロとわたしはこのような話をしていたのだ。彼もわたしも料理をしなかった。

わたしは大声でレビ記を引用した。「『地上を這う爬虫《はちゆう》類はけがれている。もぐらねずみ、とびねずみ、とげ尾とかげの類、やもり、大とかげ、とかげ、くすりとかげ、カメレオン』それに、目の光る、すばしこいヤマネ」笑いながらも、わたしにはサウロが小さなヤマネを食べたことには、ある目的があったことがわかっていた。それなら、その目的を究極のところまでもっていってやろうではないか。

彼のあばら骨をつつきながら、わたしは言った。「もっとたくさん食べられる料理を教えよう。それは『庭の子豚』というのだ。まず肥えた若い豚の口から、内臓をぬく。ヤギ革の袋のようにするのだ。それからそのなかに、トリ肉やソーセージや、種をとったナツメヤシの実、燻製《くんせい》タマネギ、カタツムリと薬草類をつめる――ああ、それからツグミも。そして、豚を縫いあわせてあぶる。火がとおって、ひっくりかえすときになったら、子豚の背中に小さな切れ目を入れて、薬草《ルー》、甘いブドウ酒、ハチミツ、油――そしてガルムをいっぱいにみたす。どう思うか」

サウロは言った。「粥《かゆ》をもらいたい」彼は自分の脚の骨のようにうすいほほえみをうかべることができる。

「待て、待て」わたしは手をたたきながら声をあげた。「魚のような形にした、雌豚の乳房はどうか。豚のようにはみえないが、それは豚なのだろうか」

じつは五年ほどまえ、わたしがサウロをアンティオキアにまねいてからすぐのこと、わたしたちがいっしょにヘロデ通りをよこぎっていると、彼がとつぜんあぶり肉を薄切りにして売る店に寄ったことがある。わたしたちは自由について論じているところだった。わたしは人生のなかで、自分が爆発するようなよろこばしい自由を感じた二度の経験について彼に話していた。

一度めは、自分の土地と持ち物すべてを売り、その金を使徒たちの足もとに置いたときのことだ。すると、わたしは息を切らし、自分がアザミの冠毛のようにまっていけるような、体の軽さを経験したのだ。

二度めはもっとゆったりおとずれた。それはこのアンティオキアでのことだった。わたしはアンティオキアの信者たちの信仰を高めるために、使徒からここにつかわされていた。信者の大部分は異邦人だった。わたしが来たときには、すでにさまざまな区別は消えていくところだった。もはや異邦人のなかに「神をおそれる者」と「改宗者」の区別はなく、非ユダヤ人とユダヤ人、高い者と低い者、自由人と奴隷などの区別はなくなっていた。

だれでもキリストを主としてしたがう者は、ほかのだれとも同じであり、平等で、家族だった。ローマ人さえ、わたしたちのすばらしい統一に気がついていた。そしてわたしたちのことを分類して、「クリスチャン」と名づけていた。すぐにユダヤ人を異邦人と分けていたすべての律法もまたわたしには意味がなくなり、そのことが、わたしが二度めに感じた自由の軽やかさだった。

　そのためにめくるめく、体のうずくようなよろこびを感じ、のどの下ではつねに笑いがあわだっているのだと、わたしはサウロに言った。いつも、いつでも、とわたしはサウロに言っていた。そのとき彼がとつぜん、あぶり肉の店へ寄ったのだ。長い一本の指をあげ、さししめしたのは、鉄の串に刺されて回転する子豚で、そこからしたたり落ちる脂は、下の石炭のなかでぱっと燃えあがっていた。

「小さいひと切れをください」と彼は言った。

　太い腕をした女が彼のために、ほんのわずかな部分を切りとってみどりの葉にのせ、代金としてわずかな金をうけとった。

　わたしはだまった。そのようなまねはみたことがなかったからだ。わたしは自分たちのあたらしい自由をよろこんではいたが、サウロのしていることは崖からとびおりるように危険なことに思えたのだ。

　折った葉にいれた豚肉をうけとると、彼は二本の繊細な指で、脂ぎった肉片をつまみあげた。肉を口へはこぶ。肉が近づいてくると彼の目が寄った。舌を出し、突きでている舌の先に豚肉の小片をつけた。それからほとんど息もしないでサウロは肉を口に押しこみ、何度も噛んでから飲みこんだ。彼は目をしばたたいていた――内臓のぐあいを調べているかのように。それからにやりとし、わたしの袖をひっぱり、笑いだした。それは、水にとびこんでも溺れなかった男のような、息がとまるような笑いだった。

　小さなファリサイ派の男、サウロは豚肉を食べた。彼は山にのぼってモーセのところへ行き、言ったのだ。「もうけっこう。もうトーラーは必要ない」と。それからわたしたちのところへもどり、食べ物をあらたな生き方の正式な宣言と、その証拠としてつかいはじめた。このアンティオキアで、サウロは異邦人のなかで異邦人のように食べ、すべての信者にこう宣言した。「この自由をえさせるために、キリストはわたしたちを自由の身にしてくださったのです」と。

　たしかに、だから彼はそう言ったのだ。しかしサウロはその自由を、まったくただで手にいれたわけではなかった。彼はその代価を支払った。あたらしい食べ物は、彼に下痢《げり》を起こさせたからだ。あの厳格でまじめなわが兄弟が。わたしがいつも主の自由について笑うと、彼はこちらをにらみつけた――それがおかしくてたまらなかった。

「待て。待て」とわたしは言った。わたしたちのほうまで人びとで混みあってきた。友人、信者たち、わたしたちの集会の全員があつまってくる。彼らはわたしに問いかけるような顔をむけたが、わたしは自分の冗談のおかしさに笑いをこらえることができなかった。

「魚のような形にした雌豚の乳房はどうなのか」わたしは大声で言った。「腹下《はらくだ》しのようにもみえないのに、それがどうしてあなたの腹をくだらせるのか」

シメオンの息子の一人、赤く燃える柴のような髪をしたルフォスが、わたしたちのところへやってきた。にっこりしてしゃがみ、わたしの肩にこぶしをあてた。

「バルナバ、あなたは今日うたうのですか」

「いいや。わたしはだまっていることになっている——舌も声もひかえるように。バルナバはだまっているときなのだ」

ルフォスはわたしの友のほうをむいて言った。「兄弟よ、あなたは今夜、説教するのですか」彼はその兄弟という言葉に、ほかの者たちがつかうより愛情をこめて言った。それは、サウロがこの家でルフォスといっしょに住み、兄のような存在になっていたからだ。

サウロは頭をふった。「今夜はきみのお父さんが話をする」

「きっとまたあの話だ」とルフォスは言った。

「あれはいい話だ」サウロは言った。「またとない話。全世界に、あのような話は二つとないのだ」

家はしだいにさわがしくなっていった。人びとは食べ物をはこび、食堂で食事をし、中央テラスをかこむ通路を行きかい、テラスにしかれた大理石の床にすわっている者もいた。

テラスは快適で優雅な空間になっていた。六本の柱の上は吹きぬけになっていて、その下には池と噴水が配され、白黒二色のみがかれた大理石の厚板がしかれていた。柱と柱をつなぐ低い石の壁にも人びとは腰かけていた。わたしたちがあつまると、そこは、低くにぎやかなうなりを発しているハチの巣のようになる。わたしはその騒音のなかにひたっている。

サウロはわたしのひげをつかみ、わたしの顔をまっすぐ自分にむけた。しばらくそのはげしい小さな目がわたしをみつめた。「冗談なのだろう？」

「何のことだ」

「ほんとうに、だれかがあなたにだまっているように言ったのか」

「ああ、そうだ」

「だれなんだ。そのあつかましい者は」

「ヤコブだ」

「どっちのヤコブか」

「ヨハネの兄弟ではない。主の兄弟のヤコブだ。彼が手紙を書いてきた」

サウロはわたしのひげをはなした。彼はわたしをみつめていたが、その心はほかのことにうばわれていた。

問題をかかえているときのサウロは、彼の食べたツグミやネズミのようにすばやい、ひきつったしぐさをするようになる。自分の衣のすそをひっぱる。そして気づかないうちにほつれた糸をぬいているのだ。

「ヤコブが手紙を書いてきたのか」

「とくにわたしに宛てられていた」わたしは言った。「しかしほかの者たちにも宛てられていた。たぶんあなたにも。ここにもってきた。会衆全体に読んできかせることになるかもしれないから。ほらこれだ」

わたしは小袋からかたい紙を出し、サウロにわたした。彼は声を出して読みはじめたが、それはゆっくりしたたどたどしい読み方だった。ヤコブの手紙はアラム語で書かれ、それはサウロの得意な言葉ではなかったからだ。

「時節がら、どこにいる者であれ、わたしたちには慎重さが必要です。アグリッパ王はローマからもどっています。彼はメシア的な方法で行動することをえらんでいます。熱心党員たちとしたしくしている。サドカイ派にとりいり、その力を利用して、ますます危険になっているのです。わたしたちの生活を制限するようになるのは必至です。それよりもまずわたしたちを投獄するでしょう。そして鞭《むち》打つ。殺すこともあるでしょう。

バルナバ、彼に理由をあたえてはいけないのです。バルナバよ、ユダヤの長老たちにいとわれるような行為はつつしまなければなりません。ですからバルナバ、割礼をうけない異邦人たちと分けへだてなくつきあうようになったキリスト信者がいることを、わたしがおそれ、怒っていることが、あなたにも納得がいくと思います。トーラーが自由思想をもつ者たちにさげすまれるほど、アグリッパはキリスト信者全体を政治的に罰するようになるでしょう。あなたに言いたいのは、どうしてそのような恥をさらす必要があるのかということです」

サウロの頬はピンク色に染まっていた。彼はつぶやいた。「犬《クノ》の《・》よ《タ》う《ル》に《セ》あ《ー》つ《ス》かましい」

彼はわたしのほうをむき、真剣な低い声で言った。「よろこびは恥ではないのだ、バルナバ。それは聖霊からの賜《たま》物《もの》なのだから。だから、うたうしかない。そして、ヘロデ・アグリッパがエルサレムに来たからどうだというのか。主イエス・キリストもまた来られるのだ。ヘロデのすべてを吹きとばすような、あらゆる力とあらゆる権威があわさった栄光とともに」

そのころサウロはわたしにとって伴侶以上の者になっていて、いわばわたし自身の、よりまじめで、かしこく、大胆な部分であった。どなり、うたい、笑う、わたしの衝動的な面につりあいをとってくれる者がいたことに、ヤコブはよろこんでいたのだろう。

　そもそもサウロをアンティオキアへつれていくようにわたしにすすめたのは、ヤコブだった。サウロはトーラーにくわしいと、彼は言っていた。わたしをおぎなってくれる男にひきあわせてくれたのは、ヤコブだった。だからヤコブに、このような働きをさせてくださった神に、わたしは感謝する。サウロとわたしは全体をつくる、それぞれ半分なのだから。

　わたしはギリシア語はなんとか話せるが、母語はアラム語だ。サウロのアラム語は書物から学んだものだが、ギリシア語なら船乗りのようにでも、雄弁家のようにでも自在に話すことができた。彼の口から出るギリシア語は、人をおどろかす大吹雪にもなるし、人の心を罠にはめる金の糸にもなりうる。ギリシア語では自分のことをパウロとよび、アラム語ではサウロとよぶ。わたしは、「サウロ」というのはアヒルがよちよち歩いていくような感じだが、「パウロ」だとワシが空高くまいあがる感じだなと、よく冗談を言っていた。

彼は生活のために仕事をした。わたしもした。彼は革と粗布をぬい、わたしは金属や貴石をあつかった。

　サウロは背が低く、串と小枝でつくったような体をしている。わたしはもっと背が高く、並の雄牛などよりはずっとひろい肩をしている。

　彼は律法を学び、その成文にも口伝にも通じていた。わたしはレビ人の儀式を学んだ。わたしたちは二人でモーセとアロンになれた——しかし、めくるめくそのころ、わたしたちはそのどちらの手本にもしばられることはなかった。わたしたちは自由だった。主はすぐに来られる。それまでの時間をすごすのに、オロンテス川のほとりのアンティオキアほどいい場所はないように思えた。

　サウロはわたしのほうにかがみこみ——わたしの視界をあのわし鼻でおおい——わたしに口づけした。

「うたうのだ、バルナバ」と彼は言った。「あなたがうたうと、わたしは泣けてくる。うたうのだ」

　ニゲルとよばれるシメオンは腰かけをテラスにもってきて、その中央に置いた。近くにいた者たちはしりぞき、彼のために丸く場所をあけた。彼はすわった。海のような人垣にかこまれていたので、彼は少しずつ体を回転させながら、話した。そこには老若男女、ユダヤ人も異邦人もいた——しかしほとんどが異邦人で、この話は彼らにとってもっとも身近に接することのできるイエスの姿だった。あらゆる場所にクッションや長椅子やベンチが置かれ、床も、敷物やワラ布団で埋めつくされていた。部屋のすみにいる者たちは、彼をみるために立ち上がった。ほかの者たちはみるのではなく、きくために、頭をたれた。

シメオンは言った。「兄弟サウロは、わたしに木のことをたずねるのです。『あの木のことを知りたい』と。サウロにきかれてわたしは言います。『何の木のことを言っているのか』と。すると兄弟サウロは言います。『彼らが主をはりつけにした木。呪いの木のことだ。あの木についてあなたは何を知っているのか』と」

シメオンはわたしたちのほうをみて言葉を切る。

彼の目は真夜中の色だ。息子のルフォスは赤い髪をしているが、シメオンはアフリカ人で、ニゲルという呼び名のとおり黒い。これはなかなかおもしろい謎ではないか。そしてその答えはこうだ。

ルフォスとアレクサンドロの母であるシメオンの妻は、ベタニア生まれの青白いユダヤ人なのだ。彼女の顔の乳のような白さが、子どもたちの顔にうけつがれ、血色のよいダビデ王の血が彼女をとおしておさな子ルフォスにそそがれたのだろう。

シメオンはサウロをみつめ、サウロはそれをみとめてうなずいた。たしかにサウロはあの木のことをたずねていた——何年かまえに。しかしシメオンは、サウロがいるときはいつも、このようにして話をはじめる。彼はサウロのことを息子のように思っているからだ。

「だれかが兄弟に話したにちがいないのです」とシメオンは言った。「あの木をはこんだのがわたしであること、わたしがそれを町からゴルゴタへはこんだことを。

自分の知恵から、自分の意志から、そして自分でえらんで、それをはこんだのであればよかった。その木の重みに苦しむことをねがいでるほどよく知り、大きな愛をもっていればよかったと思う。しかしわたしは何も知らなかったし、えらびもしなかったのです。

どれほどわたしが無知だったか。なにしろわたしは、ローマ人によって自分がえらばれたと思っていたのですから。

その日、わたしと息子たちは、過越祭を祝うためにエルサレムにいました。わたしたちは子羊を買いました。そしてそれをほふってもらうために、神殿につれていくところでした。庭の門から南にむかって町に入り、人込みのなかをすすんでいくと、ローマの兵士がわたしの肩をつかんで言いました。『おい。この角材をもて。罪人の角材をはこぶのだ』と。

ラテン語で『パティブルム』と言っていました。十字架の横木、人をつるす角材。十字架の長い長い腕の部分です。

みると罪人が地面によこたわっていました。人びとは彼を遠まきにしていました。あいた場所にうかぶ島のように、彼はたおれておりました。その背中と肩はぼろぼろに裂け、どろどろした血が光ってかたまりかけていました。むろん、ささくれだった材木など、その背中でかつぐことはできません。材木は彼のよこに置かれていました。

わたしは両腕にかかえていた子羊をもちあげて言いました。『すみません。わたしは息子と神殿へ行くところで――』

兵士は子羊をつかみとると、人込みのなかにほうり投げました。わたしたちは子羊をうしないました。子羊は行ってしまったのです。兵士はわたしをひきずりだすと、うなるように言いました。『野蛮人め。死のうとしている者をあわれに思わないのか』と。彼は罪人の両腕の下に手をいれ、立たせました。

どうしようもなかったのです。

わたしは材木を背負いました。ルフォスとアレクサンドロはおびえ、エルサレムを出て、一目散にベタニアの家へもどっていきました。わたしは兵士や血をながす男のあとにつづきました。すると、わたしのまわりには女たちがいて、みなわたしたちと同じ方向にむかっていることに気がつきました。彼女たちはすすり泣き、なげき、うめき、声をあげて泣いていました。葬式の行列のように。

それからすぐ、死人のようにとむらわれているその男は立ち止まって、ふりかえりました。すると一同もとまりました。そのとき彼はわたしにこう言ったのです。『わたしのために泣くな。自分や、自分の子どもたちのために泣きなさい』――ルフォスのために？　アレクサンドロのために？　二人ともまだ少年なのに。

死にかけた男はまた言いました。『子を産まない者、はらまなかった胎、ふくませなかった乳房はさいわいだと人びとが言う日が来るからだ。そしてすべての者が山にむかって、わたしたちの上に落ちてくれとさけび、丘にむかって、わたしたちをおおってくれとさけぶ日が来るからだ』

死にかけた男はわたしをみて、ため息をつきました。そしてまたむきなおりながら、言いました。『木がみどりのうちにこのようなことをするなら、木が枯れたときはどうするのか』

ゴルゴタへつくと、兵士は角材を置くように、わたしに命じました。

『行ってもよい』と彼は言いました。しかしわたしは行かなかった。

兵士たちが気の毒な男を木の上によこたえ、その腕を両側にひらくのをわたしはみていました。そして大釘を、肉と骨をつらぬいて材木まで打ちこむのを。

彼は声もあげなかった。不平も言わなかった。意識がなかったわけではない。目はひらいていた。自分に起きているすべてを知っていた。すべてを。しかし彼は叫びも、呪いもしなかった。それから兵士たちはわたしのはこんだ横木のまわりに縄をかけ、それを、地面に立つ高くてがんじょうな柱のまえへ引き上げた。そして横木をてっぺんにあるじょうぶな掛け釘に落とした。釘づけにされていた彼の体は、腕からぶらさがり、ゆれながらわたしのところからはなれてゆき、横木が所定の位置におさまると、彼の全身に衝撃がはしり、苦痛で体全体がふるえ、歯が鳴りはじめた。

それがその木だったのです、兄弟サウロよ。わたしは彼がはっきりさめたまま『呪いの木』にはりつけにされたのをみていたが、そのときでさえ彼は声をあげなかった。兵士たちはあたらしい大釘を彼の両足に打ちこみ、彼らがそうしているとき、わたしは彼が言っているのをきいたのです。『父よ、彼らをおゆるしください』と。『彼らをおゆるしください、彼らは何をしているのかわからないのですから』。

するとわたしもふるえがとまらなくなりました。それからその男の名前を知ったのです。兵士が十字架のうしろにはしごをかけて、そのてっぺんまでのぼり、文字の書かれた板をそこに打ちつけたからです。アラム語の言葉を読むと、『ユダヤ人の王、ナザレのイエス』と書かれていました。彼の名前は『ナザレのイエス』だった。イエスというのがその男の名前だった。

彼の葬列にくわわって泣いていた女たちのいく人かは、まだそこにいて、わたしのそばに立ち、やはりみていました。するとイエスがそのなかの一人をみおろし、こう言っているのがきこえました。『女よ、あなたの息子をみなさい』と。彼女はその言葉どおり十字架にかけられた男をみると、泣きだしたので、彼は彼女の息子にちがいありませんでした。彼女のひざから力がぬけたので、ほかの男がささえてやさしく抱くと、イエスはその男に言いました。『あなたの母をみなさい』と。二人はともに泣き、わたしも泣いていました。

こうして、わたしもそこから去ることができなくなったのです。どうしてはなれることができたでしょう——嵐が大地に近づいて暗くなり、女たちと番兵以外だれもいなくなっても、わたしはのこり、彼が死ぬまでつきそっていました。彼が死んだときもそこにいたのです。

わたしがおどろいたのは、そのとき彼がついに声をあげ、頭をあげて体を突きだし、つばさのある勝利の女神像のように胸をそらしたためでした。その首の静脈《フォネ・メガレ》はうきあがり、黒い天空の下で彼が発した声は兵士の勝利の叫びだったのです。

彼は勝利のうちに死にました。

そしてこれら一連の出来事の意味を教えてくれたのは、ローマの兵士でした。兵士は、死んだ男、木の上の傷ついた人影をみつめ、『この人はほんとうに神の子だった』とささやいたからです。

しかしわたしの二人めの教師はシモン・ペトロだった。わたしは彼から、つぎに起こった、ありえない出来事についてきいたからで、それをきいてはじめて、彼の死から何週間も、どうして自分が心をうしなったまま歩きまわっていたのかを知り、また自分の心がどこへ行ったのかを知ったのです。つまり、それは『ユダヤ人の王、ナザレのイエス』とともにあったのです。

五旬祭の日、わたしがあの日とはちがう群衆のなかに立っていたとき、シモン・ペトロはまっすぐわたしにむかって、わたしの言葉で語りかけたのです。彼は言っていました。『あなたが十字架にかけたこのイエスは』と。それはわたしのことだったのです。わたしは彼を呪った材木をはこんだのですから。シモン・ペトロは言いました。『無法者の手によってあなたが十字架にかけたこのイエスを、神は復活させてくださったのです』

これが、つぎに起こった出来事で、わたしはそれについて知らなかった。つまり、イエスが死人のなかからよみがえったことです。呪いは打ち負かされたのです。木はもう何でもないものになったのです。シモン・ペトロはわたしに言いました。『悔い改めなさい。そして罪のゆるしのために、イエスの名において洗礼をうけなさい。そのイエスを、神は主とし、また救い主《キリスト》とされたのだ』と。

わたしが洗礼をうけて水から出てきたとき、また聖霊がわたしのなかでうごいたとき、キレネ生まれのわたし、シメオンははじめて、どなたが自分をえらんでくださったのかに気づいたのです。兄弟サウロよ、わたしがえらんだわけではないのです。わたしはえらばれたのです。木をはこぶようにわたしをえらばれたかたは、ローマ人ではなかった。イエスだった。イエスがわたしをえらばれた。イエスがわたしを立たされ、ご自分のものとしてくださったのです。だから水から出たとき、わたしはあのときのイエスの叫びのように、自分の勝利の声をあげていました。『イエスよ』とわたしは声をかぎりに言いました。『イエス、イエスよ。わが命の主、わたしはあなたのものです』と」

話の最後になると、シメオンの服は汗で黒ずんでいた。彼が話をするといつもそうだ。シメオンははじめてイエスに会ったあのときに、ほとんど体ごともどっていくのだ。しかしそれより不思議なのは、彼がその話をするたびに、死んでよみがえり、死者のなかから復活した主イエスに、わたしたちもふたたび会うことだった。

だからシメオンの話が終わり、彼が腰かけを立つまえから、そうしようと思ったわけでもないのに、わたしはうたっている。

歌のためにわたしの胸はふくらむ。うたっていると歌はわたしの内なる命になり、それが大きくふくれあがるのだ。ワシが風を切ってとぶように、わたしもみえない空気を切ってすすみたいとねがっている。

わたしは目をとじて大きく口をひらいた。すると言葉が出てきた。「神は、イエスに言われた」わたしがとなえると、人びとがそれに応えるのが聞こえた。「すわれ、わが子よ、すわりなさい」

わたしはふたたび、より大きくとなえた。「神は、イエスに言われた」人びとは応える。「すわれ、すわりなさい」そして彼らの声を風として、わたしはそれにのってとんだ。

わたしは体をゆすって、うたった。

わたしの右の座にすわりなさい
わたしが彼らを撃ち
彼らをたおすまで。

わが子よ、すわって指揮をとりなさい
わたしがあなたの敵を
あなたの足台とするときまで。

わたしのまぶたはふるえていた。ランプの光と影とまわりの人びとが、オレンジ色と黒の燃えるような広がりになった。わたしはそこで立ち上がり、ゆっくりとまわりはじめた。聖霊がわたしのなかに入っていた。その聖霊を、わたしは歌の炎のように感じることができ、かつてうたったこともないようなことをうたっていた。しかしそれはシメオンの話に応える言葉であることがすぐにわかった。「不思議。これぞ不思議」わたしはうたった。「この不思議をわれらは信ずる」

するとわたしは、あたらしい声とあたらしい言葉にとらえられた。そしてうたった。

あなたは――肉においてあらわれ――
聖霊において義とされ
天使たちはあなたのまえにひれふします。
あなたの――その強い御名を、わたしたちは異国
につたえます
全世界が知るまで
あなたを栄光のうちに上げられたのは神でした。

まわりで笑い声がした。そして人びとは泣きだした。一人のおとめがうたった。「イエスの名において」それをきくと全会衆はひざまずくために身を起こした。「イエスの名において」おとめはふたたびうたい、わたしたちはみな、おのずとひざまずいた。「アーメン。アーメン」とあらゆるところから声があがった。

テトスという異邦人の若者が早口で、夢中になって、ききとれない言葉をしゃべりだした。彼は立ち上がると、左へ二歩、右へ二歩と足を踏みだしておどり、人びとは手を打ちならした。すると彼はさらに力強くしゃべった。会衆のなかでイエスの名がよばれると、テトスはいつもそのようなことをした。

わたしのなかの聖霊は歌だった。テトスのなかの聖霊は、だれにもわからないその言葉だった。ああ、天国のような日々、栄光にみちた夜々よ――聖霊はここにいた。若者とむきあったわたしたちは、その熱を感じることができた。

それから女預言者の声が一同の上におりてきた。はっきりとした意味のわかる言葉で彼女は語った。「イエスの聖霊はわたしに話すように言われました。聖霊には話すことがあるのです」

若いテトスはだまった。一同がしずかになった。

それはシメオンの妻、ルフォスの母だった。彼女はくりかえしては話さず、その預言はわたしたちの礼拝で何らかのきっかけがあって起こるわけではなかった。聖霊がもとめるときにだけ、彼女は語った。そして彼女はただの一度だけその言葉を言って終わる。彼女はおそれられ、うやまわれている。会衆はすわる。

「イエスの聖霊は二つのことについて言われます」彼女は言った。

彼女はサウロとわたしのほうへやってきた。彼女が近づいてくると、腹がさしこんできた。サウロは彼女をじっとみつめていた。彼女はわたしたちのうしろへまわった。わたしが頭をさげると、すぐに首のうしろに彼女の手がふれた。

すると彼女はささやくように言った。「聖霊はこう言われる。『わたしがこの仕事のためによんだ二人の者を行かせなさい。この者、バルナバ。そしてこの者、サウロを。わが主、イエス・キリストの偉大な御名をつたえるために、彼らを送りだしなさい』」

　わたしは彼女の言葉をきき、その真実たるを知った。腹の痛みは消え、わたしは笑いだした。

　わたしたちはアンティオキアの人びとをはげますために、使徒たちにつかわされた。しかしこんどはイエスご自身が、わたしたちを世界へつかわされるのだ。

　とつぜんサウロはうたっていた。「主よ、来てください《マラナタ》」わたしも声をあげ、大声で笑いながらさけんだ。「マラナタ」

　人びともそれぞれ声をあげた。「マラナタ」

　するとシメオンの妻である預言者が、わたしたちのうしろで息を吸い、「アーメン」と言うのがきこえた。

「パンをはこべ」わたしはよびかけた。「ブドウ酒をここへ。さあいっしょに、わが主、イエス・キリストの食事をしようではないか」

　アーメン、アーメン、まさにそのとおりだった。

ヤコブ James

18

攻撃をうけることはわかっていた。わたしはずっとそれをおそれてくらしていたのだから。わたしは十年以上にわたり、エルサレムでの迫害からわたしたちをまもってくださるよう、個人的にも、おおやけの場でも主に祈ってきた。しかしそのおそれと予感は、ぬぐいさることはできなかった。それはやってこようとしていた。行動があらためられないかぎり、それは確実にやってくるのだ。

イエスこそキリストだと告白する者たちの一部は、背教についても説いていた。しかしわたしたちの指導者はそれを非難しなかった。指導者たちはどんな立場もとらなかった。わたしは、自由主義者とわたしたちのあいだをはっきりと分けておくように指導者たちにたのんだが、彼らは何もしなかった。だから当局者が、イエスの信者をすべて一つの、いわば一枚岩の集団とみなしているのも無理はなかった。

ほんとうのことを言えば、エルサレムの大多数の信者は、割礼が無頓着にはねつけられ、また一部の兄弟たちがトーラーをさげすむことに恐怖をおぼえていた。そのようなことはイエスの教えではなかったからだ。イエスは律法を破壊するために来られたのではない。それを完成させるために来られたのだ。モーセの言葉の一点一画も変えられることも、消されることもない。わたしはそう言った。そう論じた。しかしだれも耳をかたむけてはくれなかった。

そしてわたしがおそれていたとおり、攻撃ははじまった。神よ、わたしの予感が正しかったことを記録しても、まったくよろこびはありません。わたしは預言者ではない。そしてそこには何の不思議もない。わたしは平凡な男だから、はっきりとみえるものをみ、強い人間であれ弱い人間であれ人びとの感情や行為を読んだだけなのだから。

こうして、すでに市民に愛されていたヘロデ・アグリッパ王は熱心党員、サドカイ派の者、祭司たちにさらによろこびをあたえることをした。つまり、ゼベダイの子ヨハネの兄弟、ヤコブを逮捕したのだ。それは単なる宗教的な問題だったのかもしれない。しかし、そんなことは関係なかった。要は、王は自分の政治力を、帝国内にひろくしめしたかっただけなのだ。だからヤコブをトーラーの定めにしたがって石打ちの刑にはせず、よりローマ的な方法で殺した。

わたしと同じ名をもつヤコブは、首をはねられた。

刀のひと振りで使徒の首は切りおとされ、十二人の弟子の一人、あの一団の最初の犠牲者となった。

それからはすべてのことがそれまでと同じではなくなった。

エルサレムはそれをよろこんだ。

ヘロデ王はそのよろこびを二倍にしようと考え、つぎにシモン・ペトロを逮捕した。しかし過越祭の聖なる日々のあいだに処刑がのばされているうち、シモンは天使のみちびきによって牢を脱出した。すばやく、そして賢明に、彼はエルサレムをはなれていった。

十二人のほとんどもそのようにした。

彼らがいなくなってひどく人材が不足したために、わたしは指導的な立場に立つことになった。

わたしはそのようなことはのぞんでいなかったのに。正しい者になど、なりたくなかった。しかし、わたしの兄弟であるイエスの教会のために、決定をおこなうことがわたしにまかされると、礼拝式のなかで助言をおこなうようになった。神をうやまうわたしの気持ちは、信心深いユダヤ人たちから敬虔だとうけとられた。従順さが教会のいしずえとなり、教会を雨風や洪水の攻撃からまもる要塞となった。そして教会は破壊されることのないものへと変わった。

わたしはエルサレムで脅威となるような人物ではなかった。わたしは尊敬されていた。肉も食べなかった。頭に剃刀《かみそり》もあてなかった。ローマのぜいたくな香油もぬらなかった。浴場へ行ったこともなかった。毛織物はまとわず、亜麻だけを身につけた。そして信者のなかではわたしだけが神の神殿のそばに近づくことができ、ほとんどそのなかに入《い》るようなところまでゆるされ、わたしはそこにひざまずいて仲間たちのために祈りつづけた。

ヤコブの死を知らせるために異国の信者たちに手紙を書き、イスラエルの家のなかに住むように勧告したのはわたしだった。アンティオキアの教会がその知らせをうけとることを、とりわけ期待していた。そして教会は手紙をうけとった。しかしバルナバとサウロはうけとらなかった。彼らは半年以上まえからそこにおらず、だれもその居所を知らなかったからだ。

◆

テモテ

Timothy

19

　あるとき、父が西のほうで仕事をして、わたしたちがいっしょに家路をいそぐ旅をしていたときのこと、父はひろい沼地のほとりで荷車をとめ、手をあげてみどり色の水や朽ちた木の幹のかなた、遠くにある小高い丘のほうを指さした。

「あれをごらん」と父は言った。

　みると、とても古い木が二本あって、まわりを石壁にかこまれていた。木の枝にはいくつも花輪がかけられ、あるものはあたらしく色あざやかで、あるものは枯れて茶色くなっていた。

「カシの木とシナの木だ」と父さんは言った。「このあたりで生きているのは、あの二本の木だけだ。ほかには何もありはしない」父さんは両腕をひろげながらため息をついた。「町はどこにある？　農場や家や人はどこだ」

　父は頭をふり、大きなため息をつこうとしたが、その息が咳に変わった。父はこごんで咳をした。顔が少しむくんだ。みどり色の水のなかにピンク色のものを吐くと、口をぬぐい、それからわたしに言った。「しかしわたしは、みんながどこに行ったか知っている」

　彼はにっこりして目くばせをし、ロバをたたいた。そしてリストラの町へむかって、またすすみはじめた。わたしはまだほんの子どもだった。沼と、しなびた花輪からはなれることができて、とてもうれしかった。

「父さん」とわたしは声をかけた。「みんなどこへ行ったの？」

「ああ」父はため息をつき、それからロバにうたいかけた。「わたしの息子はいい生徒だ。ほんとうにいい質問をする。そしてわたしは完璧な答えを知っているのではないか？」

　父さんは荷車にのり、わたしのとなりにすわると話してくれた。「むかしむかし、ゼウスと息子のヘルメスは……」

　父は二本の木にまつわる話をしてくれた。家へつくまでのあいだ、ずっとその話をしていた。ほかの旅人を荷車にのせてやるためにたびたびとまったが、話をつづけ、きく者の数をふやしていった。父はじつに話がうまかった。

家についたときにちょうど話を終わらせた。わたしは家へかけだしながら、声をあげていた。「母さん。母さん。みんなどこへ行ったかわかったよ。溺れたんだ」


〈むかしむかし、ゼウスと息子のヘルメスは地上におりてきて、人の姿になり、フリギアの丘を旅していた。ゼウスはいかずちをもってこなかった。ヘルメスも、かかとにつばさをつけてこなかった。二人ともくたくただった。そして泊まるところをさがしていた。

しかしだれも泊めてくれなかった。

農夫や村人に「だめだ」と言われた。商人や地主には追いはらわれた。千の家をまわって、千の扉にしめだされた。

神さまたちはとうとう、いちばん貧しい小屋までやってきた。屋根はワラとアシでふかれていた。彼らは扉をたたいた。すると年老いた女がその扉をあけた。

神さまたちは言った。「ご主人か奥方はいらっしゃいますか」

年老いた女は大笑いした。「それなら、わたしにお話しくださいまし。わたしは召使で、また奥方なのですから。そしてわたしの夫は奴隷で、主人です。この家にはわたしたち二人きりです。ここにいるわたしバウキスと、あっちにいる年老いたピレモンだけです。さあ、どうぞ。入っておくつろぎください」

そこで神さまたちは大きな頭をかがめて、低い戸口に入っていった。ピレモンはあいそよく二人がすわる椅子をもってきた。バウキスは椅子を古い布でおおった。

「おすわりください」と言ってから、バウキスは前日の灰をさぐって、葉っぱや木くずにつける火種をさがした。それをふうふうと吹くと火がおこった。それから屋根のすみから小枝をぬきとって火にくべ、小さななべをその上にかけた。

ピレモンは庭から野菜をとってきた。バウキスは野菜から葉をむしりとってなべにいれ、そのあいだに夫は二叉《ふたまた》のフォークをもち、黒ずんだ梁《はり》から、いぶされてうまそうな、わき腹肉のベーコンをとった。厚切りにして、それもなべにいれて煮た。

夫婦はにぎやかに話をし、お客をたのしませた。ピレモンはゼウスとヘルメスが体をふけるように、ブナ材の鉢に湯をいれた。バウキスは、カヤツリグサのつめものをしてヤナギ材の脚をつけた長椅子に、すりきれたおおいをかけた。

「どうぞおかけください」と言って彼女はおじぎをし、自分のうすっぺらな衣をたくしあげ、ふるえる手で神さまたちのまえにテーブルをすえた。テーブルの上をとりたてのハッカの葉でふききよめてから、そこに土器の皿と、最初の食べ物を置いた。秋につんでブドウ酒のおりに漬けておいたサクランボ、エンダイブと赤カブ、小さく切ったチーズ、熱くなりすぎないように灰のなかであぶった卵だ。

つぎに彼女は酒器に入れたブドウ酒と、内側に黄色い蜜《みつ》蠟《ろう》をぬったブナ材の杯をもってきた。

それから火の上でぐつぐつ煮えていたシチューももってきた。最後は軽い食べ物を出した。浅いかごに盛られた木の実、イチジク、しわしわのナツメヤシの実、スモモ、リンゴ、黒ブドウ、つやつや光ったハチの巣、そしてほがらかな接待だ。

でもそれから老夫婦は奇跡をみたので、こわくなった。なんと、酒器から酒をついだのに、それがまたいっぱいになっていたのだ。それに彼らのブドウ酒はうすく、しこんだばかりだったのに、そのブドウ酒はこくがあって古酒のようだったからだ。

夫婦はひざまずいた。「おゆるしください。わたしたちの貧しい食事、へたな料理をおゆるしください」

それから二人はすぐに立ち上がると、小屋の守り神のようにたいせつにしているアヒルを追いかけはじめた。

「しずかにするんだ」とピレモンは声をあげた。「おまえはお客さまの食べ物になるんだ」しかしアヒルはその部屋を逃げまわってお客のところへとんでいき、お客は両腕でアヒルをおおった。

「この生き物を殺してはならない」と彼らは言った。「その必要はない。ほらこのとおり、わたしたちは神なのだから」

バウキスとピレモンはおそろしさのあまり息をのんだ。

「いやいや、おそれることはない」とゼウスは彼らに言った。「人の姿になったわたしたちは人間たちにこばまれたが、おまえたちはべつだった。そして今は神として、おまえたち以外の人間を罰することにする。老人よ、老女よ、いっしょに来なさい」

彼らはそれにしたがった。バウキスとピレモンは杖にすがりながら、西へむかって長い坂をとぼとぼと歩いていった。てっぺん近くに来たとき彼らがふりかえると、住んでいたあたりは濃いみどり色の水にのみこまれていた。しかし彼らの家だけはそのまま立っていた。はじめは近所の人たちのことを思って二人は泣いていたが、それから自分たちの小さな小屋が変わっていくのをみた。それは大理石の柱のある神殿となり、黄金でふかれた屋根はあざやかな黄色で、扉は彫刻でかざられ、床はモザイク張りだった。

年老いた夫婦の顔をながめながらゼウスは言った。「ほしいものを言いなさい、それをあたえるから」

二人には自分たちのほしいものがすぐにわかった。

「わたしたちを、あなたの祭司にしてください」と彼らは言った。「死ぬまであなたの神殿につかえることができるように。そしてわたしたちが死ぬときは、偉大なるゼウスよ、どうかわたしたちをいっしょに死なせてください。どちらかが棺台によこたわっているのをみなくてすむように」

こうして彼らは生涯のあいだ、その神殿をまもることになった。

そしてある夕暮れのこと、年老いて頭をたれた二人が神殿の階段にすわっていると、バウキスは夫の頭が葉っぱになっているのに気づき、ピレモンは妻の肌が木の皮に変わっているのに気がついた。彼らの肌にある茶色のしみからは小枝がはえはじめ、灰色の皮が二人の顔をおおってしまうまえに、夫と妻はいっしょにさけんだ。「さようなら。さようなら。愛する者よ」

こうして一人はカシの木になり、一人はシナの木になり、人びとはその聖なる木に今でも花輪をかけているのだ〉

父がはじめてバウキスとピレモンの話をしてくれたのは、わたしが八歳か九歳のころだった。そしてわたしが十六歳のときに、父は死んだ。父はギリシア人として生まれた。そして父はわたしに、ティーモテオス、「神をうやまう者」というギリシア名をあたえた。しかし父はローマにつかえていたので、生活はローマ風にしていた。

わたしたちの町の行政は完全にローマ式におこなわれていた。カエサル・アウグストゥスみずからがリストラをローマの属領として統治していた。ほとんどの住民はギリシア人でもローマ人でもなく、古くからその土地に住みついた者たちだったが、その政府はローマ式で、専制的だった。

父の生涯の仕事は、市の高官のために記録をとることだった。つまり彼の生活は、ローマ人たちの善意にかかっていた。父は自分を「合わせている」と、それが世のなかでごくあたりまえのことのように言っていたので、父はローマを好いているのだと思っていた。しかし父が死んでから母は、それはすべてみせかけで、ローマに愛されていなかった彼に必要ないつわりだったと言った。そして父よりも重々しく、「彼の生活がかかっていた」からだと言った。

父はわたしをローマ人として育てた。

わたしが生まれて九日めの命名式の日、父は息子のきよめの儀式のために犠牲《いけにえ》をささげた。そしてわたしの首に、垂れ飾り（ブッラ）をかけた。これは小さな金の容器で、なかにはわたしを魔術や邪目《ファスキナーティオー》からまもるお守りが入っていた。成長していくわたしは、つねにブッラを身につけていた。

　父はわたしにギリシア語とラテン語で読み書きを教えた。そして神々や英雄の物語をしてくれた。「ペルセウスが、鎌首をあげるヘビを頭からはやしたメドゥサの首を切ったのは、イコニオンへの道だった——そしてホメロスはペルセウスのことを、もっともほまれ高い男だと言った」と。

　アキレウスの怒りや、ヘクトルのうれいをおびた勝利を、父は長々と引用した。どのようなものであれ、わたしはおぼえてしまうまでその言葉を大声でくりかえした。すると父はわたしに口づけし、自分もプリアモス王のように長生きがしたいものだ、しかしわたしの息子は血なまぐさい殺人で死にはしないのだから、自分はもっとたのしく生きるだろう、と言うのだった。

「神々をうやまいなさい」と父は言った。

　言葉やはげましで、また人の体についてのおどろくべき知識によって、父は自分にはできなくなったことも教えてくれた。格闘、短剣や盾《たて》のあつかい、軽い槍《ジャベリン》の投げ方だ。走ることは、いちばん熱心に教えてくれた。父はそのような点でまったくのギリシア人だった。わたしがギリシアの競技祭に参加し、競走することによって神々をたたえるべきだと考えていた。

「コリントに近いイストミアの祭典」で勝利をおさめ、「子どもの神、メリケルテースをたたえるのだ。その神は、母が海に身をなげた場所、モロウリアの岩からイストミアの岸まで、イルカの背にのってはこばれてきたという。そしてそこの人びとは黒い牛を焼く」と彼は言った。「黒い牛をまるごと、切らずに犠牲にする。そしてわたしもおまえといっしょに行こう。おまえに勝利の冠があたえられるのをみたら、わたしはよろこびのあまり死ぬだろう」

　そのようなことすべてが母を不快にさせた。「平和な生活だこと」と、母は鼻を鳴らして言った。母はギリシアの運動競技も、ローマの血なまぐさい戦闘も好きではなかった。母は父のことを心配した。父はわたしにさせたいことが自分ではできなかったから。母は父が死のことをほのめかすのをきらっていた。彼は咳をしたから。父さんは体をつかえば息を切らせた。

　生まれて十六年めの三月十七日に、わたしは子ども時代を終わらせて成人になることが計画されていた。父がその日を、ローマのリーベラ《リベラリア》の祭りの日にえらんだのは、祭典に参加するしないにかかわりなく、町の指導者たちがわたしに目をとめ、わたしが政府の職につくだけの教育をうけていることを彼らに気づかせるためだった。

そのえらばれた日の朝、わたしは家で神々をまつる祭壇のまえにひざまずき、生後九日め以来、はじめて首からブッラをはずし、それを祭壇にのせることになっていた。また少年時代に着ていた、深い紅色のふちどりがある衣も祭壇に置き、父といっしょに献納の小さな犠牲をささげ、それから帯なしでくるぶしまでまっすぐにたれる、一枚布でつくられた衣、チュニカ・レークターを身につける。それは自由な人間としての衣だ。最後に父は成人用の真っ白な衣、トーガ・ウィリーリスを、母の手でわたしにはおらせるように希望をのべる。母はそれに、ほんとうに同意したことはないが反対したこともないので、父は望みをいだいていた。

実際に、それは父の最後の願いになった。

彼は三月一日に死んだからだ。わたしを成人させる十七日には、すでに亡くなっていた。それでも問題はなかった。父の死がわたしを大人にしたから。そしてわたしの胸にかかっていたブッラを、父が死んだ日につかんではぎとったのは母だった。母は扉をあけ、町の汚物がながれる道路のまんなかにそれを投げすてた。

「これで大人になった」と母は声をあげた。「大人になった。どうかその大人がわたしの手助けをして、父親の血をふいてくれますように。のどをつまらせ、父を溺れさせた血を」

父の遺体は青白くよこたわり、きよめられて、いちばん大きい部屋に安置されていた。近所の人たちが世話をしてくれたのだ。翌日は遺体を木の棺台にのせてローマ人の墓へはこぶことになっていた。父の遺品は寝室にあった。血は、寝台から床までながれていた。母とわたしはならんでひざをつき、水と灰汁《あく》をつかい、きれいな布で、木や石から父の血を洗いながした。

「自分を合わせるだなんて」床に両ひざをついた母は低くつぶやき、血だらけの布で床をたたいた。「おだやかな人だから、彼らの言うなりになっていた。親切で従順で――夢みるような性格だったから。はじめはあの人の自由をうばい、それから魂をうばい、こんどは命までも。でも――息子まではうばえない」

その夜、母はわたしを家の東の窓につれてゆき、ひざまずくように言った。そして自分の持ち物のなかから、四隅に白い房をつけた四角い毛織りの布をもってきた。それぞれの房には一筋の青い糸が入っていた。その布を母はわたしの頭にかけた。そしてわたしのとなりの床にひれふして、泣きはじめた。

「長かった。あまりにも長かった。長かった」母はそう言って泣いていた。

それから小さな声で早口に言った。「主のように神聖なかたはほかにおられません、あなた以外に。わたしたちの神のような不動の岩はほかにありません、あなた以外に。ここにいるのはわたしの息子です。あなたのため、わたしが産んだ息子です」

母のささやき声は苦痛にみちていたので心配だった。わたしもいっしょに泣いていた。「母さん」とわたしは声をかけた。

とつぜん母はわたしの手首をつかんで言った。「テモテ、わたしが言うとおりにとなえなさい。こう言うのです」

母はわたしの知らない言葉で話し、わたしはその音のとおりに発音した。

「きけ、イスラエルよ。われらの神、主はゆいいつの神である。あなたは心をつくし、魂をつくし、力をつくして、あなたの神、主を愛しなさい」

「ヘブライ語です」長い沈黙のあとで母は言った。「だれかおまえにヘブライ語を教える人をみつけなくては。泣かないで」母はつぶやいた。「さあ泣きやんで。泣くことはないのです。おまえはもう大人なのだから、おぼえているでしょう」

わたしはそばの床によこたわり、母を抱いた。しばらくのあいだその体がすすり泣いているのが感じられた。それから母は、自分の子どものころの神、母の民でありわたしの民であるユダヤ人の神に何かをささやいた。

「ああ、でも悲しい。あの人を愛していた。あの人がいなければ死んだも同じ」母はそうささやいていた。


リストラの町に会堂はなく、ユダヤ人はほとんどいなかった。十六年めの三月一日のその日から、わたしがすでに習得しているギリシア語やラテン語と同じように、ヘブライ語を教えられるユダヤ人を、母はさがしはじめた。

わたしが十七歳になった年の過越祭の直前、母は熱にうかされたように興奮して家へ帰ってきた。

「みつけたわ。おまえにヘブライ語を教える先生を」

母の目は、その人をさがしあてたよろこびでかがやいていた。「テモテ、いっしょに市場へいらっしゃい。その人はギリシア語の聖書をギリシア語でおぼえていると言っていた。でもヘブライ語が読めるそうなの。自分のことをパウロと言っていた。彼のことをサウロとよぶ友人もいるけれど、その小さな人はわたしたちの初代の王サウルにはまったく似ていないの」

ルカ Luke

20

聖霊によって送りだされたバルナバとサウロは、彼らに同行したヨハネ・マルコとともに、オロンテス川沿いのアンティオキアから、セレウキアにある港町へ歩いていった。そこから船にのってキプロス島まで行った。

サラミスにつくと、ユダヤ人の諸会堂で神の言葉をのべつたえ、それから西南西の方向に島を縦断し、ローマの地方総督が属州のキプロス全体をおさめている町、パフォスまで行った。

パフォスにはバルイエスというユダヤ人のにせ預言者がいて、魔術をおこなっていた。彼は、地方総督のセルギウス・パウルスというかしこい男の取り巻きの一人だった。セルギウス・パウルスはバルナバとサウロをまねいて、彼らからじかに神の言葉をきこうとした。

しかし彼らが地方総督のもとにやってくると、あの夢みる者、夢の解釈者、魔術師エリマは、大声で彼らを非難し、地方総督をこの信仰から遠ざけようとした。

サウロは、そのときとつぜん聖霊にみたされた。彼はバルイエスをにらんで言った。「悪魔の子よ。正義の暗殺者、うそといやしい行為にみちた者。あなたはいつになったら、主のまっすぐな道をゆがめるのをやめるのか。教えよう――それは今だ。たった今、主の御手があなたの上にくだり、あなたの目をその心と同じようにみえなくされるからだ。あなたは時が来るまで、日の光もみえなくなるだろう」

すぐにバルイエスの目はかすんでみえなくなり、自分の手をひいてくれる者をさがしにいった。

起こったことをみた地方総督はすぐに信仰に入った。そして彼は主の教えにおどろいた。

パウロ一行はパフォスから船出して島の西の岬をまわり、北にすすんでパンフィリア州のペルゲについた。ヨハネ・マルコはそこでパウロらと別れ、エルサレムにもどった。

一方、パウロとバルナバはいっしょにタウルス山脈を越え、ピシディア州のアンティオキアへ行った。

安息日は会堂に行って席についた。律法と預言者の書の朗読のあと、会堂長たちが彼らに声をかけ、「兄弟たち、人びとのためにはげましの言葉をもらえないでしょうか」とたずねた。

そこでパウロは話すことにした。

彼は立ち上がり、両手を高くあげて人びとを制した。一同の注目があつまると、彼は話しはじめた。「イスラエルの人たち、そして神をおそれるみなさん、わたしはあなたがたに同じように話しかけましょう。

イスラエルの神は、わたしたちの先祖をえらばれました。神はわたしたちの民をエジプトでふやされ、強い御腕《みうで》をもって彼らをその国での、奴隷の生活からみちびきだしてくださいました。そして四十年のあいだ、荒れ野のなかでイスラエルのおこないに耐えしのばれました。カナンの地では七つの民族をほろぼし、その土地を彼らに相続させてくださった。四百五十年のあいだ神はイスラエルをまもり、それから預言者サムエルの時代までは、彼らに裁く者をあたえられ、二百年間、士師《しし》の時代がつづいた。それから人びとが王をもとめたので、神は、ベニヤミン族の、キシュの子サウルを四十年のあいだ王としてあたえられました。

初代の王をしりぞけられたあとは、ダビデを王として立てられ、そのダビデについて、神はこう宣言されました。『わたしは、わたしの心にかなう者、ダビデをみいだした。彼はわたしの思うところをすべておこなう』と。よくきいてください、この信仰深いダビデ王の子孫から、神はつい最近、約束どおりイスラエルに救世主イエスを送られたのです。

イエスがあらわれるまえ、ヨハネはイスラエルのすべての人たちに悔い改めの洗礼をのべつたえました。そして生涯を終えるまえに、彼はこう言いました。『わたしをだれだと思っているのか。わたしは、あなたがたが待っている者ではない。そのかたはわたしのあとから来られるが、わたしはその足の履物《はきもの》をおぬがせするにもあたいしない者だ』と。

兄弟たち。アブラハムの子孫のみなさん、そして神をおそれる異邦人のみなさん――この救いの言葉は、わたしたちすべての者に送られたのです。

しかしエルサレムの指導者たちは、イエスをみとめませんでした。安息日ごとに自分たちが読んでいる預言者の言葉を、理解していなかったのです。そしてイエスを罪に定めることによって、その預言を実現したのです。死にあたいするようなどんな罪もみいだせなかったのに、彼らはピラトにイエスを死刑にするようにもとめたのです。こうして彼について書かれているすべてが実現すると、彼らはイエスを十字架からおろし、墓に葬りました。

しかし神はイエスを死者のなかからよみがえらせてくださったのです。そしてイエスは、ガリラヤからいっしょに旅をした者たちに何日にもわたってあらわれ、今では彼らはそのことの証人となっています。そしてわたしたちがおつたえするのは、このような福音です。つまり、神はイエスをよみがえらせることによって、神がわたしたちの先祖とむすばれた約束を、その子孫であるわたしたちのために果たしてくださったということです。

神は詩編のなかでこう言われています。『あなたはわたしの子。わたしは今日あなたをもうけた』と。そして朽ち果てることがないように、イエスをよみがえらせたことについては、こう言われました。『あなたたちに、神聖でたしかなダビデの祝福をあたえよう』と。またほかの箇所では、『あなたは、あなたの聖なる者を朽ち果てるままにしてはおかれない』と。

神につかえおわると、ダビデは眠りにつき、朽ち果てましたが、神がよみがえらせたこのかたは、朽ち果てることはなかった。だから、このかたによる罪のゆるしは、あなたがたにつげ知らされ、また信じる者たちはこのかたによって、モーセの律法もなしえなかったように自由にされるのです。

気をつけるのです。この言葉をあなどらないように気をつけることです。預言者の書にあるこの言葉が、あなたがたに起こらないように。つまり、『あなたがた、あなどる者たちよ、みよ、おどろけ、そしてほろびされ。わたしはあなたがたの時代に一つのことをおこなうからだ。人が説明しても、あなたがたにはとても信じられないようなことを』と書かれているのです」

ハバクク書の引用をもって、パウロのはげましの言葉は終わった。

しかし多くの者たちは、会堂を出るまえから、彼や指導者たちのところへやってきて、つぎの安息日も説教をしてほしいとたのんだ。そればかりか、ユダヤ人も神をおそれる異邦人も、会堂を出るパウロとバルナバを追い、もっと話をききたいとせがんだ。

「生きつづけなさい。神のめぐみのもとに生きつづけなさい」とパウロは人びとに言った。

つぎの安息日までにその説教のことが大きな反響をよんだので、アンティオキアのほとんどの者が、神の言葉をきくためにあつまった。

しかし諸会堂の指導者たちは、大群衆があつまったのをみてねたんだ。そのためパウロが立ち上がって話すと、彼らも立ち上がり、彼に反論した。彼らははげしい口調でパウロをののしった。

パウロとバルナバは勇敢に論争にくわわった。二人はきびしく言った。「神の言葉はまずあなたがたに語られるはずだった。しかしあなたがたはそれをこばんだ。永遠の命をこばんだ。だからわたしたちは今、あなたがたから異邦人のほうへ行くのだ。神ご自身がわたしたちに命じて、こう言われているからだ。『わたしはあなたを異邦人の光と定めた。あなたが世界の果てにまで救いをもたらすように』と」

異邦人たちはこの宣言をきくと拍手をし、それはいつまでもつづいた。彼らは神の言葉を賛美した。そして永遠の命をえるように定められている者たちは信仰に入った。こうして主の言葉はその地方全体にひろがった。

しかしそのユダヤ人の指導者たちは、神をあがめる異邦人や、貴婦人、町の実力者らに近づき、人びとが熱狂していることを暴動が起こる証拠だと言って彼らをおそれさせ、パウロとバルナバを迫害し、ピシディア州から追いだすように、彼らを説得した。

二人は、敵へのしるしとして足のちりをはらいおとしてそこを去り、イコニオンへ旅していった。しかし彼らがのこしてきた弟子たちは、よろこびと聖霊にみたされていた。

イコニオンで、彼らはユダヤ人の会堂に入って話をして成功をおさめ、ユダヤ人も異邦人も、多くの者たちが信仰に入った。

しかし信じようとしないユダヤ人たちは、異邦人たちをそそのかし、兄弟たちにたいして敵意をいだかせた。

パウロとバルナバはそこに長いこと滞在して、主のために大胆に語った。主は彼らの手をとおしてしるしと不思議なわざをおこない、そのめぐみの言葉を証明された。しかし町の人びとは分裂し、ある者は信じないユダヤ人たちの側に、ある者は使徒たちの側に立った。

すると彼らをこばむ異邦人やユダヤ人は、指導者たちといっしょになってパウロとバルナバに乱暴をはたらき、石を投げることを計画した。しかし二人は計画のことを知ったので、すぐに町から逃げだした。

彼らはイコニオンからローマ街道をおよそ四十キロほど歩いてリストラへ行った。リストラはリカオニア州の町で、彼らはそこでも福音をのべつたえた。

◆ バルナバ Barnabas

21

イコニオンで、彼らはわたしたちを殺そうとした。わたしたちはそこに長く滞在していたので、弟子と敵の双方をつくり、そのどちらも極端な感情をもっていた。サウロには才覚があった。ぎっしり言葉のつまった頭と、鞭《むち》のような声をもった、おそれを知らぬ小さな戦士だった。遠くまで旅をしていくにつれ、わたしは説教を彼にまかせることがますます多くなっていった。

わたしは——ただうしろにひかえ、あっけにとられていた。サウロはごくわかりやすい調子で話しはじめる。たとえばこうだ。「だれもおろかになりたい者はいないでしょう？　あたりまえのことです。そしてわたしたちも、あなたがたに無知になってもらいたくないのです……」そして彼はそう思っていた。ほんとうに。皮肉で言っているのではなかった。彼にはつたえたいことがあり、それをすぐにも、いそいで言う必要があったから、はじめのまともな声の調子はしだいにせいたものになっていく。

彼の言うことは長くなり、言葉は彼の口から鳥の群れのようにとびだし、彼の信仰は人びとの心にはげしく吹きすさぶ。するとある者はよろこびにむせび、立ち上がってはねるが、ほかの者たちは侮辱をうけたと感じ、またほかの者は聖なる熱情をおそれ、彼を憎むようになる。

そのようなことがイコニオンで起こったのだ。彼の説教を信じる者たちは、信じない者たちに疑念をいだかせ、自分たちの町に起こった変化をおそれさせたのだ。「あの男はやっかい者だ」とわたしたちの敵は言った。「ものごとの秩序をくずしてしまう。現に、世のなかをひっくりかえしているではないか」と。

だからイコニオンで、彼らはわたしたちを殺そうと計画した。指導者たちさえわたしたちに石を投げようとしていた。

しかし弟子たちがまえもって知らせてくれたので、わたしたちは安全なローマ街道を四十キロ南へくだったリストラへ逃れた。

リストラの城門のまえにはゼウスの神殿があり、それは庭も噴水もない、いわば機能本位の建物になっている。木の屋根の下には林のように柱がならび、ゼウスの像をかこんでいる。前廊と階段があり、その正面には祭壇があった。

神殿に近づいていくと、祭壇に人びとの一団がいるのがみえた。だれかが「しずかに」と、声をはりあげた。するとまわりの旅人のすべてではなかったが、ある者たちは足をとめた。いびつなくるぶしをした老女、杖にすがりついた老人、子どもづれの若い母親などが。

「敬虔《けいけん》な者たちだ。信仰心のあつい者が、危険な礼拝をしている」サウロはわたしのとなりでつぶやいた。

「危険な？」わたしはききかえした。

祭壇では火が燃えていた。祭司は、従者がもつ銀の鉢のなかで、手を洗っていた。それから別の従者のもつ手ぬぐいで手をふき、衣の頭巾《ずきん》をひきあげて頭をおおった。

とつぜんだれかが笛を吹き、するどい音がながれた。笛は吹きつづけられて、やむことはなかった。

サウロは立ち止まって、首をふった。「この音は音楽のためのものではない。不運な音をかき消すためのものだ。これをきくと、わたしはさけびたくなる」

少年が祭司のところへ白い子羊をひいてきた。その小さな角は金でおおわれ、首には重たげな花輪がかけられていた。子羊を犠牲にすることは知っているが、異教徒の金箔《きんぱく》や花輪は好きではなかった。祭司は子羊の額に、ブドウ酒と荒挽き粉と塩をふりかけ、角のあいだから少し毛を切りとって、それを祭壇の火にくべた。両手をあげて異国の言葉をとなえると、わたしのとなりでサウロが舌打ちするのがきこえた。「むなしい祈り。くだらない言葉。危険だ」

こんどはまたほかの従者が重い槌《つち》をもってすすんできて、槌を高くかざしてから、子羊のひたいにふりおろした。子羊はたおれて死んだ。みごとな一撃だった。わたしはエルサレムの神殿で、もっとおそまつな仕事をみている。しかしこの従者は自分の仕事をこころえていた。すぐに彼はひざをついた。短刀で首の片側を切り、血を水盤にあつめた。それを祭司にわたすと、祭司はそれを、ブドウ酒や小さな菓子とともに祭壇の火の上にまいた。

そのあいだに従者は子羊の腹を切りひらき、人びとは異教の言葉をつぶやきながらその内臓をながめた。笛はかん高く鳴りつづけ、サウロはぶつぶつとつぶやき、わたしもまた自分たちがみているものを忌まわしく思っていた。彼らは神々からのしるしをもとめて、内臓をさぐっていたからだ。

祭司は手をのばして胆嚢《たんのう》、腸、肝臓をひきずりだした。その上にブドウ酒と荒挽き粉をまき、全体を祭壇の火にのせると、それは音をたてて燃え、かぐわしい白い煙をあげた。

笛が鳴りやみ、まわりの人びとがそれぞれの朝へともどっていくと、サウロは口をひらいた。彼は話をやめなかった。「異教徒の国々全体にとって危険だ」

「みよ。あそこをみなさい」そう言いながら彼はおおげさな身ぶりで腕をあげたので、人びとはふりかえってみた。彼が指さしていたのは、祭壇と前廊を越えた神殿内にある、ひろい胸と獰猛《どうもう》なひげ、侮蔑的な唇をしたゼウスの石像だった。

「彼らは、死ぬことがない神の栄光を、死ぬことが定められている人の姿に似せた像と交換したのだ」サウロは言った。

「しかしなあ」とわたしは笑い、彼の腕をとって歩きはじめながら言った。「わたしがユダヤ人のなかのユダヤ人ともいうべき、ただのレビ人だったときには、異教徒のことについて心配することなどまったくなかったものだが」わたしはにやりとしながら、彼の腕をぎゅっとにぎった。

「世のなかは複雑になってきたものだ」

しかしわたしの同伴者はその冗談をうけつけなかった。彼はきっぱりと言った。「神の怒りは、神とかけはなれたものにたいして、また真実を隠す悪にたいして、天からあらわされるのだ」彼はわたしから腕をふりほどき、先へと歩いていった。

わたしは、彼がわたしに話しかけているのだと思っていた。そしてわたしは、あたらしい町に入り、説教をするための広場をさがしているつもりでいた。おろかだった。サウロの説教はすでにはじまっていたのだ。言葉はすでに彼の口から、鳥の群れのようにはなたれていた。

町の城門に入るときでさえ、わたしの伴侶の使徒は、すでに住民にむけて説教をはじめていたのだ。「真実の、生きている神について知りうることがらは、すべての人にとってあきらかです。すべての人に」彼が大声で言うと、市民や商人や農夫たちは彼をみて、耳をかたむけはじめた。

「世界がつくられてからこのかた、ゆいいつの、真実なる神の、目にみえないという性質——その永遠の力、その神性——は神のおつくりになったもののなかにみることができました。だからだれにも言いのがれはできません。すべての者は神を知っていたのですから。あなたがたは神を知っていたのです。だとすれば、神を神としてうやまわず、神に感謝しないというのは、あなたがたのまちがいなのです。真実を、うそと交換してしまったのです。あなたたちは人の手が彫った石像にひれふしている。あなたがたがおがむのは被造物であって、創造主ではない。しかし創造主こそ永遠にたたえられるべきなのです。アーメン」

　わたしはサウロのそばにいようとした。たいへんな人だかりだった。群衆はあっという間にふくれあがった。たいへんな人だかりだった。兄弟サウロのきびしい言葉も問題ではないらしい。彼らはほほえみ、笑って歯をみせていた。だれかがわたしの手をとり、それに口づけしようとした。サウロが「アーメン」と言うと、彼のまねをして二、三十人が「アーメン」と言うのがきこえた。しかしそれらはただの口まねだった。それを言うのにおおいに苦労している彼らをみて、わたしには状況がのみこめた。そして思わず笑いだした。

「サウロよ」わたしは大声で言った。

　しかし彼はながれるように言葉を発しているところだった。「あなたがたは神をみとめなかったから、神はあなたがたに不義、悪、貪欲《どんよく》、悪意を――」

「サウロ」わたしはどなった。「サウロ、きくのだ。彼らは異国の言葉を話している。あなたの言っていることを何も理解していないのだ」

　ああ、友よ。そのときのわたしは、自分のほうが彼よりものごとをよく理解していると思っていた。彼はだまり、わたしは彼がいっしょにその間のぬけた状況を笑うのだろうと思った。

　しかし笑うのではなく、サウロがささやくのがきこえた。

「ありがたい、この人だ」

　そちらに目をやると、彼は城門内の壁ぎわに立っている、足の不自由な物乞いをみていた――物乞いも彼をまっすぐにみつめていた。

　わたしの同伴者サウロはそっとささいていた。「あなたは自分がいやされるという信仰をもっているようだ」

　サウロと体のまがった物乞い、この二人の真剣なようすをみて群衆はしずかになった。だれもがだまった。だれも話していなかった。町全体が、期待に身をのりだしているかのようだった。

　とつぜんサウロは手をたたいてさけんだ。「アナステーティ。立ちなさい。自分の足で立ちなさい」

　すると物乞いはそのとおりのことをした。はずされたバネのように、彼は空中へまっすぐはねた。歩いた。そしてとんだ。彼ははねあがり、人びとは息をのんだ。それから人びとはしゃべりはじめ、どなり、さけび、ある者は町から出ていき、ある者は町の通りを走っていった。何人かはわたしのところへ来て、今まで以上に熱烈なあいさつをして、わたしのひげをなで、長い髪をひっぱった。「ゼウス」と彼らは言っていた。騒ぎのなかで、「ゼウス」という言葉がきこえたような気がした。

わたしはサウロからはなされてしまった。どうしても追いつくことができなかった。すぐに姿もみえなくなった。うしろにいただれかが、わたしの肩にぜいたくな長衣《トーガ》をかけた。まえにいる人たちは、わたしの胸に手をはわせた。わたしの腕の筋肉、指、爪先にふれた。「どういうことなんだ」とわたしはさけんだ。たくさんの人に押されたわたしには、それしか言うことが考えつかなかった。「何が起こっているんだ」

建物やあちこちの店からは、あらたな人の群れが通りへ出てきた。まるで町じゅうの者たちがやってくるようだった。足の不自由だった男は、たくましい男の肩にかつぎあげられ、ほかの者たちは指をさし、わたしには理解できないことを大声で説明していた。人びとはうたい、おどり、祝った。これはイエスが死んだ年、十七年まえの五旬祭のように、また聖霊が吹きつけているのかと思った。

「何だ」わたしはどなった。「何が起こっているんだ」

おどろいたことに、完璧《かんぺき》なギリシア語で答える声があった。「女はみなバウキスに、男はみなピレモンになっているのです」ふりかえると肌の浅黒い女がいた。「でもわたしは、あなたと同じユダヤ人です」

とつぜん犠牲の笛がかん高い音で鳴りひびいた。人びとの騒ぎはおさまった。歌と歓声はしずまった。人びとはだまって町の城門のほうをむいた。

タンバリンとガラガラと笛が鳴らされ、門のところにゼウス神殿の祭司がいた。彼は袖のある、白くて長い亜麻の衣をつけていた。そして斧《おの》をもっていた。その両側では、従者たちが二頭の大きな雄牛をひき、牛たちは羊毛の輪や色とりどりのリボンでかざられ、犠牲にされる準備をされていた。

そのまえでほかの従者が白い鞭《むち》を高くかかげると、音楽は鳴りやんだ。

「ゼウスに」と従者は声をはりあげた。「そしてヘルメスに」

すると、みえない刃が平原をなで切りにしたように、町じゅうが地面にひれふしておがみ、三人の者だけがのこされた。広場のむかい側にいるサウロ、わたし、そしてわたしのとなりにいる女だった。

女は言った。「彼らはあなたがたを、人の姿になってあらわれた神だと思っているのです」

そしてさらにおそろしいことに、リストラの市民は、わたしたちにむかってひれふしていたのだ。わたしたちの方向に。つまり、サウロとわたしにむかって。

わたしはぜいたくな長衣《トーガ》を投げすて、苦痛のために自分の短衣《チュニカ》を引き裂きはじめた。はげしい気性のわたしの同伴者サウロは、そこから逃げだした。衣を腰までたくしあげ、がに股の脚をむきだしにして、広場の東側にある石の説教壇へかけていった。とぶようにそこへあがると、ひざをつき、長く悲しげな泣き声をあげた。

「どうしてこのようなことをするのか。どうして」と彼は泣きさけんだ。そして衣をはぎとった。短衣《チュニカ》の胸もとを両手でつかみ、それを裂き、やせて青白い胸をあらわにした。「わたしたちは、あなたたちと変わらない人間だ。わたしたちはあなたたちと同じように肉体をもって生き、息をし、血をながし、涙をながして泣く。わたしたちは神ではない。わたしたちは神につくられたもので、神の被造物だ。どうしてわたしたちが神でありえようか」

サウロは立ち上がった。「しかしわたしたちは神を知っヽているヽ」彼はよびかけた。「ゆいいつの、真実の、生きている神を知っている。とてもよく知っているから、わたしたちはその神を『父』とよんでいるのです」

サウロは説教壇の左へ移動しながら声をあげた。「そうです。そしてこの神が天をつくり、そこを光でつつんでくださったのです。大地をつくってみどりの衣を着せ、深みをうがって海でみたし、世界を鳥と魚とけものでみたされたのは、この神です。これが、わたしたちが『父』とよぶ神なのです」

サウロは説教壇の右側へとんでいった。「過去において、神は諸国にそれぞれの道を歩ませ、むなしいもの、人の手が木と石でつくったものをおがむままにされてきました。しかし神はご自身を証《あか》ししないでおられたわけではないのです。万物はつねに、神の栄光をしめしてきました。その神が、天からあなたがたの上に雨を降らせてくださったのです。そしてめぐみと、実りの季節をあたえ、あなたがたの心を食べ物とよろこびでみたしてくださった。

そして今や、つい最近のことだが、神はその御子《みこ》をこの世界につかわされ、その御子によって、わたしたちすべて――あらゆる国のすべての民――は、神のことを「父」とよぶことができるのです。

わたしたちはそのかたの使者なのです。わたしたちは神でも天使でもない、説教者です。わたしたち、つまりそこにいるバルナバと、わたし、イエスの使徒パウロは」

兄弟サウロは説教壇の上で行ったり来たりした。自分の言っていることがこの人たちに理解されているかどうか、彼にはわかっていたのだろうか。わたしにはわからなかった。わたしのとなりにいる女のように、たぶんギリシア語を話す者はいただろう。しかしなげきのために切迫していたサウロの言葉がやわらいでくると、人びとは体を起こしはじめた。そしてがっかりして、いろいろな姿勢ですわりこんだ。

ゼウスの祭司と従者は不満をあらわにして門から出てゆき、雄牛から花輪をはずした。彼らの目に、サウロは熱にうかされた者、たんなるおしゃべりとしてうつったのだろう。

するとサウロはとつぜん説教壇のまんなかで立ち止まり、大声で言った。「アナステーティ。リストラの者たちよ、立ちなさい。自分の足で立ちなさい。ほかのだれにもひれふしてはならない。真実の神以外をおがんではならない。その御子、生ける主、イエスのみもとに行くのです。神の審判が世界にくだされるまえに、神の御子のもとに行くのです。行けば、あなたがたは死なずに生きて、最後の日にはおさな子のように神のまえに立って、『父よ、父よ、あなたはわたしの父です』と言うことができるのです」

とつぜんに話は終わった。

サウロは説教壇から石段をおりていった。人びとは立ち上がり、去っていったが、数人の者が彼のほうへむかっていった。

しかしわたしは——言葉もなく立ちつくし、そっとハミングしながらサウロがおこなったばかりのことにおどろいていた。彼は異教徒への説教のなかで、イスラエルのことにもイスラエルの神のことにも、わたしたちの聖書、契約、そしてアブラハムやモーセ、預言者たちのことにも、まったくふれていなかった。サウロははじめてユダヤ教全体、ユダヤ人のすべての歴史から、自分を断ち切ったのだ。彼の異教徒への説教は、天地創造からまっすぐイエスへとんでいった。

しかしわたしはまだレビ人のままだ。そしてサウロと同じようにユダヤ人だ。

わたしは立ちつくし、自分がみすてられたように感じるべきなのかどうかと考えていた。また同時に、わたしはサウロが行ったところまで彼を追いかけていき、最後のものも——つまり自分がユダヤ人であることも——すてさるべきなのかと迷っていた。わたしは自分の財産を使徒たちの足もとに置いてきた。アンティオキアでは、信者たちの家で礼拝するために、会堂をはなれた。しかしこれ——聖書と、わたしがユダヤ人としてうけついできたすべてのものもまたすてさることが、わたしに要求されているのだろうか。

「この自由をえさせるために、キリストはわたしたちを自由の身にしてくださった」

だれかがわたしの短衣《チュニカ》をひっぱっていた。ユダヤ人の女だった。彼女はじっとわたしの目をみつめてたずねた。

「あなたはヘブライ語が読めますか」

それからちょうど七日後、夜の闇に乗じて乱暴者たちが兄弟サウロをおそった。

だれが彼らを送ったのかはわからない。ゼウスの祭司かもしれない。あるいはわたしたちの敵がかつての計画を果たすために、イコニオンから一日がかりでやってきたのかもしれない。ともかく襲撃は偶然ではありえない。彼らはとくにサウロをえらんで、殺そうとしたのだから。彼らはたしかに殺すつもりだったようだ。

あのユダヤ人の婦人から、リストラ滞在中は彼女の家に泊まるようにとまねかれ、わたしたちはそうさせてもらっていた。彼女はエウニケといった。サウロは彼女の息子、テモテにヘブライ語を教えることに同意していた。その家はエウニケの母、ロイスのものだった。三人はユダヤ人、そしてイエスにかんする情報に飢えていた。わたし自身も、兄弟サウロの口から聖書の言葉をきくのが今まで以上にうれしかった。

その夜、わたしたちが家にもどろうと細い道を歩いていると、五人の男が行く手をさえぎった。わたしたちのまえに二人、うしろに三人いた。うしろの三人はそっと、声をあげることもなくわたしを転ばせて地面に押さえつけ、ほかの二人はサウロに近づいていった。わたしは大声でさけび、もがいたが、男たちをふりはらうことはできず、彼を助けることもできなかった。サウロは何も言わなかった。おそってくる者に顔をむけ、サウロが待っていることがわかった。集中していたのだ。

〔走れ。サウロ、走れ〕

しかし彼は走らなかった。胸をひどくなぐられていた。まえのめりになると、こんどは背中の下をなぐられた。そしてたおれた。しかし不思議なことに、彼をおそっていた者たちはうしろへとびのいた。それからぱらぱらと雨の音がしたようなのだが、どこもぬれていない。雨など降っていなかったのだ。

すぐにそれが、どのような嵐の音であるかがわかった。屋根の上の黒々とした人影たちが、そこから石を落とし、彼をめがけて投げつけていたのだ。サウロを石で殺そうというのだ。石が通りに落ちる音がした。そして石が彼の体を打つ音がきこえた。〔サウロ。サウロよ〕ふりかかる石に、彼が体をかたくしているのがみえた。体を丸めていた。それからため息をつき、体から力がぬけた。大きな石が彼の頭にあたってはねたが、彼はうごかず、痙攣《けいれん》したりふるえたりすることもなかった。暗い通りにすてられた、こわれた人形のようにみえた。男たちが彼の腕をつかみ、ひきずっていった。

　わたしをつかまえていた者たちは、しばらくそのままわたしをとらえていた。それから言った。「あの男の死体は、三本めの里程標わきの溝にある」そして去っていった。

　わたしはしばらくのあいだぼうぜんとして、じっとよこたわっていた。それから全身がふるえはじめた。体を起こして片ひざをついた。ふたたび立ち上がって、エウニケの家にむかって走りはじめた。その扉をたたいた。「テモテ。テモテよ。助けてほしい」わたしは大声で言い、彼が通りに出てくると、すぐに町の城門にむかって走りはじめた。「彼らはサウロに石を投げた。彼を殺したのだ、テモテ。殺されたと思う」

　その晩はだれも外出していなかった。城門の見張りは門をあけたままにしていた。いっしょにそこを走りぬけ、道路をいそぎながら、わたしは心のなかでよびかけていた。〔サウロ、わが兄弟サウロよ〕

　頭のまんなかを槌で一撃されただけで、子羊はたおれて即死した。いとも簡単に。そしてもうもどることはないのだ。〔サウロ、サウロよ、彼らはあなたにいったい何をしたのか〕

　溝と言っていた。きっと溝に投げいれられたのだ。三つめの里程標を越えてすぐ、涸《か》れ谷のこちら側から半分ほどくだったところで彼をみつけた。体の下で脚はまがり、顔と血だらけの頭に両腕をかぶせていた。わたしは彼の下にある泥水にとびこみ、自分の衣のすそで、かたまりかけた血をぬぐいはじめた。テモテは上にいて、うごけなくなっていた。〔サウロ、サウロよ〕

「彼を家へはこぶ」とわたしはつぶやいた――その言葉を発し、自分の悲しみの声をきいただけでわたしは自制をうしない、泣きはじめた。

　するとさげすみとユーモアの入りまじった、わが兄弟、わが伴侶の使徒の声がした。「ああ、バルナバよ、おろかなことだ」

　なんと、サウロの目がひらかれているではないか。目玉からぎらりと光が反射していた。わたしをみていた。彼がうごいた。体重を移動した。手をのばして、わたしの鼻のよこにふれた。

「涙はいらない」と彼は言った。それから溝からはいあがり、立ち上がって言った。「行こう」そして町へむかって歩きはじめた。

　テモテはわたしよりすばやかった。いそいで、主イエス・キリストがおこなわれた奇跡のところへ行き、彼がよりかかれるように若くてたくましい肩を貸した。

そうだ、イエスよ、きめました、ユダヤ人であることさえもすてさることを。わたしは自分がうけついだものすべてをなげうってでも、このはげ頭でがに股の小さな男が行くところについていきます。

ルカ
Luke

22

翌日、パウロはバルナバとともにデルベへむかった。

その町で福音をのべつたえ、多くの弟子ができると、彼らはリストラ、イコニオン、アンティオキアへともどりながら、弟子たちの心を強め、信仰をもちつづけるようにはげまし、苦難をのりこえて神の国に入らなければならないと説いていった。

またそれぞれの教会の長老をえらび、祈り、断食をして、彼らをその信じる主にゆだねた。

それからピシディア州をとおってパンフィリア州へ入った。ペルゲで御言葉を語り、それからアタリアへ行った。そこから船でアンティオキアへむかった。アンティオキアは、彼らが神のめぐみにゆだねられて御言葉をつたえる仕事に送りだされた最初の地であった。今や彼らはその仕事をなしとげていた。

アンティオキアで、パウロとバルナバは教会の者たちをあつめ、彼らとともに神がなさったことや、異邦人にも信仰への扉をひらいてくださったことを説明した。そしてしばらくのあいだ、彼らは弟子たちとすごした。

L・アンナエウス・セネカ

L.Annaeus Seneca

23

セネカより、コルシカ追放の最後の月に
ローマにいる兄、ガリオンへ
クラウディウス帝の治世九年め

ごあいさつ申しあげます
　ガリオンよ、わたしをさがしてください。わたしは家へ帰るところですから。二週間のうちにローマの通りに目をやり、灰色の毛織りの長衣《トーガ》をつけた、ひょろっとして頭のはげた人物をさがしてください。九年間の強制された禁欲生活でやせほそり、黄ばんだ顔に、わたしたち共通の苦しみ、喘息《ぜんそく》の熱による赤みが頰にさしている男を。彼に近づいてください。そして抱いてください。彼の目からながれる涙をみとめ、それからセネカではないかとやさしくたずねてください。

　その男がセネカです。すると彼はあなたに口づけし、ふたたびあなたに会えたことにため息をつくでしょう。

　ガリオンよ、わたしは五十三歳にして死人のなかからよみがえり、町でいくらかの力をもつ地位へとあげられるのです――しかしどのくらいの力をもち、どのていど安全にその力をつかえるかは、まだわかりませんが。

　あのアグリッピナがとつぜん、偉大なクラウディウス帝の妻になり、夫にわたしの解放を承諾させ、わたしに二つの職をさずけてくれることになったのです。一つは法務官の職（わたしたちの出世にあれほど骨折ってくれた叔母は、わたしが高官になったのをみてよろこぶことでしょう）。そして二つめは、彼女のおさない息子、ルキウス・ドミティウスの家庭教師の職です。

　この二つめの贈り物についての評判はあまりよくありませんが、わたしはこれによって皇帝の家に出入りすることになります。そこでは個人の影響力が力をもつこともあれば、危険をはらむこともあります。むろんアグリッピナの申し出をことわったりはしません。しかし家庭教師をするにあたってはよく考えをめぐらし、子猫がライオンに成長したときにのばすかもしれない爪をさがそうと思います。皇帝の家の人びとは、ごみをあさる野良犬などよりもずっと、食べ物で死ぬことが多いのはご存じでしょう。人は権力に近づくほど、強欲と敵意と、にこやかな殺人に近づくのです。クラウディウス帝のまえの妻はどのようにして死んだのですか。ガリオン、それについて、どのようなうわさがあるのでしょうか。むろん年齢や結核による死ではありますまい。

そしてアグリッピナは、どのようにして老王の心を再婚にむけさせたのでしょうか。また彼女はどのようにして、人倫にかんする堅固な法、おかしがたいローマ法を元老院にくつがえさせたのでしょうか。彼女は皇帝の姪《めい》なのです。皇帝はアグリッピナの叔父です。これは近親相姦ではありませんか。それなのにわたしがきいたところでは、多くのローマ市民がパラティヌスの丘へ行進し、アグリッピナの近親相姦的な縁組をもとめてさわぎたてると、元老院は即刻この例外を可決し、今ではあの大食漢の皇帝は雌ライオンの長い手脚にからみつかれて寝そべっているというではありませんか。

アグリッピナがわたしに家庭教師の話をもちかけたとき、クラウディウス帝はあの少年をまちがいなく一年以内に養子にするという話をしました。だから彼女は、たいへんな宝をわたしの保護のもとに置くのだと説明しました。この皇帝の息子は、いつの日か皇帝になるのだと、彼女は陽気に書いていますが、クラウディウス帝には自分の血を分けた子ども、ブリタニクスがいるのです。しかし彼女は、この予言を追認するような話をわたしにきかせたのです。わたしはその話をここに書いて、この計りがたい婦人の人格を兄上が判断できるようにいたしましょう。

彼女はあの子を妊娠して六カ月めに、ペルシアの占星術師に子どものことを占わせました。「あなたは男の子を産む。そしてその子は皇帝になり、皇帝としてその母を殺す」と占星術師は言いました。

するとアグリッピナはおそろしい顔ですぐに言いました。「彼が支配するなら、わたしを殺せばいい《ネケテ・メー・ドゥム・レーグネト》」

わたしはこのような女につかえるのです。

その息子は養子になったら、「強い」、あるいは「勇敢な」という意味の名前をさずかることになっています。彼女は彼を「ネロ」とよぶのです。わたしたちはこの名前が、どのようなことをなしとげるがをみきわめることにしましょう。

十二歳のこの少年は細い脚をして、口の両端がたれさがり、薄青色のとびだした目は近眼、髪は銅のような赤褐色で、武芸や法律、行政を学ぶよりは、踊りや音楽、詩を愛するときいています。この子はわたしにとっては粘土のようなものです。わたしはこれを、「勇敢な者」ネロへと形づくっていくように命じられているのです。皇帝になるように。

　わがガリオンよ。わたしは哲学者です。不毛な島にいるときでさえ、わたしは思索のなかでは自由でいられました。どうか教えてください、ほんとうのところを。ライオンたちがさりげなく力を誇示して尻をふる宮殿でも、わたしは自由でいられるでしょうか。

　しかし哲学者なら、あのような母親がいても子ライオンをならし、よい王に育てていくことができるかもしれません。

◆ ヤコブ James

24

エルサレムのヤコブより
カイサリアのシモン・ペトロへ

お願いがあります。隠れみのをしばらくぬいで、充分に注意してエルサレムへ来てください。タルソス生まれのサウロとヨセフ・バルナバは、今アンティオキアからこちらへむかっているところです。陸路か海路か、どのような経路をとるかはわかりません。彼らはカイサリアの港に立ちよるかもしれないし、ことによるとあなたがこの手紙を読んでいるころは、あなたのそばにいるのかもしれません。しかしあなたには、彼らより先にここへ来てほしいのです。

わたしたちがアンティオキアの指導者たちとむかいあうまえに、そこで起こっていることについて、相談しておかなければならないからです。

エルサレムの感情はたかぶっています。むろんここの者たちはつねにそうなのですが（だからわたしたちは規律をよくまもって生活することで、この町の野蛮さのなかで安定をたもっていくようにしているのです）。わたしがここで問題にしているのは、わたしたちの共同体のことです。

先月ユダ・バルサバが烈火のごとく怒り、非難の言葉をいっぱいにつめこんでアンティオキアからもどってきました。彼は、キプロス島と北部の州をめぐる一年の旅を終えた「サウロとバルナバにあいさつするために」、自分の判断で（わたしが彼を送ったのではない）アンティオキアへ行ったのです。

ユダはサウロと同じように、ファリサイ派の者です。自分は、ラバン・ガマリエルのもとで学んだ者と対話をしたかったのだと、彼は言っています。バルサバ自身は、その偉大な教師にこばまれているのですが。

そのバルサバがもどってきて、ひげをひっぱりながら言うには、アンティオキアの信者たちは会堂の者たちからさげすまれ、背教者や冒瀆者としてこばまれているというのです。そしてユダヤ人は二派に分かれ、おたがいに何のかかわりももっていないというのです。

　今や「クリスチャン」とよばれている信者たちの数は、通りからふらりと入ってきたようなギリシア人や異教徒でふくれあがっているが、会堂からは（『そして主なる神』からも、とバルサバは怒っている）神をおそれる異邦人や改宗者がはなれていき、いいかげんな個人的な教会へ行くので、会堂はおとろえているというのです。

「主なる神をみすてている。なぜなら、アンティオキアではこの『クリスチャンたち』が、異邦人は割礼をうける必要はないと教えているからだ。洗礼だけで十分で、イエスがすべてだというのだ」とバルサバは声を荒らげて言っています。非常に興奮して、わたしの小さな部屋を行ったり来たりしています。そしてまた言うのです。「彼らは律法を無視しかねない。なぜならわたしは、個人宅で礼拝する彼らの教会で、きよい者ときよくない者がとなりどうしですわり、血をぬきとらないうちに殺された肉を食べ、異教徒の儀式によってほふられた肉を食べているのをみたからだ」

　そしてひげをつかみ、頭をふってこう言います。「そしていちばん目につく指導者が、なんと、あのタルソス生まれのサウロなのだ。ああ、わたしは彼をうやまいたいと思っていたのに。しかしわたしがみたところ、彼は異教徒にじかに説教し、イスラエルのことも、モーセやアブラハムのこともまったく教えておらず、その異教徒たちの救いのためには、死んで復活しふたたびやってくるイエスを信じることのほか、何も要求していなかった」と。

　シモンよ、あなたもわたしもユダ・バルサバがどれほど熱情にかられ、度をすごしてしまうかを知っている。しかしその心根は善良なものです。すべての人びとの救済を心からねがっているのだから。そしてサウロが御言葉をひどくまげてしまい、彼を信じる異教徒が救いをうけられなくなることをおそれているのです。

　だからバルサバは、アンティオキアに半年のあいだ滞在し、サウロとバルナバへの批判をおおやけに論じ、人びとにじかに、「モーセの習慣にしたがって割礼をうけなければ救われない」と教えてきたのです。神は彼にいくらかの成功をおあたえになったと、彼は言っています。彼のおかげで、多くの人びとはアンティオキアにおける指導について疑問をもつようになり、ある者たちはきっぱりサウロとバルナバのもとを去っていったそうです。しかしそれでは十分ではないと彼は言うのです。

　だからユダ・バルサバはこのエルサレムで、クリスチャンのいるあらゆる場所で、怒りの説教をしています。彼はこのひと月のあいだに、ことにわれわれのなかのファリサイ派の者たちの熱情をかきたてました。「教会をきよめ、イエスの御名から裏切り者たちのうそを洗いながしたい」と彼は言っています。

また、あのギリシア語を話したステファノでさえ会堂からはなれたことはなく、彼の仲間であるフィリポ、ティモン、プロコロも、アブラハム、イサク、ヤコブの神を知り、その神を礼拝する者のところへしか行かなかったと言うのです。

シモン、言っておきますが、このようなおそれをいだいているのはバルサバだけではないのです。彼はただいちばん感情的であるにすぎない。

そして、アンティオキアはその主張を論ずるために、エルサレムに代表団を送ったというのです。サウロとバルナバが若い異邦人をつれて、こちらへむかっているのです。彼らがやってくるという知らせや、その意気込みのことは、すでにこちらにつたわっています。

ああ、これから起ころうとしている衝突で、主イエス・キリストの霊が、わたしたちに言葉と知恵をあたえてくださるように。

あなたはトマスがどこにいるか知っているだろうか。もう十八カ月も彼から連絡がないのです。

それからフィリポをつれてきてほしい。

あなたの妻は置いてきたほうがいい。危険な目にあわせてはいけないから。軽装で旅をしてください。そしてシモン、いそいでほしい。

テトス Titus

25

わたしは息を切らしている。とても彼についていけない。バルナバは、船で南へくだろうと言った。パウロは、「いや、歩いていこう」と言った。バルナバが「どうしてか」ときくと、パウロは「道中で会うだれにでも話すことができるからだ」と言った。そしてわたしたちはそのようにしている。休日もとろうとしない。休みもしない。雨の季節だというのに、パウロは夜明けから起きだし、晴れていようがどしゃ降りだろうが出発する。

いや、わたしには彼が走っているようにさえ思える。わたしたちはそのあとを全速力で追いかけていくのだ。昼には何人かの信者がいる村にやってきて（信者たちがどこに住んでいるかを、彼はどうやって知るのだろうか）、わたしたちは彼らの家へ行く。軽い昼食をとり、パウロは話をする。ダマスコへの道のとちゅうでイエスに会った話だ。

南へくだっていくほど、パウロと直接顔を合わせたことのない人びとがふえたので、彼らにとってそれはすばらしい話だった。わたしはそれをくりかえしきいている。パウロは言う。「わたしは神の教会を迫害しました。破壊しようとしたのです。わたしは熱烈にユダヤ人の伝統を重んじていたので、宗教においてこの時代の者たちの先を行く者でした」と。それからテーブルか何かをたたいて言う。「しかし神はわたしが生まれるまえに、わたしをえらばれていたのです。そしてわたしがダマスコへの道を旅していたとき、神はその御子をわたしにあらわされたのです。ナザレのイエスはわたしにあらわれ、『サウロ、サウロ』とよびかけ、異邦人への使徒になるようにわたしを召されたのです」

これがその話だった。これが、どこでも立ちよるところでパウロがする話だ。話のとちゅうで人びとが声をあげ、彼の身に起こった変化をよろこび、涙にむせぶこともあった。いつでもどこでも人びとは、「神がたたえられますように。父なる神に栄光あれ」というようなことを言う。

パウロはさらに話をつづけ、彼とバルナバが異教徒に説教していたときに、ユダヤ人と同じように異教徒にも聖霊がくだったことを語ると、家の者たちはほんとうに熱狂する。みんなが賛美歌をうたいだし、だれかが「イエスの御名において」とさけぶ。するとわたしの出番となり、わたしはちょっとした踊りをおどり、異言を語る（宗教的な興奮状態で意味不明の言葉を語ること）。聖霊がわたしに語らせるのだ。

　わたしはパウロにたずねる。「どうしてわたしも行くのでしょうか。エルサレムについたら、わたしは何をすればいいのでしょうか」と。すると彼はこう言う。「何も。何もしなくていい」と。これではまるで謎かけだ。だからわたしは「それはどういうことでしょうか」と言う。彼はじっとわたしの目をみつめ、「テトス」とわたしの名を言う。厳粛に、まじめに、聖なるもののように。聖なるもののように、わたしには思えるのだ。

「テトスよ、わたしが異教徒につたえる福音は、無駄になってはいけない。わたしはむなしくかけまわっていることはできない。にせの兄弟がいて、わたしたちがキリスト・イエスによってえている自由をつけねらっているのだ。わたしたちをもとの奴隷にしようとして。わたしの説教を無に帰そうとして。しかし若い兄弟よ——あなたはわたしの証拠なのだ。あなたがだれであるか、あなたが何をするか、あなたに何がなされなかったか。それがイエスの力の証拠なのだ」

　そう言われて、わたしの心にうかぶ思いはこれだけだ。〔こう速くては、あなたの走りは無駄にはなっていませんよ。わたしをへとへとにさせるのに、とびきりの仕事をしていますから〕わたしはこの冗談をバルナバに言った。彼はたいてい冗談を解するから。

　しかし今回、彼はこう言った。「いや、サウロは本気で言っているのだ」それならわたしも言いたい。〔彼が本気なのはわかっています。それが問題なのです〕と。

　しかしバルナバはすでにサウロのあとをかけだしていた。小さな男のあとを行く大きな男は、砂漠のウサギを追いかけるクマのようにみえる。だからわたしも追いかける。そしてこのいちばん若い男は、なかなか追いつけないのだ。

◆

バルナバ

Barnabas

26

「わたしはユダヤ人だ」と、ユダ・バルサバは言った。

するとサウロがすぐに立ち上がった。「わたしはそうではないというのか。わたしはここにいる者たちと同じようにヘブライ人だが」

エルサレムの人びとは立ち上がって話すことはなかった。それはギリシアの雄弁家がすることだったから。ラビはすわって教える。イエスもすわって教えた。だからすぐに立ち上がることで、サウロは注目をあつめた。それも彼がのぞまないような注目を。

サウロはユダ・バルサバを指さし、大きな声で言った。「あなたはイスラエル人なのか」そして自分のうすい胸をたたいた。「わたしもそうなのだ」

わたしは手をのばしてサウロの腕をひいた。「サウロ」わたしはささやいた。「サウロ」と。

シモン・ペトロはむかい側から、低くひびく声で言った。「兄弟よ、あなたがどんなことを話すのかききたくてたまらない。あなたの言葉がどんなに力をもっているかは知っている。しかしそれを最高のものにしてもらうために、まずはきいてくれ。サウロ、すわってほしいのだが」

サウロはわたしと若いテトスのあいだにふたたびすわった。

わたしはそれでサウロをほめ、神をたたえた。彼が自分の心に鎖をつけ、話をきいたことに。サウロをほめたと言ったが、安堵もした。なにしろ、わたしたちはアンティオキアからの代表としてそこにいたのだから。そしてわたしは管理役だったが、わたしの伴侶の使徒は、だれにでもむかっていく習慣があったからだ。彼がずっと自分を抑えていてくれればいいのだが。しかし彼はしゃがんだようなすわり方をして、細い目でわたしたちの敵をみすえていた。

ユダ・バルサバはふぞろいなひげをはやし、話しながらそれをなでた。彼は貧血ぎみの青白い男だ。だから彼が興奮するのをみるといつも、氷が割れるような不思議な感じをおぼえた。

「わたしはユダヤ人だ」ユダ・バルサバはまた言った。「わたしはユダヤ人として生まれ、八日めに割礼《かつれい》をうけ、あのマカバイ家の者の名前をあたえられた。いかなる困難がふりかかろうとつねに神の律法にしたがい、それをたっとんだ、あのむかしのイスラエルの救済者の名だ。彼と同じように、わたしも律法をまもるように教育された。そして成人になったときから祝祭をまもり、不純なものをさけ、不浄なものを食べず、安息日には休み、昼も夜も律法について考えてきた。わたしはユダヤ人だ。イスラエル、神にえらばれた者の一人として生まれてきた者だ」

彼はそこで言葉を切って、衣をなおした。それから言った。「しかし今ではイエスの御名において、わたしは二重にユダヤ人であり、二重にイスラエルなのだ。いったいどうしてそのようなことがありうるのか」彼はつめたいほほえみをうかべて、そうたずねた。

わたしたちは長いベンチにすわっていた。ベンチのうちあるものは石づくりで壁につくりつけられ、ほかのベンチは、ふつうの木づくりのものだった。木のベンチは、火事場からもってきたような、わずかにいぶされたようなにおいがした。そして年月のためになめらかになっていた。エルサレムの家にそのようにひろい部屋があるのはめずらしかったが、それは叔母のマリアが、多くの信者が一堂に会することができるようにと、すべての壁をとっぱらったためだった。

ユダ・バルサバは北のすみにある石のベンチにすわっていた。「どうしてそのようなことがありうるのか」と言い、青白い顔をあちこちにむけたが、わたしたちと目を合わせることはなかった。彼はほとんど人と目を合わせない。わたしたちののどや頭髪にさっと目をはしらせてから、その質問に自分で答えた。

「それは、わたしがユダヤ人のなかのユダヤ人になったからだ。なぜなら、父なる神が最後で最善のイスラエルとして、イスラエルの完成そのものとしてえらんだかたを信じているからだ。つまり、アブラハムをえらんだ神、イスラエルをご自分の民としてえらんだ神、民をよびもどすために預言者をえらんだ神が、その神性を証明するために、永遠に、すべての者のために、いま一度えらんだのだ。神のあらゆる選びの帰結、その頂点として、神はナザレのイエスを、その御子、愛する者、救世主としてえらんだのだ。兄弟たち、聖なる者たちよ、それはどういうことか。むろん、それはわたしたちがイスラエルのなかのイスラエルであるということだ――だからわたしたちは全体のためのパン種になるべきなのだ」

サウロはきいていた。彼のやせた体のあらゆる筋がわずかにふるえていたが、目はじっとバルサバをみすえていた。

　ヤコブは二人のファリサイ派の者のあいだに目をはしらせていた。一度は、わたしの気持ちをたずねるかのように、わたしの目をとらえた。わたしはゆがんだほほえみを返した。自分がどう感じているのかを、はかりかねていたからだ。ユダ・バルサバのことは好きではない。論争好きで不親切で、謙虚なところがない。しかしじつのところ、わたしは彼の言葉に心をうごかされ、また自分の心にとりとめのない考えがうかんでいることにも気がついた。〔家にもどるのはなんとよろこばしいことか〕という。

　わたしたちがあつまっていたのは叔母のマリアの家で、彼女はわたしのいとこヨハネ・マルコの母だった。エルサレムにはそれよりいい場所はなかった。この家の、通りから門を入ってすぐのところは大きな中庭になっていて、ひろげられたこの大きい部屋には三、四十人をいれることができた。

　しかしわたしにとってこの家は、何よりもわが家であった。家を売り、すべての持ち物をすてたあと、わたしをうけいれ、祝福し、やしなってくれたのはこのマリアだった。だからその壁にぬられた赤い塗料や床のモザイク、袋やかごのにおい、たばねたニンニクや鉢のなかの乾いた花びら、天井の梁にきざまれた七枝の燭台《メノーラ》、その両わきにそえられた羊の角笛の彫り物、鉄製の壁かけ燭台、薄青色のランプといったものがわたしをなぐさめてくれるのだ。〔家にもどるのはなんとよろこばしいことか〕

　そしてそこにいるのは、十九年まえ、あの燃えあがる五旬祭にいた人びとだった。使徒と預言者、弟子と教師と十年も会わなかった友人たち――はじめて聖霊が燃えあがったとき、頭をそらせて、それまで知らなかった、そしてふたたび知ることのないさまざまな言語で語った、そのときの人びとだった。

　ここ、マリアの家で、まわりのベンチには古傷をもった男たちがすわっていた。なにしろそのはじまりのころ、わたしたちはみな打たれることをよろこび、イエスの名のために恥辱をうけることをよろこんだのだから。シモン・ペトロは、兄弟サウロのうしろにすわり、ヤコブは一人でベンチを占めている。信仰のために兄弟を殺されたゼベダイの子ヨハネは、自分の母と、ひどくやせて白髪になったマグダラのマリアのあいだにすわっている。

　まわりにみえるのはみな、迫害によってわたしたちが散らされるまえの、はじめのころの顔ぶれだった。どれもまじめで、なぐさめをあたえてくれる顔だった。年老いた叔母のマリア、ヨハネ・マルコ、フィリポ、アンデレ、マティア、そしてバラという意味の名をもつ、おとめのロデ。彼女が六歳のころ、この子のまがった鼻がかわいくて、わたしは彼女にいちばん近しい者、父親のような存在になっていた。この人たちがみな、教会の統合のために、またもう一度だけエルサレムにもどってきたのだ。ああ、なんとすばらしい一団か。〔そして家にもどるのはなんとよろこばしいことか〕

　マリアの部屋にあつまった者のなかには、はじめのときにいなかった者が一人だけいた。わたしたちのそばにはいなかった者が——そして町に住み、悪魔のように通りをうろついていた者が。

　タルソス生まれのサウロはわたしのとなりで猫のように緊張してかがみこみ、充血した目でユダ・バルサバをみすえ、たけだけしい黒い眉をふるわせていた。

「わたしは神がえらばれたメシアを知っている」バルサバは言っていた。「主であり、救世主であり、ユダヤ人の期待の完成であるイエスを、わたしは信じている。兄弟たち、そして聖なる者たちよ、わたしたちはイスラエルのなかのイスラエルだ。わたしたちはイエスとむすばれることによって、殻のなかに実をもつからだ。そしてイエスは花のなかの種。家のなかの炉だ。彼とむすばれて、わたしたちは神の約束以上のものをえるのだ。つまり、あらゆる約束の成就だ。

　イエスによって律法と預言者の言葉は完成され、そのためにそれらは以前より美しく、より大きな拘束力をもつようになる。イエスを信じることによって、わたしは同胞からすこしも分かたれることはない。というより、イエスはわたしたちの歴史のつぎの言葉であり、また最後の言葉でもあるのだ。わたしたちのなかで、多くの者が自分がメシアだ、自分こそがわれらの神、主に油をそそがれた者だと主張してきた。しかし彼らとイエスのちがいは単純明快だ。イエスこそがそのかたなのだから」

　律法の書がひらかれたように、いく人かが「アーメン。アーメン」とつぶやいた。

　バルサバはつぶやいた者たちのほうに、うるんだ目をむけた。「そして教会はほかに何を言うべきか」彼はその者たちにたずねた。「教会はほかに何を説教する必要があるのか、ユダヤ人と異邦人に。強く古い木に、イエスは最後に花となって咲かれ、彼を信じるわたしたちはその実だと、わたしたちは説いている。どうしてわざわざその木を切りたおそうというのか」

　何人かの声が言った。「だれも切りたおそうなどと思ってはいない。だれが切りたおそうとするのか」

　バルサバは言った。「そのようなことをすれば、花も実も枯れてしまうのだ」

　そして右手をあげてサウロを指さした。「しかしこの人は、木がなくとも花は生きられると考えている」バルサバは冷ややかな論理を吐きつけるように投げつけた。「この人はイスラエルをイスラエルからはなして植えようとしている。まるで神がご自分の民をこばむかのように。また神がご自身をこばむことができるかのように。この人は異邦人の救済のために、神の律法が要求するところをこばむのだ」

〔神ご自身が、その神性をこばむことができるかのように〕

　バルサバは、口調をやわらげた。「しかし神はユダヤ人にむけて、ユダヤ人としてイエスを送られた。わたしたちが彼を愛し、彼の名をききよくたもち、またわたしたちがユダヤ人として諸国民をまねいて、異国の者たちもイエスを愛することができるようにするために。

　なぜなら、シオンに来ることによってあらゆる民は救われるからだ。神はアブラハムの子孫、イエスをえらばれた。『アブラハムによってすべての地上の氏族は祝福に入る』と神ご自身が言われるように。そして彼らはモーセの律法をまもることによって、シオンへやってくるのだ。モーセの律法をまもることによって、メシアを愛する。そしてモーセの律法を知り、たっとび、したがい、まもることによって、アブラハムのうちに地上のすべての氏族は祝福に入ることができるのだ」

　バルサバは抑揚をつけて言った。「割礼は、救いのためにぜったいに必要なものだ」

〔アーメン。これは神が話されているのだ。彼はまさに預言者だ〕

　青白いバルサバは話を終えたが、部屋にはその話の調子と意味が余韻となってのこっていた。はじめは人びとの叫び声のなかに、それから頭をつきあわせてのそれぞれの議論のなかに。それは話の内容そのものだけではなく、つめたい怒りや、熱情からも生まれた議論だった。しかしこれは現実の問題であり、人びとはそれぞれが熱心にしゃべっていた。

　わたしの小さなバラ、おとめのロデがハチミツと水をまぜたブドウ酒を酒器にいれてもってきた。干した果物をいれたかごを部屋のあちこちに置き、とりたてのハッカの葉を散らしてから、みんなのために杯にブドウ酒をついだ。いちばん美しい杯と、はじらいをみせたとってときのほほえみはテトスのためにとっておき、テトスはメロンの切り口のような笑顔をみせてすわっていた。

　これがほかの折りであれば、わたしは大笑いしてそのやりとりを冷やかしただろう——しかしわたしは心をうばわれていた。バルサバの言葉は人びとにあきらかに好印象をあたえていた。ヤコブとペトロとヨハネはすみでかたまり、低い声で話しあっていた。ほかの者たちはすでに問題は解決したかのように気楽にかまえて、食べたり笑ったりしていた。そのような光景に、わたしの心は痛んだ。サウロとわたしが、どれほどよそ者のようにみられているかに気がつきはじめたのだ。

わたしたちはだれもとったことのない道を歩んできた――そしてわたしたちは異邦人にのべつたえてきた福音について報告するために、この、信じる者たちの中央に位置するもっとも神聖な場所にやってきたのだ。ユダヤ人の激動の歴史にかかわりのないテトスを、わたしたちのちがいの正当性をしめす証人としてともなって。

わたしはサウロをみた。彼はみかえさなかった。大きな頭を低くたれていたからだ。彼が黙想にひたりきっているので、わたしの不安はつのり、かすかにさびしくもあった。サウロが「教会の柱たち」とよぶペトロ、ヤコブ、ヨハネは自分たちの場所にもどってすわった。

彼らの表情を読むとすれば、彼らは「気づかっている」ようにみえたが、それではあまりにもわたしの気分そのままだったので、わたしはそれを否定した。

ペトロは言った。「兄弟サウロよ」

部屋にいたほかの者たちはそれに反応してペトロとサウロのほうに注目したが、わたしの伴侶は何も気づいていないようだった。

ペトロはふたたび言った。「サウロ?」

サウロはおどろいたようにとびあがった。彼は顔と、あのげじげじ眉を上げ、ゆっくりと、やさしげな表情で部屋をみまわしたので、人びとは期待をいだいてしずかになった。サウロは今までじっと耳をすませていたことに、そのときわたしは気がついた。考えに没頭しているように、みえていただけなのだ。

彼は部屋全体にむけたような、ごくふつうの話し方をした。「わたしはもう話せるのでしょうか。話してもかまわないのですか」

ペトロはほかの者がそれに答えてくれるのを待つように、いごこち悪そうにほほえみ、それから「かまわない」と言った。

しかしサウロはヤコブをみて言った。「わたしたちがイエスの御名においておこない、みてきたことを――教会のみなさんにお話ししていいのですね」

ヤコブはうなずいた。

「ありがとう。感謝します」サウロは言った。小柄な彼はかしこまった言葉をのべながら、いつものように立ち上がった。

「ただいま話された兄弟の……非難に、わたしが答える必要があるかどうかは、いずれあきらかになるでしょう。そのときは来るかもしれないし、来ないかもしれない。あるいは来ないかもしれないし、その必要もないかもしれない。さて、わたしはよろこびをもって、わたしの友人であり、また助け手でもあるテトスを紹介することからはじめましょう」サウロはかたわらにいる血色のよい純真な若者をしめした。「聖なるかたがたよ、このあらたな聖なる者、テトスに声をかけてくださるでしょうか」

いくつかの言語で人びとはそれにしたがった。「シャロ―ム」、「エイレーネー」、「平安があるように」、「アウェ」。「ありがとう」とサウロはそれに応えた。

それからふいに思いついたように言った。「この若い友人に話をさせてはどうでしょうか。イエスの御名においてわたしたちが異国でおさめた成功について、話させては」

あわれなテトスはアーモンドの花のように白くなった。

ペトロはそれを盛りたてようとした。「もちろんだ」と彼は太い声で言った。

「なにしろこの若者には聖霊が宿っているのですから」とサウロはいよいよ熱心に言った。「テトスは聖霊にみたされた異邦人です。だからこのよき仲間たち、このひろく名を知られた一団のなかで、彼が話すことをおゆるしいただけると思います。そうすればきっと、彼の証言を真実のものとうけとめていただけるでしょう――いかがですか」

「そうだ。そのとおり」シモンが太い声で言った。「霊が宿る者ならだれでも話してもらいたい。わたしたちはきくから」シモン・ペトロとわたしはよく似ている。緊迫した場面になると、なんとかそこをなごやかにしようとするのだ。

サウロは話していた。「アンティオキアの家々で礼拝をするとき、テトスもわたしたちといっしょに礼拝します。そしてあつまった者たちに聖霊が吹きこむときはいつも、若いテトスもまた聖霊をうけるのです。説教をするのはバルナバとわたしですが、そのわたしたちと同じように、彼も祝いに全面的に参加するのです。説教することが、わたしたちの聖霊のしるしです。テトスにもそのようなしるしがあって、神の霊が彼にもあらわされるのです」

「それはいい」シモン・ペトロが言った。「若いかたよ、今夜あなたといっしょに礼拝するのが多くの人びとがテトスにほほえみかけ、神への賛美をつぶやいた。

ペトロにつづいて、多くの人びとがテトスにほほえみかけ、神への賛美をつぶやいた。

「そう、そのとおりなのです」サウロはそれに応えた。「若いテトスはイエスを信じている。テトスは、イエスは彼の罪のために死んでくださったと告白し、またイエスは彼の救いのためによみがえったと宣言するからです。まさに、そうなのです。若いテトスは、わたしたちと同じような信者です。なぜなら彼の信仰によって、彼の父は福音に耳をかたむけるようになったからです。ですからこの子は、その人の信仰のうえでの父親になったのです。今ではこの若者の父の顔にも、福音がかがやいています」

人びとは拍手をはじめた。テトスもうなずき、息もつけないほどのよろこびとともに、人びとの称賛に応えていた。若い目が感謝でかがやいていた。

サウロは笑って言った。「彼はユダヤ人ではないが、光のなかを歩く」

人びとは「アーメン」と言った。

サウロは言った。「そしてこのことこそがテトスがここにいる理由なのです。彼はわたしたちの説教がもたらす効果、わたしたちが異邦人にのべつたえる福音の、生きた証拠です。バルナバとわたしは、自分たちの意思で布教にでかけたのではありません。わたしたちは……えらばれたのです……聖霊によって。そして使徒として、アンティオキアの教会から送りだされました。この若い異邦人テトスは、わたしたちの仕事の成果をあらわしているのです。彼は、主イエス・キリストの御名をよぶ多くの者たちのうちの一人にすぎません。このテトスは。彼はまた、ここにいるみなさんともむすばれているのではないでしょうか。彼が神の導きをどれほどよろこんでいるか、みてください」

あつまった者たちはみな拍手しはじめた。一人か二人、はげましの声をかける者もいた。

テトスのあごが、感情のためにふるえているのがみえた。それをみるとわたしも涙がこみあげてきた。彼の思いがわかるからだ。このエルサレムで、教会と使徒たち自身が彼をうけいれ、若者のために場所と愛を同時にあたえているからだ。

サウロは人びとの歓声の波にのっていた。人びとは海で、彼は快速の船であるかのように。「神の導きをテトスがどんなによろこんでいるか、みてほしい」彼はうたうように言った。「彼もまた、わたしたちの主イエス・キリストがもどってこられるのを、心からのよろこびをもって待ちのぞんでいるのです」

「アーメン」と人びとは応えた。

「そしてここに、救いと信仰の証拠がある」サウロは言った。「ほかのものと同じようにたしかなしるしが。つまり若いテトスはイエスが来られるのをおそれていないのです。彼は裁きをおそれない。それを待ちのぞんでいる。彼はわたしたちと同じです。彼もまた、わたしたちの主の顔をみることに飢えているのです」

〔アーメン、若い兄弟よ。アーメン〕

若い女が立ち上がってテトスのところへ行くと、その手をとって立ち上がらせ、よろこびのためにわれをわすれて彼を抱き、口づけした。ほかの者たちは彼の名を口にし、さらに声をはりあげて彼のために神に祈った。

わたしも自分のなかに、深い息のうねりのような、大きくすばらしいため息のようなよろこびを感じた。わたしは体をゆらしはじめ、胸の奥深くからうたった。

若いロデが花のように両腕をあげて中庭でくるくるまわっておどっているのがみえた。そしてみよ、彼女の足のリズムは、わたしの内なる歌のリズムと同じだった。

サウロは高い声で語っていた。「わたしたちは異邦人をしたがわせるのに、キリストがわたしたちを通じておこなわれたこと以外、何も言いませんでした」

〔アーメン。アーメン〕

「キリストはわたしたちを通して、言葉とおこない、しるしと奇跡の力、聖霊の力、キリストの福音をのべつたえることにおいて、はたらいておられたのです」

〔ハレルヤ〕

「たたえられんことを」サウロがさけぶと、シモン・ペトロが自然にその言葉をむすんだ。

「たたえられんことを、イエスの聖なる御名が」

サウロはふたたび言った。「たたえられんことを」〔たたえられんことを〕するとこんどはすべての人びとが応えた。〔たたえられんことを、聖なる御名が〕

叔母のマリアが声をあげた。「イエスの御名において」わたしは自分のベンチのまえにひざまずいた。ほかの者たちも自然に礼拝のためにひざまずいた。

しかしテトスは両腕をひろげ、彼を抱いた女も同じようにして、彼と顔をみあわせた。それから彼は左へ二歩、右へ二歩と足を踏みだしておどりはじめた。とんでいるワシの翼のように両腕をたらしていた。顔をあげて目をとじた――すると言葉が彼の口からほとばしりでた。早口に、力強く、テトスはしゃべった。

いつものように、彼の声の調子にはおどろくべき権威があった。あちこちで笑い声がそれに応えた。人びとは両手をあげて感謝の礼拝をした。シモン・ペトロは頬を染めて笑った。五旬祭の風がまた吹いていた。わたしはまったくあたらしい歌を大声でうたった。

みよ、彼がほとばしらせるのを
彼は霊をほとばしらせる
わたしたちの目のまえで、ゆたかに。

みよ、キリストにむすばれて
そのめぐみによって、わたしたちがふたたび
永遠の命の相続人とされるのを。

若いテトスは頬を紅潮させ、むちゅうでしゃべり、まるで部屋は火で照らされているようだった。

わたしがまだうたっているうちに、サウロはテトスのほうへむかっていった。彼は若者に腕をまわし、長いこと強く抱きしめた。テトスは異言を語るのをやめ、すぐに自分も抱擁をかえした。二人が人びとのまんなかで、しずかで平和な中心のように立っていると、その確固としたしずけさがわたしたちにもつたわってきて、わたしたちは驚きにみたされてさわぐのをやめた。

「イエス・キリストは、父なる神の栄光にいたる道だ」若者のもつれた髪にむかってサウロは言った。

それから彼はわたしたち全員に言った。「あなたがたは聖霊がテトスにさずけた賜物《たまもの》を目撃しました。わたしの友は異言を語るのです。そして霊があるところに、神の愛はあり、神はおられるのです」

サウロは言葉を切った。彼はベンチの上に立ち、自分にむけられた人びとの顔をみおろした。そしてやさしい声で言った。「兄弟たちよ、あなたたちは、バルナバとわたしが無駄に走りまわっていたとは言わないでしょう」

祝福するように、彼はテトスの頭に両手をのせて言った。

「このことは、異邦人のために、霊がわたしたちをとおしてはたらいた証拠ではないでしょうか。聖霊がユダヤ人のために、ペトロをとおしてはたらくように」

すばらしいことに、それに同意するつぶやきが家のなかにきこえた。シモン・ペトロは感動してしわがれた声で言った。「わたしたちは自分たちの目でたしかめた。たしかに、サウロよ。そのとおりだ、わが兄弟よ。そのとおり」

「では異邦人に福音をつたえることを、イエスがわたしに託してくださった最後の証拠として、このイエスの聖なるかたがたの集まりのまえで、もう一つお知らせすることがあります」

彼はつぎの言葉を、ささやいているようにしずかに言った。しかし発音は鮮明で、人びとはそれをきこうとして身をのりだした。

「テトスは割礼をうけていないし、これからもうけることはないのです」

すぐにそれを非難するような声があがった。非難する声、それからのどを鳴らすような音がして、布が引き裂かれるのがきこえた。部屋の北側のすみで、ユダ・バルサバが衣

を裂き、貧弱なひげをむしって唇をつばでぬらしているのがみえた。

もはや青白いのをとおりこして死人のように白くなり、おそろしいほど緊張していた。サウロには同意してきたわたしだが、そのような反応をみると、彼がたった今明かしたことが、わたしにまでやっかいなことに思えてきた。それによって、これまではうまく分けられていたことが、ここでいっしょにされ、おだやかなことがきびしいこととといっしょにされたのだ。まるで仕組まれたことのように感じて、しばらくはサウロが計略をつかい、その場を支配したことで、彼をとがめていた。一人でエルサレムへ来たのではない。わたしたちは代表団なのだ。

ユダ・バルサバは苦悶のうなり声をあげていた。ほかの者たちも彼といっしょになげいていた。彼らは個人的な侮辱に身を焼かれていたのだろうか。心から悲しんでいたのだろうか。わたしにはわからなかった。集会全体が横風をうけた湖のように混乱し、波立ち、はかりしれないものにみえた。

そのうちに言葉をとりもどしたバルサバは、急にはげしい言葉をあびせかけた。「ユダヤ人だけがえらばれたのだ……異邦人が救われるのは……割礼によって……ユダヤ人になったとき……だけだ……」

ファリサイ派のユダ・バルサバが立っていた。教えるためではなく。彼は教えるために立つようなことはしない。彼が立つのは非難するためだ。

「タルソス生まれのサウロよ」彼は大声で言ったが、悲嘆のために声はかすれていた。「あなたは神の人びとを……神の人びとのそとにつくろうとしている。タルソス生まれのサウロよ、あなたはそのイエスへの『信仰』によって、律法をくつがえしている。

タルソス生まれのサウロよ、だからあなたは主イエスを罪の代理人にしたのだ。そしてあなたの言葉をうけいれる者たちはみな、パンと命だと思いこみながら、じつはちりと死を糧《かて》としているのだ」

マリアの家で嵐がわきおこり、激情と声高な敵意がうず巻き、サウロはけんかごしでかん高い声をあげていたが——そのなかで一つだけはっきりと、わたしにみえていたものがあった。そのことにわたしの心は痛んだ。

中庭にはだしで立ちつくし、とほうにくれて両手をさげて、わたしのかわいいバラが泣いていた。雨が降りだしていた。顔を雲のほうへかたむけていたが、目はとじられ、口はあまりにむごい悲しみのためにすぼめられていた。わたしは家から出ていった。そして彼女に近づいた。肩にふれると彼女はとびあがり、目のなかに一瞬、恐怖がみえた。

しかしだれであるかがわかると、わたしの腕のなかにたおれこんだ。
だれかがどなっていた。〔イエスは律法を廃止するために来られたのではない。ご自身でそう言われた――天と地が消えうせるまで、律法が消えさることはないのだ〕
さらに大きな声で言う者があった。〔もっとも小さな掟を一つでも破り、そうするようにと人に教える者は、天の国ではいちばん小さい者になる〕
まがった鼻をした小さなバラは、わたしの衣のひだに顔をうずめた。すすり泣いて体がふるえていた。彼女の涙でわたしの上着はあたたかくなったが、肩は雨でつめたくぬれていた。わたしは図体が大きいばかりで役に立たない自分を意識し、またこのような事態になってしまったことが申し訳なくてたまらなかった。

27 ヤコブ James

　わたしの記憶に焼きついているある場面は、非常に鮮明で深刻なものなので、それを思い出すたびに息をのみ、ふたたび悲しくなってくる。それは、教会内部で分裂がはじまったことをしめす出来事だからだ。

　その場面が実際に起こっていたときは、一時的な問題だと思っていた——たしかに解決できなければたいへんな結果をもたらす深刻な問題だが、解決は可能であり、したがって、教会内のごく内輪の者だけにとどめておくことができると思っていた。それよりもわたしは、そとからの、より大きな攻撃のほうをおそれていた。同胞のユダヤ人にも、ユダヤ人のためにイエスの栄光をになう信者の一団にもふりかかってくる攻撃のことを。

　仲間同士のこの小さな意見のくいちがいは、そのような攻撃に直面しているわたしたちのまとまりを弱めるという点では、危険なものだと思っていた。しかし「解決できる」とわたしは言った。「かたづけられる」というほうが近かったかもしれない。わたしはその問題をとりのぞいてしまおうと努力していたのだから。忍耐づよくはしていられなかった。わたしは腹をたてていた。また、わたしの考えの甘さから、その解決策はひどい矛盾をはらんだものだった。〔まとまるために分かれること、そして生きのこるために分かれることだ〕

　その場面とはこのようなものだ。マリアの家の集会室で、反ファリサイ派のサウロが、だれの頭と肩よりも高いところに立ち、オンドリのように両腕をばたつかせ、首をのばしてさかんに鬨《とき》をつくっているのだ。彼はベンチの上に立ち、たけだけしく、強烈なよろこびをもって論じたてている。信仰心にあついファリサイ派の者たちも彼と同じように大きな声でさけんでいるのだが、負けている。

　なぜなら彼らがばらばらに声をあげているのにたいし、彼はたった一人で、雄々しい声をあげているからだ。そしてほかの信者たちは、彼が論争相手をひどく怒らせ、感情的な分裂を起こさせているのをみて、自分たちはイエスをえらぶことによって、これからいくつもの決断をせまられるのかと思いまよっていたことだろう。

サウロは、がに股のオンドリのようにすましてベンチの上を歩き、閧をつくる。これが、かつてわたしが尊敬していた、明敏で信頼にたるトーラーの学徒なのだ。バルナバに知恵と安定と厳粛さをあたえてくれると、期待していた者なのだ。それが恥じることもなく善良な男たちをけものに変えている。これではまるで騒乱の王者だった。その光景は、そこにいた者たちを困惑させるものだったが、わたしにとっては失望を確認するだけの話だった。彼が変わったということはきいており、それを今、この目ではっきりみたのだから。

わたしはあごをひきしめ、騒動のなかをとおりぬけて、家の北側のすみへ行った。

「バルサバよ」わたしは言った。「だまるのだ。これは度を越えている」

何かを言いかけて口をひらいていた彼は、わたしをみつめた。わたしは彼がしたがうのを待ちはしなかった。彼のところからはなれると、まずシモンのところへ行き、それからヨハネのところへ行って、わたしといっしょに家を出るようにめいめいにたのんだ。わたしたちが去ることによって感情をおさめ、人びとが帰っていけるようにねがってのことだった。

中庭のこちら側に、バルナバの大きな姿があった。彼はサウロのそばに立って闘ってはいなかったのだ。彼はそとにいて、うすぐらい雨降りのなかでひざまずき、若いロデをなぐさめていた。今になって思えば、バルナバは論争自体にもくわわっていなかった。ひげをはやした大きなレビ人は、子どもを自分の胸にひきよせ、彼女の耳もとでそっとうたっていたようだ。

「バルナバ」とわたしは声をかけた。

シモンとヨハネはわたしのうしろで立ち止まり、彼をみた。

「バルナバよ、サウロがあなたの話をきくようになったら、彼をシモンの家へつれてきてくれ。わたしたちはこれからそこへ行って、あなたがたを待っているから。シモンの家で内輪の話をしようではないか」

わたしたちは習慣的にそこを「シモンの家」とよんでいたにすぎない。彼がアグリッパの監獄からのがれてエルサレムを去ってから、教会はこの家のつかい方を変えていた。そこを、祝祭のために巡礼としてやってくる、信者たちの宿にしていた。わたしたちはそこで、少人数で教え、また学んでいた。一つの部屋は図書室のようにつかい、わたしたちの本、聖書、異国で書かれた聖なる者たちの手紙などを棚にのせていた。

しかしその午後、家に入ったシモン・ペトロは、まだそこが自分の家であるかのようになごやかになった。そしてサウロとバルナバがやってくると、彼はわたしたちを食堂へ案内し、中央にある三人用のテーブルのまえで、主人の席についた。サウロはすぐにシモンの右の席についた。バルナバがそれにつづいた。ヨハネとわたしは、シモンの左に行くよりほかはなく、ファリサイ派の者とレビ人のまむかいにすわることになった。

わたしたちはいっしょに食事をした。

シモンの妻が給仕をした。わたしが手紙ですすめたように、彼は妻をカイサリアにのこしてこなかったのだ。しかし事態の進展とともに、彼女がここにいることがありがたく思えてきた。彼女がいることによって、サウロが礼儀正しくふるまうようになったからだ。わたしたちがそこにすわっているときでさえ、彼は自分の立場を熱っぽく、攻撃的にくりかえしていた。

「テトスに割礼をうけさせる理由などない。もしあなたがたがそれを要求するなら、イエスがわたしにしめされた福音に追加をおこなうことになり、イエスの福音に追加をおこなうなら、それが不十分なものだと裁くことになる。しかしイエスは完全なかたなのだ。わたしたちはテトスに割礼を――」

ちょうどそのとき、シモンの妻が手ぬぐいと水の入った容器をもってやってきたので、サウロは話のとちゅうで口ごもってしまった。「ああ」と彼は言った。入ってきた者をちらりとみてから、また話にもどろうとしたが、あらためて自分のうしろにいる女をじっくりとみた。「あなたなのか」彼は声をあげた。「ペトロ、あなたの妻がいるではないか」

小さなサウロはすぐに立ち上がり、彼女から水の容器をつかみとってテーブルの上に置き、少年のように笑いながら彼女に口づけした。「また会えたとは、なんとうれしいことか」そして彼女の両腕から手ぬぐいをとった。「あなたと会わなくなってからもうどのくらいになるか。なんと十四年だ。まえもこの部屋ではなかったか」

彼女はやさしく威厳をもってほほえんだ――まるで彼が少年であるかのように。「年を取られましたね、そして気の毒に、ひどくなぐられて」彼女は指先を、彼の眉の上あたりにあげた。「あたらしい傷だわ」と彼女は言い、二本の手ぬぐいをとりもどし、一枚ずつ水の容器のわきに置いてから、部屋を出ていった。

彼女のしぐさは、大きな力をもっていた。ふたたびすわったとき、サウロの目は心の内へとむけられ、その顔の表情はやわらいでいたからだ。

一方、わたしは目をみひらいていた。どうして今まで、彼のはえぎわにあるぶあついみみず腫れに気づかなかったのか。そしてそれよりは小さい、こめかみから頬に白く走る切り傷に。わたしもとつぜん十四年まえの、わたしたち三人がここにつどい、シモンの妻に給仕をされていっしょに食事をしたときのことを思い出した。

ヨハネは言った。「ペトロが行くところに、ミリアムは行くのだ」

シモンは言った。「しかし牢へは行かない。牢はべつだ」

彼女は、土器の鉢をのせた大皿と、湯気をあげるレンズ豆のスープのなべをもってもどってきた。はこんできたものをシモンのよこに置いた。シモンはどろっとしたスープがサウロの鉢につがれるのをながめ、それから言った。

「わたしはあなたと言い争うつもりはない、サウロよ。わたしに争いをもとめないでほしい。しかしヤコブとは論じあうことがある」

シモンは水をいれた鉢に指をつけ、手ぬぐいで指をぬぐった。それからわたしをみた。「サウロは剣の柄にかけられた力なのかもしれない、ヤコブよ」と彼は言った。「しかしその剣の切っ先は——聖霊によって、数年まえにわたしにつきつけられたものだ。神はもはや偏《かたよ》った愛をしめされないのだという霊の意志を、サウロはエルサレムへもどそうとしているだけかもしれない。つまり、神をおそれ、正しいことをおこなう者を、神は人種や国にかかわりなくうけいれられるということだ」

わたしは顔が熱くなるのを感じた。「わかっている。それはいつもわかっている。わたしはそのようなことを言っているのではない」

シモンは妻の手からスープをうけとっていた。彼は言った。「今日あの青年に起こったように、わたしは聖霊がほかの者たちにそそいでいるのをみたのだ。ローマ人たちに。ヤコブ、割礼をうけていない者たちにだ。そしてだれのこともこばんではならないと、主ご自身がわたしに命じられたのだ」

彼の妻は、わたしの右にすわっているヨハネのところへ来た。

「シモン、きいてくれ」わたしは言った。「あれは論争ではないのだ。わたしはだれもこばみはしない。こばんだこともない」

彼女は今度はわたしのところへやってきて、わたしにスープをつぎはじめた。彼女はほほえんだが、それは儀礼的なものだった。わたしは女とのしたしい友情はもとめないし、うけいれもしない。それがわたしの生き方になっている。

わたしはうなずいて彼女のあいさつに応えた。礼儀をまもることによっても、わたしは自分を律している。「問題にしているのは、こばむことではなく、うけいれることだ」わたしは言った。「うけいれる者を、わたしたちがどのようにうけいれるかだ。洗礼をうけた者をそのままうけいれるのか。モーセからはなれ、イスラエルの扉からそれたところでうけいれるのか」

シモンの妻はそっと部屋から出ていった。

わたしの声はわずかに高まった。しかしわたしの姿勢や顔つきはまったく変化しなかった。「あなたはそのようなことをゆるしたいのか。そしてもしそのようなことをゆるすなら、救いにいたる二本の道を説くようなことにならないか。それでは筋がとおっていないばかりではない。いったいどうしてそのようなことが可能なのか。どういうことなのか。ユダヤ人のメシアを、ギリシア人のために『キリスト』にしようというのか。シモンよ、答えてほしい。イエスは分けられるのか」

わたしが話しているとき、彼は食事のまえに感謝をささげるように、手のひらを上にして両手をあげていたが、わたしは話しつづけた。

「サウロは、異邦人につたえている福音へ追加をおこなうことをこばんでいる」わたしは言った。「しかし実際には追加したり、とりのぞいたりすることがおこなわれている。律法にはこう書かれているのだ。『わたしの教える掟《おきて》に心をとめ、それをおこなえば、約束の土地に入り、それをえることができる。あなたがたはわたしが命じる言葉に何一つくわえることも、へらすこともしてはならない』と。しかしくわえることをこばんでいるはずのサウロが、律法の小さな部分をとりさる以上のことをしている、つまりトーラーをまったく破棄しているのだ」

わたしの言葉に、サウロはすぐにとびかかってきた。

「特定の者にはそうだが、すべての者にではない」わたしの目をじっとみすえながら、彼は言った。「テトスや異邦人のためにはそうする。なぜなら主イエス・キリストは完全無欠のかただからだ。しかしユダヤ人にはそんなことはしない」サウロはずばりと言った。「あなたはよく話をきいていない。わたしの言うことに耳をすましてほしい。トーラーはトーラーであって、ユダヤ人にとって健全で、ありがたいものだ。そしてイエスはヘブライ語のメシアでもあり、ギリシア語のキリストでもある。なぜならイエスは、律法も、世界が声をあげてもとめるものも、その両方をみたしてくださるからだ。イエスが分けられるなど、とんでもない。しかしもしテトスに、イエスにしたがうことのほかにモーセの律法にもしたがうこともとめるなら、それはイエスの名をおとしめることになり、ひいては天そのものを分けることになるのだ」

　ヨセフ・バルナバが口をひらいた。「サウロよ。食事をとれ」彼は食事をしていたが、今はさじを置いてわたしをみていた。「神のみわざは、神がおられる証拠だ――そして神がみとめておられる証拠だ」バルナバは言った。

　わたしはうごかなかった。あごをひきしめた。わたしをみつめるバルナバに、自分のいちばん不動の表情で応えた。彼は言った。「神はサウロにしるしと力をあたえられたのだ」

　バルナバは疲れきっているようだった。しかし彼はこれまでも、すぐれた戦士のような強い耐久力はもちあわせていなかった。やさしすぎた。思いやりがありすぎた。

　彼はわたしをみつづけることができなかった。彼は目を落とし、それからシモンをみて言った。「あなたとヨハネが神殿の門で、足の不自由な男をいやしたときのことをおぼえている。あなたはこう言った。『わたしには金も銀もないが、わたしがもっているものをあなたにあたえよう。ナザレのイエス、メシアの名によって歩きなさい』と。そして男は歩いた。男はとびあがって神をたたえた。

　ペトロ、そしてヨハネよ、サウロはイエスの名によってそれとまったく同じことを、異国の地でおこなったのだ。会堂の一つもない町々で。人びとはおどろく。彼らは耳をかたむける。そして信じる。神をたたえる。エルサレムと同じイエスがリストラの町におられ、同じ救いがある。すべてはうまくいくのだ。サウロの言うことは正しい。この福音は十分なものなのだ」

　わたしは言った。「バルナバよ、わたしをみるのだ。あなたは、それゆえ律法をすてるつもりか。モーセ以来律法はわたしたちの砦《とりで》だった。それなしでは、わたしたちは何千回も死滅していただろう。しかしそれがあったからこそ、アッシリア、バビロン、ペルシア、そしてアレクサンドロスやプトレマイオス、セレウコス朝のもとを生きのびてきたのだ。そしてローマもしかりだ。律法をすてれば、わたしたちはかならずほろびる」

　サウロは言った。「だから何なのだ。主はすぐに来られるではないか」

「そして来られるまでは、そのしもべたちにははたらくことをもとめておられるのだ。律法を殺せば、わたしたちは今、死ぬことになる。しかし実際には、わたしたちにそのような選択はありえない。義そのものが来てくださるまでは、わたしたちは義を待ちうけ、そのために努力しなければならないのだ。そうだ。わたしたちは大いなる主のおそろしい日のために、義をえようと努力するのだ」

目のすみに、シモンの妻が戸口でためらっているのがみえた。わたしは唇をきつくむすんだ。するとシモンがつとめて快活に言った。「食べてくれ。わたしの妻がつくったものを――」

しかしサウロはテーブルにとびつくようにして、さけんだ。「努力、努力だ。すべての者に、義のために努力させればいい。すべての者に光のなかを歩むようにもとめるのだ。しかしわたしの福音を邪魔したり、それを責めたり傷つけたりしてはならない。わたしは異邦人にのべつたえるように召されたのだ。わたしは無駄には走りまわらない」

シモン・ペトロは小さなパンのかけらをつまみあげると、おどろいたことにそれをサウロに投げつけた。それは彼の左耳にあたり、小柄なファリサイ派の者は、雄牛のような息を吐いた。戸口にいたシモンの妻はげらげら笑い、それから口を押さえた。一方バルナバは息をのみ、頭をそらせて吹きだし、大声でいつまでも笑っていた。大きな男は横腹を押さえて笑った。シモンも自分のしたことがおかしくて笑った。

わたしの右にいるヨハネも笑った。

わたしはだまっていた。シモンは生まれついての不作法者だ。人はそのことで彼を愛する。

シモンは言った。「だまれ、サウロよ。自分のスープを飲むのだ。スープにパンをひたせ、鉢のスープをきれいにたいらげるのだ――そしてあなたに代わってほかの者にも一度くらい話をさせるのだ」

サウロがうしろにいるシモンの妻のほうに目をやると、彼女の目はいきいきとかがやいていた。バルナバは今までよりも食欲をみせるようになった。ヨハネはさじをとった。そしてペトロはパンを大きくちぎって口に入れ、話しはじめた。

「カイサリアに行くまえの日、ミリアムとわたしがヤッファに滞在していたとき、わたしは幻をみた。昼どきで、わたしは屋上で祈っていた。とても腹がへって、それから夢見心地になった。すると天がひらくのがみえた。そして大きな幕のようなものが四隅でつるされて地上におりてくるのがみえた。それが地上につくと、そのなかにはきよいものも、きよくないものもふくめ、あらゆる爬虫《はちゅう》類、鳥、けものがいた。そして声がきこえた。『ペトロよ、起きてほふって食べなさい』と。わたしは『いいえ、主よ。わたしはきよくないもの、けがれたものは食べたことがありません』と言った。しかし声は言った。『神がきよめられたものをきよくないものとか、けがれたものと言ってはならない』と。ヤコブよ、そのようなことが三度もあったのだ。三度、幕がおりてきた。三度わたしは命じられ、三度わたしは食べることをこばんだ——律法のために。すると幕はまた天にのぼっていき、目がさめると、わたしは幻のことでとまどっていた」

わたしは言った。「どうしてあなたはわたしのことをみているのか。その話をわたしだけにしているのか」

シモンはにやりとした。「すると聖霊から直接、この幻の意味するところがくだったのだ。目ざめるとすぐ、三人の男が下の扉をたたいていた。彼らはカイサリアの『イタリア隊』という部隊の百人隊長からつかわされた者たちで、その百人隊長はわたしをつれてくるように主に言われたのだった。ヤコブよ、異邦人だ。百人隊長は神をおそれる男で、割礼をうけていないローマ人だった——しかし彼の家へ行き、すべてのものの主、イエス・キリストの福音をつたえたとき、彼の家に、そしてそこにいるすべての者に聖霊がおりたことがわかった。なぜなら彼らは異言を語りはじめ、神をたたえたからだ。

ヤコブよ、それは今日マリアの家で、サウロのつれている青年がしたこととまったく同じだった。わたしはその異邦人と彼の家族に、水で洗礼をさずけることを禁じることはできなかった。彼らに割礼をうけさせる必要はなかった。彼らはすでに聖霊をうけているのに。すべての者が」シモンはもったいぶってわたしに言った。そして、この雄牛はその言葉をくりかえした。「すべての者が」と。そして言った。「民族や国に関係なく、神にうけいれられるのだ」

「わたしがそれを否定しているというのか」わたしは言った。

「あなたは否定してきた」

「そんなことはない」

「いや、そうだ。あなたは否定している。割礼を要求している。あなたはユダヤ人でない者たちをユダヤ人にしたがっている。ユダヤ人としてのみ、あなたは彼らをうけいれるのだ」

「シモン」

「何だ」

「これがあなたの目的か、ここでわたしを孤立させることが」

「まったくちがう」

「ではあなたの目的は、わたしがまもるユダヤ人の神聖な伝統、そしてそこにいる男自身がかつてまもっていたユダヤ人の伝統を、ちりあくたにしてしまうことなのだ」

「そのようなことはない」

「しかしあなたは、そのとおりのことをしている、シモン」わたしは力をこめて言った。「そして全能の神の御旨《みむね》をこばんでいる。あなたの幻のなかの声は、以前はきよくなかったものを食べるようにまねいた。だからわたしたちはきっと、以前はよごれ、けがれていた人びとをうけいれるべきなのだろう。その解釈はみとめよう。しかし」――わたしはこの大きな男の心に重要な点をたたきこんでやろうと、前にのりだした――「しかしシモンよ、その声、主の声は、あなた自身不浄なものになれとは、まねきはしなかった。律法は今でも律法なのだ。わたしたちには適用されるのだから」

「ヤコブ」サウロが声をかけた。わたしは首をひねって頭をそちらにむけた。「では、わたしたちのちがいはどこにあるのか。あなたはいったい、ペトロに何をもとめるのか。わたしはユダヤ人がユダヤ人であることはみとめよう。もしシモンが律法をまもらなければならないなら、まもらせればいい。しかし異邦人にユダヤ人になることはもとめるべきではない」

すぐにある答えが、わたしの頭にひらめいた。〔もしシモンが異邦人といっしょに食べているなら、シモンは律法をまもっていない〕と。しかしわたしはだまっていた。

わたしは両手を組み、だまりこんだ。思いがけずわたしは動揺していた。考える時間が必要だった。心より口が先走っていたからだ。わたしの最後の発言は、実際にわたしの立場を変化させ、サウロはその変化をわたしよりもすばやくみぬいたのだ。彼はわたしのその言葉にとびつき、それを自分の有利になるように変化させた。〔律法はわたしたちにとって今でも律法だ〕と、わたしは個々人のちがいを強調して、わたしたちと言ったのだ。それがサウロに〔しかし異邦人にもとめるべきではない〕という論理をあたえることになってしまった。

〔ユダヤ人はユダヤ人になればいい〕と、彼はわたしの言葉に、すばらしい寛大さをそえて返し、それによって〔そして異邦人は異邦人であればいい〕とも言ってのけたのだ。

会話がとぎれたところでシモンの妻が、チーズと干しブドウとオリーブを盛った皿をもって入ってきた。スープがほとんど飲まれていないのをみたが、何かを言ってわたしたちの沈黙をやぶるようなことはせず、まだ中身のいっぱい入った皿をもって出ていった。

やがてヨハネが口をひらいた。

彼は油のランプを自分のもとにひきよせ、炎を両手でかこんだ。その光が彼の顔でゆらめいた。騒々しいやりとりのあとで、彼の心はしずんでいるようだった。

そのようにみえるのも当然だった。彼の最初の言葉はその理由を教えてくれた。そして、わたし自身の言葉にも注意をあたえていた。

彼は言った。「四年まえ、わたしの兄はエルサレムの城外で処刑された。わたしは弱い。兄の死を悲しむべきではないのに。それは主が預言されていたことだったのだから。主が飲まれる杯を、兄とわたしは飲むことになると言われていたのだ。それなのに兄のことを毎日考える。

ヤコブ、わたしはこう考えるのだ。どうしてアグリッパはわたしの兄を殺したのか。それは、アグリッパがユダヤ人の支持をもとめていたからだ——そして彼は兄のことを、ユダヤ人のなかのユダヤ人とはみていなかった。そうではない何者かにみていた。わたしたちにちがいなどないのに」

ヨハネは息を吸った。鼻の穴がふくらんだが、その口は厳粛にとじられたままだった。

「ヤコブよ」彼は言った。「それが今のおもだった問題なのだ——わたしたちにとっても、ユダヤ人一般にとっても。つまりユダヤ人同士が分裂していることが。世間の目にわたしたちが分裂してみえること、そして実際にわたしたちは内部で分裂しているということが。

ふたたび彼は息を吸い、彼の指をとおしてピンク色にみえるランプの炎をみつめた。自分の考えを説明するのに、最善の道をさがしているようだった。

「アンティオキアで起こっていることはエルサレムに影響をおよぼすべきではないし、エルサレムのわたしたちに関係しているようにさえみえるべきではない。なぜなら、信者の一団に多くの異邦人が入ってくるほど、ユダヤ人のキリスト信者たちはユダヤ人としてみられなくなっているからだ」

彼はわたしをみた。「あなたは同意するか」

わたしは答えなかった。しかし彼が兄をうしなったことへのあわれみから、わたしは同意するような声を出しそうになった。それでも、わたしがこの男たちのなかで孤立しているという感覚と、自分の言葉がたよりにならないという感覚がつのり、それがあわれみにまさった。

「わたしたちはユダヤ人として知られるべきではないだろうか」ヨハネはわたしをみつづけたまま言った。「そうであればわたしの兄弟は死なずにすんだからというのではなく——純粋なユダヤ人とみられていれば兄は死ななかっただろうが——そのようなことではなく、わたしたちはそういう者だからだ。そうではないか、ヤコブ?」

わたしの沈黙にじれたシモンが代わりに言った。「そうだとも。むろんそうだ。わたしたちはイスラエルへの言葉をもったイスラエルだ」

ヨハネはシモンのほうをみた。

「それならわたしたちは同胞のためにも立つべきだ――ことに、この帝国内のいたるところで同胞がおびやかされている今こそ。皇帝の好意が気まぐれで不安定な今こそ。今はユダヤ人であることを分けたり弱めたりするときではなく、むしろそれをまとめ、強めるときなのだ」ヨハネは言った。

そしてわたしに目をむけ、ふたたびわたしから目をそらさずに言った。「ヤコブ。あなたの言うことは正しい。契約の律法は長いあいだわたしたちを生きのびさせてきたし、今もそうでなければならない。そういうことであれば、契約の律法をきよめ、わたしたちユダヤ人の結束を強めようではないか。同じように、今は世界のまえでユダヤ人の顔をあいまいなものにするときではない」

彼は言葉を切った。視線をランプの炎へやり、ふたたび息をついて考えをまとめた。ヨハネの瞳は大きい。彼はだまって思いをめぐらすような人間だ。彼の話を中断すると、もう彼の話はきけなくなってしまう。彼はだまっている。彼の兄が生きていたとき、ヨハネはたいていだまっていた。

それからほとんどききとれないような声で、彼はたてつづけに質問した。「十年まえアレクサンドリアで、ユダヤ人に何が起こったか」

バルナバはしずかに言った。「大虐殺だ」

シモンが言った。「会堂は焼きはらわれた。母親も子どもも殺された。父親や夫も殺された。大虐殺などよりひどいものだった、バルナバよ。みな殺しだ。そして生きのこった者は、家畜のようにユダヤ人街につめこまれた」

ヨハネの目は光っていた。彼の涙にランプの光がうつっていた。ヨハネの心はあわれみでいっぱいになっていたからだ。

「それから何があったか」彼は火にむかってたずねた。「八年まえ、皇帝は神殿の至聖所に自分の像を置こうとした。荒廃をもたらす忌むべき行為がふたたびやってこようとしていた。サウロよ、あなたもあのころのユダヤ人の苦しみの叫びをきいたことだろう。六カ月のあいだ、わたしたちは苦しみのためにここでふるえていたのだ。祈り、戦いを計画し、その像が到着したときは自分たちの体を死にゆだねようと考えながら。しかし皇帝は心を変え、それをとりやめた。そして彼が暗殺されたことによって、やっとわたしたちは恐怖から救われたのだ。それはカリグラ帝だった。そして今の皇帝はクラウディウスだ。この皇帝の気まぐれも、まえの皇帝よりましだということはないのだ」

そして目をあげながらヨハネは言った。「この現在のクラウディウス帝の目のとどくあらゆるところで、ユダヤ人ははっきりとした血族のまとまりとしてみえなければならない、そうならなければならないのだ」

「サウロよ」ヨハネは言った。「そしてバルナバよ。あなたがたはここで今年の過越祭に何が起こったか知っているか」

バルナバは自分の両手をみながら言った。「逃げる人びとのしたじきになって死者が出たときいている」

「そうだ」ヨハネは言った。「数のことはきいたか。何人死んだか知っているか」

「いいや」バルナバは言った。

ヨハネは言った。「ペトロは知っている。ここで何人死んだのか、ペトロ」

この一種教育的な問いかけにたいして、シモンも低い声で模範的な答えをした。「二万人の巡礼が死んだ」

「その理由はわかるか」ヨハネがたずねた。「過越祭に二万人もの人びとが、どうしてそのように争って逃げようとしたかわかるだろうか」

「いいや」シモンは言った。

「ヤコブは知っている」ヨハネはしばらく口をとじた。彼の目のなかでゆらぐぬれた炎が、わたしの涙をさそった。

ヨハネは言った。「ヤコブよ、どうして人びとが逃げだしたかを、彼らに教えてほしい。このローマ世界のなかでユダヤ人の連帯がもとめられるわけを、彼らにしめしてほしい」

わたしは言った。「祭りでの暴動を未然にふせぐために、総督は連隊を神殿境内に配置したのだ。それは特別な警戒ではなかった。しかし今年、割礼をうけていない異教徒の兵士が、ズボンをおろして体をあらわにしたのだ」わたしは言葉を切って、ため息をついた。「その冒瀆《ぼうとく》行為に、巡礼たちはぼうぜんとした。彼らは激怒して強く抗議したので、総督は暴動がはじまったと考えた。そして全軍を神殿の丘じゅうに送りこんだ。同胞たちはおびえて逃げた。そしてエルサレムのせまい通りで、ユダヤ人がユダヤ人に踏みつけられて死んだのだ。割礼をうけた者が割礼をうけた者に踏みつけられて死に、割礼をうけない者たちはわたしたちをあざけって笑っていた」

ヨハネの目はふたたび炎にそそがれた。しずかに息をし、それから言った。「それから、クラウディウス帝が会堂を閉鎖するという知らせがローマからとどいた。ローマの宗教は復活している。ローマ人はユダヤ人の迷信をきらっている。そして皇帝は、ユダヤ人を追いだすとおどしているという——ユダヤ人内部での紛争が原因で。恥ずべきことに、われわれの反目が知れわたってしまったために。イエスをめぐっての反目だと、そう言われている。主よ助けたまえ、わたしたちは地上における権力の怒りをまねいているのです」

　ヨハネは言った。「ある者がイエスを信じ、ほかの者が信じなくても、そのようなことはクラウディウス帝の関心事ではない。ローマ人のまえには、ユダヤ人はユダヤ人であるだけだ」

　ふたたび彼はわたしに顔をむけた。ランプの炎で、彼の頬とあごのふちはオレンジ色にかがやいていた。目のあたりは影になっていた。

　ヨハネは言った。「ローマ人は異邦人とユダヤ人のちがいを知っており、彼らにとっては割礼をうけていようがいまいが、異邦人は異邦人なのだ。神の目には、むろん区別はある。そうだろう、ヤコブ。しかしクラウディウス帝には区別などない。だから国家と信仰のためには、イエスのことでユダヤ人同士が争っているのを彼にみせてはいけないのだ。その一方でクラウディウスが、さまざまな国民のなかでイスラエルをみうしなってはこまるし、われわれも帝国内での位置と特権をうしなってはならないのだ。しかし異邦人がイスラエルのなかに混じっているのをみるほどに、クラウディウスはイスラエルをかえりみなくなっていく。ヤコブよ、同意してくれるな」

　わたしはうなずいた。

　わたしへの心からのあわれみと愛情をもって（それはわたしのつつしみと自制心を吹きとばした）、ヨハネはテーブルに置いたわたしの手のとなりに自分の手を置き、話をつづけた。「それなら、どうすればいいかわかるだろう。わたしたちのため、信者たちのため、そしてあらゆる地域のユダヤ人のために、異邦人はみかけも実際も異邦人でいなければならないのだ――サウロがもとめたとおりに。今はわたしたちの名、わたしたちの国、そして世界にむける自分たちの顔を明確にするときであって、それをあいまいなものにするときではないのだ。

　ゆいいつのメシア、ゆいいつのイエス、ゆいいつの主、ゆいいつの神が、わたしたちすべてのためにおられる。これが、ユダヤ人であれ異邦人であれ、すべての信者のもつつながりだ。それなのに、主の霊を知らない世界のまえで、わたしたち信者は分裂しているようにみえているのだ。それを変えることはできない。しかしそれをわたしたちの益になるようにすることはできる。

　兄弟サウロよ」あらたまった調子で言おうとしてヨハネは首をまっすぐにした。彼は自分の結論にたどりついたのだ。「わたしは同意する。あなたは自分の福音をもって異邦人への伝道に行くがいい。自由に、さまたげられることなく、制約されることなくおこなえばいい。会堂とはべつの教会を設立するのだ。わたしたちも同じように、会堂でユダヤ人にイエスのことをのべつたえよう」

「兄弟ヤコブよ」彼はわたしに語りかけた。「危機と破綻《はたん》がやってくるときに——どうしてそれがこの世界にやってこないことがあろうか——身内で争っていては、同胞たちはまったく分けられてしまうことになる。たとえ割礼をうけた者であっても、異邦人が神殿と律法のために自分たちの命を犠牲にするなどと、ユダヤ人は信じはしない。疑いと内なる敵意が、わたしたちの敵を助け、えらばれた人びとを打ち負かすだろう——」

ヨハネは口をつぐんだ。言葉がつきたのだ。彼はわたしをみずにわたしの手の甲にふれ、それから自分の手をもどした。だれも口をひらかなかった。バルナバは頭をさげ、まげたひじにひたいをのせていた。サウロは右手の人指し指で、こめかみをたたいていた。その表情はよみとれなかったが、ヨハネの言葉がもたらすものには気がついていたはずだ。つまり、彼がなすべきことははっきりしたのだ。わたしはこの最後の訴えに、異論をとなえるつもりはなかった。わたしは心から神殿を愛し、わが民、ユダヤ人を愛しているからだ。

わたしはテーブルのまえから立ち上がり、部屋を出て小さな台所へ歩いてゆくと、シモンの妻はその暗がりのなかで一人ですわり、片手を口にあてていた。かたわらにはチーズが手のつけられないまま置かれていた。

「ミリアム」わたしは声をかけた。「ブドウ酒を少しもってきてくれないか。話が終わるところだから」

彼女は言った。「うまくいったのですか」

わたしは立ち止まって言った。「うまくいく」そして食堂へもどった。

だれもうごいていなかった。わたしがいないあいだに、だれも話さなかったようだった。

わたしはサウロとバルナバにうしろから近づき、二人に手をさしのべた。サウロは立ち上がり、ほほえみながらわたしの右手を右手でにぎった。バルナバは大きな男にしてはやさしげに手をのばし、右手でわたしの左手の指をにぎった。

わたしは言った。「話はついた。明日、わたしたちはあつまった者たち全員に話をし、彼らを安心させてやろう。シモンがユダヤ人のために福音をさずけられたように、あなたは異邦人への福音をさずけられたと」

わたしはサウロの手をはなさないまま、ためらっていた。わたしには何か言いたりないことがある。それを言うのに、この機会をのがす手はない。今、さまざまなことがやつぎばやに起きている。わたしは頭の回転がはやくはない。わたしの考えは慎重で、手間どる。しかし今日それを言わなかったら、明日は何を悔やむかわからない。するとそのとき、ヨハネの話した、多くの不幸な者たちが踏まれて死んだことが心にうかんだ。

「異邦人たちは富んでいるらしい。そのようなアンティオキアは、エルサレムの貧しい者たちのことを心にかけてくれるだろうか。アンティオキアの諸教会は、エルサレムにいる聖なる者たちが生きのびていくための金をあつめ、ここにいるわたしたちに送ってくれるだろうか」

するとサウロは、じつにうれしそうな笑顔をみせた。

「ああ、もちろん」と彼は言い、しめった唇とごわごわしたあごでわたしの頬に口づけした。彼はよろこんでいた。人はあまりよろこびすぎるものではない。それは勝利ではないのだから。勝利のようにみえるべきではないのだ。

バルナバはすわったままだった。

シモンの妻が、うまそうなブドウ酒をもってきた。体をかたむけて夫の杯をみたすとき、彼女はそっとたずねた。

「シモン、いったい何があったの？」と。

28

ロデ

Rhoda

バルナバ、お父さん、またわたしの歌をうたってくれましたね。これほど年月がたったのに、まだわたしの子守歌をおぼえていて、うたって、またわたしを安らかな気持ちにしてくれました。あなたがいないさびしさは、いつになっても消えません。

わたしが泣いていることに気づいたなんて、おどろきました。だれもみていないと思っていたのですから。あなたはいつもやさしい。そしてわたしの耳におだやかな声をきかせてくれます。

「バラの子ロデ」と、わたしが五歳のときのようにうたってくれましたね。

バラの子ロデ、
わたしが愛していないと
思っているのかい
おまえのまがったお鼻を。

そうとも、そうとも
おまえのすべてを愛してる
笑い顔からむっつり顔まで
おつむの先からお靴の先まで。

ほんとうに他愛のない歌。でもそのまま心にひびいてくる歌。わたしが夜をこわがって泣いたことをおぼえているでしょう。わたしはいつもこわがっていたけれど、あなたはワラ布団のところへ来てくれて、となりでひざをつき、わたしのひたいに手をのせてうたってくれました。

バラの子ロデ
おめめをとじて
二つのおめめに
口づけするから。

そしてそのとおりにしてくれました。あなたの大きなひげがわたしの顔じゅうをくすぐって、わたしの目に口づけしました。ああ、そしてやさしくうたってくれましたね。

ねんねん、ねんねんねん
泣かないで
夜は長くて
闇は深い

でもこの腕が
ロデを抱いてて
無事にまもる、
おまえが大きくなって
大人になるまで
そして父さんならだれでも知ってることを
おまえが知るまで。

わたしはまだ大人になっていないのでしょうか。わたしには、父祖の知識に耐える準備はできていないようです。きっと知りたくもないのでしょう。
あなたはよくわたしを空にむかって高く抱きあげてくれましたね。わたしはうれしくてはしゃいだものでした。わたしを高く放りあげてもくれました。そしてわたしをうけとめると大笑いして、それはまるで空で雷が鳴りひびいているようでした。
それなのに、どうして今ではもうあのように笑わないのでしょうか。

◆ テトス Titus

29

この興奮。この名誉。なんという一団か。おおいそぎでエルサレムへやってきたときとはうってかわって、わたしとほかの者たちは集団となってゆっくりと歩いて家へもどっていく。あのときのわたしたちはたったの三人だったし、パウロにはさまざまに思うところがあって近づきがたかった。しかし今のわたしたちは九人になり、そのうちの二人は女で、みんなまるでいそごうとはしていない。それにしても、これはなんとすばらしい一団なのか。

わたしは雨降りのなかをみわたす。まずわたしのすぐまえを行く人たちといったら。これがすばらしい。あの高名なるシモン・ペトロが、パウロとならんで歩いている。そしてそのゆったりとしたようすから、二人がしあわせであることがわかり、そのことがどんなにわたしをしあわせな気持ちにしていることか。わたしは笑っている。頰が痛いほど。わたしもその仲間に入っているのだから。パウロが何か早口で言うとペトロはそりかえって、雨のしずくをとばしながら彼の背中をたたく。小柄なパウロは顔からつっぷしてしまうのではないかと思うが、彼の足はその口と同じようにすばやいのだ。彼はさっさとすすみ、大きな使徒がまわしてきた腕をひょいとかわしてしまう。そしてすべてがそんな具合なのだ。

わたしたちはいっしょに笑い、おしゃべりをしている。ペトロの妻はもう一人の女といっしょにわたしのうしろをのんびり歩き、フィリポはヨハネ・マルコと話している。フィリポがいっしょなのは海ぞいの町カイサリアまでだが、ペトロとミリアム、そしてヨハネ・マルコともう一人の女はいっしょにアンティオキアまで行く。

イエスよ、わたしは歌をうたいたいのだ。この道で、あなたへの賛美をさけびたい。わたしたちぬきでおこなわれた、あの内輪の長い会合のあとでみたパウロの顔といったら。パウロがわたしの小さな寝室にやってきてロウソクの炎でわたしを起こし、そのときにみた彼の顔といったら――ああ、イエスよ、それは真夜中の日の出のようでした。

彼はわたしの両手をつかんで立ち上がらせ、わたしに口づけして、わたしを自分の息子と言ったのです。今のままのわたしが、彼の息子であり兄弟だと。

彼はわたしを聖なる者とよび、わたしとおどったのです。はだしでわたしの寝床でとびはね、うまくもないのに歌をうたった。ああ、イエスよ、彼はわたしの心をつかみ、それを天高く投げあげたのです。そしてわたしはとんだ。わたしも仲間にいれてもらえたのだから。

バルナバは一団のうしろで一人で歩いていることが多い。だからわたしは雨のなかに立って彼が来るのを待ち、いっしょに歩いて彼の肩にこぶしをあてる。「どう思います?」とわたしは言う。「このことをどう思いますか」ほほえまずにいられない。すると彼は言う。「たしかに、変化が起こっている」と。するとわたしは「それはたしかですよ」と言う。

言葉がわたしの口からあふれる。彼のよこを歩くのがうれしく、わたしは自分の心をとらえている考えをほとばしらせる。「バルナバ、ごちそうをしますよ」。すると彼は頭をよこにかたむけて、わたしをみおろす。「いや、ほんとうの大宴会をするのです。感謝の宴会を。わたしの家で、わたしの食べ物、わたしの金で。そういうときが来たと思いませんか」

わたしは彼の答えを待っていない。彼が〔そうだな〕と言わないわけはないのだから。わたしはしゃべりつづける。「こんどは教会をわたしの家にまねく番です。ああ、バルナバ。刺繍《ししゅう》をしたクッションや、上等な皿やすばらしい銀器を借りてきますよ、そして三品料理を用意しよう。まずサラダとマッシュルームと卵。つぎにヤギの肉よりいい肉を出す。たぶん羊の肉だろうな。香料をきかせた上等のソーセージもいい。大事な晩餐《ばんさん》には、ソーセージを出してそのことを証明しなければならないと、父はいつも言っていますから。でもこんなのもある」

わたしはまた彼の肩をたたきながら言った。すると今回は、彼の茂みのようなひげの奥にほほえみがかくれているのがみえたので、わたしは自分のひざをたたいてごちそうをならべていった。「こういうものです。父が教えてくれた『ミネルバの盾《たて》』とよばれるぜいたくなローマの料理です。それは青菜と玉ネギとアーティチョークをつかったもっとも高級なサラダで、そこにナマズの肝と、キジの脳みそとクジャクの脳みそ、フラミンゴの舌、ヤツメウナギのはらわたをくわえるんです。ははは。どうです?」

そしてどうなったか。わたしはついにバルナバを笑わせる。わたしたちは魚のようにぬれながら歩き、わたしたちのまえを行く友人たちもずぶぬれになりながらいっしょに笑う。なんという日。なんというよき日か。

だからわたしは言う。「バルナバ、どうです？　わたしの家に食事にきてくれますか」

するとと彼は大きな手でわたしの肩をつかみ、「そうしよう」と言う。「そうしよう」と。

◆

バルナバ

Barnabas

30

わたしたちがもどって一週間もしないうちに、「サウロとバルナバがシンゴン通りのパンテオンのところで説教する」という話が、アンティオキアとその周辺にひろまった。

そのとおりではない。半分だけがほんとうだった。

たしかにサウロは説教した。わたしもそこにいた。しかしわたしはほとんど彼につきそっていただけだ。

群衆は日ごとにふくれあがっていった。彼の説教をきくため、人びとはダフネやセレウキア、遠くアレッポからも旅をしてきた。それも当然だった。アンティオキアにいるさまざまな国の人びとがよい説教をききたがっていた。

鈍感なローマ人は確信にみちた話をよしとする。そして堅固な石のように、整然とならべられた証拠がささえる大胆な議論をもとめる。

ギリシア人は機知とたくみな弁論を評価する。いつでも身をかわして、こちらにきたかと思うと瞬時にあちらへ、という具合に人をおどろかせる、キツネのようにぬけめのない言葉を。熱弁をふるう者が今日あることを論じ、明日は反対のことを論じれば、ギリシア人はそれを勝利とよぶ。ローマ人はそれをうそと呼ぶ。シリア人は、荒れ野に吹きすさぶ風のような熱情をもとめる。エジプト人は、みえない世界とみえる世界のはざまからこっそりとってきた神秘を、低い声とくぼんだ目で語ってもらうのが好きだ。

サウロにはそのすべてがあった。大胆で狡猾《こうかつ》、さわがしく、息をのむような神聖な幻をみせる——そしてそのすべてを、何の準備もなしにやってのけるのだ。ただ立ち上がって口をひらけば、彼は説教しているのだった。

シンゴン通りの北西側には凝《こ》ったつくりの大きな噴水があった。池の三方を二段の柱廊がかこみ、その上には壁龕《ニッチ》に像を置いた破風《はふ》をのせていた。池のうしろの床はせりあがっていた。サウロはそこに立って説教した。すると石の建物が、彼の高い声を通りまでくっきりひびかせた。

日の出から一時間後、召使の少女たちがうわさ話をやめ、水がめを頭にのせてはこびさると、七、八人の信者と一団になったサウロが、活力と善意をみなぎらせて通りをやってくる。むろんわたしはそれよりも早く、水くみの少女たちのおしゃべりのさいちゅうにそこについている。サウロはいつもわたしに、彼がやってくることを人びとにつげる役として、その場所に立っていることをのぞんだからだ。〔サウロとバルナバが、シンゴン通りのパンテオンのところで説教する〕

わたしは彼が到着するまえに説教をする。そして彼が帰ってからも。彼が話しているときもわたしは人びとのあいだをまわり、より個人的な、内輪の言葉をもとめている人をさがす。そのような分担に、わたしは不平を言ったことはない。わたしはレビ人だ。歌のうたい手だ。わたしはなぐさめる者であって、才能にはかかわりなく、なだめる者であるからだ。

わたしは自分のいちばん得意なことをしていた。ではサウロはどうなのか。彼はギリシア人にしてローマ人、エジプト人、シリア人、ユダヤ人でもあり、奴隷であって自由人、独身だがすべての者と結婚している者である。男であり女であり、子どもで老人、太鼓、ラッパ、羊飼いの笛、力と確信にみちた声、そう、まさに声だ。サウロは全世界の声だった。

彼が説教し、彼の口から出る言葉にわたしがつかえるのは正しいことだった。

わたしは感謝をもって、その役を永遠につとめていただろう。

しかしエルサレムからもどって一カ月もたたないうちに、わたしたちの協力関係はこわれ、サウロは憤慨してアンティオキアを去っていったのだ。

31

そのころテトスは父親といっしょに住んでいた。母親は十一年まえの大地震で死に、そのときテトスはまだ七歳だった。父親はローマ軍を退役し、金持ちではなかったが、ゆたかな生活をおくっていた。父親がはじめてわたしたちのところに来るようになったのは、息子の情熱にほだされてのことだった。彼は今でもわたしたちと礼拝をする。むっつりして孤独で、近よりがたいところもあったが、あれこれと不平を言うことはなかった。生前の妻とは正反対だった。そして今では息子と正反対といえる。

ほかのローマの若者たちが首からブッラをはずしていたとき、青年テトスは水をあびて洗礼をうけるために、裸でオロンテス川にしずんだ。そして声をはりあげ、いきおいよく水からとびだしてきたので、わたしは大笑いした。まるで競技者だ。たくましく筋肉のもりあがった体をして、無愛想な口もとと、すみきった誠実さをもっていた――世界のどこにいてもしあわせな者。

わたしは彼が好きだった。とても気にいっていた。思いまよっているときでさえ、彼はわたしからほほえみをひきだすことができた。すると彼はしてやったりといった笑みをうかべ、わたしのあばら骨をつつき、肩をたたくので、わたしは自分がしずんでいたのもわすれて、また笑ってしまうのだ。テトスはころげまわる子熊のように無邪気でよろこびにみちていた。まわりのことに気がつかないという点においても。

だから、彼の言う「感謝の晩餐」に用意する食べ物のことをきかれると、わたしはたのしく答えていた。それはわたしをなごませる単純な話題だったから。

まずパンについて。テトスがほしがったのは、エジプトの小麦でつくった、もっとも軽く、もっとも白い小麦パンだった。そして「甘い上質のパン《シリーギネウス》」が必要だと言った。「どのパン屋がいいでしょうか。どこで買ったらいいのでしょうね」彼はハチミツときざんだ果物をまぜた甘パンもほしがった。

そして肉について。彼はいろいろな動物の肉を出そうと考えていた。トリ肉、ウサギ肉、シカ肉――「ヤギの肉はだめだ」――ウズラ、ツグミ――「それにボラが手に入るといいのだが」――ソーセージ、ベーコン、牛肉。牛肉を出すのは、それがとても大事な食事だからです、と彼は言った。わたしたちには手が出ないからとも。

「そしてどの店がいいでしょうね」と彼は言った。肉は、晩餐の前日よりまえにほふられたものではだめだ。もちろん、いちばんいいのは当日のものだ。しかしわたしは町の店を知らなかった。市場にある店は。わたしが知っているのは、きよい食べ物にかんする掟をまもる、ユダヤ人の何軒かの店だけだった。そこでは完全に血ぬきがおこなわれる。首をしめて殺したものや異教の犠牲《いけにえ》に供されたものは一つもなかった——たとえそれが奥の間の簡単な祭壇で、数本の毛を燃やしただけであっても。そしてそのような店では、いくつかの生き物だけがきよいと考えられていた。テトスは父親にどこで肉を買っているのかきかなければならなかった。すると父は「アレッポ門のラニウスの店だ」と言った。それできまりだった。

それから若者はメロンをかごのように切り、そこにいろいろつめることを考えた。サクランボ、桃、マルメロの実のゼリー、クルミ、ハシバミ、アーモンドとケシの実、そして「アニスの実をきっかり七つぶ」——これは彼自身の考案によるものだ。

「すごい。すごい」と彼はくりかえし言った。

彼は計画に夢中になっていた。どのようにテーブルをならべるか、何人よぶことができるか、彼らをどこにすわらせるか、だれをだれのとなりにするか、いつはじめて、いつまでつづけるか。シモン・ペトロはミリアムといっしょに行くと言った。シメオンとルフォスとアレクサンドロ、そして家の女はみな、行くと言った。むろんサウロも。キレネ出身のルキオ、ティモン、ガイオ、そしてローマ風の名前をもつクイーントゥス……。

「バルナバ、どうです？」と彼は笑いながら何度もきいた。「わたしの家の晩餐に来てくれますか」

わたしは「行く」と言った。

すると彼は心からうれしそうにわたしの肩に手をかけるのだった。

しかしそれから、ヤコブとエルサレムの教会からの手紙が一同に朗読された。

手紙。それはユダ・バルサバがアンティオキアへはこんできたものだった。教会の一員のシラスも彼に同行して北へやってきた。

しかし彼らが町にいたことをだれが知っていただろう。自分のえらんだ都合のいい時間にバルサバはあらわれ、教会の者たちに自己紹介するさい、サウロとわたしといっしょに来た者だと言った。たぶん彼はほんとうにそう考えていたのだろう。彼とシラスはわたしたちのあとすぐに到着したのだから。そしてわたしたちの名前を出すことによって、まえにここに来たときに自分がおどしつけた人びとからうけいれられるようにしたかったのかもしれない。

しかし自分が来ていることをわたしたちに知らせるまえに、彼は数週間を会堂のユダヤ人とすごしていたのだ。そしてあとからわかったことだが、彼はひそかにペトロとも話していた。

やっかいごとが起こることに最初に勘づいたのは、アンティオキアでシラスをみつけたときだった。わたしは人込みのなかで彼の顔に気がついた。わたしたちがもどってから十四日めの朝、シンゴン通りの噴水の近くでシラスをみた。わたしは人込みをかきわけていって彼を抱いた。「シラス、もどってきたのか。もどっているとは知らなかった」とわたしは言った。

「そうなのだ、そして任務をおびている」と彼は言った。わたしは彼をはなし、通りのむかい側の柱廊へつれていったが、彼は頭をふりながらしきりにうしろをみつめていた。

「彼に何が起こったのか」とシラスは言った。「この人だかりはどうだ」

わたしはほほえみ、肩をすぼめた。「彼はしあわせだ。いや、よろこびにみちている。そのよろこびを語っている。いったい何の任務なのか、シラス」

シラスはゆっくりした動作が身についていた。歩いているときであれ話しているときであれ、彼には機敏な対応ができない。まだサウロのほうに目をやりながら彼は言った。

「彼が何年ものあいだ説教していることはきいているが、それにしてもこれは。彼の強引な言葉はまるで……ひっかけ鉤《かぎ》のようだ。バルナバよ、わたしは息もつけないほどだ」

わたしも話をやめて耳をかたむけ、サウロの変化を感じとった。彼は何か、確信や大胆さ以上のものをもって説教しはじめていた。熱にうかされたような、がむしゃらな説教をしていた。まるで、神経質で気性のはげしい子馬の引き綱を、だれかが断ち切ったかのようだった。

「ほら、あれがきこえるか。人びとが水のような音をたてているのが。あれは笑いなのだ、シラス」このごろ人びとはサウロの話をきくとほほえみ、スズメでいっぱいの空のようにくすくす笑った。

わたしはかさねて言った。「どんな任務なのだ、シラス」

彼はわたしをみてまばたきをして言った。「あなたたちがエルサレムをはなれてからも話しあいはつづき、アンティオキアでの問題がとりあげられた。彼らは、すべての結果を考慮にいれないで行動してしまったと考えたのだろう。なんとか結論を出した。そして全教会の平安のために、三つか四つほどの指示を手紙に書いた。ほら、あのヤコブがそれからわたしとユダ・バルサバに手紙を文面を考えて。

託したのだ。だからみんなできいてもらわなければならない」
シラスはひどくまじめな顔になって、一度にすべての者に手紙と説明をきかせられるように、仲間を一つの場所にあつめるのをてつだってくれとわたしにたのんだ。
そこで週のはじめの日、シメオンの家に一同があつまった。わたしはサウロをみかけなかった。サウロは顔をださないことにしたのかと、わたしは食事のあいだずっと考えていた。
夕食のあと、わたしたちは賛美歌をうたい、何人かが祈りをささげたが、その日は預言をする者もいなかった。立ち上がって異言を語る者もいなかった。
説教者が話をしたり、教師が教える時間になるとユダ・バルサバがすすみでて、シメオンのテラスのまんなかの席についた。衣のひだから細い巻物をとりだし、顔のまえにかかげてひらいた。一枚の紙だった。汗ばみ、近眼で顔色の悪いバルサバは、つかわされた者の威儀を正すために眉をつりあげたが、ひげはあわれな一束の麻くずのようだった。灰青色の合金のように冷ややかに、彼は手紙を読んだ。
『エルサレムの使徒と長老の兄弟として、アンティオキア、シリア、キリキアに住む異邦人の兄弟たちへ
ごあいさついたします。
きくところによると、わたしたちのうちのある者が、あなたがたにいろいろなことを言って、あなたたちの心を動揺させたそうですが、わたしたちは彼らにそのような指示をしたことはありません。そのため人をえらんで、あなたがたと、わたしたちの愛するバルナバとパウロのところに送るのがよいということで一致しました。このバルナバとパウロは、われらの主、イエス・キリストのために身をささげている人たちです。そのようなわけでユダとシラスを派遣するのですが、彼らはあなたがたに口頭でも同じことをつたえるでしょう。
つぎにあげること以外に、大きな重荷をあなたがたに負わせないようにするのが、聖霊とわたしたちにとっていいことだと、わたしたちは思っています。すなわち、
——偶像にささげられたものをさけること
——血をさけること
——首をしめられたものをさけること
——みだらなおこないをさけること
これらのことをひかえればいいのです。
ではお元気で』
ユダ・バルサバはその紙を、二つのにぎりこぶしのなか

にゆっくりと、かたく巻きこんだ。それからほほえみ、これらのあたらしい禁止事項について、わたしたちに教えはじめた。

「これはヤコブの意向であり」と彼は言い、それから言葉を切って、へりくだるように頭をかたむけた。「そしてむろんわたしたちの意向でもあるのです。つまりあなたがた、神にたちかえった異邦人は、今も、そしてこれから先も、わたしたちユダヤ人や、ユダヤ人のやり方、その定まった伝統にわずらわされるべきではないということです。

もし数週間まえに、あなたがたがわたしといっしょにエルサレムにいたなら、兄弟サウロがあなたがたに代わってすばらしい熱弁をふるったことに同意するでしょう。彼はみごとな雄弁をもって論じたので、エルサレムはあなたがたをユダヤ教の習俗から解放する気になったのです。あなたがたは自分たちのために祝祭や律法をまもる必要はないのです。

一方、あなたがたの教会を構成しているのはほとんどが異邦人ですが、それでもなかにはユダヤ人もいる。ほら――そこにヨセフ・バルナバがすわっているし、彼のそばにはいとこのヨハネ・マルコもいる。こちらの、わたしのそばにいるのは、われらの主イエス・キリストの神殿をささえる柱の一本、そして主のよき石とよばれているシモン・ペトロです。すみのほうには、ヘロデの宮廷で育ったマナエンもみえる。こうしてみると、あなたがたの集まりのゆうに四分の一はユダヤ人です。その彼らのために、わたしたちはあなたがたに寛大になってもらいたいのです。つまり彼らも、あなたがたにわずらわされてはならないということです。

わたしたちはこれを公平な取引だと思っています。

律法は、彼らが不浄なものを食べることを禁じているからです。あなたがた異邦人が不浄な食べ物を用意して、もし彼らが食べることをこばめば、仲間の交わりを危険にさらすことになるし、こばまなければ、魂と救いについて、彼らを危険にさらすことになるのです。ひいてはわたしたちエルサレムの信者のことも危険におとしいれ、わたしたちは愛する兄弟姉妹たちをうしなって苦しむしかないのです。

イエスの愛のもとへとみちびいてくれた者たちを愛する気持ちから、あなたがたはきっと、このエルサレムからのわずかな要求にしたがってくれることでしょう。つまり偶像のけがれやみだらな行為、血をさけることなど、いくつかの簡単なことをつつしむことです。だれもそれをいやがりは――」

だれかがさけんでいた。「その人は呪われよ」とつぜん、大きな家で声がさけんでいた。「アナテマ・エストー。いまいましい手紙だ」

バルサバは口をひらいたままだまり、みつめていた。

彼がみつめていたところにサウロがあらわれ、足を重くひきずりながらテラスにやってきた。

「裏切りだ」とサウロはさけんでいた。息を切らして。言葉がのどの奥にからみついていた。

彼はテラスの柵のところで立ち止まり、火のように赤い目でバルサバをにらみつけた。そしてやにわに柵をとびこえながらさけんだ。「律法。律法が異邦人に負わされた」

バルサバは両腕をふりあげた。

しかしサウロは青白い男のまんまえに立ちつくしていた。彼はしばらくそのままうごかなかった。奇妙な、はっきりしないうなりが彼の口からもれていた。顔は亜麻のように白く、顔にあるどの傷も凶悪なオレンジ色になっていた。手足がぶるぶるとふるえていた。「ああ、ああ」と彼はうなっていた。話すことができないらしい。口はうごきつづけても、動物のようなうなりを言葉にすることはできなかった。

ふいに遠吠えのようなうなりとともにサウロは走って扉にむかい、そとの闇に出ていくと、のこされたバルサバはふるえていた。しかし使節は眉をつりあげ、まぶたをふせて、礼節をしめしていた。

わたしは頭をさげて顔をおおい、はらわたがよじれるような苦痛を感じていた。〔サウロ、サウロよ。あなたはどうして、このようにわたしたちを崖っぷちまで追いつめなければならないのか〕

わたしがみじめに暗がりにとじこもっていると、人びとがバルサバに近づいていくのがきこえた。彼をなぐさめ、荒々しい言葉をわび、彼の親切をたたえていた。すぐにその称賛はヤコブと、自分たちを寛大にしてくれた彼の努力にまでおよんだ。

彼らはバルサバに敬意をはらい、彼に話をつづけてくれるようにもとめた。熱心な説得にうごかされたらしく、彼は話しはじめた。わたしは顔をあげてそちらに注目した。彼はサウロを非難しなかった。サウロのことも、たった今彼を困惑させた行為のことも話さなかった。その代わり多くの言葉をつかってアンティオキアの教会をはげました。彼が人びとを元気づけると、人びとは力をえて激励の言葉をよろこんだ。

やがてシモン・ペトロ自身が、「ヤコブとエルサレムは正しい」と同意をしめした。「愛か誇りかというなら、愛をえらぼうではないか」と。

32

その週の二日めの午後三時ごろ、わたしはテトスと彼の父が住んでいる家へむかって一人で歩いていた。

アンティオキアの通りは、エルサレムのようにまがりくねって暗くない。ここの通りはまっすぐでひろい。それぞれが直角にまじわり、そのあいだに四角の空間をつくっている。大通りはあたらしい大理石で舗装されている。日光をうけて、その表面はかがやいている。

それはほんとうにさわやかな春の午後だった。雨の季節は終わった。空はここちよく晴れわたって青い。町のそとにひろがる大麦畑は、収穫をまぢかにして白く色づいていた。地中海の海路がひらかれていたので、町の通りは西方の商人やあたらしい商品でにぎわいをみせ、市場はどこもハチの巣をつついたような活況をていしていた。

テトスのために、また彼の祝いのために、贈り物をもっていく必要はなかった。しかしわたしは用意していた。革の小袋に小さな銀のペンダントと、それにつける鎖をいれていた。もし彼が気にいれば、胸にさげてもらえるように。鎖は買ったものだった。ギリシア風の意匠《いしょう》のものを。しかしペンダントはまえの夜に自分で加工した。それはわたしのなりわいなのだが、とてもうまいというわけではない。しかしわたしには金属にかんする知識があった。

遠くからでも、彼の家の門扉がひらかれたままになっているのがみえた。大きくひらかれているわけではないが、とじられているわけでもなかった。鍵もかけられておらず、しもべも扉についていなかった。ただひらいていた。わたしは扉をたたかずにとおりぬけ、扉をしめた。だれも中庭で待機していなかった。なかの空気をなごませるような物音一つしなかった。

「テトス？」わたしはどうすればよいかわからないまま、彼の名をそっとよんだ。「テトス。いるのか」

戸口から家のなかに入っていった。玄関は暗かったが、むかいの扉にじっと立っている人影がみえた。

「テトスか」

目が暗がりになれてきた。わたしはまえへすすんでいった。それは、必死に涙をこらえている年若いテトスだった。

「バルナバですか。こっちへ来て、みてください」

彼はみじかい廊下から食堂へと案内した。テーブルはみがきあげられていた。長椅子にはそれぞれあたらしいクッションがそえられていた。そして花が部屋のあちこちにかざられていた。

そこにもう一人の人間がいた。むかい側の壁のところで、サウロが檻《おり》のなかのヒョウのように行ったり来たりしていた。サウロをのぞけば部屋は空《から》だった。

子どものようにいちずにテトスはわたしの目をみつめていた。「バルナバ」ほとんどききとれない声で問いをささやいた。「みんなはどこにいるのでしょうか。どうして来てくれないのでしょうか」

サウロは歩きまわるのをやめた。小さな男はわたしをにらみつけた。

わたしは途方にくれて、革の袋をひらいてペンダントと鎖を出した。「これをきみに」とわたしは言った。

テトスはまばゆいばかりに白い衣をつけていた。漂白に出したのだ。ちぢれ毛はとかしつけられて、やわらかそうだった。髪に油をぬっていた。部屋は清潔ないいにおいがした。

彼はわたしの贈り物をうけとり、左手に革袋を、右手にペンダントをもった。しかし自分でも何をしているのかわからなかっただろう。

わたしは言った。「鎖はギリシアの品だ。そして――」

するとサウロがどなった。「この子に答えてやれ。そしてわたしにも。彼らの偽善を大声で言ってやるのだ。どうして招待された者は来なかったのか」

「しかし、わたしはほんとうに知らないのだ」とわたしは言った。みじめな状況がわかってきて、わたしはかっと熱くなりながら言った。わたしにはよくわかっていたが、そっとこう言った。「来ないことにしたのだろう」

「どうして？」サウロの声がとどろいた。

テトスは目を落とした。サウロの声が彼をひるませた。「わたしに腹をたてるな」わたしはサウロに言った。「わたしは来たのだから」

サウロは怒りにふるえていた。「どうしてだ、バルナバ」テトスはその「どうして」を打撃のようにうけとめた。涙が頬をつたった。

彼をあわれむ気持ちでいっぱいになりながら、わたしはささやいた。「彼がきよい食べ物を出すまで待っているのだろう、けがれていない……」

「あなたはどっちの側についているのか、バルナバ」

「何だって。どちらかの側があるのか。サウロ、どっちの側もありはしない」

「わたしといっしょに来るのだ」小さな男は命じた。すでにうごきだし、がに股をさっさとすすめていた。テトスの手首をつかみ、どなりつけた。「わたしといっしょに来るのだ」彼はあわれな若者をひっぱって部屋を出ると、家をぬけ、中庭をぬけて通りへ出ていった。

わたしはあとを追いながら、ただただおそれていた。

タカの爪につかまれたように、テトスはサウロにとらわれていた。彼はいっしょについていったが、それは彼の体が自然にうごいたからで、自分からそうしようとしたわけではなかった。

三本のちがう通りを三回まがると、サウロがどこにむかっているかがわかった。わたしはその日を心から憎んだ。日の光はいつわりで、青空は塗料のようないつわりの色にみえた。

「サウロよ、どうしてこうやってわたしたちを崖っぷちまで追いつめるのか」

彼は正しいのかもしれない。公正だったかもしれない。しかし彼のなかの正義は、わたしを熱射病のように苦しめた。

サウロはシモン・ペトロが滞在している家の扉をたたいた。それがひらかれるまでたたきつづけ、ヨハネ・マルコがあらわれると、テトスをあとにしたがえて家のなかへまっすぐ入っていった。

ヨハネ・マルコはわきへどき、わたしをみた。わたしは肩をすぼめ、さらに追っていった。

なかにいたのはペトロとミリアム、ユダ・バルサバとマナエン、シメオンとその妻と二人の息子たち——つまり、テトスにまねかれたが、行かないことをえらんだすべてのユダヤ人だった。その代わりに彼らはそこへあつまっていたのだ。

かわいそうに、テトスはずっと顔を下にむけていた。

サウロの体は直立し、大きな頭はまっすぐにあがり、赤い唇は感情のためにはりつめていた。

「このなかで、だれがこの若者にわびるのか」彼はせまった。「いったい恥じている者はここにいるのか」

ペトロが立ち上がった。彼は言った。「テトス、わたしたちはあなたを愛している——」

サウロはその言葉を強引にさえぎった。「しかしあなたはとつぜん彼と食事をしなくなったのか。まえは彼とよくいっしょに食事をしていたのに。何が変わったのか。何があなたを変えたのか。ヤコブが手紙を書いた、するとすぐにシモンは頭をさげ、偽善者になった」

ペトロは言った。「極端な言い方だ、サウロよ。たんに礼儀とつきあいの問題——」

サウロはペトロの言葉をのこぎりで切るようにはばんだ。「この自由をえさせるために、キリストはわたしたちを自由にしてくださった」とさけんだ。

ペトロは言った。「それならテトスにその自由をつかわせて、ユダヤ人を苦しめるようなことをやめさせればいい。きよい食べ物だけを出すことをえらばせればいいのだ」

サウロはペトロのところへ歩みより、顔をつきだした。「もしユダヤ人のあなたが異邦人のように生活してきたなら、どうして今ここへきて、異邦人にユダヤ人のように生きることを強制することができるのか」サウロは声をはりあげた。

「わたしは学ぶからだ。啓発をうけるからだ」ペトロは言った。「わたしは信仰のあつい人の言葉をすすんできく。テトスにもそうさせるのだ」

「あなたに命じられたのでは、できない。あなたやバルサバや、信仰のあついヤコブが命じるなら自由ではない。従属だ」

ペトロはどなりかえした。「イエスだ、わたしではない。イエスが、わたしたちに神を愛し、ほかの者を愛することを命じておられるのだ」

サウロの声は急に小さくなった。ちぢこまり、かたく、ひそやかなヘビのような声が出てきた。「わかった」と彼は言い、充血した、するどい光をたたえる目で全員をみわたした。

「わかった、イエスとむすばれることにおいては、それ自体が不浄なものは何もないことが。それを不浄だと考える者にとってだけ、不浄なのだ。あなたたちユダヤ人は、自分たちの束縛された心を、イエスがわたしたちすべての者にあたえてくださった自由より、まさったものにしている。あなたたちは異邦人に、自分たちの弱さの規則のもとに生きるようにもとめている。今それがわかった、そしてこれから先、わたしはどこへ行ってもそれを説教しよう。律法のわざにたよる者は、すべて呪いのもとにあると。

呪いだ、シモン。律法のもっとも得意とすることは、そのようなことだからだ。律法はわたしたちのなかにある罪、そして弱さをあらわにするのだ。たった今、わたしがあなたのなかにみいだしたような弱さを。そしてそのことが、われらの主、キリスト・イエスにむすばれてえられる約束と正義へと、わたしたちをかりたてるのだ」

ペトロはそれに応えなかった。だれも応えなかった。部屋じゅうがしずまりかえっていた。

わたしのしたしい伴侶、仲間の使徒のずっとうしろに立っていたわたしでさえ、彼の言葉に恐怖のようなものを感じていた。たった一カ月まえ、トーラーはサウロにとってただの無意味なものにすぎなかった。彼もわたしも同じことを言っていた。わたしたちアンティオキアにいる者はみな、同じことを言ったのではなかったか。そうだ、そして笑いとよろこびをもって、くりかえして言った。「キリストにむすばれていれば、割礼の有無は問題ではなく、愛の実践をともなう信仰こそ大切」だと。

それが今――サウロはまったくちがうことを言ったのだ。あたらしいことを。おそろしいことを。トーラーは価値がないだけではなく、トーラーは呪いだというのだ。トーラーにたいするそのような冒瀆《ぼうとく》に、どのように反応すればいいというのか。

いや、いや、彼はわたしにだまっていることをゆるすはずがなかった。

人が天候を読むように、サウロは部屋のようすを読んでいた。そして自分が言ったことの結果にすぐ気づいたのだろう。その場所にいた信者たちにたいして、彼は自分をとざしていた。

小さな男はあごをあげた。そして自分の強い決意をしめすために、戸口の側柱のようなかっこうで身構えた。その顔に、彼が死からはいあがったときと同じ表情をみた。あのとき彼は、リストラのはずれの溝からはいあがり、ひたいに血をながしたまま町へ歩いてもどっていったのだ。

サウロはこちらをむいて、わたしをみた。

「バルナバ、あなたはわたしに同意するのか」彼はそっと言った。

わたしの沈黙が宣言になったのはそのときだった。

「バルナバ？」サウロはくりかえした。

わたしは目をふせた。頭をたれた。やっとの思いでそこに立っていた。ああ、わたしはくずおれて泣きたかった。

しずかな声のままだが、もっと考えこんだ調子でサウロは言った。「テトス、知らない者からの贈り物をもっていて何になるのか」

すぐにわたしの手首に、若者の指がふれた。彼はわたしの左手をもちあげ、そこにしわくちゃになり、しめった革をもたせた。わたしの右手にはあたたまった鎖と、うすい銀のペンダントをもたせた。そして二人はいっしょに去っていった。二人だけで。

わたしはあとを追わなかった。追うことはできなかった。中庭のむこうにある扉がひらき、それから音たててしまるのがきこえた。足音が去っていくのがきこえた。だれかが金属の受け口にかんぬきを入れた。その音と――そとへの扉にかんぬきがかけられたのだ――その動作のために、わたしは悲しみにうたれてひざをついた。

33

シモン・ペトロはサウロが去ったあともアンティオキアにとどまった。もはやシンゴン通りで説教する者はだれもいなくなった。その代わりペトロは、町の東側にある、スタウリン山の絶壁の下の大きな洞窟で説教しはじめた。

彼はその奥にある壁ぎわに立った。人びとは洞窟のなかを入口までいっぱいにみたした。洞窟は幅九メートル、奥行き十二メートルで――高さはその幅と同じくらいあった。ペトロの声には反響する石の壁が必要だったのだ。太くて低い声だったから。声はきこえても、それを増幅する丸い壁がないと、意味までは理解できないのだ。

洞窟内には小さな泉があった。石が落ちこんでいるところには池ができ、わたしたちはそこでイエスを信じる異邦人たちに洗礼をさずけていた。それから何カ月も何年も、アンティオキアの信徒の集まりは一体感をもっていた。和合していた。信者の数をふやしていった。そのことをエルサレムもよろこんでいた。

サウロについて、人びとはこう言っていた。「彼を行かせればいい。帝国じゅうのどこにでも同胞はいるし、会堂もある。そのすべてを相手に、一人の男にどれだけのことができるのか」と。

そしてこのわたしにとっては、そこにいるのはさびしすぎた。しばらくアンティオキアをはなれなければならなかった。

わたしはヨハネ・マルコのところへ行き、悩みをうちあけた。

わたしは言った。「主がすぐにでも来られればいいのだが。明日、いや今日にでも」

そしてまた言った。「ヨハネ、わたしはここにいて寄留者《きりゅうしゃ》のように感じている。わたしにはイエス以外に家はないのだ」

そして提案した。「わたしと旅をしないか」

わたしは言葉を切り、その含むところを考えた。

そして言った。「サウロのことは心配しなくていいのだ、ヨハネ。彼はあなたに腹をたてている、だからシラスといっしょに旅立っていった。彼はわたしにも腹をたてている。そしてわたしをこばみ、自分と同じローマ市民をつれていった。彼はだれにたいしても腹をたてているのだ、ヨハネ。ペトロにも。アンティオキアにも。そしてエルサレムにも」

わたしはため息をついた。

「いっしょに旅をしよう、ヨハネ。いっしょに説教するのだ、いとこ同士で伴侶になって」

話はきまり、わたしたちはキプロス島へむけて船出した。そこはわたしが生まれた島だった。ずっと以前の伝道旅行で、サウロとわたしが最初に滞在した場所でもあった。

第三部　コリント

ローマ
イリウム・ダルマチア
アドリア海
ネアポリス
マケドニア
トラキア
アッピア街道
フィリピ
エグナティア街道
テサロニケ
アカイア
トロアス
ミシア
レギオン
エーゲ海
アジア
コリント
シラクサ
ケンクレアイ
アテネ
エフェソ
コロサイ
マルタ
リキア
ロドス
クレタ
地中海

テモテ
Timothy

34

わたしが十九歳になった年、使徒パウロはふたたびリストラへやってきた。それまでどこへも行っていなかったかのようにわたしたちの家へ入ってきて、一週間滞在した。陽気なバルナバは彼といっしょではなかった。大きな体で大笑いする、りっぱなひげをはやしたあの人に会いたかった。その代わりほかの人がパウロと旅をしていた。のっそりして鈍感な、親切でも不親切でもない無感動なその人は、自分の名をシラスだと言っていた。しかしパウロは彼のことをあくまでもシルワノとよんでいた——それはエルサレムではつかうことのない名前だった。

パウロによれば、二人は冬の雪がとけるとすぐにキリキア関門をぬけてやってきたという——それは、パウロの故郷、タルソスの北にあるタウルス山脈を越える高い岩だらけの山道だった。そして二年まえに彼が設立した諸教会に立ちより、説教して彼らを力づけたという。

「ヘブライ語のほうはどうだ?」と、彼は一瞬ほほえんでたずねた。そしてその長い指でわたしの手をとった。彼はベンチのわたしのとなりにすわっていた。「きみのヘブライ語は」

「読むことはできます。毎晩、母に読んできかせています。母もこの言葉を学んでいます」

「ギリシア語は書けるのか」

「はい」

「ええ。まえから書けました。ラテン語も」

「ではローマでローマ人と話せるか」

「テモテよ」そう言うとパウロからほほえみが消え、その目でわたしをみすえた。切迫したものをかかえているように顔をつきだし、顔の先端には細い鼻があった。「わたしと来ないか。来て、これからわたしと旅をしないか」

パウロは変わった。

最初にリストラに立ちよったときの彼は、スズメのようにすばやくまわりの動きに反応し、つねに身構えていてそこから学び、表情には自分のみたものがすぐに反映し、つぎからつぎへいきおいよく応答したものだった。

しかし今、彼は自分の道を船のようにまっすぐにすすみ、まわりの世界のほうから彼に反応してくることを期待していた。また顔の表情には内部からわきあがったものがうかび、その言葉は――創造主の言葉のように――あたらしいものを生みだし、出来事を起こし、よびさますように意図されたものだった。だから彼は、船にのりこむときの道板のように質問をさしだした。〔わたしと来ないか〕と。

リストラで石を投げられたときの傷は、はえぎわのところでみみず腫れのようになっており、驚きを浮き彫りにしたもののようだった。着ているものはまえより粗末な、ごわごわした漂白していない毛織物だった。そして旅をするときは二つの革袋をもっていた。一つは食料と衣類、紙とペン、日用品をいれるもの。もう一つは針、短刀、そして彼の仕事道具をいれるものだった。彼が粗布《あらぬの》と革をあつかう仕事をすることとは、それまで知らなかった。

彼は言った。「筆記者が必要なのだ」

わたしは言った。「どこへ行くのですか」

「わたしは今だれの束縛もうけていない」わが道を行くとパウロは言った。「だれにも。どの集まりにも。エルサレムであれアンティオキアであれ、どの権威にも。ただわが主、キリスト・イエスだけだ」

彼はわたしの手をはなし、人さし指を立てた。その先端に天体がのっているかのように。みえない球体と謎がのっているように。彼は言った。「わたしは自分がイエスからうけたことを人びとに話している。わたしが粗暴な男だったとき、イエスはわたしの名をよばれ、わたしはそれをきき、みもとへ行き、平安のうちに生きる者になった。しかしものをきくことができるようになるずっと以前から――母の胎内においてさえ――主なる神はわたしをよび、イエスの名の力によって説教するように召されていたのだ。そして五カ月まえ……」

「テモテ」とパウロはささやき、彼の投げかける視線にわたしは身を焼かれるようだった。「五カ月たらずまえ、秋の雨のなかを頭もおおわずに立っていると、神が未来のとばりを破り、わたしにエルサレムへ行くように命じられたのだ。だからわたしは十四年のあいだ、はなれていたエルサレムへもどり、イエスが異邦人のためにわたしにおあたえになった福音のことを、使徒たちにしめしたのだ。使徒たちはそれに何もくわえることはなかった――どうしてくわえる必要があったろう。わたしを送られたのはイエスなのだから。この手」と、彼はささやくように言いながら右手の指をひろげた。「この手を、教会の柱とよばれる人たちがとって、仲間として握手してくれたのだ。

テモテ、わたしの手をとりなさい。わたしといっしょに来るのだ。いっしょに国々をまわろう」

　彼はふたたびわたしのほうへ、手をさしのべた。しかしわたしは迷っていた。その瞬間、その手をとっていいのかどうか、わからなかった。わたしが迷っていると、彼はさしだした手をとめたが、表情はそのまま変わらなかった。

　彼は左腕をあげるとうしろを指さし、それはひろげたつばさのようにみえた。「わたしはどこへ行こうというのか」パウロはまえよりも大きな声で言った。「あちらだ、テモテ。西へ。世界へ。海をかこむ大きな世界へ。そしてこのような計画をもっている。わたしたちは都市で説教する。舗装道路が交差し、ローマが支配者に権限をあたえ、商業がまわりの地域に達しているような、帝国内の各都市で。どの都市でも、わたしたちは教会をよびだすのだ、テモテ、わたしもよばれ、あなたもよばれたように。

　そしてわたしたちと同じように、それらの教会は福音を周囲へつたえていく、町や村、あばら家から小屋へと。主がもどってこられるまえに、彼らは主のことをきく。彼らは主のことを、そして主がもどられることを信じる。彼らはその唇で、イエスは主であると告白する。彼らはその心で、神がイエスを死者のなかから復活させてくださったこと――それゆえ自分たちが救われることを信じる。主の御《み》名《な》をよぶ者はすべて、やがて来る怒りから救われるのだ。

　しかしテモテ、わが子、愛する子よ、信じていない主のことを、彼らはどうやって信じることができるだろう。きいたこともない主を、どうやって信じることができるだろう。説教する者がいないのに、彼らはどうやってきくことができるだろう。わたしの手をとりなさい。手をとるのだ。テモテ、サンダルを履《は》いて、いっしょに世界へ踏みだしていこう。『山々を行きめぐり、福音をつたえる者の足は、いかに美しいことか』行こう、救いの知らせをいっしょにひろめよう」

　尋常ではない男。彼はうごこうとしなかった。わたしが目を落とすまで、まばたきもせず目もそらさなかった。わたしの耳――額、顔、首も――みな燃えるように熱かった。わたしたちのあいだには、彼の右手があった。手のひらをひらき、ほっそりとした指をわずかにまげ、待っていた。

「母さん、泣かないでください。泣いてはいけないのです。ゆいいつの、真実の神をわたしに知らせたのは、あなたの教育でした。その声をきくように教えたのは、あなたの祈りでした。わたしたちの神の声が、わたしをよばれたのです、母さん、わたしは行くしかありません。あなたの母、おばあさんをたいせつに。時間はのこされていません」

　こうしてパウロとシルワノ、そしてサンダルを履いたわたしは旅立った。わたしたちはすぐに彼の作戦を知った。

　わたしたちは数日間イコニオンに滞在した。

　それからふたたびピシディア州のアンティオキアに滞在した。

　パウロはそこから西のアジア州をめざしたが、西へすすむことを聖霊によって禁じられた。

　その代わり北のフリギア地方をとおっていった。毎日のように三十キロほどをすすんだ。パウロは道路と距離にいどむかのようにすすみ、シルワノはわたしたちより一時間ほどあとから到着した。わたしたちはクマやオオカミや盗賊を追いはらうための杖《つえ》をもっていた。父はわたしに短刀のあつかいを教えていたので、わたしはそれをさやに納めて衣の下に携帯していた。

　パウロと彼の言葉、わたしとわたしの刃物は、夜寝るとき自分たちをまもる武器だった。三十キロ、三十キロ、そして一日の終わりに立ちよる宿は、中庭の三方をかこむ、レンガとしっくいづくりの不潔な建物だった。一階に食べ物と飲み物をとる広間があり、その上が寝るための部屋になっていて、真夜中ともなればその床は知らない者同士でいっぱいになった。パウロとシルワノとわたしは袋をまんなかに置き、円になるような形で寝た。

　三十キロ、三十キロ、旅することにかかりきっているパウロは、そのあいだ息もしていないかのようにみえた。しかしガラテヤ地方の西の端に入った日、彼のなかで何かが起こった。パウロはうなり、それから砂利道につっぷして完全に意識をうしなった。いきおいよくたおれたので、体の両側からちりがまいあがった。

　鈍感なシルワノは声をかけもしなかった。たおれた使徒を腕に抱き、体ごともちあげて自分の肩にのせると、ペシヌスの町へむかって東へとぼとぼと歩きはじめた。わたしはあとをついていった。その町とその地域は、サンガリウス川にかこまれていた。

　村の広場で、わたしはまったく見ず知らずの人たちに近よっていった。そしてギリシア語できちんとあいさつして言った。「父が病気なのです。わたしたちを泊めていただけないでしょうか」

　彼らはわたしたちをうけいれてくれた。ガラテヤ地方では異国人だったわたしたちに、彼らは何も悪いことをしなかった。あざけることも、さげすむこともなかった。パウロをおおい、あたため、体をふき、腕と脚をもみ、また数人のガラテヤの女たちは口うつしで彼ののどに水を送り、彼にそれを飲みこませた。食べさせるのも同じようにして、まず彼らが食べ物を噛《か》んでから、口づけするように彼にあたえた。パウロの奇妙な病は、彼らの知恵と慈悲をためすものだった。五日間、彼は自分が異国の床に寝かされていることを知らなかった。しかし気がついたとき、彼は人びとの慈悲と知恵に感動した。

パウロは自分を看病してくれた者たちへの愛情にみたされて目ざめた。そして彼の愛はすぐ話に変わった。彼らが口うつしで食物をあたえたように、彼はイエスの御名を彼らにあたえたのだ——そしてイエスの霊は彼らの心をはぐくんだ。彼らは福音をきいてよろこんだ。

ガラテヤ人が彼のことを、神の天使のように、キリスト・イエスご自身のようにうけいれたことは、わたしがパウロにしたがったことが正しかったことの聖なる証拠だった。

◆

ルカ

Luke

35

パウロはつぎに北のビティニア州へ行こうとしたが、イエスの霊がそれをゆるさなかった。そこでミシア地方をとおって西のトロアスへ行き、わたしはそこで彼に会い、わたしの医術をほどこした。彼は目からの分泌物《ぶんぴつ》に苦しんでいた。

わたしたちがトロアスにいたとき、パウロは夜のあいだに幻をみた。そのなかで、マケドニアの男が立って、「マケドニアに来て、わたしたちを助けてください」と言って、彼にねがいもとめていた。

その幻をみて、わたしたちはすぐにマケドニアへむかうことにした。彼らに説教するように神がわたしたちをよばれていることを確信したからだ。

そこでわたしたちはトロアスからサモトラケ島へ船で直航し、そこで一晩をすごした。翌日はネアポリスまで船で渡り、そこからローマ街道を十五キロ歩いて、マケドニア地方の主要都市でローマの植民都市であるフィリピへ行った。

フィリピには長いあいだ滞在した。

安息日には町の門を出て、祈りの場所があると思われる川岸へ行った。わたしたちはすわり、そこによくあつまってくる女たちに語りかけた。

ことにわたしたちの言葉を熱心にきいていたのはティアティラのリディアという女で、彼女は紫布《むらさきぬの》をあつかう商人で、神をうやまう者だった。パウロの説教にたいして、主は彼女の心をひらかれたので、彼女は家族全員とともに洗礼をうけた。

リディアは言った。「わたしが主を信じていると思われるなら、どうかわたしの家へ来てお泊まりください」

わたしたちは彼女に説きふせられた。

何週間かして、祈りの場所へと歩いていると、占いの霊にとりつかれた奴隷の少女に会った。彼女の占いは、その主人たちに多くの利益をもたらしていた。少女は声をはりあげながらわたしたちを追ってきた。「この人たちは、いと高き神のしもべです」その少女は毎日のように、ますます大きな声でさけぶようになった。「この人たちは救われるための道を説いているのです」

パウロはついにそのことにいたたまれなくなったので、ふりむくと霊に言った。「イエス・キリストの名において命じる、彼女から出ていけ」

するとすぐに霊は出てきて、彼女から去っていった。

しかし金づるを絶たれたことを知った彼女の主人たちは、パウロとシラスをとらえ、役人にわたすために演壇のある広場へとひきたてていった。

「この男たちはユダヤ人です」と彼らは高官たちに言った。「彼らはこの町を乱しています。ローマ市民がうけいれたり、おこなったりするのを禁じられている習慣を宣伝しているのです」

群衆があつまり、さらに彼らを非難した。

そのため高官たちはパウロとシラスの衣服をはぎとり、彼らを鞭打つように命じた。そしてそれは実行された。役人は告発された者の背中をさんざん打ち、それから彼らを牢《ろう》にいれ、看守にきびしく見張るように言いつけた。看守は彼らを奥の牢にいれ、足かせをつけた。

夜の闇のなかで、パウロとシラスは大声で神に祈り、賛美歌をうたったので、ほかの囚人たちは目をさましてそれをきいていた。真夜中になると地震が町をおそい、牢の土台をゆるがしたので、牢の扉はすべてひらいてしまった。足かせもみなはずれてしまった。目をさました看守は扉がひらいていることを知ると、囚人たちが逃げてしまったと思いこみ、剣をぬいて自殺しようとした。

しかしそのときパウロが大声で言った。「自分を傷つけてはならない。わたしたちはここにいるのだから」

看守は明かりをつけさせると、牢のなかへとびこんでいった。おそれにふるえながら、パウロとシラスのまえにひれふし、彼らを牢から出して言った。「どうか教えてください、救われるためにはどうすればいいのでしょうか」

彼らは言った。「主イエスを信じれば、あなたも、あなたの家族も救われます」彼らはその場で主の言葉を彼に語った。看守はすぐに二人を自分の家へつれてゆき、彼らの傷をぬぐってやった。そして看守とその家族全員が洗礼をうけた。看守は二人に食事をあたえ、自分が神を信じる者になったことをよろこんだ。

朝になると高官たちは下役たちをつかわし、「彼らを釈放せよ」と言わせた。

しかしその命令をきいたパウロは下役たちに言った。「高官たちはローマ市民であるわたしたちを、裁判にもかけずに公衆の面前で鞭打った。そしてわたしたちを牢に入れ、こんどはひそかにここから出すのか。そのようなことはゆるされない。彼らをここへ来させ、彼らみずからが公衆の面前でわたしたちを自由の身にするべきだ」と。

　下役が高官たちにそのように報告すると、高官たちはローマ市民を鞭打ってしまったことを知っておそれた。彼らはいそいでやってきて謝り、自らパウロとシラスを牢からつれだし、町から出ていくようにたのんだ。

　そこでパウロたちは牢を出てリディアの家をおとずれた。彼らは時間をかけてフィリピのすべての信者に会い、彼らの信仰を強めた――それから彼らは旅立っていった。

36

彼らはアンフィポリスとアポロニアを通って、ユダヤ人の会堂があるテサロニケへ行った。

パウロはいつものように会堂へ行き、三回の安息日にわたって彼らと聖書について論じ、キリストが苦しみをうけ、死者のなかからよみがえることが必要だったことを説明し、証明した。

パウロは言った。「わたしがおつたえするこのイエスが、メシアなのです」

ユダヤ人のある者はそれを信じた。彼らはパウロとシラスにしたがい、また多くの敬虔なギリシア人や、かなりの数のおもだった女たちもしたがった。

しかしほかの者たちはそれをねたんだ。彼らは町のならず者を抱きこんで群衆をたきつけ、町で騒ぎを起こした。パウロとシラスが滞在していたヤソンの家へ、彼らは大挙して押しよせた。彼らは家をおそったが、パウロはそこにいなかったので、代わりにヤソンとほかの信者たちをとらえ、町の当局者たちのところへひきたてていった。

「この者たちはさんざん世界をさわがせてきたのです」と彼らはさけんだ。「そして今ここへやってきて、ヤソンにかくまわれているのです。彼らは皇帝の命令にそむき、イエスというほかの王がいるとふれまわっています」

群衆も町の当局者たちも、その訴えをきくと不安になった。当局者たちはヤソンから保証金をとっただけで彼を釈放したが、人びとの険悪な雰囲気はおさまらなかったので、信者たちはパウロとシラスをさがして、彼ら自身の身の安全のためにテサロニケをはなれるようにたのんだ。

夜になってパウロとシラスはそれにしたがい、ベレアへむけて旅立った。

その町につくと、彼らはユダヤ人の会堂へ行った。

そこのユダヤ人たちはテサロニケの者たちよりも高潔で、御言葉を熱心にうけいれ、それがほんとうなのかどうかと、毎日のように聖書をしらべた。

そのため多くの者が信じた。身分の高いギリシア人の女や男たちも同様だった。

しかしベレアでも神の御言葉がパウロによって語られたことを知ると、テサロニケのユダヤ人たちはそこへやってきて人びとを煽動《せんどう》してさわがせた。

信者たちはふたたびパウロを海岸地方へ行かせたが、シラスとテモテはベレアにとどまっていた。案内した者たちは、パウロをずっと南のアテネまでつれていった。それから、シラスとテモテは、できるだけ早く来るようにという指示をパウロからうけとったので、出発した。

パウロはアテネで二人を待っているあいだ町を行き来し、そこでみる偶像の多さに憤慨するようになった。彼はだれとでも、あらゆる者と論じあった。会堂にいるユダヤ人や神をあがめる人たち、広場にいるギリシア人、エピクロス派やストア派の哲学者、学者ともふつうの人びととも討論した。

ある者は言った。「なんというおしゃべり。なんという知恵者か」

ほかの者たちは言った。「よくわからないが、彼は二つの異国の神々をたたえているようだ。イエスという神と、イエスのつれあいのアナスタシスという神を」

「しかし、しらべる必要がある」と彼らは言った。

アテネ市民やそこに在留する異国人をもっともひきつけるのは、あたらしいことを話したり、きいたりすることだった。

そこで彼らはパウロをアレオパゴスの丘へまねいて言った。「あなたが説いているこの教えは、どのようなものか。話してほしい。わたしたちに教えてほしい」

パウロは立って彼らに話しかけた。

「アテネのかたがた。あなたがたはあらゆる面において、信仰のあついかたがたとおみうけします。実際に、町を歩いてあなたがたのおがむものをみているとき、『知られざる神へ』ときざまれた祭壇も目にとまりました。あなたがたが知らないものとしておがんでいるもの、それについてお話ししましょう。

世界と、そのなかのものすべてをつくられた神は――天と地の主でありますから――人の手でつくられた神殿には住まわれないのです。また何か足りないものでもあるかのように、人の手がおつかえするようなかたでもないのです。そのかたが、すべての人間に命をあたえられるのですから。そして息をあたえられる。そしてほかのあらゆるものも。神はたった一人の人間から、地上に生きるすべての民をつくられたのです。そして季節と、その住むところに境界をもうけ、彼らが神をみいだしたいと思いさえすれば、みいだせるようにされたのです。

とはいえ、神はわたしたちからはなれておられるわけではなく、『神のなかにわたしたちは生き、うごき、存在している』のです。あなたがたのある詩人たちもそのように言っています。『わたしたちもその子孫である』と。

そしてわたしたちが神の子孫なら、神を、金や銀や石のようなもの――心という被造物の生みだしたもの、と考えるべきではないのです。

神はこれまでの無知な時代をみのがしてこられましたが、今やどこにいる者もすべて悔い改めるように命じておられるのです。それは、ご自身でえらばれたかたによって、正しく世界を裁く日をきめられたからです――このことについて神は、そのかたを死者のなかからよみがえらせることによって、すべての人にその確証をあたえられたのです」

死者のなかからの復活のことをきくやいなや、アテネ市民の半数はやじり、あざけった。ほかの半数の者は、「またこんど、あなたの話をきかせてもらおう」と言った。

そこでパウロはだまり、アレオパゴスの丘から歩きさった。

アレオパゴスに住むディオニシオとダマリスという女など、数人の者が信仰に入った。しかしパウロはそこにとどまっていなかった。すぐにアテネをはなれ、コリントへ旅立っていった。

L・アンナエウス・セネカ
L.Annaeus Seneca

37

アンティウムにあるアグリッピナの別荘に、
ネロとアグリッピナとともに滞在するセネカより
ローマの兄、ガリオンへ
クラウディウス帝の治世十年め

ごあいさつ申しあげます。

　底冷えのするこの冬の終わり、つめたくよごれたローマの通りをさけるために、わたしも別荘へまねかれたのは、この仕事の恩恵に浴しているということなのでしょう。この海ぞいの地に、春は足早に、華やかにやってきます。そしてこの別荘といったら、どんな堅物の禁欲主義者も快楽主義者に変えてしまうことでしょう。

　ガリオンよ、アグリッピナの別荘は、海をみはらす岬の突端に建っていて、そのまばゆい白壁は、内側も外側も神殿のように優美なものです。美しい夕日が、その壁を紅色に染めます。ヴェランダに立っているわたしたちは、まるで火がついたようにみえます。わたしたちの体さえ、この世のものとは思えないような光をはなつのです。丘の下には巨大な階段、盛り土をした庭、生い茂ったつるバラが影をつくる大理石の柱廊などがあります。

　この場所で、十三年と三カ月まえの十二月十五日に、アグリッピナはわたしの現在の生徒、ローマ帝国の未来の皇帝、ネロを産みました。逆子《さかご》でした。母胎を危険にさらすとともに、ほかの者たちへしめされた前兆でした。不吉なことが起きるという。

　ガリオン、この少年は残忍なことをしかねません。猫のように敏捷《びんしょう》な彼が、猫のような無関心さで、義理の弟であるブリタニクスの頭をなぐり、その子を口もきけないほどおどろかせたのを、わたしはみているのです。その理由というのが、このようなことです。先月クラウディウス帝は、養子縁組をすることを決定をしました。ネロは彼の長男になったのです。ネロはまさしく「ネロ」になったわけです。しかしブリタニクスはその養子としての名前を無視し、「ドミティウス」と生まれたときの名で彼をよぶのです。そのために兄はだまったまま、弟の頭をなぐったのです。

「ネロ」とは強く勇敢という意味です。たぶんそうなのでしょう。この名前はまた、とほうもなく浪費する、ということも意味します。十三歳にしてすでに彼は快楽を抑えようとしません。浪費する性質から、いまにぜいたくな贈り物をあたえる者になるかもしれませんが、とほうもない罰をあたえる者にもなりかねません。またほかの者の苦痛によろこびをおぼえるようになるかもしれません。もしこの若いライオンが人の血の味を知ったら、もう穀物を口にすることはなくなるでしょう。

ほんとうにそう思っています――しかしわたしはこのライオンがまだ小さいうちにあずかったので、彼の成長を多少なりとも形づくってきたかもしれないと考えて、自分をなぐさめているのです。ものごとの道理、理性的な心をあたえることによって、彼に手綱をつけ、抑制してみちびき、その獣的な性質をいくぶんでもやわらげてきたと思うのです。

そうです、わたしはたったいま「獣的」という言葉をつかいました。わたしはこのような比較をして、けものを非難することがないように気をつけなければなりません。人は意思と考えによって行動します。野生のけものは本能によって行動します。動物はほかの動物にたいして本能的に自然の礼儀によって接します。彼らは自分たちの仲間を噛んだり、傷つけたりしません。動物は本能にしたがうのですが、人は理性にしたがうことをえらぶだけです。

わたしたちのあいだのちがいを明確にするこれら二つのことは、暴力を抑制するものとして機能しています。ですから、もし人が理性にしたがわなかったり、あるいは理性がまったくなかったりすると、たがいに引き裂きあって、けものを超えたけものになるのです。わたしは自分にゆだねられた子を、長い、ひんやりした理性の廊下にみちびいてきたことをのぞんでいます。

たぶん、みちびいてきたのではないか。

ガリオン、彼は聡明です。また感受性が強すぎるし、どこへ行ってもおおげさなお世辞を言われて甘やかされています。背が低くてずんぐりしていますが、自分への追従《ついしょう》をうのみにしているので、そのものごしは貴族的です。十三歳にして、すでに人の注目をあつめています。彼がそのことにまったく気づいていないはずはありません。

髪はつややかな天然の強い巻き毛。弧をえがいた眉。高貴な鼻。しかしそのふるまいが外見をそこなっています。めったに笑わないからです。すぐに唇をとがらせ、顔にはもっぱら軽蔑の表情をうかべています。一節の音楽や平凡な絵でも、若いネロを酔わすことができます。ある者たちはそのような感情を、思いやりのある気質の証拠だと称賛します。しかしわたしは、それが彼の度を越えた点に思えるのです。それが彼の魂の過大さをあらわし、理性のしるしではないために、わたしは不安になるのです。

ネロ・クラウディウス・ドルスス・ゲルマニクス。わたしがこれを書いている今も、彼が海をのぞむ日だまりにすわり、右手に平らで光るものをのせているのがみえます。あたらしく鋳造《ちゅうぞう》された貨幣を、長いこと、いとおしげにみているのです——金貨にきざまれているのはクラウディウス帝と彼の母の像です。世界の女王、アグリッピナの。彼女を手にもち、息子は何を考えているのでしょうか。息子の将来を最高のものにしようとする女、アグリッピナ。彼のこれまでのことについては失敗した母。

そしてもし過去において、彼女がネロをしつけるのに失敗したなら、彼女はいったいこの帝国の将来にどんなことをもたらすのでしょう。

ガリオン、わたしがこの任務のために、どれほど右往左往しているか、おわかりですか。希望と恐れのあいだをどれほど行ったり来たりしているか。

よい母親なら、甘やかされてそこなわれることから、子どもをまもってやるでしょう。大事にしすぎることほど、子どもを気まぐれで尊大にするものはありませんから。制限なくあらゆる自由があたえられ、あのおろかな心がのぞむことは何一つこばまれない——そのような甘やかしが、人からの拒絶に耐えられない子をつくってしまったのです。

彼はほめ言葉ではなく、真実によって育てられるべきでした。おそれることを教えられるべきでした。年長者をうやまい、彼らのまえではへりくだって立ち上がらせるべきでした。そうすれば、今の自分がえている尊敬をどのように評価し、どのようにたもっていくかを知ったでしょう。

ネロは自分が怒って要求したものをあたえられるべきではありませんでした。そうではなく、ふたたびほほえむようになったときに——当然うけとるべきものとしてではなく、贈り物やごほうびとしてあたえられるべきでした。彼は母の富について正しく判断することをおぼえるべきで、そのつかい方をおぼえるべきではなかったのです。そして彼はとがめられるべきでした。

それでも、若者はそばにいる年長者をまねるものだと信じ、わたしは理性の力をもって勇敢に努力をつづけています。プラトンの家で育った少年がいました。家へもどって自分の父親のようすをみていた少年は、何かばからしいことで怒りだしました。「お父さん」と彼は言いました。「このようなことはプラトンの家ではみたことがありません」と。

少年はそのどちらをまねるべきでしょうか。むろん少年をプラトンのもとへもどすべきなのです。プラトンの精神のもとで育てるべきです。ではネロはだれをまねるでしょうか。わたしは彼を自分のそばに置き、無慈悲でおろかな母親の計算よりも、理性によって彼が形づくられることを祈っているのです。

うっかりしていました、兄上。この手紙の大部分を自分のことについやしてしまいました。しかしこの最後の部分には、あなたとあなたの将来にかんする、はるかに重要なことを書くことにしていたのです。

ガリオン。あなたをローマで昇進させ、執政官の職につけるように、わたしは皇帝の家族を説得することができました。一カ月以内に任命されるでしょう。すぐに公表されるはずです。

しかしそれだけではないのです。ほかにも贈り物があります。ガリオンよ、今から一年後にあなたをさらに昇進させ、地方総督の職につけるという約束をもらったのです。あなたはアカイア州の総督となり、あのいそがしい町コリントに着任するのです。

プリスカ
Prisca

38

海風はたいてい東にむかって吹きます。夫のアキラとわたしは、自分たちの経験からそれをよく知っています。ですから、コリントへの旅のはじめ、わたしたちはアドリア海をとんでわたりました――まさにとぶような感じだったのです。でもそれからマケドニアとアカイア州の沿岸を南下するときには手間どりました。コリント湾に入ってしまうと、わたしたちの船はふたたび真東にむかってとぶように走りました。

コリントの反対側にはサロニカ湾があり、そこは春になると東むきの風が強くなり、西にむかう旅人は難儀をすることになります。わたしたちが西からやってきてからおよそ六カ月後、使徒パウロは東からやってくるところでした。アテネからです。

吹きすさぶ冬の嵐はおさまり、船がまた航行するようになっていました。しかしその風や、不たしかな海の状態のために、彼はコリントまで徒歩で旅行することにしたのです。彼は自分だけをたよりに旅行して、自立していたいと思っていました。意欲に燃えていました。一人だし、さびしくもあったのでしょう。生まれたばかりのテサロニケの教会が心配で、そのようすを調べるために、テモテを北へ送ったほどでした。

弱ってもいました。体力的に。気の毒に、ガラテヤでたおれてから、完全に回復することはなかったのです。それに彼はフィリピではローマ人に鞭打たれましたし。そのような話のいくつかを、パウロはずっとあとになってから、くわしく話してくれました。話の一部は、わたしたちが最初にコリントで出会ったころ、わたしがこの目でみていたことです。一部は、想像をめぐらしたことです。でもわたしほど彼のことを知っている者はないと思いますし、わたしは想像するのも得意です。それで言うのですが、きっとパウロは、旅に二日以上かけたくなかったのでしょう。

ですからアテネを出て最初の日は、とても長い一日になりました。彼はエレウシスへの神聖な道を二十二キロほどすすみ、そこですわってイチジクを食べ、それからサロニカ湾の海岸沿いにメガラまで、さらに十九キロ行きました。そしてオリーブの林で、革の敷物に寝ました。

二日めはすぐに、山腹につけられた狭い道を八キロ行かなければなりませんでした。左には海までまっすぐに落ちている断崖がありました。右手には山が近よりがたくそびえていました。そのあたりの道は、泥棒のスケリオンにちなんで、スケリオンの岩とよばれていました。話によると、スケリオンは一人で旅をしている者をしゃがませて足を洗わせ、ちょうど洗いおわったときに、足のきれいになった旅人を蹴《け》って崖に落としたそうです。

パウロはそのまがりくねった道を「汗だくになって」歩いたと言いました。泥棒というより――彼らは今でも上のほうの岩にひそんでいるのですが――崖から落ちることがおそろしくて。高さのために意気が下がったと彼は言いました。その高さのために彼は妙な思いにとらわれ、道の端に這ってゆき、そこから身をかたむけ、バランスをくずして落ちるところまでかたむいていきたいような気になったそうです。

そんなことが実際に起こりそうで、彼の心臓は打ちつけました。その動悸《どうき》は、半分はそうしたいという気持ちによるもので、もう半分は自分がほんとうに這っていき、おろかなまねをしてしまうのではないかという恐れによるものでした。〔わたしは、一つの魂のために戦う二人の人間だった〕

さて、わたしはこれから、パウロがコリントに来るときにあったことを、なるべくうまくお話ししようと思います。あるいは、パウロがしたことと言うべきかもしれません。もっとも、それはわたしにはよく理解できない話なのですが。でもそれはわたしの記憶のなかで重く感じられるのです。つまり、それは話してもらいたがっているのです。

その午後コリントに近づいてきたパウロは、地峡にさしかかるまえに目をあげ、そこにはじめてアクロコリンス山をみたのです。それはまわりの土地の上に王者のようにそびえていました。彼は口をつぐむばかりでした。高さ八百メートルほどの灰色の特異な岩山は彼の視界をとらえ、彼にとっての目的地になったのです。それはほとんど運命のようなものだったと思います。

目のまえの巨大な岩山のこと以外何も気づかずに、彼は地峡をとおってきたのです。いったいそのようなことがあるのでしょうか。わたしにはわかりません。理解できません。でもこれだけは知っています。地峡の両側をむすぶ「引っぱり道」とよばれる舗装道路があって、東のサロニカ湾から西のコリント湾まで六キロにわたってつづいています。

この道を家畜追いたちは、船の積み荷や、船そのものまでも大きな台にのせて、海から海までひいていくのです——そしてパウロはこの道路を、声をあげる男たちや、力をふりしぼる動物たち、乾いた陸上をただようようにはこばれていく船とともにすすみながら、そのことにまったく気がつかなかったのです。コリントに来た彼は、それをまったくおぼえていませんでした。

ただアクロコリンス山だけはおぼえていました。

コリントへ来たときは、彼は衰弱してふるえていたそうです。きっと弱さが彼を不動の岩山にむすびつけていたのでしょう。病気の人が闇のなかのランプの光にひきつけられるように。岩山が彼をまえへとひっぱってくれたにちがいありません。それは彼の歩みに方向をあたえてくれたのです。

アクロコリンス山のてっぺんには壁があります。町が包囲攻撃されたときの最後の避難所としてもうけられたものです。東から近づいていったパウロは、日没の燃えるような陽をうけた、その高くそっけない胸壁をながめました。やがて巨大な壁は黒ずみ、深いみどり色の空を背景にした影になっていきました。

夕暮れのなかにたたずむイストミア門を入っていくと、たいまつの列が岩山の斜面をのぼっていくのがみえました。たいまつをかかげている者たちはみえませんが、岩山をのぼっていく大きいジグザグを描く道はみえました。腰に火の帯を巻いたアクロコリンス山はことさら大きく、黒い威容をたたえて大地から息を吐きだしているように思えました。

そしてそこにはいくつもの神殿がありました。のぼっていく道に沿って、十の聖所がありました。その火のかがやきも中腹にみえました。高みには、デメテルの祭りのために建てられた、古代の聖なる食堂があって、石のテーブルや石のベンチが置かれています。いちばんの高みに隠されているのはアフロディテの神殿で、神殿自体は小さくても信仰者たちの部屋にかこまれ、内部の部屋は地下にまでひろがり、そのうちの一つは自然の泉がわいている深みにまで達しているのです。

パウロは山のふもとにあるブドウ畑に、革の敷物をしいてよこになりました。たぶん寝たのでしょう。しかし寝たとしてもつかのまで、落ちつかない一時間か二時間ほどの眠りだったでしょう。アクロコリンス山の重みの下で、彼は考えこんでいました。それは胸の上に、王座のように鎮座していたと、彼は言いました。

夜明けの何時間もまえに彼は起き上がり、敷物をたたみ、荷物をもちあげると、月明かりのなかを歩きはじめました。町は寝しずまっていました。サンダルで砂利をこすりながら一人で歩いていきました。

岩山への登山道をみつけて、彼はのぼりはじめました。コリントの町の立てこんだあたりの北側からのぼりはじめ、果樹園をすぎると本格的な登りがはじまり、以前に火がともっているのをみた、右と左に大きくふれた、つづら折りの道になりました。でもそのときはもう、たいまつはみられませんでした。人もいません。一人で骨折ってのぼっていきました。寒気のなかでも、のぼることによって体はあたたまっていきました。うす闇のなかで、彼は荷車のわだちを踏んでいきます。下の土地は月明かりで青白くみえましたが、北側は岩の陰になっていたので、道の端や断崖がいつもみえるわけではありませんでした。

やがてつづら折りは終わり、道はアクロコリンス山の巨大な肩へと北面をまっすぐ登ってから、西の断崖へまわりこんでいきました。そこへまがる直前に、コリント湾のレカイオン港の沖に、火明かりがみえました。そしてすぐにみうしないました。

道をまわると、沈みゆく月の明かりのなかに出ました。風もうなりをあげて吹きつけるようになり、彼が肩にはおっていたケープははげしくあおられました。風はまるで、彼の袋をもぎとろうとしているかのようでした。風ははげしく吹きつけて、やみそうもありません。上では岩が銀色と黒の無表情な顔を、白い月にむけていました。下のほうには鞍《くら》のような形をした地形が、もっと下の岩へとつづいているのがみえます。

パウロはあえぐようになり、右手のこぶしをにぎりしめました。自分のひたいを数度強くたたいて心に勇気を送りこみました。のぼることが闘いであるかのように、意志の力で、自分をまえへ、上へとすすめようとしました。すると彼の意志はたしかに強いものになり、のぼっていくことができました――しかし非常に高いところにいて、道はせまくて荒れ、急なところが多く、自分の足音がきこえないので、恐怖のために肌にはみみず腫れができました。自分の息もきこえません。耳には風のうなりがきこえるだけでした。それでも彼はのぼっていきました。

両側が高い石灰岩の土手のようになっている小道に入ったとき、一時的に風がやみました。それから最後の斜面にやってくると、そこは影にみちた谷のようなところでした。地面はうねり、岩だらけでしたが、今までのところよりは平らで、まわりの高い岩によって風はさえぎられています。

星の光がうすらいできました。漆黒《しっこく》にとけこんでいた空の深みは、淡い色になってゆき、東ではアクロコリンス山の二つの頂上のうしろで、天が灰色に染まっていきました。

パウロは影のなかで休んでいることはありませんでした。二つの峰の高いほうの、北の頂上へむかいました。

そしてのぼっていきました。道はなくなって、岩くずだらけになり、手と足をいっしょにつかいました。のぼっているうちに灰色の空は明るくなり、風はうなって後方の砂利に吹きつけます。そのような彼の衝動を、だれが理解できるでしょうか。パウロには頂上につくまでやめられないことだけが、わかっていました。うすい空気にあえぎ、長いこと張りつめたままで燃えるように熱くなった筋肉で、のぼっていきました。

頂上の小山には粗けずりの石が祭壇のように積まれ、一人がようやく立つことができるほどの台になっていました。パウロは袋を置きました。ケープをぬぎ、その上に袋をのせて重しにしました。そして台の上にひざをのせ、這いあがると、ゆっくり立ち上がりました。目をあげると息がとまり、思わず恐怖の叫びをもらしました。

荒々しい朝の赤い光のなかで、パウロは地上でいちばん高いものになりました。そして自分の魂に言いました。〔嵐がやってくる〕彼は自分が入りこんだ場所、空がこわかったのです。風も天も容赦なく、彼の体におそいかかりました。はるか下方で、世界が闇のなかから姿をあらわしてきました。農夫のつくった、つぎはぎ細工のようなブドウ畑や果樹園。北にはコリント湾とイオニア海、錨《いかり》をおろした船。東にはサロニカ湾、エーゲ海が大地の上に平らに水をたたえ、近くには足もとの小石のようなコリントの町がみえます。

風が吹いていました。風は吹きつづけ、やむ気配もありません。〔嵐がやってくる〕パウロの体は冷や汗をかいて冷えきっていました。天から地上までまっさかさまに身を投げだしたいという、おろかな衝動をおぼえたからです。しかし風が彼をそこにとどめました。

風は彼を投げだそうとして強く吹きつけたので、パウロはその敵意に腹をたて、闘う意欲をみいだしたのです。外側の怒りが、内側の衝動をほろぼしたのです。彼は風と格闘し、その闘いは彼をきよめ、彼の考えに焦点と目的をあたえました。

ふいに彼は頭をそらせて、さけびはじめました。

「イエス・キリストよ。主イエスよ、どうかわたしに慈悲をたれてください。わたしはあなた以外に、何も知りたくありません。あなたの教え以外に、何も説教したくありません。キリストよ」彼はなげきました。「わたしはあなたといっしょに十字架にかけられること以外、何にもなりたくありません。わたしのなかに生きてください。わたしのなかに生きてください、イエスよ」

　するとすぐにイエスが風のなかにあらわれて言いました。

「おそれるな。わたしはあなたとともにいる。あなたをおそって、あなたを害する者はない。そしてだまってはいけない。くだってゆき、あなたの言葉で説教しなさい。この町にはわたしの民が大勢いるからだ」

　パウロは口をつぐみました。風は神聖なもののおそるべきかおりとともに、彼の鼻をきよめていきました。上空は金色に染まり、彼の立っている岩は薄茶色に、はるか下方の家々はバラ色に染まっていきました。太陽はエーゲ海をつきやぶって、昇ろうとしています。世界でいちばん先に太陽をみて、それにあいさつする者はパウロでした。

39

「プリスカ、どこへ行っていたのか」アキラがたずねました。

わたしがパウロとはじめて市場で出会った日のことです。雨が降って人びとが散っていき、彼がふたたび、テモテの天幕に防水のための伏せ縫いをかけはじめると、わたしは言いました。〔しばらくあなたのそばにすわっていてもいいでしょうか〕彼は手をとめて、わたしをみつめました。その目は、みがかれたクルミの実の色をしています。

〔プリスカ〕と彼は言いました。わたしはうなずきました。〔アキラの妻〕彼はつづけて言いました。〔ローマから来た革職人〕わたしはふたたびうなずき、彼をみずにはいられませんでした。〔どうして、わたしのそばにすわりたいのか〕と彼はたずね、わたしはすぐに答えました。〔あなたがイエスの名を口にしたからです〕

わたしが母の死を悲しんでいることは言いませんでした。〔キリストのうちにある死者は最初によみがえり、それからわたしたち生きている者が……〕と、彼が言っていた言葉がなぐさめをあたえてくれたことも言いませんでした。彼は縫い目に針を留め、左手をのばしてわたしの右手をとり、指先をしらべました。右の人指し指の端にあるたこで、わたしの指にもある同じようなたこにふれ、それからわたしの手を口にもっていったので、わたしは体をのりだしました。

〔すわって〕と彼は言いました。彼はわたしの指先に口づけし、わたしはすわりました。〔あなたがたにおねがいします〕彼はまた針をとりあげながら言いました。テモテはいそいで、あたらしくあけたインクつぼにペンをひたしました。パウロは身をかがめて仕事をしながら、テモテが書きとることを口述しました。〔あなたがたのなかで苦労し、主の御名によってあなたがたをみちびき、いましめている人びとを重んじてください。友人たちよ、そのようにはたらいてくれる彼らを尊敬し、愛してください〕

彼は小さな人で──わたしと同じくらいの背丈でした。熱心で、鍛冶場《かじば》の鉄のように熱を発しているのですが、大きな頭は傷だらけで、首など若木ほどの太さしかありません──でも彼の唇は水のようにやわらかです。わたしの指にやさしく口づけしてくれたので、彼のそばにすわると、もうわたしに口づけしてくれることはない母のために泣きました。

「プリスカ」アキラは質問をくりかえしました。「どこへ行っていたのか」

午後もおそいころでした。コリントの通りはどこも人けがなくなっていました。富んでいる者も貧しい者も、市民たちはみな楽しみのために浴場へ行ったからです。わたしは一人でぶらぶらと家へ帰りました。扉を入ったとき、夫の手仕事の上にわたしの影がかかり、夫は手をとめたのです。

わたしは答えることができませんでした。

アキラは立ち上がるとやってきて、わたしの顔をのぞきこみました。彼は視力が弱いのです。遠くのものをみることができません。だから動作はのろく、とても慎重です。

「プリスカ、いったいどうしたというのか」彼は言いました。わたしのあごの下にこぶしを押しつけ、わたしの顔を自分のほうへむけました。「泣いていたのか」

わたしは彼の手の甲をそっとたたき、そばをとおりすぎて小さな仕事場へ入っていきました。「いいえ、でもいい知らせがあるのです」わたしは言いました。「わたしたちだけではないの。アキラ、わたしたちはもうさびしい思いをしなくていいのです」

わたしはふりかえりました。彼は戸口をふさぐ影になり、さきほどのわたしと同じように部屋を暗くしました。「わたしはさびしくはなかったが」と彼は言いました。

「イエスの名をたたえる二人の男の人に会ったのです。このコリントで。まだ会っていない三人めの人もいるのです。明日、その人と会うことになっています。しかもアキラ、そのうちの一人は、生きている主イエスをみた使徒なのです。復活のあとで。ああ、わたしたちにとってこれ以上すばらしいことがあるかしら。そして、その人が縫うところをみてほしい。話しているときも、指がとぶようにうごいて——長い指がほんとうに正確に革をあつかうのです。粗布でもきっと同じでしょう。自分の道具をもっていました。大事なことだわ。そしてアキラ、その話といったら。その人の口から出てくるあの言葉！　あの声。それは耳ざわりな声だけれど、アキラ、その言っていることは心をしずめ、魂をなぐさめて——」

夫は、「これを飲みなさい」と言いました。

彼は水がめのところへ行き、杯に水をみたしてわたしにもってきてくれたのです。「プリスカ、これを飲んで、すわりなさい」

わたしは水をふたくち飲みました。でもすわりませんでした。

「わたしが説明したいのは、わたしがしたことなのです」わたしは言いました。

自分がじれはじめているのがわかりました。アキラは水がめのそばに立ったまま、わたしの話をきくためにだまっています。

「そうしようと計画していたわけではないのです。ただ、そうしただけなのです。そうするのは正しかったと思います。きっとイエスの霊が、わたしをとおしてなさったことでしょう。わたしが言っているのは、ほんとうに、もうわたしたちだけではなくなるということです。その人はわたしたちといっしょに住むのですから。いっしょに住むように、彼をまねいたのです。そしていっしょに仕事をしましょうと。アキラ？　すると彼は、それに同意したのです」

アキラは杯を小さな棚にのせました。そしてわたしのそばに来て、腰かけにすわりました。「プリスカよ。もっとゆっくり話してくれないか。話についていけるように。その人の名前は？」

「パウロ。ファリサイ派の人です。というより、ファリサイ派だった人です」

アキラはうなずきました。

わたしは何も言わずに待っていました。

彼は言いました。「そのパウロは、復活された主をみたのか」

「ええ。ほんとうに。十八年ほどまえに。そしてこのコリントに、イエスの御名をのべつたえるために来たのです」

「ローマにイエスのことをつたえにきた者たちは、騒ぎもまねくことになったが」

「もしあの人が騒ぎをひきおこすことになっても、それは神聖な騒動です」

「どうしてわかるのか。どうしてそのようなことが言えるのか」

「わたしの心がそう言うのですよ。そう感じるのですから。そしてそう思えるのです。イエスがもどってこられる、彼がそう話しているのをきいたのですから。そしてパウロは、そのときに何が起こるかを知っています——眠っている者たちがどうなるかも。アキラ、わたしの母がどうなるかも、彼は知っているのです。大天使がよびかけ、神のラッパの音が天を裂くとき、母はまずはじめによみがえるのです。わたしたちより先に。パウロは最初にと言いました。わたしたちまだ生きている者たちは、あとで追いついて、高い場所で主に会うのです。アキラ。ああアキラ。あなたがわたしの顔にみたのは、よろこびの涙だったのです」

「三人の男と言ったが。三人ともここに住むようにまねいたのか」

気の毒な夫。わたしの辛抱づよい夫。日ごろからわたしは先走りして、彼よりずっと先まで行ってしまうのです。

「テモテとシルワノという人たちが、この使徒といっしょに旅をしています。でも彼らはここには住みません。会堂のとなりの、ティティオ・ユストの家に泊まっています。パウロも今日まではそこにいたのです。でもわたしが彼をまねくことになったのは、市場の監督のエラストが彼をおどしたからなのです。だからわたしは、パウロはわたしたちのところではたらくために、コリントへ来たのだと言い訳をしました。わたしたちの税金には、共同作業人の分もふくまれているのだと言って。だからパウロは、わたしたちの共同作業人ということになっています。そして彼を泊めるのは一週間かそこいらのことではなくなったのです。彼にわたしたちといっしょに住むようにもとめたからです。彼がこの町にいるあいだずっと――」

わたしにしばらくだまっているようたのむために、夫は一本の指をあげました。その指で自分の鼻のよこをたたき、彼は戸口から日の光のほうへと目を細めました。

しばらくして彼は言いました。「うちの小さな部屋では十分ではないな」

「でもアキラ、わたしは――」

「プリスカ、うちには十分な広さがない」

「でも約束を――」

「いいから、だまって」彼はその指をさしだしながら、ささやきました。「しかし北の市場には、まだ店が売りに出ている。いい店だし、新築だ。広場の排水もととのっている」アキラは一人で自分だけの場所にひきこもっていくように、ぶつぶつささやくようになりました。でも彼の妻であるわたしは、またうれしく思いながらもだまっていました。なぜなら「つぶやく」のは彼が心の内で計算しているしるしだと知っているからです。

「市場には四十軒以上の店がある。どの店の戸口も、ひろい柱廊の屋根の下になっていて、柱廊は広場の四面を切れ目なくかこんでいる。そうだ。わたしがみた店は、奥行きも高さも幅も四メートルだった。そして裏には上の部屋への階段があった」

「だから」と、夫は近眼の目をわたしにむけながら言いました。「おまえとわたしは上の部屋で寝よう。使徒パウロは下の仕事場の作業台や道具のところで寝ればいい」

40

〔ああ、パウロ。わたしたちのところへ来てくれたあなたは、まるで昇る朝日のよう〕

北の市場のあたらしい店に移って何日かたつうち、わたしたち三人は落ちついた日常をおくるようになりました。

上の部屋には窓があって、アキラとわたしはそれを夜になるとしめます。でもそれは東にむいていて、窓の羽根板をひらけば風が入り、わずかながら空がのぞきます。パウロは灰色の夜明けになると起きだすので、わたしは、彼が下でうごく音で目をさまします。服を着ているのだと思います。木の棚につぼが置かれる音。真鍮《しんちゅう》の鉢に水をそそぐ音。低い、うごくのに難儀しているような、うなるような――ため息。そして寒気のなかをやってくるサンダルの音が窓からきこえてきます。店の扉がひらき、扉がしまって、そっと掛け金がおろされ、鳥たちが朝のさえずりをはじめるよりも早くから、パウロとテモテのひそひそと話す声が、夜明けの音となって下からのぼってきます。

うとうとしているわたしの体の下できこえるその声は、麻よりもはるかにやさしい夜具のようでした。ハチミツ色の巻き毛をたらしたあの美しい若者は、手紙をもってテサロニケへ行くまでは、かならず毎日、夜明けから誠実にやってきて、使徒とずいぶんと堅苦しいあいさつをしていました。でもその声はすぐにやみます。沈黙があり、それから規則的な動きや、うなりのようなものがきこえてきます。わたしは心のなかで、パウロとテモテが、二人の年老いたユダヤ人のように両手をおなかにあてて立ち、前後にゆれながら神への言葉にならない祈りをうなっているところを想像します。

そのうちに窓のむこうにみえる雲のなかで朝の陽が赤く燃え、アキラは目をさまし、起きて服をつけます。そのころまでにはパウロが砥石《といし》で小刀をといでいるのがきこえ、そのときテモテは声を出して聖書を読み――それが彼の朝のつとめでした。わたしはまだ一人で床についています。彼らの上でよこたわりながら、自分もその仲間にくわわっているという素朴なよろこびにひたっているのです。

アキラがこのコリントでさびしくないと言ったとき、彼はほんとうのことを言っていたのでしょう。でもわたしはさびしかった。それまでの六カ月間、わたしはさびしくてしかたがなかった。

ローマではつらい別れを経験してきたので、わたしたちは会堂ではだまっていることにしていました。夫は男たちのなかに隠れ、わたしは上の桟敷《さじき》にいる女たちに深い疑惑をいだかれていました。孤独はアキラにはなじむものかもしれません。でもわたしはそれを自分への非難のように感じてしまうのです。友だちがいないとわたしは悲しくなり、悲しみはわたしを消耗させていきました。ほんとうに食べられないのです。いつも涙が出そうな感じで。そしてその年の春には父が……わたしの父が。

ああ、あの人はどうして軽蔑を剣のように人に突きつけることができるのでしょう。その残酷さがわかっているのでしょうか。自分が考えることすらこばんでいた信仰、わたしの信念を罰するために、父は妻の死さえ利用したのです。

「おまえのお母さんは亡くなった」と父は書いてきました。そして手紙には、こう書かれていただけでした。「おまえがお母さんをローマに一人のこして、去っていってから十日もしないうちに、心痛のために死んだ」

お父さん、わたしはお母さんを、あなたといっしょにのこしてきたではありませんか。

〔おまえは母をすてた〕

そんなことはありません。わたしがさそっても、母はあなたといることをえらんだのです。

〔おまえは母をすてた〕

ですからわたしの苦しみは、さみしさなどよりもずっと長くつらいものでした。それは心の苦しみでした。自分の罪を責める、荒々しい身体的な発作でした。かわいそうにアキラは、不器用になすすべもなくみているしかありませんでした。わかりますか——そのころのわたしは、彼にひどくあわれみを感じていたのです。そして心の一部では、彼のことをなぐさめたくてしかたありませんでした。でもそれはごく小さな一部でした。夫のことを助けることもできずに、わたしは泣くばかりで、涙をこらえようともしませんでした——そのために彼のことも孤独にしてしまったのです。

でもそれから、やせて小さなあの人が来たのです。いそがしい、がに股の説教者が。議論好きできちょうめんで、大きな頭をした「声」、わたしの人生の昇りゆく太陽が——わたしはアキラに言いました。〔わたしたちといっしょに住もうと彼にたのみました〕と。すると愛する夫は、〔彼は下の作業場で寝ることができる〕と答えてくれたのです。

「主があなたとともにおられるように」やがてわたしが上

から階段をおりていくと、パウロはうたうように言いました。

「そしてあなたにも」とわたしは歌をかえし、かがんで水がめをとり、そとへ歩いていきました。

〔主があなたとともにおられるように〕わたしとともに！　なんとすばらしい音楽でしょう。ああ、主よ、納屋《なや》の穀物や、大樽のブドウ酒よりも多くのよろこびを、あなたはわたしの心にそそいでくださいました。

そしてわたしたちの毎日はこのようなものになりました。テモテは聖書を読みました。パウロとアキラはお客の注文に応じるために、作業台で仕事をしました。そしてわたしはレカイオン街道近くの泉へ歩いていきました。そのとちゅうで簡単な買い物に立ちより、もっていった袋に燻製《くんせい》の魚、干した果物、前日のパンなどをいれました――前日のパンはあたらしいものより安く、すぐに手に入りましたから。

そして北の市場へもどってくると日の光のように確実に、広場のむかい側からあの「声」がはっきりきこえてきました。かん高く、執拗《しつよう》な鼻にかかった「声」が、甘い言葉でささやき、鞭打ち、しかり、コリントの町すべてによびかけていました。朝から午後の半ばまで、使徒は革を測りながら話しました。革をみごとな曲線に裁断しながら話しました。穴をあけ、縫い、作業台にかがみながら話しました。音と意味だけで、彼はわたしの魂が住むための場所、魂のすみかをつくってくれたのです。

話しながら仕事をするというのは、たとえばこのようなことでした。

もし麻の衣を着た女の人が、帯をなおしてもらいに店へ来たら、パウロは手にしていた仕事を置き、彼女に腰をかけるようにすすめ、いそいでよい糸をとってきて、その繊細な指の感触で帯のいたみぐあいをしらべます――そのあいだじゅう、いろいろな質問をして彼女の注意をひいているのです。そして自分もすわると、彼女からかえってきた答えをもとにして教え、彼女が店にいるあいだじゅう話しているのです。

「ようこそ、お名前は？」

――彼女の帯のへりを切り、けずりおとす――

「どこのお国のかたですか？　生まれは？」

――古い帯にあたらしい穴をあける――

「ご主人は兵士ですか。ガリアキサルピナの出身ですか。退役されて」

――そのあいだもせっせと縫い――

「ではご主人のフォルトナトは、今はどの戦争で戦っているのですか」

「『戦っていない?』。ああ、そうでした『退役』されたのだった。なるほど」

——縫いつづけ、必要以上にゆっくりと縫い目をつめる

——

「ええ、たしかに。あなたの言う『ローマの平和』は、世界にひろがっています。アウグストゥス帝時代のすばらしい平和が、今でも沿岸地域の戦争をふせいでいるのを、わたし自身もこの目でみていますから。ということは、あなたのご主人も平安にしておられるということですか。心も平和なのでしょうか。そしてあなたは?」

——糸を噛み、歯のあいだでそれを切り、革をみがくための上質の油をさがし——

「いいですか。ローマの平和《パックス・ロマーナ》はけっこうなものですが、神聖なものではない。それを崇拝することはできない。そして永遠につづくものでもない。世界の平和は、世界より長くつづくわけにはいきませんから。そう。そして人の心に住むこともできない。あなたの夫、フォルトナトは安らかにくらしていますか。あなたはどうでしょうか。世界と、世界の平和がほろんだときにどうしたらいいか、あなたにはわかっていますか。というのも、怒りの日、つまり神の正しい裁きがあらわれる日に、それらはほろびるからです。そのときこの世界は終わるのです。そして——」女のような手で革をみがき、しなやかにする。「——悪をおこなう者には苦難と悲しみがあるが、よいことをする者には栄光と誉《ほま》れと平和があるのです」帯を女にわたし、鼻の下の、やわらかな赤い唇がほほえむ。「あなたの夫、フォルトナトは、今日どのようないくさを戦っているのでしょうか」

一日じゅう、毎日のように人びとは、風のなかではためいている旗にひきつけられるように、「声」にひきつけられてやってきました。わたしだけではなかったのです。わたしは奇跡のなかに住んでいるようなものでした。小柄なパウロは、説教をしていると、ほんとうに背丈がのびたようにみえて、細い鼻はわたしの目に高貴なものにうつり、濃い眉は世界をまえにした胸壁のようでした。

「パウロ、説教しているときのあなたは、なんとかがやいていることか。ななめに射す陽にきらめく水のように」

五月になるとテモテは旅立っていきましたが、わたしたちの店は人であふれるようになりました。彼らは壁のまわりに立ち、あるいは床にすわりました。店の戸口から柱廊まで人びとはあふれ出ました。アキラはますますせまくなってくる場所で、だまって辛抱づよく仕事をしました。彼はわたし以外の人にはめったに話しません。パウロといると、彼はまったくだまってしまいました——称賛のためだと思います。とつぜんに部屋を言葉であふれさせる、この

使徒の能力におどろいたのでしょう。

　夕方になって作業場を一人でつかえるようになると、アキラは折りたたみ式の作業台を設計してつくりました。朝になって彼がそれをそとへはこびだし、上にパウロの道具類をならべ、そばにパウロの腰かけを置くまで、わたしはその計画について何も知りませんでした。そしてその日からパウロは、柱廊に置いた作業台で仕事も説教もするようになり、そこなら多くの人びとが彼の話をきくことができました。

「あなたがたは正しいことを知っている。それはあなたがたの心に書いてあるからです。あなたがたは悪いことも知っている。そのようなことをすれば、良心の呵責《かしゃく》に苦しむからです。悪をおこなうのは、自分の秘密の考えを喧噪《けんそう》のなかにほうりこむようなものです。世界から隠されていることは、あなたには隠されていません。そしてすべての人の秘密をさばき、悪を罰しようとされている神からも隠されていません。その日の罰から、あなたがたはどうやって救われることができるでしょうか」

「あなたが言うことすべてに、わたしは神の霊をききます。わたし、プリスカは商品を売ります。あなたのうしろにある店で、注文をうけます。戸口からあなたのいそがしい姿をながめ、群衆におどろきながら」

「偶像は、あなたがたを神の怒りから救うことはできません。人の手で作られたものはすべて、人よりおとるのです。そしてそのようなものは、生きている神のみまえでは、おとるどころの話ではなくなるのです。

　そして、何よりも神の怒りを増すのはこのようなことです。つまり、神によってつくられた人が、神からはなれ、自分も神のような創造主であるかのように、自分たちの手になるものをおがむことです」

「パウロ。あなたは説教するとき、かがまなければならないことをきらっていました。それはつらい、労働者の姿勢です。奴隷のようでした。でもあなたはそれをえらびました。そしてこのことは、自分が主の奴隷であることをしめしているのだと、そっとわたしに教えてくれました。ええ、もちろんそうです。でもあなたの目をみていると、あなたがかがむのをいやがっていることがわかるのです。

　群衆はさらにふくれあがっていきました。女たちは夫をつれてもどってきました。その夫たちは友人をつれてきました。フォルトナトはステファナという男をつれてきました。ステファナはアカイコをつれてきて、あなたは彼にさらにはげしい説教をきかせたのです」

「これはイスラエルの人びとの話で、真実の神はこの人びとと契約を定め、彼らにめぐみの食物と飲み物をあたえられたのです。

イスラエルの民は、聖なる山で神を待っていたとき、じっとしていられなくなりました。神はあまりに長いあいだ沈黙していると彼らは考えて、不安になりはじめたのです。そこで彼らは自分たちの手で問題を解決しました。腕輪や足輪、首飾り、金の指輪をすべて溶かし、溶けた金で子牛をつくったのです。『これがあなたたちの神だ、イスラエルよ』と彼らは言いました。その子牛に、彼らはささげものをしました。そしてそれをうやまうために、人びとはすわって飲み食いし、立ち上がっておどりました。

その子牛はいったい何だったのでしょうか。何でもありません。偶像です。コリント市民よ、きいてください。その罪のために、たった一日で三千人が死んだのです」

「あなたがその話をしていたとき、大勢の人のなかで、同意するようにはげしくうなずいている一人の男がわたしの目にとまりました。かがみこんでいたあなたにはみえなかったようですが、わたしはその福音の力に息をのみました。パウロ、その人はあなたの説教によって信仰に入った、会堂長のクリスポです」

「この金の子牛の話は、わたしたちへのおそろしい警告として書かれたのです——なぜならこの話に出てくるイスラエルとは、神のまえのわたしたちすべてをあらわし、時代の終わりはわたしたちに迫っているからです。コリントのかたがた、もし神がご自分と契約をむすばれた民をゆるされなかったなら、どうしてあなたがたをゆるされるでしょうか」

「あなたはここまで話すと作業台をかたづけ、その上へのります。わたしはいそいで出ていって、台をささえます。そしてあなたは声をあげる」

「わたしはあのアクロコリンス山にのぼりました。頂上へ行くとちゅうで、人びとが女神デメテルを賛美するために食事をする食堂をとおりました。

教えてほしいのですが、デメテルとはいったいだれなのでしょうか。豊穣の女神でしょうか？　大地の泉にいる再生の母でしょうか。まったくちがいます。

デメテルは悪魔です。千の偶像より害のあるものだ。それを礼拝するとき、あなたがたは大地の下から這いあがり、泡立ってくるもののために、生きている神からはなれていくからです。そのような侮辱が、どうしてわたしたちすべての者の父なる神を怒らせないでしょうか。

しかし神は、あなたがたをゆるしたいと思っておられるのです。神はその御子をこの世へ送り、あなたがたがうけるはずだった死を彼にあたえることによって、あなたがたへの愛をしめされたのです。

あなたがたが神を知らないで生きているとき、あなたがたが悪魔と交わっているとき、あなたがたが罪人であり、天の敵であったとき――その御子、主イエス・キリストはいまわしい十字架の上で死んだのです。そのことを信じるのです。信じることとです。そしてその信仰のよりどころを、神はまた御子を死者のなかからよみがえらせてくださった、ということに置くのです――今日あなたがたに話しているこのわたしは、その復活の証人です。

あなたがたは――悪魔をこばむのです。やってくる怒りから救ってくださるかたのほうをむくのです。神の御子、栄光の主であるイエスのほうをむくのです。なぜなら、イエスは、このわたしが『みもとへ行きなさい』とよばわる権威をもつことができるように、わたしにあらわれてくださったのですから。そのかたがもどられる日に、あなたがたを正しい者にしてくださるかたのほうへ行くのです。なぜならこう書かれているからです。『自分の不法がゆるされ、罪をおおい隠された人びとはさいわいだ。主から罪があるとみなされない人はさいわいだ』と」

「ああ、パウロ。あなたがコリントにいることは、まるで夜明けのようです」


北の市場の広場はあまりひろくありません。コリントの公共広場《アゴラ》はその四、五倍もの広さがあります。そしてアゴラで演説する者は、なんの支障もなく話すことができました、それが町でただ一つ群衆のためにもうけられた場所でした。しかし市場の監督エラストがパウロにもちいた策略はひどいものでした。やりすぎです。そのことは、あの男が使徒に感じた特別の怒りをあらわしていました――わたしは今でもそう信じています。
七、八十人の人びとが市場の広場に立ってパウロの話をきいていたときのことです。彼は作業用のゆらゆらした台の上で説教をし、そのあいだわたしは両手で台を押さえていたので、わたしの顔は彼の足もと近くにありました。アキラとテモテはケンクレアイの港へ行き、わたしたちだけが店にのこっていたときのことでした――急に広場の雰囲気と、その騒音が変わりました。
パウロは身をかたくし、説教をやめました。下の地面に、とどろくような音を感じました。一頭の雄馬が疾走してきたのです。人垣のうしろの人たちが叫び声をあげはじめました。わたしは何事が起こったのかみたかった。作業台をはなし、まっすぐ立ってどんなもめごとが起こるのか知りたかったのですが――台をはなすことはこわくてできませんでした。パウロが落ちるかもしれないからです。そのまま台をささえていると、さけんだりののしったりする声、金属のぶつかりあう音、人の肉や骨にかたいものがぶつかる音、傷ついた者の叫びがきこえてきました。人びとは走ってあちこちへ散っていき、そのなかを軽い駆け足で馬がやってきました。その上には赤ら顔で太ったエラストがのっています。

彼のまわりには、鎧《よろい》と兜《かぶと》をつけ、武装した若い兵士たちがいて、こぶしと剣のひらで人びとを散らしながら歩いてくるところでした。

「出ていけ。出ていけ。ここから出ていくのだ」彼らはどなりつけていました。「おまえたちは店をふさいでいる。家へ帰れ。うろついている者はみな家へ帰れ」

しかしエラストはパウロに目をつけていました。「あなたはわたしの忍耐をためそうという気だな」とエラストは言い、まっすぐわたしたちのまえまで馬をすすめてきました。

パウロは作業台にのり、監督は馬にのっていたので――二人はわたしのずっと上で、にらみあっていたのです。わたしの髪はほどけて、目のまえがふさがりました。

エラストは大げさな身ぶりで剣をぬきました。「あなたはどうして、いつまでもわたしの町の商売を邪魔するのか」彼はつめよりました。そして剣の先をパウロののどにむけます。「一度はわたしも情けをかけた。しかし二度もそれをわたしに期待することはできない」

エラストの巨体の下になっている馬は頭をたれ、背骨がまがっていました。あわれな馬は疲れきっていました。馬上の男は短衣《チュニカ》の上に二枚の重い衣をまとい、指輪や首飾りをつけ、太った足には脚絆《きゃはん》つきのサンダルを履いていました。そのかっこうはおかしなものでしたが、目は怒りと憎しみで燃えていました。そしてつめたく、感情をしめさない危険な彼の兵士たちは、人びとを追いはらった今、わたしたちにせまっていました。

パウロはそれを気にするようすもなく、立ったままで、奇妙な好奇心をもって監督をみていました。わたしの位置からは、彼がほほえまないように努力しているようにみえました。

エラストは頰をふくらませて、目をそらしました。「わたしには邪魔を――」と言い、彼は強調のために剣をふりました。「とりのぞく権限がある。その権限があるし、さらに無礼者を罰し、その傲慢《ごうまん》な者の顔からさげすみをたたきだすことができる」

「パウロ、彼の言うことを信じて、おりてきてください」

でもパウロはエラストのことをさらにしげしげとみるばかりで、身をのりだし、大きな頭をかたむけているのです。

監督はそのしぐさをみとがめました。「縛りあげろ」と彼は声をはりあげました。「縛って町からひきずりだせ」

三人の兵士がすすみでて、そのうちの一人は縄をもっていました。

「エラストよ」パウロは低い声で、不思議そうに言いました。「わたしはあなたを知っている」

彼はひらりと作業台からとびおり、監督の馬の鼻面にふれました。「あなたが何をおそれているかを知っている」

兵士はそれに反応し、パウロの服をつかみました。

「待って」とわたしはさけびました。

でもほかの兵士がうしろからわたしに腕をまわしてきました。

かわいそうな馬は、後ずさりさえしません。

エラストはパウロをみつめていました。その目は、パウロの顔にくぎづけになっています。

「兄弟よ」パウロは言いました。「あなたは自分がだれでもないことをおそれている。自分がこの町で何者でもないことをおそれている」

兵士はパウロの両腕をうしろへまわし、両ひじに槍の柄をさしこみました。

パウロは言いました。「それというのも、あなたが高貴な生まれではないからだ。しかしエラストよ、神はあなたをえらばれているのだ」

縄をもっている兵士がパウロに近づき、彼の手首を腰のところで縛ろうとしています。エラストは兵士のむこうにいるパウロをみようとして、首をのばしていました。

パウロは言いました。「あなたは生まれながらにして奴隷だったのでしょう。そして金で自分の自由を買いとった。あなたは自由に*さ*れ*た*者であって、高貴に生まれついた者ではない。だからおそれにとじこめられている。高貴に生まれついた者は、あなたをさげすむ力をもっているからだ。あなたは努力して、努力して、努力をかさねてこの世界でなにがしかの地位をえてきた。ああ、兄弟よ——しかしそんなことをする必要はないのだ、神が今あなたをえらばれているのだから」

二人の兵士が槍の両端をそれぞれつかみ、まえへもちあげました。パウロの足は宙にうきました。服が胸のところで裂けました。兵士たちが柄からぶらさがっている彼の小さな体をもちあげると、彼は苦痛のためにうなり声をあげました。

でも彼は首をまげ、目はエラストにむけたままで、「声」はその口からながれつづけました。「きいてほしい」パウロは言いました。「これは真実なのだ。強い者に恥をかかせるために、神はこの世で弱い者をえらばれる。エラストよ。かしこい者に恥をかかせるために、神はおろかな者をえらばれる。身分が低く、社会でさげすまれている者――何者でもない者を神はえらばれて――自分をなにがしかの者と考えている者たちには何も――」

二人の若い兵士のあいだにはさまれたパウロが実際にそこにいなくなってはじめて、ぼうぜんとしていた監督はそのことに気がつき、自分が兵士たちに出した命令を思い出したようでした。

「待て」エラストは声をはりあげました。「どこへ行くのか。その男をつれもどせ」

わたしは、わたしをとらえていた冷酷な兵士から身をふりほどくと、作業台から小刀をつかみ、パウロのところへかけよりました。彼をとらえていた兵士たちが自分の主人の心をおしはかろうとしているあいだに、わたしはパウロの腹にまわされていた縄を切りはなしました。ひざをついた彼は、なんと笑っているのです。

彼はこの一連の出来事を、心のずっと深いところでたのしんでいたのです。彼のよろこびはすぐにわたしに日の光のようにふりそそぎ、わたしの魂は高くまいあがりました。わたしたちがふりかえると、エラストは馬からおりて、重く着飾った姿でわたしたちのほうへ歩いてくるところでした。

渇望と熱い願いで、エラストの頬はふるえていました。

「教えてくれ」彼は胸のところで両手のひらを合わせて言いました。「それはどんな神なのか」

41

　そしてある夜明け、その日はいつものように下の店でわたしたちの共同作業人がうごく音ではなく、わたしの名をよぶ声で目がさめました。

「プリスカ、プリスカ」と、おどろくほどはっきりときこえ、わたしはすぐに目をさましました。いったいだれが？

「プリスカ」

　アキラではありません。彼はわたしと同じ上の部屋でぐっすり寝ていましたから。なにしろ彼の寝息によって、わたしの名をよぶ声があまり近くはないということがわかったくらいですから。それは床板のすきまからしみだしてきました。

「プリスキラ……おりてきてくれ。助けて……ほしい」

　言葉のあいだを分けていたのはため息やうなり声、困難な動きにともなう吐息でした。

　わたしははだしで、髪にピンもとめずに下へおりていきました。

　パウロは作業台のへりに、おかしなかっこうでよりかかっていました。背中と胴は不自然な角度にまがっています。まるでそのかっこうで固まってしまったかのようでした。

「パウロ？」

　テーブルの上にランプの火が一つともっていました。それが彼の首とのどと、顔のくぼみにおそろしい影をつくっています。頭はひどくかたむいたままで、あごの骨は、戦場にのこされた死体のようにつきだしていました。

「パウロ？」

「プリスキラ」こちらをむくことも、うごくこともなく彼は言いました。「一人ではできない。たのむ。テモテの代わりになってくれ」

「プリスキラ」それまでだれにもプリスキラとよばれたことはありませんでした。「小さなプリスカ」それはわたしを大切なものとしてやさしくよびかける名前でした。

「よりかからせてほしい」彼はうなりながら言いました。

「おろしてくれ、わたしを床におろしてほしい」

　彼のよこでかがむと、彼の体重がテーブルからわたしの肩へ移動するのが感じられました。それからわたしはゆっくりとひざをつきました。彼は息をのみ、苦痛でよだれをたらしましたが、わたしが床にうずくまると、わたしからはなれてよこになりました。

「パウロ？」

「短衣《チュニカ》を、ぬがせてほしい」彼は言いました。

「いったいどうしたのですか。何が起こったの。どうしてそれほど苦しんでいるのですか」

「ああ、小さなプリスカよ」彼は笑うようなそぶりをしました。「わたしの朝のきよめだと思えばいい。チュニカをぬがせてほしい」

そのとおりにしました。すると彼は体をのばしました。床に顔をむけて彼が両腕をのばすと、ランプの光で背中がみえ、それがあまりに痛ましいので思わず小さな声をあげてしまいました。

パウロは言いました。「テーブルの上のつぼにオリーブ油が入っている」

「ああ、パウロ」わたしはささやきました。

彼の背中の肉はえぐられ、古い傷で白く光り、切り傷やみみず腫《ば》れがからからに乾いているので、肌全体が荒れ地のようにひびわれていました。

「たのむ」彼は床のほこりにむかって言いました。「背中に油をぬってくれ。それからあなたの両手のひらで、できるだけ強く、骨や筋肉を押してくれ。たのむ」

わたしはしずかに泣きだしました。テーブルからつぼをとり、それをかたむけて油を彼の悲惨な肉にながしました。油のつめたさで、彼はふるえます。

わたしはそばにひざをつくと、手のひらで彼にふれました。そして、鞭打たれ、なぐられたために、彼の体がどれほどぼろぼろにされているかを感じながら、やさしく、やさしくもみはじめました。

するとパウロが「押すのだ」と言いました。

わたしはそうしました。でも強く押すと彼が急にうなったので、わたしはとっさに手をひっこめました。

「プリスキラ。押さなければだめだ」彼は命じました。

わたしはそうしようとつとめました。目をとじ、あらゆる本能にそむき、わたしは自分の体重を、腕をとおして彼の背中の骨にかけたのです。するとこんどは彼が悲鳴をあげたので、わたしも声をあげ、動きはとまってしまいました。

しばらくたちました。

やがてパウロは言いました。「これをやってもらわないと、わたしは今日、まっすぐに立てないのだ。そしてうごけば皮膚が破れてしまう。すると服に血をながすことになる。プリスカ、申し訳ないと思う――でも助けてほしいのだ」

ランプの光できらめく自分の手をみているあいだに、またしばらく時がたちました。夜が明けようとしているのか、そとの町は灰色に染まっていました。鳥があたりの空気をさぐるように鳴きはじめます。

するとパウロは言いました。「エラストは自分の家に住むように、わたしをまねいてくれた。それをあなたはどう思うか。彼の家には部屋が十分にあるというのだ。あのぷっくりした両手を合わせて、そんなことはわけなくできるというのだ。それにわたしが彼の家へうつれば、彼の名前と家族を高めることになるとまで言う」

ぬけめのない神の使徒パウロ。わたしはまた手をおろし、ゆっくり、ゆっくりとしわだらけの彼の背中をこすりはじめました。彼はうめきました。自分がうめいているように、そのうめき声はわたしの内側で大きくなりましたが、それでもわたしは押しました。しだいに強く押していきながら、わたしたちは「ああ、ああ」といっしょになってうめいていました。

パウロは話しつづけていました。わたしのために。彼が話しているかぎり、わたしが彼の話に耳をかたむけているかぎり、わたしは彼の苦しみの程度を想像することはありませんでしたから。

彼は「プリスキラ」と言いました。美しい名前でわたしをよびました。〔プリスキラ〕そして言いました。「わたしは市場の監督をおそれてはいなかった。剣も兵士も、わたしをこわがらせることはできない。押して、押して。はじめから、わたしの言葉は異邦人の心に力をもつとわかっていたから。わたしがダマスコへの道で、よみがえったイエスに会ったことをあなたは知っているだろう。わたしを知っている者は、だれでもそのことを知っている。しかしイエスがどのようにみえたかは、だれにも話したことはない。ほら、押して。あなたの力はどうしてしまったのか。押すのだ」

わたしは小さな女です。手も小さい。規則的に彼の背中を押していくうちに、わたしの体はまえへ、まえへとせりだしていきます。そのような力で彼の上にのしかかっていると、頭のなかで自分の歯がこすりあわさる音がきこえてきました。

パウロはうめいては笑い、笑ってはあえぎ、またうめいて言いました。「じつは、わたしが地面から目をあげると、空が割れていて、わたしは天のなかをのぞいていた。プリスキラ、わたしは父なる神の住まわれる場所をみたのだ。そう、そう、その調子だ」彼はけもののようにうなりました。「とてもうまく押している」

空が明るくなっていくにつれ、部屋のなかはまえよりも暗くみえるようになりました。

パウロは言いました。「嵐のような風、かがやきにかこまれた大きな雲、そしてひらめきでる火をみた。水晶のようにかがやく天空をみた。とどろく水の音をきき、天空の上には玉座のようなものがあった。透明で青く燃えるサファイアの玉座だ。御父はそこにすわり、そのまえに火の流れがやってくる。何百万という者が神につかえていた。何億という者が神のまえに立っていた。そしてプリスカ、プリスカ——かがやく大きな雲にのって神の御子、主なるキリストが来られたのだ。

　彼は父の右にすわられ、そこは、あらゆる規則、権威、力、支配、そしてこの時代とこれからの時代で言われるあるゆる名前よりも、はるかに高いところで——すべての民、すべての国々、地上のすべての言語が彼につかえることができるようにされているのだ。その王国は永遠につづく。けっしてほろびることはない。

　これが、わたしの名をよび、送りだされたかたなのだ。目にみえない神が、目にみえるものとしてあらわれたお姿だ。

　アダムはかつてそのような栄光に燃えていたのだ、プリスキラ。しかし彼はそれをうしない、彼のすべての子孫もそれをうしなった。イエス・キリストはその栄光をとりもどすために、はじめにユダヤ人に、ついで異邦人のところに来られ、わたしはそれを目撃した。なぜなら、彼はあたらしいアダム、世界のかがやかしい主で、彼をとおしてすべてのものとすべての人びとは存在しているからだ。

　わたしの口のなかにあるのは、彼の言葉なのだ。どうしてわたしが地上の力をおそれることがあるだろうか。おそれない。わたしはおそれない。けっしておそれない——たぶん、わたしがえらい役人の招待をうけて、彼女のつましい店を去るときの、プリスキラの怒りをのぞいて。

　いや、いや、そのようなことはない、いとしいプリスキラよ」パウロはため息をつき、ひじをついて体をもちあげました。「もう押さなくていい。筋肉はほぐれたから。もう皮膚もうずいていない。上でご主人のうごく音がした。仕事の時間だ」

42

テモテ
Timothy

「みてくれ」エラストは、彼の家の広間でにこにこしている五人の「子分」のほうへ太い腕をふって言った。「わたしが、あなたたちの先生にどのようなことができるかを、みてほしい」

　わたしがテサロニケからもどると、エラストはわたしとシルワノに会堂のとなりのせまい部屋から、彼の家へうつるよう言いはった。それはわたしたち三人への寛大な招待だったが、パウロはアキラの店にいることをえらんだ。

「金を手ばなすことが、わたしにどんなによろこびをあたえるか、みてくれ」

　エラストが毎朝自分の小さな、窓のない寝室からあらわれると、そこには二人のしもべがひかえていて、一人は廊下にあるみがきあげられた台に衣服をならべ、もう一人はその日の身じたくのために彼の髪をととのえ、体をふいた。

　市場の監督はよそおい、飾りたて、香料をつけ、ハチミツにつけたパンとナツメヤシの実やオリーブを食べて力をつけると、広間に出ていく。そこには六人から十二人の男たちがいて、彼をみるとすぐに立ち上がり、彼のことをほめたたえた。すると彼は男たちに硬貨をあたえるのだ。あるいは小さなかごに入った食べ物を彼らにやるように、しもべに合図する。彼が日ごとの巡回に行くとき、そのうちの二、三人をつれていくこともあり、雑用ができれば、それをまかせた。

　彼が「子分」とよんでいる、こびへつらう者たちに金をまきながら、「みてくれ」とエラストは言った。「この男たちはわたしにはなんの意味もない。彼らはわたしの広間に来ても、それ以上わたしの心に近づくことはない。しかしわたしは彼らをもてなしているのだ。それにしてもあのパウロはたいしたものだ」彼は両腕をひらいて大きな声で言った。

「愛するパウロよ。尊敬する、おそれを知らぬパウロ。ほかのだれが、あのようにわたしに話しただろうか。あなたたちの先生は、シャベルのような舌をおもちだ。そしてわたしの魂から苦しみをほりだしてくれた。ああテモテよ、また眠れるようになったことがどんなにすばらしいことか、若いあなたにはわからないだろうな。いや、また、ということはない。生まれてこのかた、これほどぐっすり眠れたことはなかったのだから。わたしの肝をついばんでいたハゲワシ——あのハゲワシは死んだのだ。若い兄弟よ、わたしは彼に感謝したいのだ。きまえよく彼に感謝したいのだ。それなのに彼はどうしてわたしと、わたしの贈り物をこばむのか」

「それは良心の問題だと思います」わたしは言った。「彼は自分の奉仕する者たちに負担をかけないことをえらぶのです、エラストよ」

「負担なものか」エラストはどなった。「まったく負担ではない。わたしは七つの部屋がある家をもっているのだ。その一つをあたえても、わたしは何もうしなわない。そしてわたしは客をえるのだ。名誉をえるのだ」

「しかしパウロは、福音は無償のものだと言っています。だれも真実を買うことはできないのです。だれにも。それは贈り物です。エラスト、そしてそれは神からたまわるものなのです」

「若い兄弟よ」とエラストは言い、わたしの背中を強くたたいた。「男前のギリシア人の兄弟よ、使徒パウロは笛のようにやせている。あの骨にすこし肉をつけてやらなければならない」

　そこでエラストは毎日のようにわたしたちを夕食にまねいた——わたしたちだけではなく、パウロといっしょにいる者たちすべてを。彼の人生には、ほんとうに変化があったといえる。友人や、慈善行為をする者として、彼は高い者と低い者を区別することがなくなったからだ（しかしその善行によって自分の高い地位は維持しながら）。パウロを愛する者を、彼はだれでも愛した。自分より以前からイエスを信じていた者たちを、饒舌《じょうぜつ》な愛情をもって愛した。そしてパウロがみずから洗礼をほどこした者たち（とてもすくなかった）のことを、この町の役人は贅《ぜい》をつくしてもてなした。

　秋になるころには、つねに多くの人びとが彼の招待をうけてやってきたので、ひろびろしたエラストの家ではランプやたいまつが夜おそくまでともされていた。涼しい空気のなかでもこの主人は重い体でうごきまわり、しあわせに満足して汗をかいていた。

　しあわせなエラストよ。そしてあわれなエラスト——人が想像するより、彼は傷つきやすかった。

「テモテよ」ある晩、わたしたちが二人きりのとき彼は言った。「テモテ、教えてほしいことがある」彼はうったえるようにまばたきしながら、わたしの手をとった。「わたしはあなたの友人を怒らせたのだろうか」

パウロのもう一人の伴侶はひどく無口だったので、エラストはシルワノのことを自分の友人とは言えないでいた。シルワノは話をしなかった。そして抱擁《ほうよう》や口づけにも反応しなかった。エラストは、自分が命令をだす者たちの沈黙は気にかけないが、家の招待客の沈黙には当惑した。彼をとほうにくれさせた。

あるときは、寡黙《かもく》なシルワノを追って陽気にしゃべりつづけた。ほかの日は、彼と張りあおうとし、無言の二人が同じ家のなかをうごいていた。しかしそれからブドウ畑が熟してくるころ、シルワノは消えた。何も言わずにコリントからも、エラストの家からも去っていったのだ。何の説明もなしに。感謝の言葉も別れの言葉もなしに。

エラストは言った。「彼はあなたには話したのか。理由を話したのか」まだわたしの手をにぎっていた巨体の主人は、わたしをひっぱり、ひざをつきあわせてベンチにすわった。「彼の好みからすると、わたしはしたしくしすぎたのだろうか」エラストはたずねた。しかし彼の目は焦点をうしなっていて、自分の問いに自分で答えた。「いや、人にはしたしくしすぎるということはないのだ。したしくしないよりは、しすぎる過ちをおかすほうがまだましだ」

そしてわたしをつかみ、ふたたび射るような視線をなげかけてきた。「それにしてもシルワノはいったいどうしたというのか。あなたは知っているのか。パウロはどうか。きっと彼は知っているのだろう。わたしにもわかったぞ。教えてやろうか、若い兄弟よ、あの人は世のなかに恨みをいだいているのだ。きっと親切な交わりに腹をたてているのだ。そのなかで生きるすべを学ばなかったのだ――わたしたちのように自立することができず、それに成功しているわれわれを責めているのだ。ともかくこうなったことはよかった。彼は自分の道を行き、わたしたちは自分たちのよさに目をむければいいのだ。

テモテよ」彼はふたたびわたしの背中をたたいて話をしめくくった。「あなたは、さすがにかしこいギリシア人だ」

礼拝と主の晩餐の祝いに、自分の家に信者たちをまねけば頬を真っ赤に染める、血色のよいこの町の役人のよろこびを、どう表現すればいいだろうか。

しかしわたしたちはティティオの家で礼拝することはやめなかった。アキラとプリスカはまだ信者たちをそこでみちびいていた。そしてとなりにある会堂の長クリスポがそこへやってきて、イエスへのあらたな信仰に入ったことをつげると、神をおそれる異邦人のほとんどが彼にしたがってやってきた。そのため会堂にあつまる人は減少し、ティティオの食堂は人であふれかえり、コリントの市場監督エラストの食堂は、そこからあふれた人たちをまねくことができた。

彼は心からのもてなしをした。しもべではなく、豪華な衣をつけた彼自身が、奴隷たちを中央テラスから奥の広間へ案内した。教育のあるなしにかかわらず奴隷たちを、そして労働者、物乞い、船乗り、パン屋、金貸し、名もない人びと、世のなかでかすんでいる人びと、恥ずべき人びと——すべての者を。

そして「主があなたとともにおられるように」と彼らすべてに言った。

高貴な生まれの者の話し方で、ふっくらした唇が甘く、はなばなしい言葉をならべ、「主があなたとともにおられるように」と言い、つねにその眉によろこびのしるしをいっぱいにあらわしながら、すべての者に口づけするのだった。

これが、縛られて無力にされたパウロの体を、馬のうしろにつけて町からひきずりだそうとした者なのだ。

わたしは、信者を自分の家の部屋へひっぱっていく彼のよろこびをながめ、その変貌《へんぼう》ぶりにほほえんでいた。

わたしたちの数はさらにふえていった。栄光にみちたわたしたちの主は、布教がさらに拡大していくことをゆるされたので、冬になるとわたしはエラストの家で礼拝する者たちの指導者となった。わたしたちは二つの家にも入りきれないまでになっていた。

パウロは、アクロコリンス山のふもとに家をもつ男をみつけた。彼はその男を、その家のためにみつけたようなものだった。その邸宅はエラストの家の二倍もの広さがある。さらにパウロによれば、その邸宅は偶像礼拝をするための門のところに立っているという。パウロは九カ月のあいだそこを定期的にとおっていた。それは彼が、冬の太陽をのみこむあの近づきがたい巨大な岩山に、定期的に一人でのぼっていたためだった。

ある午後、彼はとつぜんわきにそれていった。そして邸宅の外の扉をたたき、所有者の名前をたずねた。

「ガイオです」と女召使は言った。

「ガイオに会うことはできますか」パウロはたずねた。

主人は浴場に行っていると、女召使は答えた。

そこでわたしの師でもある友人は、まっすぐにレカイオン街道の東にある浴場へ行った。そして、なんといってもユダヤ人なので、服をつけたままぬるま湯の風呂がある部屋をぬけ、蒸気と熱い湯の部屋までくると、寝そべって、しもべにまがった刃で体の汗をすくわせているガイオをみつけた。

パウロは彼のかたわらにすわって言った。「あなたはガイオですか。アクロコリンス山の北のふもとと町のあいだにある家は、あなたが所有しているのでしょうか」

そして一月になると、信者たちはその家にもあつまるようになった。つまりコリントに三つの教会ができたことになる。

プリスカとアキラは役割を分担していたが、ティティオの家のあつまりで、彼女のほうがきわだった指導者になっていた。彼女がおこなう人びとのための祈りと預言には力があり、いやしい生活をしている者を向上させ、失望している者をはげまし、不幸な者をなぐさめた。

わたしはエラストの家につどう信者たちの表向きの指導者ではあったが、もてなしを仕切るエラストの華やかな個性が、そこを支配していた。彼は異言を語る習慣に魅せられていた。だれかがそれをおこなおうとすると、エラストは太い両腕をあげ、それに賛同するように手をたたいた。彼は、聖霊が自分にも同じような能力をあたえてくれるようにとたえまなく祈っていた——実際に聖霊はそのことを、パウロとわたしがコリントを去るまでみあわせていたのだ。

しかしそのことを話すのはまたの機会にしよう。ティティオの家の、しずかで、意味のよくわかるやりとりとはちがい、わたしたちはもっとも騒々しい礼拝者たちの一団になった。

そのようにさわがしく、よろこびをもって人を歓待したエラストだったが、彼の家の聖餐《せいさん》にパウロは来なかった。パウロがガイオという男の家での礼拝を指導するようになってからというもの——その人の身分は偶然にうけついだもので、自分の才覚や働きでえたものではなかった——エラストは夜になるとわたしをつかまえ、ベンチにすわってわたしを詰問《きつもん》するのだった。

「パウロは？　使徒はどうしているのか。ガイオの家が気に入っているのか。最近は何人くらいがあそこにあつまっているのか。ここよりは少ないだろう。あたらしいことをはじめるには時間がかかるからな」

あるさわやかな三月の宵《よい》、ほかの家での夕食からもどったエラストは、感情のたかぶりのためにあわれな頬をふるわせていた。そしてわたしの手をとってベンチへつれていき、自分もそこにすわると、しばらくのあいだ話しだせないでいた。

「テモテよ」と彼は言った。話すと目に涙がうかんだ。ぷっくりした両手で顔をおおった。肩が上下していた。そして手のなかの空洞にむかって言った。「使徒パウロ。今夜きいた話だが、使徒パウロは——ガイオに洗礼をさずけたそうだ。そして、その家族全員にも。テモテ、テモテよ、どうして彼はわたしには洗礼をさずけてくれなかったのか」

　そのあとのことはすべてパウロの考えだった。わたしはただ彼に、エラストはしおれていると言っただけだった。

　それから四週間後の四月、イストミア祭典（古代ギリシアの四大競技祭の一つ）の一カ月まえの早朝、エラストとわたしが、彼の「子分」に会うためにテラスに入っていくと、そこに一人の男が立っているのでおどろかされた。なんと、わたしのやせた友人ではないか。月のように大きな頭をして肉のうすいパウロが——ピンク色をした唇でいたずらっぽくほほえみ、小さな目は笑い、花にむかうミツバチのように全身をエラストにむけていた。そばの床には、たたんだ大きな粗布《あらぬの》が置かれていた。

「エラストよ」パウロは高らかに言った。「これをあなたに贈ろう」

　わたしのとなりにいる大男は口もきけないほどおどろいていた。頰は感情のたかぶりのためにすでにふるえていたが、それがどのような感情かは彼にもまだわからなかった。

　パウロは言った。「あなたのようなえらい人は、祭典を見物するときにもりっぱな席が必要だ」

「わたしに？」エラストはささやいた。

　パウロは、宣言したり教えたりするときのような声で言った。「そしてあなたのように高貴な人は、競技場の太陽のもとに、あまり長いことすわっているべきではない」

「わたしに？」

「だから、愛する友よ、これをあなたに贈ろう。あなたが競技をみるときに影をつくるように、もっとも上等な日よけを縫ってきたのだ、善良で高貴なエラストよ」

　パウロはかがんで粗布をひろげはじめた。

　エラストの顔はパウロの動作を子細《しさい》に追い、息をつめて注目していたので、まえにつんのめりそうだった。

　パウロは言った。「これは最上の帆布で、アキラがそこに軽い木の枠をつくってくれた。ほら。あなたにわかるだろうか」彼は体を起こし、わきへどいた。「二人の人間を十分におおえる大きさだ」

　質素な身なりの贈り主は、豪華な身なりの受けとり手に近づいた。パウロは自分のまえで上下している肩に手を置いた。

「エラストよ、もしその二人めの場所にわたしをまねいてくれたら、とてもうれしいのだが。どうだろう。あなたのとなりで競技をみることができるだろうか」

　その朝、市場の監督のテラスからはなんと大きな泣き声がきこえたことか。泣きながら口にされた感謝とよろこびの、なんとすばらしかったことか。

　パウロは愛していた。パウロはわたしを愛するように、エラストを深く愛していた。「わが子よ」と彼は言い、あざやかに塗りたてられた壁が落ちてくるような、大きな体のエラストの抱擁をうけとめた。「愛するわが子よ」

43

わたしのなかの何かが、出走ゲートに立つことに思いこがれていた。自分の足の下に石の踏切板を感じたかった。それから身をかがめて右肩を落とす。下の溝に置かれた糸に耳をすます。競走者にはそれがきこえるのだ。発走係が所定の位置から糸をひっぱった瞬間、それがぴんと張りつめて鳴るのがきこえる。だから競走者には、柱が落ちて、目のまえにコースがひらけるまえから、それが落ちてくることがわかる。出走ゲートの角材につけられた糸は、彼のかかとや腰や心臓へ直結しているのだ。

あの歓声、一点にそそがれた注目を、また経験したい。用意の姿勢に体をまげるとき、自分の左右にならんだ男たちをのぞいて、人びとも、まわりをとりまく高い観客席もなくなり、世界のどこにも人はいなくなる。そして存在するただ一つの地は、わたしを待っている、まえにひろがる白い粘土の走路だけだ。

その春に何度か——大工たちが帰ってしまい、空の下で競技場ががらんとしている夕暮れ——わたしは一人でイストミアをぶらつき、思い出にひたった。古代のポセイドン神殿と競技場は、どちらも再建されたばかりだったので、そのころそのあたりに集中している建物はみな、あたらしい石ぼこりのにおいをさせていた。

しかしそのような異教の石の建造物は、わたしにとってどんな意味があったのだろうか。なにがしかの意味はあった。あるていどのものは。

正直に言うと、それらはわたしの父の精神をよみがえらせたのだ。夕暮れの静寂のなかで、走路の舗装されたスタート地点に歩いていくと、そこにはすでに、それぞれの競走者用に一本ずつの木の柱が用意されていた。発走者の位置から扇形にひろがる長い溝に、わたしはかがんでふれた。左側に八つの溝、右側にも八つの溝。十六人の競走者のための十六本の柱と十六本の糸がすべて連続しているのだ。父さんはその数におどろくだろう。

わたしはサンダルのひもを解き、不器用に服をぬぐと、あたらしく刻み目をつけた柱に近づいた。わたしはその刻み目に指をあて、どこに横木がつけられるかをしらべた。十六本の糸がひっぱられると、横木はすべて落ち、門がひらいて十六の心臓が爆発するのだ。

わたしは走路に目をむけた。はだしの足を石の踏切板に置いて、軽く身がまえた。右肩を落とした。そしてなじみのある姿勢へと身をかがめた——するとすぐにひざがふるえはじめた。父さんは死ぬときまで、わたしにこれを訓練させた——まさにこのことを。

競技にあこがれていたのは、競走そのもののためか、父のためかは、わたしにはわからない。しかしわたしはそれを愛しただろう。それを宗教のように愛しただろう。夕暮れにおこなわれる競技の子どもの神、メリケルテースをうやまっただろう。それは父さんが話してくれたように、イルカの背中にのってこの海岸へやってきた神だった。

しかしわたしは彼のため、父のために速く、懸命に、修道士のように走っただろう。父がわたしのなかで走るからだ。ああ、父さん。治るみこみのなかった父さん、どんな動作も咳《せき》に中断され、病のためにやせほそっていた——だからわたしの手足や速さは、彼にとって命のようにたいせつなものだった。

イストミア祭典？　あるいはオリンピア競技祭や、ピュティア祭や、アルゴスのネメア祭だったかもしれない。それはどうでもいい。わたしが走るのをみるためなら、どんな神聖な競技場へでも、父はその乾いて上気した病身をひきずっていっただろう——わたしの勝利をよろこびながら死ぬために。しかし彼はリストラの家で死んだ。わたしが成人になるわずか数日まえ。成人として競技に参加して、彼を救えるようになるまえに。それから母はわたしをユダヤ人にした。そして使徒がわたしを信者にしたのだ。だから今のわたしには、すべての競技者にもとめられる誓いをたてることはできない。地下室へ行き、悪魔や偶像に誓いをたてることはできない。だからわたしは走れない。

四月のイストミア競技場の、深まりゆく夕暮れ、おだやかな風にのってくるオリーブの花のかおりはわたしを憂《うれ》いにしずませ、スタート地点の柱のわきにかがめば、ひざがふるえはじめるのを感じる。競技者の出走のかまえ、その姿勢をとっただけで、わたしはあこがれと悲しみのためにあえぐ。そして父さんがわたしの名をよぶのがきこえたような気がした。ずっと東のほうで、あの咳きこむ音がきこえたような気がした。しかしわたしの右には湾があり、そのまた東にはエーゲ海があって——音が越えてくるにはあまりに広大な海原がひろがっていた。

◆ L・アンナエウス・セネカ

L. Annaeus Seneca

44

ローマのセネカから
コリントの兄、ガリオンへ
クラウディウス帝の治世十一年め

ごあいさつ申しあげます。

お元気でしょうか。もう落ちつかれましたか。イストミア祭典には、正式に姿をみせられたのでしょうか。優雅さと、アンナエ氏族の魅力をそなえたあなたは、歓迎会、晩餐会、劇場のもよおし――そしてあたらしい総督が就任するときにかならずうけるぬけめのないお世辞といった、一連の行事を終えられたのでしょうか。いったいあなたはどんな顔色をしているのでしょう。花咲くガリオンから、もう顔の赤みはとれたのでしょうか。ローマはお世辞を言うのに夢中になっていますが、コリントはそれをまねするはずです。このローマでは、称賛をひかえめにする者は正直ではなく、安っぽいとされるのです。それがどんなにひどいお世辞でも、またどれほどたくみに謙遜《けんそん》をしても、わたしたちは蜜をもとめるものなのです。ほんとうのことではありませんか。

父上の親友、クリスプス・パッシエヌスのことはおぼえていますか。彼は生まれついての欠点を名づけ、言葉であらわすことがじょうずでした。そのクリスプスがいつも言っていたことですが、わたしたちはお世辞の扉を大きな音をたててしめてしまうことはなく、愛人をこばむ男のように、それをすこしだけしめるというのです。そして彼女がむこうからそれをすこしでも押してくれれば、わたしたちはよろこぶ――そしてもし彼女がそれを破ってしまえば、わたしたちは大よろこびすると。

ああガリオン、わたしはからかっているのです。あなたほどお世辞に無関心な人を、わたしは知りませんから。無関心だからこそ、防御されているわけです。なぜならもっとも称賛にさらされている部分は、攻撃にもさらされているからです。しかしあなたは短剣のような舌に刺されることはありません。そのひとことめからあなたは気づき、ふたことめが言われるまえからあなたはその言葉を断ち切ってしまうからです。

わたしもあなたのような二つの特質をもっていたらいいと思います。お世辞にあたいするだけの魅力と、それをきっぱりこばむ良識です。

兄上、それはわたしの願いなのです。今は青年皇帝（プリンケプス・ユウエントゥーティス）の称号でよばれ、成人になったことで、ネロがそのような優雅さと謙虚さをそなえてくれればいいのですが。

ご承知でしょうが、彼は成人しました。とつぜん大人になったのです。専断によって、人びとの拍手喝采《かっさい》によって、そして何らかの権力によって時と季節を無効にして、この少年がほかの嫡出子《ちゃくしゅつし》より二年早く成人すること――大人になることを強行することができたのです。

彼はこの世に十四年しかいないのですが、三月十七日の夜、この若者は、この宮殿では幸運のしるしとされる、サフラン色の縞《しま》がある白い短衣《チュニカ》をつけ、そのまま床につきました。朝は日の出まえに起こされ、宮殿内の祭壇へみちびかれ、そこでいくつかの神聖な儀式をおこない、少年時代の美しく繊細な衣をラル神に奉献しました。

ネロはそれにふさわしく、厳粛におこないました。ほんとうに厳粛だったことはみとめますが、みえすいていました。なぜなら彼は芝居がかったことや、劇的なものが好きなために、儀式を好むのですから。そしておごそかに首から金の鎖と、若く傷つきやすい時代の彼をまもってくれた金のブッラをはずしました。

つぎに皇帝のあらゆる従者たちが彼につきそって、カピトル神殿まで行列していきました。年若いネロは古代の神ユピテルの神殿で、まるですでに名家のあるじ《パテル》であるかのように、ささげものと犠牲《いけにえ》をそなえました。それから祭司が白布をもってきました。ネロは頭をたれました。大祭司は彼のまえからうしろへと、まわりに白布をまわし、とぶ雲よりも白い長衣《トーガ》で彼の体をつつみました。ネロ・クラウディウス・ドルスス・ゲルマニクスが頭をあげ、栄光《グローリア》のようにまばゆい衣、トーガ・ウィリーリスをつかむために右手を胸にあてたとき、少年は大人になったのです。

そして栄光は神殿をはなれました。

栄光が公共広場へおりていくと、群衆の歓声がとどろきました。それからローマのすべてが祝い一色に染まりました。ネロの成人式の日は、またバッカス祭《バッカーナーリア》の日にもあたりました。頭につたをからませた女祭司が、通りのあちこちで小さな菓子を焼いて、ハチミツにひたし、仮面をつけてうかれさわぐ者たちに売っています。小麦の袋がただでくばられました。兵士たちは銀で特別手当をうけとりました。大競技場は十万人の人びとのためにその門をあけ――かがやくばかりの勝利者の服をつけたネロは、ひときわ高い皇帝の席につきました。

しかしガリオン、その日、このおとな子どもの耳には、二つの声がきこえていたのです。彼はそのどちらを気にかけると思われますか。

一つはわたしの声です。その日の朝、わたしたちの行進が重々しくゆっくりと宮殿からカピトル神殿へむかっているとき、彼のそばで、半歩うしろを歩いていたわたしは、まえもって用意しておいた個人的な説教をきかせる時間がありました。

「わたしたちの魂は神の姿を映しているのです。あるいは映すべきです」とわたしは言いました。「ネロよ、世界を支配している自然の摂理とは、目に見えるようにされた神の意志で、人はそれを研究することができます。しかしわたしたちのなかに生きている、よりしたしく、奥深い摂理とは、神の心そのものなのです。その心を利用するのです。自分のものにするのです。しあわせも、ほんとうに良心の平安からもたらされるのでなければ長続きしません。神の心によって、自分の熱情を抑えるのです。自分のなかにある理性という神性によって、自分の熱情を抑えるのです。それはわたしたちのためです、ネロよ。熱情を抑えるのです」

少年は辛抱づよく、わたしの半歩まえを歩きつづけていました。彼の母がそのすぐ右を歩いていたので、わたしは彼の左についていました。先頭を行くクラウディウス帝は、六人のしもべの肩にかつがれて長椅子ではこばれていきました。

わたしは彼の母にもきこえるところから少年に言いました。「いつかこの行進は、あなたをすべての権力の王座へとはこぶでしょう。あなたの手に帝国の命、世界の運命がわたされるのです。あなたの背中には、偉大な者であることのおそろしい重圧がかかってくる――なぜなら人のいとなみにおいて、あなたには神の役割があたえられるからです。その日のため、世界のため、そして地上世界《オルビス・テッラールム》のために、あなたの魂は神の似姿となり、あなたのすべてのおこないは神性をそなえなければならないのです」

それが、彼を成人にするためのわたしの声でした。

もう一つは、成人となった彼をうけいれる声でした。大きく、残忍で、おびただしい数の、強い説得力をもった二つめの声は大競技場にとどろき、彼が行くあらゆる通りにひびきわたりました。

「ネロ・インペラートル」と、まだ皇帝になってもいないのに、その声は宣言しました。

「ネロ・カエサル」

歓喜に酔い、甘言でふくれあがったその声はわめきました。「ネロ・ディーウィーヌス」と。このとおり、すでに神性をもつ者とよばれているのです。

わたしはただねがうばかりです、ガリオンよ。そのような叫び、自己の利益をはかるうそに、ネロもあなたのように影響されないことをねがうのです。なぜなら、皇帝が称賛にあまりに心をひらくとき、彼のもっとも攻撃をうけやすい部分は、わたしたち自身、つまり彼の知恵や善意にたよる者たちということになるからです。

「皇帝?」「ネロ・インペラートル?」

わたしの判断では、その日は遠くはないでしょう。おろかなクラウディウス帝はあまりにも年を取っている。いつもふるえているのですから。今では笑劇の役者のようにふらふらしているありさまです。もうろくして、その頭脳はまるでふかふかのクッションのようなたよりなさ。しかしガリオン、あのぶざまな体は豚のように丸々していても、いまだに食欲でふるえているのです。彼は今まで以上に飲み食いし、みだらなおこないをしています。そのことがじきに、彼を死に追いやるでしょう。

彼は毎日のように四人の女をともなって、宴会の間へおもむきます。金髪のシリア人、紫色の唇をした大きなヌビア人、残酷な愛撫《あいぶ》を彼にあじわわせるほっそりしたユダヤ娘、そして赤銅色のエジプト人。彼が食べるときには、天井からバラと香水がふりかかります。裸のしもべたちが給仕をし――つかえているあいだにおどります。だらしのない皇帝が鼻から先に皿に顔をうずめはじめると、さらにあと二人の踊り子がやってきて、嬌声とフルートと竪琴の音に合わせて、彼のまえでプシュケとクピドの結合を完成するのです。

そのような饗宴をみているアグリッピナを、わたしはみていました。彼女はそこにやってきても、食べはしません。今では夫にふれようともしません。だいいち彼は彼女がいることに気がつかないのです。

彼女がまばたきもせずにヘビのような光る目でみているのを、わたしはみていました。

さて、アカイア州の天候は、あなたの健康にどのような影響をあたえているのでしょうか。ガリオンよ、あなたの肺は――ギリシアの湿気を吸っても、びしょぬれにならないでしょうか。

返事をください。わたしの気を晴らしてください。コリントのようすを知らせてください。甥《おい》のルカヌスから、あなたによろしくとのことです。お手紙をお待ちしています。

テトス Titus

45

そう、わたしは旅行中だ。ほとんど走っている。「ほとんど」とはどういう意味か。実際、走っているのに。天気はいい。ナツメヤシの実は収穫期をむかえている。日は高くのぼり、空気は乾いている。わたしの脚は強いし、いそぐ理由はいくらでもある。そのいくつかは頭のなかに、またいくつかは心のなかに。

でも、できるだけ海を旅するように心がけなければならない。徒歩だけで旅をしている時間はない。だから、セレウキア港についたら——今日のところまだ二十五キロしかすすんでいないのだが——仕事をさがすつもりだ。たぶん船荷のつみおろしをするだろう。船乗りなら申しぶんないのだが。船にのっていくことができるから。そして学ぶこともできる。もしどうしても必要なら、金を払って最初の船旅をしよう。袋にはすこしの金なら入っているから。

そのことをのぞけば、わたしはこの旅行をまったく一人だけでしている。バルナバには、いっしょに行こうと話をもちかけてみたのだが。彼は来ようとしなかった。もう旅をする気になれないと言って。この大地のどこにもほんとうの家はみつからないだろうと。それに年を取りすぎているという。疲れすぎていると。イエスが来られるのを待っている。このまえキプロス島へ行ったのが最後だと言っていた。それは二年以上まえのことで、パウロがシラスといっしょに旅立っていったのと同じ時期だった。バルナバは、自分がまたパウロに会いたいのかどうかわからないのだと思う。わたしは会いたいが。彼に会うのは、この旅行の多くの目的のうちの一つだ。

パウロが去っていったとき、もう彼はもどってこないのだとだれが知っていただろう。わたしにはわからなかった。でもペトロは知っていた。そしてバルナバも知っていた。多くの人たちが知っていた。わたしは知らなかった。若くて、そのような気配がわからなかったのだろう。パウロが腹をたてて去っていったということも。そして（そのときからみんながわたしに言うのだが）、彼はけんかに負けたのだと。何のけんかなのか？　けんかがあったのだろうか。彼はわたしをいたわり、祝宴に欠席してわたしを傷つけた人びとをしかりつけていただけだと思っていた。しかしそれは「けんか」だったのだ。そういうことなのか。するとわたしはどっちの側にいたのだろうか。

あのあとでユダ・バルサバが、パウロは神の国を破壊していると説教し、人びとはその意見に同意していたので、わたしはみんなとはちがう者のように感じはじめた。それから聖霊はわたしから異言を語る賜物《たまもの》をとりあげたので、礼拝のときわたしは役立たずになった。そしてわたしはパウロのことが恋しくなった。エルサレムですごした晩、わたしとおどり、わたしはよくやっているとほめてくれたあのパウロのことが。それでいいと。そのままのわたしでいいのだと言ってくれた彼が。

それが、この大旅行に出ることの、心に根ざした理由だ。さびしさもかなり大きな理由だ。そして愛も。

しかし旅することを決定的にしたのはほかの理由だった。それがわたしの心をきめさせた。わたしはそれについて考えることもなかった。きのう、その理由ができて、今日は走り、明日は船にのっているだろう。

去年の秋、シラスがアンティオキアにあらわれた。あのシルワノが。彼は、パウロが自分をシルワノとよぶのだと言っていた――シルワノ自身はその名前をいやがっていたが。やってきた彼は、自分たちは遠いコリントにいたのだと言った。そして、旧交をあたためるため、彼の言葉によればペトロと「運命をともにする」ためにもどる決心をしたのだと言った。シメオンの家での礼拝で彼は、コリントへむかうとちゅうパウロと設立した教会について話をした。まずガラテヤに、そしてマケドニア、アカイアに教会を設立したという。そのような話をきいて、わたしは夢中になった。わが友パウロは遠いところで今もいそがしくはたらき、憤慨し、息を切らし、イエスのことをのべつたえているのだ。ああ、わたしはこの一年でそのときがいちばんうれしかった。

しかし同じ知らせも、ユダ・バルサバはまったくちがうようにうけとめた。その夜の彼はけわしい表情になって青ざめ、わたしはそのことを、彼がつぎにとった行動によっておぼえている。彼は消えたのだ。つぎの日――冬になる一カ月まえに――ユダ・バルサバは去っていった。そしてわたしはいったいどうなるのか。だれも彼がどこへ行ったか教えてくれなかった。それにわたしも、だれにもたずねようとしなかった。むかしとはちがっているから。

しかし昨晩のこと、あのなつかしいバルナバが父の家の扉をたたいてくれたのだ。父ではなく、わたしに会うために。内輪の話がしたいと彼は言った。二人きりで。だから わたしは彼を食堂へとおし、いっしょにすわった。彼は目のまえのテーブルにやわらかい革袋を置き、それから袋の上で両手を組み、頭をたれたので、その大きなひげは彼の胸に押しつけられた。あのバルナバが、今では顔色もさえなくなっている。顔には鳥がつかんだようなしわがきざまれ、鼻はより大きく赤くなり、彼が最後に笑ったときのことも思い出すことができなかった。

「テトス」と彼は言った。大きな肩をあげ、それから鼻から音をたててため息をついた。「知らせがある」彼はこちらをむき、こまかいしわのはしった目でわたしをみた。

「ユダ・バルサバがガラテヤのペシヌスから手紙を書いてきたが、彼はそこで半年のあいだ説教をしていたそうだ。彼は勝ちほこっている」

バルナバはまた目をそらし、自分の組んだ手を、それが死んだ魚であるかのようにみつめた。青白いもの。役に立たないもののように。「わたしは心配なのだ。ペシヌス、パリア、オルキストス――そのような名前をおぼえているだろうか。シラスが最初に話した場所。パウロが教会を設立した町なのだ。それが今、ユダ・バルサバは彼らにトーラーを教えることに成功したと書いてよこしたのだ。彼らは――『よろこびと満足をもって』――割礼をうける準備をしていると彼は書いている。すでに割礼をうけた者は十四人にのぼり、この冬のあいだにはさらに二十人がうけることをバルサバは確信し――ほかの信者たちは真理のゆえに神をたたえているそうだ」

そしてわたし、テトスはそこにすわり、なぜバルナバはそのようなことをわたしに話すのかと半分は疑問に思い、半分は理解しながら悲しげな大男をみつめていた。おそれとよろこびを同時に感じて、すでに胃が痛くなっていた。

バルナバは組んでいた手をはなし、革袋をひらいてなかのものをとりだしはじめた。

まず両面に書きこまれた一枚のパピルス紙がさしだされた。「筆跡はわたしのものだが、これはバルサバが送ってきた手紙をそのまま写したものだ」

そしていくらかの金。「根気よく交渉することができれば、この金で、つましいながらもアタリアまで旅をすることができる。そしてはたらくことをいとわず、見栄をはらなければ、コリントまでも行けるだろう。五週間で。あるいは六週間で」

最後に出てきたのは美しい鎖。そして鎖にとりつけた銀製のペンダント。

「これは贈り物だったものだ」バルナバは指のあいだから鎖をつるし、ペンダントをテーブルにふれさせながら言った。「まえに友人に贈ったが、返されてしまったものだ。どうだろう」こちらをむかずに、銀の円盤をみつめながら彼は言った。「また贈り物にできるだろうか。そして友人は、こんどはこれをうけとってくれるだろうか。わたしは彼を愛しているからだ。そして彼がいなくなるのをひどくさびしく思うからだ」

それが昨日のことだった。

そして今日、わたしはできるかぎり速く走っている。気持ちのいい日差し、たのもしい健脚、行くべき理由はいくらでもある。幅のひろい道路をかけ、岩のあいだをぬけ、ずんずんくだっていく――今日の旅程のらくな部分だ。セレウキアは上方の台地の上にある。じきに角をまがれば湾がひらけ、ローマ艦隊の軍艦と波止場がみえるだろう。わたしは仕事をさがすつもりだ。バルナバがくれた金をつかうのはまだ早すぎるから。

46

◆プリスカ
Prisca

「こら、おまえ。そこの女。とまれ」

わたしはティティオの家から、まばゆい日中の日差しのなかに出たところでした。目は明るさになれようとしていました。どなった男はみえませんが、その声にはききおぼえがありました。腹をたてているようでした。

「とまれ。ポントスのユダヤ人、アキラの妻——おまえに言いたいことがある」

それはわたしのことでした。わたしはとまりました。ひたいに手をかざして彼をみようとしましたが、涙で視界がぼやけるばかりでした。日のあたる通りは、行き来する人でいっぱいでした。雄牛のひく荷車がゆっくりうごき、車輪は道路の深いわだちできしんでいきました。

「そうだ、おまえ——首をのばして歩いているおまえ。気どった足どりですまして歩くおまえのことだ」

まばたきをして涙をおさめました。すると彼がいました。通りに面した会堂の壁に沿ってやってきます。会堂長のソステネが、片方の目でわたしをみて、けもののように顔をかたむけ、足をひきずりながら歩いてきます。

「娼婦め」と彼はどなりました。

わたしはふりかえってティティオの家の扉をたたきました。でもその時間に、だれがその音をききつけたでしょう。わたしはむきなおり、衣のすそをたくしあげ、通りをよこぎりながら、肩ごしにさけびました。「わたしたちはたがいに何のかかわりもありません」

ソステネは、ティティオの家と会堂をつないでいる壁から、レンガをぬきとりました——それでとつぜん、わたしたちが礼拝をしているときに、だれがわたしたちにレンガを投げつけていたのかがわかりました。

会堂は、ケンクレアイ街道の北側にありますが、その扉と正面は東をむき、ティティオ・ユストの家の西側の壁に面しています。ティティオが会堂に行っていたころは、彼の家の壁は防護壁としてたたえられていました。あいだの空間は「小さなユダヤ」としてととのえられていました。

二つの建物の角と角のあいだにレンガの壁を建て、そのまんなかには美しい門をつくって、この「小さなユダヤ」を通りから仕切っていたのです。そうしたのはティティオで、そのために彼は愛されていました。

でもそれから、パウロは会堂から追放されました。すぐに異邦人のティティオもそこをはなれ、会堂のとなりにある自分の家で説教するよう、使徒をまねくようになりました。

つぎに、すばらしいことに当時の会堂長クリスポが、となりの家へパウロを追っていったのです。しばらくのあいだクリスポは二つの場所で礼拝していました。しかし人びとは彼のことを「二つの意見のあいだでもたついている」と非難しました。そしてパウロをみすてるようにたのみました。しかしクリスポはそうしようとはせず、そのため彼もきっぱりと会堂との関係を断ったのです。

その切り傷からはすばらしい血がながれました。会堂にかよっていた異邦人たちが、ティティオ・ユスト、エラスト、ガイオといった異邦人の家でひらかれる教会にながれこんでいったのです。

するとと会堂にはあたらしい指導者があらわれました――あらわれなければなりませんでした。しかしそれは怒れる男でした。その指導者ソステネは、会堂のこうむった傷をいやしてみせると、仲間たちに誓いました。

しかし彼にはできませんでした。いやすことができませんでした。そしてその失敗が彼にやけをおこさせたのでしょう。

このごろわたしたちがティティオの家で礼拝していると、レンガを投げつける者がいました。わたしはてっきり子どもたちのしわざだと思っていました――こうしてソステネが壁からレンガをぬきとり、わたしのほうへやってくるのをみるまでは。

「娼婦め」と彼は声をはりあげました。「娼婦――いや、それより悪い。不義をおかした女だ」

わたしは足を速めました。通りのまんなかにある下水をとびこえました。日盛りのことで、通りは明るく、混みあっていました。わたしは人込みのあいだをぬっていかなければならないのに、だれもこちらに注目していませんでした。

「あなたとは何のかかわりもありません」わたしは大声で言いました。「あなたもわたしに何のかかわりもない」

するとソステネは声をはりあげました。「おまえは若いときの仲間をみすてる女だ。自分の神の契約をわすれた者。おまえの道は死にいたるのだ」

わたしは西にむかってユリウス・バシリカの建つ、市場のほうへ走りました。むきだした脚をとぶように走らせ、奴隷のようにかけてゆきました。

とつぜんわたしのすぐうしろで彼がどなりました。「おまえのなかの血は——」

わたしは叫び声をあげて、まえへたおれこみました。しかし彼はわたしの上着をつかんでひっぱり、わたしをこづきまわしました。

「おまえのなかの血はユダヤ人のものだ、心はちがっていても」彼はわたしにひざをつかせ、どなりました。顔を火のように赤くし、まがまがしく髪をもつれさせたソステネは、わたしの上にレンガをふりあげました。

「祈りのとき、おまえが男たちのあいだに立つだけでもけしからぬことだ。いいか。おまえがほかにしていることもきいたのだ」

日光のなか、レンガはしだいに大きくなってきます。頭皮がじんじんとうずきました。もうすぐレンガで打たれて、皮膚がさけてしまう。わたしは両腕をあげました。

するとソステネはわたしの両手首を右手でとらえて、ねじりました。わたしは叫び声をあげました。

彼は自分のほうへ、わたしをひきたおしながら、押し殺した声で言いました。「この耳で、おまえが民をおとしめているのをきいた」

彼は嵐のように不吉に、わたしの真上にいました。粗い舗装でわたしのひざは傷ついていました。

ソステネは言いました。「おまえが祈るのをきいた、この女め——男たちのあいだで、声をあげて祈っていた。あいている窓から、おまえが男たちより権威ある者のように、彼らに教えているのをきいた。この女め——」

彼は立ち上がり、レンガは強くあたるようにさらに高くあがりました。わたしが首をちぢめると、ソステネはつかんでいたわたしの手首を左右にねじりながらどなりました。

「顔をみせろ。おまえの恥ずべき顔をみせろ——」

すると彼がうなり声をあげました。

わたしの頭の上でソステネはうなり、つかんでいた手をはなしました。

わたしはたおれました。

それと同時に、大きな体がどしんと地面を打つ音がひびきましたが、それはわたしのたてた音ではありませんでした。

いい香りがわたしをつつみ、それから——清潔な肌のにおいがしました。たくましい腕がわたしの背中とひざの下にまわされ、わたしは赤ん坊のように軽々と抱き上げられました。そして赤ん坊のように泣きだしました。

「頭をおおいます」わたしはすすり泣きました。

わたしを抱いていた男は言いました。「何だって？」

「頭をおおわずに預言はしません」わたしは泣きつづけました。

「もちろんそうだろう。もちろん」と男は言いました。

「ところで、あなたをどこにつれていけばいいのか」

わたしは目をひらきました。ソステネが下水にすわりこんで、脚を熊手の柄のようにつきだし、口を大きくあけてあえぎ、顔をソロモンの玉座のように紫色にしているのがみえました。まだ左手にレンガをにぎったままなのに、そのことをすっかりわすれているのです。でも目はものをみていないわけではありません。通りすぎる人びとをみていました。彼らの表情を。そしてわたしを抱きかかえている男を。

「あなたをどこにつれていけばいいのか」

わたしを救ってくれたのは黒人で、ヌビア人でした。

「歩けますから」とわたしは言いましたが、そう言いながらしゃくりあげていました。「歩いて……家へ帰りますから」

「そうだろうが。奥さまは承知しないだろう」

「奥さま？」

「あそこだ。あなたを待っておられる。ほら」

目をやると、高価な担《にな》いかごのひらいたカーテンから、わたしにむかってほほえんでいる婦人がみえました。そろいの赤い衣服をつけ、みな同じ背丈の七人の屈強な男たちが、美しい箱をのせた長い棒のわきに立っていました。わたしをかかえていた男も、同じ赤い服を着ていました。

「奥さまはあなたの叫び声をきかれたのです」と、彼は担いかごのほうへ歩きながら言いました。「あの地面にころがっている太ったおろか者に礼儀をたたきこんでやるように、わたしを送ったのです。そしてあなたとごいっしょしたいとねがっています」

そのとおり、その人はカーテンを大きくひらいて、ヌビア人がわたしをかごにいれ、彼女のとなりのクッションにおろすことができるようにしました。

「ああ、お気の毒に」と言いながら、彼女はわたしをむかえいれました。目じりに細い笑いじわがあり、口のまわりにも笑いじわがあって、美しい形の頬をしていました。

カーテンがとじられると、かがやく亜麻布をわたしにさしだしました。

わたしはその小さな織物をみつめました。

「これで涙をおふきなさい」

でもわたしには、それをとってよごすことはできません。

すると彼女は自分のほうからかがみこみ、手首をまげてわたしの首をささえ、その布でそっとわたしの目を押さえてくれました。

　まるで子どもです。その日のわたしは、まったくの子どもでした。怒った男にひきたおされ、奴隷に抱きあげられ、会ったこともない人の世話になって。そしてその人はまるで天使のようだと思い、すぐに彼女を愛するようになりました。

「あなたを何とよべばいいのかしら」と、彼女は言いました。その目は灰色でした。声はハトのようです。ハトのようにやさしい声。

「プリスカです」

「ではプリスカ」と言い、彼女はつばで亜麻布をしめらせ、ひざのすり傷をぬぐってくれました。「わたしのことはフェベとよんでください。ケンクレアイに住んでいます。でも家へもどるまえに、あなたを家まで送っていきましょう」

「歩けますから」とわたしは言ったのですが――その人の同情に、わたしの心はやわらいでいました。

「どこに住んでいるのですか」と彼女はききました。

「北の市場」とわたしは答えました。

　彼女はカーテンをわずかにひらきました。日の光がなかに射しこみました。「マルクス」と彼女はよびかけました。「北の市場へ行ってちょうだい。ああ――それから、あの気の毒な人を道のまんなかからひきあげてあげなさい。あのままにして行ってしまうのはよくないから」


　わたしがフェベをすぐに愛したように、彼女もすぐにアキラを愛しました。その午後には彼のことを、まじめでかしこい男としてうけとめていました――彼女の物腰には、まじめさと知恵と優雅さが、三つともそなわっているのがわたしにはわかりました。

（わたしの夫がまじめなのは、慎重な心をもっていることもありますが、体が用心深さを要求することからもきているのです。なにしろ、おそろしいほどの近視ですから。でも、人の印象を悪くしているわたしは、いったい何者でしょうか）

　はじめて会ったその日、フェベは午後いっぱいをわたしたちと店ですごしていきました。わたしが通りでおそわれた話をアキラにしていると、彼女はソステネと会堂のことをきき、どうしてあの男はあなたたちにあれほど敵意をいだいているのかと質問しました。アキラがそれに答えました。フェベが助けてくれたことを、ほんとうに感謝していましたから。彼女の興味、彼女の親切、そして話をきいてくれることにも、感動していたのだと思います――なにしろ、わたしたちのつましい店に高貴な人が来てくれたのです。

アキラは答え、しかもわたしがまえにはきいたこともないような深い気持ちをこめていました。するとその答えが、さらに多くの質問をよびました。いったいどうしてわたしたちが会堂を去ることになったのか。どうしてわたしたちにもっとも近い者たちが、わたしたちのことをもっとも憎むのか。わたしたちはどのようにして、彼女の言葉によれば「人にたいする虐待」をうけても、その「不思議なよろこび」を維持しているのか。

また会堂のとなりの家で、わたしたちはだれを礼拝しているのかとたずねました。

そこでアキラはイエスについて話しはじめました。太陽の動きのようにゆっくりと、彼はわたしたちの主の、義の生涯について説明しました。そのあいだ、灰色の目をしたフェベはじっと彼をみつめ、耳をかたむけ、彼の言葉を水のように飲みこんでいました。イエスが耐えしのばれたおそろしい苦しみ、人びとの罪のために死んだこと――それは彼を信じる者が罪から自由にされ、父なる神のみまえでキリストと同じように正しい者とされるためだったと、彼は話しました。

わたしは大きななべに粥《かゆ》をつくりました。みんなで食べられるように。テモテが入ってきました。わたしたちは何も言いませんでした。この小さな店で起きていることは、わたしたちにはほんとうにおどろくべきことでしたから。わたしたちはしずかに扉のそとにいる奴隷たちに、粥と風味をつけたブドウ酒をあたえました。そしてわたしたちみんなが話をきいていました。

たそがれのなかでアキラは、三日めにイエス・キリストは死者のなかからよみがえったと話しました。だから死はわたしたちにたいする力をうしない、もはや何もわたしたちを悲しませることはできず、なにものもかつてのようにわたしたちを殺すことはできないのだと。

そしてわたしのまじめな夫アキラは厳粛な調子で、まるで不吉なことを想像させるかのように言いました。「それが、わたしたちのよろこびの理由なのです」

よろこびと言いながら、葬式のときのロバのようにうなずいているのです。彼がよろこびと言うのをみて――戸口に立っていたわたしは、もう我慢できませんでした。テモテをみると、彼のかがやく目にも同じよろこびがみえ、わたしは笑いだしました。

貴婦人のフェベは問いかけるように、半分ほほえみながらわたしをみました。

テモテも我慢できませんでした。若者の顔は笑いでゆがみ――ついにこらえきれなくなって、頭をそらせて大笑いしました。

「ああ、アキラ」わたしは声をあげました。彼のよろこびはけっしてうわついたものでも、有頂天なものでもなく、彼にはほほえみが生まれることもめったにないのです。そのように重々しく厳粛なよろこびは、わたしにはばかばかしく思えてしまいます。

「アキラ。あなたはほんとうに……すばらしい」

「ええ、あなたはすばらしい説教者です」とフェベは言いました。

すると彼は耳たぶを真っ赤にし、そのことのために近眼の顔を下にむけて、ほんとうににやりとしました。

その言葉をきいて、わたしはケンクレアイから来た彼女のことがもっともっと好きになりました。わたしとテモテをおどろかせていたものを、彼女は正確に言いあらわしてくれたのですから。つまり、わたしの寡黙な夫、無口なアキラが話をしたことです。ほんとうに、ほんとうに――ほんとうに彼は説教をし、神の霊はわたしたちの上にありました。

フェベは言いました。「明日も来ます。明日、そのよろこびについてもっと教えてください」

彼女はアキラに口づけしました。ああ、わたしの心臓は高鳴ります――彼女はわたしにも口づけし、貴重な亜麻布をわたしの首に巻いてくれました。そして出ていきました。奴隷たちはたいまつをともし、空いているほうの手でそれを高くかかげました。彼らは肩にかけたつりひもに担いかごの棒を入れ、さいわいなる人を担ってしずかに去っていきました。

それからわたしたちは三人で賛美歌をうたいました。ランプが消え、町が暗くなり、アクロコリンス山の火が灰の上にくずれていくまで。

47

　テモテはその夜のあいだ、わたしたちのところにいました。店で眠り、パウロがもどって扉をたたいたら、かんぬきをはずすつもりでした。しかしパウロはもどりませんでした。それで翌日テモテは出ていくとき、パウロをみつけたら、ケンクレアイから来た美しい婦人フェベについていくわしい話をきかせるために、彼を店へ行かせると約束してくれました。

　午前のなかごろ、大きな体に豪華な衣をつけたエラストが北の市場をねり歩いてやってきました。彼は太陽の動きと反対に市場をまわり、それからわたしたちの店へより、アキラのつくった折りたたみ式の作業台をこつこつとたたきました。彼は、愛する友、パウロの声をききにきたのだと言います。

　わたしたちはパウロはいないとつたえました。するとエラストは、使徒に会えないのは残念だがと言って作業台を重い指輪でたたき、しかし昨夜テモテが――いつものようにエラストの家にある自室で寝たのではないが――よく眠れたときいたので、よかったと言いました。しかしテモテも今夜は、市場の店にあるそまつな場所から、自分の部屋のやわらかい敷物に寝床を変えるだろうと。

　ああ、それからパウロがまた説教する用意ができたら、このエラストに知らせてもらえないかと。

　わたしたちはそのようにすると言いました。

　エラストはそれに感謝すると、いせいよく先にすすんでいきました。

　店の扉のそとでは数人の人たちがぶらぶらしていました。わたしはパウロは今日一日もどらないかもしれないと言いました。でも彼らは待っていると言います。

　ほんとうに彼はあらわれませんでした。

　秋になり、夜は長く、日はみじかくなっていました。パウロの教えをもとめていつもあつまる者たちの多くは、果樹園やブドウ畑での仕事や、ナツメヤシの実や甘い果実の収穫、ブドウ踏みなどで日中をすごしていました。そのなかには奴隷やしもべ、商人、鍛冶屋《かじや》、職人、商店主――海がまだおだやかな最後の数週間に、船積みに出資する金貸しまでがいて――そのだれもが、ふだんよりいそがしくしていました。夏や冬には、魂にかんする話をしたり教えをうけたりする時間がありました。しかし秋は労働にいそしむのです。

　そして去年のこのころ、パウロは、わたしたちも彼のように教えられるようにと、何人かの者を個人的に指導しようとして、説教の数をへらしていました。だから今年も同じようにするのだと思っていました。

昨年の秋は、わたしたち六人をえらびました。わたし、アキラ、おだやかなステファナ、ティティオ・ユスト、もちろんテモテ、そして消えてしまうまでのシルワノ。自分はコリントに永遠にいるわけではないのだからと、パウロははっきりと言いました。だから教師をのこしておきたかったのです。まわりの町や村に、教師や説教者を送りたいと思っていたのです。そして今年の同じ訓練には、すばらしい候補者がいました。ガイオ、クリスポ、そしてテモテのように達者に書くことができるテルティオという解放された自由民、アカイコとよばれている奴隷、そしてフェべです。フェべというすばらしい人のために、わたしはすでに大きなことを考えていました。

だからその日パウロがいなくても、心配する理由もありませんでした。秋をむかえた農夫が春に種まきしたものを収穫するように、説教者パウロは福音をのべつたえることにかかわっているのだと思っていましたから。

しかしその日、夕暮れになっても彼は帰らず、彼によく食事を出す家にも姿をみせず、寝るために店にももどりませんでした。

夕暮れになるとテモテがやってきましたが、何も知らせはありません。エラストは言葉どおり、パウロのことをたずねながら町じゅうをまわりました。自分では何もみつけられないことがわかると、自分の子分をどっと町のそとに送り、貨物や異国の人びとでいっぱいの「引っぱり道」や、イストミア方面へ、また反対方向のレカイオンへ行かせました——しかし彼らも使徒をみつけることはできませんでした。エラストは不安になりました。そのため、テモテが二日めもわたしたちとすごして、パウロがあらわれたらすぐに彼のところへかけつけて、心の不安をとりのぞいてくれるようにと提案しました。

わたしは暗闇でよこになっても、眠れませんでした。アキラは眠っていました。テモテも下の階で敷物に寝て、すぐにぐっすり眠っていました。いつものようにぐっすり眠っていました。彼は安らかな寝息を店じゅうにきかせるようになりました。彼はパウロの強い自立心を思い出し、自分をなぐさめていました。

わたしがランプを手にして階段のところに立ったとき、彼は言いました。「ほんとうにプリスカ、一人でいて、だれの世話にもならないのが彼の性分なのですから」

わたしは言いました。「でもだれが朝、彼の体をもみほぐすのかしら」

とつぜんテモテはさぐるようにわたしをみつめました。

それから美しいギリシア人のほほえみをみせました。その頬は丸くもりあがり、わたしたちが仲間であることをしめしました。わたしたちが同じ仕事を分けあっていることを。「お休みなさい」とテモテは言いました。「パウロは自分の友人を知っているように、自分の限界を知っていますから」

わたしは階段をのぼり、火を消しました。でも眠れません。「パウロは自分の限界を知っている」ああ、テモテは若く、ほがらかな青年です。彼はたしかに息子や兄弟の心をもっているでしょう。でもパウロの姉妹の心や、母親のおそれはもちあわせていません。パウロが自分の限界を知っていることには同意します。でも彼が、その限界のうちにとどまっていることをえらぶとは思えません。

わたしはそとの風の音をきき、窓に張られた羽根板のすきまをのぞきました。星のかがやく寒い秋の夜でした。腹ばいになってため息をつきました。「そうです、パウロは限界にいどむ人なのです」わたしの心は家のなかにとどまっていませんでした。彼がその瞬間も風雨に身をさらし、みずからをあやうくしているのではないかと思いつづけていました。

彼が一人で一晩じゅうアクロコリンス山にのぼって朝までもどらない夜もありました。たった一晩のことであっても、そのようなことにわたしはおびえました。それが二晩にもなるとは、いったい彼に何が起こったのでしょうか。

彼は、異教の寺院をとおりすぎるときのにおい、体がひきつるように忌まわしいヤギのにおい、しわがれ声や、悪魔的な暗がりへの強烈な憎悪を、わたしに話してきかせたことがあります。でも何が原因で、どうして自分がさげすむものにひかれていくのか、どうして敵の巣窟《そうくつ》へと危険をおかして行くのか、登山、寒さ、頂上に吹きすさぶ風、高い場所をおそれる者にとっての高さなど、どうしてそのような過酷な試練に身を置くのか、わたしは理解しているふりをするつもりはありません。「そうです、パウロは限界にいどむのです」

アクロコリンス山北頂の高みで、声を出して祈り、うなりをあげる風の威力にむかって自分の願いをさけぶのだと、彼は言いました。青ざめた星々の下で目をこらして待ち、待ちながらキリストが来られるのをひたすらねがいもとめ――そのキリストのまなざしのなかで、すべてはしずかに、やさしくなり、ひなをあつめる親鳥のつばさよりもあたたかくなるのだと言います。でも下にひろがる国々にまだ説教していないことを考えると、抑えがたいあこがれや願いをもつ自分が恥ずかしくなるのだと。「イエスよ、来てください。でも今はまだです」

　まだまだやるべきことがあったのです。パウロは目に涙をためてそのようなことを言い、その表情は遠く、不可思議なものだったので、わたしは彼が幻をみているのだと思いました。彼は魂の目で、わたしにはみえないものをみているのだと。

　わたしはこわくなりました。わたしたちのどちらかが、もはや現実の世界にはいないように思えたからです。一人はちがう世界へ行ってしまったのに、もう一人はとりのこされ、そのどちらがパウロで、どちらが彼の小さなプリスカだかわからなかったからです。

　いったいどのようなわけで、彼は二日もつづけて岩山にわが身をさらしているのかと、真夜中になっても眠れぬままに、わたしは思いめぐらしていました。そこで何が彼の心をうばったのでしょうか。そしてまたおりてきたとき、彼はどうなっているのでしょうか。

　それとも、イエスはやってきて、わたしたちを一人ずつとりあげていかれるのでしょうか。ああ、それほど残酷な収穫があるでしょうか。

　夜中に扉がたたかれるのを待っていましたが、たたく者はなく、テモテの眠りがさまたげられることはありませんでした。

テモテ
Timothy

48

「裁判にかけられます、正午に。正午に正式な申し立てがおこなわれます」

　そう言ったのはエラストの世話をするしもべの一人で、今は触れ役となり、わたしたちに重大事態を知らせていた。わたしたちはころがるようにして、アキラの店からつめたい朝のなかにとびだした。

「だれが裁判にかけられるのか」わたしたちは雲のように白い息を吐きながら言った。

「パウロです。正午に。広場で」

「どうして？　何の罪で」

　使いは知らなかった。

「だれがうったえているのか」

　会堂を代表するソステネがうったえていることを、使いは知っていた。

「何のために」

　使いにはわからなかった。

「つまり、彼らはどんな罰をのぞんでいるの」そう言ったのは、目に苦悩の色をたたえたプリスカだった。「また彼をなぐるの？」

　使いは肩をすぼめた。

「今度は彼を殺すの？」

　使いは困惑しているようだった。

「彼は今どこにいるの」

　使いは知らなかった。

　プリスカはなげいた。「いったいだれが知っているの？」

たぶんエラストだ。エラストにきくのだ。わたしたちのまえにいるあわれな男は、エラストからの知らせをつたえたにすぎず、エラストは彼にそれだけしか言わなかったのだ。

「行きます」とわたしは言った。プリスカの目は暗くなり、顔は小さく、骨は折れそうにかぼそくみえた。「エラストをさがします」

　わたしはすぐに立ち上がって走った。息を切らしていたかもしれないが、おぼえていない。わたしはとぶように走ってエラストの家に行った。しかし彼はそこにいなかった。つぎは彼の執務室。そこにもいなかったが、彼は裁判がはじまるまえに、ローマの総督ガリオンのところへ行き、謁《えっ》見《けん》をねがいでていると、書記が教えてくれた。エラストは自分の市民への影響力によって、訴えそのものにさえ耳を貸さないように、ガリオンを説得できると考えたようだ。

エラストに祝福あれ。

議員たちにまじって彼が謁見を待っているかもしれないので、わたしは南へ走り、広場と演壇をとおりこし、南の柱廊をぬけて会議室の扉へむかった。ガリオンは会議室のすぐそばに公式の謁見室を置いており、またエラストは町を治める者たちによく顔を知られていたからだ。

思ったとおり、数人の高官が彼をみかけていた。しかし彼が今どこにいるかはだれも知らなかった。彼らはこの問題に関心ももっていなかった。

どこのパウロか。タルソス？　きいたことがない、と。

その朝出された正式の訴えについても彼らはきいていなかった。

会堂？　会堂で何がおこなわれているか、だれが知るものか。

いや、いや。総督の住まいに行っても無駄だ。すでに市民に扉はとざされている。

気の毒だが、どうにもならない。気を落とさずに。ガリオンが判事席につくまで待てば、すべてあきらかになる。

今は、わたしは息を切らしている。その実りのないやりとりは、全速力で走るよりわたしを消耗させたからだ。競走のあとのように息を切らして柱廊の西を歩き、口のなかは塩の味がした。

いったいだれがパウロを拘束しているのか。どこをさがせばいいのだろうか。総督の家の地下には牢があった。旅をしていたとしても、テサロニケにもどっていたとしても、これほどパウロから遠くはなれているような感じはしなかったろう。これほど無力には感じられなかっただろう。

するとまったく偶然に、身分のあるローマ人が甘パンをブドウ酒にひたして朝食をとる居酒屋から、エラストが出てくるのをみつけた。

「エラスト」わたしはよびかけた。「エラストよ」

彼は悲しみにうちのめされた顔をあげ、わたしのほうにむかってきた。

「総督は何と言いましたか。裁判をとりやめますか？」

彼はわたしのまえをとおりすぎて南側の柱廊のほうへ、悩み、落胆しきって歩きつづけた。

わたしは彼のそばに歩みよった。わたしたちは柱廊の端まで二百歩ほどすすみ、それから彼はふりかえり、わたしたちは同じところをひきかえしてきた。エラストは話していた——わたしにも自分自身にも。

彼は総督に会わなかった——いや、まったくガリオンをみかけなかった。

自分の代わりにしもべを送ったりせず、みずから出むいて謁見をねがいでたのに、彼らは——彼ら自身もしもべなのだ——エラストの名前すら総督につたえなかった。エラストは由緒正しい人間ではなかった。エラストはだれでもない者であって、まだ奴隷であるかのようにあつかわれたのだ。

いっしょに歩きながら、エラストは腿《もも》をたたいた。「無力だ。何もできない」ひげをそった口のまわりが汗で光っていた。

では、彼の世評では何がえられたのか。それまでの一時間は居酒屋で舌足らずの副官、つまり雑役係とすごし、飲食代だけ払わされて、要望はこばまれたそうだ。

裁判はおこなわれる、とエラストは泣きそうになりながら言った。そして裁判がはじまれば、だれも——有力者のエラストであっても——介入することはできないのだ。ガリオンが議論をきく。ガリオンが裁く。そしてガリオンが刑罰をいいわたす。パウロは釈明する権利をみとめられるかもしれない——「しかし訴えが事前にわかっていないのに、パウロはどうやってまともな弁明を用意できるだろう」

エラストは両手を高くあげてなげいた。

わたしは言った。「エラスト、彼はどこにいるのですか。パウロはどこです？」

彼は歩くのをやめた。

「客室だ」と彼は言うと、とつぜん笑いだした。「ああ、これは、何ということだろう」エラストは笑いつづけながら、爪で顔をこすりはじめた。「客室だ」彼は声をはりあげた——それからひっそりとすすり泣きはじめた。「すまない、おかしいことではないのに、ひどいことだ」彼はわたしをみながら言った。「パウロは会堂にとじこめられている。その部屋は疲れた旅人のために用意されているもので——」

わたしはその部屋を知っていた。わたしもその部屋で寝ていたのだから。パウロはローマに拘束されているわけではなく、わたしたちのなじみの場所にいたのだ。急に彼が近くにいるように感じられてきた。

「彼に会えますか」わたしは言った。「彼と話しにいきましょう」

「若い兄弟よ、ほんとうに残念だが——できないのだ」

「できない？　どうしてです」

「彼らはあなたに腹をたてている」

「わたしに？　エラスト、わたしにですか」

「会堂をこばみ、パウロについていったあなたがた、ユダヤ人たちにだ」

「そんなことは今にはじまったことではない」わたしは声をあげた。「クリスポが去ったときから、彼らは怒っているのだ」

「しかしあたらしく起きたこともあるのだ」

「何です」

　エラストは悲しみにしずんだ頭をさかんにふった。

「侮辱だ。二日まえ、あなたたちの会堂長ソステネが、パウロといっしょにいる一人にはずかしめられた。女だ。その女が八人の奴隷に、通りの人だかりのなかで彼をなぐるように命じたと彼は言っている。その女が、あのプリスカだと――」

「プリスカ？」わたしは息をのんだ。

　まともにこちらをむくと、エラストの肩も眉も、悲しくうったえるようにあげられていた。「わたしは信じない」彼はすすり泣いた。「プリスカが人をなぐるものか。うそだ。忌まわしいうそだ」

「プリスカ」とわたしはささやいた。「だからあなたは、なぐるとか殺すとか言っていたのか。だからあなたの目は、恐怖で暗かったのか」

「心配するな、テモテよ」わたしを抱こうとして手をのばしながらエラストは言った。「小さなプリスカのことなど、だれも罰しないから。彼らの目的はパウロだ――」

「エラスト。きいてください」彼の手につかまれるまえに、わたしは彼の手をとらえて言った。「八人の奴隷をつれていたのは、ケンクレアイのフェベです。知っていますか？　わたしは知っています。二日まえにだれかがおそわれたというなら、それはソステネではありません。プリスカのほうです」

　その話をきくとエラストは、あっけにとられたような表情になった。

「このような騒動はまえにもあったことだ。それがわたしたちを追ってくる」わたしたちが行く先々にある悪に圧倒され、わたしはまたあえぎながら言った。「この競争にはけっして勝つことができないのかもしれない。

「パウロはわたしの故郷の町でおそわれ、あまりひどく石で打たれたので死んだのかと思ったほどです。フィリピでは鞭で打たれました。そしてフィリピの牢にいれられました。テサロニケではなぐられそうになりました。ベレアでも彼をおそおうとして――」

ああ、わたしはまるで子どもだった。わたしはパウロのために泣きたかった。自分のふがいなさに泣きたかった。怒りに身をまかせたかった。会堂に石を投げつけたかった。

「エラストよ」わたしはまだ彼の手をにぎったまま言った。「エラスト、あなたは――」言葉でもいい、行動でもいい、わたしは事態を押しとどめる壁をさがしていた。わたしの怒りと、わたしたちの敵にたいする壁を。「エラスト――市場を人で埋めることはできますか。パウロが裁判にかけられるとき、広場を人で埋めることができますか。わたしたちの仲間、それから――ほかの者たちはどうだろうか。わたしコリント市民、しもべ、船乗り、異国の人、だれでも、あらゆる者を。ソステネの友人の千倍もあつめるのです。わたしたちにできるだろうか。そのような方法はありますか」

　エラストはその理由をきかなかった。きかれたらわたしはなんと答えただろうか――壁がほしかった、か？

　その代わり大男のエラストはわたしたちのつないだ手をテントのようにもちあげ、その下で足をそっとうごかした。彼はおどった。そして南の柱廊に沿って、わたしをばかげたスキップの踊りにみちびいた。

「若い兄弟、神の預言者よ」と彼は言った。「あなたはわたしにまた力をあたえてくれた。だいじょうぶ」彼は声をひびかせた。「わたしたちにはできる」

彼はわたしをはなすと自分の手をたたき、ちょうどとおりかかった、お仕着せを着たしもべのほうをむいた。「おい。こっちへ」と彼はどなった。「おまえはだれにつかえる者か」

　しもべは立ち止まって言った。「アンナエウスさまです」

「よろしい。わたしはアンナエウスに、おまえと、おまえの時間にたいして支払いをしよう。わたしはエラストという者だ。コリント市場の監督だ。おまえにやってもらうことがある。店のあいだを走りまわり、一人のこらず今日の正午に商売をやめなければならないとふれまわるのだ。わたしがとつぜんに出すこの特別の命令により、人びとの楽しみのために、すべての取引はとめられる――すべて、ただしパン屋の取引だけはのぞく。わたしはそこのパンを買いあげ、パンを広場でくばる。正午に。今日の正午、広場にパンがあるとつげるのだ」

◆ プリスカ

Prisca

49

〔でもあなたはおっしゃいました、主よ――パウロにおっしゃいました――あなたをおそって危害をくわえる者はないと。イエスよ、その約束をおまもりください。あなたの約束をおまもりください〕

パウロが出てくるとき、わたしは彼をみたかった。起こることのそばにいたかった。それは願望ではありません。どうしてもそうせずにはいられなかったのです。そのときは、自分がどのように演壇と判事席にむかって、人込みのなかをすすんでいったのかほとんどわかりませんでした。

わたしは軽くて小さな女です。コリント人はみなわたしより背が高いのです。わたしは人びとのあいだをぬっていきました。アキラとは、はぐれました。わたしは演壇のまえにつくられた台に、一人でやってきました。爪先を階段の底にぴったりとくっつけ、だれもわたしのまえに立てないようにしました。

〔神よ、わが主イエス・キリストの父よ、あなたのしもべ、苦しみのなかにあるわが愛する兄弟、パウロをどうかなぐさめてください〕

演壇はわたしの二倍の高さで、左右にもそれぞれ、それだけの長さがあります。それはローマの演壇のようなものでした――どちらも演説や集会や宣言のためにつかわれます。あるいは判決のために。左右の端には地面の高さのところに部屋があります。パウロはその部屋の一つにいて、待っているのです。

演壇とわたしのあいだの台の上には何もありません。台は三段の高さで、周囲には柵がめぐらされていました。

演壇と台を分けているところにはだれも立っていませんでした。裁判の時間には、だれも立つことはできないのです。

しもべがガリオンの椅子をはこんできました――木製で、彫り物がほどこされ、ひじ掛けと背もたれのついた大きなものでした。

群衆が広場のいたるところでうごきまわり、笑い、さけび、真昼のブドウ酒で顔を赤く染め、パンで腹をいっぱいにして楽しんでいました。食べるためにあつまってきたのです。しかし総督の椅子があらわれて裁判がひらかれることがわかると、ほろ酔い気分の彼らの関心があつまりました。

　わたしのそばの男が声をあげました。「だれがうったえられているのか。だれが血をながすのか」

　その声にはききおぼえがありました。わたしがちらとよこをみると、はじめからパウロのことをきらっていた、短気な靴職人のアペレでした。彼の体はすえた汗のにおいがしましたが、わたしはうごいて壇のまえの場所をとられるようなことはしませんでした。

〔主よ、あわれみたまえ《キリエ・エレイソン》〕

　演壇のうしろにある壁につけられた戸がひらきました。四人の兵士があらわれ、椅子の左右につきました。つぎに書記が、筆記道具をもって低い腰かけのところへ行き、すわりました。何人かの秘書があらわれ、それからガリオンがやってきました。

　ガリオンは背が高くやせていて、やや猫背でした。風が長衣《トーガ》をはらいました。彼が衣をなおしたとき、その胸がひどくくぼんでいるのがみえました。あのような胸の、いったいどこに息をする場所があるのでしょうか。動作は礼儀正しいものでした。頭をかたむけて群衆をみとめ――しかしわずかに眉をひそめ、手の甲をそえて秘書の一人に何かをささやくと、秘書は人びとをみて肩をすぼめました。

　ガリオンは椅子にすわりました。トーガのひだの下にあるひざは、痛々しいほどとがっていました。彼は亜麻布に咳をし、それからうなずきました。

　書記はラテン語で名前をよびました。パウロの名前ではありません。わたしの知っている人の名前ではありません。〔がまんして、がまんして、プリスカ〕そのあいだにも、わたしの唇は祈りをつぶやきつづけました。

　その名前がよばれると、小さくてずんぐりした男が、部屋から演壇の左側へせわしげにやってきました。ほかに三人の者がつづき、二人は武器をもち、もう一人は鎖をつけられていて、背が高くやせこけ、長い金髪をしていました。「証言します《アッセウェーロー》」ずんぐりした男は大きな声でラテン語を話しながら、階段をどたばたとのぼり、柵をぬけて台へあがりました。彼は書字板をもっていて、そこにつぎのような厳密な言葉がきざまれていましたが、彼には読むことができなかったのでしょう。「ローマ市民の法にもとづき、この奴隷はわたしに属することを主張する」

　いらいらし、怒りながら鎖につながれた男を指さしました。「この者。この野蛮な奴隷。トラキア州で学者《グラッマテイクス》になりすましているところを発見されました」

ガリオンはまえにかがみました。そして金髪の奴隷に言いました。「おまえはラテン語が読めるのか」

ずんぐりした男は大きな声で言いました。「読めます。だからどうなのです。それが何かと関係あるのでしょうか」

台のそばにいた人たちは軽蔑をしめして、舌打ちをしたり口笛を吹いたりしましたが、それが男の怒りにたいするものか、ラテン語を読めることにたいするものかはわかりませんでした。

「そしてあなたは」ガリオンは所有者に言いました。「所有者である証拠をもっているのだな?」

「購入書類です。この奴隷を若いときに買ったのです。横柄で、なまけ者で——」

ずんぐりした男のはげしい言葉を、総督はそれ以上きいていませんでした。彼は左へ身をかがめ、書記に言いました。「訴訟は開始された」それは正式な宣言で、書記はそれをすぐに書字板に書きこみました。「本件の争点は」ガリオンは言いました。「所有権にかんするものであり、それが証明されたばあい、奴隷は自分自身を盗んだことにより有罪の判決をうける。それにより逃亡者《フギティーウス》は鞭打たれ、額にFの字の焼き印を押される」

広場にいる人びとはぱらぱらと拍手をしました。

靴職人のアペレは声をはりあげました。「わたしは奴隷を訓練するのだ」そして柵に手をのばし、白人奴隷の尻をたたきました。「おう、なかなかいい」と彼は笑いました。「あんたの毛のない奴隷を訓練させてくれ」

同時に総督はこの件の判決人の名をあげ、弁論の日どりをきめました。そして下にいる原告をみると、原告は「はい、はい」と言いました。

「場所をあけろ」と兵士は命じました。すると主人と奴隷は、台と演壇のあいだのせまい通路から去っていきました。

書記は立ち上がって、ほかの名前をよびました。

彼が立ち上がった瞬間、わたしの心臓ははげしく打ちつけはじめました。パウロには二日会っていません。彼は何をされたのでしょうか。

でも、またもやそれはパウロではありませんでした。知らない者の名前でした。

二人のコリント人があらわれて、地所のことについて議論しました。

二人が台にあがると、そのうちの一人が大きな声で言いました——もう一人に言うように判事にも——「わたしはあなたを法廷によぶ」と。つまり、「イン・ユース・テー・ウォコー」と言って、自分とその主張を公的な権威のもとに置いたのです。彼は自分が所有していると主張する土地の象徴として、ひとにぎりの土をもってきていました。

　ガリオンは型どおりの言葉を言いました。

　男たちは要求と反対要求をのべました。そして最終判決が出たときの保証のために、どちらの側の金も抵当にいれられました。

　わたしはきいていませんでした。片足から片足へと体重をうつしていました。アキラをさがしていました。テモテでも、ティティオでも、だれでもいいから、わたしを安心させてくれる知っている顔をさがしていました。〔イエスよ、彼をおまもりください。イエスよ、わたしたちすべてをおまもりください〕

　高い演壇のうしろ、南側の列柱のあいだを一人の女がとおるのをみたような気がしました。フェベを――。

　でもそのとき書記が立ち上がり、ラテン語でよびました。

「ユダヤ人の会堂の代表、ソステネはまえへ」

　ソステネ。

　わたしの耳には、押しよせてくる、滝のような自分の血のとどろきがきこえました。

　演壇の右にある部屋から、五人の男が日光のなかへ出てきました。いました。パウロが。パウロは手首に縄をかけられて、彼らのまんなかにいました。

　彼らは台にむかって歩き、台のところではさらに六人の男たちがくわわりました。なんと彼らはわたしのまわりの人込みのなかで待っていたのです。どうして彼らをみのがしていたのでしょうか。十人すべてが会堂の者たちで、わたしは彼らを知っていました。みしった顔でした。近よりがたく厳粛な男たち。

〔彼をお救いください。あなたのしもべ、パウロをお救いください〕

　わたしの心が不安なために、彼はあのように青ざめてみえたのでしょうか。彼はいつもこのように青白かったでしょうか。あの黒い眉が、頭を月のように青白くみせていました。目はいつもより赤くなっています。いらいらしているようすです。首は細く、筋や血管がうきあがっていました。使いはしりの奴隷のように、短衣《チュニカ》しかつけていません。ふりかえって人びとのほうをみることはありませんでした。わたしのこともみませんでした。「声」がきこえるように、話しかけてくれればいいのに。わたしは何よりも、まずその「声」でパウロを知っているからです。

　台上の九人の男たちは、柵を背にして半円をえがきました。十人めの男が、丸めた紙を左手にもって中央へ足を踏みだしました。むこうをむいていますが、彼のことはわかりました。髪の毛でソステネだとわかりました。かたくもつれた、強いくせ毛の、あの髪がわたしはきらいでしたから。

会堂長のソステネは演壇や椅子、そして椅子にすわる判事にむかって、ゆらして差しだすささげもの、揺祭《ようさい》のようにして巻物をかかげました。おじぎをしてから巻物をひろげはじめ、同時にギリシア語で宣言します。「ガリオン閣下のお許しをいただき、またその恩恵にすがり、われらの要求を朗読し、提出――」

するとガリオンはだらりとした手をあげ、咳をしてからラテン語で言いました。「その男はどうして縛られているのか」

その中断はソステネをとまどわせました。あるいはその質問が。彼はパウロをみつめ、パウロはまばたきもせずに彼をみかえしました。

「つまり、このパウロという者は」そのままギリシア語で、ソステネは話しはじめます。「タルソス生まれのパウロというこの男が――」

「ソルウェ・エウム」とガリオンは言いました。

ソステネはすぐにだまりました。咳ばらいして「すみません。何とおっしゃったのですか」

ガリオンはほほえみました。それからギリシア語で、「わたしのまえにつれてきた男の、縄を解いてやりなさい」と言いました。その話し方はとても洗練されていて、まるで子どもをおだてて、おとなしくさせているようでした。

ソステネは肩をいからせました。「いいえ、法がそれをみとめているのです」彼はこめかみをたたいて、引用しました。「『もし敵対者が抵抗するなら』と総督、あなたがたのローマの法がそうのべているのです――『もし敵対者が抵抗したら、原告は実力を行使することができるが、かならず証人の立ち会いのもとでおこなわれること』と。ごらんください、ここに九人の証人が――」

ガリオンはほっそりした一本の指をあげ、左右にふりました。「凶悪な犯罪にかんする訴えでないかぎり、彼を縛っておく必要はない」

「必要あるのです」ソステネは即座に答えました。「この訴えはとくに、凶暴な身体的な――」

「縄を解け、ユダヤ人よ」

わたしのうしろで荒々しい声が言いました。「縄を解くのだ」

人びとは笑いはじめましたが、そこにはおかしさはありませんでした。彼らは台に近づいてきました。すえたにおいのアペレがわたしを押しました。わたしの口は渇きました。わたしは苦労してつばを飲みこもうとしていました。

「縄を解け」

ソステネはふりかえり、さっと不安そうに群衆に目をはしらせました。

わたしのパウロはそのそばにだまって立ち、興味をもってソステネをながめていました。いいえ、それ以上のもの、たいへんな興味をもっていました。ほかのだれでもない、何ものでもない、ソステネだけをみつめているのです。

とつぜん会堂長は身を起こし、上の演壇にいる総督に顔をむけました。「わたしが起訴状を読み、一人の証人の証言でも援用することをゆるしていただければ、この男の名においておこなわれた犯罪が、どれほど凶悪なものかをおわかりいただけるでしょう」

ふたたびガリオンはほほえんで、それをはばみました。「友よ」と彼は言い、まえにかがんで、ソステネをさらに近くへ、近くへとまねきました。

ソステネはまばたきをし、こわばって歩きながらそれにしたがいました。

「友よ、わたしはあなたにあまり気まずい思いをさせたくないのだ」

総督はしたしみのある調子で言い、この問題にかかわっているのは、彼ら二人だけではないことをほのめかしました。でもわたしたちもきいていました。だれもがきいていたのです。きくために群衆は口をつぐみ、広場全体がしずまりかえっていました。

その沈黙にわたしはおびえました。わたしはこみあげてくるものをぐっとこらえていました。うすいチュニカを着て腰のところを縄で縛られ、青白い顔でしずかにソステネをみつめるパウロのほうを、わたしはみていました。

ガリオンは言いました。「あなたの訴えというのが、一昨日ケンクレアイ街道であなたが経験した争い、つまりあなたの体に攻撃がくわえられたという身体的な争いにかんするものなら、その訴えをとりさげるか、修正することをすすめよう――」

〔わたしのことだ〕

わたしが世間に知られていることに気づき、顔は火のついたように熱くなりました。その「争い」とはわたしに関係することでした。今、どれだけの人たちがこのプリスカのことをみているのでしょうか。

ソステネは「なぜでしょうか」とさけびました。そして足をふみならして言いました。「どうしてわたしたちを迫害なさるのでしょうか。どうしてわたしたちが訴えをとりさげなければならないのでしょうか」

群衆は小声でうなりはじめました。

ガリオンは間を置き、咳をしました。「それはソステネよ、あなたが攻撃者だったからだ」彼は冷ややかにはっきりと言いました。「あなたが争いをはじめた」

「わたしは、わたしは」ソステネはのどをつまらせました。それから判事にむかってパピルス紙を棒のようにふって、さけびました。「わたしは何もはじめていません」

「気をつけなさい、気をつけることだ」総督は言いました。「この不幸な事件にかんする証人たちをすべてみるまでは、これ以上何も言わないことだ」彼は立ち上がり、背後の扉のほうをむきました。「こちらへ《ウエニー・フーク》」

それは一人の人間にたいしてよびかける言葉でしたが、扉からは二人が出てきました。

一人めはヌビア人――まさにあのヌビア人です。わたしはうれしくて爪先立ちになりました。打たれると思ったとき、わたしをうけとめてくれたすばらしい黒人がいました。「マルクス。彼の名前はマルクスというのです」

そして彼のすぐうしろ――歩くのではなく、壇上をガリオンのほうへただようようにすすんでくるのは――ケンクレアイに住む、かがやかしいフェベでした。礼儀正しいローマ人は彼女の手をとり、威厳をそなえた足どりで、彼女をまえへみちびきました。

「ああパウロ、この人をあなたに会わせたかったのです。わたしと同じように、あなたも彼女を愛するでしょう」

とつぜん何もかもがうまくいくようになりました。

ガリオンはソステネをみおろしました。フェベもみおろしましたが――わたしのほうをむいていました。彼女はわたしをみていたのだと思います。

わたしはすぐに笑顔をかえしました。

「二度とわたしが迫害したなどと非難してはならない」ガリオンは貴族的な侮蔑をしめして、唇をゆがめました。「もし非難するなら、真実のためにわたしを責めるのだ。この特別な証人による証言は公正なものだ。それによって彼女自身はえることも、うしなうこともないのだから。そして彼女は非常に信望のあつい人だ。その人に反駁《はんばく》しようというのは、おろか者である。

ユダヤ人の会堂のソステネよ、ききなさい」ガリオンはうしろへさがりながら言い、その声には雄弁家のようなひびきがありました。「もしあなたの訴えが凶悪犯罪にかんするものではないなら、すぐにあなたの言うこの『敵対者』、タルソス生まれのパウロの縄を解き、彼を自由にして立たせなさい」

ソステネは口をぬぐいました。パウロをみました。それから体をひねってうしろにいる男たちをふりかえりました。たぶん言葉や助言をもとめていたのでしょう。彼の目に大きな困惑がうかんでいるのをみたその瞬間、わたしは彼のことを憎んではいませんでした。彼の仲間はだれも応えてくれません。彼らはもぞもぞして、自分の足もとをみているばかりです。パウロだけが、あわれなソステネを、じっと注視していました。

「ほどいてやれ、ユダヤ人」耳もとでどなり声がきこえ――わたしはびくっとしました。靴職人のアペレがさけんでいました。「不愉快なユダヤ人め――ほどいてやれと言っているのだ」

ほかのだれかがほどけとさけびました。するとほかの者たちもほどけ、ほどけととなえました。

ソステネは行動に出ました。パピルス紙をくしゃくしゃにして投げすて、演壇を指さしながらさけびました。「わたしたちにも法があるのです」彼はかたくなな確信をもっていました。本性をみせていました。「わたしたちのものは生と死の法であり、あなたたちの人による法より偉大であり、それは律法が天の法だからです」

「彼をほどけ、臆病者め。ほどいてやれ、いやしいユダヤ人よ」

あざけりと笑い、かん高い野次、わめき声や口笛が広場をみたし、それはまるで嵐のまえに、雷の音がしたり、閃光がみえたりするときのようでした。

ソステネは肺の奥底からどなりました。「この男はほかの者たちに、この天の法に反するやり方で、神をあがめるように説いているのです」

ガリオンはトーガのひだをつかんで、体にひきよせました。彼の言葉はきこえません。わたしは唇を読みました。彼は言っていました。「これはあなたがた自身の律法の問題なのだから、自分たちで解決しなさい」

ひしめく群衆に、彼は無関心なまなざしをさっとはしらせ、それからフェベの手をとってうしろの壁へ、そして扉へと彼女をみちびきました。兵士、秘書、へつらう書記など、みなそれにつづきました――。

「ほどいてやれ」

とつぜん靴職人のアペレがとびだしました。わたしのところをとおりすぎ、柵を越えて台にあがりました。その左手には丸刃の短刀がにぎられていました。そのひとふりでパウロの両手にかけられていた縄を切り、それから右にふりむいてソステネの頬にひじ鉄をくらわせました。

ソステネは身をこわばらせました。何かを言おうと口をひらきかけましたが、頭のよこに二発めをうけたため、台と演壇のあいだにたおれこみ――それから大嵐が起こりました。

男たちはまえへどっと押しかけ、柵をこわし、台の上にむらがりました。彼らはソステネがたおれたところにとびこんで、体をゆらし、怒りくるった動物のように声をはりあげました。そして自分たちの暴力を隠す丸い壁をつくりました。

会堂の九人の男たちは消えていました。

わたしは手で耳をふさいでそこに立ちながら、自分の血族、仲間のユダヤ人のために悲しみました。

でもそれから群衆の声よりもひときわ大きく、わたしの手も耳もつらぬいてくる、かん高い一つの「声」が、短刀の刃のように空気を切り裂いたのです。

「わたしだ」天のもとにはためく旗のように、その声が朗々とひびきわたりました。「わたしを打て」

わたしの知っている「声」でした。鼻にかかり、あわれっぽいその声は、ほかのあらゆる音を消していました。パウロの「声」でした。

それからさまざまなことがまたたくまに起こりました。

パウロが演壇の上にいました。いままさにとびこんでいこうとするパウロが、演壇正面のへりにいました。

彼が暴力のなかに身を投げ、そこにのみこまれるのがみえました。

わたしは走りはじめました。まえにある階段をのぼりました。たくさんの人をかきわけ、そこをとおりぬけ、台と演壇のあいだの石の通路がみえるところまで行くと、その底に意識をうしなったソステネがいました。そしてパウロも。

パウロ、わたしのパウロは、ソステネの上にあおむけに体をひろげ、両腕を大きくひらいて、ソステネを完全におおっていました。

わたしとパウロのあいだには靴職人のアペレが身をかがめ、短刀をにぎった左手をかたむけて、それをふりおろして切りつけようとしていました。パウロはまっすぐ靴職人をみつめ、彼に懇願していました。「わたしだ。わたしを打て。アペレ、彼ではなくわたしだ」

「そうする理由があればな」アペレはどなりました。「わたしと闘え」

パウロは言いました。「闘わない」

「かかってこい」アペレはどなりました。

「できない。闘わない」

アペレは急に右手をひくと、「わたしと闘うのだ」とさけびながらパウロの口をなぐりつけました。

わたしは息をのみました。

パウロはその瞬間しっかりと目をとじ、それからまたアペレをみあげました。深く同情するようにうなずいて言いました。「よろしい」すると歯のあいだからいく筋も血がながれだしました。「アペレ、こわがるな」

靴職人はパウロの顔にむかってどなりつけました。「闘えと言っているのだ、こいつめ。立ち上がって闘え」

　パウロはうごきません。手首には、腕輪のようにまだ縄が巻きついたままでした。「いいのだ。すべてこれでいい」

　アペレは突っこんでいきました。しかしつまずいてしまいました。でもそれから声をあげて、二倍の力でパウロのひたいをなぐりつけると、皮膚が裂けて、白い骨がみえました。

　わたしはすすり泣きはじめました。だれも物音一つたてません。

　パウロの目はとじられていました。

「ろくでなしめ」アペレはさけびました。「いくじなしのユダヤ人め」

　急に傷に血があふれ、ながれだしました。血はパウロのひたいにひろがり、髪の毛へながれていきました。彼は目をあけていました。でも両腕はうごかそうとしませんでした。数回まばたきをし、アペレに焦点を合わせ、咳ばらいをしてほほえみました。「心配するな」彼は鼻にかかった声で言いました。「これでいい。わたしはあなたを愛しているからだ」

　アペレは何かに刺されたようにひるみました。「なんと言ったのか。そんなことは言うな」

「わたしをおそれることはまったくないのだ、アペレ」パウロは言いました。「なぜなら、わたしはあなたを愛しているのだから」

　靴職人はいきおいよくかがみこみました。左手ににぎった短刀をおろし、その先端をパウロの首に押しつけてささやきました。「わたしはおそれてなどいない、い、いない」それは弱々しい声でした。「おそれてなどいるものか、だれがだれを殺せるというのか」

「神だけが殺すことができるのだ」パウロは言いました。「しかし神はあなたの名を知っておられる、アペレ。神はあなたを名前でよんでおられるのだ。神はわたしをとおして、あなたに語りかけておられる」

　そしてパウロは頭をあげました。体を起こし、うすい胸をひきあげ、ひじで体をささえると、靴職人は短刀をひっこめ、パウロの顔には血がふりかかり、下にいるソステネもうごきました。

　パウロはアペレをまっすぐにみて話しました。「話しているのは神なのだ。『あなたを愛している、アペレ。生まれたときからあなたを愛してきた』と神は言っておられる」

　あたりはしずまりかえっていました。わたしはもうすすり泣いてはいませんでした。息をとめていました。すると悲しげなうめき声がしました。「うう」という声が。靴職人のアペレはしゃがんでゆれていました。うめきながら。唇がふるえていました。その表情はすっかりくずれていました。そしてうめいているのです。

パウロは言いました。「安心しなさい、アペレ、神に愛された者よ。まったくおそれることはないのだ」

彼はおそれていたのです。わたしも、靴職人の目に恐怖をみていました。

うめくように彼は泣きました。そして立ち上がりました。もはや彼をけしかける者はいませんでした。人びとははなれていきました。彼は丸刃の短刀を落とし、台の上をうしろむきに歩きはじめました。それからふりかえり、うめきながら広場に入り、北へむかっていきました。

こうして嵐はすぎさりました。

いいえ、嵐はすぎさっていたのです。わたしがそれに気がつかなかっただけなのです。群衆はちらばっていました。またいつものようにさかんになった取引のなかを人びとがうごきまわり、商人、兵士、子どもたちが走っていました。石工《いしく》は石に槌《つち》を打ちつける音をひびかせました。店々の戸はあいています。地面に落ちたパンくず、ちりのついた肉、塩など、人ののこしたくずを犬がかぎまわっています。

いつのまにかアキラがわたしのうしろにしずかに立っていました。どのくらいそこにいたのでしょうか。

わたしは演壇と台のあいだの通路をしめしました。アキラはうなずきました。わたしたちはおりていって、パウロとソステネのそばにひざをつきました。二人は傷つき、たがいによりかかっていました。

ソステネは混乱していました。彼のきっちりととのえられた髪は、泥と汗と血で光っていました。それはパウロの血でしたが——ソステネは自分がだれにささえられているのか、だれの腕に抱かれているのか、だれの頰が自分の頰によせられているのかわかっていなかったでしょう。

パウロの額の泉は、二人の男の顔を赤い縞《しま》に染めていました。

「これを」とわたしは言いました。アキラがソステネのひじをとり、彼をひっぱりあげて立たせているあいだに、わたしは大事な亜麻布を首からほどき、パウロにわたしました。「これをつかってください」

彼は布を二つに折り、頭をまげて傷に布をあてました。

酔っぱらった男を送っていくように、アキラはソステネをつれていきました。

パウロはため息をつきました。

「プリスキラ、プリスキラ」と彼はささやきました。「小さなプリスカ、またあなたに会えてなんとうれしいことか。しかしあなたがここにいることはわかっていた」

彼はわたしにむかって顔をあげ、焦点の定まらない目で笑いました。

「わたしが顔を下にしてソステネの上にならなかったのは、背中を打たれるのにうんざりしていたからだ。もう背中はこれ以上耐えられない。だから打ちかかってくる者に、体のあたらしい部分をあたえようと思ったのだ。しかしどうだ」彼は笑いました。そして亜麻布をとって、ひたいをわたしのすぐ目のまえにつきだしました。「プリスキラ、みて、言ってくれ、靴職人は古い傷をまたひらいたのではないか。同じ古傷を」

テモテ
Timothy

50

それからわたしたちは出発した。

革細工の店を売るあいだに、わたしたちはコリントにいた十八カ月間にあつめたものを、ただで人にあたえた。必要なものはとっておき、それらをいれる袋を古い材料で縫った。またパウロが口述し、わたしが書きとった手紙を、いくつかのガラテヤの町、ペシヌス、パリア、オルキストスに送った。店を売った金は帯にしまいこみ、帯を体に巻いた。おおぜいの友人たちに別れをつげ、泣き、最後の晩餐を食べ、おたがいを神にゆだね——それからケンクレアイへ歩いていった。

道路を歩いていくのは魅力的な仲間で、三つの教会からの兄弟姉妹たち、そしてクリスポとその家族、それぞれのしもべをしたがえたエラストとガイオだった。二十人ほどがいっしょに笑い、ため息をつき、賛美歌をうたった。その夜はフェベが自分の屋敷に全員を泊めた——「アキラを愛しているから」と言って。パウロは説教をし、またもどってくると約束した。朝になるとわたしたち六人の者は、アジア州のエフェソへ行く船にのり、エフェソについたら三人ずつ二組に分かれることになっていた。アキラとプリスカとソステネはエフェソで生活をきずき、そのあいだにわたしたち——パウロとテトスとわたしは船でシリアまで行く。パウロはいそいでエルサレムへ行きたがっていたからだ。

わたしたちがこれほど早くコリントから出ることになったのは、パウロの怒りのためだった。

そしてパウロの怒りに火をつけたのはテトス、というより若いテトスがもってきた知らせだった。


使徒パウロが総督ガリオンのもとで裁判にかけられた日——その裁判の最中に——群衆や、演壇でのばかげたやりとりがよくみえるように、広場のずっと上にある古い神殿の丘にいたわたしを、二人の男がみつけた。一人はいつもケンクレアイ門のところにいる守衛だとわかった。彼は偶然その場所でわたしをみつけたと言った。そしてパウロがどこにいるか知っているかとたずねた。二人めは、わたしの知らない男だった。元気そうな若者で、よく筋肉が発達し、血色がよく、健康で美しかった。

むろんパウロがいるところはわかっていた。どうしてそのようなことをきく必要があるのか。あそこだと、わたしはいきおいよく指さした。縛られ、罪に問われている者がパウロだと。

わたしの視線を追った若者は、急に赤くなった。軍馬のわき腹のように、彼の皮膚はふるえはじめた。

守衛は、持ち場にもどらなければならないと言った。そして、その若者はシリア州のアンティオキアからパウロをさがすために、はるばる旅をしてきたのだと説明した。若者の名前はテトス。その若いテトスを、ころあいをみはからってパウロのところへつれていってくれないかと、守衛はわたしにたのんだ。

「もし彼が投獄されたり、殺されたりしなければな」とわたしは言った。

若者はおびえた表情でわたしをみた。

「殺す？　パウロを殺すというのですか」

守衛はわたしの協力に感謝して去っていった。

わたしは怒りをみせてしまったことを急に後悔した。そのような怒りをみせるには、あまりに傷つきやすい若者だった。彼は心からパウロのことを案じていた。

「殺しはしないだろう」とわたしは言った。

わたしは訴えについて、会堂や会堂長のソステネについてなど、自分の知っている状況を説明した——そして二人で広場に目をくぎづけにしたまま、ますます不安をつのらせていった。人びとは獲物に近づいていくけもののように身をかがめ、うなり、演壇のまえで丸いかたまりになっていた。

総督は立ち、そのそばには女がいた。女の顔は遠すぎてだれであるかはわからなかった。しかしその姿勢には見おぼえがあるような気もした。総督はふりかえり、うしろの扉から去っていった。演壇の上にいた者たちは——兵士もふくめてすべての者が——彼のあとにつづいた。すると、かすれた長いどよめきとともに群衆は、演壇のまえの台にむらがり、大波にさらわれたようにパウロもソステネもみえなくなった。

わたしは走りだした。若いテトスも走った。彼はわたしをひきはなすほど速かったが、道を知らなかった。わたしたちは西へ行くために、東のグラウケーの泉のほうへまわらなければならなかった。

広場の北西へ来たときには、群衆は方向を変え、そとにむかって散っていくところで、わたしたちの進路をはばんだ。馬にのっているエラストがみえた。ほかにも数人、馬にのった者たちがゆっくりと駆って、「解散しろ。解散しろ」とさけんでいた。

パウロがどこにいるのか、見当もつかなかった。

広場が落ちつきをとりもどしてから、やっとなじみのある顔がみえてきた。広場の東の端にいたアキラが、ペイレーネの泉にわたされたひろい階段を、だれかを助けながらのぼっていた。走りよると、腕にソステネをかかえていたのでおどろいた——ソステネは気をうしない、血だらけだった。

それはパウロの血だと、アキラは言った。

パウロは演壇のよこにいると。

わたしは身をひるがえして走った——そして、そこにいることさえわすれていたテトスは、こんどはわたしのよこをつばさでもつけたような速さでかけていた。

それからちょっとした事件が起こった。

テトスが演壇についたとき、駿馬《しゅんめ》にまたがったエラストもちょうどそこへ来たところで、よびかけていた。「パウロ、パウロ、いったい何が起こったのか」彼は馬からおりた。

パウロはピクニックでもしているように、台の上でプリスカと顔を合わせていた。パウロは血だらけで、チュニカのまえを鮮血で真っ赤にしていた——パウロはふりかえってエラストをみたが、テトスのほうに目をとめた。

彼は声をあげた。使徒パウロは声をあげて立ち上がり、若者に抱きついた。「テトス。テトス。テトス」と絶叫すると、若者は強健な白い歯をみせて笑い、急にパウロから力がぬけた。がっくりと台にすわりこみ、頭がまえにさがった。だれもが彼のほうにかけつけ、手をのばしたが、彼は頭をふってほほえみながら顔をあげた。

「めまいがしたのだ」と彼は言った。「ちょっとめまいがしただけだ」

エラストは言った。「そのために馬をつれてきたのだ、やわらかい鞍《くら》をつけて、すぐに家へ送っていけるように。パウロ——わたしの家へ、パウロよ、そこであなたの傷をいやそう」

エラストは使徒をひっぱりあげるように下へかがみこんだが、パウロが注目していたのはエラストではなかった。

「テトス」とパウロは言った。「ああテトス、こっちへ来て肩によりかからせてくれ。来てあなたの愛をしめしてくれ、いとしいテトスよ」

こうしてパウロとテトスがプリスカとともに広場をぬけ

ていくと、風が吹きつけるような音が三度したので、みると、大きなエラストが声をあげて泣いているところだった。それはたいへんな一日だった。

店にもどったその夜、パウロはなぐさめられなかった。小さな部屋を行きつもどりつして怒りをつぶやき、言葉をはきかけ、わたしはそれを懸命にあたらしいパピルス紙に書きとった。しかし彼は自分が思っていた以上に血をうしなっていたようだ。ふとたおれこんだと思うと、顔は真っ青で気をうしなっており、急にうごかなくなる。それにもかかわらず、意識がもどるとまたすぐに起きあがり、怒りながら行ったり来たりするのだった。

「犬のようにあつかましい《クノ・タルセース》。忌まわしい。いつわりだ。キリストの自由の敵だ。テモテ、彼らはわたしに、同意のしるしとして右手をさしだしてくれたのだ。テトス。おぼえているだろう、テトスよ。だれもあなたに割礼をうけるようにはもとめなかった。わたしには何もくわえられなかった。何も。しかし今、彼らはキリストの福音をほろぼそうとしている」

若いテトスがもってきたのはユダ・バルサバという者の手紙の写しで、その手紙のなかでバルサバは、十四人と、さらにあと二十人ほどが、過越祭までに割礼をうけることを神に感謝していた。手紙はアンティオキアへ送られたものだが、差し出し場所はガラテヤのペシヌスだった――それは二年半まえにパウロが病にたおれた場所で、その町でパウロとシルワノとわたしは説教をして、あたらしい教会を設立したのだった。

「割礼だと？」パウロは声をあらげた。「割礼とは。犬どもがわたしたちを追いかけてきて、神の子らを羊のようにさらっていき、彼らを切りきざんで血まみれにして、律法のもとに投げつけ、地獄へまっすぐ送りこむのだ。割礼だと。ああ、短刀の刃を自分たちのいちばんやわらかい場所にあてればいいのだ――そして手をすべらせればいい。自分たちを去勢すればいいのだ」

一カ月もしないうちに航路はとざされる。それから雪が降って山道もとざされる。旅のできる期間はかぎられていた。

パウロは五日のうちにエルサレムにむけて出発したがっていた。まずエルサレム、つぎにアンティオキア――そしてキリキア関門がとおれるうちに、過越祭まえにガラテヤへ行く。テトスとわたしはそのことに同意した。わたしたちは翌日までに用意できると言った。

アキラとプリスカはその夜のあいだじゅうしずかで、ときおり、二人だけで上の部屋ですごしていた。パウロの怒りか、あるいは闘いや勝利などその日のことが、彼らを悩ませているのだとわたしは思っていた。でもそうではなかった。彼らがしずんでいたのは、喪失感のようなものが原因だった。

冷えこんできた闇のなかを彼らはおりてきて、ひっそりと心の内をうちあけた。「パウロ、どうかわたしたちをいっしょにつれていってほしい」自分たちはテントで生活することを知っていると、彼らは言った。自分たちはすでに一度、すべてのものを置いて旅をしてきたし、自分たちの主イエス・キリストの福音のためなら、何度でも旅をする覚悟だと。

パウロは歩きまわるのをやめた。彼のいらついた行動は消えた。油のランプをとりあげ、まだ階段の裏にいたプリスカのところへ行った。自分たちの顔のそばにランプをもちあげ、はにかむようにゆれる光が彼らの頬をふちどると、パウロの目はタカのように光っていたが、プリスカの目には迷いがみえた。

明瞭に、そしてしずかに、彼はささやいた。「プリスキラ?」パウロは彼女を「プリスキラ」とよんだ。その名前は以前にはきいたことがなかった。

プリスカは頭をたれ、二人のあいだの床をみていた。彼女の黒い目は、影のなかにしずんでいた。髪はうなじへときつくひかれていたので、ひたいから頭頂部までのまっすぐで白い部分を、パウロにみせていた。ほとんどわからないくらいかすかに、彼女はうなずいた。

そしてパウロは言った。「よろしい」そしてランプを下に置くと、彼はふたたび落ちつきなく歩きまわった。彼は質問をはじめた。アキラは十日以内に店を売れるだろうか。十日は待っていられるが、それ以上はだめだ。それ以上待ったら、自分はおかしくなってしまうと。

だいじょうぶ、アキラは十日以内に店を売ることができる。

そうか、よかった。

そしてこのようにしてはどうかと、パウロはたずねた。あなたたち二人はとちゅうまで、つまりエフェソまでわれわれといっしょに旅をし、わたしたちがその先を旅しているあいだ、そこにとどまっているのだ。つぎに行く都市については、コリントをお手本にするとパウロは言った。コリントのときと同様に、プリスカとアキラはエフェソで住む場所をみつけ、あたらしい仕事場をつくり、友人をもうけて、やがてパウロが到着するときの用意をしておいてもらう。自分はそこに行くつもりだからと、パウロは元気に言った。だいじょうぶ、東での用をすませしだい、そこへ行って異邦人への布教をつづけるつもりだと。

しかし今回は徒歩の旅ではない。船で東へむかう。「きっと風が起こって強く吹いてくれるだろう」と彼は言った。そして神はわたしたちのところにも、ともにおられるにちがいないと。

十日のあいだ待つことには二つの利点があった。

まず、パウロが体力を回復するための時間ができたこと――とはいえ、ケンクレアイまで歩いていったとき、がに股の彼がかつてのように、集団の先頭に立っていくことはなかった。彼は年を取った。体は疲れていた。そしてだれも知らないほど、背中が彼を苦しめていた。いわば、身を折るほどの痛みのなかで歩いていたのだ。

二つめは、パウロがソステネと話しあう時間ができたことだ。はげしい性格の二人は市場や通りで論じあい、会堂のそばで論争し、「小さなユダヤ」ではあまりに大声でどなりあったので、どちらもレンガをつかんで、おたがいをなぐりたおすのではないかと思ったほどだ。

けっきょくソステネは、金を帯にいれてわたしたちについてくることになった。

◆パウロ Paul

51

人からでも、人をとおしてでもなく、イエス・キリストと、彼を死者のなかからよみがえらせてくださった父なる神によって使徒とされたパウロより
ガラテヤの諸教会へ

父なる神とわれらの主イエス・キリストの、平和とめぐみがあなたがたにあるように。

どうしてあなたがたはこのようなことができるのでしょうか。キリストのめぐみへ、あなたがたをまねいてくださったかたから、どうしてこれほどすぐにはなれることができるのですか――どうしてほかの福音のために、そのかたをすてることができるのか。いや、いや、そんなものはない、ほかの福音などありはしないのです。しかしちがう人びと、ちがう説教者がいる。今あなたがたのあいだにいて、あなたがたを悩ませ、キリストの福音をゆがめようとしている者が。

言っておきますが、もしだれかが――それが天の御使いであろうとも――わたしたちが教えるものに反する福音をつたえるなら、呪われるがいい。きこえていますか？　もう一度くりかえしましょうか。もしだれかが、あなたがたがすでにうけているものに反する福音をつたえているなら、その者は呪われればいい、いい、いい、いいのだ。

なぜならわたしのつたえる福音は人によるものではないからです。わたしはそれを、男や女からうけたのではない。イエス・キリストの啓示によって知らされたのです。そしてそれはすべての教会にうけいれられたのです。

あなたがたは、わたしが以前ユダヤ教徒だったときのことをきいていると思います。いかにわたしがはげしく神の教会を迫害していたか、それをほろぼそうとさえしていたか。同年代の者のなかでもひときわユダヤ教に専心し、先祖の伝統にたいして熱心だったかを。

しかし生まれる以前からわたしをえらび分け、そのめぐみによってわたしを召しだしてくださった神が――わたし

が異邦人のあいだで神についてのべつたえることができるように、その御子をわたしにあらわしてくださったとき、わたしは血縁の者と相談するようなことはしませんでした。わたしはエルサレムへ行かなかった。わたしのまえに使徒になった者たちに、話をききには行かなかった。そしてアラビアへ行った。ダマスコで説教した。三年たってからはじめてペトロに会いに行ったのです。わたしは長く滞在しなかった。いや、わたしは彼とエルサレムに十五日もおらず、主の兄弟、ヤコブをのぞけばだれにも会わなかった。

きいてもらいたい、わたしは真実を語っています。神のみまえにおいて断言するが、わたしはうそをついていません。

ペトロのところから、わたしはまっすぐシリアやキリキア地方へ行き、そこでキリストからたまわった福音をつたえました。わたしが植えつけ、霊がそれをふやしていった。教会がはじまり、ガラテヤのあなたたちに起こったのとまったく同じように、人びとは信仰をもちはじめたのです。

それから十四年たってからわたしはふたたびエルサレムへ行き、そのときはバルナバとテトスもいっしょでした。そして教会の柱とよばれるおもだった人たちのまえで、自分が異邦人たちにつたえている福音について話しました。エルサレムにのぼったのは啓示によるものでした。また、にせの兄弟が、イエス・キリストによってえているわたしたちの自由をつけねらい、わたしたちを束縛しようと計画していたためでした。

きいてもらいたい。あの名高い教会の柱とよばれる人たちは、わたしにどんな義務も負わせなかったのです。ギリシア人であるテトスさえ、割礼をうけることを強制されなかった。それどころか、ペトロには割礼をうけた者たちへの福音がまかされたように、わたしには割礼をうけていない者たちへの福音がまかされていることや、わたしにあたえられためぐみについて知ると、ヤコブとペトロとヨハネは、わたしたちが異邦人に教え、彼らが割礼をうけた者たちに教えることに同意して、わたしとバルナバに右手をさしだしたのです。

きいてもらいたい。わたしが言うことをきいているだろうか。わたしは生まれながらのユダヤ人で異邦人ではないが、律法を実行することによってではなく、キリストへの信仰によって義とされるために、キリストを信じてきました。なぜなら律法のわざによっては、だれも義とされないからです。ユダヤ人もギリシア人も、だれも。

わたしは神にたいして生きるために、律法にたいしては律法によって死んだのです。わたしはキリストとともに十字架にかけられている。生きているのはもはやわたしではなく、わたしのうちに生きておられるキリストなのです。そして今わたしが肉体において生きているこの生を、わたしを愛し、わたしのためにみずからをあたえられた神の御子への信仰によって生きているのです。

それにしてもおろかなガラテヤ人たちよ。わたしがあなたがたのところへ説教に行ったとき、あなたがたはわたしのなかにお手本をみていたというのに。（ああ、わたしがあなたがたのために骨折ったことは無駄だったのかと、わたしはおそれている）――あなたがたは今、いったいだれにまどわされているのか。

あなたがたの目のまえに、十字架で死なれたイエス・キリストの姿がはっきりしめされたというのに。これほどわかりやすいことはないのに。

ではたずねよう。あなたがたが霊をうけたのは、律法を実行したことによるのでしょうか――それとも、福音をきいて信じたからでしょうか。霊によってはじめたあなたたちが、今では肉によって終わらせようと思っているということは、あなたがたはそのあいだにおろかになったということです。あなたがたは、霊と奇跡によって神を経験したにもかかわらず、今やその経験はすべて無駄だったように思えるからです。

しかし聖書は、「アブラハムは神を信じ、それは義とみとめられた」と言っています。アブラハムのほんとうの子孫は、信仰をもつ人びとだとは思わないのですか。聖書は、あなたたち異邦人を信仰によって義とされることを予知していた。だから聖書はすでにあなたがたのことをふくめた福音をアブラハムにつたえ、「あなたのゆえに異邦人はみな祝福される」とのべているのです。だれでも信仰によって生きる者は、アブラハムとともに祝福されている――そのアブラハムは最初にして最高の、信仰にみちた者だったのです。

あなたがたはみな信仰により、キリスト・イエスにむすばれた神の子なのです。洗礼をうけてキリストとむすばれた者は、キリストを着ているからです。ユダヤ人もギリシア人もない。奴隷も自由人もない。男も女もない――あなたがたはキリスト・イエスにおいて一つだからです。そしてあなたがたがキリストのものであるなら、あなたがたはアブラハムの子孫であり、神の約束による相続人なのです。

きいてください。相続人は、やがて法的に土地を所有することになるが、子どもでいるうちは奴隷と何ら変わりありません。父親が定めた相続の日がくるまで、子どもたちは後見人、管理人、教師のもとにある――ユダヤ人たちが約束が果たされるのを待つあいだ、律法の保護のもとにあったように。
しかし、しかるべき時がやってくると、神はその御子を、女から生まれて律法のもとに生まれた者としてつかわされました。それは、律法のもとにある者たちをとおして、わたしたちを回復し、子としてうけいれられるようにしてくださるためだった。そしてあなたがたが子であるから、「父さん、父よ」とよぶ御子の霊を、父なる神はわたしたちの心に送ってくださったのです。だから神をとおして、あなたがたはもはや奴隷ではなく、子であり、相続人なのです。

あなたがたが神を知らなかった過去においては、あなたがたはもともと神などではない神々に奴隷のようにつかえていた。それなのに神を知るようになり、神に知られるようになった今、あなたがたはどうしてふたたびとらわれの身に——あの無力な、つまらない自然の霊の奴隷へともどろうとするのか。

たのむ、おねがいする、勇気あるガラテヤ人たちよ、またわたしのようになってほしい——わたしもあなたたちのようになったのだから。あなたがたはわたしに何も悪いことをしなかった。わたしがたまたまあなたがたのところへ行ったときのことは、おぼえているでしょう。わたしは病気だった。そう、そしてわたしの状態はあなたがたの試練となるようなものだったが、あなたがたはわたしをはねつけることはなかった。わたしをさげすむことはなかった。それどころか、あなたがたはわたしを神の天使のようにうけいれてくれた——わたしがイエスご自身であるかのように。

あなたがたはあのころ、それほどしあわせだったのです。いったいそれから何があったのか。自分の目をくりぬいてでも、わたしにあたえようとするようなときが、あなたがたにもあったというのに。わたしが真理を話したという理由で、わたしはあなたがたの敵になったのでしょうか。

この自由をえさせるために、キリストはわたしたちを自由の身にしてくださったのだ。あなたがたはしっかりと立たなければならない。もうけっして奴隷のくびきをつけてはならない。

いいですか。わたし、パウロはあなたがたに断言します。もし割礼をうけるなら、キリストはあなたたちにとって何者でもなくなる。もう一度言おう。もしだれかが割礼をうけたら、その者は律法全体をおこなう義務を負うことになるのです。そして律法によって義とされることをのぞむ者は、キリストからきっぱりと切りはなされる。そしていただいためぐみをうしなうのだ。わたしたちは霊をとおして、信仰によって、義とされた者の希望が実現することを待ち

アーメン。

のぞんでいる。キリスト・イエスにむすばれていれば、割礼をうけようが、うけまいが問題ではなく、愛のおこないをともなう信仰だけが問題だからです。

幼い子たちよ、あなたがたはよく走っていた。真理にしたがうあなたがたを、いったいだれが邪魔したのか。あなたがたを悩ませているのがどのような者であれ、裁きをうけるでしょう。ほんとうに、そのような者自身が去勢すればいいのだ。

そしてあなたがたが、わたしとまったく同じように考えることを、わたしは主をよりどころとして確信しています。

わたしたちの主イエス・キリストの十字架をのぞき、わたしにはほかに誇るものがあってはならないのです。その十字架によって世界はわたしにたいし、わたしは世界にたいしてはりつけにされているのです。割礼をうけるか、うけないかは問題ではなく、あたらしく創造されることにこそ価値があるからです。このような原理によって歩む者の上に、すなわち神のイスラエルの上に平和とあわれみがあるように。

これからはだれもわたしに悲しみをあたえないでほしい、わたしの体の傷はイエスの焼き印なのですから。

われらの主イエス・キリストのめぐみが、あなたがたの霊とともにあるように。

◆ バルナバ

Barnabas

52

サウロは怒って去っていった。そして怒ってもどってきた。ああ天の父よ、わたしの疲労をおゆるしください。わたしには、もうあの怒りは耐えられなかった。彼の怒りは。いや、だれの怒りも。もはや人と論争する気力がなくなっていた。

自分でもわかっている。たぶんこれは自分でひきおこしたことなのだ。バルサバがサウロの畑を荒らしているという知らせをもたせ、テトスをコリントに送ったのは、このわたしだったから。しかしそれは重大問題だった。だから彼に知らせるよりしかたがなかった。そして彼がどこかへ行くとすれば、そこへ行くと思っていた。ガラテヤへ。彼がエルサレムまで大いそぎでもどり、それから北のアンティオキアへいきおいこんでくるとは思いもよらなかった。どうして彼がアンティオキアへ来ることなど予想できたろう。

しかし彼はライオンのようにうなりながらやってきたので、わたしは彼にたいして扉をとざした。彼に会うことをこばんだ。

愛すべき従順なテトスがすぐにわたしをたずねてきた。彼はわたしの小さな部屋にすわり、わたしといっしょに食事をした。大胆で若いテトスは急に大人になった。旅できたえられ、自立したのだ。友にふたたび会うことは、わたしの老骨にほんとうのあたたかさをあたえてくれた。なにしろテトスがもどってくることなど——ともかく近いうちにもどってくることなど予期していなかったのだから。コリントは遠いから。金持ちと、王族だけが、そのように速く行き来できるのだ。

テトスはさまざまな景色や都市について、息もつかずに話してくれた。たとえば、エルサレムの神殿のそとにあるあの——「美しい門」とよばれている——赤銅色の門が、コリントでつくられたことを知っているかとわたしにたずねた。

ああ、とわたしは言った。わたしは知っていた。「しかしきみはわたしたちより幸運だ」とわたしは言った。「わたしは実際にコリントの鋳造所《ちゅうぞうしょ》をみたわけではないからな」

　そしてコリントの青銅は世界でいちばん上等だということも知っていたかと、テトスはイタチのように熱心に質問をつづけた。それがアウグストゥス帝に称賛され、ティベリウス帝に愛されたことを。

　いいや。そのことは知らなかった。

　それでは「美しい門」は、そのほかに九つある神殿の門より価値があることは知っていますか。そしてそれらが(彼は半分立ち上がり、熱心さのあまりわたしをなぐりつけそうだった)、銀めっきをほどこされ、金にはめこまれていることは?

　わたしは彼といっしょに笑った。わたしが笑っていることは驚きであり、またほんとうのよろこびだった。わたしがまえに笑ったのは、いったいいつのことだったろうか。

「いや。わたしにはその価値はわからない」

　テトスはとつぜんまじめになった。

「バルナバ」と彼は言った。

　わたしは笑うのをやめた。「何だ」

「あなたはどうしてパウロに会わないのですか」

　テトスはギリシア語の名前をつかった。わたしはそのことを思いやりに欠けていると思った。むろん、彼がその名をつかったことには、何も裏の意味はふくまれていなかったろう。しかしその名前がつかわれたことによって、わたしは自分が疎遠にされたような気がしたのだ。そのとき、テトスとサウロの友情を自分がうらやんだこともすまないと思っている。その友情はあたらしく、まえよりも深いものに思われたのだ。

　テトスは言った。「どうしてパウロといっしょにすわって話さないのですか」

　わたしは酒器をとりあげ、彼の杯にブドウ酒をついだ。

「彼がきみをここへよこしたのか」わたしはたずねた。「きみは彼のために話しているのか」

「ちがいます。彼は知りません。もし知ったら、わたしをどなりつけるでしょう」

　こまった。また一つ、自分のことがわかった。わたしはサウロがテトスを送ってきたのだと、なかば期待していたのだ。

　わたしは自分の杯にブドウ酒をついだ。

「ほかの話をしようではないか」わたしは言った。

「わたしは彼を愛しているのです。ペトロがわたしと食事をしなかったとき、いったいほかのだれがわたしをささえてくれたでしょうか」熱心で、けがれなく、草のように若々しいテトスは言った。「そしてあなたのことも愛しています。わたしをささえてくれたもう一人はあなただったからです」とテトスは言い、わたしはとつぜん胸をぐさりと突かれたような思いがした。

「そしてわたしがイエスを信じるまえ、わたしがただの少年だったとき、わたしはあなたがた二人のことを信じていたのです。つまり、あなたたちの友情を。あなたたちがいっしょのところをみるのはとてもうれしかった、パウロは話し、あなたは笑い、あのころは最高でした、バルナバ。あのころはほんとうによかった。それなのに、どうして今はパウロに会わないのですか」

　わたしはブドウ酒をすこし飲むふりをした。それはわたしがもっている最上のブドウ酒だった。テトスとの再会を祝っていたのだ。

「彼はどこに泊まっているのか」わたしはたずねた。

「まえと同じです。シメオンの家です」

「怒っているのか」

「そう思います」

「エルサレムでも怒っていたか」

「ええ、もちろん」

「彼はそこで何をしたのか。どうしてエルサレムへ行ったのか」

「ヤコブをどなりつけるためです」テトスは言った。

「きみはそばにいたのか。彼がヤコブに言ったことはきいたか」

「ええ。二人きりになるまで待つこともしませんでしたから。すぐにどなりはじめて」

「ああ」とわたしは言った。

　ああ天の父よ、わたしは疲れています、とても疲れている。しかしわたしはやってきた若者にさらにたずねた。

「彼はヤコブに何と言ったのか」

「自分はすでに悪魔と闘っていると」

　テトスはテーブルに顔をむけた。こぼれたブドウ酒に指をつけ、テーブルの上に円をえがきはじめた。

「悪魔と闘っている、か」わたしは言った。

　テトスは肩をすぼめ、話をつづけた。「ええ。『悪魔と闘っている』と言うのです。それから、『君主や権力』ともすでに闘っていると。自分は石を投げられ、盗まれ、鞭打たれ、イエスの焼き印である傷におおわれていると。それからヤコブの顔にむかってどなるのです。『それなのに、どうして同胞とも闘わなければならないのか。そしてどうして同胞は、わたしがキリストのためにした仕事を無に帰してしまうのか』と。『わたしがキリストのためにした仕事を無に帰してしまうのか』と、そのとおりの言葉で。

それから小袋をひらいて、彼へわたすようあなたがわたしに託した手紙をとりだして、それをヤコブの鼻先へつきつけながらさけぶのです。『あなたの犬たちをよびもどすのだ。噛《か》みついているから』と。パウロはどなって、顔をますます赤くさせます。『彼らは噛みついて、異邦人をむさぼり食っている。あるいは、もしあなたがたが割礼のために彼らを送ったのではないなら、彼らを管理するのだ。ヤコブ。この場所を権威とみなしている者たちを管理するのだ』と。

するとヤコブがたずねます。『いつからわたしは、人を管理できるようになったのか』と。でもパウロは言います。『あなたがエルサレムで支配しているのだ』と。するとヤコブはうれしくなるほどよどみなく言いました。『ユダヤ人のために四つの簡単な規則にしたがうように異邦人を説得してくれと、わたしはあなたにおねがいした。おぼえているか。あなたのことも支配できないわたしが、どうしてだれかを支配できるのか』と」

「バルナバ」テトスは思い出しながら低い声で言った。

「そのときわたしはこわくなりました。きっとこぶしがふりまわされると思って。

ヤコブが『あなたを支配できない』と言うと、パウロは真っ赤になって怒り、さけぶのですから。『イエスだけだ』と。何かをたたきつけるときのように手をあげながら、『主イエス・キリストだけがわたしを支配するのだ』と。しかしヤコブはおびえたようすもみせずに言いました。『ではイエスがユダ・バルサバのことも支配されていないと、どうしてわかるのか』。そう言われてパウロはのどを鳴らします。息をつまらせたのだと思います。ヤコブは言います。『あなただけに真理はあるのか。善悪の判断すべてが、あなただけにまかされているのか。どうなのか。今ではあなたが律法になったのか。あなたがモーセに取って代わったのか』と。

わたしはパウロをみていて心配になりました。手はあげられたままです。そしてふるえています。大きな顔の小さな目――それが寄り目になって、歯をむきだし、『ああ、ああ』と言って、まるで自分の舌を飲みこんでしまったかのようなのです。彼がヤコブにおそいかかって、わたしが彼をおさえるか、あるいは彼が気をうしなって、わたしが彼をうけとめるかです。あんな光景はみたこともありません。

でもそれから起こったことはほんとうに不思議なのです。彼はやめるのです。つまりパウロは、あきらめるのです。とつぜん小さなため息をもらすと、それで終わるのです。まばたきをし、何度か強く咳払いをし、よこをむいてひたいをこすり、それからふたたびヤコブをみて、ふつうの声で言います。『わたしは異邦人の救済のためにガラテヤへ行く。それから、エルサレムのための献金もあつめましょう。エルサレムの貧しい者たちへの献金について話したことをおぼえていますか』ヤコブはうなずきます。ヤコブが何を考えているのかはわかりません。まぶたがたれさがって、彼の感情を隠していますから。でもうなずいて『おぼえている』と言います。するとパウロは言います。『あなたの申し出をつつしんでおうけしましょう。まずガラテヤからはじめて、わたしが設立したすべての教会から、また遠くマケドニアやアカイアの異邦人からも献金をあつめましょう』と。

バルナバ、献金が何かと関係あるのでしょうか」

テトスは話をやめた。わたしは彼の問いに答えなかったが、ヤコブがエルサレムの貧しい者たちについて話していたことを、わたしも急に思い出していた。サウロがそれを思い出したのが不思議だった。今の今まで、わたしはその提案のことをすっかりわすれていたからだ。

テトスはブドウ酒をひとくち飲み、わたしをみた。「わたしには理解できませんが、そのようなことが起こったのです。ほかに何を話しましょうか。もうお話しすることはありませんよ。どうして彼に会わないのですか。ひょっとするとパウロは——わかりませんが——何か、悲しいのではないでしょうか。悲しくもあり、怒ってもいるということはありえるでしょうか。どうして会わないのですか、バルナバ」

テトスがたったいま説明した光景こそ、わたしにはもはや耐えられないものだった。サウロは闘い、挑まれ、近くにいる者はそこを去ることができず、だれもがどちらの側につくかの選択をせまられる。その光景は過激なものだった。サウロは西へ行って、はげしさを増したようだった。彼がとりみだし、言葉をうしなったのを、一度だけみたことがあった。バルサバがシメオンの家で四つの命令を読んだときだ。

「わたしは年老いたからだ、テトス」わたしは言った。「そしてつかれている。息子よ、わたしをみなさい。わたしの手の甲を。何がみえる?」

「静脈です」

「青い静脈。くねくねとふくれあがった静脈。年のためにできた茶色のしみ。わたしの髪はどんな色になったか」

テトスはかすかにほほえんだ。「銀色です、わが父よ。わたしのペンダントのような銀色だ」

その贈り物を、彼はわたしたちのあいだに勝利のようにかかげてみせた。

〈ああ、テトス〉わたしはそのしぐさにほほえんだ。老人の贈り物を若者が身につけてくれていることがうれしくて、ほほえんだ。

「きみが身につけている銀は価値あるものだが、わたしの銀は年によるものだ」わたしは杯をあげた。わたしたちはブドウ酒をひとくちずつ飲んだ。

わたしはテトスの解釈のことを考えた。悲しい？　サウロが悲しむことなどあるだろうか。わたしは彼からそのような感情を感じたことはなかった。一度も。ふさいでいるというほうが近いのではないか。サウロの怒りには、海の天候のように多くの変化がある。そしてその変化のどれもあてにしてはならないのだ。おだやかにみえても、急に洪水のように押しよせてくるから。

テトスはわたしの肩を軽くこぶしでたたいた。「どうしてあなたの兄弟とゆっくり話をしないのですか、バルナバ」

今回わたしはそれに答えた。「彼はわたしにもどなりつけたのだ」

「でも彼はそういう人なのです」若者はすぐに言った。

「彼はどなるのです」

「わかっている。わかっている。ただわたしにはもうその重荷が負えないのだ。テトスよ、彼はわたしをさがしにきた。シンゴン通りで女たちの一団に説教しているわたしをみつけた。遠くからでも彼の声がわかったが、それはあいさつではなかった。彼はどなっていた。『あなたは彼にも手紙を書いたのか、バルナバ』と。わたしは彼に会えたのがうれしくて、ほほえんで目をあげた。しかし彼はわたしに、まるで非難のようにきこえる質問をあびせかけた。『テトスをコリントに送ったとき、だれかをペシヌスにも送ったのか。そうであったことをねがっている。背信のことでバルサバをとがめたのか。彼は主を裏切ったのだ』。サウロはどなった。申し訳ないがとも言わず。平和があなたにあるようにとも言わずに。ひとことめからすさまじかった――このとおりに言ったのだ、テトス。通りで、女たちのまえで、サウロは両腕をあげてどなった。『バルサバは異邦人を地獄に送っている。異邦人はバルサバのために死んでいくのだ』と」

テトスはしずかにわたしに言った。「わたしもその言葉は知っています、そのとおりの言葉を。わたしもききましたから。そこにいたのです」

「きみもシンゴン通りにいたのか」

「彼のうしろに」

わたしはそばにいる若者に目をこらした。「それならわかるだろう、テトス。わたしは自分がどんなに疲れているかが急にわかったのだ。どんなに疲れているか。だからサウロに答えなかった。答えられなかった。何も言えなかった。ふりむいて去っていった。そしてここへ、わたしの小さな部屋へ歩いてもどり、戸をしめてかんぬきをかけた」

　活力とよろこびにみちた若者テトスは、ため息をついたようにみえた。しばらくして彼は言った。「でもわたしが彼の悲しみを感じたのは、あのときだったのですよ、バルナバ」

◆ ヤコブ James

53

サウロに妹がいた。正直いって、サウロに妹がいたことにわたしはおどろいた——しかもわたしのところから北にむかってらくに歩いていける、城壁の塔門があるあたりの家に。エルサレムに妹がいたとは。家族から生まれ家族のなかで育った男に家族があるからといっても、おどろくことはない。しかしわたしはおどろいた。同時にそれを知ってひそかにしめたと思った。彼にも愛着のあるものや、足手まといになるものがあると想像することで、あの男をいくらかでも弱めることができたから——あの男の力や、目にみえる彼の存在感を。あの戦士も、みかけほど身軽ではなかったらしい。

そしてサウロが以前二回のエルサレム訪問のとき、妹のことを口にもせず、わたしの知っているかぎり彼女のところへ行きもしなかったという事実、つまり自分ではみとめようとしていない愛着——まもるべき秘密や、隠しておくべきこと——をもっていたことは、彼をさらに弱めてくれた。

　その問題をパウロがわたしにあかしたのは、三回めの訪問のときだった。彼は、頼みがあるとわたしに言った。

　わたしたちが議論したあと、そして彼がめずらしく自分の弱さをみせたあと（彼は感情を弱らせがちだ）、さらにわたしが、いわば彼をかこっておくための線をひいてしまったあとで、彼は自分の代わりに妹と話をしてくれないかと、ひかえめにたのんだ。またひかえめに説明した——二人は二十年以上も話していないのだと。

　別離は二人の合意のうえでおこなったことで、それは妹が、忠誠をひるがえすまえの彼のように、いまだにモーセの神に心をかたむけているためだった。だからわたしに彼女のところへ行ってくれないかというのだ。というのは、彼女はイエスの信者をさげすんでいるが、わたしの名声は、ファリサイ派の者さえたっとんでいるからと。わたしのことを「正義のヤコブ」と彼は言った。「門のヤコブ」と。

そのころエルサレムの通りを刺客《シーカーリウス》がうろつくようになっていた。このもっとも過激なユダヤ人たちはうすい短刀《シーカ》を衣のひだに隠していたので、ローマ人たちは彼らをそうよんでいた。彼らはすれちがいざま、警戒していない敵に短刀ですばやく切りつけ、そのことを知られずにそのままとおりすぎ、彼らのうしろで死んでいく男がたおれこんでも、けっして歩みをとめないのだ。

刺客《シーカーリウス》に殺されるのは、態度のあいまいなユダヤ人、ローマとなれあいになっているユダヤ人たちで、そのようなユダヤ人のローマ人への嫌悪は情熱的でもなく、公共心に富んだものでもないと、過激な者たちは考えていた。サウロには富も身分もないのに、ひどくローマのことを気にいっているようにみえたので、彼がみずから妹の家にでむけば不幸なことをまねきかねなかった。彼女の夫は律法や神殿の神聖さ、エルサレムの自由に過激なまでに熱心な者で、ローマとの協力者を忌みきらい、そのような忠誠を偶像崇拝と解釈しているのだとサウロは説明した。〔神以外に主なし〕と、殺意をもって誓いをたてている男なのだと。

サウロは妹からあるものをもらいたいのだという――それを手にいれる手助けをしてくれないかと、彼は完璧《かんぺき》な、まえもってねっていたらしい明快なアラム語でたずねた。

たった一日のみじかいエルサレム滞在中に、サウロは三つのことでわたしをおどろかせた。その二つめがこのことだった。彼がだれかに何かを必要としていることとそのものではなく、その必要をみとめ、またその必要を自分でみたすことができないことを、みとめているということだった。彼は妹から何かをもらう必要があり、それを手にいれるのにわたしを必要としていた。

「それ」というのは、小さな木製の二つ折り書板で、妹が父親からうけとったものだった。その二つ折り書板は、法的な書類だった。蠟《ろう》でおおわれた表面には、サウロがローマ市民である証拠と、証人の署名が保存されていた。彼はフィリピで逮捕され、そこで鞭打たれ、投獄されたと言った。苦しみをうけ、また地震による神の介入があったのちに、ローマ市民であるという彼の言葉を、役人はうけいれた。しかし、もし自分でその証拠を携帯していれば、鞭打たれたり、かせをはめられたりすることはさけられただろう。

サウロはわたしを必要とし、わたしはそれに同意した。

わたしは彼の妹の家へ行き、彼女には息子がいることを知った。サウロにはエルサレムに住む甥《おい》もいたのだ。それはまさに家族だった。

美しい若者がわたしに扉をひらいた。赤い頰と、ふさふさした黒い髪をしていた。わたしは自分の名を言ってから、女に――彼の母親ということになるのか？――会いたいとつげると、彼は扉のところにわたしをのこして消えた。

サウロの妹はあらわれなかった。男がやってきた。長身で頬骨が高く、まっすぐな眉、灰色の目のくすんだまなざしをしたとびきりの美男子で、あの美しい若者の父親にちがいなく、その家の主人でもあるのだろう。

彼は何も言わなかった。

わたしは入れとも言われないまま、口をひらいた。わたしはサウロの義理の兄だと言って、要求をのべた――実際にはサウロの要求を。そのあいだ長身の男は目を細めてさぐるようにわたしをみおろしていた。

わたしが話しおわると彼は言った。「あなたのことはきいている。あなたにはなんの文句もない」

わたしは彼がわたしをみとめてくれたことに感謝し、彼の名前を知らないことをわびた。彼のことを名前でよびたいのだがと、わたしは言った。

彼は自分の名前を教えなかった。ただわたしをみつめただけだった。

そこでわたしはサウロの要求を、言い方を変えてくりかえした。

男は言った。「わたしの家にそのようなものはない」

わたしは言った。「たぶんあなたの奥さんがごぞんじでしょう。奥さんはたぶん証書をもっておられるでしょう。ローマ市民の家族のなかでくらしておられたから……」

男は言った。「この家には、生きているものも生きていないものも、ローマのものは何一つない。そしてもしローマの者が生きてこの家に入れば、それは死んでここから出ることになる。わたしはその者をこの手で殺しますから」

彼は別れもつげずに扉をしめた。

この男は、この町の状態を象徴する人間だった。つまり、エルサレムは疑惑の巣ということだ。どの家でも怒りがうなりをあげていた。しかしこの家にはさらに、わたしには知るべくもない理由によって、サウロへの特別で個人的な、すさまじいまでの侮蔑があった。

わたしはサウロのところへもどり、彼の妹は二つ折り書板について何も知らないし、あの家族のことはさけるのが賢明だと話した。

彼はうなずき、それ以上くわしいことはきかなかった。

そのみじかい訪問のあいだに、三度めにわたしがおどろかされたのは、サウロが、一人のエルサレムの教会の指導者が外国に指導力をおよぼすことができると考えていたことだ。しかし彼におどろかされたことを、わたしは議論の最中におもてだってあらわしたことは一度もなかった。わたしは長いあいだの必要から、落ちつきをたもっていることを学んでいたからだ。

　しかしこれは三つのなかでもっとも深くわたしをおどろかせたことだった。サウロはわたしに、バルサバと、ほかのガラテヤの説教者たちを管理するようにたのんだのだ。わたしの権限の範囲を、彼はなんと大きく容認してくれたことか――しかし彼がそのことを考えぬいて言ったとは、とうてい思えなかった。それは激情にかられた言葉として、なんの根拠もなしに言われたもので、わたしはそのようなものに応じることはできず――それゆえ応じる約束もしなかった。

　しかし、それが事実であればよかったとは思っている。サウロ自身に従順なところがありさえすれば。そしてすべての教会を一人の者が指導することにより、諸教会のあいだにまったく不一致がなければ。もしわたしたちがいたるところで、同じ心と、同じ裁きによってむすばれていたなら。

　わたしはサウロと別れるまえに、そのような心情をつたえた。

　また、彼の要求が家族に拒絶されたことにも同情をしめした。

「わたしの家は地上の町にはない」と彼は言った。

テモテ

Timothy

54

エルサレムとアンティオキアのあいだで、パウロの肉体的な苦痛は、彼に重くのしかかった。傷ついた背中のために彼は足をひきずり、太った老人のように難儀して歩いた。すわって休むことが多くなった。わたしは彼の二つの革袋のうち、一つをもっていた。はるか以前にリストラをはなれたときのように、一日に三十キロもすすむことはできなかった。せいぜい二十数キロだろう。

しかしアンティオキアに入ると彼は一変した。足どりは軽くなり、口もとはひきしまり、体ははりつめて力をもち、背筋はしゃんとした。彼はわたしたちの先に立って、ヘロデとティベリウスの通りとよばれる大通りをすすんでいった。がに股で跳ねるようにまえへすすみ、弱っているようなそぶりはまったくみせなかった。

「彼はどこへ行くつもりなのか」とテトスは言った。

しかしテトスはその町を知っていた。わたしは知らなかったが。彼はわたしの答えを期待していたわけではなかった。

パウロは細いわき道に入っていった。テトスは顔をかがやかせた。「シンゴン通りだ」彼は声をあげた。「パンテオン近くの」

若者はパウロに追いつくために足を速めた。

わたしは彼らのうしろで荷物のために苦労しながらすすんだ。

パウロはアンティオキアに門から入っていかなかった。彼はその町を青天の霹靂《へきれき》のように攻撃したのだ。

わたしが細いわき道に入ったとき、彼とテトスはすでに別のひろい通りへぬけていた。しかし町の騒音にかぶさるようにして、すでに彼の声がきこえていた。その内容からではなく、言い方でわかったのだ。のこぎりの刃のようにかん高い声が攻撃し、問いかけていたから。

やっとのことで彼らのところへ行くと、パウロは凝《こ》った噴水のそばに立ち、歩きさっていく肩幅のひろい男の背中をみつめていた。

「バルナバ？」とパウロは言っていた。「バルナバよ」

大きな男は頭をふり、歩きつづけた。

若いテトスはものも言えずに立ちつくし、パウロから去っていく人物へ視線をうつしていた。彼の頬は、たたかれたように燃えていた。

きわめてしずかにテトスはパウロに言った。「彼はいま悲しいのだと思います。あなたは彼を悲しくさせたようです」

二人とも、わたしがついたことに気がつかなかった。

ほんの一瞬だったが、緊張の糸が切れたようにパウロから力がぬけた。それから体をまっすぐにして問いつめた。「テトス、信者たちはどこにあつまるのか。今ではどこにあつまるようになっているのか」

「洞窟です」テトスは言った。「ほら穴です。おつれしますよ」

そこでわたしたちはまた町を歩いたが、足どりはすこし遅くなった。テトスによると、パウロがアンティオキアを出てから、ペトロはその洞窟で説教をするようになったのだという。「ここで説教をして、洗礼もさずけています。洞窟内に小さな泉がわいていますから」

まっすぐな道をすすんで町の東側へ行った。

「あそこです」テトスは、スタウリン山の切りたった岩のほうを指さしながら言った。

洞窟の入口をかこむように、加工していない石の壁が最近つくられていた。高いところにある窓からは、男女が賛美歌をうたう声がきこえた——わたしがきいたことのない賛美歌だったが、イエスを主とよび、それをきいたテトスはパウロのほうをみて、にっこりした。

「故郷だ」と彼は言った。そして茶目っ気をみせてパウロの肩に手をかけた。「故郷の人たちです。故郷に帰ってくるのはいいものだ」

若者はこれまで故郷の町から出たことはなかったのだ。テトスはとぶようないきおいで壁につけられた木戸のところへ行き、それをあけてわたしたちをなかへまねいた。

わたしたちはそこに入っていった。テトスが先頭になり、それからふたたび力をとりもどしたパウロ、わたしとつづいた。

暗がりに目がなれるまでしばらくかかった。人びとはわたしのまえで影のようにみえた。彼らの歌声はとぎれがちになった。

テトスは頭をそらせて大声で言った。「ここにいる人をみてください。パウロです」——すると歌声はぱったりやんだ。

生きている者たちの影がもぞもぞと足をうごかした。しかしだれも何も言わなかった。一人ひとりがみえるようになってくると、みな立って、こちらをふりかえっていることがわかったが、彼らの顔の表情を読むことはできなかった。見知らぬ者たちだった。わたしの知らない者たちであるのはたしかだが、パウロにとっても知らない者たちだったようだ。わたしたちは彼らの邪魔をしているような気がした。

まだ笑顔のままのテトスが言った。「コリントへ行って、彼をつれもどしてきたのです。ほら、パウロです——つまりサウロですよ」

パウロのひざはまげられ、体重は爪先のほうへかけられていた。それはわたしの知っている競走者の「用意」の姿勢だった。それをみておそろしい場面が予感され、わたしの心臓はとまりそうになった。

彼は一歩まえへ出た。「アンティオキアの教会よ」彼はとつぜんよびかけた。「あなたがたに言いたいことがある」

それはあいさつもない叱責《しっせき》するような調子で、人びとはひるむような反応をみせた。

しかしすぐに一人の男がさけんだ。「あなたなのか、あのイスラエルをわずらわす者よ」

即座にパウロは答えた。「わたしはイスラエルをわずらわせていない」と彼は聖書から、アハブの非難にたいするエリヤの答えを引用していた——引用の残りは、『あなたこそわずらわせている』だ。

彼らは知らない者たちではなかったのだ。彼らはおたがいを知っていた。ではここで何が起こっていたのか。どうしてパウロはそれほど警戒していたのか。どうしてこの人たちはパウロのことを警戒するのか。

その男は言った。「何だ、何だというのか」——その男をみわけることができた。人びとのなかでもっとも背が高く、首が長くて頭は完全にはげていた。「またわたしたちを非難するために来たのか」彼は声を荒らげて言った。

テトスは大声で弁解した。「ちょっと待って。待ってください」

しかしパウロは彼を無視した。その言葉をさえぎってパウロは言った。「あなたがたは非難をうけるようなことをしているのか、マナエンよ。アンティオキアの教会は非難されるべきなのか」

女が言った。「わたしたちの心を知っているのは聖霊です。あなたではありません」

パウロは言った。「心は行動にあらわれる」

「そうだ、そしてあなたの心はどうなのか」あたらしい声がよびかけた。ひざ丈の兵士のズボンをはいた男がすすみでた。「あなたの行動はみた」男はこぶしをあげながらきっぱりと言った。「あなたは狂った男だ、サウロよ」

「わたしは自由な男だ」パウロは言った。礼拝する一団全体をつつみこむように、彼は両腕をひらいた。「アンティオキア、アンティオキアよ、わたしは自由についてここで学んだのだ、あなたたちから。あなたたちは、すべてのことはゆるされているとわたしに教え、わたしはそれを信じた。あなたたちはまだそれを信じているのか。それとも、キリスト・イエスがわたしたちを自由の身にすることによってあたえてくださったその自由を、あなたたちは犠牲にしてしまったのか」

数人の者たちが同時に話しはじめた。

「わたしたちをがんじがらめにしてしまったのはあなただ。ペトロがそれをほどいてくれた」

「わたしたちは自由と罪の両方を感じることはできない」

「サウロ、サウロよ、どうしてまたもどってきたのか」

パウロはその騒然としたところへ声をひびかせた。するどい、きわだった声をはりあげて、わたしたちをコリントからここへ駆りたててきた問題についてのべた。「あのゆがんだ預言者ユダ・バルサバのゆがんだ言葉をもしアンティオキアの者が今もたっとんでいるなら、あなたたちは罪を感じるべきだ」

「ああ、わたしたちをほうっておいてくれ」彼らは言った。「わたしたちを裁くのはイエスであって、あなたではない」

しかしパウロにははずみがついていた。彼はすでに説教をはじめていた。「わたしが恥というものを教えよう」彼は声をあげた。「自由にされておきながら、みずから律法のくびきをえらぶこと、それこそが恥というものだ。いや、恥よりもひどい。あなたがたに罪と背信について教えよう──」

人びとはつぶやいていた。「行ってくれ、行ってくれ」と。しかしパウロはきいていなかった。

彼は言った。「自分たちの自由を、律法の束縛と交換するようにほかの者を説得すること、これは地獄に落ちるにあたいする罪だ。ああ、アンティオキアよ」パウロは声をはりあげていた──人びとが彼からはなれ、洞窟の奥の壁にむかって歩きはじめているそのときも──「アンティオキアよ、あなたがたは恥じているのか。あなたがたが感じているのは恥なのか。自分たちの自由をひきわたしてしまったのか」

洞窟の奥で、背の高いはげた男はかがんで、岩の細い裂け目に入っていった。ほかの者たちもそちらに入っていった。それはたぶんほかの出口に通じていたのだろう。

パウロは人びとの背中にむかってなおも説教をつづけた。

「それとも、あなたがたが感じているのは恥よりひどいものなのか。あなたがたは、異邦人の魂をほろぼし、いつわりの福音をつたえる者たちの背信行為を支持するのか。忌まわしい罪をみとめるのか。ユダ・バルサバを支持するのか――」

しかし人びとは去っていった。みな行ってしまった。パウロの声はうつろに岩にこだました。「――かつてわたしを支持したように」

彼はだまった。

そのときはじめて洞窟内にやさしい音がきこえた。こんこんとわきだす水の音。洞窟の中央にくぼみがあって、そこに水たまりができていた。それこそが、ペトロが洗礼をさずけたと、テトスが話していた泉だったのだ。若者をみると、ふたたびそれとわかるほど不安そうにパウロをみつめていた。

そのパウロは、夢みるようなまなざしで洞窟の奥をみつめていた。

考えをそのまま口にしているような抑揚のない調子で彼は言った。「では自分たちで問題を解決しなければならない」

すると二つめのやさしい音が影のなかからきこえてきた。それはこつこつという音のまじった老人の足音だった。礼拝者の一人は、ほかの者たちといっしょに出ていかなかったらしい。奥まった暗がりから、彼は足をひきずりながらわたしたちのほうへやってきた。白い羊毛のような眉をした黒人が、杖にすがって歩いていた。こつこつと杖の音をひびかせながら。

ゆっくりではあったが、その歩みはパウロにまっすぐむかい、パウロはそれに気づいて、彼がやってくるのをじっとながめていた。おそらく警戒していたのだろう。

「友よ」と老人は言った。「まえのようにわたしの家に来て、泊まりなさい」

パウロは答えなかった。眉をしかめた。口をあけ、だまって唇を丸めていた。沈黙そのものが言葉であるかのように。

老人はパウロのまえに立ち止まった。かつての彼は、わたしの友人より頭一つ分は背が高かっただろう。しかし年老いた今は体もまがり、二人の目の高さは同じになっていた。

ゆっくりと黒人は両腕をひらいた。「来るのだ、サウロ。またわたしの子になりなさい」

パウロは声をあげて老人の首にとびつき、口づけし、彼を抱いた。

杖は音をたてて床に落ちた。

老人がささやくのがきこえた。「あなたを束縛することにはならないだろう、わたしの子になるのは？」

　パウロはうなずきながら何も言えないでいた。

「愛するサウロよ」老人はささやいた。「それはくびきではないだろう？　あなたになくてはならない自由をとりさることにはならないだろう？」

　二人はしっかりと抱きあっていた。二人にはたがいの顔をみることはできなかった。しかしわたしにはみえた。パウロのあごがふるえているのが。鼻孔はひらき、目はかたくつぶられていた。

　老人はまだ彼の耳にささやいていた。「そして、あなたが年老いたおろかなわたしを愛しても――その法は、あなたを殺さないだろう？」

バルナバ

Barnabas

55

イエスよ、わたしは疲れています。年を取りました。思っていたより年老いています。心が痛み、無念を感じ、世界のためにおそれているのは、わたしたちがあなたの御名をつたえているべきなのに、わたしたちは失敗をくりかえし、仲間割れして……。

キリストよ、いったいどこにおられるのでしょうか。

何を待っておられるのでしょうか。

いったいいつ、もどってこられるのか。

わたしたちがよろこびさわいでいたときに、どうしてもどってくださらなかったのか。あのころはどんなによかったか。食べ物も、わたしたちの気持ちも、聖霊もすべてがあたらしかった。そしてわたしはよく笑った。むずがゆさのように胸のなかに笑いが入っていて、それがすぐにでもふきだしてきた。あのころは、何もわたしの笑いをとめることはできなかった。

そして全世界が天地創造のときのように新鮮に思えた。すべてが可能だった。いろいろな話をきいた。不思議なわざをきいた。あなたが死なれたときに大地がゆれ、岩が裂け、墓がひらき、聖なる者たちがエルサレムにのぼってきたこと。あるいは聖霊をあざむいた者がペトロの足もとで死んだこと。あなたが死者のなかからよみがえってから二カ月もたたないころ、たった一日で三千人が洗礼をうけ、教会にくわえられたこと。三千人です。

あのころ、わたしたちの用意はできていたのではないでしょうか。わたしたちは善良だった。説教はよきものだった。イエス、イエスよ、あのころのわたしたちは、使徒の教えや、信者の交わり、そして祈りに、陽気な心とよろこびをもって身をささげていました。あらゆるものを共有していました。

自分の土地を売り、その金を教会へあたえたのはわたしだけではありませんでした。わたしたちみんなが自分に可能なものをあたえ、みんなが必要なものをえていました。毎日のようにわたしたちは神殿にのぼりました。毎日のように自分たちの家でいっしょにパンを裂きました。毎日いっしょに食事をし、神をあがめ、はればれとした世界をたたえることをたのしんでいました――。

　どうしてあのときに来てくださらなかったのですか。イエスよ、教えてください。待っていることで、あなたはいったい、どのようなよいことを完成されたのでしょうか。

　反目しあうのはよいことでしょうか、仲間同士で争ったことで、よくなったのでしょうか。

　わたしは老人になりたいと思ったことなどありません。そんなことはなかった。そして自分が老人になった今、それは想像していたよりつらいものです。

　教会がまだ若かったころ、わたしはあなたの王国はゆたかな、さわやかなみどりの庭で、そこには食べられる果実や、ガゼルのように速く走るための草、息をしたりさけんだり笑ったりするための黄金の空気があると考えていました。でも今ではそこを、もはや苦痛も悲しみも涙もない、休むための寝台、闇のなかの寝椅子と考えています。むかしは、ものごとは天国からはじまると考えていました。今ではものごとが終わることをのぞむばかりです。

　あなたが来られるのはおそく、世界は悔恨で重くなりました。ペトロは去っていった。彼とシラスとヨハネ・マルコはアンティオキアをはなれてローマへ行ってしまいました。もうわたしが彼らに会うことはない。いとこに会えないのはさびしい。

　そこへ、いらつき、怒ったサウロがやってきました。聖霊はわたしたちをなぐさめてくれるべきなのに。しかしサウロがいると霊はたしなめ、非難する。聖霊はわたしたちを裁き、分かちます。

　今やわたしたちに共通するような何があるでしょうか。わたしたちのあいだで、あなたの御言葉が何の役に立つのでしょうか。なぜ待っておられるのですか。

　どうしてきのう来られなかったのですか。きのうでもよかったのに。死の天使がアンティオキアへやってきて、あなたの十字架を背負った男、シメオンの家に入るまえに。

　主イエス・キリストよ、もしあなたがきのうここにおられたなら、わが兄弟、愛する友、シメオンは死ななかったでしょう。

　ああ、おゆるしください、どうかおゆるしください。こうして責めるわたしは何者でしょう。わたしは分別も善良さも、自制心もうしなっています。年老い、ひどく疲れているのです。

テモテ
Timothy

56

　真夜中に泣きさけぶ声で、わたしは目をさました。ねがいもとめるような泣き声に、はらわたをつかまれるような思いがして、わたしはふるえながら身を起こした。それは母のような声だった。寝床のなかでまえにかがむと寒く、自分がリストラにいる子どもで、てっきり母が父のために泣いているのだと思った。

　心に痛みをおぼえながら、わたしはさけんでいた。〔母さん、母さん、どこにいるのですか〕

　母は答えなかった。

　父は死んでいくところだ。なぜなら、死をみつけたなげきの声を、わたしはきいたのではなかったか。母は父ののどからふきあがった鮮血の泉をみつめていた。真紅のおおいのように寝台にながれるその血は、目でみることのできる、去っていく父の命の流れだった。

　二度めに泣きさけぶ声がしたときは、戸口からはっきりと言葉がきこえた。「シメオン、ああ、シメオン」と。

　わたしはリストラにいるのではなかったのだ。わたしは子どもではなかったが、子どものときの悲しみはわたしのなかにとどまっていた。

「パウロ？」とわたしは小声でよんだ。「パウロ、あれをききましたか」

　しかし寝室の空気はしんとしていた。彼の寝息はきこえなかった。

　起こそうとして手をのばすと、彼の寝床は空だった。真っ暗闇のなかで立ち上がり、扉のほうへそっと近づいていった。

　肺が息をすいこんでいるように、家じゅうがふくらんでいるように思え、それからどこということはなく、わたしのまわりのいたるところで泣き声があがった。「シメオン、わたしもいっしょにつれていって。シメオン、いっしょに行きたい」と。

　〔シメオン〕それは、自分の家に滞在するようにパウロをまねいた、杖にすがった年老いた黒人だった。

寝室のそとに出ると、遠くの角のあたりにうっすらと光がみえた。

自分の父への悲しみにみたされたわたしは、はだしで敷物の上を歩いてその光のほうへ歩いていった。

角をまがった。

そこにはわたしたちのものとほぼ同じひろさの寝室があって、四隅の台に置かれた油のランプに照らされ、わたしの師であり友であるパウロの姿がみえた。彼は寝台の左側にひざをつき、その服は引き裂かれ、頭はいつもより大きく重そうにみえた。シメオンの妻は右側にひざまずいていた。シメオンは二人のあいだによこたわっていた。妻は夫の黒いひたいをさすり、かがみこんでその顔に口づけし、彼の手をとって力のない怒りでそれをひきよせ、頭を近づけて夫の手のひらに自分の目をうずめた。

シメオンはひっぱられるままになっていた。もはや彼のなかに意志の力はなかった。あごはだらりとしていた。黒い肌は、ことにその唇はチョークのような青白さになっていた。シメオンは死んだのだ。

わたしは悲しみをかかえてやってきたが、ここにはその対《つい》になるような悲しみがあった。わたしたちは悲しみによってむすばれた家族だった。シメオンの妻はわたしの父の妻であり、わたしの母だった。どちらの女も同じ歌をうたっていた。そのために時の境はなくなり、あらゆるところのすべての死がこの一つの死に重なった。わたしの友で師であるパウロはだまっていた。その大きな頭にはさまざまな思いがうずまいていたのかもしれないが、目はシメオンに釘づけになり、唇はゆがんでいた。唇には血の気がなく、青ざめてひきつっていた。

わたしもひざまずいた。そして老人の足の裏をさわった。足の爪は厚く、畝《うね》ができていた。かかとは樹皮のようだった。わたしはこの黒人に父の姿を重ねあわせ、自分から悲しみがながれでていくのにまかせた。そして女たちのように鼻でハミングし、フルートのような裏声で自分の悲しみをあらわした。

わたしのハミングは大きくなった。すると年老いた彼の妻がうなずいた。彼女は夫のかたわらで身をふせ、さめざめと泣いた。

そのうちわたしの音楽にあわせて、荒々しいリズムで木の枝が裂けるような音がした。みるとパウロが前後にゆれ、自分の裸の胸を手のひらでたたいていた。

「ああ、父よ」とパウロは言った。そしてぴしゃりと胸を打ちつけた。目は充血し、乾き、かまどのように熱くなっていた。「ああ」と言ってはまた何度も胸を打ち、また「父よ」と言うのだった。

彼の父でもあったのだ。

「ほんとうに善良な人だった」パウロは言った。そしてだれかを責めるように声をあげた。「善良な男。だれよりも善良な人。イエスの十字架を背負った人。背負ってくれた人」そして声を落とし、「わたしを背負ってくれた」と、ささやくように言った。

部屋はしずかになった。

死者を悼《いた》む二人はそれぞれ自分のほうへシメオンの腕をひっぱったので、その両腕は大きくひろがった。パウロはその右腕をにぎり、シメオンの妻はその左腕の上で泣いた。パウロもシメオンの妻も、同じようにみえた。わたしの悲しい目に映る彼らは——遺体を二人のあいだにささえて、これから天にすすんでいこうとしている天使たちのようだった。

やがてわたしは沈黙をやぶった。「あなたの息子たちはどこですか。父親が亡くなったことを、だれか子どもたちに知らせたのですか」

パウロは何のことだか理解できないようにわたしをみた。「ルフォス」と、わたしが子どもたちの名前をたずねたかのように彼は言った。「アレクサンドロ」と。

「どこに住んでいるのですか。夜なのにどうやって彼らの家をさがせばいいのでしょうか」わたしは言った。


シメオンの妻は体を起こし、わたしのほうへ手をさしのべた。わたしは立ち上がって彼女の手をとった。「ありがとう、テモテ」その声のやさしさに、わたしは意気地をなくした。そのような慈悲深いやさしさにはとても耐えられなかった。彼女の夫は黒人だった。彼女は色白だ。二人ならぶと、老年のめぐみを絵に描いたような夫婦だった。どうして彼らはバウキスとピレモンのようにいっしょに死ぬことができなかったのか。

彼女は言った。「召使をつれていってください。台所の戸のわきで寝ていますから。彼女が道を教えます」


こうしてわたしは、ほとんど会ったことのない男たちに訃報《ふほう》をつげにいくことになり、少女に案内されて出かけた。そして夜中に扉をたたいて、人びとをおびえさせた。アレクサンドロは父の死をつげられると、家族を起こしにいった。ルフォスには、起こすような家族はいなかった。彼は扉をしめさえしなかった。父の家へ、全速力で通りをかけていった。

わたしと少女がもどると、パウロとルフォスはシメオンの寝台を、大理石を張ったテラスの噴水わきに移していた。敷布はとりさられていた。むきだしの木の枠が死んだ男の体をささえ、遺体からも服が脱がされていた。裸の体を腰布がおおっていた。

シメオンの妻は、夫の痛ましい骨ばった遺体を水と海綿でふいていた。老人のふわふわした白い眉はしずくで光っていた。

ルフォスはわたしたちが入ってくるのをみるとすぐに、召使に洗いたての敷布と清潔なクッションと、シメオンの最上の衣をもってくるように言いつけた。

パウロは風に吹かれた木の葉のようにうろうろしていた。「オリーブ油はどこだ」と彼は言った。

そしてまた言った。「香は？　香はあるか。没薬《もつやく》は？」

そして語気強く言った。「わたしたちは悲しまない」

パウロはその考えをくりかえし言ったが、とくにだれかにむけたわけではなかった。「わたしたちは希望がない者たちのように悲しんではならない」と彼は言った。「イエスは死んでから、よみがえられたのだ。シメオンもよみがえる」

悲しげにパウロは言った。「ルフォスよ、このような夜中に没薬をさがすことができるだろうか。だれか知り合いの者がアロエをもっているだろうか」

しかしすでに没薬は軟膏《なんこう》と混ぜられ、つかいやすいように容器にいれられていた。それはシメオンの家族の手からじかにぬられた。年老いた黒い肌にふたたび光沢をあたえ、チョークのような青白さを黒くした。刺激のあるかおりが空気にみちて、鼻水がながれると――わたしはふたたび、父さんの遺体のそばでとまどっていたリストラの子どもにもどった。

ルフォスは両腕に父を抱きかかえ、母親は死んだ男の頭に清潔な上着をとおせるようにささえた。寝台の枠は清潔な敷布でおおわれた。遺体の腕は両わきにそえられ、頭は清潔なクッションにのせられ、足は扉のほうにむけられた。

人びとがあつまりはじめた。アレクサンドロと家族の者だけではなく、ほかの者たちも。

知らせはあちこちへひろまった。信者たちが泣きながらやってきた。二人の女が片隅にすわってフルートを吹き、その旋律は空気のなかに悲しみを織りこみ、わたしたちの魂をうずかせた。白と黒の四角い大理石を配した床の、シメオンの寝台のまわりには花びらがまかれた。噴水は新鮮な水をながしていた。

中庭の上であかつきが空を染めていった。地上に朝がやってきた。

さらに多くの人がシメオンの家にやってくるようになると、わたしはテラスの奥の壁へひきさがった。玄関からもっとも遠いすみへ。悲しみのなかにいるとき、わたしたちは心から人との交わりをもとめる。しかし同じ悲しみが、わたしたちを人から遠ざける。愛と孤立の二つを、わたしたちは同時に知るのだ。それをうまく説明することはできない。酔っているような感じなのだ。人びとの上を、ただよっているような感じ。そしてその人びとは、したしい友人であるはずなのに、なぜかみしらぬ他人なのだ。

いつのまにかパウロがそばにいた。

彼はわたしの上腕をつかみ、痛いほどしめつけた。

「時間がないのだ」と、彼は早口の小声で、正確に、熱心に言った。わたしのことはみていなかった。小さな目は、テラスで白い敷布の上に黒い体をよこたえるシメオンにじっとそそがれていた。パウロの肩は緊張で丸まっていた。わたしのとなりで彼はいつもより小さくかがみこんで、まるでサルのようだった。

「テモテ、わたしたちにはすこししか時間がない。キリストがすぐに来られるからではない。わたしたちがすぐに死ぬからだ。もしこの地上にわたしの家があったとすれば、それはこの家だった。しかし彼をみろ。彼を。ああテモテ、彼をみるのだ。シメオンは死んでいる」

ペトロの洞窟でパウロをしかりつけた背の高いはげた男が、頭をかがめて家に入ってきた。彼はテラスへとつづく会葬者の列にくわわった。わたしは彼の目に涙をみておどろいた。シメオンの遺体をみおろしたとき、彼の胸は波うち、わたしは急に彼に同情を感じた。

パウロがわたしの腕をしめつけた。

「主イエスが死んだとき、シメオンはそこにいたのだ」パウロは言った。「キリストの十字架のことをわたしに理解させてくれたのは、彼だった。シメオンの目が、わたしに十字架をみさせてくれたのであって、それ以外の方法ではなかった。みなさい、テモテ。彼の顔をみるのだ。あの目がとじられている。彼の視力はちりになってしまった。ああイエス、イエスよ」パウロがあまりに強く腕をつかむので、息がつまるほどだった。「時間はみじかく世界はひろいのに、わたしは弱い。わたしはひどく弱い」

テトスが入ってきた。彼のそばにいる男は、父親らしい。その男は行列にくわわったが、テトスはルフォスをみると人のあいだをかけてゆき、その首に抱きついて悲しげに泣いた。ルフォスはテトスをやさしくたたきながら言った。

「泣くな、泣くな、テトス。よし、よし」と。

人びとはベンチやクッションや、床をおおっている敷物にすわっていた。また食堂に立ち、となりあったさまざまなグループのなかでひざをつき、食堂のテーブルの上にすわっている者さえいて、みな待っていた。一人で、またしたしい者同士で、待っていた。ある者はむせび泣くようなフルートの音に合わせてうたい、ほとんどの者はだまりこみ、頭をたれてこれから何かが起こるかのように待っていた。通夜をまもりながら待っていた。

ふいにパウロはつかんでいた腕をはなし、わたしのとなりでまっすぐ立ち上がった。よくみようとするツルのように、細い首の上の頭を上下させた。

「ああ、まずい」と彼はひとりごとを言った。ふるえていた。「ああ、だめだ」

顔は青ざめ、はえぎわの傷は乾いてオレンジ色に変わり、小さな目はせわしなくまばたきをした。

「ああ、バルナバだ」パウロはささやいた。「だめだ、こまる」

テトスが「悲しんでいる」と言った、たくましい肩をした、大きなひげをたくわえた男が家へ入ってきたところだった。ほんとうに悲しんでいた。とてつもなくゆっくりとテラスへ近づいてきた。まるで山がふもとから切りはなされて、孤独に、一つの場所からほかへと追いたてられているように。

パウロののどで、ひきつけるような小さな音がした。みると彼は泣きはじめていた。子どものように口をあけ、眉はやるせなくつりあがり、胸はあえいでいた。

そしてまえへすすんでいった。

「バルナバ？」と彼は問いかけた。

自分が何をしているのか気づいていなかったのだろう。両わきから腕をあげ、それはサルのような、うつろな姿だった。まっすぐにはすすまず、動物がおそれながら近づくときのように、まず左へ行き、それから右へ行った。

「バルナバ？」

大きな男はふりかえり、小さな男がやってくるのをみた。彼の動きはとまった。

家のなかにいただれもが、とつぜんこの二人に注目しはじめた。フルートは鳴りやんだ。バルナバのまわりの者たちはしりぞいた。彼のうしろには道ができた。もしその気になれば、彼がふりむいてのがれることができるように。

しかしパウロは泣いていた。ぶざまに。みじめに。人びとのまえで恥じることもなく、大声で泣いていた。そのようなパウロはみたことがなかった。それは堂々とした人物でも、逃げたくなるようなおそろしい人物でもなかった。たくましい肩をした男は逃げださなかった。おどろいてたじろぎ、目を細めてパウロをみつめていた。

「わが兄弟、バルナバよ」パウロは泣いたが、二人のあいだの目にみえない壁を尊重するかのように、まえにすすもうとはしなかった。「バルナバ、どうか、わたしをゆるしてほしい」

バルナバは音をたてて息をのみ、それが胃のあたりでさらに音を増した。

〔わたしをゆるす?〕

パウロはひざをついた。

「わたしは弱い者だ。自分で思っていたよりずっと弱いのだ」

彼は空の手のひらをあげた。そして山のようなバルナバに顔をむけると、その顔の涙は耳や首すじにながれていった。「わたしは悲しんでいる、兄弟バルナバよ。まわりの者の死のために悲しんでいる。信仰のない者のように悲しんでいる。希望のない者のように悲しんでいる。弱さが希望を殺すからだ。そしてわたしには……わたしには……あなたが必要だ――」使徒はなすすべもなくすすり泣いていた。

家のなかにはその音だけがきこえた。だれも話さなかった。だれも邪魔をしなかった。あつまった者たちはみなおどろいていた。どこにある顔もその光景にみとれ、ながめ、そうしているあいだにも人びとの足はうごき、バルナバのうしろの道はまたふさがった。

ああ、バルナバよ。大きな灰色の頭についた目は、パウロをみつめたままかがやきはじめた。鼻とひたいはまだらに赤くなった。片方の足からもう片方へと体重を移動していた。

のどをつまらせている悲しみのあいだから、パウロは言葉を押しだした。「わたしたちには時間がない」彼は言った。「仲間割れをしている時間はないのだ。一つにならなければ。わたしたちのあいだには一つの心、キリストの心があるべきだ。そしてイエスの謙虚さが」彼は両手を組んでうずくまり、頭をたれて小さな体をいっそう小さくした。「バルナバ」彼は敷物にむかって言った。

それに応えて大きな男は両手をあげ、うごくのをやめた。「バルナバ」と、パウロは小声で言ったので、バルナバは耳をかたむけた。「主イエス・キリストのために、わたしをゆるしてくれ。どうかゆるしてくれ。わたしには謙虚さがたりなかった。愛そうという気持ちに欠けていた。兄弟よ、あなたを裁いていた。そのような権利はないのに、わたしは――」

パウロは目をそらしていたので、それからふりかかる災難をみないですんだのはさいわいだった。

ラッパのような音。その大音声とともに山のようなバルナバが両腕をひらいてすすみでて、ひざをついてパウロを抱きしめたのだ。小さな男は消えてしまったが、そのせつなく泣きさけぶ声はきこえてきた。二人はうなり、なげき、ともに泣いた。そして息をついだ。たがいにしめっぽい口づけをした。まっすぐに顔をみつめあい、彼らは笑った。パウロはばかげたかん高い声で、バルナバは王国の到来をつげるラッパのひびきのように笑った。

テトスは手を打ちならした。走りよって二人の背中をたたき、笑い、主を賛美した。

家じゅうからおしゃべりやざわめきが起こり、緊張はほぐれ、ため息やほほえみ、息づかいやさまざまな動きがもどってきた。

それからまたあらたに、よりしずかな出来事が一同の注目をあつめた。

シメオンの妻が夫の遺体のわきをはなれたのだ。彼女はテトスのつくった道をすすみ、こんどはパウロもバルナバも近づいてくる者をみていた。彼らはたがいの体をつかみながら立ち上がった。大きな男と小さな男はならんで立ち、彼女が来るのをみつめていた。

歩きながら、老女は両腕をひろげた。二人の男たちは祝福をうけるときのように、おのずと頭をさげた。

彼女は二人のまえで立ち止まった。そしてふるえる親指の端で、パウロのひたいに二本の線をひいた。一本はひたいから鼻すじへ、もう一本はこめかみからこめかみへ。パウロはふるえた。彼女は腕をいっぱいにあげて、バルナバにも同じ二本の線をひいた。

「わたしは死んだ男の妻です」彼女は言った。「そしてあなたの母です、サウロ。そしてあなたの母です、バルナバ。なぜなら、預言者であるわたしをとおして、聖霊はあなたがたを最初にアンティオキアから送りだしたのですから」

彼女は二人をみつめ、その眉は複雑にうごいていた。「あつまってきたのです。わたしの息子たちが遠くから。ほら、こうして息子たちはわたしの家へもどってきた」

シメオンの家のいたるところで人びとは「アーメン」とささやいた。

「サウロ、バルナバ、あなたたちはルフォスとアレクサンドロといっしょに、ここから夫の棺台を、イエスを待つための墓まではこんでくれますか。おねがいできますか」

彼らはもう頭をたれてはいなかった。その善良な女にみとれていた。頭はたれていなかった――しかし二人とも話さなかった。

「そうしてくだされればありがたいのだけれど」彼女は言った。「サウロ、あなたがわたしの息子たちといっしょにはこんでくれるのをみたら、わたしは誇りに思うでしょう。おねがいできますか？」

彼女のうしろでだれかが「ひきうけるのだ」と言った。それは背の高い、はげた男で、そう言ったことに自分でもおどろいていた。

シメオンの妻はパウロの顔に口づけするために、スズメのようにすばやく爪先で立ち上がった。彼の顔を両手ではさんで自分の唇に近づけ、はえぎわの傷に一つずつ正確に、やさしく口づけしていった。彼女がパウロをはなしてしりぞき、使徒が人びとのみているほうへ顔をあげると、異様なしずけさにわたしたちはおどろいた。彼の肌は光っていた。パウロの顔はおごそかな火が燃えるように白く光り――彼は話しはじめ、その言葉は彼の顔のようにかがやかしいものだった。

「死者のうちからよみがえる者はいないと、だれにも言わせてはならない」と彼は言った。

未亡人はわたしたちのほうをむいた。彼女は両腕をあげ、それはこんどはわたしたちにすわるようにという合図だった。

わたしたちはすわった。わたしたちにはわかっていた。パウロが説教をはじめようとしていることが。

彼はテラスへ歩いていった。そしてシメオンの光った体のわきに立って言った。「もし死者が復活しないなら、キリストもよみがえらなかったはずです。そしてもしキリストがよみがえらなかったら、わたしの父は永遠に死んでしまったことになります。この世の生活で、キリストに願いをかけているだけなら、わたしたちほどあわれな者はいないということになります」

ああ、わたしの師が――またもどってきた。そしてなんと彼はしなやかにみえるのだろう。健康で、軽やかで、まるでとんでいるようだ。

サウロの声は大きくなった。「しかし実際は、キリストは死者のなかからよみがえったのです。そして眠りについた者たちの初穂となられたのです。一人の人によって死が来たのだから、一人の人によって死者の復活も来るのです。アダムによって、すべての者が死ぬようになったように。キリストによって、すべての者はふたたび生きるようになるのです。そしてよみがえりはこのような順番になっています。最初にキリスト・イエス。そしてイエスがやってこられるときに、彼に属している者たち。そして世の終わりが来て、イエスはすべての規則、権威、権力をほろぼし、父なる神に王国をわたされるのです。

わたしにたずねる者がいます。『しかしどうやって死者が生きかえるのか。彼らはどのような体をしているのか』と。聖なる者たちよ、なんとおろかな質問でしょうか」

ああ、パウロは陽気になっていた。棒のように細い脚でうごきまわり、体をよじり、跳ねていた――そしてわたしたちもその気分をうけて、みなうれしくなった。

「きいてください。種は、それ自体が死ななければ生きることはできません。そしてそこから成長する金色の小麦は、小さな種とは似ても似つかないものです。

　シメオンの体はその種なのです。彼の復活は小麦のようなものです。あなたたちの復活も同じです。そしてこのわたしの復活も。まかれたものは朽《く》ちてしまいます。しかしよみがえったもの——それはまったく朽ちることがないのです」

　パウロはシメオンの黒い顔をみおろした。長い指の背で、その頬骨、唇、のどをなでた。「死んだ肉体がどれほど速く消えてしまうか知っていますか」彼はたずねた。

　わたしは自分の父、リストラの父さんのことを考えた。死ぬまえから父の肺はしなびて、役に立たなくなっていた。知っている、とわたしは心のなかで言っていた。〈知っている、わたしにはわかる〉と。

「老人の骨がどれほどたよりないものかわかりますか」

〈わかる〉

「そして死体がどれほど無力なものか。それは恥辱のなかにまかれるのです」パウロは言った。それから彼は目をあげて笑顔をみせ、すばらしいことをあきらかにした。「しかしそれは栄光のなかによみがえるのです」彼は高らかに言った。

「それは弱いものとしてまかれる。しかし力強いものとしてよみがえる。

　つまり肉の体がまかれる。そして霊の体がよみがえるのです。はじめは肉、それから霊、それがものごとの順序だからです。最初の人は土からつくられたが、第二の人は天から来られたかたです。ではわたしたちアダムの似姿をしている者に、何が起こると思いますか。もちろん、わたしたちはすぐに天におられるキリストの似姿となるのです」

　とつぜんパウロは、テラスをかこむ柵にとびあがると、小さな目をかがやかせ、赤い唇をあけて笑っていた。

「さあ」彼は声をあげた。「あなたがたに神秘について話しましょう。わたしたちはみな眠りにつくわけではなく、みな変わるのです。一瞬のうちに。最後のラッパが鳴ると、またたく間に。なぜならラッパが鳴ると、死者は朽ちないものとしてよみがえるからです。そしてわたしたちは死なないものとなるのです」

　バルナバは立ち上がった。バルナバは噴水のようにいきおいよく立ち上がり、その心のリズムに合わせるように体をゆらした。

　パウロはふりかえり、よろこびのかがやかしい投げ矢を、大きな友人にまっすぐにむけた。

「朽ちるべきものが、朽ちないものにされるとき」使徒は半分笑いながらさけんだ。「死すべきものが不死のものになるとき、そのときこそ書かれている言葉が成就するのです。〔死は勝利にのみこまれる。死よ、死よ、おまえの勝利はどこにあるのか。ああ、あわれな死よ、おまえのとげはどこにあるのか〕」パウロは声をあげ、自分の言葉に合わせて手をたたいた。「死のとげは罪です。そして罪に力をあたえるのは律法だ。しかし神に感謝するのです。わたしたちに勝利をあたえてくださるかたに。それは、われらの主イエス・キリストによってあたえられるのです」

　するとすぐにバルナバがうたっていた。心地よい低音で、風味のよいショウガのようにわたしをしずめてくれた。そのなかには天があった。

「父なる神は主に言われた」彼はうたった――すべての人びとが立ち上がり、詠唱して彼に応えた。「おすわり、おすわり、息子よ、おすわり」

　ああ、すばらしい朝よ。わたしは何とすばらしい仲間たちにかこまれているのか。

　バルナバはまたうたった。「父なる神は主に言われた」

　人びとは立ち上がり、くりかえした。「息子よ、おすわり」

　そしてバルナバは美しい歌詞をつづけた。

わたしの右手にすわりなさい
権威はおとなしく
おまえの足の下になる。
息子よ、すわって支配しなさい
力と規則は
おまえの足台になる。

そしてどれが最後の敵か
おまえが最後にほろぼすのは
どの敵か。

「死」と人びとはさけび、あらゆるところで立ち上がった。
「死こそ最後の敵」

　バルナバは声をはりあげた。

死は勝利に飲みこまれた。
あわれなもの
死はそのとげをうしない……

　ほかのだれよりも背の高いはげた男は、頭をそらせてさけんだ。「神に感謝せよ」

　おとめが声高く言った。「イエスの名において」するとすぐに人びとはひざまずき、いっせいに応えた。「アーメン。アーメン」と。

「イエスの名において」とふたたびおとめが声をあげると、そのときわたしはほかの者といっしょにひざまずかなかった者がいることに気がついた。まずその声がした。みると、テトスだった。若いテトスがべらべらと、自然のままの声を、その口からいきおいよくほとばしらせていた。そして筋肉のついた、少女のように優美な体をうごかし、左に二歩、右に二歩ふみだしておどった。しゃべりつづけながら。

ぶあつい肩と腰、年老いて灰色の髪をしたバルナバは、テラスへむかい、泳ぐようにして人びとのあいだをかきわけていく。いや、彼がむかっていたのはテラスの柵で、パウロはそこの柱のわきにまだすわっていた。

今は小さくなり、かがみこみ、疲れて青ざめたパウロはバルナバをみつけ、大きな男がやってくるのを待っていた。哀悼《あいとう》と、葬儀の涙、悲しみの通夜からはじまったことが、踊りで終わることになったのだ。家じゅうがよろこびのために明るく、にぎわっていた。たしかに聖霊はここにいた。

しかしそのただなかで、むかいあったパウロとバルナバは彼ら二人きりでいるかのように、たがいの目をやさしくさがしていた。

〔わたしたちのあいだはうまくいっているのか、バルナバ？　ほんとうにうまくいっているのか〕

大きな男は小さな男のわきの下に手をいれて、彼を柵からおろし、あらためて個人的に彼を抱擁した。

〔ああ、パウロよ、あなたを愛している。わたしたちのあいだは永遠にうまくいっているのだ〕

わたしはそれをみていた。わたし、テモテはその奇跡を目撃していた。いやされた仲たがい、それは今もわたしの心のなかにある。

ああイエスよ、ゆるしの泉からながれる水はなんと甘く、わたしたちの渇きをいやし、わたしたちの愛をよみがえらせることでしょう。それはわたしたちの命であり、教会の命であり、わたしたちをふたたび一つの体にしてくれるもので、あなたはその頭《かしら》であり泉なのです。あなたはわたしたちをすべてみたしてくださる完全なかただからです。

◆ ルカ Luke

57

そしてしばらくアンティオキアに滞在してから、パウロはそこをはなれ、ガラテヤとフリギアの各地をまわり、行った先々の弟子たちや教会を力づけた。

◆テモテ

Timothy

58

アンティオキアに滞在したあと——つまりわたしにとっては、その都市に一度きりの訪問をしてから——わたしたちはゆっくりした足どりで、あの大峡谷、キリキア関門をとおり、陸路をエフェソまで旅していった。

子馬のわき腹のように筋肉をふるわせたテトスは、パウロにはとてもついていけないような速さで歩いた。嬉々とした若者はすぐにとびだしてしまい、にやりとして謝りながらかけもどってくるのだ。

パウロの足どりは重く、ひきつっていた。前かがみの重い足どりをみると、彼の小さな体は、もっとずっと重い肉を負っているように思えた。

パウロがかつて教会を設立したあらゆる都市に、わたしたちは立ちよった。そして説教をした。彼は自分の愛情と彼らの確信をあらたなものにし、またあらゆる場所の人びとに、エルサレムの貧しい者たちへの献金をつのるようにはたらきかけた。

そのような集会のなかでうごきまわっているかぎり、パウロは肉体的な苦痛があることをすこしもおもてに出さなかった。まったくと言っていいほど。彼はまっすぐに立った。力強く話した。きびきびと、精力的に歩いた。

しかしまた街道に出て、旅人でにぎわう流れに身を置く、名もない三人組にもどると、彼の体はだらりとして、足をひきずるようになった。わたしは彼をみていた。彼の目をみていた。自分では公的なパウロと、私的なパウロのちがいに気づいていないようだった。

リストラで、わたしは祖母が死んだことを知った。祖母とは、母の母であるロイスで、わたしが三年まえに家を去ってからは母のただ一人の同居人で、たった一人の家族だった。

母にはわたしの居場所がわからなかった。だから、わたしに知らせを送ることができなかったのだ。彼女はたった一人で一年以上ものあいだ悲しんできたのだ。そしてわたしがとつぜんあらわれたことも、彼女の悲しみをあらたにするだけだと言った。「おまえは家に帰ってきて、また行ってしまうのだから。そしてわたしは、もうおまえに会うことはできないでしょう」と。

わたしも悲しみでいっぱいだった。祖母のために。一人で生きている、あわれな母のために。そして父のために。

わたしはパウロに言った。「あなたはイエスとむすばれて眠りについた者たちの復活について説教します。わたしの祖母はそのような者なので、わたしはなぐさめられます。しかしイエスとむすばれて眠りにつかなかった者たちはどうなるのでしょうか。パウロよ」わたしは答えをもとめた。「彼らはどうなるのでしょうか」

わたしたちがリストラをはなれる日、母はわたしにすがりついた。

わたしは言った。「またもどりますから」

「いいえ、おまえはもうもどらない。おまえがだれにつかえているかは知っています。おまえがもどるまえに、わたしは死ぬでしょう。わたしの家はもう、おまえの家ではないのです」

そしてまた言った。「おまえにあげるものがあります。わたしにはもう必要ないから」

母は家の裏にまわり、わたしたちに二つの贈り物をもってきた。父のものだった荷車と、祖母のものだったロバだった。

それからというもの、わたしたちはテトスの速さで旅するようになった。

わたしたちはほとんどの時間をガラテヤ人のなかですごしていた。パウロの活力はそこでもっともさかんに燃えた。ユダ・バルサバが道をはずさせた男たちを、おだて、しかり、説教し、うったえることによって、自分の福音のもとによびもどした。

彼らはわたしたちの手紙をうけとっていた。

このガラテヤ人たちは金髪で体が大きく、戦いできたえられ、戦闘のときがいちばんいきいきしているのだが、その手紙のために罰をうけた子どものようにしゅんとしていた。

彼らはパウロの愛情に飢えていた。彼のゆるしにも。

今の彼は寛大にゆるした。またゆるしをあたえることを、自分がどれほど愛しているかにすぐに気がついた。そのことは彼をあたらしくした。彼に力をあたえた。とりわけ、感謝したガラテヤ人がまえよりもすすんでしたがうようになったことが大きかった。パウロの福音のほうが彼らにとってより大きい権威をもつことが証明されたのだ。

ユダ・バルサバは負かされた。ユダ・バルサバは去っていった。彼が行くのをみまもるため、パウロは町の城門まで彼を追っていった。

「まるでロバのあご骨だ」とパウロはわたしに言った。「やせて青白く、あわれをそそる、うつろなロバのあご骨だ」

　それはユダ・バルサバが出発したことへの、つめたく、ほほえみのないよろこびで、まるで彼が言葉のみで、バルサバの石棺を彫っているような気がした。

　しかし彼はガラテヤ人たちにたいしては慈愛にみちていた。

「自分たちの感謝をしめすのです」とパウロは彼らに言った。「わが子たちよ、ゆるされたことにたいして、自分たちの感謝をあらわすのです。わたしはすぐにもエフェソへ旅立ちます。わたしが行ったら、あなたがたのなかの長老たちに村々の教会から金をあつめてもらい、その献金をエルサレムへもっていかせてください。それを、貧困のなかでくらし、神殿で礼拝している聖なる者たちにもっていってください」

　夏までに、わたしたちは各地をまわる旅を終えた。

　アキラとプリスカはアジア州のエフェソでわたしたちをむかえ、そこにはすでに小さな教会ができあがり、彼らの家で礼拝をまもっていた。

第四部

エフェソ

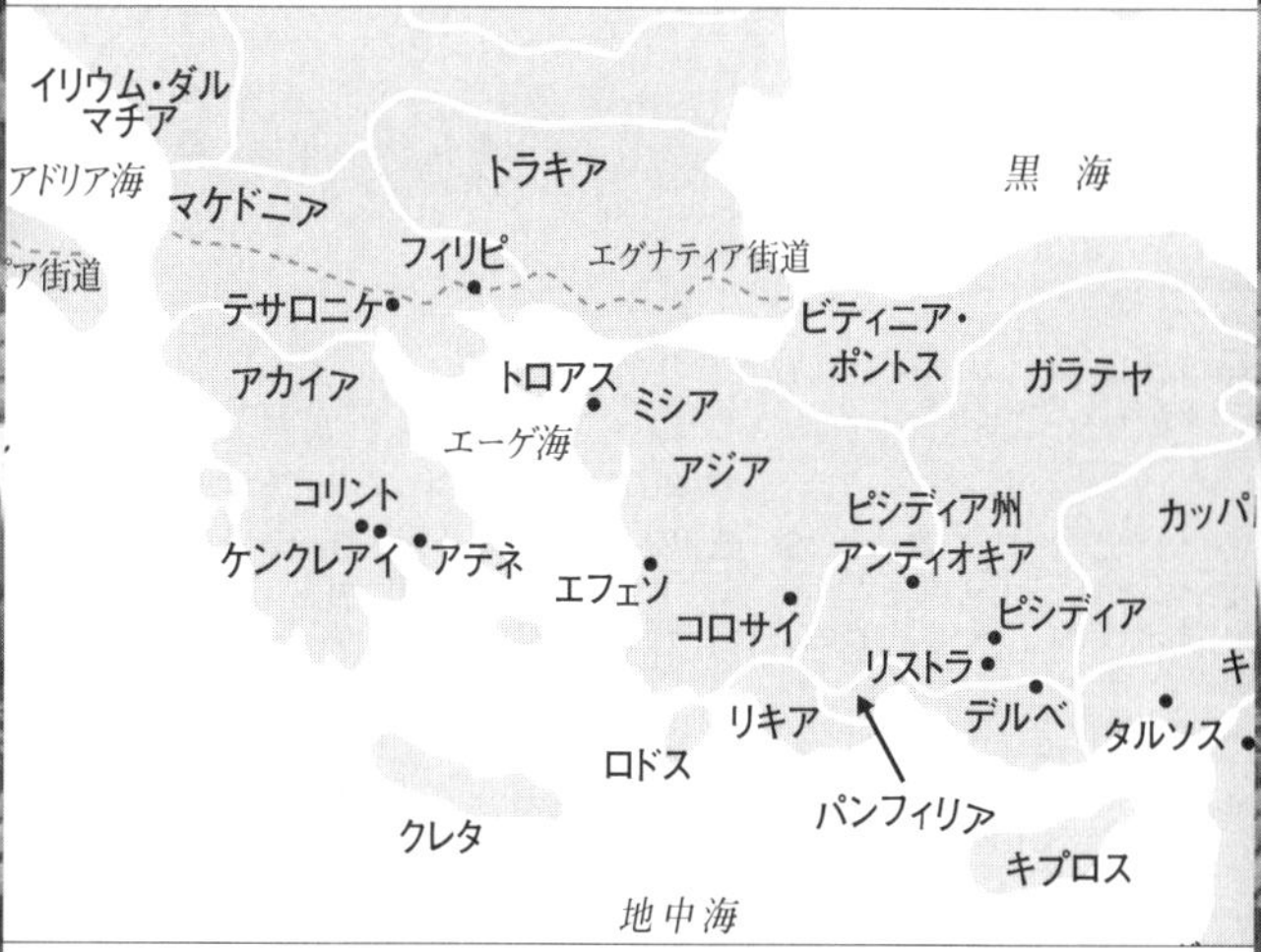
イリウム・ダルマチア
アドリア海
マケドニア
トラキア
黒　海
フィリピ
エグナティア街道
テサロニケ
ビティニア・ポントス
ガラテヤ
アカイア
トロアス
ミシア
エーゲ海
アジア
コリント
ピシディア州アンティオキア
ケンクレアイ
アテネ
エフェソ
コロサイ
ピシディア
リストラ
リキア
デルベ
タルソス
ロドス
パンフィリア
クレタ
キプロス
地中海

L・アンナエウス・セネカ

L. Annaeus Seneca

59

ローマのセネカより
コルドバの母、ヘルウィアへ
ネロの治世一年め

母上、これが、車輪の回転、運の上がり下がりというものです――それがまた上がったのです。このわたしが、追放されて九年もの不遇な暮らしをしていた者と、同じ男なのです。今夜、もどってから五年もしないうちに、わたしは皇帝の母、アグリッピナから金の贈り物をたまわったのです。全世界のように丸い帝国を統《す》べる皇帝の母君から、個人的な感謝をうけたのです。

あの非情な岩の島、コルシカにいたときより、今のわたしは幸運を愛するでしょうか。

ことはなしとげられました。ネロは、母親の意図したとおり皇帝《インペラートル》になりました。元老院は彼を抱擁しました。町は、終わりのない冬のあとにやってきた春のように彼をむかえています。そしてわたしはといえば、面倒なものと名誉あるものと、二つの仕事を課されています。一つはネロに助言をあたえること、二つめは彼が世界にむかって語る言葉を書くことです。

わたしはこの帝国にあって、もはやいやしい者ではありません。わたしはフォルトゥーナエ・フィーリウス、幸運の女神のお気にいりの子でもあるのでしょうか。幸運の寵児《ちょうじ》なのでしょうか。それゆえわたしは彼女のきまぐれな意思に、犠牲をささげるべきなのでしょうか。

ごらんなさい、わたしは権力の口のなかにある舌になったのです。

今日、赤いケープと金張りの鎧《よろい》をつけたネロは、町のそとにいる軍隊のところへはこばれ、彼らに華ばなしい言葉をかけました……わたしの言葉を。

それから彼は元老院へはこばれ、平素の長衣《トーガ》をまとって熱弁をふるいました……そうです、高貴でみごとな、わたしの言葉で。

その言葉は、彼の考えでもあったでしょうか。『この責務が、わたしに決断をもとめるものであれば、どうかご安心をいただきたい、わたしはローマの繁栄と幸福のみを考えるものでありますから』と、わが子はわたしの書いたとおりに語りました。『自分の経験不足、未熟さ、無知は自覚しております。しかし賢明なる助言者諸氏にかこまれ、わたしはもっとも高貴な手本となるような……』と、このような調子でした。

演説が終わると、元老院から割れるような拍手がわきおこりました。それも当然です。わたしは彼の口にすばらしい誓約をいれてやったのですから。『わたしは、元老院とわたし個人のあいだを、完全に切りはなすことを誓います。わたしはまた、市民のなかの市民、その第一人者として、法と国家にもっとも忠実で、それをうやまう者にもならなければなりません』と。

そのようなわけで、今夜の町はざわついています。わたしがわたしなりの力でなしとげたことをごらんなさい。ネロの演説はアウグストゥス帝以来もっとも賢明なものと思われると、ほかの者たちが言うのを想像しながら。ネロはその称賛を意義深くうけとめ、友人たちと談笑しながら、演説の一部を何度もくりかえしています。

しかしわたしには称賛もさほどうれしくは感じられず、こうして自分の部屋へもどってきたのです。

すると日暮れになってアグリッピナはここにいるわたしをみつけ、自分の個人的な感謝を贈り物という形でしめしてくれました。それは金の紙削りで――それをつかえば羊皮紙から古い言葉をけずりおとし、そこにあたらしい言葉を書くことができるのです。〔どういうおつもりでしょうか、皇太后？　これは、若い心から古い言葉をそぎとるためのものでしょうか〕

彼女はわたしの頭のはげているところに口づけしました。そしてほほえみました。美しい人です。彼女がその美しさにみがきをかけるのは、百人隊長が盾《たて》の手入れをするようなもの――あるいは首切り役人が刀を研《と》ぐようなものです。

そこでわたしは紙をそぎ、芯《しん》をけずってペンを手にしました。この古い羊皮紙には、どのようなあたらしい言葉を書けばいいのでしょうか、母上。

そうだ、運命の女神の顔がどれほど美しく、狡猾《こうかつ》であるかを書きましょう。そうすれば、彼女がわたしからの犠牲など必要としないことがおわかりになるでしょうから。

しばらくまえ、ほんの数日まえのことですが、アグリッピナはクラウディウス帝を殺しました。かいつまんで言えばこうです。彼女は息子を王にするために王を殺したのです。こうして車輪は回転し、上が下になり、下が上へあがるのです——そして車輪をまわすのは、荒々しいというより美しい手なのです。

しかし、ローマでは先例のあるそのような行為のことで、どうして彼女だけを責めることができるでしょう。カリグラはティベリウスを殺しました。すぐにカリグラ自身も殺され、おびえたクラウディウスが皇帝になったのです。

クラウディウスの番だったのです。

彼はネロにほとんど愛情をしめさず、自分の血をわけた息子である、ブリタニクスに過大な愛情をよせていました。助言者たちも、おおっぴらにアグリッピナに反対するようになっていました——その最たるものはナルキッソスでした。なみいる廷臣たちのまえで、ナルキッソスは若いブリタニクスに走りよって彼を抱き、声をあげて言いました。

「おお、相続権をうばわれたお子よ、あなたはいつこの場所から王位をねらう者たちを追いだす勇気をおもちになるのか。近親相姦や売春や反逆に愛想をつかした、善良な人びとにかこまれるようになるまで、あなたに神のご加護があらんことを」

クラウディウスもまた杯を手にしたとき、自分の運命はまず苦しみ、それから妻たちの罪を罰することだと、暗い警告を発しました。そして妻もいるところでローマ市民にむかい、ブリタニクスのことをさして、少なくともローマ市民には「ほんとうの皇帝がいる」ともらしたのです。

それからしばらくたって、アグリッピナは彼の豪華な晩餐に同席しました——彼女にはめずらしいことでしたが、年老いた王は彼女が同席してくれたことをいまだによろこびました。彼女は優雅さと、美しさと、おどろくほどの従順さをみせてやってきました。彼女がそこにいることが、すべてうまくいっていることをしめしていました。彼女はほほえんでいました。

クラウディウスの好きな、キノコ料理がテーブルにはこばれてきました。

宮廷の毒味役、ハロトゥスがソースを少し口に入れ、自分の手で皿をクラウディウスにさしだします。

アグリッピナは目のまえに置かれた皿から、小さなキノコをいくつか食べました。そしてまたほほえみ、おいしいとうなずきました。そして大きいキノコを指さしたのです。

クラウディウスはいちばん大きいものを食べました——それらを食べ、お代わりをたのみました。

一時間がたちました。

皇帝はとつぜんふるえにおそわれました。顔は蒼白《そうはく》でした。両手で大きな腹をつかみ、雄牛のようにどなりました。

宮廷の医者クセノフォンがよばれました。

それはむろんかかりつけの医者ではなく、代わりの者でした。その日アグリッピナはまえもって宮廷の毒殺者、ロクスタをよんで段どりをつけており、ロクスタは毒入りのキノコならすぐに効き目があるとうけあったのでした。しかし老人の体は異物の侵入になれていたにちがいありません。毒は彼にたいしては効き目がおそかっただけではなく、弱くもあり、はげしい排泄作用をひき起こしただけだったのです。クラウディウスはどなるのをやめました。

アグリッピナはとびだしていき、廊下でクセノフォンをつかまえました。そしていっしょに宴会場に入っていきました。

クセノフォンは王の大きな体をしらべて言いました。

「陛下《へいか》、軽い消化不良です。羽でのどを刺激しましょう。吐いてしまえば、すぐよくなりますから」

クラウディウスは同意しました。羽の刺激で大量の食物が吐きだされ、しばらくのあいだクラウディウスはまた食べようかと考えていました。

しかしはげしい発作が起こり、王は体を折りまげました。奴隷が四人がかりで王の体をそのままかつぎあげ、宴会場から王の部屋へはこんでいきました。

ローマがふたたび生きているクラウディウスをみることはありませんでした。

羽は毒にひたされていたからです。その夜ほかの医者はおらず、クセノフォンだけでした。

ですから運命の女神の顔は、アグリッピナの顔そのものなのです。

王妃は夫の寝台のわきに、二日間つきそっていました。皇帝はうなったり、歯を鳴らしたりしましたが、話すことはできませんでした。吐きつづけて、しまいにはうすい粘液が出てくるだけで、少しうごくだけでめまいがしてしまうのです。

アグリッピナは彼ののどから胸、ふくれた腹へ両手をはわせました。そこには人の頭ほどの大きさの、おそろしいかたまりができていました。

やがて老人は悪臭をはなつ息を吐き、妻のまさぐる手の下で死にました。

そしてネロが皇帝になったのです。

するとあなたの次男もまた、帝国じゅうのどの次男より力をもつようになったのです。

母上、いつだったか、どれほどいやしいあばら屋でも、「徳」によってもっともぜいたくな造作をそなえることができると書きました。わたしはこう言ったのです――おぼえていますか。「正義と節度は、すばらしい友情のための部屋になる」と。そのむかしの言葉を、わたしは忘れていません。「知恵と正義は椅子とテーブル。神の知識はまさに食物と飲み物です。すると、ごらんなさい、小屋は宮殿になるのです」と。

　しかし車輪はまわったのです。

　この手紙にも同じことを書いていますが、それは逆になっています。つまりこうです、ごらんなさい、徳の欠けた宮殿があばら家になるのを。小屋、ネズミの巣、悪臭をはなつ死体置場になるのを。そのようなところにわたしは住んでいるのです。

　車輪はまわり、今では自分が心棒の上になっているのか下になっているのかわからなくなりました。

　わたしは運命の女神など愛したことはありません。今もそうです。

◆ プリスカ Prisca

60

彼がついたとき、町の城門でわたしのことをみつけてもらい、友をむかえ、抱き、再会できたよろこびをつたえられればよかったのですが。わたしはそこにいませんでした。だからそうすることもできませんでした。

彼がこのプリスキラをさがしにきてくれればよかった――でもわたしにはそんなことをねがう権利はないのだけれど。早々にわたしをさがし、よろこんでみつけ、「待つかいがあった家だ」とアキラに言ってくれればよかった。

彼がいない長い九カ月間に、わたしはばかげた想像をして心を悩ませてきました。どんな日でも角をまがる直前には、ここをまがればあちら側に彼が立っていて、ほほえみ、みがいたクルミのような色のすばしこい目でわたしにあいさつするのを待っているのではないか、茎のように細い首にあのいとしい頭をのせて立っているのではないか、と思ってしまうのです。

角をまがるたびに、がっかりするだけでしたが。でも、甘くせつない、しびれるような期待感は、その日のあいだのこっているのです。エフェソの夜明けまえの暗闇のなかで、なかば目をさまして床によこたわりながら、わたしは彼がよんでいるのをきくのです。「プリスキラ、プリスキラ、おりてきてくれ。助けてほしい」と。彼の声のひびきは、わたしにはかおりのようなもので、わたしの感覚にしみこんでくるのです。

でも実際に彼がここにやってきたとき、わたしをさがしなどしませんでした。だからわたしの期待感などおろかなものだったのです。

彼はロバのひく荷車にのってやってきました。

本と羊皮紙をもってやってきて、今ではそれが彼の職業である革細工の道具より大事なものになっていました。

彼は小さな一団にかこまれてやってきました。話をきく者、話す者、労働者、みなわたしの知らない人たちでした――テモテをのぞいて。

テモテはあの美しい巻き毛と、正直な、ギリシア人らしいほほえみをみせて戸口にあらわれ、そっと言いました。
「もどりました」と。

エフェソについてからのパウロは、自分の注意をエフェソのそと、アジア州一体にひろくむけるようになりました。彼はあつめてきた（そしてあつめつづけている）男たちを訓練し、説教者、教師、旅人、彼の言葉によれば「福音におけるわたしの伴侶」にしていたのです。彼は「弟子」という言葉をこばみました。荒々しく騒々しい一団のなかで、彼は大いに笑い、今まできいたことがないほどあのかん高い笑い声をたてました。誠実な「仲間たち」の、このいさましい一団は、彼のなかの何らかの要求をみたしてくれたのでしょう。

パウロは港通りの南側にある、円柱の立つ建物に、講堂を借りていました。彼はほかのエフェソ人が昼寝をしている暑い日盛りに教えることにしたので、建物を所有するティラノという人は、わずかな料金で講堂を貸してくれました。

彼はそこでまるまる一年間教え、二年めも教えました。

そしてエフェソから続々と「神の国のためにともにはたらく者」、「主にむすばれた仲間のしもべ」、「わたしの戦友」、「協力者」を送りだしました。ユスト、ティキコ、デマス――そしてパウロが「愛する医者」とよぶルカといった仲間たちです。彼の仲間たちは主イエス・キリストの御名を、北のスミルナやペルガモン、北東のフィラデルフィアやサルディス、東のマグネシア、トラレスでつたえました。

使徒パウロの指図どおりになった男たちのなかから一人の例をあげれば、そのようすがわかっていただけるでしょう。コロサイ生まれのエパフラスのことです。いそがしいパウロを荷車にのせてエフェソまでロバをひいてきたのは、この人でした。

エパフラスは、はつらつとして、いかにも管理能力のありそうな人でした。パウロは彼をもっとも東の、リュクス川の低地にある彼の故郷の町へもどし、そこで教会を設立させました。七カ月後に彼がもどってくると、よろこびにあふれる、めくるめく賛辞がエパフラスに送られました。エパフラスはフィレモンという資産家の家で教会を設立するのに成功したばかりではなく、コロサイ、ラオディキア、ヒエラポリス近くのいくつかの町々でも説教し――また、学び、布教に送るためのあらたな男たちを講堂につれてきたからで、たとえばアルキポという男は二年後にはラオディキアの教会を指導するようになったのです。

パウロは熱心なエパフラスについておおげさなことを言

いました。エパフラスはよく祈る人でした。つねにほかの者のために祈りました。彼はパウロによれば、「ともに主につかえている愛する仲間」であり、わたしたちのために「キリストに忠実につかえる者」、「キリスト・イエスの奴隷」ということで、このような言葉をパウロは、これまで自分自身にしかつかったことはありませんでした。

　でもわたしたち――アキラとわたしも忠実でした。わたしたちは不平を言わない働き手でした。ソステネ（彼の主にかんする知識はかぎられたものでした）以外のだれの助けもなしに、アキラとわたしはエフェソに教会を設立し、それもわたしたちがこの土地で見ず知らずの者だったときにおこなったのです。わたしたちはここで生まれたわけではありません。アキラはポントス生まれなのです。

　でもそう言うわたしたちは何者でしょうか。そのようなことに思いをたぎらせて、何になるというのでしょう。わたしたちが「仲間」でないのはたしかです。わたしの夫はいつもだまっている男です。近視で鈍感で、消えいりそうなほどはにかみやです。

　そしてわたしは？　ただの女にすぎません。

　まちがっていました。おゆるしください。

パウロが教えたのは男たちだけではありませんでした。説教のために送った男たちだけではなかったのです。

　彼がエフェソについた夏と秋のあいだは、むろんわたしは彼といっしょでした。彼はしばしばわたしたちの家で礼拝や説教をおこない、そのようなとき彼は共同体のまんなかで食事をしましたし、わたしたちはたしかに、彼の身軽に移動する一団にまねかれていました。

　でも、彼はわたしの期待していたようなやさしいあいさつをしてくれなかったので、わたしも距離を置くようになっていました。少し遠くから彼のことをながめ、自分の感情を病気のように感じながら、それらと闘っていたのです。

「ああパウロ。歩く代わりに荷車にのってきただけではなく、あなたは年老いてやってきた。その痛々しい骨を、あなたはオリーブの古木の枝のようにひきずっている。それをみて、どうして助けずにいられるでしょう。

　そしてわたしにはわかるのです、パウロ。あなたの仕事へのがむしゃらな努力にもかかわらず、何かがあなたの気をそらせていることが。このきびしい仕事よりも、何かいとしく、深いものがあることを。あなたをうごかしているものは、もはや自然にわきあがってはこず、今ではそのために集中力と意志の力が必要なのでしょう？」

　礼拝のときに、もし彼がわたしをちらとでもみようものなら、わたしの心臓はとまりそうになりました。わたしはため息をおさえようとしました。顔が赤らみ、唇にほほえみがうかぶのをおさえようとしました。わたしは彼から、その力強い頭や、射ぬくような目から、顔をそらしました。なぜなら、彼はほんとうは、こちらをみていなかったからです。彼はほとんどわたしをみませんでした。彼がこちらをみたように思えたのは、わたしの願望にすぎないことはわかっていました。

だからわたしは怒ることで、望みを追いはらったのです。怒りのおおいで、自分の心をまもったのです。

でもそれから、使徒パウロはそれも追いはらってくれました――怒りも。

パウロがエフェソに滞在して十二カ月になった七月の早朝、彼はテトスをわたしたちの家へよこし、仲間のために食事を用意してくれないかと彼の口からたのませました。「四人です」とテトスは言い、目くばせしました。「もしアキラもいるなら。いなければ三人です」

わたしは目くばせのようなことに敏感でした。でも、それに気づいてもそれがどのようなことを意味するのかはわからず、たずねもしませんでした。

四人です。アキラはいるはずですから。

わたしは夏の果実とヤギのチーズ、エジプト産の小麦粉で焼いたパンと、ハトを用意しました。

そのころわたしたちが住んでいた家は、まわりをぐるりとほかの家にかこまれていたので、壁と壁が接近し、戸口まで来るには、階段を上がったり下がったりする暗い路地をとおらなければなりませんでした。日中に光をとる高窓のある部屋が一つありました。でもほかの部屋にはランプが必要で、いつもたちこめている煙のなかでくらしていました。

わたしはもう一人の客はテトスだと思っていました。彼が食事をたのみにきたからだと思います。

しかしまちがっていました。わたしはいろいろなことでまちがいをします。

パウロの連れがわたしたちの家の扉についたとき、それが女の人だとわかったからです。

わたしは彼らを窓があるただ一つの部屋へ案内しました。そこにはすでにテーブルが用意してあります。部屋に入るとき、パウロがやさしく、したしげにその女性のひじをささえてやるのがみえ、彼にもそのような慇懃《いんぎん》なふるまいができたのかと思うほどでした。その人もささえてもらったことに、たんなる感謝の気持ち以上のもので応えていました。そこにはきずながありました。長いつきあいがあるのでしょう。

彼女はパウロより二、三歳年上のようでしたが、そのようなささえを必要とするようにはみえませんでした。長い髪は鉄のような灰色で、それをとかしてマケドニア風にまとめています。衣は飾りけのない上質なもので、目には注意深さと知性がうかがえ、年をかさねた人のもつ力強い体つきをして、どっしりしていました。

アキラは最後に入ってきました。

わたしたちは客たちに、テーブルのまわりの長椅子でくつろぐようにすすめました。彼らだけにして、わたしは給仕をするつもりでしたから。アキラはテーブルの足もとにすわっていました。わたしは出ていこうとしました。

しかしパウロはひざをついて連れの者をすわらせてしまうと、立ち上がってわたしに近づき、わたしをまともにみて、わたしの顔、わたしの目をみつめました。手をのばし、コリントを出たとき以来はじめて、彼はわたしの手をとったのです。

「プリスカ」と彼は言いました。「この人はあなたの母だ。しかし彼女は敬意や称賛をうけるために来たのではない。あなたから学ぶために来たのだ」

◆ ヤコブ James

61

この土地には十字架があふれ、十字架には死体がかけられている。わたしたちのまわりには死臭がただよい、人びとの悲しみが天にむかってさけんでいる。

ユダヤの総督となった年から、アントニウス・フェリクスは彼の軍団をやたらと野山へ送り、山地に隠れている一団の男たちをとらえては殺している。

フェリクスは彼らを「盗賊」と分類する。たぶんそうなのだろう。彼らは盗む。そして旅を危険なものにするのだから。

「反逆者たち」ともよんでいるが、なるほどそうにちがいない。彼らはローマを憎んでいる。ローマの税金を憎んでいる。ローマの影のなかで肥えていく金持ちを憎んでいる。あらゆるユダヤ人の協力者を憎んでいる――なぜなら、ローマにつかえる者たちは、「神」以外の神につかえているからだと彼らは言う。

そして貧しい者、農民、もっとも下級の祭司、この土地で破滅した者、うちひしがれた者、飢える者――そのような者たちはみな、「反逆者たち」が言うことを信じている。貧しいユダヤ人たちは、ローマのもたらす苦しみを骨身にしみて知っている。ローマは彼らの息子たちを盗賊へとかりたて、息子たちは十字架につけられるのだから。

わたしがフェリクスについてきいている話では、彼は王のように権威を行使するが、奴隷のようにまばたきをして、へつらうという。こびへつらう犬に支配されていては、もはやわたしたちには名誉はない。悪臭がただようばかりで、たしかなものは何もない。

ああ、裕福な男を泣かせよ。そしてすぐにもふりかかる苦難のために、この世としたしくしている者たちに苦痛の声をあげさせよ。この世の友は、神の敵だからだ。そして富は腐り、金はさび、さびは彼らの肉を火のようにむしばむのだ。

わたしの考えではこうだ。今、この地上でおごっている者は、明日ほふられるために自分たちの心臓に脂をつけているのだ。

今朝、わたしは庭の門をぬけて、町のそとを歩いていた。目をふせて、厳粛な考えに没頭しながら。ふと荒い息づかいに気づいて目をあげると、自分がゴルゴタをとおりすぎていることがわかった。

その小高い丘には太い柱が何本か立てられ、そこにつけるる横木と、そこにかけられて死ぬ体を待っていた。

しかし一本の柱にはすでに横木がわたされ、人の体がぶらさがっていた。

わたしがきいたあえぎは、十字架にかけられた若者の胸から出たものだった。

青年はローマ人に鞭打たれて血をながし、その血が柱を洗い、彼の細い腕は太い縄で横木に縛りつけられていた。口がひらくように頭はうしろの木に押しつけられ、あえいでいた――まだほんの子どもで、そののどは象牙《ぞうげ》の柱のようにきよらかだった。

わたしは歩いていって彼のまえに立ち、低い声で祈りはじめた。

すぐに荒い息づかいがとまったので、わたしは祈りを中断した。

若者は頭をよこにまわした。苦しげな目でわたしをみていた。わたしが視線をかえすと、目と目が合ってからみあい、悲しみにむすびつけられた。もはやわたしは傍観者ではいられなくなった。

「あなたはだれか。名前を言ってくれれば、それを主にとりつごう」

はじめ、彼はわたしをみているだけだった。しかしそれから言った。「あなたを知っている」彼は目をとじ、それからまたひらいてつぶやいた。「正義のヤコブだ。父はいつもあなたのことを愛していた」

若者はほほえもうとした。わたしにほほえみ、美しい目でまたたきつづけた。

〔わたしを知っている？　どうしてわたしを知っているのか。わたしたちの二本の道はいつ交差したのか〕

わたしは言った。「あなたの父の名前は？」わたしは待ち、また言った。「あなたの名前は？」

若者はゆっくりと息を吸った。ほほえみをうかべたままささやいた。「わたしたちはあのローマの兵士が、神聖なトーラーの巻物を引き裂いているのをみていた」しばらく息をしてから、また言った。「兵士がトーラーを火に投げいれるのをみていた。わたしたちは誓った、わたしと父は……」

「たのむ」わたしはまた言った。「あなたの父の名は」わたしは時の速さと死をおそれていた。とつぜん死がおとずれることを。若者はわたしからはなれていこうとしていたから。わたしは両手を合わせてたのんだ。「たのむ、息子よ、父の名前を教えてくれ」

　ふたたび彼は苦しげに息を吸うと、腹についた血が光った。それから難儀そうに唇から息を吐きながら、ささやいた。「耐えしのぶのだ、ヤコブ。主は来られる」

　若者は美しい目を地平線にむけ、むかえいれるような大きな笑顔をみせた。顔は笑みでほころび、とつぜん彼は声をあげた。「みえるか?　彼がみえるか。ああヤコブ、扉のところに裁くかたが立っておられる」

　ほほえんでいるあいだにその目の炎は消え、彼は死に、もはや息をしなくなった。

　わたしは彼の両足をかかえた。その若く、自由なくるぶしに顔をよせ、わたしは泣いた。

プリスカ
Prisca

62

　パウロの声は変わりました。話し方全体が変わったのです。かつてのような、うなるような、攻撃的で傲慢《ごうまん》なわめき声——あの鼻にかかったかん高い声が、ほとんど内省的ともいえるほど、やわらいだのです。よく息をつぐようになりました。荒々しさも、おおげさなところもすくなくなり——どう言えばいいのか——身ぶり手ぶりがすくなくなりました。まず主題をつげてから、適切な話をはじめ、ときどきだまって考えをまとめます。意識した戦略に沿いながら、人びとを計画した道へみちびくように、使徒は教えていました。

　いつから変化が起こってきたのでしょう。わたしにはわかりません。彼がわたしたちとはなれていたときか、彼が帰ってからか、よくわかりません。ちがいにほんとうに気づいたのは、彼が食事のためにリディアをわたしたちの家へつれてきた夜、そしてわたしの手をとり、「この人はあなたの母だ」と言ったときのことでした。


　わたしの母とは。ほんの一瞬、この人はほんとうにわたしの母で、とつぜんによみがえり、とつぜんわたしの家をたずねてきたのだという、ありえるはずもない考えに心がうずきました。

　パウロはわたしの顔に陰がよぎるのをみたのでしょう。注意をひくためにわたしの手をぎゅっとにぎって言いました。「プリスキラ、あなたの魂の母だ。そしてあなたの召命の母だ。この人がいるから、あなたは祈り、人前で預言するのだ」

　それから彼は、お客であるその人にしたのとまったく同じことをわたしにしました。年配の大柄な女性のとなりのクッションにわたしをつかせるために、彼はひざまずいたのです。

「でも食べ物をはこばなければ、夕食を……」

　わたしが何も言えないままテーブルのまえにつかされる

と、アキラは立ち上がり、そっと部屋から出ていきました。

パウロはわたしたち二人のむかいの席につきました。そしてほほえみました。

「プリスカ」彼はわたしのとなりの女性をみながら言います。「この人はリディアといって、わたしの忠実な友で、愛する者だ——わたしがヨーロッパへ行き、フィリピへ旅してからの、もっとも大切な伴侶だ」

リディアは何か興味深い話をきくように、ごくしたしげにパウロをみました。

パウロは言いました。「リディアは、ティアティラにある大桶で紫色に染められるすばらしい布をあきなっている。彼女は買いつけと説教のために、これからその町へ行く。そこは彼女の故郷なのだ、プリスカ。彼女は故郷の人たちに、福音をつたえたいと思っている」

リディアは同意してうなずき、その物腰は貴族的で、ほめられたことに満足していました。だから彼女の衣は高価で優美なものだったのです。

そのとき戸のところで大きな音がして、アキラがまだ調理皿にのったままの、熱せられて音たてて脂をとばしているハトをもって、部屋に入ってきました。肉に十分に火がとおっているかどうか疑問でしたが、わたしはだまっていました。わたしの純朴な夫は、食事の順序や、ふさわしい準備というものをまったく知りません。でも彼は給仕をすることをえらんだのであり、わたしは彼のことを土地や湖やすばらしい財産をもつ主人であるかのように、誇らしく思うことに決めたのです。

パウロは言いました。「リディアはあなたと同じようにユダヤ人だ。しかしあなたとちがって結婚はしていない。フィリピには会堂がないし、祈りや朗読や礼拝を指導する男たちが十分にいない。それで、どうしているのか、リディア？　はじめて会ったとき、あなたがしていたことをプリスカに話してほしい」

するとわたしのとなりの女性は言いました。「あなたのほうがずっとうまく話せますよ」

それは低く、心をふるわせるような声でした。寝台のように大きく、毛布のようにあたたかい声。「あなたのほうがよっぽどうまく話せますよ」

パウロはにやりとしました。

アキラは部屋を出ていきました。

「プリスカ」とパウロはわたしに言いました。「リディアは安息日ごとに、町のそとをながれる川のほとりでほかの女たちと集会をもち、自分で礼拝をみちびいていたのだ。わたしが彼女に洗礼をさずけてからというもの、主が彼女をとおしてはじめられたよき仕事は終わることはなかった。

そしてそれはイエス・キリストの日に完成するまで、終わることはないのだ。

フィリピに行くまで、わたしは女がおおやけの場所で神聖な言葉を言うことができるとも、言うべきだとも思っていなかった。

しかしフィリピで、わたしは聖霊がすでにこの人のなかで力強くはたらいているのをみた。どうしてわたしが神の霊にさからえるだろう。どうして目のまえの証拠を、みとめないことができようか。わたしではなく、神がその婦人をえらばれたのだ。わたしは神にしたがわなければならない」

台所で何かがくだける音がしました。そしてしずまりかえり、それからイバラのほうきで破片を掃きあつめる、ゆっくりとしたひきずるような音がしました。ほうきが床を掃く音。そうです、かけがえのない雪花石膏《せっこう》のブドウ酒の容器です。

わたしは言いました。「それでは預言するようにわたしをえらんだのは、パウロ、あなたではなく……神だったのですね」

彼はわたしをみました。「神。そうだ。預言するように。そのとおり」パウロは教師らしさを強調したような口ぶりでした。「そして霊的な力を訓練し、人びとをきたえあげ、彼らをはげまし、なぐさめるために——そのとおりだ、プリスカ。神は教会を教えみちびくために、あなたをえらばれた」

「ああパウロ、ずっとあなただと思っていました。あなたがわたしをみとめ、えらび、あなたにくわわって説教するように準備しているのだと」

「わたしにはわからないし、そのような気もしません」

「プリスカ」パウロは縁の赤い目でわたしを射るようにみつめました。「プリスカ、何のことを言っているのか」

リディアもこちらをむき、彼と同じ疑問をおだやかにしめし、気品をもってその答えを待っていました。

わたしはだしぬけに言いました。「でもわたしに頭をおおうように言ったのは、あなたでした。どうして頭をおおうように言ったのですか」

アキラは三つの粗末な土器の杯に、すでにブドウ酒をついで部屋へはこんできました。わたしの杯をみると、なかでは、おりがまわっていました。

それから夫は、すでに料理がならべられ、用意ができたかのようにすわりました。

わたしはパンのことをたずねるつもりはありませんでした。手をすすぐ水のことも。アキラはパウロのそばにすわりました。そしてひどく目を細めてわたしのほうをみていました。視力の弱い彼には、自分がどのくらい人にみられているかがわからないのです。

その瞬間、わたしは泣きたいほどアキラを愛していました。

パウロはふたたび学校にいるような調子で言いました――わたしの言葉の深い意味がまったくわからずに。「この創造された世界で、あなたのみなもとをあらわし、あなたの顔はそのみなもとの栄光であり、その権威なのだ。あなたの『頭』は、川の源流のようなものだ。そこから生命がながれだしてくる。

そしてそれが創造の順序になっている。すべての男の頭はキリスト、女の頭はその夫、そしてキリストの頭は神だ」

パウロはだまってじっと考えました。ああ、利発な使徒よ――でも人の気持ちにはうとい人――彼は両手のひらにはさんだ粗い土器の杯を、まわしはじめました。

「しかしあなたが祈るとき、プリスカ」と、パウロはブドウ酒をみつめながら言いました。「預言をするとき、その行為は創造の順序を飛びこえてしまう。その力のみなもとはキリストの霊だ。それをおこなうことは、ほかでもないキリストと父なる神に栄光をあたえることにならなければいけない。そしてその神を、天使たちはわたしたちの礼拝に存在させてくれるのだ。アキラに栄光がいくのではない。あなたの夫へではない。もし預言が彼から来たことをしめすものがあれば、それは彼の名誉をうばい、天を害することになる。だからあなたは自分のみなもとがアキラだとあらわすものを隠さなければならない。いわば、彼をおおうということだ。あなたの地上の『頭』をしめす、その頭をおおわなければならないのだ、プリスカ」

ほほえみながら、おだやかに、くったくなく、ティアティラのリディアは両手をあげ、髪を留めていたピンをぬきとりました。そして肩をゆすり、頭を右や左にかたむけました――するとまるで山の雨雲でもあるかのように、濃く美しい髪が落ちてきました。髪が頭のまわりをおおいます。

「これがわたしのベールです、プリスキラ」彼女は鉄灰色のカーテンのうしろからつぶやきました。「そして、ベールをこばむということは、髪を剃《そ》ってむきだしの頭になり、顔も頭もさらしながら国じゅうを行くことと同じなのです」

〔ああ、リディア、それはどういう意味なの〕わたしは心のなかで言っていました。

彼女はわたしを「プリスキラ」とよびました。

それまでわたしを「プリスキラ」とよんだ者は一人だけ、

アキラさえそうよぶことはなく――パウロだけでした。パウロただ一人。それが、この裕福で力をもつ女の人に言われると、その名前からやさしい愛情がうしなわれました。それによって自分がとても小さくされたような感じでした。小さなプリスカと。子どものあだ名のように。

パウロはわたしにほほえみかけました。大きな頭を細い首の上でぐらつかせるようにしてわたしに笑いかけ、ぬれた赤い色をした唇のまわりの肉がひろがりました。「わたしはリディアに、あなたのことをすべて話した、プリスカ。彼女はあなたを愛している。わたしと同じように、あなたのことを誇りに思っている。ティアティラへ出発するまえにいっしょに食事をしようと言いだしたのは彼女だった。彼女はあなたから学びたいのだ。教会を教えみちびくことについて、あなたが知っているすべてを教えてもらいたがっている――彼女は召命においてはあなたの母だが、あなたのほうが長くこのことにたずさわっているので、わかっていることも多いからだ」

わたしもほほえみました。パウロにほほえみかけました。髪を分け、あごの張った力強い顔をふたたびみせたリディアにもほほえみかけました。

でもわたしはとっさにこみあげてくるものを感じ、立ち上がってアキラのところへ行き、彼のうしろにひざをついて首を抱き、頭のてっぺんに口づけしました。

それをどのように説明すればいいのでしょうか。エフェソの夏の宵《よい》、パウロとリディアとアキラとテーブルにつきながら、わたしはあたらしい、完全な解放を経験したのです。いいえ、説明などできません。理解できないからです。でもそれはほんとうのことで、その真実はずっとつづいています。

立ち上がって夫の頭に口づけしたときは、自分の脚の骨も肉も感じられませんでした。自分の重さがなくなっていました。ただよっていました。わたしはまいあがり、笑いがふたたびもどってきました。自分では気づきもしなかった束縛から、自由になるのを実際に感じました。そして今後、主がわたしに送ってこられるあらゆる仕事を、自分はこなす力があると、直観しました。

アキラとわたしがいつかローマに帰ることも、わかりました。

わたしが聴衆にたいする意思表示の方法や、誠実な言葉についてリディアに教え、その結果、ティアティラで教会が設立されるようになることもわかりました。

そして、ふたたびパウロのことを大好きになれるほど、自分がパウロから自由になったことがわかったのです。友人であり、りっぱな男であり、おろかで、むこうみずで、尊大で、傲慢、背が低く――イエスの奴隷にほかならない、彼のことを。

わたしは軽やかにアキラからパウロのところへただよっていきました。軽やかにひざをつき、しわがよった月のような大きな頭のてっぺんにある、うすい髪にそっと口づけしました。彼の右手をとって長い人さし指をえらび、わたしの左手の人さし指のそばにならべ、同じように革とテントを縫う仕事をしているので、使徒とわたしの指にはまったく同じ場所に同じようにたこができていることをリディアにしめしました。

「同じなのです」とわたしは言いました。

パウロはまばたきをしました。

リディアはうれしそうに声をあげ――こうしてわたしたちははじめました。わたしたちはまずハトから食べました。

ルカ

Luke

63

神はパウロの手をとおして、すばらしい奇跡をなしとげられた。彼の体にふれた布、彼の汗がついたハンカチ、仕事のときにつけたエプロンが病に苦しむ人たちのところへはこばれると、病はいやされ、悪霊は彼らから去っていった。

各地を巡回する七人の祈禱師《きとうし》がエフェソにあらわれ、その祈禱にイエスの名をつかおうとした。彼らはユダヤ人で、スケワという大祭司の息子だと言った。

ある日、彼らは小さな家に入り、悪霊にとりつかれた男のまわりにあつまった。

彼らは同時に言った。「パウロの説いているイエスによってあなたに命じる……」

すると悪霊は言った。「イエスは知っている、パウロも知っている。しかしおまえたちは何者か」

すると悪霊に憑《つ》かれた男はとつぜんスケワの七人の息子たちにとびかかってなぐり、彼らの服をはぎ、裸にしてこらしめ、傷つけて家から追いだした。

このことがエフェソの住人に知れると、ユダヤ人もギリシア人もおそれにみたされ、主イエスの御名をあがめた。

それればかりではなく、信仰に入った者たちの多くが、それまで魔術をおこなってきたことをみとめ、悔い改めた。彼らは自分たちの本をもってきて、広場につみあげて燃やした。そして本の値段をみつもると、銀貨五万枚になることがわかった。

こうして主の言葉はエフェソにひろまり、大きな力をもつようになった。

ヤコブ
James

64

いったいサウロはどこにいるのか。だれも知らないのだ。このエルサレムにいる者はだれも知らない。帝国内の、どこにいるとも知れなかった。

あの自由の行商人はどこへ行ったのか。彼がどこにいたかはわかっている。アンティオキアのあとはガラテヤに滞在していた——しかしそれは二年近くまえのことで、そのことも先月になるまでわからなかった。いったい今はどこにいるのか。彼に手紙を送ることができればいいのだが。彼をエルサレムに近づけないようにしたいのだ。彼はここへ来てはいけないから。

緊張が異常に高まっているだけではなく、憎しみが人びとを、外側からも内側からも引き裂いているからだ。サウロは緊張をうけいれることができる。海のなかのクジラのように、緊張のなかで楽しむことができる。しかし「やっかいごと」のほうが、通りで彼の名をよび、彼の顔をことさらさがしているのだ。ここには、ある特別な男たちがいる。ファリサイ派や熱心党の者で——ほんとうのことを言えばイエスの信者たちのなかにもいる——彼らはサウロをみつけしだい逮捕するだろう。みつけた者によっては、あるいは、その場の雰囲気によっては、殺すこともあるだろう。

先月ふいに、思いもよらずガラテヤ地方の北から五人の男たちがエルサレムにやってきた。彼らは陸と海を越え、さらに陸路をたどって、戦いながらやってきたのだ。泥棒、山賊、盗賊団を追いはらいながら。それを大いにたのしみ、歓声をあげて戦ってきたらしい。五人のうち二人は大男で、縄のように長い腕と黄色い髪、うじ虫のように白い肌、そして凍ったような目をしていた。彼らの目は青い氷のかけらのような色をしているのだ。そして口には大きな歯がならんでいた。五人とも武装してエルサレムに入ってきて、がっしりした革の盾《たて》、野蛮なこん棒、ガラテヤの重い長剣をもっていた。

彼らの風貌、彼らの武具——それだけでも十分に注目をあつめていた。脅威となるような異邦人が聖なる通りを歩いていたのだが、彼らには、ローマ人やユダヤ人が重きを置くような、何の身分もなかった。

しかしそれから、彼らみずからが注目をあつめ、罰せられるようなことをした。

彼らはまっすぐ神殿へ歩いていった。長靴をはいた彼らは、あつかましくもいちばん外側の庭に入り、ソロモンの回廊の柱列をうれしそうにぬけ……金をばらまいた。貧しい人びとが物乞いしているところに来るたびに、その両手に山のように貨幣を入れてやり、粗野なギリシア語で、「エルサレムの貧しい者たちのために」と高らかに言ったのだ。

彼らは中身のつまった袋をもっていた。金のつまった三つの袋だ。それこそが、彼らが戦いながら南へくだってきたことの原因であり、標的となったものだった。

むろん物乞いはとびあがり、両替商のもとに走った。なぜなら、ガラテヤ人のもってきた硬貨は、肖像の刻印されたローマのものだったからだ。こうして回廊で金をほどこしているかぎり、彼らは鈍感なおろか者ではあったが、罪人ではなかった。

しかし白い大男たちが回廊から異邦人の庭へ入り、女の庭への入口、ニカノル門へやってきて、そこにすわっていた物乞いたちに肖像が刻印された金をまいたとたん、それは恐怖と冒瀆《ぼうとく》の対象になったのだ。

激怒の叫びがあがった。邪悪な風から身をまもるように女たちは衣の胸もとをかきあわせた。老人は髪をかきむしり、さけびはじめた。くずされたアリ塚のアリたちのように、祭司たちが四方八方へ走った。そしてことに一人の男が効果的な行為をおこなった。

たくらみと冷ややかな残忍さをもったその熱心党員は、ガラテヤ人が神殿の丘をのぼったときから、彼らをみはっていたのだろう。機会をうかがい、用意をしていたのだ。

彼は神殿の守衛を大勢つれて走ってきたからだ。三、四十人にのぼる守衛たちは短剣と槍《やり》をもって戦いにそなえ、そのようなおこないにたいする憎しみにふるえていた。神殿を害する者に裁判は不要だった。その場で殺すのだ。

攻撃が自分たちにせまり、それをひきいる男が剣をこちらにむけているのをみたガラテヤ人たちは、道路に袋をつみかさね、そのまわりに円陣をつくって、みな外側をむいた。とくに大きな男は、むかってくる者たちの正面に立った。彼らは陽気な雄牛のようなかたまりになって、きくに耐えない声を出しはじめた。

神殿の守衛はいきおいをそがれた。

守衛たちを先導していた熱心党員の男はその変化を感じた。彼はふりむいた。すると若い守衛があとずさりしたのをみつけたので、その男に攻撃するように命じた。しかし守衛はそれにしたがわなかったため、熱心党員は守衛の首に切りつけ、気の毒な若者は大量の血をながし、とまどったようにそこに立ちつくしていた。

先導者は言った。「わたしはマティティアという者だ。主につかえない者は、主がわたしたちをほろぼされるまえに、ほろぼされなければならない」

マティティアのしぐさの仰々しさに、二人のガラテヤ人が笑いだした。

マティティアが彼らのほうをふりかえったとき、ガラテヤ人と彼とのあいだには一人の弁護者が入りこんでいた。バルサバだ。あのユダ・バルサバはやはり大胆な男だった。

「マティティアよ」彼は自分のまえの熱心党員に負けない尊大さで言った。「主へのわたしの熱心さを疑う者はだれもいない。わたしは主のためにみずからすすんで苦労をしてきた。わたしは遠い地方へ旅して、神の道と、モーセの律法を教えてきたのだ」

神殿の境内はしずまりかえった。実際、バルサバはイスラエルをまもることに心をくだく者として知られていた。

マティティア自身も動きをとめた。

するとガラテヤ人が円陣をはなれた。彼らはユダ・バルサバのもとへかけよった。そしてユダを抱きしめたかもしれない。自分たちの愛で彼を押しつぶしたかもしれない。しかし、ユダがギリシア語でするどく命令したので彼らはしずかになった。

そしてマティティアにはアラム語で語りかけた。「この人たちに悪意はなかったのだ。彼らは罪人ではない、マティティアよ、そしてイスラエルの敵でもない。ただおろかなだけだ。彼らはしきたりについて知らない。カメの甲羅《こうら》のように彼らの頭はぶあつく、心は鈍感だが、善良な男たちだ。わたしは知っている。彼らをその町で教えたのだから。もし彼らをわたしにわたしてくれれば、わたしは彼らをイスラエルの友以上のものにすると約束しよう。彼らをイスラエルの子にしよう」

マティティアはそれについて考えた。

彼はとびきりの美男子で、ベニヤミン族の出身。初代の王、サウルのように背が高かった。

やがてマティティアはしずかに言った。「あなたは、わたしが若いエルアザルを殺したのをみている」

バルサバは言った。「たしかに」

マティティアは言った。「彼には妻と二人の子どもがあった。しかしそのようなことも、わたしの手をためらわせはしなかった。わたしたちのあいだには、もはやあわれみはありえない。あわれみはわれわれをほろぼすからだ。もしこの男たちの一人でも神をさげすんだり、イスラエルの脅威になるようなことをしたら、わたしはエルアザルを殺したように、あなたを殺す」

マティティアは向きを変えて一人で去り、のこされた神殿の守衛たちは遺体をはこび、死んだ仲間の血を清掃した。いっぽう白い大男たちはよろこびでバルサバのことをたたきはじめ、彼が怒りだしてギリシア語でしかるまでそれをやめなかった。

エルサレムの貧しい者たちのために献金をつのるのはサウロの考えであったことを、ガラテヤ人たちは荒々しく、やかましく、ユダ・バルサバとわたしに説明した。彼らはサウロのことを、「パウロス」とよんでいた。また彼らは献金をおこなうことにはじめから乗り気だったと。

「そう、そう、パウロスだ」バルサバはため息をつきながら言った。「あなたたちの頭と心をわたしからそむけてしまったあの恥知らず。彼はあなたたちに教えなかったのだろう――そうだろう？――貧しい者とは、神殿にすわって物乞いをしている者たちではないことを。わたしが教えておけばよかった。彼らはアナウィムといって、敬虔《けいけん》と義の心をもって神殿にのぼり、自分の力にたのまず、すべての信頼を神に置く人びとのことだ。彼らはその外見ではなく、熱心さにおいて区別されるのだ」

ユダ・バルサバは空気でも食べて生きているかのようにおそろしいほどやせているが、神殿のロウソクのように背が高い。彼は白い大男たちをしばらくみつめ、それから言った。「わたしをみなさい。物乞いのようにみえるか。しかしわたしはアナウィムの一人なのだ。わたしをみなさい。わたしたちは頭に油をぬり、顔を洗い、家で断食する。わたしたちはイスラエル残存者の生き残りなのだ」

ガラテヤ人はわかったと野太い声でうなると、硬貨の入った袋をもちあげ、バルサバがすわっているところへもっていった。そして硬貨を彼の足もとにばらまこうとした。すると彼は「だめだ、だめだ」と大声で言い、その金が火であるかのようにとびのいた。

「わたしはいらない」と彼はさけんだ。「わたしたちにはうけとれない。それはけがれているからだ」

ガラテヤ人たちはおどろいてだまった。彼らの寛大さや確信、そして目的や善意にとって、それほどの打撃はなかった。

彼らのなかでもっとも金色の髪をして体が大きい男は、袋をもったままバルサバをみつめ、まばたきをして、ふいに出てきた涙を押しとどめていた。

わたしにはバルサバの言っている意味がわかったが、彼の反応はおおげさで、必要ないものに思えた——彼がガラテヤ人の窮地にかしこい解決策をさずけるまでは。

「このエルサレムでは」彼は考えこんでいるような雰囲気でゆっくりと話した。「この神聖な神の都市では、異邦人の金は忌まわしいもの、堕落であり堕落させるものでもあるのだ。ことにアナウィムは、それにふれるよりは飢えることをえらぶだろう」そして彼は泣いている大男の視線をみかえし、彼にむかって言った。「しかしあなたたちは遠くからはるばるやってきたのだろう」

とても遠かったと、大男はあわれな子どものようにうなずいた。

「そこで」バルサバは金の入った袋を指さして言った。「もしあなたたちが異邦人ではなかったら、これは異邦人の金ではなくなるだろう？」

大男はそうだとうなずいた。

「それならあなたたちは、こうしなければならない。異邦人でいることをやめるのだ。一気にわたしたちと同じになるのだ」

ユダ・バルサバのほんとうの意向についてひとこと言っておこう。彼は欲深い人間ではない。アナウィム——つまり貧しさをえらんだ者と、病気の者、圧迫された者、やもめ、孤児など、貧しさをしいられている者にとって、金は有用なものではあったが、バルサバがもとめていたのは金ではなかった。そのようなことはけっしてなかった。彼は、自分が信じているように、もっと深い、もっと敬虔な目的をもっていた。

ギリシア語をまるだしにして大男がきいた。「どうしたら《ティ・メ・》いいのでしょうか《ディ・ボイエイン》？」

するとバルサバは「割礼をうけるのだ」と言った。

きのうわたしたちがアントニア砦《とりで》をとおりすぎたとき、真っ黒な髪を革のひもでゆわえて背中にたらしている背の高い男を、ユダ・バルサバは指さした——とびきりの美男子だった。

「あの男と話がある」と彼は言った。

すぐにその男の顔にみおぼえがあることはわかったが、名前を思い出すことはできなかった。「だれなのか」とわたしはたずねた。

「マティティアだ、熱心党員の。あのガラテヤ人たちはみな割礼をうけたと、彼に言ってやるのだ」

　マティティアがだれであるかに気づいたのは、そのときだった。彼は、わたしがサウロの妹の家で会った男だった。彼は、彼女の夫で義理の兄をさげすんでいた。「もしローマの者が生きてこの家に入れば、それは死んでここから出ることになる。わたしはその者をこの手で殺しますから」

「ユダよ、彼はサウロのことを知っているのか」わたしはたずねた。「彼はサウロに会ったことがあるのか」

　バルサバはわたしをみた。「どうして今さらサウロのことなど話すのか」

「あのマティティアは彼の義理の弟だ」わたしは言った。

　バルサバは答えを考えているかのように、そのままわたしをみつめていた。それから言った。「二十三年まえ、彼らはダマスコの信者たちを逮捕するためにいっしょに北へ旅したのだ。マティティアがサウロの背信と不正を知ったのは、そのときだった。そればかりではなく、神があの男を裁かれたのを、マティティアは目撃したのだ。神はあの男の目をみえなくされたのだから。マティティアはサウロをみつけしだい殺すという誓いをたてている。サウロを殺しても、自分は神に責められることはないと彼は言っている。というより、その機会があっても殺さなければ、神は彼を責めるだろうと」

「バルサバ」わたしは低い声で言った。「あなたもそのような感情をいだいているのか」

「いや、殺すというところまではいかない」と彼は言った。「しかし正直に言うと、そもそもわたしとマティティアが話すようになったのは、おたがいにいだいているサウロへの憎悪がきっかけだった」

　サウロよ、わたしはヤコブだ。

あなたをみつけることができれば、手紙を書くのだが。あなたを称賛しているからではない。二十三年まえには、あなたのトーラーの理解力を称賛していたが。

　愛からでもない。かつてあなたはわたしに口づけし、わたしの心の炭に火をつけたこともあったが。

　わたしが手紙を書くのは、裸の者に着せ、飢えた者に食べさせるのと同じ理由で、わたしたちの主への信仰と愛を証《あかし》するためだ。

　サウロ、言っておくが、エルサレムからはなれていることだ。残りの生涯を、帝国内のほかの場所でくらすのだ。ここではなく。ここにいる貧しい者たちのことをおぼえていてくれたあなたに、神の祝福があるように。しかしこれからの献金は送るようにしてほしい。自分でもってきてはいけない。
ここはあなたにとって危険すぎるのだ。来てはいけない。
ヤコブより

65

テモテ
Timothy

コリントで問題が起きていた。それを解決するように、わたしはパウロからつかわされていた。

エフェソをおとずれていたクロエの家族の奴隷が、コリントの人びとが分裂していると話したのだ。コリント人は、どの家の教会がより大きな霊的な知恵をもっているかで争っているという。あの融合都市の信者たちは、むかしのギリシア風の生活に回帰してしまったらしく、それぞれが自分に洗礼をほどこしてくれた者にすがるようになり、それは、神秘的な宗教に帰依《きえ》したばかりの者が自分たちを入信させた「秘義伝道者」にすがるのとまったく同じだった。こうしてコリント人たちは、どの洗礼者が神の御心により通じているかについて議論していた。

春までにわたしたちはエフェソで二年近くをすごし、パウロはここを、遠くにある諸教会の、車輪の中心にあたるところと考えるようになっていた。多くの関係を活発なものにしておくため、彼は自分の代理人に責任をゆだね、つねに各地に送っていた。

だから彼がわたしに、コリントへ行って状況をたてなおしてくれとたのんだのも、意外なことではなかった。

「わたしがいつも彼らに言っていたことをつたえてくれ」とパウロはわたしに指示した。「大事なことは――知恵でも、信条でも、人でも、ものでもなく――イエス・キリスト、十字架にかけられたキリストにすがることだ。教え、洗礼をさずけたわたしたちも、みなひとしく主のしもべだと彼らに言うのだ。神だけが、キリスト・イエスにむすばれた彼らの命のみなもとであり、神によってキリストはわたしたちの知恵、正義、きよめ、罪のあがないになられたのだと」

このようにつたえることが、わたしに課せられたつとめだった。しかしパウロはそれから、この真実をひろくつたえることがとくに必要だと考えてこう言った。「テモテ、わたしたちが最初にヨーロッパに入ったときの道をとりなさい。そしてすべての教会に、十字架とキリストのことだけを思い出させなさい」

　わたしが出発するときのパウロはほがらかで、神への感謝にみち、世界へむけた自分の計画はうまくいっていると確信していた。

「テモテ、よい知らせをつたえるあなたの足は美しい」と彼は聖書の箇所をもじって笑いながら言った。

　自分の教会で問題がもちあがったとき、彼は悩むというよりはむしろ、考えたり書いたりするための機会ができたことをよろこんでいた。問題を解決することで、以前は知らなかったことを霊に教えられるのだと言って。

「彼らがキリスト・イエスによって神のめぐみをうけたことについて、わたしはいつも神に感謝しているとつたえなさい。そのイエスは、彼らを最後までささえ、わたしたちの主イエス・キリストの日に、非のうちどころのない者にしてくださるのだと」

　エフェソから、わたしは歩いてティアティラへ行った。そこでリディアに会った。彼女はそれまでの八カ月、商売のための商品と、主のための人材をあつめていた。ティアティラからトロアスまで、彼女とわたしと五十巻きの紫《むらさき》布《ぬの》はいっしょに、幌つきの四頭だて馬車にのっていった。リディアは重みのある女だ。肉体においても、威厳においても。だから徒歩よりは、車のほうがうごきやすい。そして馬車は彼女を海まで堂々とはこんでいく。彼女は親切にも、サモトラケとネアポリスまで二人分の船代を払ってくれた。そこからまた馬車にのってフィリピまで行き、わたしはそこに二週間とどまって説教した。

「テモテ、十字架だ。十字架のことを語るのだ——世界は十字架をおそろしい破滅とみなして、さげすんでいる——しかしそれはわたしたちにとって、神の力なのだ」

　ふたたび一人になったわたしは徒歩旅行にもどり、フィリピからアンフィポリスやアポロニアを通っていった。テサロニケに立ちより、説教した。つぎにベレアへ行き、そこでも説教した。

「ユダヤ人はしるしをもとめる。ギリシア人は知恵をもとめる。キリストが十字架にかけられたというわたしたちの話は、ユダヤ人にはつまずきの石となり、ギリシア人には狂気とされる。しかしユダヤ人でもギリシア人でも神に召された者にとって、キリストは神の力であり、神の知恵なのだ。なぜなら神のおろかさは人の心よりかしこく、神の弱さは、肉体があつめられるだけの力より強いからだ」

　最後は速さと意欲をもって南へすすみ、一日に四十キロもの距離を自分の足で踏破し、テーベには一週間、メガラには九日でついた。コリントに近づくにつれて、ほほえむことが多くなり、ほほえむほどに、わたしの足どりは速くなった。故郷へ帰るような思いがした。メガラのあと、サロニカ湾づたいにすすんでいるとき、目をあげるとすばらしい大山塊《さんかい》、わたしたちの神のまえには、死んだ神々の建造物であるアクロコリンス山がみえた。

その午後は、「船の道」をとおり、力をふりしぼる男たちのどなり声や、縄の音、サロニカ湾とコリント湾のあいだの陸をはこばれる船の、木のきしる音のなかをぬけていった。イストミア祭典の競技場をとおるときは、ほんとうの競技者のようにかけだした。顔から風につっこんでいき、うしろに自分の髪を水路のようになびかせながら、町まで最後の九・五キロを全速力でかけていった。

「エラスト」夕暮れのサファイア色の空の下で、友人の家についたわたしはさけんだ。「エラストよ、テモテです。テモテですよ。しばらく泊まります」

そしてわたしの友人、エラストがいた。満艦飾《まんかんしょく》の旗をたなびかせた船のような彼が、扉からあらわれたのだ。豪華によそおい、油をぬり、宝石をつけ、暮らしぶりのよさをうかがわせる血色のよい顔をした彼は、太い両腕をひろげて大声で泣き、涙をながした。

「あなたが来るという話はきいた。でも信じられなかった」彼は泣いた。「しかしこれはほんとうに、たしかにテモテだ」

エラストはハムのようにぶあつい手をしている。大きな男は腕をまわしてわたしを抱き、口づけしてわたしを押しつぶした。うれしさを雨のようにそそぎ、またわたしをつきはなして、よくみようとした。

「おお、小さな兄弟は年を取った」と彼は泣いた。「陽にさらされたこの髪はどうだ」

「だれが、わたしが来ると言ったのですか」わたしはたずねた。「だれかが知っていたとは思いませんでしたが」

エラストはぬれた大きな口をいきおいよくひらいて質問をはじめた。「そしてこの美男の額にできたしわはどうだ。テモテ、テモテよ、何が原因でこのように顔をしかめているのか」

わたしはほほえんだ。「顔などしかめていませんよ」とうけあった。「このエラストの家ではぜったいに顔などしかめません。そしてエラストは、この疲れた旅人に食事と寝床をあたえてくれるでしょうか」

「ああそうだ、寝床だな。よし、よし――寝床。そうだな」顔つきがしばらくのあいだ曇《くも》ったが、それから笑顔をみせた。「そう、そう、あなたのための寝床があった。しかしそれまでは、こちらへ来なさい。入って。水で体をふいて、何か飲んで、旅の疲れをいやしてくれ。そうだ、テモテ」彼は家のほうをむいて言った。「この何週間か、わたしにすばらしいことが起きているのだ。来てくれ。みせるから」

玄関からテラスをとおって食堂へと、彼はわたしを荷車のようにひいていくと、そこのテーブルには食事の残りがまだ置かれたままだった。

わたしたちが部屋に入っていくと、三人の男たちがいく筋かの影のようにそっと立ち上がった。エラストはうれしそうに手を打ちならしたが、彼らはかしこまって立ち、ほほえまなかった。

「この人たちは」エラストは笑いながら言った。「この聖なる人たちは――三人ともわたしの客人で、好きなだけ滞在してもらっているのだ――テモテ、この説教者たちは、わたしに起こるようになったすばらしいことの直接の原因なのだ」

エラストはいきおいよく部屋から出ていった。彼の客たちは背中で手を組んでいた。彼らは高貴な者のようによそおい、その衣のひだは、彼らをそれぞれ先祖の像のようにみせ、意図的にうつろにしているその目は大理石の洞窟のようだった。

「ではあなたがテモテか」いちばん近くにいた者が、わたしの頭の上あたりにむかって言った。

「そうです。主の平安があなたがたにありますように」とわたしは言った。

「では、あなたがパウロという男の伴侶か――」彼はまた言った。

「そうです」とわたしは言った――いそいで答えすぎたようだ。客はくりかえして言ったからだ。「自分を使徒とよんでいるパウロという男の伴侶か」と。

「ええ、そうですが」わたしはわずかにためらいながら言った。

わたしたちのあいだに沈黙がながれた。

それからエラストが、しもべたちの行列を先導して入ってきた。

「すわって」と彼は言った。「くつろいで。さあ、さあ、すわって、わたしに話をきかせてくれ。力と、霊と、わたしたちのあいだで今起こっていることを話しあおう。テモテ、あなたが最後にやってきたのだから、あなたから話してくれ。愛する友、テモテよ、どんな話があるのか」

しもべたちはさっそくわたしの足を洗い、遠い東のインドからはこばれた絹のスリッパを履《は》かせた。

しもべたちはわたしの食事と、ふちに紫色のしずくのついたブドウ酒の杯をならべた。

それからわたしの肩、背中、腰、もも、ふくらはぎをもんだ。彼らは三人の客の服をぬがせて、彼らももんでいた。

つぎに香水と、油と、くしをもってきて――

〔彼らに自分たちの使命を思い出させるのだ、テモテよ——この世の基準からすれば、彼らの多くはかしこくないし、力をもたず、多くは高貴な生まれでもない。しかし神はかしこい者に恥をかかせるために、この世界でおろかな者をえらび、強い者に恥をかかせるために弱い者をえらび、地位ある者を無力な者にするために、低い者やさげすまれている者、そして無にひとしい者さええらばれたのだ〕

実際にはエラストの家にわたしのための寝台はなかった。彼の現在の客——彼が「使徒」とよぶ、わたしより多くの荷物をもって旅をしている男たち——がエラストのすべての部屋と彼のもてなしを独占し、心の大部分までも占めていた。「テモテ、彼らの霊は、わたしの知っているだれよりイエスの霊に近いのだ」と。

エラストはわたしをほかの場所に泊まらせるために、一人のしもべをつかわした。

「ステファナは、あなたが来ることをわたしに教えてくれた者だ。テモテ、彼はあなたをむかえる準備をしている」

ステファナはわたしをしずかにむかえ、兄弟としての抱擁と平安のしるしをおだやかにしめし、それ以上のよろこびをみせることはなかった。彼の家にはほとんど明かりがともっておらず、彼自身も闇のなかでみずからの魂をかかえているように思われた。

「どうしてわたしが来ることがわかったのですか」わたしは言った。

「パウロがそう言ったのです」

「彼に会ったのですか。パウロといっしょだったのですか」

ステファナはやわらかな革袋をひろげて、なかからパピルス紙をとりだした。「そうです」彼はしずかに言った。「そしてみてください。彼はわたしたちに手紙をくれたのです」

それはとても長い手紙だった。わたし宛てではなかった。このコリントの教会に宛てられたものだったが、手紙のなかで彼は、わたしのことをうけいれるようにと二度も諸教会にたのんでいた。つまりわたし、「パウロの愛する子で、主において忠実な者」を安心してすごさせ、だれも彼をさげすんではならないとパウロは書いていた。

どうしてだれかがわたしをさげすむのか。

わたしもしだいにステファナのように、しずみこみ、気持ちがふさがってきた。彼は気をつかってくれたが、とてもくつろぐことなどできなかった。彼には気の毒なことをしたが。

わたしたちのあいだに一つのランプをともし、ステファナは言葉をえらびながら、現在の状況を説明した。

何度もため息をつきながら、彼はこのような話をしてくれた。

その冬、コリント人の信者たちのあいだで、ある疑問がわきあがり、彼らはその解決にはパウロの援助と答えが必要だと感じた。そこで春になって海がしずまるとすぐ、諸教会はステファナとフォルトナトとアカイコを代理人にして、もっとも回答をもとめられていた問題の正式な箇条書きをもたせ、船でエフェソへ送ったのだ。

わたしもまた、天候がよくなったころに旅をはじめていたので、わたしがエフェソを出てから数週間たってから代表団はそちらへついたのだろう。ふたたび自分たちの師に会えたことがうれしく、彼らは元気に到着したとステファナは言った。パウロは彼らが来たことにおどろき、彼らに口づけして笑い、彼らの顔をなで、また口づけしたという。

しかし四人がすわり、顔をつきあわせて話をすると事態は一変し、彼らはエフェソへのおおやけの手紙をもってきただけではすまなくなったのだ。パウロに執拗《しつよう》に追及され、またコリントの諸教会の状態を知りたいという彼の強い要望にせまられ、ステファナはだれにも話すようにはたのまれなかった事実を話しはじめた。

つまり、教会の一部の者たちが非常にみだらなおこないをしていたのだ。また教会の仲間同士が、たがいを裁判にうったえ合っていた。娼婦もたびたび買っていた。教会の者たちが自分たちの体を肉欲におぼれさせ——

パウロはステファナの言葉をさえぎって言った。「しかしあなたは、どうやってそのことを知ったのか」

ステファナは肩をすぼめた。「だれでも知っていることですから」

パウロはぼうぜんとした。「だれでもか。教会じゅうか。罪人は自分たちの罪をおおい隠さないのか」

「みんな知っていることです」ステファナは言った。「彼らはそのようなことをするのです。それが彼らの生き方で——」距離を置き、ものごとを客観的にみることができるようになったステファナはだまった。パウロがいることが、コリントの信者の行為にあらたな光を投げかけるようになったのだ。ステファナは息をのみ、言った。「しかも彼らはやっていることを悪いと思っていません」

「教会はそれを悪だと言ったはずだ」パウロは言った。「指導者たちは彼らをとがめたはずだ」

「それが」とステファナはつぶやき、ますます当惑した。「しなかったのです」

「何だと」パウロは立ち上がった。「このごろでは、人は罪人のことをおそれるのか。ほかの者が大声で言わなければ、どうしてそれが罪だと知ることができるのか」

「いえ、指導者たちは言ったのです、おおやけの場所でも大声で」ステファナは言った――そしてすぐに狼狽《ろうばい》した。なぜなら、パウロが「彼らは何と言ったのか」ときいたためで、ステファナはすぐにいちばんやっかいなことを明かさなければならなくなったからだ。

彼は首のうしろをこすった。

パウロは質問をくりかえした。「指導者は、そして彼らのなかの罪人は何と言ったのか」

ステファナは頭をたれて答えた。「あなたはみとめるだろうと」

「わたしが……わたしが何だと？」

「みとめると。ともかく彼らをとがめることはないと。そしてわたし自身は」ステファナはささやくように言った。「わたしには、あなたがどうするかわからなかったのです」

彼らが話をしていた部屋は、嵐のまえのようにしずまりかえった。パウロはじっとしてだまりこみ、その心ははかりがたかった。つぎに何を言えばいいのか、それをしめす表情はまったく読みとれなかった。ステファナは自分の判断で話をすすめていかなければならなかった。

彼は言った。「あなたは教師でした。そして今でもわたしたちの教師です」

ステファナは手を組みあわせ、重い調子でなんとか話した。「この自由をえさせるためにキリストはわたしたちを自由の身にしてくださったと、あなたはおっしゃった。わたしたちにしっかりと立ち、二度と律法の奴隷になってはならないと言われた。自由、自由と。あなたはわたしたちに自由というすばらしい贈り物をあたえてくださった。だから、そのような一部の教会員たちの行為について諸教会のあいだで話しあうと、多くの人が、すべてのことはゆるされるという結論を出したのです。

すべてのことはわたしにゆるされていると、彼らは言いました。そして指導者たちは反対しなかったのです。ほとんどの者はその扉をぬけることはできませんでしたが、わたしたちはその扉をとじることもありませんでした――なぜならあなたがその扉をあけたように思えたからです。しかしある者たちは激怒して言いました。パウロは罪をおかすことを、罪ではなくしたと」

ふいにわれにかえったパウロは大声でよびかけた。「ソステネ。ソステネ、ペンをもってきてくれ。書いてもらいたいことがあるから」

パウロは部屋から走りでていった。

ステファァナ、フォルトナト、アカイコ――彼らは翌日までパウロに会わなかった。やってきたとき、パウロは三人をおごそかな力で抱擁して長い手紙をわたし、そして今、その手紙がわたしたちのあいだのテーブルに置かれていた――つまりステファナとわたしのあいだに。ものさびしい夜の闇につつまれた、彼の小さな家のランプのもとに。

パウロの手紙にはすべてが書かれていた。クロエの奴隷が報告した分裂について、諸教会からの正式な質問について、一部のコリント人の罪、ほかの者たちがとるべき行動について。

ステファナはしょげかえっていた。

それは容認の手紙ではなかった。彼らを称揚するようなところはまったくなく、容赦《ようしゃ》することもなかった。それは教師が教え、説教者が熱心に説き、しかっている手紙で、なぐさめはほとんどなかった。

使徒がその権威を行使し、全共同体への指示を出し、あるときはほかの者たちへの親切を要求し、あるときは鞭《むち》を要求していた――そして、コリントのかかえた多くの問題をパウロへもっていったステファナは、こんどはパウロの返答をコリントへもっていかなければならなかった。

それぞれの教会、つまり集会がひらかれるすべての家々で、その手紙を読むことが彼のつとめで、まずはじめは市場の監督、エラストの家からだった。

◆

パウロ
Paul

66

　神の意図によって、キリスト・イエスの使徒に召されたパウロから、コリントにある神の教会へ、つまり、あらゆる場所でわれらの主イエス・キリストの御名をよびもとめる者たち、およびキリスト・イエスによってきよめられ召されて聖なる者とされた人たちへ。そのイエス・キリストは彼らの主であり、わたしたちの主でもあるのです。

　父なる神と主イエス・キリストからのめぐみと平安があなたがたにあるように。

　わたしはあなたがたを恥じ入らせるためではなく、わたしの愛する子どもとしてあなたがたをさとすためにこの手紙を書くのです。あなたがたをキリストへとみちびく指導者はたくさんあたえられていても、あなたがたには多くの父親がいるわけではない。しかしわたしは——福音をとおして——キリスト・イエスにおいて、あなたがたの父親になったのです。

　だからわが子たちよ、あなたがたに、わたしを手本とすることをすすめます。

　あなたがたのまえには、わたしの愛する子、主において忠実な者、テモテがいますが、わたしが彼を送ったのはあらゆる場所の教会の者たちに教えている、キリストにむすばれたわたしの生き方を、あなたがたに思い起こさせるためなのです。

　あなたがたのなかには、わたしがもうそちらへ行かないと思って、傲慢《ごうまん》になっている者がいます。しかし心配はいらない。もし主がみとめてくださるならすぐにそちらへ行き、傲慢な者たちの言葉ではなく、彼らの力をためしますから。神の国は言葉にあるのではないからです。それは力にあるのです。

　そしてあなたたちはどちらをねがいますか。わたしが鞭をもってあなたがたのところへ行くことでしょうか、それとも愛とやさしい心をもって行くことでしょうか。

あなたがたが、異邦人のあいだにもみられないようなみだらなおこないをしていると、実際に耳にしています。ある男は、彼の父の妻とくらしているときききました。どうしてあなたがたはそのようなことにあつかましくなれるのか。悲しむべきなのに。

あなたがたのあいだから、その男を追放するのです。

体ははなれていても、実際にそちらにいるようにわたしの霊は存在しているのですから、わたしは主イエスの名によって、すでにその罪人に裁きを言いわたしました。そしてこんどはあなたがたの番です。あなたがたは集会のときに、わたしたちの主イエスの力によって、彼を悪魔にわたし、その男の肉を破壊しなければならない——主イエスの日には彼の魂が救われるように。

あなたがたが高ぶるのは、よいことではありません。少量のパン種が、練り粉全体を大きくふくらませることを知らないのでしょうか。あなたがたは古いパン種をとりのぞき、パン種の入っていない、いつもあたらしい練り粉でいられるようにしなさい。あなたがたはそういう者なのですから。そういう者になれるのです。なぜなら、キリストが過越祭の子羊として犠牲《いけにえ》にされたからです。だから悪意と邪悪の古いパン種をもちいず、パン種の入っていない純粋で真実のパンで、祭りを祝おうではありませんか。

あなたがたは、「わたしにはすべてのことがゆるされている」と言う。わたしは、「しかしすべてのことが益になるわけではない」と言う。

あなたがたは、「わたしにはすべてのことがゆるされている」と言う。しかしわたしは——何ごとにも支配されはしない。

あなたがたは、「食べ物は腹のため、腹は食べ物のため」と言う——しかし神はその両方をいっしょにほろぼされる。もしあなたたちが、わたしの教えから自由のみをとるなら、あなたがたはそれを十分にとったとはいえません。きよい生活には魂だけが関係しているとか、この死すべき人の体は、善や天とは何の関係もないと考えるなら、あなたがたの考えはまるで子どものようです。沖では荒波がたっているのに、海岸で水をはねちらかしている赤ん坊の考えのようです。

よくきいてください。この体はみだらなおこないのためではなく、主のためのものであり、主はこの体のためにおられるのです。神は主を死者のなかから復活させ、わたしたちのこともよみがえらせてくださるのです。だからあなたがたの体は――愛する者たちよ、あなたがたの体は――キリストの一部なのです。あなたがたはキリストの体の一部を、娼婦の一部にしようというのですか。それはしてはならないことです。娼婦と交わった者は、娼婦と一つの体になることを知らないのですか。こう書かれているのです。『二人は一つの肉体になる』と。しかし主とむすびつく者は、主と一つになるのです。

みだらなおこないをさけなさい。

人が犯すほかのあらゆる罪は、体のそとのものですが、みだらなおこないをする者は、自分自身の体にたいして罪を犯しているのです。

あなたがたの体は、神からたまわった聖霊のやどる神殿だということを知らないのですか。

あなたがたは自分自身のものではないのです。

あなたがたは代価を払って買いとられたのです。

だから自分の体で神の栄光をあらわすのです。

あなたがたが、ことあるごとにわたしを思い出し、わたしがさずけたとおりの教えをまもっていることには感心します。

しかしつぎにあげるような指示をするにあたっては、あなたがたのしていることをほめるわけにはいきません。なぜならあなたがたはあつまっても、主の晩餐《ばんさん》を食べていないからです。あなたがたのある者は自分たちだけ食事をしてしまい、ある者は酔っぱらい、ほかの者たちは腹をすかせているという。

これはいったいどういうことでしょうか。飲み食いするための家がないのか。それとも神の教会をさげすみ、貧しい者たちをさげすもうというのでしょうか。わたしはあなたがたに何と言えばいいのでしょうか。このようなことのために、あなたがたをほめることにしようか。いや、いや、とんでもない。

わたしがあなたがたにつたえたことは、わたしも主からたまわったものなのです。つまり、裏切られる夜、主イエスはパンをとり、感謝してパンを裂いてこう言われたのです。「これはあなたがたのためにあたえる、わたしの体だ。わたしを記念して、このようにしなさい」と。また食事のあとで、主は杯をとって言われた。「この杯は、わたしの血によるあたらしい契約だ。わたしを記念して、飲むたびにこれをおこないなさい」と。あなたがたはこのパンを食べ、この杯を飲むたびに、主が来られるまで、主の死をつげ知らせるのです。

だから、それにふさわしくないままで主のパンを食べ、杯を飲む者はすべて、主の体と血をけがすことになるのです。だれでも自分自身のことをよくかえりみたうえでパンを食べ、杯から飲むべきです。なぜなら主の体をかえりみないで飲み食いする者は、自分たちへの裁きを飲み食いしているからです。だからあなたがたの多くは弱く、病気になり、ある者は死んだのです。きいてください。もしわたしたちがほんとうに自分をかえりみるなら、わたしたちは裁かれることはないのです。しかし主に裁かれることがあるとすれば、それは最後に世界のほかの者たちといっしょにとがめられないように、主がわたしたちをこらしめておられるということなのです。

だから愛する者たちよ、あつまって食事をするときは、たがいに待ちあわせなさい。裁かれるためにあつまる、というようなことにならないために。

それから霊の賜物《たまもの》について、あなたがたに知っていてもらいたい……。

◆

テモテ

Timothy

67

エラストの家にあつまった者たちに、ステファナがパウロの手紙を読みきかせていると、ある者たちはパウロがそこにいるかのように手紙に反論し、またある者たちはうめいたり、やじったり、舌打ちしたりした。なかでもいくつかの声がとくに大きいことに、わたしは気がついた。それは胸の奥底から吐きだされる、声量のある深く音楽的なひびきをもつ、力強い声だった。

　彼らは言った。「このパウロとはだれか」

　また言った。「何の権利があって、この男はそのようなことを言うのか。どうして善良なあなたがたが、ほかの者ではなく彼のまねをしなければならないのか」

　そしてまた言った。「むずかしい男だ。これではまるで仕事場の監督だ。いったい彼は、あなたがたをほめるような手紙を書いてきたことがあるのか。こけおどしや、むずかしい、ひとりよがりのたわごとを言うこと以外で、だれかにみとめられているのか」

　そして言った。「わたしたちをみなさい」

　ステファナはパウロの手紙を読みきかせつづけた――『体ははなれていても、わたしの心は』――しかし、声量ゆたかな声がくりかえして言った。「わたしたちをみなさい」

　わたしはそうした。ふりかえると、エラストが「使徒」とよんでいた三人の客が、以前と同じ場所に立っているのがみえ、その姿勢はまっすぐで、高価な衣はロウソクからながれる蠟《ろう》のようになめらかだった。彼らは凝《こ》った言い方をしたり、自制をうしなったり、感情をみせたりはしなかったが、まるでパウロ本人を相手にしているように力強く話し、手紙に書かれているとおり、彼の霊がほんとうにここにいる証拠を要求した。

「パウロ。パウロよ」と彼らは大声で言った。「あなたはほんとうに体をのこしてくることができるのか、それともあなたが強いのは手紙のなかだけか」

　そしてまだしゃべっている者たちに「しずかに」とさけ

んだ。「しずかに。パウロがわたしたちに答えるかどうかみてみよう」

ステファナはかたく決心し、そちらにはまったく注意をむけていなかった。とつぜん家じゅうが注目するしずけさのなかで、彼はパウロの言葉をせっせと読んでいた。『――あなたがたが高ぶるのは、よいことではありません。少量のパン種が――』

権威者である客たちは、笑うふりをした。彼らは言った。「パウロがみえますか。わたしたちにはみえないが。パウロの霊がいることも感じられない。しかしわたしたちをみなさい、吠え声をあげるこのおろかな問答者ではなく、ここにいるわたしたちに目をむけるのです」彼らは読むことをやめようとしないステファナのことを言っていた。

「パウロの言葉は紙にのってやってくる。霊は彼の体にとどまっているのです。しかしわたしたちは自分たちの体をはなれ、生きている霊として天にのぼり、天のなかの天へ入ることができるのです。このわたしたちには。わたしたちはまばゆいキリストの顔や、稲妻のようにかがやく二つの目、炉のように赤い胸当てをみたのです。このわたしたちが。

わたしたちは滝のようにとどろく声をきいたのです。そしてその言葉を、地上にいる肉に縛られている人びと、肉の重さをかかえている者たちにつげるためにもどってきたのです。それでも、わたしたちの言葉に権威が欠けていると言えるでしょうか。だれが、わたしたちの権威に異論をとなえる自信をもっているでしょうか――わたしたちの栄光は、主の口からのものなのですから」

家にあつまった者たちはこの高貴な三人に注目していた。どの顔もランプのようにかがやき、かけめぐる血と期待で赤らんでいた。

エラストはひもにひかれるように、三人の男に近づいていった。ぼうぜんとした驚きの表情が彼の目にうかんでいた。そしてほほえんでいた。あつまっていたほかの者たちも、彼の動きにつられて、その「使徒」たちのそばにむらがりはじめた。

「それとも、わたしたち独自の証拠がほしいのか」彼らはゆたかな声でうたった。「かしこいコリント人は反駁《はんばく》の余地のない証拠、自分の目による証拠がほしいのか」

エラストはいきおいよくうなずいた――しかしそれはかしこまった、儀式のように定められた反応のように思えた。わたしたちのうしろにいるステファナは、低い声でものうげに読んでいた。

三人のなかでもっともきわだった者が、声を低くして言った。「みなさい」

ほかの二人が両わきにしりぞくと、彼は顔を天井にむけた。

教会じゅうが息をのんだ。

ステファナは読んでいた。『それから霊の賜物について、あなたがたに知っていてもらいたい――』

とつぜん中央にいた男をふるえがおそった。ふるえははげしくなってゆき、白い健康な歯が音をたてはじめ、目はつりあがってうつろになった。舌を噛《か》んだらしく、唇に血があふれ、端からしたたっていった。わたしはあっけにとられてながめていた。そのような体の発作と、その男の落ちつきとの、不気味な落差が目をひいたのだと思う。彼は自制をうしなっていながら、完全に自制していた。ふるえ、身もだえしながらも、それとわかるほど冷淡で、冷静だった。

パウロは言っていた。『――おろかな偶像へみちびかれたことをおぼえているでしょう。知ってほしいのです。神の霊によって語る者は、だれも〔イエスに呪いあれ〕などとは言いません。そして――』

青ざめて忘我状態になった男が急に胸いっぱいに息を吸いこみ、猫がうなるような音をたててそれを鼻から吐きだした。ふるえながら、かたい板のようにうしろへたおれだしたが、仲間たちが彼をうけとめ、あおむけにまっすぐ寝かせた。まわりをかこんだコリント人の人垣はハミングし、うたいはじめた。

パウロは言っていた。『――そして聖霊によらなければ、だれにも〔イエスは主である〕と言うことはできず――』

いく人かがリズムに合わせて、ガラガラをふり、楽器をかなで、カスタネットをたたいていた。部屋には強い汗のにおいがただよった。まわりに場所がある者は、両腕をひろげ、うれしそうに顔をあげてくるくるまわった。

パウロの言葉はつづいていた。『――いろいろな賜物があっても、同じ霊がそれをあたえるのです。さまざまな仕事があっても、それは同じ主によるものです。そのそれぞれに霊の働きがあらわれるのは、全体の益となるためなのです。そして全体の益のために、使徒、預言者、教師、奇跡をおこなう者、いやす者、助ける者、管理者、そしてさまざまな異言を語る者になるように――』

そのうちに床にたおれた使徒は、人の心臓をとまらせる真夜中の叫び声のように荒々しい、オオカミに似た吠え声をあげた。

エラストはそれに反応した。いきおいよく立ち上がったのだ。

文字どおりエラストはとびあがってスリッパをぬぎすて、スリッパは床の上にならんで置き去りにされた。彼はうしろに宙返りし、足を上にしてとんだ。そして肩のうしろを強く打ちつけて着地したので、あごは胸に押しつけられた。わたしは立ち上がって、彼のほうへ走っていった。首の骨を折ったかと思ったのだ。しかしそばに行くまえに、彼は両手を上へのばし、打ちならしはじめた——二、三、四と——すると太ったエラストは子どものように軽々と立ち上がった。七、八、九と手をたたきつづけ、大きな声でわけのわからない言葉をしゃべった。

そのようすをみて、これが、エラストの言っていたすばらしいことなのだと思った。彼は異言を語ることを学んだのだ。

パウロが言っていた。『——より大きな賜物を熱心にもとめるのです。そこであなたがたに最高の道を教えましょう——』

音楽と踊りが盛りあがり、エラストは汗をかき、部屋は回転する人の体と、異常な歓喜であふれた。そのあいだ、ステファナは扉のわきで一人で読みつづけていた。『——たとえ人や天使の異言を語っても、もし愛がなければ、わたしはやかましいドラ、うるさいシンバルです。たとえわたしに預言する力があり、またあらゆる神秘を理解し、山をもうごかすほどの信仰があったとしても、もし愛がなければ、わたしは何者でもありません。愛は忍耐づよく、なさけ深い。愛はねたまず、高ぶらない。うぬぼれず、礼を失することはない。愛は自分を押しつけない——』

わたし、テモテがひきさがったのはそのときだった。

わたしはとほうもない会話の両極のあいだで引き裂かれていた。わたしの東側にはエラストがいて、しゃべり、これまでみたこともないほどしあわせそうにしていた。そして西側には、小さなステファナがひっそりと、頭をたれて、ページの上に涙を落としながら読んでいたからだ。

『——愛はすべてを忍び、すべてを信じ、すべてをのぞみ、すべてに耐える。愛はほろびることはなく——』

わたしは自分の魂と自分とが隠れることのできる、心のなかのしずかな場所にひきこもった。その夜のあいだじゅう、自分の体があらゆる音、動き、におい、光に洗われるのにまかせていたが、わたしの魂まで洗いながされることはなかった。

冷めながら熱狂状態をみせた使徒は、しばらくすると身を起こして立ち上がり、その衣はぜいたくな、しわのない状態にもどった。彼が起きあがったのを合図に、教会のほかの者たちも動きをとめた。すると使徒は今までのはげしい動きにすこしも影響されない、分別のある声で語った。

たった今彼は実際に天国へまいあがり、そこで彼自身と、彼をとおしてここにあつまったほかの者たちのために、イエスから祝福をうけてきたと。するとあつまった者たちはみなしずまり、一人ずつ彼のまえへ行き、ひたいにふれてもらった。そしてふれてもらった者たちは、夜のなかに去っていった。

　テラスの扉のところで、ステファナは顔をふせたまま、まだパウロの言葉を読みつづけていた。

『――異言はやむ。預言と知識はすたれる。知識も預言も完全ではないからです。完全なものが来るとき、不完全なものはすたれなければならない。

　わたしは子どものころ、子どものように話し、子どものように思い、子どものように考えていました。しかし大人になると、子どもらしいやり方をやめたのです。

　今わたしたちは鏡におぼろに映ったものをみています。だが、そのときには、顔と顔とを合わせてみることになるのです。

　今は一部を知っているだけですが、そのときにはすっかりわかっていることのように、完全に理解するのです。

　だから信仰、希望、愛の三つはいつまでものこるのです。しかしこれらのなかでもっとも大いなるものは愛です。

　愛を追いもとめるのです――』

　長い手紙はいつまでもつづき、やがて家のなかでほかに話す声はなくなり、わたしのほかに、それをきく者はいなくなった。

『――なぜなら神は、混乱の神ではなく、平和の神だからです――』

◆

プリスカ

Prisca

68

さわやかなみどりのコリントにいたとき以来、パウロはわたしに背中をもんでくれと、ふたたびたのむことはありませんでした。わたしは訓練によっても、奇跡によっても、人をいやす者ではありません。でもわたしは、霊の賜物《たまもの》と、母を手本にすることによって人をなぐさめることができました。ですから、あのときのしたしさをなつかしんでいたのです。

　わたしたちがエフェソに住むようになったころ、テモテもその背中をもむ仕事をうしなっていました。でも彼はそれをなつかしむことはありませんでした。テモテはパウロを深く愛していますが、彼の苦痛を目にするのをきらい、

残虐な行為と以前の刑罰の証拠である傷をみるのも――それどころかふれるのも――いやがっていましたから。

　じつはパウロは、わたしたちのような無骨な田舎者よりもいい治療者をみつけたのです。それはよろこばしいことでした。

「いとしい者。いとしい者よ」とパウロはこのあたらしい医者のことをよんでいました。その医者は、ほんとうに使徒のみじめな体をらくにしてくれたからです。

　ルカはそのやり方を知っていました。

　国立広場の下、その北西の角でこのエフェソの医者は開業し、そこには三つの広間があり、それぞれがさらに小さな部屋に分けられ、患者、手術、瀉血《しゃけつ》、排泄《はいせつ》、頭骨切開、抜歯など、さまざまな用途にあてられていました。

　ルカが軽い手術をうけるようにパウロにもちかけたのか、それともルカがもちかけるまでもなく、患者のほうから痛みのために言いだしたのか――あるいは（その可能性が高いのですが）自分の背中に刃をあてる友人の腕を信頼し、ルカに敬意をはらおうとしたのか、わたしにはわかりません。

　苦痛のみで、パウロがルカの提案をうけいれたとは思えません。

　なにしろ彼は、キリストの死を自分の体にかかえ、イエ

スの生もまた自分の体にあらわれるようにしているのだとよく言っていましたから。パウロは「死」という言葉でははげしい苦痛のことをあらわし、「生」という言葉でその苦痛をよろこんで耐えることをあらわしていたのだと思います。一枚の硬貨の表と裏です。パウロはこのような神聖な謎、人にとって不可能に思えること、人びとをとまどわせる矛盾を好みました。なぜなら、「打たれても、くじけない」とか、「死ぬほどの罰をうけても、死なない」といったことを可能にするのは、イエスだけだったからです。

あるいは、ある日パウロが通りでさけんでいたように、「わたしたちは死んでいく。それなのに、みよ、わたしたちは生きている」などということです。もし足をひきずっている者が運動選手のようにうごくことができるなら、あるいは苦しみをうけている者がほんとうのよろこびをもっているなら、人を超えたその力はその人にではなく、神に属するものであることを、だれも疑うことはできないと、彼は論じました。

一方、（パウロにはつねに一方ばかりではなく、三方も四方もありましたが）、彼は苦痛をもとめたわけではありません。苦痛のことはきらっていました。いつだったか、彼が苦痛の原因として悪魔を呪い、はげしい嫌悪の声をあげているのをきいたことがありました。

だから——いろいろ考えられるのです。動機は何であれ、パウロはルカといっしょに医者の部屋に入り、テモテとわたしが何の技術もなく愛によってもみほぐした背中を、ルカは切開したのです。それを、背中の四つの異なる部分で四回にわたっておこない、何かを切除し、四つのあたらしい傷をつくりました。でもその傷は、かつてはこぶや、ひどいかたまりがあったところに走る、細い縫いあとでした。

さらに（そのようすを子細に想像すると、何ともおかしくてたまらなくなるのですが）、ルカはパウロに、浴場へ行くという異教徒の習慣を毎日おこなうようにすすめたのです。彼らは午後になるといっしょに公衆浴場へ行きました。二人は裸の異教徒にまじってあたたかい部屋から熱い部屋、すずしい部屋へと移動し、ルカはしもべの役をひきうけて、彼を洗い、こすり、もみ、小さな使徒のやせた体に油をぬりました。

そのことも、動機はあまりはっきりしていません。そのマッサージが治療の効果をもつことは疑いありません。でもパウロがうすい髪をつややかにとかしつけられ、光った顔に夢みるような満足げな表情をうかべて浴場から出てくるのもたしかです。

この使徒について書かれる未来の伝記には、ありのままの証拠と、個人の証言から、彼は浴場が好きだったと記録できるかもしれません。彼は身づくろいをするのが好きだったと。

　そのような折りに、ルカが言っているのをききました。

「テルモピュライに行って、あそこの硫黄泉《いおうせん》につかってみることです。あなたの体など、風に吹かれる小麦畑のようにまげられるようになりますから」

　パウロは言いました。「ふむ。わたしはまたコリントへ行くことを考えているからな。エルサレムへ献金を送りたいのだ。そうだな。遠回りをしてもいいかもしれない」

　わたしたちがエフェソでいっしょに二年めをすごしているころ、テモテは遠回りで旅していました。春のはじめに、彼はゆっくりと旅立っていきました。でも夏至《げし》のころ、パウロが自分も旅に出ると言ったその日に、テモテはもっとも速い経路をつかって船でもどってきました。

　船を波止場につけているさいちゅうから、テモテは陸にとびおり、港通りをまっすぐアキラとわたしの家へ走ってきたのです。そしてパウロがやってくると、テモテはみるからに苦しげな表情で言いました。

「コリントの問題は、わたしたちが知っている以上に深刻で、ステファナが言ったよりひどいものです。ああパウロ、あの場所は堕落していました。自分たちを『使徒』とよぶ者たちが、教会の人たちの心をとりこみ、パウロ、あなたは――」テモテは息をのみ、髪をかきむしりました。「あなたはまったくおとしめられています」

パウロ Paul

69

神の御心によってイエス・キリストの使徒となったパウロから
コリントの神の教会へ

あなたがたに、父なる神と主イエス・キリストからのめぐみと平安があるように。

さて、あなたがたのある者たちは、わたしには権威が欠けていると考えているそうです。わたしの仕事が過去に何をなしとげたのか、その証拠をしめす推薦状《すいせんじょう》をみたがっているときききます。

ではは人を中傷する者に、まわりをみるように言ってください――もし彼に真実をみる目があるなら。彼のまわりにはそのような手紙が山とあるのですが、それらは紙にインクで書かれているのでも、石板にきざまれているのでもありません。

愛するコリントの兄弟たちよ、わたしの推薦状とは、あなたがた自身なのです。あなたがたこそが、キリストからわたしへ送られた手紙で、それは生きている神の霊があなたがたの心の板に書いたものなのです。あなたがたが行った先々で、その手紙はすべての人に読まれるのです――真実をみる目をうしなっていない者たちに。

わたしたちがキリストをとおして神にいだいている確信は、そのようなものです。

自分で何でもできるような資格が、わたしたちにあるというのではなく。そうではなく、わたしたちの資格は神から来るものなのです。神がわたしたちに、あたらしい契約につかえる資格をあたえてくださったのです。そしてこのようにしてつかえるのは神のめぐみによるものですから、わたしたちは心をうしなってはならないのです。

なぜなら、わたしたちのつとめをさげすむ者は、神をさげすんでいることになるからです。

わたしたちは、卑劣な、隠れたおこないをすてました。狡猾《こうかつ》にたちまわったり、神の言葉をまげたりせず、真理をあきらかにすることによって、神のみまえでわたしたち自身をすべての人の良心にゆだねるのです。わたしたちはこのようにして、教え、説教しています。そしてもしわたしたちの福音におおいがかかっているというなら、それは、ほろびの道をたどる人にたいしておおわれているのです。それは、この世の神が、信じない者たちの心をみえなくされ、神の似姿であるキリストの栄光の福音の光をみせないようにされているからです。

　わたしたちがのべつたえていることは、自分自身のことではないのです。主であるイエス・キリストのことをのべつたえているのであって、わたしたちは、キリストのためにあなたがたにつかえるしもべなのです。神ははじめに『闇から光が輝き出よ』と言われ、その神はわたしたちの心の内を照らすことによって、キリストの御顔にかがやく神の栄光を知るための光をあたえてくださるのです。

　そしてこのようになみはずれた力は、すべて神だけのものであって、わたしたちのものではないことをしめすために、わたしたちはこの宝を土の器《うつわ》におさめているのです。わたしたちは四方から苦しめられても押しつぶされることはなく、混乱しても絶望することはなく、迫害されてもみすてられることはありません。わたしたちは生きているあいだ、つねにイエスのために死にさらされ、イエスの命がわたしたちの死すべき体にあらわれるようにされているのです。だからわたしたちのなかでは死がはたらき、あなたがたの内には命がはたらいているのです。

　だから、あなたがたは落胆するべきではないのです。わたしたちの外側にあるものはおとろえていきますが、わたしたちの内側にあるものは日ごとにあたらしくされているのです。わたしたちが住むこの地上の幕屋がほろぼされても、わたしたちには神からの建物があることを知っています。それは人の手によってつくられたのではない天国の永遠の家です。

　たしかに、わたしたちはこの地上でうめいています。この幕屋で、不安のためにため息をつきます。なぜならここでは、主からはなれてこの体に住んでいるからで、わたしたちはこの体からはなれて、主のもとにもどることにあこがれます。しかし愛する者たちよ、わたしたちはつねに勇気をもって、目にみえるものではなく信仰によって歩むことができます。わたしたちの天の住まいを用意してくださる神が、わたしたちに保証として霊をあたえてくださったからです。

　終わりのときに、わたしたちはみなキリストの裁きの座のまえに立ち、善か悪か、わたしたちがこの体をすみかとしていたときにおこなったことによって、その報いをうけるのです。

このように、わたしたちは主にたいするおそれを知っているからこそ、人びとにのべつたえ、説得するのです。わたしたちをかりたてるのはキリストの愛です。なぜなら、一人のかたがすべての者のために死んでくださった以上、すべての者も死んだことになると、わたしたちは確信しているからです。そして、そのかたが死んでくださったのは、生きている者たちがもはや自分たちのために生きるのではなく、自分たちのために死んで復活してくださったかたのために生きるためだったのだと。

だからキリストとむすばれた者は、あたらしく創造された者なのです。古いものは消えさり、このように、あたらしいものが生じたのです。そのすべては神から来るもので、神はキリストをとおしてわたしたちをご自身と和解させ、わたしたちにこの和解のための仕事をあたえられました――つまり、神はキリストによって、世界をご自身と和解させ、犯した罪を彼らに問うことなく、和解の言葉をわたしたちにゆだねられたのです。

そのようなわけで、わたしたちはキリストの使者なのです。神はわたしたちをとおして、うったえかけておられます。だからわたしたちはキリストになり代わり、あなたがたに神と和解するようにおねがいします。わたしたちのために、神は罪を知らないかたを罪人とし、そのかたによってわたしたちは神の義となることができるようになったのですから。コリントの兄弟たちよ、おねがいです。おねがいだから、神からさずかっためぐみを無駄にしないでください。

神はこう言われています。『めぐみの日に、わたしはあなたがたに耳をかたむけ、救済の日にあなたがたを助けた』と。

今がそのめぐみの日なのです。

今が救済の日なのです。

あなたがたは――みずからの良心にかんがみて――今も、これからもだれかのさまたげになっていないことをたしかにするべきです。わたしたちの仕事に落ち度があってはなりません。そして何事においてもわたしたちが神のしもべであることをしめさなければなりません。苦しみ、困難、災難、鞭打ち、監禁、騒動、労苦、監視、飢えにおいては大いなる忍耐をもって。純真、知識、寛容、親切、聖霊、いつわりのない愛、真理の言葉、神の力によって。

左右の手には正義の武器をもち、名誉をあたえられるときも汚名をきせられるときも、好評を博すときも悪評をあびるときも、そうしているのです。わたしたちは人をあざむいているようにみられています。しかしわたしたちは誠実です。

　コリントの兄弟たちよ、わたしたちはあなたがたに率直に語っています。心をひろくひらいています。わたしたちはあなたがたにたいして心をせまくしていないのに、あなたがたがそれをせまくしているのです。

　あなたがたも、わたしたちに心をひらいてほしい。

　わたしたちはだれにも害をあたえていません。だれも堕落させていません。だれのことも利用していません。

　わたしはあなたがたをとがめるために言うのではありません。なぜならすでに言ったように、あなたがたはわたしたちの心のなかに住んでいて、わたしたちと生死をともにしているのですから。

　わたしはあなたがたにあつい信頼をおいています。あなたがたのことを非常に誇りに思っています。

　わたしはなぐさめにみたされています。

　苦難のなかで、大いによろこんでいます。

　テモテがまたよい知らせをもち帰ることができるようにしてください。

　主イエスのめぐみがあなたがたとともにあるように。

　アーメン

◆

L・アンナエウス・セネカ

L. Annaeus Seneca

70

ローマの皇帝ネロの助言者、L・アンナエウス・セネカより

カイサリアのユダヤ総督、マルクス・アントニウス・フェリクスへ

貴君に注意をうながすために書状をしたためます。もし貴君が賢明なら、ここに書かれた情報を利用して、自分の傲慢をおさえ、よりよい判断をもって職務にあたられることでしょう。さもなくば自分の判断のために苦しむことになるでしょう。

貴君の兄弟パラスは皇帝の財務官として——さらに重要なことは、皇帝たちの妻であり母であるアグリッピナのお気にいりとして、ローマにおいて政治権力をにぎっておられる。

そのパラスの影響力によって貴君がユダヤとエルサレムの総督になったことは、よく知られてはいないかもしれないが——わたしたちは知っているのではないでしょうか、フェリクスよ？

しかしパラスがその地位を利用して私腹を肥やしていることは、非常によく知られている。つまり、役職を売りわたし、脅迫によって賄賂《わいろ》をうばいとり、自分のほしい土地をもつ金持ちを告発していることです。

そして今、ネロ帝が彼を財務官の職務からはずそうとしていることは、まだだれにも知られていません（すぐにだれもが知ることだが）。

これは、かしこい者なら考え、おろかな者は無視する情報です。なぜなら、M・アントニウス・パラスがこの宮殿を去るとき、彼は恥ずべきほどの金持ちのままではあるが、その権力と影響力はしぼんでいるはずだからです。

貴君のローマの船は水もれがしているということです。

これからは、フェリクス、自分自身をかしこく管理しないと、自分の身に危険がせまることになるでしょう。

昨日、貴君がユダヤから送ってよこした囚人、ディネウスの子エルアザルという者をひきとりました。彼について貴君のよこした書類によれば、「大強盗団の首領」ということで——この強盗は「村々に火をはなち、自分たちの同胞から盗んでいる」と書かれています。

むろん強盗を、それもみずからの身を弁護しているときに信用することはできません。熱狂的なユダヤ人の行動をゆるすこともできません。彼らが宗教的でないほど、わたしには都合がいいのです。

しかし総督フェリクスよ、わたしはその男の知性、話し方、心の平衡《へいこう》に信頼できるものをみいだしたのです。そして彼の語る逮捕のようすは、貴君の説明とは非常にことなっている。貴君が彼をあざむいて逮捕したというのです。彼がユダヤの社会不安の原因について話しあうために来れば、その身の安全を約束すると、貴君はもちかけたそうです。その言葉を信じてやってくると、貴君は彼を官邸の庭におびきよせて罠《わな》にはめ、四十人以上の兵士にまわりをかこませ、貴君が彼を縛り、投獄し、それからローマへ送ったというのです。

また彼の話によれば、ユダヤの貧しい人びとは、彼の仲間であり、彼の一味の暴力に苦しむどころか、ますます多くの者がその仲間にくわわっており、フェリクスよ、貴君は彼らをさらに大量に、無差別に十字架にかけているという。

よい者も悪い者も同じように殺すことが、貴君の治め方だと、彼は言っています。

わたしはいったいだれを信じればいいのだろうか。総督か強盗か。

貴君がそれに答えるまえに、あと一つの事実を助言としてあたえておきましょう。この強盗を拘禁してローマへつれてきた貴君の百人隊長は……この強盗の話にまったく同意しているということです。

かしこい者にはひとこと言えばそれでたりる。しかしこのとおり、わたしはふたこともあたえたのです。

71

プリスカ

Prisca

なんということでしょう。この人だかり。大勢の人で家はみえません。コリントの信者すべてがここにいるにちがいありません。パウロがしたことでしょうか。ほんとうに彼がしたのでしょうか。

「失礼します」とわたしは言います。頭をさげ、へらのような足をしたモグラが地下の根っこのあいだをとおっていくように、人のひじや、お尻や、背中を押しのけてすすんでいきます。わたしの体は軽くて小さく、子どものようにすばしこいのです。「すみません、パウロをさがしているのです」

知っている人は半分もいません。わたしを知る人たちは親切にうなずいてくれましたが、あたたかさは感じられません。前の週に再会したうれしさも、わたしたちをむかえてくれた熱気も、パウロがエフェソから大いそぎでやってきた理由を知ると、さめてしまったのです。

　コリントの兄弟たちは、あのあたらしい使徒たちをとても気にいっています。彼らの説教は――そして、彼らがすることは――コリント人のもっている傾向を盛りたてるようなものなのです。しかしパウロはほほえみもみせずに軽蔑しきって、彼らのことを「大使徒」とよんでいます。

　わたしのそばにいた大きな男が「なかにいる」とどなります。彼の体のすえたような汗のにおいは強烈で、髪の毛がさかだつほどです。

「何ですか」

「家のなかだ」と彼はどなります。「パウロはなかにいる。みんななかに入った。話をききたいと思っている素朴な正直者のことはおかまいなしに」

　その男の顔はみえませんが、その「素朴な正直者」のことは察しがつきます。あのにおいには覚えがありますから。あの声が「はなしてやれ、ユダヤ人」とさけんでいたのをきいています。靴職人のアペレです。

「何をきくのですか」

「戦いだ。いい戦いになるぞ」彼はうなるように言います。

玄関は、通りのように混みあっています。広間も同じような状態で、すでに人いきれで空気は重く、そとで秋の日の青空をみたあとでは息苦しくなります。そのような大群衆にわたしは不安を感じ、そのような雰囲気のなかで自分がのけ者にされたような気持ちがします。

どうして「戦う」のでしょうか。アペレはどのような戦いを期待しているのでしょうか。

パウロとわたしとソステネは、エフェソから海路をコリントまでやってきました。ソステネは、四年まえにとつぜん旅立ったことでこわれてしまった友情を修復したいので、いっしょに行かせてくれとせがんだのです。

でも、なぜパウロがわたしに同行をもとめたのかはわかりません。理由は言いませんでした。きっとわたしは、人びとにみせるための何かの見本なのでしょう。彼はよくそのようなことをしますから。あるいはわたしのおだやかな性質や、ここの信者たちへの愛が、彼、パウロの目的をやさしいものにすると考えたのかもしれません。彼は言いました。「プリスカ、わたしといっしょに来てほしい。コリント人がテモテに、自分たちのことはほうっておいてほしいと言ったとき、わたしに選択の余地はなくなったのだ。今回は自分で行って、教会をきよめなければならない」

この「教会をきよめる」ことで、彼が何人かの魂を傷つけることになったら、わたしはそれをいやす軟膏《なんこう》になるのでしょう。

ケンクレアイに入港するとすぐ、ソステネは一人で西のコリントへ歩いていきました。パウロは港の村でさっそく仕事をしました。わたしたちはやさしく親切な友人、フェベの招きをうけ、その夜は彼女の家に泊まりました。彼女はしもべたちにたくさんの食事を用意させ、またしもべたちをつかわして村じゅうから信者たちを「食事と話」によびもどしました。

こうして信徒の小さな集まりができあがりました。パウロは食べませんでした。その代わり、人びとに「傲慢な大使徒」について、熱心にたずねました。彼らは何を教えるのか。彼らは何をしているのか。彼らはどこから来たのか。どのような生活を送っているのか。

そのようなことが、わたしたちがそこに滞在していたときの毎日の決まりになっていき、それがきのうまでつづいていたのです。

わたしたちは、信者が礼拝のためにあつまるコリント地域のすべての家を訪問しました——一つだけをのぞいて。

ティティオ・ユストの家にいるとき、わたしは二つの大きなよろこびを体験しました。あの、ユダヤ人の会堂と壁を接している建物です。ソステネはその家へ足を踏みいれたことは一度もありませんでした。なにしろ、そこへレンガを投げつけていたのですから。

それが今はその家にいて、丸っこい体に、ひれのような腕、かたくからんだ髪をした彼が、うれしさと家族のような感情で顔を真っ赤にしているのです。彼といっしょにテーブルについているのは、彼がさげすんでいた隣の異邦人ティティオ・ユスト、そしてイエスをもとめるようになるまえは会堂長をしていたクリスポなのですから。彼ら三人は聖霊にむすびつけられ、笑みをうかべながらすわっていました。

そのことがわたしには言葉にならないほどうれしかった。うれしさという点ではもう一つのことも同じでした。それは、部屋にわたしの声がひびくのが、自分にもきこえたことです。わたしはおぼえているかぎり、はじめて自分が大きな声を出して祈り、はじめて人前で預言をしたのをきいたのです。この場所で、わたしは霊にうごかされて話したのでした。布教をはじめたばかりのわたしにとって、ここはゆりかごのようなものでした。

こうしてわたしたち四人は言葉にならないよろこびと、さわやかな交わりを分かち合っていました――パウロがやってくるまでは。パウロがやってきて部屋を歩きまわり、ユストとクリスポを大使徒のことで質問ぜめにするまでは。

それで雰囲気は一変しました。いわばわたしたちは仕事についたのであり、それからはだれもほほえまなくなりました。

実際、パウロは七日のあいだ仕事以外に何もしていませんでした。わたしは時間をかけて町を歩き、アキラとわたしが以前知っていた場所、生活し、仕事をしていたところをふたたびおとずれました。二日まえにはわたしがあまり物思いにしずんでいたので、パウロはそれに気づき、わたしの気分について説明してくれました。彼はわたしが「この世のとげ」を感じているのだと言いました。わたしは、そうではなく、強い郷愁を感じているのだと言いました。しかし彼は、いとしいとげさえ血をよごすことがあるので、あまり愛着をもつことには注意しなければいけないと言います。いったいこの人は、日没にほほえむことがあるのでしょうか。一日でもくつろいだりすると、おかしくなってしまうとでもいうのでしょうか。

彼は計画を立て、まずコリントの状況についてできるだけのことを知り、彼よりすぐれていると言いはる使徒たち、その干渉者たちについてみさだめ、それから教会全体を一つの場所にあつめ、そこで回心するようによびかけるつもりでした。

教会全体を収容するほどひろい家は、コリントに一つしかありませんでした。アクロコリンス山のふもとにある、ガイオの家です。

彼の部屋をつかわせてもらうために、きのうの朝パウロとわたしはそこへ行きました。この家ではもう、パウロのほうから大使徒についての質問をきりだす必要はありませんでした。話はひろまっていましたから。ガイオはパウロがしていることを知っていたので、自分のほうから考えを言ってくれました。

彼はあたらしい使徒についてこう言いました。「彼らは気楽にものを要求します。はっきり言って、それが新鮮なのです。彼らは要求することをおそれません」

パウロは言いました。「どんなものを?」

ガイオは言いました。「食べ物。部屋。衣服。金。そして彼らは自分たちがコリントでなしとげたすばらしいことを書いた推薦状をほしがっています」

「金?」パウロはたずねました。「彼らは金をもとめるのか」

「ええ」

「貧しい者たちのために?」

「自分たちのためです。布教の仕事を維持するために」

パウロはうなずきました。そしてあご骨をこすりながら、つぶやきました。「もちろん、どれほどすぐれた使徒でも支払いをうけなければならない」

とつぜん彼は言いました。「わたしも彼らのようにしよう。わたしもあなたに要求しよう。ガイオ、あなたの部屋をつかわせてくれないか。わたしは教会全体をあつめて、あなたの家で会いたいのだ」

ガイオは言いました。「もうおそいのです」

パウロは眉をひそめました。「何が」

「話をきいていないのですか」

パウロは答えませんでした。

ガイオは言いました。「あの使徒たちはすでに、自分たちが宿泊している場所にあつまるように教会にもとめたのです。明日、エラストの家に」

それはわたしたちがたずねていなかった、ただ一軒の家でした。エラストの家。でも今、わたしはそこへ行こうとしているのです。わたしと群衆は。わたしは人に押され、また妙に人とのへだたりを感じています。

パウロはなかのずっと遠いところにいるのでしょうが、わたしは玄関で大きな人びとのあいだにはさまって身動きできません。そうでした。彼が煽動《せんどう》したにしろ、しないにしろ、パウロの計画の一部が実現しているのです。彼がのぞんでいたように人びとがあつまっているのですから。しかし自分がのぞんでいたような扱いを、彼がうけているのかどうかはわかりません。そしてだれがこのことをあやつっているのかもわかりません。

「道をあけろ、どけ」

兵士のきびしいどなり声がきこえます。群衆は緊張し、わたしのまわりで大波のようにうねります。

「どけ。道をあけろ」

ほんとうにそれはまるで軍隊です。武装した守衛たちがやってきて、人びとのまんなかに道をつくります。六人います。そして、なんということでしょう、豪華ななりのエラストが彼らの中央にいて、にこやかに人びとにあいさつしながらとおっていくではありませんか。

「守衛たちのことは気にしないでくれ。安全と秩序のためだ。客の安全と、わたしの家の秩序のためだ。だいじょうぶ。なんでもないから」

ああ、エラストは何と太っているのでしょう。山のような肩、もりあがったお尻、顔はザクロのように真っ赤です。でもシナモンと桂皮のいいかおりがします。まったく、彼にはおそれいってしまいます。真鍮《しんちゅう》や腕輪で飾りたてて、四頭だての馬車のようにすすんでいくのです。

その通り道を利用し、彼の兵士のうしろにすべりこんだわたしは、自分の道を先導してもらうことができました。すえた汗のにおいがただよってきて、エラストのあとにつづいたのが自分だけではないことがわかります。

でもとつぜん自分のなかから魂がとびだしていきます。家のなかの音が耳に入らなくなります。視界からすべての人びとが消えていき……。

パウロがみえます。

わたしの友、わたしの友がテラスの左の角に一人で立ち、右手をあげて何か言っているのです。

兵士たちはテラスをかこむ柱の、六箇所につきます。エラストはせわしげに、パウロのまむかいに立っている三人の男たちのところへむかいます。そして三人それぞれの頬にたっぷりと口づけします。市場の監督は息を切らし、ひたいの汗をぬぐいます。

でも彼はおそかったのです。わたしと同じように遅れてきたのです。何かの議論がもうはじまっていましたから。

パウロは短剣のような声で言っています。「そのちがいを説明してください。この人びとのために、そのちがいを説明してください。わたしは神の言葉を売り歩いたことはない。しかしわたしは神に委任をうけた誠実な男として、神のみまえで、十字架にかけられたイエス・キリストについて説教しています」

エラストはテラスのずっと奥の、争っている両者のあいだの席にすわりました。右と左をみながら、まだひたいをぬぐっています。三人のうちの一人が、すでにパウロに答えています。背が高くわし鼻で、王者のような風格をたたえ、その衣はエラストのものと同じように上質です。

その男が言っています。「わたしたちも天国のものを売り歩いたりしません。わたしたちは習慣にしたがっているだけです。主につかえる者はすべて、彼らがつかえている教会に正当にやしなわれるのです——あなたはべつですが。あなたは困難な生き方をさがし、ことさら落ちぶれることや、貧しさをもとめておられるようだから。まるで貧しいことを誇っておられるように」

何百人もの頭が、このおおげさな男からパウロのほうをむきます。背の低いパウロ。青白いパウロ。やせて、でこぼこして、髪の毛はうすく、すりきれた上着を着たパウロ——一方の非常に姿勢のよい三人は、申し分のない健康そうな顔色をして、黒いひげにはきれいに油がぬられています。

パウロは言います。「わたしは貧しさをえらんだことはない」

王者のような使徒はすぐそれに答えます。「あなたはえらんだ。そして今もえらんでいる。あなたは贈り物をこばむたびに、何かではなく、何もとらないことをえらんでいるのだから」

テラスでピシャリと打ちつける音がします。人びとはとびあがります。彼らが一本とったと思って、エラストが自分のももをたたいた者でした。彼はにっこりして、目をしばたたいています。

パウロはなおもつづけます。「まさに、そのとおりだ、あなたは真実を言っておられる。霊は今日、あなたのなかにそそいでいるにちがいない、わたしもあなたに同意するのですから。しかしこれがわたしたちのあいだのちがいです。わたしは貧しさを誇りに思い、あなたがたは自分たちの成功を誇りに思う。力あるかたがたよ、まいあがる大使徒たちは、すばらしい仕事をされる。しかしわたしが誇るとしたら、イエス・キリストの十字架と、その苦しみと死——」

「そのとおり」その男はパウロの言葉をはばみます。「まさにそうです。そしてあなたの誇りによってこのコリントの諸教会はどのような状態に置かれたでしょうか。わたしたちが来るまえ、今わたしたちをかこんでいるこのよきコリント人たちに、あなたのすばらしい謙遜《けんそん》は何をもたらしたでしょうか。みじめさです。憂うつや、つらい仕事、苦痛、そして恥ずべき扱いです。あなた自身が書いてきたではありませんか、苦しみ、困惑、迫害と鞭打ちのことを、おまけに死のことまで。しかしわたしたちはコリントの人びとを、あなたの言うイエスの憂うつなひき臼《うす》から解放したのです。彼らをふたたび軽やかに陽気にした。なぜならわたしたちは、勝利をおさめたキリストと勝利を誇るからです」

「あなたたちは、人びとをふたたびこの世に投げいれている」パウロの声はかん高くなっていき、その目は燃えています。「あなたたちは彼らを地獄の子らにしている。わたしは神の救済、十字架を誇る。世のなかが忌まわしいものとしてこばむ十字架のことを教える。しかしあなたはこの世が愛し、よろこぶもの、つまり勝利、成功、権力を誇っている。あなたたちは自分たちがのぞむもの、すなわち有頂天、自己満足、栄えある名前を教えている。そしてもしコリントの者たちがあなたの教えを愛し、よろこぶなら、彼らはこの世に属するものであって、やがては朽ちていくのだ」

「朽ちていく？　朽ちていくというのか、パウロ。おろか者よ、わたしたちは彼らに命と、キリストへの直接のつながりをあたえているのに」

「あなたがたをとおしてそうなるのだ。あなたがたの恍惚《こうこつ》状態をとおして。それではまるであなたがた自身が天と地のあいだの仲介者のようだ」

「ちがう。そうではない。聖霊をとおしてだ。わたしたちはすすんでいる、そしてパウロよ、あなたは暗く、わびしい地上にとりのこされたのだ。しかしわたしたちはキリストとともに過去からぬけだして未来に入った。この土でつくられた命、このあきあきする地上に根ざした命からぬけだして霊の命に入ったのだ。きいていないのか。キリストは十字架を打ち負かして、今は高められた者になられ、その霊を教会に吹きこんで、ご自身へと教会を引き上げられるのだ。

　あなたはここでいい仕事をなさったが、十分だったわけではない。わたしたちは、あなたの仕事を完成させているのです。十字架はたしかにいい手段だったが、それからどこへ行くのか。とうぜん、聖霊と、現実にある天国へむかうべきだ。それがわたしたちのしていることであって、体をはなれ、まっすぐ天のキリストのところへとんでいくのです。それと同じことができない者、そのような手段がつかえない者はほんとうの使徒ではありえない。パウロ、つまりあなただ。あなたは使徒などではない」

　ああ、わたしの友の心臓に、なんという剣がつき刺さったのでしょう。これほどひどい言葉はありません。

　しばらくのあいだ、あたりはしんとしずまりかえっています。人びとの動きはとまってしまいました。だれもうごきません。わたしの肌はひりひりしています。わたしのいるところからでも、パウロの額が赤く染まっているのがみえます。鼻すじは象牙《ぞうげ》のように白くて、骨がむきだしになっているかのようです。目はみひらかれ、そのふちが炎のように紅潮しています。

しずかに、しずかに、彼は歯のあいだから息をします。

「あなたがたがもちだすのは、ちがうイエスだ」ぴんと張りつめた唇から、きしるような声で彼は言います。「ちがう霊だ。ちがう福音だ――」

とつぜんパウロは歩いていきます。こわばった足どりでエラストのほうへ歩いていきます。そして熱い息を吐きかけて言います。「この男たちを追いだしてくれ。エラスト、すぐにあなたの家から出ていくように言うのだ」

大きなエラストはことの展開におどろき、立ち上がりかけます。「できない」と彼は大声で言います。「そんなことはしない」

「家からほうりだすのだ」パウロは真剣そのものです。命令です。「町から追いだすのだ」

立ち上がったエラストは大汗をかき、たかぶった感情のためにふるえています。「自分をだれだと思っているのか」と、彼は泣くような声で言います。「あなたはわたしに、あれこれ命令する権利はない」

「エラスト、きいてほしい」パウロは彼の真正面に立っています。そして人さし指で、彼をつつきます。「この尊大ぶった大使徒たちは、信仰に死をもたらし、教会にとって危険だ。もしここにいれば、人びとは朽ちていくだろう」

しかしエラストにも言い分がありました。烈火のごとく怒り、あごをぱくぱくさせてさけびます。「人びとを傷つけているのは彼らではなく、あなたのほうだ」彼はパウロの指をつかみ、それをうしろへひねります。指、手、そして腕を。パウロの目はみひらかれます。エラストは今や確信にみちて言います。「わたしが家をつかうように申し出ると、あなたはそれをこばんだ。わたしの品、わたしの援助、あなたをはこぶ馬をさしだしても、あなたはこばみ、わたしを何度も侮辱した」

エラストはまえにすすみ出ます。パウロのひざから力がぬけていきます。「この人たちは、わたしがあたえたものをうけてくれる」市場の監督をまかされているエラストが、その大きな権威をもって言います。「彼らはわたしに名誉をあたえてくれる。彼らはわたしに異言を語ることを教えてくれたが、あなたは――」彼はまるでパウロの上にのしかかる丘の斜面のようです――「あなたは」――しかし彼は言うべき言葉をみつけることができません――「あなたは」

「エラスト、どうしてこのようなことができるのか」パウロはうめき、うしろへたおれます。彼の頭が床ではずみます。

すぐにテラスにするどい叫びがはしります。一人の男がわたしのまえをとおりすぎ、殺そうとするかのように指をまげながらエラストにむかっていきます。

ああ、心臓がとまりそう。さけんでいるのは靴職人のアペレです。「わたしと戦え。わたしと戦うのだ、こいつめ。この男が相手では、あなたには簡単すぎる」

急に恐怖を感じたエラストは顔をあげ、さけびます。

「守衛、守衛よ」

家のなかは大混乱です。人びとはどなり、押しあって、わたしから息をうばいます。わたしは、おろかな人の流れにゆっくりと身をまかせてゆき、視界をうしない、意識をうしない、命までうしなうところだったようです。

だれがわたしを起こしているのか。だれがわたしの手をこすって、あたためているのか。わたしは小さな部屋に寝ている——小さな客室のようだ——その壁には小さな燭台《メノーラ》が描かれている。上にみえる善良そうな人はだれなのか。ああ——ソステネ、わたしの目をみている。

ソステネは子どもを寝かしつけるときの賛美歌をうたっている。

でも記憶が荒々しくよみがえってきました。わたしは身を起こし、何があったのかと彼にききます。エラストの家で起きた騒動で二人の男が逮捕され、どちらも縛られて町から追いだされたと、彼は話します。

彼らをさがさなければならないと。

その彼らとは、だれですか。その男たちとはだれなのでしょうか。

一人は靴職人のアペレ。

そしてもう一人はパウロでした。

72

風が縄のあいだをうなりをあげながら吹いています。船はうねり、きしり、うしろへ白く長い航跡をひいていきます。小さな前帆《ぜんぱん》だけがあげられていますが、それだけで十分です。それだけでもわたしたちは風とともに走っているのです。

ああ主よ、わたしたちは外海に出るべきではなかったのです——今、この季節には。冬が、そのつばさに死をひそませてまいおりてきたのです。主イエスよ、わたしたちをお助けください。

しかしパウロは、アカイア州で冬を待つことをこばみました。

彼は航海に出る最後の船をさがして乗船し、それからというもの口をきいていません。船べりに背をむけてすわり、毛のないあわれな頭にしぶきをうけているのです。ひざを胸までひきあげてすわり、あごを低く、突き出しています。

だまったまま、ハゲワシのようにかがんでいる彼を、船員たちは気味悪がっています。もし嵐にあっても、彼のことは綱でむすびつけてやらないと言っています。もし波が彼をさらいたいなら、さらっていってもらおうと、船員たちは言うのです。

船上のわたしたち三人はミズナギドリのように無謀に、自分たちの墓の上をかすめとんでいるのです。でもその三人めはソステネではありません。彼はコリントにのこることにきめましたから。三人めは靴職人のアペレで、彼は危険をおおいによろこんでいるので、彼もまた船員たちに疑惑をいだかせています。でもその一方で、いちばん危険な仕事をしてくれるので、船員たちは彼のことは大目にみています。

わたしはといえば、不安でたまりません。

わたしの友、パウロがだまったままなのですから。

◆

パウロ Paul

73

獄中のパウロより
コリントの諸教会へ

めぐみがあるように

キリストの穏やかさと、やさしさをもって、あなたがたにおねがいします。どうか目をあけて、自分たちの目のまえにある何が正しいことかをみきわめてほしい。あなたがたのなかに、自分はキリストのものだと言う人がいるなら、わたしだってそうなのです。しかし自己を推薦する者は神にはうけいれられず、主が推薦された者こそ――うけいれられるのです。

わたしの少しばかりのおろかさを耐えてほしい。どうか、我慢してほしい。純潔の花嫁がただ一人のほんとうの夫と婚約するように、あなたがたをキリストと婚約させたわたしは、あなたがたにたいして神のような熱情を感じているのです。そしてあなたがたのなかにいるヘビのことをおそれている。イブにうそをついたヘビが、あなたがたの考えをキリストへの献身的な愛からほかへそらせているからです。わたしはその影響をみているからです。だれかがわたしが教えたのとはちがう、異なるイエスを教えると、あなたがたはそれをうけいれる。だれかがちがう霊をつれてくると、あなたがたはそれをうけいれる。

自分たちのことをふりかえるのです。あなたがたはわたしからうけたものとは異なる福音をうけいれている。その説教者たちのほうが、わたしよりすぐれているといわんばかりに。彼らはそのような者ではないのです。またわたしが、今コリントでとぐろを巻いている大使徒よりおとっているということはまったくない。わたしの話しぶりがおとっていると、彼らは言うのか。しかし知識はわたしのほうがまさっている。

いったいあなたがたはどう考えているのでしょうか。あなたがたを高めるために自分を低くしたわたしは、罪を犯したというのでしょうか。あなたがたにまったく金銭の負担をかけずに神の福音を説教したことで、わたしは罪を犯したのでしょうか。わたしはまるで、あなたがたのために闘おうとして、ほかの教会から略奪する兵士のようです。わたしはコリントで腹をすかせていても、あなたたちに負担をかけなかった。ただの一人にも――というのは、必要なものはマケドニアの友人たちがあたえてくれたからです。

わたしは人に負担をかけない。きこえていますか。わたしはけっして、あなたがたの負担にはならないのです。それどころか、アカイア州のどこへ行っても、わたしは自分を低くしていることについて自慢するつもりです。なぜか？　そのことを、あなたがたを愛していないからだと思っているのですか。わたしがあなたがたを愛していることは、神がご存じです。

そしてわたしはこれからも貧しいままでいるつもりです――かならず貧しいままでいる――わたしが使徒であることの真実を証明するために。わたしは奉仕をつづけ――そのことによって、わたしのような使徒のふりをしている者のいつわりを証明するのです。彼らはにせ使徒だ。みせかけだ。自分たちのほんとうの主人である悪魔からやり方を学んだのです。悪魔でさえ光の天使のふりをするのだから、悪魔につかえる者たちも、義のしもべのふりをするのです――そして生きているときの報いをうけて死ぬのです。

くりかえして言いますが、わたしをおろか者と思わないでください。

いや、たとえそう思っても、わたしをおろか者としてうけいれてほしい。そうすれば自分のことを少しは誇ることができますから（これから言うことは主の権威によるものではなく、おろか者として言うのです。なにしろ、ほかの者たちがこの世のもののことで自慢するので、わたしも自慢しようと思うのです）。

いいではないか。あなたたちはかしこい者であっても、よろこんでおろか者たちに我慢しているのだから。目をあけて、自分たちのことをみるのです。あなたたちはだれかに奴隷にされても、それに耐えている。食い物にされ、利用され、横柄にあつかわれ、顔をなぐられても我慢している。ああ、わたしは自分が恥ずかしい。あまりに弱腰で、そのように大胆にあなたがたをあつかうことができなかったから。

しかし何についてであれ、あえてだれかが誇るなら（わたしはおろか者として言っているのです）、わたしもあえて誇ることにしよう。

彼らはヘブライ人か。

わたしもそうだ。

彼らはイスラエル人か。

わたしもそうだ。

彼らはアブラハムの子孫か。

わたしもそうだ。

彼らはキリストにつかえる者か。

このことについては、わたしのほうがはるかにいいしもべだ（わたしはおろか者として話している）。わたしは彼らよりはるかに大きな苦労をし、ずっと多く投獄され、数えきれないほど打たれ、何度も死ぬような目にあっているのだから。

ユダヤ人には、法のみとめる限界まで鞭打たれた――そのようなことは何度あったか。五度だ。

ローマ人には棒で打たれ――そのようなことは何度あったか――三度だ。

一度は石を投げられた。

難破したことは三度あり、一昼夜、海にただよった。

旅行中には川の難、強盗の難、同胞からの難、異邦人からの難、町なかの難、荒れ野の難、航海中の難、にせ兄弟からの難にあった。苦しい仕事をし、困難に苦しみ、多くの眠れない夜をすごし、食べ物がなくて飢え渇き、この身は雨風にさらされた。

毎日のように、魂はすべての教会のためにうめいた。弱い者といれば、わたしは弱さに苦しんだ。だれかがよろめけば、わたしはころんだ。

誇る必要があるなら、わたしは自分の弱さについて誇ることにしよう。主イエスの父である神――永遠にあがめられるかたは――わたしがうそを言っていないことをご存じだ。ダマスコで、アレタ王の代官がわたしを逮捕するために町をみはっていたとき、わたしはかごに入り、城壁の窓からおろされて逃げたのです。

わたしは誇らなければならない。それでえるものは何もないが。今までもそのようなことはなかった。しかし、そのなかでも幻と、啓示のことは最上のものとして話すことができます。

わたしはキリストにむすばれていた一人の男を知っています。彼は十四年まえに第三の天まで引き上げられた――体ごとか、体からはなれてのことか、わたしにはわからない。神がご存じだ。その男は天国そのものを経験した――体ごとか、体からはなれてのことか、わたしにはわからない。神がご存じだ。この男はそこで人には話すことのできない、言いあらわしえない、言語に絶する言葉をきいた。わたしはそのような人のことは誇るが、自分のことについては……自分の弱さ以外は誇らない。

もしほんとうに自分のことを誇るなら、わたしは真実を語るのだから、おろか者にはならないでしょう。しかしわたしは誇るのをひかえ、だれかがわたしのことを、みたりきいたりする以上の者だとは考えないようにしよう。

そしてわたしには多くの啓示があたえられているので、わたしがそのことで慢心を起こさないように、わたしの肉体には一つのとげがあたえられています。それはわたしを悩ますために悪魔が送った使いなのです。わたしは三度、それをとりのぞいてほしいと主にねがったのですが、主は言われました。〔わたしのめぐみはあなたには十分だ。わたしの力は弱さのなかでこそ十分に発揮されるからだ〕と。だから、わたしの弱さ、わたしの弱さ、わたしの弱さと、いっそうそのことを誇ることにしよう——キリストの力がわたしに宿るように。そしてキリストのために、わたしは侮辱、困難、迫害、災難にみまわれても満足しているのです。なぜなら、わたしは弱いときにこそ強いからです。

ああ、わたしはおろか者になってしまった。

しかし、あなたがたがそうさせたのだ。

わたしはあなたがたから推薦されるべきだった。わたしはとるに足りない者かもしれないが、あの大使徒より何らおとる者ではない。コリントの兄弟たちよ、目をあけて、かつてのようにみてほしい。おぼえているはずです、ほんとうの使徒のしるしは、あなたがたのなかでしるしと奇跡、力あるわざによって忍耐強くしめされたことを。あなたがたに負担を負わせなかったこと以外にどのような点で、あなたがたはほかの教会より気にかけられていないというのですか。あなたがたを傷つけたことは悪かったと思っていますが。

あなたがたを愛するほど、わたしは愛されなくなるのだろうか。

あなたがたは、わたしがずるがしこく、悪知恵でだましていると言う。

ほんとうでしょうか。わたしがあなたがたを利用したことがあったでしょうか。わたしが送っただれかが、あなたがたを利用したでしょうか。テトスがあなたがたを利用したのですか。わたしたちはみな同じ魂にみちびかれて行動したのではないでしょうか。

もういい、やめましょう。

あなたがたは、この手紙の目的を何だと考えているのでしょうか。わたしがここで何を言ってきたと思っているのでしょうか——わたしが自己弁護をしてきたと思っているのですか。

そうではないのだ、愛する者たちよ、わたしはそのようなことをしていたのではない。神のみまえでキリストにむすばれて語りながら、わたしはあなたがたをつくりあげていたのです。

ふたたびあなたがたのところへ行ったとき、そこで目にすることが心配なのです。神がまたわたしの面目をうしなわせ、罪を犯した多くの者たちが、悔い改めていないのをみて、わたしがなげき悲しむようにされるのではないかと不安です。ああコリントの兄弟たちよ、わたしが目にするのは争いや嫉妬や怒り、わがまま、中傷、陰口、高慢、混乱なのでしょうか。

こんどわたしがそちらへ行けば、三度めということになります。どんな訴えも、二人か三人の証人の口によって裏づけられるのです。わたしはそのことを、かつて自分がそちらにいるときに一度言っています。そしてわたしがそこにいない今、またそのことを言いましょう。

もしわたしがそちらへ行ったら、わたしは罪人を容赦しません。そしてあなたがたは、キリストがわたしのなかで語っておられるという証拠をえるでしょう。キリストはあなたがたにたいしては、弱いかたではない。キリストはあなたがたのなかで力にみちたかたです。キリストは弱さのゆえに十字架にかけられましたが、神の力によって生きておられるからです。そしてわたしたちもキリストにむすばれた者として弱いが、あなたがたにたいしては、神の力によってキリストとともに生きるからです。

自分たちが信仰をまもっているかどうか、みずからをかえりみるようにしなさい。自分たちのことをしらべてみるのです。自分たちのなかにイエス・キリストがおられることを知らないのですか――ほんとうに失格者ならべつですが。わたしたちが失格者ではないことを、あなたがたに知ってもらいたいと思います。

わたしたちは、あなたがたが心をいれかえるように祈っています。

愛する者たちよ、どうか元気で。自分たちのやり方を正すのです。わたしの訴えをきいてほしい。たがいをみとめあうのです。平和のうちにくらせば、愛と平安の神があなたがたとともにいらしてくださるでしょう。

聖なる口づけをもって、たがいにあいさつをかわすのです。

聖なる者たち一同からあなたがたによろしくとのことです。

主イエス・キリストのめぐみと、神の愛と、聖霊の交わりがあなたがた一同とともにあるように。

◆

プリスカ

Prisca

74

今年はことさらきびしい冬をむかえています。塩けをふくんだしめった風が海から吹きつけています。何もかもがつめたく、じめじめしています。あたたかく乾燥して、なぐさめになるようなものは何一つありません。どんな表面も汗をかき、かびのにおいをはなっています。明け方から暗くなるまで、毎日が灰色です。影のなかばかり歩いていくので、わたしたちには影ができません。もはやなぐさめはまったくありません。

パウロは牢に入れられているのです。

わたしたちがエフェソにもどると、パウロに手紙がとどいていました。

フィリピからの手紙。リディアの封印がありました。手紙がパウロに読みきかされたとき、アキラとわたしもいっしょでした。

不幸な知らせでした。

リディアはついに、イエスからペトロとよばれていたシモンという人に会ったのです。彼と、その妻と、ほかの男(『すばらしく大きくてゆったりした人』と書いてあったので、シラスにちがいありません)は、エグナティア街道を西のローマへと旅していました。そしてフィリピによったのです。リディアは彼らに自分の家の部屋をあたえました。そして彼らは話をしたのです。

会話はパウロのことに移りました。

〔あの男は今どこにいるのか知っていますか。

彼の健康状態はどうですか。

彼が信者をふやすことを、イエスはみとめておられるのか〕と。

それからペトロは、つぎのような情報をパウロに送ったのです。〔彼はエルサレムに来るべきではないとヤコブは考えている、そのことをつたえてください。あの町の雰囲気は険悪です。彼は殺されてしまうでしょう〕と。

それをきいたパウロは鼻を鳴らしながらつまらない冗談を言いました。「わたしに危険がなかったことなどあるのか」と。

　二つめの情報も、その出所はペトロでしたが、それはあやまって道にまかれてしまった種のように、ふいにもらされたものでした。雑談のなかで。リディアはそれをききつけ、彼女のため息がきこえるような調子で、パウロに書き送ってくれたのでした。

　それはガラテヤ教会の男たちにかんすることでした。

　彼らはみな割礼をうけたというのです。

　パウロはその知らせにぼうぜんとしました。

「何だって」と、まるでリディアがわたしたちといっしょに部屋にいるように彼は言いました。「何と言ったのか」

　だれも答えませんでした。リディアやパウロに代わって話す者はだれもいませんでした。ガラテヤの男たちに代わって話す者もいませんでした。

「何と言ったのか。何を話しているのか」

　パウロはひどく動揺し、家から出て、泣きながら町を歩いていきました。その動きは弱々しく、ふらついていました。「ああ教会、わたしの教会が。わたしの死んでいく教会よ」と言って。

　何とみじめな冬でしょう。

　これほどつらい日々はありませんでした。

　空は鉛《なまり》のように重くたれこめています。このような空のもとでは、どのような神も生きることはできません。その重圧のもとでは、子どもたちは息ができません。雲は灰色をしたつめたい墓石です。夜、わたしは毛布を重ねます。そして夫によりそいます——それでも病気のようにふるえるのです。

「アキラ」とわたしは声をかけます。

　真夜中のことです。わたしたちはどちらも眠っていません。

　わたしは言います。「アキラ、どうすれば友人を牢から出すことができるかしら。わたしたちは彼のために、どうすればいいのかしら」と。

ルカ
Luke

75

そのころ、エフェソの信者にかんしてただならぬ事件がもちあがった。

デメトリオという銀細工師が銀製のアルテミス神殿をつくっていて、町の職人たちに大きな利益をあげさせていた。彼は職人たちや、彼らと同じようにアルテミス神殿にたよって仕事をしている人びとをあつめて言った。

「友よ、わたしたちはこの仕事で金をえている。しかしこのパウロという男がエフェソだけではなくアジア州のあらゆるところで、人の手によってつくられた神は神ではないと言って、多くの人にわたしたちからはなれるように説得している。これではわたしたちの商売の評判は落ちるばかりでなく、偉大な女神アルテミスの神殿さえかえりみられなくなる。アジア州と世界であがめられているアルテミスのご威光を、どうして地に落とすことができるのか」

それをきくと細工師や職人、あつまった者たちは腹をたてた。そして「エフェソ人のアルテミスは偉大だ」と声をあげた。

彼らは町を混乱させ、パウロといっしょに旅をしていたマケドニア人、ガイオとアリスタルコをひきたてて、野外劇場へ押しよせた。

パウロは群衆といっしょに行こうとしたが、弟子たちがそうさせなかった。彼の友人である何人かのアジア州の高官たちも、劇場に行かないように彼に言ってよこした。

群衆はいろいろなことをさけんでいた。集会は混乱し、ほとんどの者は自分たちが何のためにあつまったのかもわからないありさまだった。

群衆のある者たちは、ユダヤ人によってまえへ押しだされたアレクサンドロに話すようにうながした。アレクサンドロは手で人びとを制し、彼らに弁解しようとした。しかし彼がユダヤ人であることがわかると、群衆は声を一つにして言った。「偉大なるエフェソのアルテミス。偉大なるエフェソのアルテミス」と。それが二時間にわたってつづくと、町の書記官が舞台へあがって彼らをしずめた。

「エフェソ市民よ」と彼は言った。「エフェソの町が、偉大なアルテミス神殿の守護者であることを知らない者がいるだろうか。エフェソの者たちが、空から落ちてきた聖なる石の守り役であることを、知らない者がいるだろうか。このようなことは反論のしようがないのだから、しずまりなさい。軽率な行動をつつしむのだ。あなたがたがここにつれてきた男たちは、われわれの女神の神殿をけがしたのでも、女神を冒瀆《ぼうとく》したのでもない。もしデメトリオや職人たちがだれかをうったえるなら、法廷はひらかれているし、それを裁く総督もいる。相手をうったえればいいのだ。しかし、もしそれ以上のことをもとめるなら、正式の会議で解決されなければならない。この大騒ぎを正当化するような理由はなく、わたしたちは今日のことで暴動の罪に問われる危険がある」

そう言って、彼は集会を解散させた。

テモテ Timothy

76

パウロはだれを非難するでもなく、牢にすわっている。苦い思いをしているのはわたしのほうだ。責められる思いでいるのはわたしのほうだ——神よおゆるしください——なぜなら、アリスタルコがそのまま一人で去っていれば、今ごろはだれも牢に入っていなかったのだから。しかし野外劇場での暴動のあとで、町の書記官が銀細工師たちにアリスタルコを解放させてから、アリスタルコは書記官の助言にしたがい（まるで書記官は彼にむかって話していたのだとでもいうように）、すぐに正式にデメトリオをうったえてしまったのだ。

そのことがデメトリオを憤慨させた。またそのことから、この銀細工師がアリスタルコを——そしてパウロを——夜陰に乗じておそうことになったのだ。

しかしそのような事態になっても、それだけではアリスタルコとパウロが投獄されることにはならなかっただろう。もし二人だけだったなら、彼らは打たれても、まだ自由でいることはできただろう。しかしデメトリオと港の労働者の一団が夜、せまい道で不意打ちをかけたとき、パウロとアリスタルコは二人だけではなかった。そこにはエパフラスもいたのだ。

エパフラスのために事態は変わった。

この男はさけび、蹴り、打ち、嚙みつき、北の極寒の地にいるクマの毛皮を着た者たちのように戦う。彼にはおどろく間はなく、自分にふれてきた者を、その瞬間に打ちつけているのだ。

その夜のことだった。しっくい壁のあいだのせまい路地で、デメトリオともう一人の男は、パウロとアリスタルコとエパフラスに面とむかって近づいていった。五人は袋小路にいたらしく、たがいの道をふさいでいた。

そのときエパフラスは背後のわずかな動きに気づき、自分の首にかかるかすかな息を感じて興奮した。

そこにはあと三人の男がひそんでいたのだ。

その瞬間エパフラスは野良犬のように戦っていて、目にもとまらぬような速さでうごき、さけび、呪い、労働者たちはハチに刺されているように頭をかかえた。エパフラスは肉を打つ骨の音によろこんだ。彼には名誉などなかった。どこでもやたらとなぐりつけ、何でも裂いて猫のようにひっかき、脳が粥《かゆ》のようになるまで人の頭を打ちつづけ、そのあいだひどい騒音をたてるので、彼をおそおうとした不幸なおろか者は、大雨が降っているかと思うほどだった。

一人の労働者をのぞいて、全員が逃げた。その一人は血をながして地面にたおれ、ほとんど息もしていなかった。

デメトリオも苦痛のためにうごけなかった。両手の指が折れていた。銀細工師の指からその技術はひねりとられ、もうもとにもどすことはできなかった。

エフェソ人のなかでどのようなけものがさけんでいるのか調べるために、官邸から送られた兵士たちがあらわれると、苦痛と怒りにみたされたデメトリオの念願はついにかなえられた。エパフラスとアリスタルコとパウロはみな投獄され、裁判を待つことになったからだ。おそらくは殺人の罪を問われることになるだろう。

そのころ町では、とくにパウロにたいしての怒りがふくれあがっていた。〔彼の名において罪のない者の血がながされた〕と、口の悪い者たちは興味本位で言う。またエフェソの住民たちは、パウロが熱心に破壊的な秘密の一団をつくっていると、急速に思いこむようになっていた。〔ここには千人、アジア州には一万人だ〕と彼らは言う。

だれでも一目で彼のことがわかる。みのがすことはない。そのやせた姿から、人びとは彼の性格を読みとり、彼が投獄されたときくと、〔そうなると思っていた〕と言う。わたしはときどき思うのだが、もしわたしの友人が見栄えのよい男で、彼と同じベニヤミン族の出身でイスラエル王であった、もう一人のサウルのように背が高くてたくましければ、これほどきらわれることもなかったろう。そしてもっと人の心をひくような話しぶりなら、目と耳だけで判断する世のなかで、福音はどれほどうけいれられただろうか。

しかし彼の声は、シンバルの端をこすりあわせたように耳ざわりだ。立ちどまってその言葉について考えるかどうかにかかわりなく、人びとは小さなパウロの説教がもたらす効果をわすれない。

しかしある人びとは立ち止まり、話を理解し、このイタチのような説教者にしたがうので、エフェソの者たちの嫌悪はほんとうのおそれに変わる。彼がどんな魔力をもっているのかと。

だからパウロを憎むのは職人ばかりではなく、一般の市民より力をもつアルテミスの神官たちも同じで、彼らはパウロのことを、自分たちの信者たちから魂を吸いとる魔術師としておそれていた。またアルテミス信仰の伝統をかえりみない者たちの一派が、その規模と影響力を拡大し、神官たちの権威や経済力、また金をあつめて貸し出す彼らの取引までおびやかすことをおそれた。

パウロはだれを非難することもなく、窓のない独房にすわっている。

両手首にかせをつけられ、壁につながれている。まっすぐに立つことも、床にふして寝ることもできない状態だ。ほかの囚人たちは大きな部屋でうごきまわっているのに、彼だけはひっそりとしたただ一つの独房に縛りつけられている。

官邸のいちばん深い部分にある独房の石の床にすわり、パウロは非難もせず——よろこんでもいない。

わたしは彼の世話をしている。彼に食べ物をはこぶ。そして彼が口述したことを手紙に書きとる。なんとか彼をなぐさめようとするが、うまくいかない。

彼はコリントの諸教会に宛てた怒りの手紙を口述しながら泣いた。手紙のなかで、「わたしの体にはとげがあたえられている」という部分を書きとっていたとき、彼の「体」そのものがとげであって、その肉体的な「形」がこの世をいらだたせるのではないかとわたしは考えていた。

テトスはその涙の手紙を、陸地をまわってはるかコリントまではこんでいるところだ。

毎日のようにパウロは言う。「まだ知らせは来ないか。何か知らせは？　テトスはどうした？　彼はコリントの者たちについて、何と言うだろうか」と。

わたしはパウロの世話をしている。看守はわたしの顔をおぼえるようになった。わたしが行き来するのをみとめている。わたしはパウロに知らせをつたえる。通りでなぐられた男、エパフラスが頭をくだいた労働者は、死んだと。

パウロはため息をつき、両手のひらのつけ根で目をこすり、さらに深いため息をつく。殺人について告発されることになったからではなく、男が死んだためだろう。

「ああテモテよ、コリントはどんなぐあいだと思うか。わたしの手紙は彼らにどんな影響をあたえるだろうか。わたしたちはガラテヤをうしなってしまった。どうしてコリントまでうしなえるだろう」

パウロはみるに耐えないほど失望して牢にすわっている。

わたしには、彼が人生そのものに失望しているように思える。

◆ L・アンナエウス・セネカ
L.Annaeus Seneca

77

ローマのセネカより
アテネで勉学中の甥《おい》、ルカヌスへ
ネロの治世二年め

カウェー、フラートリス・フィーリエ。やさしい甥よ、気をつけてほしい。ああ、どうか気をつけてほしい。あのネロがきみに夢中なのだ。

すまない、これは冗談だ――しかし冗談は半分にすぎない。

皇帝は、アテネで勉強しているきみを国へよびもどそうとしている。彼はきみの生まれついての言葉の才能を知っている。ルカヌス、きみを称賛しているのだ。ネロは自分を芸術家のなかの芸術家だと思っている。そして彼のしたしい者たち、つまり雄弁家、詩人、音楽家からなる小さな一団にきみがくわわることをのぞんでおり――どうしてそれをうけないことができるだろう。とうぜん、きみはやって来ることになり、パラティヌス丘の宮殿に頻繁に出入りすることになる。すると廊下で雑談し、自作の詩を聴衆にきかせるきみをわたしはときどききみかけ、心をなぐさめられるだろう。

そしてネロはきみに多くのことをしてくれるだろう。きみの声を拡大してくれる。きみがローマでうたうもの、演壇で語ることは、属州じゅうのすべての大都市になりひびくが、アテネにいたのでは一篇の詩もそこをはなれることはないだろう。

しかし甥よ、きみはいくつになったのか。十七か、十八か？　来るときは、どうか気をつけてもらいたい。この年寄りの知恵をおぼえているのだ。ネロといっしょのときは、詩人でいるよりは、思慮分別をわきまえた者でいることだ。彼はライオンのたてがみと権力をもっているが、雄猫のような心臓をしているからだ。

きみ自身はそのような者ではなくても、保身のために青二才をよそおうのだ。無邪気なふりをするのだ。自分のどの部分をネロにあたえるかを注意深くえらび、つねにより多くの部分を自分のためにのこしておくのだ。彼のさそいをすべてうけいれてはいけない。

夜になると、この皇帝は騒々しいやからに――悪漢とさして変わりないような友人たちに――とりかこまれ、変装して通りをうろつく。そして女を侮辱し、男をおどし、店の戸を壊し、無法をたのしむだけのために商品を盗む。いやそれよりひどい。何人かの店主が反撃してからというもの（わたしは翌日、あのライオンのひたいにあざがあるのをみた）、ネロは剣闘士の一団に距離を置いて後をつけさせ、すぐにでも彼らの武器にたよれるようにしている。彼への攻撃が思いもよらぬ結果をまねいているのだ。

廷臣たちは、愛する「褐色の口ひげ」陛下のたわむれにたいし、ほほえみながら「お元気なことで」と愛想を言う。ネロのことを、とつぜん金持ちになり、自分の願いがみなかなった少年のように権力をもてあそんでいると、彼らは評す。成長すればそのようなこともなくなるだろうと――そしてわたしもそれに反対するわけではない。

若いルカヌスよ、きみにはこんなわたしがとりすましてみえるだろうか――いかめしく、せまい心の持ち主と。

これはたしかなことではないし、わたしはまちがっているかもしれない。そして心からまちがっていることをのぞんでいる。しかしわたしは、ネロの「元気」が去ってから、それに取って代わる強い魂は、ちがう種類のものなどではなく、ただ大胆さの度合いと、悪影響をおよぼす範囲と、複雑さがちがうにすぎないのではないかとおそれている。

ネロの義理の兄弟ブリタニクスが昨年死んだことはきいているだろう――きみ自身が「未来の詩人」とたたえていた者だ。やせて、夢みるような寡黙《かもく》な若者で、いつも一人はなれていることに満足し、世の権力をもとめたことはなく、彼から王座をうばったネロのこともアグリッピナのことも責めることはなかった。

きみもきいていると思うが、彼が死ぬとすぐにネロは、兄弟の支援をうしなったことをなげく勅令を出し、家や別荘といったブリタニクスの財産を自分のものにすることをこばみ、彼の友人のうちでもっとも要職にある、名誉ある者たちにあたえた。

しかし、ブリタニクスははげしい癲癇《てんかん》の発作で死んだのではないといううわさを、きみはアテネでもきいただろうか。彼は殺されたのだといううわさを。

これはおおやけには、とるにたらないうわさだということになっている。それにいらだつ者もいない。

しかし、これはうわさ以上のものだ。事実なのだ。

愛する甥よ、毒をもってクラウディウス帝を殺したロクスタはまだ生きているのだ。彼女は自分の粗末な小さい家で見張られ、その働きぶりにもかかわらず、ユリウス・ポッリオという執政武官に監禁されている。

ネロが皇帝になったとき、アグリッピナが息子に無視され、だしぬかれたと感じることは予測された。その予測は的中し、彼女は自分の影響力を回復する戦いをはじめたのだ。そして彼女が、ブリタニクスこそ「王座を正統に継ぐ者」であり、母の忠誠はネロからブリタニクスへ移ったと公言し、人前でネロにたいする脅しを言った日、つまり彼女が度を越えたとき、息子は母の非情な画策を近くでよくみていたことを証明し、ロクスタをよんだのだ。

ポッリオはびんと薬をもった老女を、皇帝専用の一角にある小さな部屋へつれていった。老女はそこでいろいろな毒薬を混ぜ、つぎつぎと小さな動物でためしていった。五日のあいだに、豚を一瞬にして殺せる薬を調合し、その夜ブリタニクスはネロとの晩餐にまねかれた。

おそるべきアグリッピナも晩餐にくわわり、自分の要求どおり、息子の左側ではなく右側でくつろいだ。彼女は面とむかっては、息子にたいしておそろしい力をたもっていた。しかし心と心では、彼女は自分が思っているより弱かった。その夜、のんきにのどにブドウの甘い汁をほとばしらせていたアグリッピナは、ネロのたくらみと計画にはまるで気づかなかったのだから。

杯はブリタニクスの正式な毒味役にわたされた。ブドウ酒は熱すぎて毒味役は舌をやけどした。しかしそれ自体に「害はない」と言った。

そこでブドウ酒をさますために少量の水がくわえられ、ブリタニクスはそれを飲んだ。

すぐに若者は体をこわばらせ、硬直してクッションにたおれこみ、声にならない叫びをあげるように口をひらいた。広間に恐怖がはしった。何人かが立ち上がって走りでていった。ほかの者たちはだまったまま、何をすればいいかをうかがうためネロをみていた。彼は自分のブドウ酒をひとくち飲み、それから気楽な調子で言った。「彼はよくこのような発作を起こす。弟は朝になればよくなっているだろう」と。

アグリッピナはうごかなかった。姿勢をきびしくたもっていた。しかしわたしは彼女をみていたので、おそろしい計略に気づいたことが、その顔の表情からうかがえた。彼女のとなりにいる者はもはや少年ではなく、また息子ですらなかった——殺人者の血をひいていることをのぞいては。

ルカヌスよ、きみもこのような知識を身につけなければならない。あたらしい保護者につかえるまえの今からこのことをよく学んでおき、親切はネロの能力の一つにすぎないことを知ってもおどろかないようにするのだ。

彼らはブリタニクスの口をとじるために、硬直した筋肉をくだかなければならなかった。毒は強力なものだったので、目のまわりは黒くなっていた。その内出血を彼らはクリームでおおったが、死体はその夜のうちにマルスの野へはこばれたので、実際に死体をみることになった者はごくわずかだった。そこで不幸な若者、きみの「未来の詩人」は焼かれて葬られた。何のとむらいの言葉もなく。儀式もなく。大いそぎで。

その一方で、死刑宣告に署名することがはじめてネロにもとめられたとき、彼はしばらく憂うつな悲嘆にくれていた。「書き方など知らなければよかった」と、わたしにきこえるように彼は言った。

今、政府はいい状態にある。ローマ帝国は法律にしたがい、帝国じゅうがおしなべて繁栄している。ネロはわたしの政策を支持している。それどころか、元老院にも市民にも、それを自分のものとしてしめしている。彼の演説を書いているのはわたしであっても、わたしは彼がそれを理解していると信じている——彼に可能なかぎり。

このとおり。わたしはあのライオンに二つの面をみているのだ。

彼はきみを愛している。もしきみがこの叔父の教える道を歩んでいけば——つまり、詩人でいるより思慮分別をもつ者になるように、そしてルカヌス、情熱的であるより冷静であるようにと書いたとおり——そうすればライオンはそれをみとめて吠え、きみの名は世界に知れわたるだろう。

◆

テモテ

Timothy

78

　プリスカはわたしにたずねた。「いつパウロをたずねるのですか。何時ごろ？」

「夕方です。町の人たちが家でくつろぎ、夕食を食べているときに」わたしは言った。

「そのときにわたしもつれていってください」

「それはどうか。看守が、わたし以外にだれかを独房にいれてくれるかどうかわかりませんから」

「テモテ、そんなことを言わないで。わたしはあなたといっしょに独房へ入っていきます」

「どうしてなんです、プリスカ」

「これだけは言っておきましょう。あなたは看守にこう言うのですよ。わたしが彼にマッサージをするのだと。わたしが彼の背中をもまなければ、彼は裁判のまえに死んでしまうと言うのです」

「でもあなたよりルカのほうがじょうずにできる」

「ルカは大きすぎるのです」と彼女は言った。「それにルカにはほかの仕事があるし」

「何を言っているのですか。どういうことなのか」

「そしてこんどわたしたちがパウロをたずねるときは、いつもより少しおそくしなければなりません。もっと暗くなってから」

「プリスカ、何を話しているのですか」

「日がくれたらわたしの家へいらっしゃい。どんな天気であっても、厚手のものを着て。待っています」

　実際、それは一日じゅうさわやかな日だった。よく晴れてそよ風の吹く、春の第一日めといった日だったが、今、太陽はわたしをみかえしながら、海のへりにかかっている。そこからは海の上にかたそうな金色の道ができているので、太陽まで歩き、永久に家へ帰っていくことをわたしは想像する。

　冬がすぎさったことが、わたしにこのような白日夢をみさせるのだ。

　春の陽気にもかかわらず、わたしはプリスカから言われたとおり羊毛の粗い衣を着ている。

　衣をつけたわたしが彼女の家のほうへ角をまがり――家に近づこうとすると、ちょうどそのとき扉がひらき、重々しく、謎めいたようすのプリスカがわたしのまえに立つ。彼女はローマ人の長衣《トーガ》のようなものを着ている。ふつうは肩のところによるひだ《シヌス》だが、頭の上へ引き上げられ、異教の女祭司が犠牲をささげるために頭をおおっているようだ。

　プリスカの顔は影のなかに入っている。アキラがやってくる。そして自分の顔を彼女の頭巾《ずきん》の陰へいれて妻に口づけする。それからわたしのことを長いことみつめ、わたしにも自然に口づけし、扉のなかへ消えていく。

　プリスカはしなやかな革の小袋を手にもっていた。きっとマッサージのための薬液が入っているのだろう。わたしのもっている袋には、パンと干した果物と、うすいブドウ酒の革袋が入っている。

「いらっしゃい」とプリスカは、わたし以外のだれにもきかれてはならないようにささやき、わたしたちは官邸へむかう。

　わたしたちは話さない。胸のなかで心臓が打ちつけはじめる。今ではもう、何もかもがふだんとちがう。今夜、何かとてつもないことが起ころうとしている――しかしそれが何かはわからない。わたしは闇のなかを歩いていく。

　官邸の裏から、細い石の階段へプリスカをみちびき、じめじめした地下室へ入っていく。通路に入ると、その先には格子と、鉄のたがのついた重い木の扉がある。わたしは扉をたたく。なかにいる看守の一人が格子に顔をつける。

「テモテです。パウロの夕食をもってきました」

　看守は何かを噛んでいる。二本の前歯のあいだにすきまがある。彼はのどを鳴らして応え、扉の裏側にあるかんぬきをはずす。石の軸受けにとりつけた鉄柱で扉がまわる。

　わたしたちはなかに入っていく。

　看守は扉をとじ、またかんぬきをかけると、わたしたちからはなれ、ほかの二人の看守がすわって食べている石のベンチへむかっていく。部屋はせまくて左右に長い。天井は低く、梁《はり》や石積みは、粗悪な油とたいまつにさらされて、すべて黒ずんでいる。

「テモテです」わたしはくりかえして言う。「食事を――」しかし看守長は立ち上がらずに腕をあげる。

「おまえ」と、彼はつばと、噛みくだいたパンのあいだから言う。それからうなずき、親指を彼の左側、つまりわたしたちの右側にむけてつきだす。わたしのことだ。わたしが独房へ入ることをみとめているのだ。「しかしおまえはだめだ」先端をこぶしにした腕をプリスカにむける。「そして、どうしておまえは顔を隠しているのか。何か恥じるようなことがあるのか」

わたしはにやりとし、へつらってわずかに頭をさげる。

「じつは女なのです」とわたしは言う。「女ですが、わけあって来たのです。今のままでは、この囚人は裁判のまえに死んでしまいます。つまりあなたが見張りをしているときに死んでしまうかもしれないのです。もしここにいるわたしの友人に、彼の世話をさせなければ。この女は彼の関節と、背中の炎症を治します。マッサージをして」

三人の守衛たちは食べつづけながら、わたしたちをみている——いや正確には、女であるプリスカのほうを。

看守長は言う。「女よ、何を隠しているのか」

わたしは言う。「この囚人が独房で意識をうしなってしまったことが、どのくらいありますか。限界までくると彼はそうなるのです。意識をうしなって死にそうになる——知っているでしょう。だからこの友人の治療が必要なのです。どうか、彼女をわたしといっしょにとおしてください」

「だまれ」と看守長はわたしに命じる。

わたしの胸で、心臓は馬のように跳ねている。うまくいかない。

「女よ、自分で話をしろ」看守長は言う。「顔をみせるのだ」

プリスカはおどおどした声でつかえながら言う。「どうか、そのようなことはもとめないでください。そのとおりだからです。わたしは恥じています」

すると看守たちは三人とも興味をもつ。看守長は目を細めて身をのりだす。

「ここをとおすわけにはいかない」彼は言葉をひきのばすように言う。「だれだかわからないうちは。その頭巾をとるか、出ていくかだ」

プリスカはひたいのところにたれている頭巾のふちへ、ゆっくりと右手をあげていく。それをもちあげる。そして布をうしろへひくと——わたしはおどろいて息をのむ。涙がわたしの目を刺す。「プリスカ」とわたしはささやく。

彼女の髪は刈られている。みじかく刈られているので、頭皮の一部がのぞき、皮膚は傷ついている。皮膚にかさぶたができている。ああ、彼女の顔はひどく小さくなり、やつれ、あわれにみえる。

歯にすきまのある看守が言う。「どうしたのか」そして笑いはじめる。「ひどくやられたものだな」

看守長が「だまれ」とどなる。そしてプリスカに言う。「だれにやられたのか」

彼女は答える。「夫です」

「プリスカ」わたしはうなるように言う。「アキラが?」

「いったいどうして」看守長がつめよる。

「ただの習慣です」プリスカは悲しそうにため息をつく。そして目をふせて床をみつめる。「彼に悪いことをしたのです。だから彼にはそうする権利があるのです」

　ああ、すぐにでもあわれな彼女を抱きしめて、なぐさめ、守ってやりたい。

　一人めの看守が言う。「どんな悪いことをしたのかききたいものだな」

「おねがいです」とプリスカは看守長に言い、彼女の声も体全体もヤナギの木のようにだらりとしている。「わたしのことをごらんになったのですから、もう頭をおおわせてください」

　彼は手の甲で口をぬぐう。「夫の名前はアキラというのだな?」と彼はどなる――わたしはまちがいをおかしてしまったことに生きた心地がしない。「そのいさましいアキラに会いたいものだ。かぶれ」

　プリスカは頭巾をすっかりとってはいなかった。傷ついた頭皮へそれをゆっくりと引き上げ、それから革の小袋に手をのばし、何かをとりだす。彼女は優雅な動きと、高貴な物腰で看守長のほうへすすんでいき――それをみていたわたしは、ものごとがわたしをとおり越していくのに気がつく。もうわたしは先に立ってはいない。あとについているのだ。

　プリスカは看守長に手をさしだす。

　彼女は言う。「もう一つお願いがあります。今回だけ、今日だけでいいですから、あの囚人のかせをはずしてもらえないでしょうか。腹ばいになって体をのばしてもらわないと、わたしの手も効果がないのです」

　彼女は手のひらをひらく。そして数枚の金貨を彼にわたす。ネロの顔が刻印された、あたらしいローマの金貨だ。

　看守長はそれに同意し、贈り物をうけとる。

　彼は土器のつぼからごくごくと飲んでから立ち上がり、煙をあげるたいまつを壁かけからとり、せまい部屋を左のほうへ歩いていく。関節がまがらないのか、足をひきずっている。ほかの囚人たちはその壁の反対側に監禁されている。彼らのつぶやきや、うごくときのくぐもった音がきこえるが、わたしたちはそこをとおりすぎていく。パウロの独房は通路の端にある。

「体をのばさないと」と、わたしたちのうしろにいる歯にすきまのある看守が冗談を言っている。「手の効果があるように体をのばすのか。あの女が出てきたら、おれもすこし体をのばすとするか。一度刈られた女は、一生刈られるものだ――」

パウロは壁に背をむけて独房の床にすわり、看守長が入ってきて彼に近づき、彼の手首のかせをはずしはじめるのをながめている。わたしたちも入っていく。

たいまつの光のなかでみるパウロの顔はげっそりとやせ、何の表情もうかべていない。看守長に何もきかない。手首は金属にこすられて皮がむけている。自由になった手首をもむと、苦痛に顔をゆがめる。もむこと自体が苦痛なのだ。

看守はわたしたちだけをのこして去っていき、そのときになってはじめてパウロは目をあげ、わたしたちが二人であるのを知っていたことをしめす。

うっすらとほほえみがうかんだように思える。

そしてわたしの師、わたしの友人は、わたしをおどろかせる。プリスカがまだ顔を隠しているうちに、しわがれた声で彼女にあいさつするからだ。

「プリスキラ、会いにきたのか」

「来ました」と彼女は言う。

「彼女はあなたにマッサージをするために来ました」わたしはここまで来られたことに、めまいをおぼえながら言う。

プリスカはふりむいて、わたしをしかる。「ちがうの、テモテ。もうそれはわたしの役目ではない」

「でもあなたは言っていた――」

「わたしが言ったことは、あなたがあの看守とうまく交渉するために必要なことでした」

彼女はパウロのほうをむき、彼のまえにひざをつく。

「マッサージをするのではありません」とプリスカは言い、彼の手をとり、そこに唇をよせる。「あなたにわたしの服をあたえにきたのです」

パウロはひどくやせ、衰弱している。感情のたかぶりのために顔がゆがみはじめる。疑問のために、そして彼女が口づけをして手をあたためてくれたことに感謝しているのだろう、彼の黒い眉はつりあがる。しかし彼の体は強い感情に耐えられないのでふるえ、両腕と大きな頭は麻痺《まひ》したようにゆれる。

パウロとわたしはいっしょに話しだす。

わたしは言う。「何だって。服？　プリスカ、何のことを言っているのか」

パウロも言っている。「いや。気にいらない。ことわる」

プリスカは言う。「選択の余地はありません。すべて決められているのですから。もし今行ってもらわないと、あなたの友人たちはみな窮地に立たされるのです」

「そしてもしわたしが行ったら」とパウロは言い、彼女の手から自分の手をひきぬき、それで弱々しいこぶしをつくる。「あなたを、命をうしなうような危険のなかにのこしていくことになる。そんなことはできない」

しかしわたしには何のことだかわからない。わたしは口をつぐんでいる。この暗い独房の空気は、緊張と、語られないものごとによって火花が飛びそうだ。もしわたしがひと言でもおろかなことを言えば、何かが雷のようにはじけるような気がする。

「反対するにはおそすぎます」とプリスカは言う。またパウロの両手をつかみ、それを自分のひたいにもっていく。そしてあごをあげる。すると頭巾はうしろへ落ち、彼の手のひらを平らにして自分の痛々しい頭皮にのせる。「みたでしょう？　もうはじまっているのです。あなたの自由はわたしからの贈り物です。わたしの服をつけ、頭をおおってここから出ていけば、だれも頭巾をとれとは言いません。看守長は二度もわたしをはずかしめたりはしないでしょう。そしてあなたをこれからはずかしめることもありません」

「しかし、どうしてあなたでなければならないのか」パウロはしわがれた声で言う。

「ああ、兄弟」プリスカは小さな声をあげた。「あなたは気がつかなかったのですか。わたしたちは同じ大きさだということを」

パウロは大きな頭を首の上でぐらつかせながら、しばらくじっと彼女をみつめている。その目はうるんでいる。きっと心のなかでさまざまな光景をみているのだ。とても耐えられないようなおそろしい未来を。

とつぜん彼は抵抗をはじめる。「いや、プリスキラ。だめだ。わたしの代わりはさせられない」パウロは両手を床につき、押している——ぶざまに、無益な努力をしている。すぐにはわからなかったが、そのうちに、彼が立ち上がろうとしていることに気づく。手足は杖のようにかたくなっている。胸はやせこけ、彼にはまったく力がなくなっている。

「テモテ、テモテ、手を貸してくれ」と彼は言う。彼の弱さを目にして、わたしの心はずたずたに引き裂かれる。

「プリスカ、ここから出るのだ」彼は命令する。

そして「看守」と彼はよぶ。必死の声で言う。「看守よ」

プリスカは悲しみながら彼の名を言う。「ああ、パウロ」

それから手のひらで彼の顔を打つ。

パウロは気をうしなって地面にたおれこむ。

「テモテ、むこうをむいて」プリスカは命じる。

わたしはそのとおりにする。したがうほかに何ができるだろう。パウロはわたしに助けをもとめた。しかしプリスカがこの場をとりしきっているのだから、わたしは助けなかった。勇敢で、落胆しないプリスカ。

うしろで衣のすれる音がする。このような石の独房に女の肌のにおいがして、わたしは思わず息をのむ。

プリスカは使徒の体をあつかいながら話しかける。「テモテ、注意しているのですよ。ルカとデマスとユストが、マグネシア門で待っているから。人目をひかないようにして、できるだけ速くそこへ行って。お金がわたしの小袋に入っています。出るときにあと二枚金貨を看守長にわたして、囚人にかせをつけるのはしばらく待つようにたのむのです。パウロは気をうしなっているからと。そしてあなたが肩にかついでいるあわれな女は、友人——つまり恋人の姿をみた悲しみで気をうしなったというのです。

テモテ、わたしをみて」彼女はきびしい声で言う。

わたしはふりかえって、みる。彼女はパウロのよごれた服を着ている。彼女の胸は小さい。だから服の表面はほとんどふくらんでいない。おおわれていない彼女の頭はとげだらけで、裂けているようにみえる。

「ああ、兄弟」彼女はそっとわたしに言う。「泣かないで、泣かないで。わたしはだいじょうぶ。アキラがわたしをたずねてくるから。ほら」そう言って、彼女は袋から炭をとりだす。「わたしの顔を黒くぬってください。頭も黒くして。できるだけ長いあいだパウロになっていられるように。肩も、腕も、脚も——」

わたしはそれにしたがう。そうしているあいだ、泣きやむことができない。彼女の体に埋葬の準備をしているような気がするから。ああ、彼女のきれいな腕が——無慈悲によごされていく。彼女のやさしく機敏な顔が、そこに死に化粧をしてやっているわたしをみかえしている。ああ、白い首、そして二枚のつばさのような肩。

プリスカの長衣《トーガ》で頭をおおわれたパウロは、なすすべもなくわたしのかたわらでよこたわっている。

わたしが彼女を墓の色にぬっているあいだ、彼女はそっとうたっている。

「わたしたちのあいだには一つの心——」

わたしと自分とパウロのため、そしてアキラや、神につかえるために命をかけるすべての者たちのために、彼女はうたう。

「しずかに、しずかに、そしてあなたのひざを強くして。これはわたしたちの心、キリストの心。権威をすてて、人の姿となり、自分の体をちりと死へおとしめられたかたは——」わたしが立ち上がり、パウロを肩にかつぐ。彼女はうたっている。「十字架の上で、人びとの死を死んでくださった」

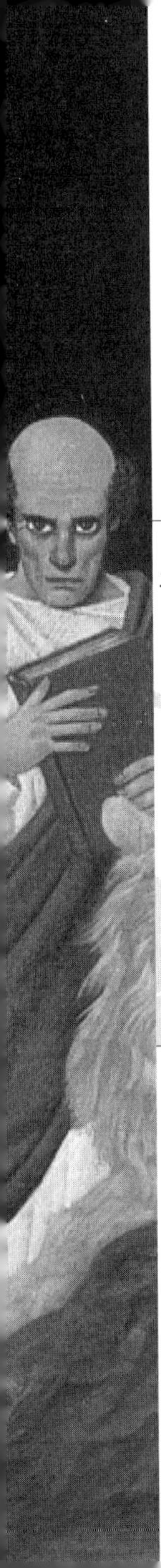

第五部

エルサレム

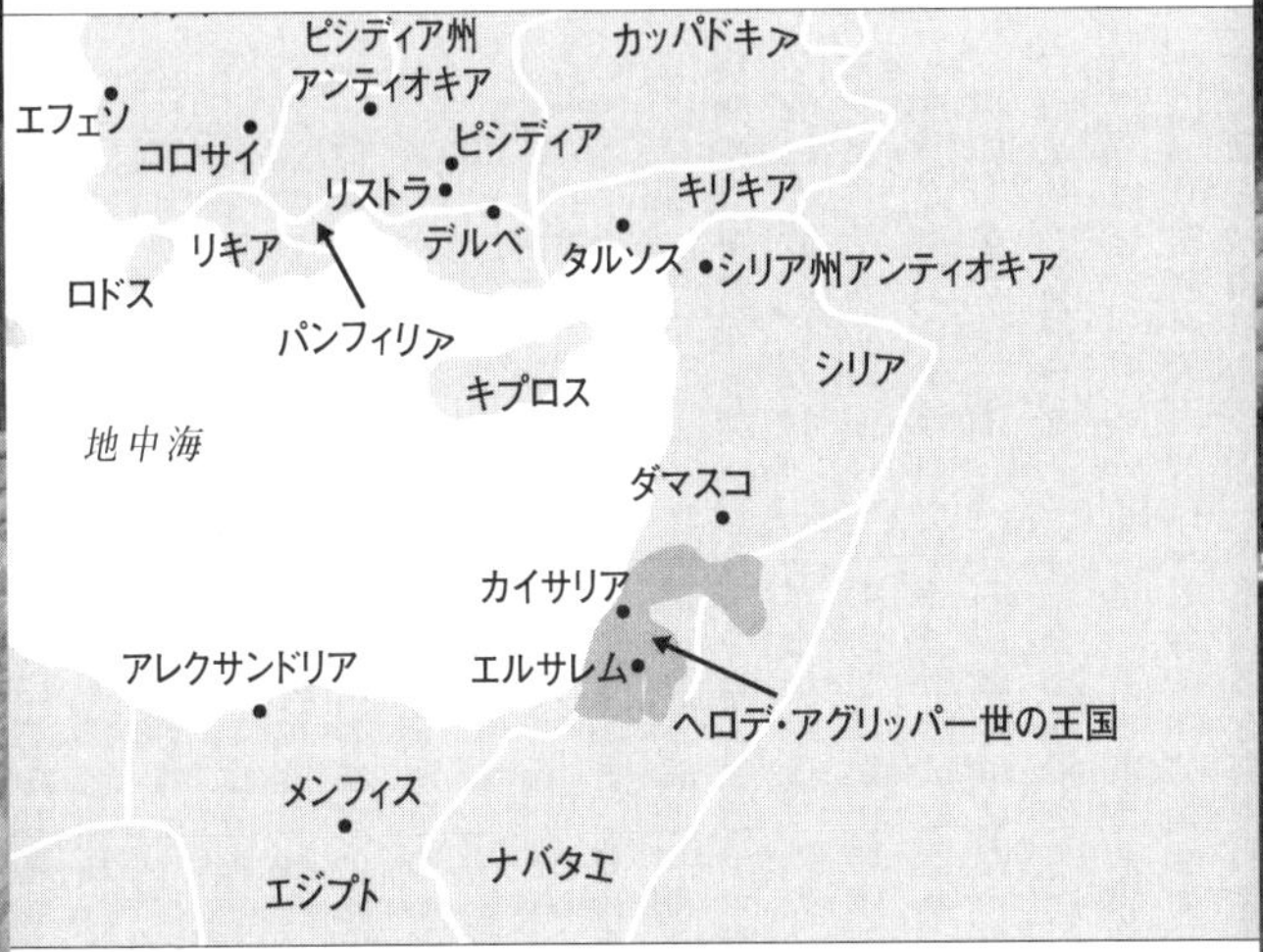
ピシディア州
アンティオキア
カッパドキア
エフェソ
コロサイ
ピシディア
リストラ
キリキア
デルベ
リキア
タルソス
シリア州アンティオキア
ロドス
パンフィリア
シリア
キプロス
地中海
ダマスコ
カイサリア
エルサレム
アレクサンドリア
ヘロデ・アグリッパ一世の王国
メンフィス
ナバタエ
エジプト

テトス
Titus

79

すごい。わたしは馬にのっているのだ。そら、行け——馬にまたがったテトスが丘を駆け、果樹園やブドウ畑をぬけて、テルモピュライへむかっていくのだ（パウロ、パウロ、あなたをいやす温泉のあるところですよ、そしてこの知らせをあなたはどう思うでしょう）。気をつけろ。テトスが行くぞ、名誉をあたえられた男が、紫の布をかけ、手《た》綱《づな》に銀の鈴を縫いつけた駿馬《しゅんめ》にのり、ひづめの音も高らかに村々をかけぬけていく。高貴な者、テトスよ。

いや、そうではない。「気をつけろ」と言いたいのだ。命令もしないのにまわったり止まったりするこの動物から、わたしはよくふりおとされるからだ。わたしは二本の脚を両側に突き出し、ももで馬のあばら骨を締めつけようとしている。この動物にくっついているためにはそうしろと、エラストに言われたのだ。

「あなたがすわっているものは道具ではないのだ」と彼は言った。「ひざをまげてはいけない。立っているように、脚をまっすぐにかたくしてすわる。だいじょうぶ」彼はそう言ったのだが、このけものには何も言わなかった。わたしがたのみもしないのに並足から速足になり、わたしをよこにふりまわして地面に落とそうとする動物には。

そして、しっかりつかまろうとして馬の口にかけた革ひもをにぎると、馬は鼻を鳴らしてブドウ畑を突進するので、わたしは馬の首に抱きつき、とおりすぎる農夫たちにむかってさけぶのだ。「わたしのせいではない。わたしのせいではない」と。

わたしは馬にのったことがなかった。それが問題だ。エラストがわたしといっしょに馬を野につれてゆき、わたしたち三者だけになったとき、わたしはそう説明した。そして「ロバをください。馬にはのったことがありませんから」と言った。しかし彼はまずわたしの唇に指をあて、それから自分の口に指をあててわたしをだまらせ、それが厳粛であることをあらわすように、あごをふるわせた。「これは贈り物だ」と彼は言った。「わたしは贈り物をするのだ」

　エラストは自分の厩舎《きゅうしゃ》でいちばんいい馬をあたえたい、これよりいい馬はもっていないというのだ。

「テトスよ」彼はわたしの目をまっすぐにみながら真剣に言った。「テトス、わたしの贈り物をパウロにとどけて、わたしが彼を愛しているとつたえてくれ。わたしは彼を愛しているというのだ。心から愛していると――」

　そこまで言うとエラストは頭をたれて肩を波うたせ、唇から口笛のような息をもらした。彼は内なる感情と闘っているらしく、それをみてわたしは戦意をうしなった。そのようなときに、どうしてロバを要求できただろう。

　それから彼は身がまえ、兵士のように体をかたくし、かしこまってきっぱりと言った。「あなたはこのすばらしい葦毛《あしげ》の馬を使徒パウロにもってゆき、こう言うのだ。『パウロよ、これはあなたを傷つけた男からの贈り物だ。神の名において、彼は自分のしたことをすまないと思っている。彼はあなたのゆるしを請うている。ほんとうに、ほんとうに、彼はあなたがこれほど深く傷つくとは、あるいはこれほど悲しむとは知らなかったのだ』と」

　その言葉はそらんじている。

　わたしはそのとおりにパウロにつたえるのだ――わたしか、この「贈り物」のどちらかが相手を殺すまえにマケドニアへつくことができれば。

　そしてエラストの言葉をくりかえすときには、ひとことふたこと自分の言葉もそえて、パウロに状況がのみこめるようにするつもりだ。ソステネがあつめてきた人びとにむかい、ティティオ・ユストの家でわたしがあのパウロの手紙を読んだときに、何が起こったかを。彼らがどんなにしずかにしていたか。だれも異をとなえはしなかった。いったい彼らはきいているのかと思ったほど。

　しかし、悪魔と、パウロの肉体のとげと、神が〔いや、いや、そのとげはとりさらない〕と言われたこと、そして、強い者と弱い者についての神の言葉について読んでいると、だれかが床を打って泣いた。彼は自分を抑えることができないでいた。そして泣きながら大声でしゃべるので、わたしはさけぶようにして手紙を読まなければならず、そうしなければ残りの部分はみんなにきこえなかっただろう。

　泣きながら大声でしゃべっていたのはだれあろうエラストだった。彼は家の扉のそばにひそんでいたのだ。わたしは彼をみなかったし、彼がたおれて泣きはじめるまで、そこにいるのも知らなかった。

　そのようなわけがあったのだ。そしてこの知らせを、わたしは鈴を鳴らしたエラストの贈り物にまたがって、全速力でパウロにとどけるのだ。それにしてもこれは贈り物なのか。これはまるで悪ふざけと苦痛だ。毛むくじゃらの苦痛。わたしのももの内側はすりむけている。尻は打ちつけられ、背骨はゆさぶられ、体は雑巾《ぞうきん》のようにもみくちゃにされ、腕はこのあばれん坊ののどにしがみついている——わたしは自分が勝つまでそれをしめつけてやろうともくろんでいる。

これを袋にいれるなり、したがわせるなりして、とにかくパウロにとどけるのだ。

そして彼にきかせるさまざまな話にくわえて、こう言うだろう。「パウロ」と、彼の目をじっとみつめ、真顔になって。「エラストは待っています——そしてあなたからのたよりをきくのを心待ちにしています」と。

◆ テモテ

Timothy

80

わたしたちがパウロをエフェソからスミルナへはこぶには、一昼夜とさらにもう一晩が必要だった。六十五キロの道のりのうち最初の二十五キロは、夜のはげしい雨と雷のなかをひたすらいそいだ。翌朝は霧につつまれていたが、それでも足をとめることはなかった。もしだれかにあとをつけられているなら、霧にすっぽりつつまれているのは都合がよかった。道路を行く亡霊のような姿は好都合だった。

　わたしたち四人――デマス、ルカ、ユスト、そしてわたし――はパウロ自身が裁断した革に彼をのせてはこんでいった。ルカは革で彼をおおうことを考えていたが、ほかの者たちがみると使徒は死んでいるような状態だったので、わたしたちはみじかい棒を縛りあわせてせまい枠をつくり、そのまわりに革を縫いつけたのだ。縫ったのはわたしだ。千枚通しと、パウロの道具袋にあった糸をつかって縫った。わたしの仕つけ縫いはだれにも誇れるようなものではなかったが、わたしはパウロがしているのをみようみまねでおぼえたのであり、それを上手におこなえるような時間も明かりもなかった。

　わたしたちはプリスカの長衣《トーガ》を彼の上にかけ、粗末な担架の四隅をつかんでかけだした。

　そのあいだじゅう彼は目をさまさなかった。ともかく、目がさめていたとは思えない。ときどき日の光にむかってまぶたが半分ほどひらいたが、瞳孔《どうこう》はうつろで、頭はわたしたちの動きに合わせて意思のないメロンのようにゆれていた。腕はたれさがっていた。その疲れきったあわれな腕は、担架からたれていた。わたしは何度もそれを体のよこにそえたが、彼のこぶしをひらくことはできなかった。あごは硬直していた。死んだように眠っていることが心配だった。先をいそぎながら彼をみつめ、死んでしまうのではないかとおそれていた。

　かつて父さんが話してくれたことによると、あの盲目の観察者、父さんの愛した詩人ホメロスはスミルナの生まれだという。父さんは頭をそらせて笑ったものだ。笑えばいつものように咳こみ、ピンク色の泡が出た。そしてまた息ができるようになると父さんは言った。〔彼らはホメロスが自分たちの詩人だと言っているが、彼について何も知らないのだ〕と。

二日めの朝、灰色の夜明けのなかを、わたしたちは疲れきってスミルナに入っていったが、できるだけ速く旅をつづけた。四人の男と、五人めを担架にのせたわたしたちの一団が、人にあやしまれることが心配だった。スミルナの道路はまっすぐで東西に、海岸線にたいしてまったく平行にはしっているので、海風は港からさえぎられることなく吹きつけ、太陽は東から火ぶくれのようにのぼってきて、わたしたちをそのあいだにとらえた。

スミルナから三キロのところ——ペルガモンへといそいでいたとき——わたしの縫った糸がほどけ、パウロは棒の枠をすりぬけて、下の道路に落ちてしまった。

「ああ、どうしよう」わたしは声をあげ、パウロのためにおそれ、自分の失敗にいきどおった。わたしはひざをつき、一瞬彼の体に命をみたように、あるいは彼の命がひいていくのをみたように思った。パウロはよこむきにたおれ、ひざを胸にひきよせた。

「パウロ。パウロ、だいじょうぶですか」

答えはなかった。ひと言も。

彼の右のこめかみには静脈がウジ虫のように這い、顔は象牙《ぞうげ》のように青白く、鼻はやけに大きく、まぶたは半透明といってもよいほどうすく、その下の目はよっていた。

あごは硬直していた。こぶしはにぎられたままだ。

「パウロ?」

わたしたちはその場にとまった。それから低い石にかこまれた場所へ彼をはこんでいった。ほかの三人がそこで眠っているあいだに、わたしは彼をみながらせまい担架を縫いなおし、プリスカの美しい衣の上によこたわる彼の硬直した意識のない体をみまもりつづけた。

〔ああパウロ、すまないことをしてしまいました〕

今度はもっとしっかりと縫い目をつけて縫いつけ、それからルカを起こし、わたしがいそいで町へもどっているあいだ彼をみているようにたのんだ。

わたしは友人に枕を買ってきたのだ。走ってもどり、彼の頭の下に小さなクッションを置くと、わたしはたおれこんだ。

自分が眠ったこともおぼえていない。

ルカはパウロの唇に水をそそいでいる。その二人の男がまるで天国の大きな雲がいっしょに頭をさげているようにみえ、それから何もみえなくなった。

81

三日めにパウロは目をさました。ちょうど昼に、とつぜん。そしてしずかに泣きだした。

それはペルガモンへの道の半ばに来ていたときで、わたしたちは道の右側にある丘陵のへりに沿ってすすんでいた。よく晴れた日で、太陽はうしろにあってわたしたちの肩をあたため、そこまで来ると吹く風は塩よりは土のにおいがするようになり、春の土壌の息づかいで空気はしめっていた。

わたしは担架の左うしろを歩き、その月になってはじめて、それが過越祭の季節であることを考えていた。また自分のことについても――いや、わたしたちみんなのことについて思いをめぐらしていた。よくも祭りのことをわすれることができたものだ、と。わたしたちは自分たちのうけついだものをわすれてしまったのか。わたしたちに気づかれることさえなく、祭りはわたしたちからわすれさられようとしているのか。しかしせっぱつまった出来事に対処するのが精一杯で、ほかのことをする時間がなかったのだ。パウロの投獄、せまりくる裁判への危惧《きぐ》、つまり彼の命への不安、ガラテヤの諸教会の失敗、そしてコリントでの恐怖、プリスカの英雄的な犠牲……。

過越祭はいつだったのか。何日だったのか。ほんとうにわからなくなっていた。ユストはユダヤ人だ。彼の父はギリシア人ではなかったから、すくなくともわたしよりは、ユダヤ人だ。

そこでわたしは彼にたずねた。〔過越祭は何日か〕と。まわりをみることもなく彼は答えた。〔あなたがパウロをつれてきた夜――あの日が過越祭のはじまりだった〕

それをだれが祝っただろうか。母は、パンと苦菜《にがな》、子羊とブドウ酒と物語をともに分かち合う家族をみつけただろうか。しかしリストラにユダヤ人はいない。

エルサレムのあの男は、彼と同じような男たちと厳粛にテーブルについたにちがいない。多くの者たちといっしょに。パウロの知っているあの男。ヤコブだ。

バルナバはどうしていただろうか。

ともかく、わたしたちは祝わなかった。考えもしなかった。世界が変わるのも感じなかったし、先祖がわたしたちによびかけるのも、あるいはわたしたちを非難するのもきこえなかった。

わたしはユストに、〔それをすまなく思うか〕ときいた。するとと彼は〔何をすまなく思うのか〕と言った。

わたしは黙々と歩いた。歩きながら物思いにみたされ、まわりの世界からはなれ、みるともなしに一点に目をとめていた。

しかし自分の目が、まえにある担架のパウロに、彼の顔にそそがれているのにゆっくりと気づいていった。

そしてみたものに衝撃をうけた。パウロがわたしをみかえしていたのだ。彼は目をさましていた。死んだような眠りからさめていた——そして目の端から涙をながし、こめかみをぬらしていた。

「パウロ」わたしはさけんだ。その言葉がわたしののどをつまらせた。わたしは咳をした。強く咳払いして「とめろ」とほかの者たちにどなった。「みろ。パウロが気がついている。目をさましている」

すぐにわたしたちは担架をおろし、四人とも彼をみるためにふりむいた。愛する兄弟、わたしの友人、パウロの目は光り、眉は疑問をもった子どものようにつりあがり、下唇はかすかにふるえ、目をあげてわたしたちを一人ずつみつめていた。

「だれが枕を置いてくれたのか」と彼は言った。彼の声はたかぶった感情のためにかすれ、話すとさらに涙がながれた。「だれが」パウロは両手をあげ、繊細な鉢をもっているように指をひらいて、たずねた。「だれが親切に枕を置いてくれたのか」

82

パウロはペルガモンまでの残りの道のりを歩くことはできなかった。しかし食べ物と水を少しずつ、つねにとるようにしていたので、トロアスにむけて出発するころには、二、三キロは自力で歩くことができるようになり、それから担架に休んだ――彼はそのことをわたしたちの親切とよび、さらに感謝の涙をながすのだった。

彼はプリスカのことをきいた。彼女は無事なのか、彼の命を救ったことで、命を落としたのかと。わたしたちは答えることができなかった。わからなかったから。アキラのことも、エフェソのだれのことも、何についても話すことができなかった。

知らせはなかった。そのことで彼は沈黙した。あの友人たちの愛もまた、彼から言葉と声をうばっているのだとわたしは思った。

そのうちに、彼はテトスとコリントのことをたずねるようになった。それには答えることができたが、妙なやりとりになった。

「あなたは彼に、トロアスで落ちあおうと言いましたね、パウロ。おぼえていませんか」

その記憶がわたしの顔のなかにみつかるかのように、彼はわたしをみつめた。

「わたしが？」彼はつぶやいた。「いつ？」

「コリントへ宛てた手紙をテトスにもたせたときです」

「しかしわたしは牢にいたのだ」

「ええ、たしかに、だから不思議なのです。あなたが彼にトロアスと言ったとき、わたし自身もおどろきました。そのときは自由になる見込みも、あなたを救出する計画もなかったのですから。そんなことは不可能に思えました」

パウロはわたしにむかって目をしばたたいた。「わたしではありえない」と彼は言った。

「だれなのですか」とわたしは言った。「わたしとテトス以外に、だれがあの牢にいたのですか」

彼は眉をひそめた。そしてひじをひざに置き、両手であごをささえた。

「イエスだ」彼は言った。

それからというもの、彼はトロアスを心待ちにするようになった。それは彼に集中するものをあたえた――未来にある、手のとどきそうなものとして。トロアスに入ってからは、テトスに再会するのをたのしみにした――たしかに会えるとはかぎらなかったが。彼は知りたがっていた。知る必要があった。その一方でコリントで起こっていることを知るのをおそれていた。なぜなら知らないうちは、知らせはよいものである可能性があったからだ。

パウロはガラテヤ人のことはもう話さなかった。しかしいつも彼らのことを考えていたのだと思う。彼の最大の不安は、東と西の教会をいちどきにうしなうことだった。

一カ月がたった。そしてまた一カ月。元気をとりもどしたパウロは立ち上がり、どこへ行ってもする、いつものことをした。それでこそ彼という人間だった。彼はトロアスで、イエスの名と、キリストの十字架について説教しはじめた。ふたたびそこで教会を設立しはじめた。

「わたしたちは真の割礼をうけた者なのです」人びとがあたらしいものに入れるように、彼はあいかわらず古いものとあたらしいものを分けて説教した。「わたしたちは神の子らです。わたしたちは神の霊によって礼拝し、キリスト・イエスを誇りとし、肉にたよらない者です」

彼をかこむ生まれたての信者たちに説教するように、パウロはわたしたちにも説いていた。「どんなものをえても、わたしはそれをキリストのために損失と考えるのです。それどころか、わが主キリスト・イエスを知るすばらしさのために、いっさいのものを損失と考えています。キリストのために、わたしはあらゆるものをうしないましたが、わたしはそれらをちりあくたと考えており、それはキリストをえ、キリストの内にいる者とみとめられるためなのです。そしてわたしは律法にもとづく自分の義ではなく、キリストへの信仰による義、信仰にもとづいて神からあたえられる義をもち、キリストと、その復活の力を知り、その苦しみをともにし、死んだときの彼にならい、もし可能ならわたしも死者のなかからの復活を達成したいのです」

何かがちがっていた。パウロの説教はどこかがちがっていた。したしさと遠さがいっしょになったような、妙な感じがした。いや、内容が変わったのではなかった。教えそのものではない。説教の仕方だった。おだやかになった。がむしゃらに論じたり、自分と同じように人びとも信じることを強くのぞんだりしていなかった。そしてもっとも注目すべきは、パウロがこれほどしたしげだったことはかつてなかったことだ。

「わたしがすでにこれらのことを達成したというのではないし、わたしがすでに完全な者になっているということでもありません」彼は言った。「しかし努力している。それらを自分のものにしようと努力している。なぜならキリスト・イエスはわたしをご自分のものにしてくださったからです。

　愛する者たちよ、わたし自身はそれらを自分のものにできたとは思っていません。しかしわたしがただ一つしているることは、うしろにあるもののことをわすれ、まえにあるものにむかって努力し、キリスト・イエスのうちに、神によって上げられるという名誉をあたえられるよう、目標にむかってつきすすむことです」


　早朝、ルカはパウロの背中の筋肉や、乾いてぼろぼろになった肉、もりあがった背骨を強くもみほぐした。

「あなたは指三本分だけ小さくなった」とルカは言った。

　彼はユダヤ人の測り方で言っていた。つまり、彼らがはじめて会ったときから、パウロは指三本分の幅だけ小さくなったということだ。わたしはそのことを考えた。わたしの師はまるで子どものようだった。彼のよこにいると、自分がラクダのようにぶざまで愚鈍に思えてくる。

　パウロは敷物と毛布に顔をむけながら、ほとんどききとれないほどの声で話していた。息をとめていなければその声はきこえなかった。

「いつかはプリスキラがこうしてくれた」彼はつぶやいた。ひとりごとだった。「彼女はわたしの傷に体重をかけた。彼女のやり方はうまくはなかったが、愛らしかった」そしてとつぜんなげいた。「めぐみ深きイエスよ、プリスキラをお救いください。わたしの姉妹を生きのびさせてください」


　季節はすぎていった。暑い夏至のころになった。パウロはもうトロアスでテトスを待っていることができなかった。彼はとつぜんマケドニアへわたると宣言し、わたしたち三人は旅立った。デマスとユストはトロアスにのこって、その教会を監督することになった。ルカとわたしはパウロとともに船でネアポリスへわたった。

　そして歩いてフィリピへ行った。そこですばらしい女性リディアに大歓迎され、あのたくましい人はわたしの髪を両手でかきあげて甘くささやいた。「髪を切ってはだめよ。この髪をうしなわないようにするのです」


　テトスが近づいてくるのを最初にみつけたのは、川のほとりに立って目をあげたパウロだった。

　その夜、パウロはかん高い笑い声をあげながらわたししたちに話した。「テトスが、若いテトスが馬の手綱をにぎって、鈴を鳴らしながらみどりの野をやってきたのだ。それはよろこびの鈴の音だった」

パウロはうれしくて笑った。「轡《くつわ》からひたいまでの面繋《おもがい》に鈴が縫いつけられていたからだ。小さな銀の鈴が。そして肩には、あの金持ちの尻から切りとった布をかけていた。がに股で歩いて、もものあいだには水ぶくれをつくって、戦いでうちのめされた者のように小股で歩き——絞首台にかけられる者のような目でにらんで、それがおそろしく凶暴な目つきなのだ。

わたしは『テトス』とよびかけた。『ああ、テトス、また会えてなんとうれしいことか』と。すると若者はこうあいさつした。『テルモピュライで馬を殺して、その皮を売ってサンダルをつくりました』と」

◆ パウロ Paul

83

神の御心によってキリスト・イエスの使徒とされたパウロ、
およびわたしたちの兄弟テモテから
コリントにある神の教会と、アカイア州の各地に住む聖なる者たちへ

われらの父なる神と主イエス・キリストからのめぐみと平安があるように。

ああ、われらの主イエス・キリストの父なる神がたたえられますように。慈悲深い父があがめられますように。あらゆるなぐさめの神がたたえられますように。神は苦しむわたしたちをなぐさめてくださるので、わたしたちは自分たちがうけるのと同じやさしいなぐさめをもって、苦しむほかの者たちをなぐさめることができます。キリストの苦しみがわたしたちにおよんでいるように、キリストのなぐさめもわたしたちにおよんでいるからです。

コリントの兄弟たちよ、もしわたしたちが苦しんでいるなら、それはあなたたちのなぐさめと、救済のためなのです。そしてわたしたちがなぐさめられるとき、それはあなたたちのなぐさめになり、あなたたちがわたしたちの苦しみと同じ苦しみに耐えることができるのです。

あなたたちへのわたしたちの希望はゆるぎないものです。わたしたちの苦しみを分かちあってくれるあなたがたが、なぐさめもともにしてくれることを、わたしたちは知っています。

なぐさめ、なぐさめです――

きいてください。

アジア州でわたしがあじわった苦しみについて話しましょう。わたしは耐えがたいほどひどく落胆していたので、命さえさげすむようになりました。まるで死刑宣告をうけたようなものでした。しかしそのようなことがあったために、わたしは自分にたよるのではなく、死者をよみがえらせてくださる神にたよるようになったのです――神がた

えられますように。このようにわたしを死の危険から救ってくださった神は、これからもわたしを救ってくださるでしょう。

神がふたたびわたしたちすべてを救ってくださることにのぞみをかけています。愛するコリントの兄弟たちよ、わたしのために祈ってください。わたしたちのために祈ってください。多くの祈りにあたえられた祝福について、わたしたちになり代わって、多くの者たちから感謝をささげることができるように。

自分のたしかな良心から言うのですが、わたしは世のなかにたいしても、あなたがたにたいしても、この世の知恵によってではなく、純真さと神からうけた誠実さをもって、神のめぐみのもとに行動してきました。わたしが書いたものは何であれ、できるだけはっきりと書いたのであり、今ではそれをあなたがたが完全に理解していることをのぞんでいます。これまでも一部は理解していたのですから。ああ、主イエスが来られる日に、わたしにとってあなたがたが誇りであるように、あなたがたにとってわたしが誇りになるといいのだが。

エフェソにいたときわたしは、エルサレムへの献金をあつめるためにアカイア州とマケドニア州をとおる最後の旅を計画しはじめました。まずあなたがたのところへ行き、それからさらに北へすすみ、ユダヤへ行く途中でまたあなたがたのところへよろうと思っていました（二倍のよろこびというわけです）。しかし、そうはなりませんでした。結局マケドニアから出発することになったのです。

しかしわたしを気まぐれだと思わないでください。わたしがあやふやなことを言い、思いつきと自分の都合によって計画していると思わないでください。神が信頼にたるかたであるのと同じように、あなたがたへのわたしの言葉は「あやふや」だったことはありません。シルワノ、テモテ、そしてわたしがあなたがたに教えている神の御子、イエス・キリストは、あやふやだったことはありません。キリストにおいては、いつも「しかり」なのです。神のすべての約束は、このかたにおいてラッパの響きのように高らかに「しかり」になったのです。ですからわたしは神をたたえるためにイエスをとおして「アーメン」と言うのです。

そしてまた良心への義務から言うのですが、ことのなりゆきでそうなってしまうまえから、わたしはすでにコリントから旅をはじめないことに決めていたのです。それはあなたがたへの思いやりでした。わたしたちのどちらもが、このまえの訪問のときのような苦痛をあじわうことのないようにしたかった。その代わり、あなたがたに手紙を書いたのです。手紙を書いたのは、わたしが実際にそちらに行くときには、わたしがふたたび傷つくことがないようにするためでした。愛するコリントの兄弟たちよ、わたしは底なしの悲しみと、心の苦しみからあの手紙を書きました。涙をながしながら書きました——しかしあなたがたを苦しめようとしたわけではなかった。ほんとうに、ほんとうに、あなたがたへのわたしの愛がどれほど大きいかを知らせたかったのです。

　また過去において、そちらのだれかがわたしを傷つけたなら、それはわたしだけではなく、ある意味で、あなたがたすべてを傷つけたのです。しかしそのことはもう終わりです。あなたがたがその罪人をどのようにとがめたか、テトスが説明してくれました。どうか今はその男をゆるし、なぐさめてやってほしいのです。さもないと、その人は自分の悲しみのために、うちのめされてしまうかもしれないからです。どうか、そのあわれな男をふたたび愛するようになってください。あなたがたがゆるす者を、わたしはゆるします。そしてわたしが何かをゆるすとしたら、それはキリストのまえで、あなたがたのためにゆるすのです——悪魔がわたしたちを利用しないようにするために（ああ、わたしには悪魔の邪悪な手口はよくわかっています）。

　この夏はトロアスで説教をしていました——そしてうまくいっていた。しかしそのこともわたしのなぐさめにはなりませんでした。まったく。あなたがたについての知らせを、テトスがまだもってきていなかったからです。そこでわたしは支度をしてマケドニア州へいそぐと、悩める者をなぐさめてくださる神は、そこへテトスを来させて、わたしをなぐさめてくださったのです。彼が来たことだけではなく、あなたがたのところで彼がえたなぐさめによっても。わたしのことで、あなたがたはなげき悲しみ、切望し、熱心にもとめていると彼からきき、わたしはうれしさのあまり笑いました。ああ、そして手を打ち、いっしょに泣きました。

　わからないでしょうか。あの手紙でわたしがあなたたちを悲しませたとしても、わたしはそれを後悔しません（じつは後悔しているのだが）。その代わり、あの手紙がしばらくのあいだあなたがたを悲しませたことを、わたしはよろこぶのです。ああ、でもあなたがたの悲しみをよろこぶのではなく、その悲しみがもたらす悔い改めをよろこぶのです。あなたがたが悲しんだのは御心にかなったことなので、何もうしなうことはなかった。なぜなら御心にかなった悲しみは悔い改めをもたらし、そこから救いにみちびかれるからです。

　これにたいして、この世の悲しみは後悔をもたらすものであり、そこからみちびかれるのは死です。（わたしにはそのちがいがわかる）。御心にかなったその悲しみによって、どれほどの熱意があなたがたにあたえられたことでしょう。自分たちをきよめる、何という熱心さがあたえられたことか。いましめるために、どれだけの怒り、どれだけの不安、願望、熱意、速さがあたえられたことか。

あなたがたを完全に信頼できることを、わたしはよろこんでいます。

そしてわたしにあたえられたなぐさめのほかにも、あなたがたが従順であり、おそれおののいて歓迎してくれたと語るテトスが、ますますあなたがたに心をよせていることにも、わたしはさらによろこんでいます。

ああ、キリストによってわたしたちを勝利へとみちびかれた神があがめられますように。わたしたちをとおして、あらゆるところの人びとに神を知るよろこびをはなってくださる父が、あがめられますように。わたしたちは——イエスのかぐわしさそのものではないでしょうか。

そしてつぎの用件は、エルサレムの貧しい者たちへの献金のことです。

マケドニア州の兄弟たちは、自分たちがひどく貧しいにもかかわらず、いかに物惜しみすることがなかったかを知っておいてください。彼らはみずからすすんで自分たちにできる以上のものをあたえ、聖なる者たちの援助に自分たちもくわわらせてほしいと、わたしたちにねがいでたのです。

そしてあなたがたコリントの兄弟たちよ——信仰においても、言葉や知識においても、すべてのことにまさっているあなたがたは、この慈善の仕事でもまさっているべきなのです。

これは命令ではありません。あなたがたの愛が純粋であることをたしかめるために、ほかの者たちの熱意をひきあいに出しているだけです。ご自身は豊かな者でありながらあなたがたのために貧しい者となり、その貧しさによってあなたがたを豊かな者にする、主イエス・キリストのめぐみを、あなたがたは知っているからです。命令ではないと言いましたが、これは助言です。多くをもっているあなたがたが、もっていない者たちにあたえるようにという。

テトスをふたたびあなたがたのところへ送り（彼は自分の判断で行くのです）、わたしがつくまえに、あなたがたからの贈り物を準備させます——

ああ、しかしこれは余計なことではないでしょうか——エルサレムの聖なる者たちへの献金について書くのは。あなたがたが、もうその準備をしていることは知っています。わたしはこのマケドニア州で、そのようなあなたがたのことを誇っていたのですから。そしてあなたがたの熱意が、彼らをふるいたたせたのです。それはたしかなことです。そしてあなたがたが何もしめさずに、わたしに恥をかかせたりしないことを知っています。

つまり、すこししかまかない者は、刈りいれもすくないということです。多くまく者は、多く刈りいれ、多くの収穫をえるのです。寄付はしぶしぶしたり、強制されてしたりするのではなく、自由にすることです。神はよろこんであたえる者を愛されるからです。そして神は、あなたがたがつねにみちたりていられるように、あらゆるめぐみを豊かにあたえてくださいます。種をまく者に種をあたえ、糧《かて》のためにパンをあたえてくださるかたは、あなたがたがまいたものを増し、あなたがたの義の実りをふやしてくださるのです。

この奉仕に従順にとりくむことによって、あなたがたは神をほめたたえるのです。そして惜しむことなくあたえることによって、あなたがたは神の大いなるめぐみを自分たちのなかに証明するのです。

（エラストよ、きいていますか。賛美のうちに贈り物をすることを学んでいるでしょうか）

言葉につくせない贈り物をあたえてくださる神に感謝します。

まず、テトスです。テトスが先に行きます――それからわたしです。

わが子たちよ、わたしは行きます。わたしも行くのです。だから辛抱して。一つの季節のあいだ待つのです。秋まで待って、晩秋のしめって荒れた天候がやってきたら東をみて、わたしをさがしてください。わたしは生涯で最大の旅に出ます。コリントを経由してエルサレムへ行き、それからローマ、ローマから――イスパニアです。

わたしは地の果てまでキリストの十字架をもっていくのです。

しかしまずあなたたちのところへ行き、あなたたちを抱き、口づけします（もちろん、コリントの市場監督、巨体を誇るわが兄弟にも）。

では、風が吹きつけて青空を灰色に変えるときまで、待っていてください。そして主の平安があなたがたすべてにあるように。

アーメン

ルカ

Luke

84

諸教会を激励しながらマケドニア州をまわる旅を終えると、パウロはアカイア州とコリントに行った。彼はそこで三カ月をすごした。

ちょうどユダヤへむけて出帆しようとしたとき、彼にたいする陰謀が発覚したので、彼はマケドニア州をとおってもどることにした。

ベレア出身の、ピロの子のソパトロが彼に同行した。二人のほかには、テサロニケのアリスタルコとセクンド、デルベのガイオ、そしてテモテが同行した。アジア州の出身者、ティキコとトロフィモもいた。彼らは先に行って、わたしたちをトロアスで待っていた。しかしわたしたちは、除酵祭（過越祭のあとにつづく七日間の祭り）が終わるまで、フィリピにとどまっていた。

85

テモテ　Timothy

『わたしはエルサレムへ行きます』とパウロはローマへ書き送った。

わたしは、パウロより先にフィリピから東のトロアスにむけて船出した七人のうちの一人だった。わたしたちは彼ほど過越祭を祝うことに関心がなかったし、祭りのあいだぶらぶらしている気にもなれなかった。それに（わたし自身についてパウロに言ったことだが）彼が海をわたってトロアスでわたしたちと合流するまでのあいだ、だれかが一行を先導しなければならなかった。

わたしたちはエルサレムへの旅にそなえて、みなあたらしい衣服をそろえていた。しかしパウロの着るものについては、リディアが、自分の金で、自分の注文どおりにつくらせると主張した。彼女は自分が商売であつかっている上等の布をつかうところだったが、パウロはそれをこばみ、その理由は謙虚さとはまったく関係のないことだった。「わたしたちは人の注意をひいてはならないのだ」と彼は言った。そしてもっともじょうぶで、ごく平凡な布をたのんだ。目立たない、過酷な仕事をするからだ。「衣服は上等ではなくても、それは、だれにも想像できないほどの豊かさをつつむのだ」とパウロは言った。

骨太のリディアはパウロのあばら骨をつついた。まったく、この二人はいい組みあわせだ。もちろん彼女には彼の言った意味がわかっていた。彼は自分がはこぶ金のことを意味していた。しかし彼女はそれ以上の意味をほのめかしていた。彼のしなびた姿かたちのことを。

こうしてごく平凡ななりをしたわたしたちは、通りのまんなかにある溝でさえ衣のすそを引き上げずに歩き、その服のままで昼も夜もすごし、ブラシをかけることもなく、洗うことも着替えることもなかった。

自分たち自身が、荷物をはこぶ動物になったのだ。わたしたち自身が、エルサレムへはこぶ重い硬貨の運搬人だった。
『わたしはエルサレムへ行きます』とパウロはローマの信者たちに書き送った。ローマへ行き、そこからさらに遠くまで旅することを、彼はどんなにねがっていたことか。友人たちがそこにいた。シメオンの妻と息子のルフォスは、シメオンが死んだときローマへ移っていった。パウロはルフォスのことを『主にむすばれている、えらばれた者』とよび、その母のことは『わたしにとっても母なのです』と言っていた。

そしてわたしに言った。「テモテ、プリスカはどうした。アキラは。彼らはローマにいるだろうか。二人はローマへ無事たどりついたと思うか?」と。

しかしパウロはローマの信徒に宛て、強い希望と目のくらむような大胆さでこう書いた。『キリストにむすばれてわたしの協力者となっている、プリスカとアキラによろしく。命がけでわたしの命をまもってくれた彼らに、だれもが感謝しています。わたし一人だけではなく、異邦人の教会すべてが、彼らに聖なる感謝を言わなければなりません』と。

パウロはすぐにも西のローマへかけつけたいと思っていた。しかし彼らに書き送ったように、まず『エルサレムに行かなければ』ならなかった。

『あの町の、聖なる者のなかにいる貧しい者たちへの献金をもって、エルサレムへ行かなければなりません。しかし献金の成果をわたし、義務を果たしたら、あなたがたのところを経由してイスパニアへ行くつもりです。そしてあなたがたのところへは、キリストの祝福にみたされて行くでしょう。

友人たちよ、わたしたちの主イエス・キリストによって、また霊のあたえてくださる愛によって、あなたがたにおねがいします。わたしのために、いっしょに熱心に神に祈ってください。わたしがユダヤの信仰のない者たちからまもられるように——そしてわたしのエルサレムへの奉仕が聖なる者たちにうけいれられ、神の御心によってわたしがよろこびのうちにあなたがたのところへ行き、あなたがたのもとで憩《いこ》うことができるように。

平和の神があなたがた一同とともにおられるように』と、パウロは書いた。

そして『アーメン』と。

さらにもう一度、『アーメン』と。

ルカ Luke

86

わたしたちはフィリピから五日間船にのり、トロアスにいるほかの仲間と合流した。そこには七日間滞在した。

週のはじめの日、パンを裂くためにわたしたちがあつまっていたとき、パウロはトロアスの友人や信者たちに語りはじめた。翌日には出発することがわかっていたので、彼はいつもよりずっと長く話した。

わたしたちがあつまっていた上の部屋には、たくさんのランプが置かれていた。パウロが話していると、そのうちに窓ぎわにすわっていたエウティコという若者は深く眠りこんでいった。ちょうど真夜中になったころ、すっかり眠りこけていたエウティコの体がかたむき、そのひょうしに窓から下へ落ちてしまった――三階下の地面へ。

わたしたちは下へかけおりていった。わたしは不幸な若者の体を抱きあげ、彼は死んだと宣告した。

しかしそれからパウロがおりてきて、若者の上にかがみこんだ。そしてエウティコを抱いて言った。「おどろくな。命はまだ彼のなかにある」と。

パウロは上へもどり、パンを裂いて食べ、明け方になるまで一晩じゅう人びとと話をつづけた。それからやっと出発した。

しかし彼は正しかった。生きかえったエウティコを人びとはつれて帰り、おおいになぐさめられたからだ。

わたしたちは先に船にのってアソスへわたり、そこでパウロをのせるつもりだった。彼が内陸の近道を歩くことをえらんだためだ。

というわけで彼はアソスで待っていて、そこから乗船し、わたしたちはミティレネへ航海し、一晩そこに停泊した。翌日はキオス島まで、そのつぎの日はサモス島まで、そして三日めにミレトスについた。アジア州で時をついやさないため、パウロはエフェソにはよらなかった。もし可能なら五旬祭にはエルサレムについていたいと思い、旅をいそいでいたためだ。

ミレトスで、彼は教会の長老たちをエフェソからよびだした。長老たちがやってくると、彼らに個人的にプリスキラとアキラのことをたずねた。

「あなたが逃れたあとで、彼らはとつぜん消えたのです」と長老たちは言った。

「死んだのか」パウロはたずねた。

しかし長老たちは知らないと答えた。

それからパウロは彼らすべてにむかって、おおやけに語った。

「わたしがはじめてアジア州に足を踏みいれてから今にいたるまで、わたしがあなたがたとともにどのように生きてきたかは、あなたがたがご存じです。涙をながし、試練や敵の陰謀に耐え、謙虚に主につかえてきたことを、そしてわたしがひるむことなく、あなたがたの益になることは語り、公衆のまえでもあなたがたの家でも教え、神への悔い改めとわたしたちの主イエス・キリストへの信仰について、ユダヤ人にもギリシア人にも証言してきたことを。

そして今、霊にうながされてわたしはエルサレムへ行こうとしていますが、そこではどんなことがわたしにふりかかるのかわからないのです。投獄と苦しみが待っていることだけは、わたしがどの町にいるときも聖霊にはっきりと教えられています。しかしわたしは自分の命を価値あるものとか、尊いものだとは思っていません。わたしにとって大切なのは、自分の道を走りきり、神のめぐみの福音をつたえるという、主イエスよりたまわったこの奉仕の仕事をなしとげることなのですから。

きいてください。もうあなたがたがわたしの顔をみることはないでしょう。だから今言っておくのですが、わたしはあなたがた一人ひとりの血について責任はありませんーー神の計画すべてを、あなたがたにためらわずつたえたからです。どうか自分たちのことにも、また聖霊からあなたたちが監督をまかされている人びとの群れにも、気をつけてもらいたい。神がその御子の血によってご自身のものとされた、神の教会の世話をするのです。

わたしが去ったあとで、おそろしいオオカミがあなたがたをおそい、群れを荒らすのはわかっています。またあなたがたのなかからも、邪説をとなえ、弟子たちをしたがわせようとする者が出てきます。だから気をつけてください。エフェソとアジア州にいた三年のあいだ、わたしが涙をながしながら、夜も昼もあなたがたすべてにさとしてきたことを思い出すのです。

そして今、あなたがたを神にゆだねます。そして神のめぐみの言葉にあなたがたをゆだねます。その言葉はあなたがたをつくり、あなたがたと、聖なる者とされたすべての者に、めぐみをうけつがせるのです。わたしは人の金銀や衣服はほしくありません。あなたがたがみているとおりです。

わたしが自分の必要のために、またいっしょにいる者たちのために、自分の手ではたらいてきたことを、あなたたちはご存じです。弱い者を助けるために懸命にはたらくこと、また〔うけるよりあたえるほうが、さいわいだ〕という主イエスの言葉をいつもおぼえているように、わたしはつねに身をもってあなたがたにしめしてきたのです」

パウロはそう言うとひざをつき、彼ら一同とともに祈った。彼らはみな泣き、彼を抱いて口づけし、彼がもう自分の顔をみることはないと言った言葉にことに悲しんだ。

そして彼を船まで送っていった。

ミレトスをはなれるとコス島へ直航し、つぎの日はロドス島まで行き、そこからパタラへ行った。そのうちにフェニキアまで行く船をみつけたので、それに乗船し、出航した。

キプロス島を左舷《さげん》側にとおりすぎてシリア州まで直航し、船荷がおろされることになっているティルスに上陸した。

船が入港している七日のあいだ、わたしたちはティルスの弟子たちをさがし、彼らとともにすごした。

彼らはパウロに、エルサレムには行かないようにと言った。彼らは霊をとおして言っていた。しかしその期間がすぎると、ともかくわたしたちは旅をつづける準備をした。彼らは妻や子どもたちをともない、わたしたちを町のそとまで送り、海岸まで行った。そこでわたしたちはひざまずいて祈り、たがいに別れのあいさつを交わした。

それからわたしたちは乗船し、彼らは家へもどっていった。

ティルスからの航海でプトレマイスにつき、そこでもわたしたちは信者たちのあいさつをうけ、彼らの家に一泊した。

翌日はそこをはなれてカイサリアまで行った。そこでは福音宣教者フィリポの家に泊まった――彼は何年もまえ、ステファノとともにえらばれた七人のうちの一人だった。フィリポには未婚の娘が四人いて、みな預言をすることができた。

同じときに、アガボというほかの預言者がユダヤからやってきた。彼はわたしたちがすわっていた部屋に入ってくると、すぐにパウロの帯をとり、それで自分の手足を縛った。そして言った。「聖霊はこう言われる『エルサレムの男たちは、この帯をもっている者をこのように縛り、異邦人の手にわたす』」

　それからはわたしたちもいっしょになって、エルサレムにのぼらないでくれとパウロにうったえた。

　しかし彼はわたしたちに言った。「あなたたちは何をしているのか。どうして泣いて、わたしを悲しませるのか。ききなさい。わたしは鎖につながれることばかりか、主イエスの名のためには死ぬ覚悟もできているのだ」

　彼は説得をきこうとしなかった。彼の決意のまえに説得することをあきらめ、わたしたち一同は言った。「主の御心がなされますように」

　そのようなことがあってから、わたしたちは最後の準備をしてエルサレムにのぼっていった。カイサリアのいく人かの弟子たちも同道し、むかしからの弟子であるキプロス島出身のムナソンの家に泊まれるよう、わたしたちを案内してくれた。

◆テモテ　Timothy

87

　わたしたちは闇にまぎれてムナソンの家へやってきた。朝になったら日の光のもとでエルサレムを歩くことになり、そうすればおおってくれるものもなく、人の目にさらされる。わたしはこの激しやすい古代の都に来たのは二回めで、おそれをいだいていた。自分のため、わたしの師、わたしの父のために。わたしは眠れなかった。そしてとなりからきこえるため息が、わたしを身ぶるいさせた。

「パウロ」

「だまりなさい。祈っているのだ」彼は言った。

「すみません」とわたしは言った。

　しかしその祈りには言葉がなかった。

　そして彼が起きていることがわかると、話し相手がほしいという欲求を抑えられなくなった。できるかぎり我慢して、それからだしぬけに言った。「でもどうやって祈れるのですか——言葉なしで」

　彼はうなるのをやめた。

　わたしたちはよこになってだまっていた。

　わたしは闇をとおして天井をみつめていた。

　きっとパウロも同じことをしていたのだろう。

　彼のことを怒らせていなければよいが。奇妙な祈りを中断させてしまったことで。

「すみません」とわたしは言った。

「パウロ」

　わたしはうめき声をきいたような気がした。

「パウロ。起きているのですか」

　彼は眠りながらうめいているようだった。

「起きてください。起きて。夢をみているのですよ」

　息をする間があった。それからまたうめき声がつづいた。

「パウロ？　だいじょうぶですか」

　しかしそれはうめきではなく、深い、あえぐようなため息がつづいているのだった。犬のたれさがった上唇から息が吐きだされるように、彼の唇から息の出る音がした。

「気分が悪いのですか」

「聖霊だ」彼は言った。

　ああ、彼は気分をやわらげてくれたのだ。わたしに話してくれた。

「何ですか?」

「テモテ、わたしはときどき、どうやって祈ればいいのかわからなくなる――」

「あなたが?」

　いらだって鼻を鳴らす、つぶれたような音がした。パウロの音だ。

「すみません」とわたしは言った。

「出来事がわたしを追い越していってしまうとき」注意して言葉をえらびながら、彼は闇にむかって言った。「闘いがこの世界のように大きくて、わたしが理解できないほど巨大なとき。その競争の終わりと、勝者の栄冠が、わたしにとってあまりにも遠い未来にあるとき――わたしには祈る言葉がわからなくなる――だから……何も……言えない。そしてうめくのだ――」

「ああ、パウロ」

「――それを心の叫びにする。すると聖霊がわたしのためにとりなしをしてくれる。そして心をさがしておられる神は、霊の心を知ってくださる」

「パウロ。父よ」


〔父よ〕とわたしは言った。その言葉は自然に出てきたもので、わたしはあることに気がついて、はっとした。わたしは彼を心から愛している――そのためにわたしはなぐさめられ、またすぐにこわくなるのだ。

「どうしよう、どうしたらいいのか、もしあなたがエルサレムで殺されたら」わたしはささやいた。

　彼はまた洟《はな》をかむような音を出し、おどろいたことに、わたしは急に笑いがこみあげてきた。

「そうしたら、あなたはわたしのために仕事をつづけるのだ」彼は言った。冗談を言っているのではなかった。

　笑いは消えた。そのつめたい言葉、簡単に話されたおそろしい言葉をきき、わたしの心はわなないた。鼻から息を吸いこんで、わたしは言った。「その時が来たら、そしてイエスがそれをのぞんでおられるなら、わたしはあなたの仕事をつづけます。しかしまだその時は来ていません。それが今であるはずはありません。わたしにはできませんよ、パウロ……もう一人の父の死をなげくような力はわたしにはありません。まだです。今はまだです」

　沈黙、そして闇。わたしたちはならんでそれぞれの敷物に休んでいた。何もみえなかった。目にみえるものは何もなかった。しかしわたしはいつまでもみつづけ、その夜、永遠とはこのようなものに思えた。終わりのない無に。

朝になったら何が起こるのだろうか。

怒りの町へ歩いていくとき、みえない短剣がひそんでいるのか。

「テモテ?」

「何でしょうか」

「あなたはそうするのだ」

彼の言っていることはわかった、わたしにはその力があるということだ。しかし彼がほのめかしているような可能性のことはききたくなかった。

「あなたはわたしをご存じないのです」とわたしは言った。

鼻の鳴る音がした。

「おかしいな。あなたはわたしについて、いったい何を知っているのですか」

「あなたが言うとおりだな」パウロはそっとつぶやいていた。彼はわたしの耳もとに口をよせていた。口のなかでつばの鳴る音がきこえ、吐きだす息がわずかに感じられた。

「わたしは父が息子を知っているように知っているが、それはいつも父が知りたいと思っていることよりは少ない――しかし父は息子が考えている以上に知っているものだ」

〔わが父よ、わが父よ、イスラエルの戦車よ、その騎兵よ〕

パウロは恋人のやさしさとでもいうような調子で、しずかに話しつづけた。「現在の苦しみなど、わたしたちを待っている栄光にくらべれば何でもない。わたしの心の子、テモテよ、もし神があなたとともにおられるなら、どんなことも、あなたにたいしてまさることはできない。このことがわかるか。神はご自分の子も惜しまれなかった。わたしたちすべてのためにその御子をすてられたのだ。だから神は、御自分の子という最愛のものとともに、ほかのすべてのものもわたしたちにあたえてくださると思わないか。イエス・キリストは死なれたのだ」

ゆっくりと、注意しながら、パウロは何万回も語ってきた話をわたしのために語った。「イエスは死者のなかからよみがえった。イエスは神の右に座し、わたしたちのためにとりなしをしてくださる。いったいだれが、キリストの愛からわたしたちを分けることができるのか。テモテ。テモテよ、試練か。苦悩か。あるいは何らかの迫害か。テモテ? 無力か、危険か、それとも剣か」

彼はわたしの手をとった。彼の長い指がわたしの指にからまり、それをしっかりとにぎった。

「いや、いや、それらすべてのことにおいてわたしたちは、わたしたちを愛してくださるかたによって、勝利者以上の者なのだ。テモテ、いいか。わたしはよく知っているのだ。ほんとうだと知っているのだ、わたしたち両方のために知っているのだ、生も死も天使も支配者も、現在のこと、これからのこと、力あるもの、高いところにいるもの、低いところにいるもの、ほかのどんな被造物も、われらの主キリスト・イエスによってしめされた神の愛から、わたしたちをはなすことができないことを」

こうして朝がやってきた。

父であるパウロが立ち上がり、エルサレムの通りへ出ていくために衣をつけていると、彼の背の低さにわたしはおどろいた。どれほど体がまがっているかに。闇のなかでは、彼は神殿の重みをささえる梁《はり》のように大きな存在に思えたからだ。

88

◆ヤコブ
James

　話のはじめと同じように、話の終わりにも、一つ告白することがある。つまり、わたしが努力してもとめてきた平和、そしてわたしたちの分裂が修復されることについて……わたしは確信をもっていないということだ。わからない。ほんとうに、そのようなことが起こるのかどうか、わからない。わたしたちイエスを「メシア」とよぶ者たちがこのままずっと、ほかのイスラエルたちといっしょに神殿で自由に礼拝できるのかどうかわからない。ギリシア人信者とヘブライ人信者のあいだが、霊においても、実践においても、折りあいがついていくのかわからない。わたしには何とも言えない。

　すべてがうまくいくと思った、心の燃え立つような一瞬もあった。それにつづく一週間の七日にわたって、あのギリシア人が以前のように、神の律法のもとで神の御顔をみつけるという確信は、強まっていった。もしあの大いなる背教者のサウロがよろこんで、みずからすすんでファリサイ派にもどるなら……。

　しかし七日めにすべてははじけとんだ。神殿も町も、はじまりかけた平和やサウロのこと、希望、そしてわたしの確信も。八日めは最初よりひどい状態になった。

　そのことについて、これからなるべくくわしく述べていこう。このことにけりをつけ、もう何も言わないですむように。

　最初の日は、わたしが窓ぎわで祈っていたところからはじまった。予期せぬあいさつから。

　わたしのうしろで男が言った。「ヤコブよ、主の平和があなたにあるように」

　ふりかえると、わたしがいる小部屋の扉のところに老人が立っていた。ハゲワシのように肩から首をつきだし、大きな頭をひどく低くしていた。目のくぼみは影になり、頭髪はうすく、頭には網の目のように傷がはしっていた。ひどくよごれた衣、丸っこい体、したしげなようすをしたその人物には、うっすらと見覚えが——

「どなた——」

「ヤコブよ」と言いながら老人はまえへすすみ、両腕をひろげた。そしてがに股をはずませるようなその歩き方から、思い出した。サウロがふたたびもどってきたのだ。六年間みなかったサウロだ。

彼はわたしの体に両腕をまわし、わたしをひきよせて、その腕がふるえるほど強く抱いた。それに反応しなければならないような抱き方をしたので、わたしは抱擁《ほうよう》をかえすために彼の背中に手を置くと、小石のような隆起にふれたのでおどろいた。背骨、肋骨《ろっこつ》、腰と、わたしのさわったどこにでも、でこぼこしたみみず腫れがあった。

「サウロ」わたしは彼からはなれて言った。「何があったのか。いったいどうしたというのか」

彼はにっこり笑った。「わたしがもっているものをみせよう」と、彼は目くばせをしながら言った。それからふりかえって「来てくれ」とよびかけると、サウロのように汚れた男たちがぞろぞろ入ってきた。

わたしが住んでいる、祈り、寝るための小さな空間を、彼らは体でみたしただけではなく、強烈な男の汗とやかましさでもみたした。わたしはその侵入をこころよく思わなかった。

そのなかの一人は知っていた。リストラのテモテだ。サウロはほかの者たちを紹介していった。彼が紹介すると、男たちはそれぞれ衣を脱ぎはじめた。

「ヤコブよ、こちらはソパトロ」とサウロは言った。するとソパトロは笑い、衣を脱いだ。

「アリスタルコ、セクンド、ガイオ」とサウロは言い、彼らはみなしたしげにうなずいてあいさつし、それから同じように衣を脱いだ——そのあいだにソパトロはさらに脱いでいた。上着も。みな脱いで腰布だけになった。

わたしは言った。「申し訳ないが——」

しかしサウロは言っていた。「そしてティキコとトロフィモ、ルカ——」彼らもすぐに仲間たちのように裸になっていった。

「申し訳ないがここは公衆の……つまり、ここにはその施設がない……」

「いや、ちがうのだ、ヤコブ」サウロはわたしをさえぎって言った。「ここよりいい施設は必要ない。みてくれ」

彼は自分の衣を裂いた。

文字どおりそうしたのだ。サウロは衣を裂き、縫い目をひきはがして、すべてをわたしのまえに置いた。

「みてくれ」

わたしはみた。小さな窓から射す陽でみると、サウロの衣のひだや裏地には、硬貨がいれられていた。金貨だ。大量のローマの金貨が、たがいにふれて音をたてないようにするためだろう、一つずつはなして縫いつけられていた。

　男たちはみな自分たちの衣を裂いて、何百もの複製されたクラウディウス、アグリッピナ、ネロの顔をわたしにみせると、わたしの部屋ににぶい火のようなものが燃え――わたしは胸が悪くなった。

「ヤコブよ」きらきらした目でわたしをみつめながらサウロは言った。「わたしは約束をわすれなかった。このとおり、わたしは今、証人たちのまえでそれを果たすのだ。この金は、アカイア州とマケドニア州の諸教会からエルサレムの貧しい者たちへの献金のすべてだ」

　彼は自分のなしとげたことによろこんで笑った――しかし献金の額の大きさ以上に、旅の成功がうれしかったのだと思う。「金《きん》と同じ重さだからな」と、彼は自分のようにかしこい者はいないといったふうに説明した。「荷車ではこばなければならないような山ほどの銀貨より、これなら軽いしすくなくてすむ。それに、せまい道に荷車をがらひいていけば、二、三キロも行かないうちに泥棒があらわれて、わたしたちをそそのかすだろうから」

　サウロはよろこんでいた。彼の伴侶たちもよろこんでいた。アカイア州とマケドニア州のすべての人びとも、まちがいなくよろこんでいただろう。そしてそのすべてがそろいもそろって、大よろこびしているおろか者だった。

「知らせを送りたかったのだが」とわたしは言った。わたしには、よろこびはまったくなかった。「しかしあなたはわたしの知らせを不要としていた。あなたは知っているべきだったのに」

「何を知るべきだったのか」

「来ないことだ。エルサレムに来ないこと」

　サウロはまじめになって言った。「その知らせはうけとっている、ヤコブよ。シモン・ペトロから」

「それでもあなたは来たのか。どうして災難をまねくようなことをするのか」

「約束したからだ。災難にあうのは覚悟のうえだ」

「サウロよ。あなたはわたしたちみんなに、災難をひきよせているのだ。ここでは、あなたのすることすべてが、エルサレムの信者すべてに影響をおよぼさずにはおかない。われわれはつねに疑われているのだから。このわたしたちが。イエスの名をよぶすべての者が――そして熱心党員はだれかれの区別をしない。とくに、何であれローマのものが彼らの鼻についてしまう今は。ユダヤ人の指導者たちも、特定の一団を自分たちの権力をくつがえすもの、脅威とみなせば、同じように見境ない」

　わたしはだまった。息をついた。そして待っていた。

　しかしパウロはすぐに反論するようなことはなかった。耳をひっぱり、首をすくめ、子どものようにほほえんだ。ほほえんだのだ。

「教会がこの金をどのようにうけとればいいと思っているのか」わたしはきびしくたずねた。

「さあ、わからない」

　彼のほほえみのなかにいたずらっぽいものがみえて、わたしは首のうしろに熱がのぼってくるのを感じた。

「わたしたちはここで包囲攻撃されているのだ、サウロ」わたしはきびしさを深めながら言った——しかしそれは彼にむけるのと同じように、自分にもむけて言っていた。わたしは自制をうしないつつあったからだ。どんなときも自制をうしなうことはないのに。「ユダヤにいる者はだれでもおそろしい包囲攻撃にあっている。ユダヤ人は異邦人であるローマによって。教会は、異邦人的なわたしたちの傾向を憎むユダヤ人によって。彼らは裏切り行為を予期している。そして熱心党員は彼らと共同の闘いができると思っている。つまり、刺客《しかく》はわたしたちを秘密のうちに殺し、大祭司はそれをおおやけの犠牲にしようとしているのだ。〔神のほかに主なし。神のほかに主なし〕と、怒れる男たちはエルサレムの通りでさけんでいる。〔神のほかに主なし〕と。それなのにこれは」とわたしは言い、パウロの衣をもちあげて、一枚の金貨をはぎとった。「この横顔をみなさい。この肖像を。ここに刻印されているいつわりの神、これは……ネロだ」

　わたしは声をあげ、サウロの笑顔の鼻先に金貨をつきつけた。「サウロ、サウロよ、あなたは千の偶像をエルサレムへもちこみ、万の偶像をわたしの部屋にいれたのだ。サウロよ、あなたは」わたしはその金を床に投げつけながら言った。「ほかのだれよりもあなたには——教会の異邦人的な傾向にたいして責任があるのだ。ユダヤ人が祭りのたびごとにやってくるのを知らないのか。会堂を荒らし、ユダヤ人を異邦人に変え、わたしたちのあいだの境界をあいまいにしているあなたを、天のもとにあるあらゆる国々のユダヤ人が呪っているのだ。行きなさい」

　わたしは窓のほうをむいた。自分の感情が声にあらわれないように努力した。わたしは公平な立場の者として話したが、言葉は歯のあいだでひきのばされ、うわずっていた。「みんなその金貨のしたたる服を着て、わたしのまえから去っていくのだ」

　わたしは自制をうしなわない。わたしは思慮深く自制することを訓練してきたのだから。それは指導者にもとめられる態度だった。わたしはつねに不快な熱情を、まじめで丁重な言葉でおおう。しかしその日は、自制以上のものをうしなってしまった。正義のヤコブは自分をすて、自分らしさをすてててしまったのだ。

どうしてそのようなことになったのか。

なにしろ、五旬祭がせまっていた。町の人口は四、五倍にふくれあがっていた。離散先からのユダヤ人、さまざまな言語を話す多くの国々からの巡礼者によって、ひどく不安定な状態になっていた。人びとの流入が、おそれ、脅威、革命的な熱狂を、すべて増大させていた。

フェリクスの軍隊は懸念していた。そして、聖霊降臨の五旬祭を祝う、ユダヤ人のキリスト信者たちも到着していた。彼らはこの町での宿と安全をえるために、わたしを必要としていた。彼らは信頼を——いや、自分たちの命を——わたしにあずけていた。それもそのはずで、エルサレムにはわたしのほかにだれがのこされていただろう。使徒はみな去ってしまったのだから。

主のえらばれた者たち——えらばれた者たちがえらんだ者たちも——みな去っていった。わたしだけがのこされていた。だからわたしは警戒し、終わりのない交渉にあけくれ、そのことに自分の力をほとんどつかいはたしていた。そしてこの乾いた火口《ほくち》のような場所に、サウロがしあわせな男たちの一団とぶらりとあらわれ、彼らはみなその肌にカエサルをまとっていたのだ。

そのような状況のもとで、だれが自制をうしなわないでいられるだろうか。

ヤコブは自制をうしなわないはずだった。

しかしこのヤコブは自分をうしなった。わたしは自分の知っていたヤコブをうしなったが、疲労を理由にして弁解することはできない。じつは、このごろになってわかったことだが、サウロがもどってきたその一日めにわたしが失敗を犯したことには、もっと深い理由があったのだ。

それはしあわせだった。あの男たちのよろこびだった。もっとくわしく言えばサウロの顔のほほえみだった。そこにほほえみが長くとどまるほど、わたしはそれをきらった。そのほほえみは、わたしがやきもきするほど大きくなり——ほほえみが大きくなるほどに、わたしはいきどおった。そのほほえみの誠実さを信じるほど、わたしはそれをあつかましいと思い、そのような矛盾におちいったために、自制をうしなったのだ。

だからわたしは言葉を切った。そして窓のほうをむき、押し殺した声を出したのだ——「わたしのまえから去るのだ」と、そのような声を出してつばをとばした自分にさえ腹をたてながら。

それから男たちが墓のように重い衣をつけるどたばたする音や、布の音がした。

ああ、彼らはぞっとするようなにおいを発していた。はだしの足たちが去っていった。ふたたびわたしの部屋にはしずけさがもどった。

わたしは声を出して祈りはじめた。はげしい感情とともに、おのずとエレミヤの祈りを口にしていたのは、わたしがあの預言者の悲しみを苦しんでいたからだ。

「主よ、あなたはご存じのはずです。わたしを思い起こし、わたしをかえりみてください」

わたしはつぶやきながら、神にむかってとなえる言葉に心を燃やしていた。「わたしは笑いたわむれる者とともにすわることも、楽しむこともありませんでした。御手にとらえられ、ひとりですわっていました。なぜわたしの痛みはやむことがないのでしょう。なぜわたしの傷は重くていやされないのでしょうか。あなたはわたしをみすて、あてにならない川の流れのようになられるのですか」

するとおが、わたしの小さな部屋で、わたしに話しかけられた。

イエスは言われた。「あなたが帰ろうとするなら、わたしのもとに帰らせ、わたしのまえに立たせよう」すきとおって、なめらかな声で主は言われた。「もしあなたが軽率な言葉を吐かず、熟慮して語るなら、わたしはあなたを、わたしの口にする」

ふりかえったとき、わたしの小さな部屋のまんなかにまだサウロがいた。わたしをみつめている彼をみたときでさえ、そして声の響きはサウロのものだったとわかったときでさえ、祈りに応えてくださったのが主であることをわたしは疑わなかった。

サウロはあわれみにみたされ、やさしくほほえんでいて、それも、わたしは主のほほえみだと思った。さらに、そちらをむいて彼をみると、サウロは言った（主ではなく、これはサウロが言った）。「ヤコブよ、異邦人のよごれをとるにはどうしたらいいのか」と。

89

「ヤコブよ、きこえているのか」サウロは言った。

きこえていた。しかし何も言えなかった。

〔もしあなたが熟慮して語るなら――〕

サウロは言った。「わたしたちの献金から異邦人のけがれをとるには、どうしたらいいのか」

わたしは答えなかった。

彼はまた言った。「貧しい者たちが自由にうけとれるようにするには、この金をどうやってエルサレムの聖なる者たちにうけいれられるようにすればいいのか」

わたしは彼をみつめつづけた。答えはあった。だから答えを出そうとして、だまっていたわけではなかった。わたしがしていたこと……つまり、じっとだまったまま、目を細めてこの小さな男をみつめつづけていたこと……それは、主へのおそれからであった。

〔もしあなたが軽率なことを吐かず、熟慮して語るなら――〕

なにしろ、わたしの心は信じられない思いでうつろになっていた。神とサウロがいっしょになってわたしを悩ませているような気がした。彼にたいする疑惑を一瞬にして帳消しにすることが、どうしてわたしにもとめられるのか――荒々しい情熱で教会を分裂させたこの男を、一片の証拠もなしに信じることが。じつを言うと、わたしのまなざしはつかいなれた、冷徹で実利的な道具であった。わたしはサウロに皮肉なものがひそんでいないかどうかを、さぐっていたのだ。

わたしは自分のより深い胸のうちを話すことをおそれていた。というより、そのときはどのようなことでも、話すのをおそれていた。主がわたしたちのあいだに介在されたばかりだったからだ。神聖さは、まだ空気を焦《こ》がしていた。

サウロはほほえみながら、大きな頭を片方へかたむけた。いったいわたしが熟慮して語らなかったらどうなるのか。ほんとうのほほえみなのか。それとも、たぶらかそうとするほほえみか。

彼は言った。「ヤコブよ、あなたは顔をほてらせている。水をもってこようか」

それがきっかけとなって、わたしから言葉が出た。「異邦人のけがれをとりのぞくには」わたしは裁判官のような正確さで言った。「律法に奉仕することに金をつかうのだ」もちろんそれは彼をこころみるためだった。サウロのかすかな表情もみのがさないように、わたしは目を細めた。

しかしそのときも、またつね日ごろから、彼にはかすかとよべるような表情はなかった。

「わかった。あなたがもとめるとおりにしよう。どうするかだけ言ってほしい」彼はそう言って、笑顔をみせた。

　つまり、彼は唇をなめてからその端をひきあげ、ぼろぼろになった歯並びをのぞかせたのだ――そのしぐさによって、わたしは自制をうしなった。

「サウロよ、あなたはうそをついているのだろう」とわたしは言った。

　そして言ったとたんに、その非難の言葉を悔いた。そのことでわたしの顔はほてり、こわばった。

　しかしサウロはわたしの言葉を、考慮にあたいすることのようにうけとめ、ゆっくりと言った。「いいや、ヤコブ。わたしはほんとうのことを話している」

「それならきっと、わたしのことを理解していないのだ」わたしは言った。「わたしの言葉をよく理解していない」

　わたしは体をかたくして、床からパウロの衣を拾いあげた。それをひらいて裏地と金貨をみせた。わたしは公平な裁判官のような口ぶりで話すようにつとめたが、声はうわずるばかりだった。「わたしはこの金を、律法の見地からきよめるように言っているのだ、サウロ。この金貨と、そこに刻印されている邪悪なものをきよめるために、それを神殿のためにつかうのだ。レビ族の仕事のためにつかうのだ」

「わかった」

「サウロ、わたしは律法にしたがえと言っているのだ。あなた自身が。あなたの代わりのだれかがおこなうのではなく」

「ああ。わかっている」

「そうするのか」

「そうする」

「きいてほしい、サウロ」わたしは衣をかたわらに投げながら、なおも言いつづけた。「よくきくのだ。わたしはあなたのユダ・バルサバになっているのだ。わたしがたのんでいるのは、彼がたのんでいるのと同じことだ」

「わかっているヤコブ。同意する――そしてあなたのみごとな話術に感心する」

　わたしはのどをつまらせた。

「あなたは何を言っているのか。これはどのような侮辱なのか」わたしは声をあげた。自分を抑えることができるようにと、わたしの心は主に懇願しつづけていた。やさしい言葉とほほえみで、サウロがわたしの感情を鞭打っていることをおそれていた。なんと慎重で、狡猾《こうかつ》で、巧妙なギリシア人なのか。

　しかし主はわたしに抑制をあたえてくださらなかった。

サウロは言った。「これは侮辱などではない。心から言っているのだ」

そしてわたしはついにどなってしまった。「しかしあなたは律法を憎んでいるではないか」

「いや、憎んでいない」彼は言った。

「ああ、サウロ。わたしはあなたが書いていることを知っているのだ。あなたが言っていることを知っている。『律法の呪い』と、あなたは書いた。わたしはみたのだ。『律法の呪い』とあるのを。そしていったい何をしようというのか。こんどはトーラーをあざけるのか――いったいそれを憎むというのか、愛するというのか。神の聖なる意志を、わたしを怒らせるために利用するなどと――あなたはそれほど高慢になれるのか」

「いや」とサウロは言った。もうほほえんでいなかった。もし彼が誠実さをよそおっているなら、それは完璧《かんぺき》につくろわれたみごとなみせかけで、そのことのために彼の魂は地獄の火に投げこまれるだろう――もしそれが真実ではなくみせかけなら。

「ちがう」とサウロは言った。「わたしは聖書をあざけってなどいない、ヤコブよ――あなたのことも、わたしが父とよんでいる神のことも。わたしは律法を聖なるものと信じている」

わたしは口をとじた。すばやく、無性に、まばたきをくり返していた。ひざをつき、それから両手をついて、わたしがさきほど床に投げつけた金貨を拾った。サウロの衣を自分のほうへひきよせ、裏地につくられたポケットへ金貨をすべりこませ、衣をきちんとたたみ、立ち上がると、それを石のベンチにまっすぐにして置いた。

サウロはわたしをみていた。わたしがそれを終えると、彼は言った。「ヤコブ、わたしは心の奥底から、神の律法をよろこびとしている」

わたしはあごの筋肉をひきつらせ、歯をかたくかみあわせ、目を真っ赤にしながら自分の小さな部屋を出ると、扉をしめた。階段をのぼって屋上にある部屋へ行き、そこでふたたびひざをつき、声をひそめて祈りはじめた。

「もしこれがわたしへの試練、わたしが耐えなければならない試練でしたら、主よ、どうかわたしに十分な力をおあたえください。そしてもしわたしに最後まで耐えることができましたら、わたしに命の冠をおあたえください」

わたしは祈った。「知恵による忍耐をおあたえください」

また祈った。「きよく、おだやかで、やさしく、めぐみとよき果実にあふれることができますように、天からの知恵をおあたえください」

あごからひざまで体をまっすぐにたもち、両手をのばし、わたしはその場所で一時間以上にわたって祈っていた。

わたしはエリヤのことと、彼が熱心に祈ったときにはっきりした効果があったことを思い出した。彼が干ばつがあるように祈れば、干ばつになり、雨が降るように祈れば、雨が降ったのだから。

エリヤは正義の人だった。

わたしの祈りも、正義の人の祈りとしてうけいれてくださるようにと、わたしは主に懇願した。

なぜなら、わたしはサウロを愛しているからだ。

ああ、聖なる神よ。わたしは彼のやり方がきらいです。彼の未熟さをさげすみ、あの横柄さにいきどおります。サウロの短刀《シーカ》のような、有害で刺すような舌よりは、シモンのこけおどしのほうがはるかにましです。サウロはわたしを混乱させます。わたしを激怒させます。わたしの困難な生き方に主があたえてくださるわずかななぐさめを、彼はこわすのです。

その日のわたしは、死ぬほど疲れていた。その日、サウロはわたしに、神のまえに軽率な言葉を語らせた。彼はわたしに罪まで犯させたのだ。

それでもわたしは彼を愛していた。二十三年まえ、真珠のように完璧な平和のなかで主の晩餐をともにしたときから、わたしはサウロを愛していた。

そして今、わたしは愛のために弱りきっていた。

わたしは祈った。「主よ、わたしはみもとへ帰ります。主よ、わたしをもどらせてください」

また祈った。「どうか主よ、わたしをあわれんでくださ い。わたしをあなたのまえに立たせてください。わたしをまた、あなたの口にしてください」

力がぬけた。ひざまずき、まっすぐにしてこわばらせていた体は、背骨からくずれていった。わたしは体をまげ、ひたいを床につけた。

そして祈った。「サウロはあのように話しました。ですから、これからは彼の舌が舵《かじ》となり、上であれ下であれ、天使の領域であれ悪魔の領域であれ、その航路へすすんでいくのです。ああ、主イエス・キリストよ、彼の言葉の真実が、それにつづくおこないによって証明されますように。その仕事は確実につづいていかなければならないのですから。それがなければ、彼の信仰は死んだも同然なのです」

祈りを終えて立ち上がったときには、自分がサウロに何をもとめるかがわかっていた。彼にもとめるむずかしい仕事が、詳細にわかっていた。

わからなかったのは、下のわたしの小部屋で、彼がまだ待っているかどうかだった。もし彼がいれば、わたしは彼の誠実さをみとめる。わたしがこれから彼のまえにすえる律法に、彼がしたがうことを信じる。

扉はとざされていた。

掛け金を上げ、扉をひらくと、サウロは部屋のまんなかに立っていた。腰布のほかは裸で、その体は傷や打たれた跡で裂けたりこぶになったりしていた。首はまがり、頭は大きく、顔のまんなかにはやさしいほほえみをうかべていた。

「ああ兄弟よ、待っていたのか」わたしは言った。

「わたしが律法をよろこびとしていることについて、あなたに説明しよう」サウロのところへもどると、彼は言った。「それを、あなたにきかせなければならない。あなたの心と魂のために」

わたしがいないあいだに練習していたように、彼はあらたまった調子で言った。謙虚に、しずかに話した。わたしたちはすわっていなかった。立ってむきあっていた。

「わたしは自分の弱さを知っている」彼は言った。「自分のなかには、つまりわたしの肉のなかには、善が住んでいないことを、わたしは学んだのだ。わたしは正しいことを意図することはできるが、自発的に正しいことをすることはできないことを学んだ。これはみじめな、そして貴重な真実だ。ではいったい自分についての、自分のなかにある、自分ではけっしてうけいれられないことを、わたしはどのようにして学んだのか。それこそが、律法が教えてくれたことなのだ。

律法がなければ、わたしはけっして罪について知ることはなかった。ヤコブよ、わたしが心から律法をよろこびにしていると、あなたに言ったことは真実だ。しかしわたしの五体のなかではもう一つの法則が、心にある神の律法と戦っている。一人では、肉の、わたしの五体のなかにある罪の法則のとりこになるだけなのだ」

サウロはきわめてしずかに、苦痛をともなうと思われる言葉を語った——しかし彼に苦痛はみられなかった。ただ満足だけがあった。「わたしはとるに足りない男だ」彼はぬれた唇をひらいて言った。「この死ぬ運命にある体から、だれがわたしを解放してくれるのか。ああ、ヤコブよ、われらの主イエス・キリストをとおしてわたしは神に感謝する。わたしはキリスト・イエスにむすばれているのだから、もはやとらわれの身ではないし、罪に定められてもいない。律法全体の要求をみたすために、神はキリストを送られた。律法は邪悪なものなどではない。神聖で、正しく、よいものだ。それだけではなく、それはわたしのなかで完成さえされているのだ。なぜなら、わが主キリスト・イエスにむすばれた命の霊によって、わたしは歩んでいるのだから。ヤコブ」と、サウロはささやくように言った。「わたしをみてくれ。まだわたしのことを怒っているのか」

　そしてつぎのことがサウロにもとめられた掟《おきて》である。それはわたしではなく、法を定め、裁かれるかたによるものだ。

　つまり、サウロは異邦人によってあつめられたローマの貨幣を、神殿の柱廊でユダヤの貨幣に替えるのだ。

　また、金の多くを、ナジル人の誓願を終えようとしている四人のユダヤ人信徒のためにつかい、その金は神殿の資金にいれられることになる。彼らは長いあいだ誓いをまもっていた者たちで、その終了の儀式にかかる費用は彼らには払えないほど高額のものになっていた。それぞれが、雄羊一頭、雌羊一頭、子羊一頭という三つの犠牲《いけにえ》と、穀物と飲み物のささげものをしなければならなかった。その費用を負担することによって、サウロは自分の敬虔《けいけん》さをしめし、また献金を律法に奉仕することにつかうことによって、きよめることにもなるのだ。

　しかしサウロが神聖な土地で正当につとめを果たすことができるように——そして彼の律法についての教えを非難する者たちをだまらせるために——ナジル人の誓願の終了式にかかわるまえに、彼に一つだけ個人的な仕事をさせる。

　つまり、自分自身をきよめさせるのだ。

　そのためにレビ人のきよめの儀式を、彼にうけさせる。

神殿で。

人びとのまえで。

彼をエルサレムに七日間とどまらせ（危険なことではあっても）、一日め、三日め、七日めに神殿の祭司のもとへのぼらせ、二度にわたって贖罪《しょくざい》の水をかけてもらうのだ。

　わたしはサウロに言った。「あなたはこのよきつとめを果たすのか。このような掟をまもるのか。わたしのなかの主の言葉にしたがうのか」

「律法のもとにいる者にたいしては、わたしは律法のもとにいる者となる。兄弟ヤコブよ、わたしをみてほしい」

　わたしはみた。杖のようにまがった細い体、小さな目、よろこびにみちた目、鳥のくちばしのような鼻——そして朝まだき、子どもがみる夢のようにうるわしいほほえみ。まったく異質なものが混在した不思議な男。

　わたしがみているあいだにサウロはすすみでて、目くばせをすると両腕をつきだし、わたしのまえで手首を交差させ、まるでわたしがひもをもっていて、その手首を縛るかのようなしぐさをしてみせた。「福音のために」と彼は言い、その声は友情にあふれていた。「わたしは自分をあなたの奴隷にしたのだ。そして、あらゆる者の。ヤコブ、わたしはキリストの律法のもとにいるのだ。もちろんだとも、もちろん、わたしはこのよきつとめを果たす」

　こうして、わたしのつかのまのすばらしいよろこびがはじまった。わたしは、教会の平和をねがって、自分を苦しめるようなことをしたのだ。心のなかで、けがれないよろこびの、危険な甘さを味わうことをゆるしたのだ。みよ、わたしはふたたび主の口になっていた。自分の内がみたされたことに、わたしは泣いた。

　わたしは言った。「いや、サウロ、そんなことはない。どうしてわたしがあなたに腹をたてるだろう」

90

――――一日め

翌日、朝の犠牲がささげられるすこしまえ、わたしはナジル人の誓願をおこなった者たち四人をあつめ、彼らといっしょに長い階段と、シオンからの舗装道路をくだって下の町へ行った。明け方のそのように早い時間から、商売と、ものをつくるにおいがただよってきて、そのにおいが貧しい者たちの戸口にたちこめていた。

わたしたちは、サウロが泊まっているキプロス島出身のムナソンの家へ行った。わたしたちが到着すると、サウロは洗ったばかりの上着を着て出てきた。彼とテモテとルカと、ほかの者たちはみな体をきよめたばかりで、わたしたちに口づけをしてあいさつした。わたしはこのテモテというギリシア人の髪について、話しただろうか。長くてやわらかく、みごとな金髪をしている。それを洗った今は、まるで金色の日の出があらわれたようにみえた。

わたしたち八人は、段のついた道を神殿へむかってのぼりはじめた。それはサウロのしたがう七日間の儀式の一日めだった。犠牲がささげられ、祈りが終わって、祭司たちが人びとに奉仕できる時間になったら、サウロは祭司の一人に自分がおこなうきよめの式の手配をしてもらう。それから四人のナジル人といっしょに、誓願の完了の日をつげる。そして二羽のハト、ふた升《ます》分の穀物といった、いくつか持参した当座の贈り物をささげ、彼らのささげものの費用をすすんで支払うと祭司たちに確約する。

おだやかな朝だった。オリーブの木には花が咲いていた。丘陵地帯の大麦は豊作だった。穀物の袋が商店の壁ぎわにならべられていた。巡礼者たちの食料が不足することはない。そしてサウロは自分のささげものにする穀物に、二倍の代金を支払った。

その日のわたしの判断は、雲がかかったようなものだったのだろう。教会内部の不和がほんとうにいやされるという希望にうかされたわたしは、ユダ・バルサバをさがし、いっしょに神殿へ行こうとまねいていたのだから。しかし彼はそれをこばんだ。わたしは知っているべきだった。彼にはサウロへの信頼も愛も、まったくなかったことを。彼の名をきくと、バルサバは青ざめた。

バルサバは、わたしの海のように大きく祝福された平和を、乱したのだ。まるで彼からはらわたにイバラをさしこまれたようだった。こうしてよろこびのただなかで、小さなおそれが成長しはじめた。〔もし――。もし――〕

わたしたちは南西の角にある神殿の丘に近づいていった。

七十年まえ、ヘロデ大王がその谷を埋め立て、壁を建てて神殿の境内をひろげた結果、その壁は目もくらむばかりの高さになっていた。地面に立って、祭司が祭りの笛を吹く尖塔《せんとう》をみあげると、山の断崖をみているようだった。下からそこまで階段がつづいていた。踊り場になっているところは、のぼっていく人びとにとって休憩所になったが、西の門や神殿の外庭へむかって高度が増すにつれ、階段や人びとをささえるには、しだいに大きなアーチが必要となっていく。最後のアーチにいたっては、貧者の家七つ分もの高さがある。

わたしたちは若者たちを先頭にして一団となってのぼっていた。サウロがいちばん最後になったが、わたしは彼につきそっていた。彼は意欲に燃えていた。彼の目に宿るものはかがやき、力にあふれていた。しかしその体、背中や脚は、たよりないものだった。休むとき、彼はふるえていた。

なかほどまで来ると、彼は首をまげて頭上の柱と、柱頭の葉飾りをみあげた。彼をみると、ひたいに脂っぽい汗をうかべていた。

「この登りはあなたにはきつすぎるだろうか」とわたしはたずねた。「その穀物をわたしがはこぼうか」

「いいや。わたしはこれより高い岩山をのぼってきたのだ」

「しかしあなたはひどく汗をかいている」

「登りのためではない。暑さのためでもない」やせた顔をほころばせ、彼は上をながめた。

彼が以前に神殿にのぼったのは、いつのことだったろう。ステファノと論争したとき以来だ。ということは二十五年まえになる――そしてここにある柱、庭、建物と柱廊、そして神殿全体は、世界じゅうでもっとも美しい大建造物だ。

「それでは」とわたしは両腕をひろげて、神殿の丘のすべての施設をしめして言った。「主へのおそれと主の栄光が、人に汗をかかせるのだ」なにしろ、陽にはえる神殿の金色のかがやきだけでも、それをみる巡礼たちの目をくらませるのだから。

しかしサウロは小さな、魅入られたような目をわたしにむけ、あのけたたましいばか笑いをした。

「いや、ヤコブ、主へのおそれではない」彼はわたしの手をとりながら言った。「高さがこわいだけなのだ」

――三日め

サウロが最初のきよめをうけるため、二度めに神殿の丘をのぼるときは、わたしたち二人だけだった――彼の頭に贖罪《しょくざい》の水をかける祭司のまえで、彼が頭をたれるときまでは、そう思っていた。

巡礼の人びとは町のあらゆる通りや地域にあふれていた。彼らは世界のあらゆる国々からやってきたユダヤ人、神を礼拝する敬虔な者たちだった。彼らの話すさまざまな言語が、つねにつぶやきのような音をつくりだし、東洋のものも西洋のものもいりまじって、異国風にきこえた。そのような多くの人びとのぴりぴりするようなひしめきによって、わたしのはらわたは、あのイバラのとげのまわりで緊張した。〔エルサレムよ、もしだれかがおまえのなかで火花を打ちだしたら、おまえはどうするだろうか〕

不安を隠すようにわたしはほほえみ、神殿の庭まで、内部をとおる南側の階段をのぼることを提案した。そしてこれは、わたしのサウロへの愛情の広さをしめす証拠だ。このわたし、ヤコブが冗談を言ったのだから。

「この階段はまわりをかこまれているから、下がみえない」とわたしは言った。「階段から落ちることもない」

しかしサウロはきっと苦しみをもとめていたのだ。一日めと同じように、三日めもわたしたちは一万歩の階段をのぼってまばゆい神の神殿へむかったのだから。

のぼりながらサウロは犠牲のにおいについて話した。動物のにおい、羊の毛、ヤギの悪臭、さわがしい鳥の檻《おり》、糞《ふん》でぬるぬるした舗装道路のことを。彼はそのにおいを異国でよくかいだという。

濃い血のながれる甘いにおい、ハエがむらがり血で光る異教の祭壇、たえまなくささげられる犠牲の血が、神殿の歩道に掘られた溝からながされること、そして東へむかって管をつたい、下のキドロン谷へながれていくことを、彼は話した。そして今は乾期だと言った。血と糞を洗いながす雨は、あと五カ月は降らない――贖罪の日《ヨーム・キップール》のあとまで。仮庵祭《スコート》のあとまで、と彼は言った。

階段が終わりに近づくころには、サウロは煙のことを話していた。雲のような煙のこと、そして焼きつくすささげものの祭壇で音たててあぶられる肉のことを。炭と木炭のこと、犠牲の煙がもくもくとのぼっていき、神の鼻までとどくことを。

「おそろしい」と言って、彼は立ち止まった。

わたしは彼をみた。

彼はほほえんでいなかった。

「サウロ、おそろしい?」わたしは彼と同じ段に立つために、三段おりた。「高さのことか」わたしは言った。

彼は長い指をあごにあてて、首をふった。

「では何が?」

「異教徒は雄羊を焼く。子羊、雄牛……ユダヤ人がささげものをするように、彼らの動物を。彼らも同じ煙を上に送る――そして危険なのは、彼らがそれを悪魔に送っていることだ。わたしは異教徒の岩山にのぼった。てっぺんまで。風の吹きすさぶおそろしい頂上に立つと、もうそれより高いものは何もなかった。そしておそろしいことに、わたしはそこで主イエス・キリストに会ったのだ。

　しかしこの、イサクとアブラハムの山、モリヤには」サウロはまた階段をのぼりはじめながら言った。「このユダヤ人の丘には、もっと深刻な危険があるのだ。ヤコブよ、もしこの丘のいただきで、つまり、犠牲の火と裁きの座とのあいだで、もしその煙のかおりそのものとして、わが主キリスト・イエスにふたたび会わないなら……」

　サウロはだまった。

　わたしたちは門のところに来ていた。目のまえは王の回廊だった。そこは巡礼で混みあい、彼らは両替し、ささげものを買い、祈り、話していた。

「……もしキリストにここで会わなければ」サウロはささやくように言った。「わたしは永遠に朽《く》ちていく。するとわたしは、そのためにみずからが苦しんでいる王国にふさわしくない、だれよりもあわれむべき者となるのだ。これは悪魔よりおそろしい危険だ。一つ一つの犠牲のなかに、わたしたちを愛し、わたしたちのために命を捨ててくださったキリストという、かぐわしいささげもの、神への犠牲をみることができない死すべき者は――永遠の破滅の罰をうけるからだ。それは主のもとから、そして主の力の栄光から除外されることなのだ。ヤコブ、そのことだ。それがおそろしいのだ」

　このとおり、サウロとの関係では、どれほど速くものごとが変化するか、わかってもらえただろうか。彼はわたしに教えているのだ。わたしは彼を抑え、彼に指示し、さとし、指導してきた者だ。彼がしたがおうとしたがうまいと、それがエルサレムにおけるわたしの役目であり、義務だから。しかしどうだろう。わたしがその変化に気づかないうちに、またはっきりと許可したわけでもないのに、この男はわたしに教えているのだ。背教者サウロがわたしのラビになっていた。わたしの説教者。わたしの長老に。それなのにわたしは抵抗していなかった。

　とつぜん彼はわたしのほうをむき、盗賊のショバルのようににやりとしていた。「しかし、ありがたいことに」と彼はわたしの背中をたたきながら声をあげた。「ありがたいことに、神はわれらの主イエス・キリストをとおして、わたしたちに勝利をあたえてくださるのだ。暗い顔をしたヤコブよ、口をあけるのだ。笑ってよろこぶのだ、愛する兄弟ヤコブよ。これは冗談のための冗談だ」彼はそう言うとわたしのまえをせわしげにすすんでゆき、高い通路をぬけて柱廊へ入り、両腕をばたつかせ、ニワトリなみの分別をもって巡礼者のなかでまくしたてているのだ。

いったいこれは何なのか。ここはどんな劇場だというのか。一瞬わたしは困惑して立ちつくし、自分は何らかの侮辱をうけたのだろうかと考えた。しかし彼の目には愛があった――〔愛する兄弟ヤコブよ〕――その彼の愛は叔父のそれのように感じられた。彼がわたしと対等ではなく、わたしの叔父であるかのような。

それでもサウロにはわたしの緊張はほぐせなかった。つぎにわたしが彼をみつけたとき――人目につかない奥まった場所ではなく、大胆にもニカノル門と焼きつくすささげものの祭壇のあいだ、異邦人が入っていけば殺されるイスラエルの庭に立っていた。サウロはすでに、わたしたちが二日まえに会った祭司のまえで、頭をたれていた。

祭司は赤ら顔のずんぐりした男で、人を裁くようなところはまるでなかった。片手に水盤をもっていた。もう一方の手でそこから水をすくい、サウロの大きな頭にふりかけた。

しかしその儀礼のとちゅうで声がした――わたしたちみんなにそれはきこえた――動物がみずからの血でのどをつまらせているような、奇妙な叫び声だった。祭司は目をあげた。わたしはふりかえった。サウロだけがじっとしたまま、忠実に頭をたれていた。

ユダ・バルサバの顔にうかんだ怒りを、そして今ではみがいた象牙《ぞうげ》より白くなったその顔色を、サウロだけがみていなかった。

それでもサウロには、彼がしわがれ声で言うことがきこえていただろう。

「ヤコブ、あなたがこのようなことをゆるしたとは信じられない。わたしは信じない。わたしはこの男が聖なる場所でどのように冒瀆するのかをみるために、みずからやってきたのだ。ヤコブよ、恥を知れ。そしてサウロよ。もしふたたびこのような罪を犯すなら、あなたの命は保証できない」

「ユダよ、きよめ自体は浄化のためのものであって、罪ではない」わたしは言った。「あなたはそのことをだれよりも知っている」

するとユダ・バルサバは泣くような声で言った。「この男の心は割礼をうけていない。割礼をうけていない心を、どのようにきよめるのか」

わたしはとまどっている祭司のほうをむいて低い声で言った。「どうか、終わらせてください。いそいで、終わらせてください」

人びとがあつまってきた。興味をもって。おどおどしながら。

サウロは石のようにじっとしていた。

そしてわたしは……わたしのかがやく瞬間は冷めていった。

――――七日め

サウロがあたらしくレビ族の掟にしたがうこととひきかえに、みずからの体を張って彼をまもってやろうという教会の長老を、わたしはなるべく多くあつめようと計画した。夜明けの光が射すまえに、ムナソンの家に十人から十二人ほどつれてゆき、サウロをわたしたちのまんなかにいれて人垣のようなものをつくり、彼が町をはなれるまえにあと一度だけひそかに神殿へのぼれるようにしたかった。

彼がエルサレムでどれだけの時をすごしたかはわかっていた。もし彼の使命が異邦人の献金をわたすことだけだったら、彼は二日のあいだに行き帰りできただろう。このことがわたしには、おそろしいほど気にかかるようになっていた。しかしすでに七日がたっていた。彼の名は、ユダヤ人信徒の口から口へととびかっていた。熱心党員が何をきいたか、だれにわかったろう。あるいは巡礼が何をきいたか。

しかしサウロの顔は、この二十三年間エルサレムではみられていなかった。七年まえには、いくらかの信者が彼の顔をみたとはいえ、もっぱら指導者ばかりだったし、そのときの彼は健康で活力にあふれていた。しかし今度あらわれたときは、わたしでさえしばらくわからなかったほど年を取り、げっそりした容貌《ようぼう》になっていた。それはわずかではあるが有利な点で、エルサレムの通りで彼の名は有名でも、その名をもつ者の顔と姿は知られていなかった。

しかしあと一日あった。あと一日。サウロのきよめが完了すれば、彼のもってきた異邦人の献金はうけいれられ、ナジル人のささげる犠牲と頭を剃る代金を払って、彼らの誓願を終わらせるために役立てることができるのだ。またすっかりきよめられた献金の残りは、エルサレムの貧しい聖なる者たちに用立てることができる。そして終わる。サウロは去っていく。兄弟よ、あなたもあなたの福音もどうか無事であるように。そして行くのだ。

わたしの立てた計画は、落ちついた物腰の者たちで彼をとりかこみ、ムナソンの家から神殿への公道を行って帰ってくるというものだった。

しかし長老やナジル人やわたしが、そろって下の町にあるムナソンの家に行くと、困惑した表情のムナソンが一人で出てきた。

「これは、これは」と彼は申し訳なさそうに両手をねじりながら言った。「サウロとテモテはまだ暗いうちに出かけました。三十分ほどまえに。何か問題があるのですか? あなたがたが来ることを、どうして知らせてくれなかったのですか。もう彼らは門の近くまで行っているでしょう」

わたしたちはかけだした。わたしはかけだした。おそれのために、舗装道路をかけていった。若いナジル人たちがわたしといっしょに走った。だからわたしたちは五人だった。

しかし走ることで人びとの注目をあつめてしまった。人びとは店のなかから出てきた。そして魚のように唇をとがらせ、目をみひらいた。

「走るのをやめて、歩くのだ」とわたしは命じた。心臓は猛烈な速さで打ちつけていたが、わたしたちは歩いた。

〔主イエス・キリストよ、彼をおまもりください。彼を無事におまもりください〕

長老たちはどこなのか。いったい長老たちはどうしたのか。

「サウロは小さな男だ」わたしはナジル人たちに言った。「疲れた小さな男だ。小さな男をだれがおそれるだろう。だれが彼を脅威と感じるだろうか。きっとみつからない。だいじょうぶ、きよめをうけて、わたしたちがみつけるころには無事にもどるところだろう」

空のいちばん高いところに灰色の筋が走った。日中と夜の長さがほとんど同じころだった。オリーブ山のうしろで朝霧が火のように燃え、赤い光がひろがった。しかし空気はつめたかった。

一歩一歩、一段ずつ、サウロがのぼっていった階段を、わたしたちはのぼっていった。神の神聖な山にいる敬虔な巡礼にみえるように、わたしたちは慎重にのぼっていった。

階段、トンネル、あらゆる出入口、神殿の庭へのすべての門に、ほんとうに大勢の人びとがいた。上のほうでは、何百、何千という数で殺される子羊たちが鳴いていた。巡礼たちは、ささげたあとで祭司が食べる揺祭《ようさい》のパンを手にもっていた。

はるか上にある南西の尖塔で、とつぜん祭司がラッパを吹き鳴らしはじめると、わたしの首に鳥肌がたった。

週の最初の日だった。そして五旬祭の日だった。わたしたちのまわりで五旬祭がはじまったのだ。

「もうだれも彼のことに気づかないだろう」とわたしは言った。「この人込みにまぎれていれば安全だ。男たちは祭壇のまわりをおどる。祭司とレビ人は祈禱《きとう》文をさけぶから」

ラッパは鳴りつづけた。

わたしはつばをのんだ。自分におどろいたのだ――さまざまな思いで混乱したこの男に。わたしは辛抱づよく、自分の知っているヤコブをとりもどそうとした。意志を正確にはたらかせて、わたしは自分の現在の状況を考えはじめた。

　どうしてわたしはサウロの代わりにおびえなければならないのか。かつて、聖霊が五旬祭を支配したことがあった。この五旬祭にも、よろこばしい結末を期待してもいい理由はたくさんある。サウロが最後のきよめを終え、よろこばしく律法の要求をみたし、ここから永遠に去り、自由にローマへ旅立っていくことができるような……。

　一つ気がかりだったのは、四日まえにイスラエルの庭で怒りに燃えて非難していたバルサバを、それ以来みていないことだった。

　そして、エルサレムがもっとも緊張し、その熱情が性急で残酷になるのは、もっとも神聖な祭りのときだった。

　ローマの千人隊長は暴動をおそれ、すでに町じゅうに軍団を展開していることは、この朝の光のなかでだれの目にもあきらかだった。

　目的のためにわたしの行動は速められ、門につくとすばやく柱廊をぬけ、巡礼たちのなかに入っていった。ナジル人たちが、わたしについてこれたかどうかはわからなかった——先をいそぐわたしのそばに、彼らがいることを心からねがっていたが。

　しかしどうやってサウロをさがせばいいのか。どうやって、あの疲れた説教者をみつければいいのか。

　堆肥《たいひ》とワラを踏みながら、わたしは動物と人のあいだをかきわけていった。異邦人の庭の南側をよこぎって女の庭への門にむかった。門に入ろうとしてそちらをむいたとき、太陽が背後のオリーブ山からあがり、その光は神殿に射し、東側の壁が金色の炎のように燃えて、わたしの目をくらませた。

　目の上に手をかざしながら、女の庭から神殿へとむかった。ニカノル門とイスラエルの庭に近づいたとき、南の方角で残忍な声があがった。斧《おの》がふりおろされたように、男たちは左右にたおれた。群衆は二つに分断され——その分けられた混乱のなかを、背の高い男が走っているのがみえた。彼がいわば、くさびの先端で、そのあとに二、三十人の男たちが声をあげながらつづき、巡礼たちをわきへ追いやっていた。

　長身の男はサムソンよりも長い髪をして、その濃い毛を三本のあざやかなひもで縛っていた。たくましい頬骨をした、すばらしい美男子——

　マティティアだ。

　女の庭を切りわけるようにすすんできたのは、熱心党員、サウロの妹の夫であるマティティアで、はげしい怒りに燃え、ただ一つの考えに心をうばわれていた。

ニカノル門まで来ても、彼はイスラエルの庭に入っていかなかった。しかし彼のしたがえていた一団は庭に入っていった。破城槌《はじょうつい》のように。マティティア自身はそこからはなれて、庭をかこむ壁に近づいていった。そしていきおいをつけて飛びあがった。おどろくような跳躍で、彼は壁の上まで一気にとびあがった。

そして内部の庭をしらべると腕をのばし、なかにむかって指をさした。「イスラエルの男たちよ」彼はゴリアトのような声でどなった。「イスラエルの男たち、助けてほしい。ユダヤ人と、律法と、この『偉大なる神の神殿』に反対することを、あらゆる者に、あらゆるところで教えている者がいるからだ」

祭司や巡礼より高いところに立つ、彼らの英雄がみえない者がいただろうか。その弁舌さわやかな非難が、きこえない者がいるだろうか。その言葉に反応しておそれにかられ、怒り、極端な行動に出ない暴徒があっただろうか。

マティティアの声がとどろいた。「それだけではない、彼はギリシア人を神殿へつれてくるのだ。この聖なる場所をけがしたのだ」

するとその場所全体が波のようにうねりはじめた。わたしたちは荒れ狂う嫌悪の波に押されていった。イスラエルの庭で、人びとのおそろしいかたまりができているのがみえた。それから人びとの体の重みがうねるようにわたしのほうにむかってきて、ニカノル門をぬけ、わたしのところをとおりこし、女の庭をこえて美しい門へむかっていくのがみえた。

サウロがそこにのせられていた。ふくれあがった人びとのつくるけものの背に、小さなサウロがただ一人のせられ、やせた体から衣は裂かれ、手脚はひろげられ、裸の胸は天にさらされていた。

男たちはニカノル門のところで歓声をあげると、門をとじていた。

そうだったのだ。とらえた者が避難所をもとめて神殿にかけもどるのをふせごうというのだ。そしてイスラエルの庭でサウロを殺すようなこともしたくないのだ。そのような冒瀆は、エルサレムの城壁をくずすことにもなりかねないのだから。

そしてそのことからわかってきた。彼らのねらい——それは、サウロを異邦人の庭で殺すことだった。

わたしにどんな力がのこされていただろう。わたしは群衆のなかをぬけていこうとした。女の庭を出ていく、人の姿をしたけものの背にのったサウロを追いかけようとした。

すると急に、わたしのための道がひらけた。

マティティア自身がそのすさまじい気迫で人びとを分け

ながら、わたしをとおりこして歩いていったのだ。わたしは彼のとおった道を走っていった。わたしたちはいっしょに外庭に入っていったが、彼はわたしに気づいていなかった。わたしたちが庭の北側へ入っていくと、そこにサウロがいた。そしてわたしは自分を恥じながら、自分がどれほど弱いかを知ったのだ。わたしは平静をうしなった。兄弟のためになげき、泣きはじめた。パウロが体を低くしてひざをつき、両腕で頭をかかえていたからだ。人びとはひもや帯で彼を打っていた。

〔イエス・キリストよ、あなたは今どこにおられるのか〕

するとそこへ力と規律をそなえたローマの軍隊がやってきた。百人隊長たちと歩兵、そして、そのうしろには千人隊長のクラウディウス・リシア自身がいた。

祈りに瞬時に応えてくださった神と主イエス・キリストへの感謝で、わたしはひざをついた。

こうしてサウロのむこう側には千人隊長、こちら側にはマティティアが立ち、それぞれが自分の優位を確信していた。一人は自分の権力のために、もう一人は自分の情熱のために。

クラウディウス・リシアは兵士たちに、いまだに歩道にひざをついている兄弟サウロのことをしめして言った。

「この男を逮捕しろ。二本の鎖で縛るのだ」

そしてマティティアに言った。「これはだれだ？　このような仕打ちをうけるような、どのようなことをしたのか」

マティティアはまばたきもせず、つめたいまなざしをしたまま何も言わなかった。

しかし群衆は不満の怒りにふるえ、すぐにわめき声をあげた。男たちは大声で、同時に多くの非難をあびせたので、千人隊長は何もききわけることができなかった。彼は兵士たちに合図し、サウロを神殿の丘の北西にある砦《とりで》につれていくように指示すると、背をむけてそっと去っていった。

兵士たちはサウロを立たせた。彼を歩かせようとした。彼も歩こうとしただろうが、群衆がまえの倍もの騒ぎを起こした。彼らは先に走っていき、のどもはり裂けんばかりにさけんだ。「この男を殺せ。殺せ」と。人びとが大挙して押しよせるため、砦の扉への階段にさしかかると、兵士たちはサウロを救うために彼をかつぎあげていった。

この時点でこの日は変わった。

かつて五旬祭では、聖霊は多くの声になった。だれでも自分の知っている言語をきいたので、きいた者はみな理解できた。

しかしこの五旬祭では、聖霊はただ一つの声になり、それは泣くような、かん高いヘブライ語を話す声になった。

サウロの声が、糸巻きがほどけるようにのびていった。

砦のいちばん上の踊り場で、兵士たちはサウロを立たせた。だれも戸口に入っていかなかった。その代わり全員が立ち止まり、そのあいだに千人隊長が、サウロと相談しているようにわたしには思えた。サウロが何か身ぶりをしていた。クラウディウス・リシアも身ぶりをした。サウロは早口にしゃべり、何度もうなずき、やがて千人隊長はうしろの扉のほうへしりぞいた――サウロは踊り場のへりへすすみでて、わたしたちのほうをむき、神殿の庭やそこにいるすべての巡礼たちと対面した。

彼は両手をあげて静粛をもとめた。

すると奇跡のように、群衆はほんとうにしずかになった。そしてつづいて起こったやつぎばやの出来事のために、人びとはそのままだまっていた。すなわち、柱廊の屋根にのぼろうとしていたマティティアは、まだ自分の民のまえでのぼっている最中で、サウロとちょうど同じ高さにいた。サウロはあげていた両手をマティティアのほうへさしだし、寛大に、心をひらいたあいさつを送り、「マティティアよ」とよびかけた。するとマティティアがそれに反応し、その言葉に打たれたかのようにわずかによろめいた。それはおどろくべき光景だった。その瞬間、その高みで、犠牲者は勝利者のようにふるまっていたのだから。

神殿境内はしずまりかえった。人びとは耳をすませていた。

老若男女をとわず、サウロの明るい、きわだった声がきこえない者はいなかった。

彼はよびかけた。「あの男。あなたがたの仲間。ピネハスのように信心深いマティティアです。かつてはわたしの仲間でもありました。そしてかつての彼は、わたしのことも深く愛していたのです。

わたしはユダヤ人です」サウロはさけんだ。「かつてのわたしは大方の者よりもユダヤ人らしいユダヤ人で、そのことのために彼はわたしを愛していました。わたしはガマリエルのもとで教えをうけました。律法のきびしいしきたりによって教育されました。今日ここにいる彼のように、そのころのわたしは神のために熱情をかたむけるようになったのです。そしてキリストの信徒たちを迫害した。彼らを縛り、投獄し、殺したのです――そのようなわたしを、あなたたちの仲間マティティアは深く尊敬して、わたしをしたうようになりました。わたしたちはダマスコへ行ってそこの信者をほろぼすために、いっしょに旅行したのです」

赤銅色の肌をしたマティティアはまるで鋳型《いがた》でつくられたようにみえ、全神経をサウロの口に集中させていた。

巡礼たちはひたすらマティティアに注意をむけていた。

サウロは言った。「しかしダマスコへの道で、大いなる光が天から射したのです。わたしは地面にたおれました。すると声が言うのがきこえました。『サウロ。サウロ。なぜわたしを迫害するのか』と。

わたしは言いました。『主よ、あなたはどなたでしょうか』

すると声は言いました。『わたしはあなたが迫害しているナザレのイエスだ』と。

そしてこの男、そのときはわたしの仲間だったマティティアも光をみたのです。しかし声をきくことはできなかった。

わたしは言いました。『わたしはどうすればいいのでしょうか』と。

すると主は言われました。『立ってダマスコへ行きなさい。そうすれば、そこであなたは自分がなすべきことをつげられるだろう』と。立ち上がると、わたしは目がみえなくなっていました。盲目になっていたのです。

しかしその日から、わたしのよろこびがはじまったのです。そしてよろこびがわたしから去ることはありませんでした。しかし悲しみもはじまった。なぜなら、息子のように愛するわたしの友、マティティアがわたしからはなれていったからです。はじめは、わたしの盲目が神の呪いによるものだと言って、わたしから気持ちをはなしていった。つぎは心もはなしていった。その日から彼は、変わることなくわたしを憎むようになったからです
わたしは視力をとりもどしました。しかしそのことも、わが息子の気持ちと心を変えることはなかったのです。

わたしはよろこびのうちに、イエス・キリストによってしめされた神の愛を異邦人につたえはじめました。しかしわたしの説教は、わたしにたいする息子の憎悪を増すばかりでした。

ああ、マティティアよ」サウロは詩篇を詠唱《えいしょう》するように言った。「わが子、マティティアよ」

つぎに起こったようなことは、わたしは以前にはみたことがなかったし、それからのちもみることはなかった。それは稲妻のようにひらめく聖なる力で、それに打たれた者は死ぬかとも思われた。しかしそのひらめきは愛だったのだ。愛が、あのみじめな男におそろしい侮辱をくわえさせることになったのだ。

詠唱するような調子でサウロは言った。「しかしわたしは、あなたたちの友マティティアを愛するのをやめたことはありません。けっしてない。一度も。そして人びとよ、このイスラエルの民のまえで、わたしは彼をゆるすと宣言します。

マティティアよ」サウロはうたうように言いながら、彼

のほうにまっすぐ顔をむけた。

力がぬけたかのように、英雄はふるえはじめた。サウロの顔が明るくなっていく。そして今ではかがやいている。「マティティアは今でもわたしの息子です」サウロはそう言うと両腕をひろげ、祝福するようにあげた。「わたしはあなたをゆるす。キリスト・イエスの名において、あなたの憎悪すべてをゆるす。それらはわたしたちにとってもはや何でもないものだ」

しかしマティティアは最後の言葉まで待っていなかった。彼はすでに屋根の上をかけだし、要塞の踊り場と、サウロにむかって突進していた。そのあいだにも、サウロの笑顔はますますかがやいていった。

「この男を殺せ」怒りでかすれたおそろしい声でマティティアはさけんだ。「この地上から消し去るのだ」彼は頭からひもをひきはがし、髪の毛が顔のまわりの空気を打った。ゆがんだ唇は、かんしゃくと苦痛とによごれていた。「殺せ。殺せ。死ぬべき男だ」

急に呪縛《じゅばく》が解かれたかのようだった。群衆は目ざめた。男たちはとびあがり、こぶしをふりかざしてどよめいた。自分たちの衣服をはぎとって、それをふりまわし、憎悪の声をあげた。手に土をすくいとって投げつけた。

砦の扉が、口のようにひらいた。

マティティアが踊り場にかけつけたとき、兵士たちはサウロをつかまえて、内部の暗がりへいそいでいれた。怒った熱心党員のまえで扉はとざされ、境内の騒乱にそなえてかんぬきがかけられた。

わたしは目を落とした。

どよめく群衆のなかに、わたしは二人のナジル人をみつけた。一人は天の下にみすてられて歩く子どものように、口をあけて泣いていた。もう一人は衣を腰まではだけ、恥ずべき姿でひざと腰布をさらしながら、砦にむかって土と呪いを投げつけていた。

しかしサウロはいなかった。砦の扉がしまってから、わたしはふたたびサウロに会うことはなかった。

91

これが五年まえのことだった。そして今ではわたしも獄中にいる。すべてのものごとははっきりしている。過去のことは何も隠されていないし、混乱もしていない。混乱しているのは未来だけだ。つまり教会の未来が。異邦人の信者とユダヤ人信者とのあいだの分裂が、回復するかどうかが。

わたし自身の未来は定められている。明日はわたしの処刑の日だからだ。

過去にかんしていえば、わたしは自分のまちがいをよく知っているし、すでに主の贖罪もうけている。

五年まえの五旬祭でわたしが犯したまちがいとは、敬虔な心を情熱に支配されてしまったことだった。ほんとうのことを言えば、わたしは情熱によろこびをいだきさえしたのだが、そのように破滅的な感情のたかぶりは、サウロやマティティアのような男にまかせておくべきだったのだ。

わたしのまちがいとは、愛したことだった。冷静な自己をほかの者への愛にひきわたしてしまい、そのために暴動と無法行為のなかにとらえられてしまったのだ。

わたしはすぐに深く自分を恥じるようになり、その夜のうちからわたしは自分の小さな部屋の床につっぷし、後悔の涙をながした。その夜は、一度もうごくことも、眠ることもなかった。さめた心を礼拝することにむけ、ふたたびまえのように祈り、儀式でみずからをきよめ、トーラーを読んで厳粛に省察をおこなった。主の愛は、熱情にかかわることではない。従順こそがもとめられるのだ。

そしてここに、主がわたしの悲しみをきかれ、わたしを強めてくださった証拠がある。つまり、砦にいるサウロをたずねるようにもとめられたとき、わたしは情熱を抑え、彼に会うことをみあわせたのだ。

夜ふけ、夜が明けるまえの闇のなかで、ためらいがちな声がそとからわたしの名をよんでいた。わたしは床から起き上がり、衣をととのえて扉をあけた。

若者がいた。

二枚の板をちょうつがいでつないだ、小さな二つ折り書板を手にもっていた。それをひらくと、タルソス生まれのサウロがローマ市民であることをしめす記録と、署名入りの証拠が書かれていた。

わたしはあらためて若者をみた。美しい若者だった。形のいい頬骨。彼の父、マティティアの風貌をうけついでいた。彼はサウロの妹の子、サウロの家族、サウロの甥《おい》だった。

しかし若者はおそれにふるえていた。あわれな熱情で目をぎょろつかせていた。

彼は言った。「これを使徒サウロにわたしてもらえますか。そして知らせもつたえていただけますか」

知らせとは何かと、わたしはたずねた。

おびえた青年はその夜、彼の父が四十人ほどの男たちに節制をよびかけるのをきいていたのだ。昼に鎖につながれてヘロデの宮殿へひかれていくサウロを待ち伏せし、彼を殺すまでは、何も飲み食いしないというのだ。それが知らせだった。

「しかしその知らせは、千人隊長の耳に入れるべきだ」とわたしは言った。

「でもわたしは千人隊長を知らないのです」彼は言った。

「わたしも知らない。彼の話す言葉さえ知らないのだ」わたしは言った。

しかしテモテは知っていた。

わたしはサウロの甥に、リストラのテモテの名を教え、下の町に住むキプロス人ムナソンの家の場所を教えた。わたしは彼を闇のなかに送りだし、ひざまずいて主のまえでふるえていた。

わたしの心は、砦へ行くことにかたむきかけていた。

しかし信仰がまさった。


けっきょく、ありがたくもわたしはとがめられることはなかった。サウロは日の出まえに、町からこっそり連れだされたからだ。彼はユダヤ総督マルクス・アントニウス・フェリクスの直接の監視下に置かれることになり、その総督官邸はカイサリアにあった。

彼はそこに数年のあいだとらわれていた。わたしがサウロの魂のために祈っていたことはたしかだが、彼にたいしては冷静になれるようになった。フェリクスがローマへもどされ、代わりにポルキウス・フェストゥスが総督になったときにきいた話によると、サウロが――どんな話にも、つねにこの極端でせっかちな男、サウロが登場する――ローマで皇帝ネロ本人に裁かれることをもとめたというのだ。そしてローマ市民によるそのような要求は、こばまれることはないだろう。

彼は行ったのだと思う。

しかしわたしにとってのサウロの命は、ここで終わる。仮定のなかで。

フェストゥスも今ではその職をはなれている。だからユダヤには権力の空洞ができていた。大祭司のアンナスはその空洞に自分自身が入りこんだ。彼はこの熱情の国の指導者として、自分が強力で有名であることを証明しようとしている。そのためにアンナスは、五年まえの五旬祭から不誠実という汚点がしつこくまとわりついていたわたしを逮捕した。

彼はわたしを「律法にそむいた」と非難したのだ。

わたしはそのような皮肉にも心をうごかされない。

わたしは知識にみたされているのだから。

明日、彼はわたしをユダヤ人の風習にしたがい、石打ちの刑のためにひきわたす。

わたしはおそれていない。主は血の雨のなかでわたしに会ってくださることを知っているからだ。ずっと以前に主がステファノに会われたように。そしてわたしを、主の宮に永遠に住まわせてくださることを知っているから。明日死ぬことを、わたしはおそれていない。

だがわたしはあらゆる知識でみたされている。その習慣がどのようにおこなわれるかを知っている。

わたしは縛られて、崖のふちからつき落とされる。

落ちても死ななかった場合は、わたしをうったえた本人が大きな石をもちあげて、それをわたしの胸に落とす。わたしの心臓を破裂させるように思いきり強く投げる。それでも死ななければ、ほかの人びともわたしに石を投げる——小石、岩、大石を——そしてわたしは確実に死ぬ。

ああ主イエスよ、あなたの教会をおまもりください。分裂がさらに深まっていくことが心配です。仲間のあいだの熱情をおそれています。人の憎悪がもたらす影響を、わたしはこの目でみてきたのですから。

ですから、どうぞいらしてください。

ひざまずいて祈ります、どうかいらしてください。

わたしが死ぬことなど、たがいに引き裂かれている信者たちの苦しみにくらべれば何でもありません。彼らを一つにしてください。一つのものにしてください。あなたが来られるまで一つのものにして——そしてすぐにいらしてください。

◆

ルカ

Luke

92

わたしたちがローマまで航海することが決まると、フェストゥスはパウロとほかの数人の囚人たちを皇帝直属部隊の百人隊長、ユリウスという者にひきわたした。

そこで、アジア州の沿岸の港に寄港することになっているアドラミティオン港の船に乗船し、テサロニケ出身のマケドニア人、アリスタルコをともなってわたしたちは海に出た。

翌日はシドンに入港した。

ユリウスはパウロを親切にあつかい、彼が上陸して友人の家をたずね、もてなしをうけることをゆるした。

そこからまた出航し、逆風だったため、キプロス島の陰を航海した。そしてキリキア州とパンフィリア州の沖をよこぎって、リキア州のミラへついた。百人隊長はそこで、イタリアへむかうアレクサンドリアの船をみつけ、わたしたちに乗船を命じた。

それから何日も船足ははかどらず、やっとのことでクニドスの沖までやってきた。しかし風のためにまっすぐすすめなくなったので、サルモネ岬をまわってクレタ島の陰を航行した。苦労しながら沿岸をすすんで、ラサヤの町に近い、「よい港」とよばれる場所へやってきた。

かなりの時がたち、航海はすでに危険なものになっていたので（断食日もすぎていた）、パウロは彼らに忠告した。

「この航海は危険で、多くの損害をうけることになり、それは船の荷物だけでなく、わたしたちの生命にもおよびます」

しかし百人隊長はパウロよりも、船長や船主のほうを信用した。

その港は冬をすごすのにふさわしくなかったので、大方の意見は、海に出て、できればクレタ島フェニクスの、北東と南東に面した、はるかに冬をすごしやすい港へ行くというものだった。

そこで南からのそよ風が吹くと、船長と船主はねらいどおりと考え、錨《いかり》をあげてクレタ島の岸に沿って航行した。

L・アンナエウス・セネカ

L.Annaeus Seneca

93

ローマのセネカより
コルドバの母、ヘルウィアへ
ネロの治世五年め

ごあいさつ申しあげます。

咳をしたら岩がうごくこともあります。もし時と山との機運が熟していれば、どんな男のどんな咳でも。だから咳をしても何の罪もないのです、たとえ村が埋まり、大勢の人間が押しつぶされても。しかし咳をした者はその破壊を目のあたりにすれば、自分の犯した罪に心を痛めずにはいられません。

ああ母上、わたしは咳によって世界を破滅させてしまいました。まだあからさまにはなっていませんが、わたしにはそのしるしがわかりますし、これから起こるその変化がいかに大きく悲しいものであるかをわたしは知っているのです。

車輪はまわっています。歴史家たちよ、注目するがいい！　ネロの治世五年めに、いくつかの小石は割れたが、山をささえる断崖の大石はまださささえられていたのだ。わたしは政治力をすっかりうしなっています。皇帝へのわたしの影響力はまったくなくなっています。アグリッピナは死にました（そしてなんと華ばなしく彼女は逝ったことでしょう）。

ネロは無理やり成年になりました。そしてオリュンポス山に一人ですわっています。彼は至上の自己のなかにいて、だれの言うことにも気をかけません。だれにも彼を抑制することはできないのです。だれも彼に助言しません。彼はだれのこともこわがらない。もう独立したのです。まったく自分の思うままです。ローマを犯そうとしておそいかかるときは、まるで山がくだってくるかのようです。

母上、この手紙の残りを読むためには、どうか身がまえてください。知らせはおそろしいものですが、その目的は誠実なものです。ガリオンから、あなたが死の床についておられるとききました。そればかりではなく、あなたは眠りがいつまでもつづくことをおそれて眠るのをこばんでおられるというではありませんか。子どもや孫たちのいるこの世界に、あなたが笑顔をみせ、わびるようにしながら必死でしがみついていると、彼は言います。

しかしわたしに言わせれば、今、時代はおろかで暴力的なものに変わろうとしているときで、これからは生きるにあたいするよきものはなくなり、生きていないほうがよくなるのです。

母上（ほかのだれでもない、あなただけに恥をしのんで言うのです）、はっきりした目でごらんになれば、ここにいるのが、あなたが育てた息子ではないことがおわかりになるでしょう。わたしは妥協させられているのです。ネロをとりかこむ空気が、わたしのなかの、あなたからそそがれた甘い美徳の乳をそこなってしまったのです。ですからほんとうに母上、わたしによりそうために命にしがみついているべきではありません。わたしはうつろな者になってしまったのですから。

そしてわたしが、今はさらに邪悪なものになっていく生を放棄すべきときだということも、正しいのです。


わたしの言う咳とは、このようなものです。あるうわさにかんする知らせをもたせて、わたしはアクテをネロのもとに送り、それをしずめるようにとたのんだのです。つまり、うわさをです。うわさをしずめるようにと。するとその日が終わるまえに、ネロは自分の母を海にしずめる計画を立てたのです。

もちろん、わたしが咳をするまえから、時と山の用意はととのっていました。

やさしいアクテは何年ものあいだ、ネロの愛人でした。アグリッピナはネロの正妻を自分のたくらみのために利用していました。正妻が離婚すれば自分には不利になるのですが、それでも彼女はアクテの方面からは脅威を感じたことはありませんでした。アクテもネロも結婚する意思はもちあわせていませんでした。しかし今年のはじめ、あたらしい愛人が皇帝の心と頭とをうばい、それこそがほんとうの脅威になったのです。この愛人は、アグリッピナをうわまわる、計画的な野心の持ち主だったからです。

ポッパエア・サビナはローマでもっとも洗練された、知的で豪華で美しい女です。といっても、それは大げさな表現でも何でもありません。事実なのです。ローマではめったにお目にかかれないような女で、髪は天然の金髪です（それについてあの若い皇帝ライオンは、『琥珀《こはく》色の髪』などと、熱烈な詩を書いています）。やさしげで表情ゆたかな鼻、うれいをたたえた目、小さな足、乳のように白い肌。

その肌についてお話ししましょう。ポッパエアは肌の白さをたもつために毎日のようにロバの乳の白い風呂につかり、そのためだけに宮殿のすみに四百頭のロバを飼っているのです。浴槽は斑岩で、まわりの壁にはみがかれた銀を張って、湯あがりのしどけない自分の姿が映しだされるようにされ、しもべたちは彼女の裸体を白鳥の下羽で乾かすので、体のあらゆるところに白く細かい羽がつくのです。手はワニの粘液でやわらかく白くされ、顔は夜の瘴気《しょうき》からまもるために、粉をまぜたクリームをぬって磁器のような仮面をかぶるのです。

ポッパエアは、ネロのしたしい友人の一人、オトーと結婚しています。しかしもとはといえばオトー自身が妻の夜の奉仕について自慢したことが、このライオンの興味をひくことになったのです。その女がネロに秋波を送ると、彼は負けたのです。

そして皇帝の母、アグリッピナも負けたのです。

ポッパエアは王座をねらっているからです。

しかしそのためには、王座にすわっている彼と結婚することが必要です。

そしてそのためには離婚することが必要です。

しかしネロの母が生きているうちは、それもありえません。アグリッピナはそのような行為をみとめないばかりではなく、彼女はいまだに面とむかえば彼を束縛することができたからです。きらりとしたその目で一瞥《いちべつ》されれば、ネロはたちまち少年にもどり、要領をえないことをとりとめもなくしゃべるだけになり、そのことのために彼は母を嫌悪したのでした。そのために母を別荘へ追放し、彼女にきたない言葉をあびせかけるように、ならず者をのせた船を送りこみもしたのですが、母が彼をにらみかえして赤子にしてしまえるうちは、彼はけっしてポッパエアの道具にはならないでしょう。

そこでポッパエア自身が策略を練りました。離婚にこぎつけるために、彼女は殺人をささやいたのです。彼女は皇帝を母以下だとよびました。彼女はネロの憎悪をかきたて、身を焼くような恥辱をあじわわせたのです。彼はよくポッパエアの部屋から腹をかかえ、みるからに苦しそうにしてころがり出てきたのですから、わたしはその兆候に気づくべきでした。しかしそれから彼は激昂《げっこう》し、怒りにみちた命令をどなりちらし、まわりのしもべや人びとを傷つけたのです。

ポッパエアとネロのあいだでささやかれていたことに気づくべきでした。知ろうと努力するべきでした――そうすれば、彼らの緊張関係にむかって、わたしが咳をすることもなかったのです。しかしわたしは咳をしてしまった。

わたしはアクテを送り、ローマじゅう――市民、元老院、軍隊、すべての者のあいだにひろまっている、みだらなうわさのことを彼につたえました。つまり、権力を維持しようとするアグリッピナが、その美貌を今までよりも邪悪な方法で利用し、自分と寝床をともにするようにネロをさそっているといううわさです。母上、これが山の上の状況であり、これがすぐにも地上世界《オルビス・テッラールム》の状況にもなるのです。ある人びとにいたっては――少数ですが――近親相姦への誘いは、アグリッピナのほうからではなく、息子のほうからもちかけたと思いこんでいるのです。

もしこのうわさがしずめられなければ兵士たちも反乱を起こしかねないと、わたしはアクテに言わせました。

わたしは咳をしました。それをききつけるやいなや、このうわさはとつぜん、不機嫌な皇帝を極端な行動に走らせることになったのです。

彼は母親を殺す手段を考えはじめました。どうやっておこなうか。何をつかえばいいかと。

毒薬をつかう女に毒薬をつかえば失敗する――そんな失敗をしでかしたら、いったい彼はどうなってしまうのか。

母を直接におそえば、隠し立てはできない。「殺人と母殺し」の汚名がさけばれる。

するとうまいことに、ミセヌムの艦隊長官アニケトゥスという男が、ネロがよろこぶような計略をもってきたのです。「わたしは船の部屋に細工をして屋根を落とし、船体に穴があくようにします。屋根が落ちれば母上は気絶し、船は穴があいてしずみ、海が母上をのみこんで溺れさせます。ですから、アグリッピナが別荘から出るようにまねき、ミセヌム岬に陛下をたずねさせるのです――わたしは彼女を家に送っていく船にいます」

そのようなことをだれが知るでしょう。ほんとうに、だれが気づくでしょうか。

ネロはその計略に手をつけました。彼は母に宛て、卑屈にへりくだり、長々とわびる手紙を書きました。

アグリッピナは勝利と、母の満足（と言えるでしょうか）にみたされました。それは、自分の無礼な息子から、期待していた以上のものでしたから。彼女は美しく着飾ってネロのもとへとんでいくと、彼は彼女をやさしくむかえ、夢中になって愛情をしめし、国のことについて彼女の助言をもとめ、じっとみつめるので、アンチモンで化粧した彼女の目には涙がうかんでくるのでした。

訪問の終わりになると、息子は母をけっしてはなさないかのように抱きしめました。「だれよりもすばらしい母上」とささやき、彼女の両方の乳房に口づけして――「わたしにふくませた乳房」と言いました。

アグリッピナは足どりも軽やかに、まいあがる心地で船にのりこみました。彼女の気分そのままのような星のきらめく夜でした。彼女と、お供の二人、つまり侍女アケロニアとアグリッピナの会計係のクレペレイウス・ガッルスが部屋に入ってすわると、船は岸をはなれました。外海にむかって櫂《かい》は漕《こ》がれました。風をうけて帆がはらみました。

しかしさすがアグリッピナ、最後の最後までネロをおそれさせたのです。

計画どおり、鉛の板につづいて部屋の屋根が落ちてきて――ガッルスはそのために即死しました。

しかしアグリッピナはかすり傷を負っただけでした。すぐに、それがただの事故ではないことを、彼女ははっきりとみぬきました。侍女とともに這って甲板へ出ると、ちょうどそのとき船員たちは一団となって右舷《うげん》へ走っているところでした。船体に穴をあけることに失敗したのです。だから船を転覆させようとしたのです。船はひどくかたむき、アグリッピナと侍女は海に投げだされました。

アケロニアはさけびはじめました。「わたしは皇帝の母です」と彼女は声をあげました。「わたしを助けて、わたしを」

船員たちはかがみこみ、暗い水のなかに彼女の姿をみつけました。そして縄を投げました。彼女はそれをつかみ、彼らは彼女を船にひきあげました。

そのあいだにアグリッピナは衣をぬいで、波間をかいくぐっていました。彼女ならけっしてさけぶことはなかったでしょう。知らない男たちに自分がだれであるかは、けっして教えなかったでしょう。彼女はそれよりはるかに荒れた海を泳いで、生きのこってきた女ですから。

船員たちは侍女を海からあげ、船べりまでひきあげると、櫂をふりあげて彼女の頭を打ちくだきました。侍女アケロニアはため息をもらし、闇のなかにすべり落ちていきました。

アグリッピナはだまって自分自身の処刑のことを考えました。彼らは自分たちが殺した者を、アグリッピナだと思いこんでいたからです。そこで彼女はふりむいて泳いでいきました。岸へと泳ぎ、みずからの命を救ったのです。

その夜ネロが最初にきいたのは、いく人かの船員が「お気の毒なアグリッピナさまは海で溺れ」と、その死をなげく言葉でした。

二番めにきいた言葉は、アグリッピナの別荘からとどけられた知らせでした。

母からの伝言はこうつたえました。〔海でちょっとした事故がありました。息子よ、でもわたしのことは心配なく。

たいした怪我もなく、ちょっと肩をかすっただけですから。お見舞いの気づかいもいりません。わたしはだいじょうぶですから。休めばいいのです」

ネロはおそろしくなりました。

彼はわたしと計画の立案者アニケトゥスをよびだし、また使者にアグリッピナの生還の話を何度もくりかえし話させ、それはまるで自分を鞭打たせるかのような行為でした。彼の目はみひらかれていました。体はふるえていました。自分のひげをひっぱりどおしで、うめき声をあげては、自分は死んだも同然だと言い、そのあいだにわたしは……わたしは山がくずれてくる音を遠くにきいていたのです。

「どうしたらいいのか。いったいどうすればいいのか」ネロは窓にむかってねがいもとめました。わたしには何の提案もなく、何も言うことはありませんでした。

一方のアニケトゥスは、口で言うより先に行動を開始しました。短剣をひきぬいてかがむと、すばやくそれを床の上にすべらせ、使者の脚のあいだに送りました。そしてすぐに立ち上がるとさけびました。「だれか。助けてくれ。ああ。人殺し」彼は使者におそいかかり、頭を強くなぐりつけました。

そしてしずかに言いました。「こうするのです、陛下。陛下を自室で刺し殺すために母上が送った、この男を逮捕するのです。そして今――たった今、陛下のおゆるしをえて――わたしは別荘にかけつけ、この裏切り行為のために母上を殺してまいります」

亡霊のように青白いネロは考えることもなくうなずきました。

アニケトゥスは数人の兵士と一人の百人隊長をともない、駿馬にのって去っていきました。そして別荘へのりこむと、アグリッピナの自室へなだれこみ、眠るために身をきよめて着替えをすませた彼女をみつけたのです。

彼女は暗殺者の目をみて、自分が死ぬことをさとりました。

百人隊長は短剣をぬきます。アグリッピナは壁ぎわまでさがります。そして薄物の衣のはしを両手でつかむと、それをのどもとから腰まで引き裂きます。あらわれたこの宝で、彼女は王国を手にいれたのでした。

「腹を刺しなさい《ウエントレム・フエリー》」と彼女は言いました。

百人隊長はそれにしたがいました。腹に短剣をつかまで突き刺すと、アグリッピナは声もあげずに床にたおれこみました。

まえに言ったように、ネロは無理やり成年になりました。母をもたない彼は、息子ではありません。こうして彼はもはや少年ではなくなったわけで、この殺人は、皇帝がそれを達成するただ一つの方法だったのでしょう。

しかしはじめは自由にしていられたわけではありません。病的になっていました。ローマからはなれたまま、いかに君主とはいえ、母殺しの罪だけは人びとにうけいれられないと、おそれていました。

高潔なる母上よ、世界が変わりつつあるという、さらに悲しむべきしるしをここに書かなければなりません。それはわたしの身に起きていることです。これら最近の出来事はいわばひき臼《うす》で、わたしはそれによって粉引きされてきたのです。そしてわたしの軽蔑しきっている未来において、わたしが粉々になるのをよぎなくされるなら、いったいだれにそれをまぬがれることができるでしょうか。

ネロがローマにもどったときのために、わたしは彼の名で元老院へ手紙を書きました。わたしは手紙の書き手です。それはわたしの仕事であり、わたしが得意としていることです。たくさんの手紙とたくさんの演説をネロに代わって書いてきましたし、そのほとんどは正当性のあるものでした。

その手紙でさえ、わたしは書きながら正当化していました。なぜなら、のちのちのためにあの皇帝ライオンにたいする、わたしの影響力をのこしておきたかったからです。もしここで彼を助けなかったら、もうこれから先、わたしが彼を助けることはないでしょう。運命の女神がどのような商人であるかをごらんなさい。小さな悪とひきかえに、大きな善を売るのです。

そしてわたしは、とんでもない手紙を書いて、その支払いをしたのです。

わたしがくわしく書いたのは、アグリッピナの使者がわたしたちに話したことではなく、使者のことについて、その短剣や、息子を殺そうとしたアグリッピナの計略についてでした。彼女は自分にふりかかってくる審判のことをおそれて、自殺したのだと書きました。それから彼女がその存命中におこなったあらゆる残虐非道をことこまかに、ことに衰弱したクラウディウス帝をもちだして説明しました。むろん、それらはいつわりではありません（またそれらによって彼女の最期を説明すれば、現実味が出るように思えました。彼女はその生きざまにふさわしい死に方をしたのだという）。

ネロが支配権を母と共有することをこばむと彼女は憤慨し、彼が兵士や人びとに贈り物をあたえると、そのすべてに反対したと、わたしは書きました。ネロは母をうしなったことを悲しんでいるが、その度量の広さから、母が亡くなったことは全世界の益になると考えていると説明しました。

わたしのうそはだれにも説得力をもちませんでした。ネロの名も、役には立ちませんでした。わたしが手紙を書いたことはだれもが知っていました。そして今ではわたしも、アグリッピナ殺しのことで非難されているのです。

愛する善良な母上よ、わたしはもうあなたの息子ではないのでしょう。

わたしをゆるし、平和のうちに逝ってください。

わたしは、もはやネロの助言者でもないのですから。自分の魂を売っても、より大きな善をえることはできませんでした。さまざまな出来事があり、その結果ネロは非常に有名になり、彼にはもうどんな教師も、指導者も、助言者もいらないようです――わたしもまったく影響力をうしないました。

やがてライオンがローマへもどっていくと、人びとは彼をよろこんでむかえたので、ほんとうにおどろきました。彼に会うために、人びとは野山へとかけつけたのです。彼の行く道で人びとは拍手をし、多くの楽器がかなでられ、人びとはおどり、皇帝の行列に花を投げかけ、「神君ネロ《ネロ・ディーウィーヌス》」と歓声をあげたのです。

「おどろいた」と書きましたが、それはネロをはじめとして、だれにとっても同じでした。彼はまったくそのような歓迎を予期していませんでしたから。しかし彼の驚きは宮殿へむかう、道のとちゅうまでしかつづきませんでした。そのとき彼の表情が変わったのを、わたしはみていたからです。その顔に太陽がのぼりました。笑ったのです。このめくるめくような神格化を、彼は当然のものとしてうけとったのです。宮殿に入るころには、彼とわたしは同じ結論に達していましたが、彼のうかれ騒ぎはわたしには苦痛でした。もし（わたしたちは気づいていました）、自分の母を殺すという、このもっともおそろしい罪を犯すことが、人びととの熱愛をいっそう増すことになるのなら、ネロにやりおおせないことがあるでしょうか。どんなことでもできてしまうのです。どんなことでも。

世界は新しい神をもったのです、母上。それが、あなたへのこの痛ましい手紙の要点です。彼は自分を内側にまげて《インクルワト・イン・セー》います。わたしたちの神は自分に夢中になり、自分のみを礼拝し、だれの意見もきかず、自分の気まぐれ、自分の意志にのみしたがうのです。彼は母を食い物にしました。これからは人びとを食い物にするのでしょう。ローマより大きく、死よりも暗い影が、わたしたちの上にさしているのです。


時が来たのです。まさにあなたが去るときです。この世界はあなたが生きるにあたいしない場所です。そしてあなたが去ってから、わたしもここには長くとどまっていないでしょう。

母上、どうか逝くことをおそれないでください。わたしはおそれません。

ごらんなさい、この体はわたしたちにとって泥のような重荷であり、わたしたちをここにとどめておくための、縄や足かせのようなものです。それらを断ち切ってしまえば、どんなにらくでしょうか。「わたしは死ぬ」と、あなたは安心して言うことができます。その言葉が意味するのは、「わたしは病や痛みにさらされる危険をおかすのをやめる。投獄や憎しみや、失望、罪、死にさらされる危険をやめる」ということだからです。

わたしは、エピクロスの古いなぐさめの子守歌をうたうほどおろかではありません。彼によれば、地獄をおそれるのは意味のないことで、イクシオンが永遠に回転する火の車に縛りつけられることも、シジフォスが永遠にころがり落ちる石を山頂まではこぶこともないということでした。

しかし愛する母上よ、このような話はあなたがもう七十年もまえにしてきたものでした。もうあなたは、三つの頭をもつケルベロスにおびえることはありませんし、亡霊も、彼らの骨に霧のようにぶらさがる白い妖精も、あなたをこわがらせることはありません（これは冗談です。わたしが子どものころ、あなたがきかせてくれた話です、おぼえていますか。そしてあのころのわたしたちがどんなに笑ったかを。あなたの笑いという、祝福された薬のことをおぼえていますか）。

しかしこれからお話しすることは冗談ではなく、わたしがもちださなければならない、もっとも神聖な問題です。すなわち、死はわたしたちを消滅させるのか、それともわたしたちを自由にするのかという問題です。もしわたしたちが解放されるなら、母上、もし体という泥の重荷をおろすことができるなら、軽やかにとんでいった先にはよいものがわたしたちを待っているのです。そしてもしわたしたちが消滅するなら、何ものこらないことになり、善も悪も消えさり、もはや知ることはなくなるということです。

しかし、あなたもわたしも毎日のように死んできたのです。

つまり、毎日のようにわたしたちの命の小さな部分はつみとられているのです。わたしたちが成長しているときでさえ、わたしたちの命はおとろえているのです。わたしたちは子ども時代をうしないました。若さをうしないました。あなたは七十六年を——わたしは六十年を。わたしたちの過去の時間は、すべてうしなわれた時間で、今日のこの日でさえ、死と分けあっているものなのです。

　水時計を空にするのは最後の一滴ではなく、最後の一滴よりまえにながれだす一滴一滴のしたたりです。わたしたちもそれと同じで、わたしたちが存在をやめる瞬間の最期のときは、それ自体が死をもたらすわけではありません。ああ、わたしたちは長いこと死んできたのです。その瞬間はこの過程を完成するのにすぎないのです。

　わたしはこう言っている哲学者を知っています。「いつまでわたしは同じことのくりかえしに耐えなければならないのか。寝るために目ざめ、飢えては食べ、また飢えることを永遠にくりかえすのか。何も終わらない。すべてが円でつながり、逃げながら、同時に追いかけているのだ。夜は昼を追い、昼は夜を追い、夏は秋に殺され、秋は冬にほうむられ、冬は春に破られ、ふたたび夏になるとき春は消えていく。万物はすぎさり、またもどってくる。わたしはあたらしいことは何もしない。あたらしいものは何もない。そのうちに人はこれに嫌気がさしてくる」と。

　今のところネロの暗い意志は、世界を埋葬布でつつんではいません。ただ毎日が終わりのないけだるさへひきのばされているだけだとしても、生きることを苦痛というより、よけいだと考える者がいるのです。

　さようなら、母上《ワレー・マーテル》、ヘルウィアよ。わたしたちのために悲しまないでください。死はすべての悪をとりさって、すべてのものをよくしてくれるのですから。

　さようなら、愛する母上。わたしたちの笑いをおぼえていてください。みどりの日々と、わたしたちの幼いころの物語を。わたしの子ども時代の希望を一瞬だけでも思い出してください、一瞬だけ——そして、さようなら。わたしたちは自分自身を終わらせることにより、世界を終わらせるのです。ただの一撃で、苦しみ、戦い、あらゆる災難をわたしたちは征服するのです。何ものこる必要はありません。

　　さようなら

ルカ

Luke

94

そして南からそよ風が吹きだして「よい港」から、海岸沿いに百三十キロほどのぼったところにあるフェニクスまでの航路がひらかれたので、船長と船主はねらいどおりになったと考えた。そこで船は錨《いかり》をあげ、クレタ島に沿って、海岸近くを航行していった。

しかしとつぜん嵐のような強い北東の風が陸から吹きつけ、船をとらえて海に押しだした。わたしたちはながされるままになっていた。帆を巻きあげると、三十キロほど南へながされて、カウダという小島の影にやってきた。そこでわたしたちは何とか――しかしすべての者が力を合わせて――船にそなえつけの小舟を引き上げ、それを甲板に固定することができた。そして船の下に太綱をまわし、木材が散らばらないようにした。そして北アフリカの砂堆《さたい》シルティスにのりあげることをおそれたので、船員たちは大墻《しょうはん》帆をさげ、予備錨《びょう》を投げたが、それでも船はながされた。

翌日も状況が好転することはなかった。嵐にはげしくたたきつけられ、船員たちは荷物を海に投げはじめた。三日めには船の装具をすて、裸のマストを風にさらしていた。

何日ものあいだ太陽も星もあらわれず、自分たちの位置もわからなくなり、冬の嵐はいっこうにおとろえないので、わたしたちはついに助かるという望みをすてた。

するとパウロはすすみでて言った。「あなたがたは、わたしの言うことをきくべきだった。クレタから出帆しなければ、このような危険や損失は避けることができたのです。しかし今は勇気をもってもらいたい。そしてわたしは約束するが、船はうしなっても、だれ一人命をうしなうことはありません。わたしのあがめる神、わたしのおつかえする神が今夜、天使をつかわされ、こう言われたからです。『パウロよ、おそれるな。あなたは皇帝のまえに立たなければならない。そして、みよ、神はいっしょに航海している者たちをあなたにまかせてくださった』と。だから勇気を出すのです。神がわたしに言われたとおりになると、わたしは信じていますから。しかしわたしたちはどこかの島に座礁《ざしょう》することになるでしょう」

十四日めの夜、アドリア海をただよっていたとき、深夜になって船員たちは陸に近づいたことを感じた。そこで水深を測ると二十尋《ひろ》だった。しばらくしてまた測ると十五尋になっていた。岩にぶつかることをおそれ、彼らは四つの錨を後方におろし、夜が明けるように祈った。

船員たちはこんどは、へさきからも錨を出したいと言い、小舟を海におろした。

しかしパウロは百人隊長と兵士たちに言った。「この人たちがここにとどまらなければ、あなたたちは助からない」

船員たちは自分たちだけこっそり脱出しようとしていたのだ。

兵士たちはすぐに綱をはずし、小舟がながれるのにまかせた。

明け方近く、パウロは全員にむかい、何か食べるように言った。「不安な日々をすごすのもこれで十四日です。そして船酔いで十四日間食べられなかった。みなさんおねがいだから食べてください。そうすれば、朝には必要となる力がつき、髪の毛一本もそこなわれることはなくなりますから」

そう言うと、彼はパンをとりあげ、一同のまえで神に感謝して裂き、食べはじめた。

彼をみていた者たちは元気づけられ、彼らも食べはじめた(わたしたちは二百七十六人も乗船していた)。そして彼らが自分たちの好きなだけ食べてしまうと、残りの小麦を海にすてて船を軽くした。

明るくなってくると、目のまえにある土地を知る者はだれもいなかったが、浜のひろがる入江がみえ、できれば船をその場所にのりいれようと計画された。そこで四つの錨を後方に投げ、海中にしずめた。また舵《かじ》をつないであった綱をはずした。大檣帆《だいしょうはん》を風のなかにあげると、船が浜にむかうように風がとつぜん強く吹きつけた。

しかし船は浅瀬につっこんだ。船はへさきからつっこんで砂堆にめりこみ、うしろからは大波が打ちよせて船の後方を破壊した。

「囚人たちを殺せ。彼らを逃がすな」と兵士たちはさけんだ。

しかし百人隊長はパウロを救いたいと思い、兵士たちをはばんだ。「泳げる者は先にとびおり、岸へ泳いでいけ」と彼はさけんだ。「泳げない者は板をつかめ。船にあるものをつかんで、自分たちで命をまもれ――」

こうして全員が無事、陸へのがれることができた。

95

難をのがれたのち、わたしたちはそれがマルタという島だということを知った。浜でわたしたちをみつけた島の者たちは非常に親切で、雨と寒さのなかで火をおこし、全員を歓迎してくれた。

パウロは小枝をあつめ、それらを火にくべようとして手をのばした。すると熱のためにマムシが這いだしてきて、パウロの手に食らいついた。

彼の手からマムシがぶらさがっているのをみると、島の者たちは言った。「この人は殺人者だ。彼は海は逃れたが、正義からは逃れられない。殺人者は殺されるのだ」と。

パウロは火に手をかざしてマムシをふりはらった。

島の者たちは、彼の体がはれあがるか、たおれて死ぬのを待っていた。しかし長いあいだ待っても、彼に何の害もないのをみると、彼らは考えを変え、パウロのことを神だと言った。

浜の周囲は、島の長官、プブリウスという者の土地で、彼はわたしたちを歓迎し、三日のあいだわたしたちの世話をしてくれた。そして彼の父が熱と下痢のために寝こんでいることがわかったので、パウロは彼をたずね、祈り、体に手を置くと、彼はいやされた。

彼がいやされたという話がひろがると、島のほかの病人たちがやってきて、同じようにいやしてもらった。彼らはわたしたちにたくさんの贈り物をもってきて、ふたたび船が出せるようになると、わたしたちが必要なものをすべてつみこんでくれた。

こうして三カ月後、この島で冬をすごしていた、双子の兄弟の船首像をつけたアレクサンドリアのほかの船でわたしたちは出航した。

ふたたびシラクサに停泊し、三日間そこですごした。そこから迂回《うかい》してレギオンへつき、一日待って南風にはこばれて二日めにはプテオリに入港した。

プテオリには信者がいて、わたしたちをまねき、わたしたちは七日のあいだ彼らとすごした。

旅の最後は徒歩だった。わたしたちがやってくるときいた信者たちは、町から西へかけだし、その日の暮れに、アッピウス広場近くにある三軒の居酒屋の角をまがろうとしているわたしたちをみつけた。二つの一団は薄暮《はくぼ》のなかに立って、しばらくのあいだたがいをみつめつづけていた。そのうちローマの一団のなかにいた女が泣きだした。するとパウロの顔が、丸くでこぼこした月のように銀白色にかがやいた。

「プリスキラ、プリスキラ」と彼はささやいていた。

すすり泣いていた女はローマの一団からとびだして彼のもとへかけより、彼の胸を抱き、その肩へ涙をこぼした。

パウロは彼女に腕をまわした。

「いとしいプリスキラよ」そして彼も大きな声で、はげしく涙をながして泣いた。

こうしてわたしたちはローマへついた。

エピローグ

ローマ

ローマ
イリウム・ダルマチア
アドリア海
トラキア
ネアポリス
マケドニア
フィリピ
エグナティア
アッピア街道
テサロニケ
アカイア
トロアス
ミシア
エーゲ海
レギオン
コリント
シラクサ
ケンクレアイ
アテネ
エフェソ
マルタ
ロドス
クレタ
地中海

96 プリスカ Prisca

わたしはみることができます。そのことがかぎりなくありがたい。小さな作業台にかがみこんで仕事をするときは、ランプの光のもとであっても、またつねに背中が痛くても、わたしは細い糸を結ぶことができ、折り返したふちをこまかく、しっかりときれいに縫うことができます。

　でももう腕の力はなくなりました。きりで革に穴をあけることはできません。つかっている針も、今では細く、まつげのようにするどいものです。そしてこのごろでは革の代わりに亜麻布をあつかうようになりました。もう何年も日よけはつくっていません。今ではスーダリオンを縫っています。うんざりするほどたくさんのスーダリオンを。それもしなやかで白く、すばらしい織りの上等な布で縫うのです。スーダリオンは人びとの頭をおおい、オトニオンは彼らの体に巻くもので、彼らが眠り、復活を待つ墓で、わたしの手づくりの品は彼らをつつむのです。

〔そして亜麻布はのこされますが、彼らは雲へととんでいき、かならず空の上でキリストに会うのです。この言葉で自分をなぐさめ、人びとをなぐさめてください〕

シモン・ペトロが十字架にかけられるまえの晩、言うべきことはみな言われ、賛美歌もうたい終わり、わたしたちがみなだまったとき（彼をつないでいた二人の看守さえ寝ていました）、彼はあることを思いつきました。

「頭巾がほしい」と彼は言いました。そして顔をあげ、部屋をみわたしました。彼の目はわたしにとまりました。

「プリスカ、わたしのあわれなはげ頭のために頭巾を縫ってくれるか」彼はわたしのようにアラム語を知らない者のために、つたないギリシア語を話していました。そして「頭巾」のことをギリシア語でスーダリオンと言いました。

「どうしてですか」とわたしは言いました。

　彼の年老いた目には、何かをたくらんでいるようなよろこびがみえました。

「こういうものにしてほしい。説明しよう。ああ、それから埋葬の布もたのむ、愛するプリスカ、善良なプリスカよ」彼はその布のことをオトニオンと言いました。「イエスの体をつつんだ亜麻布のようなものだ。ヨセフが主をつつんだのとまったく同じように、わたしのこともつつんでほしい」

　この思いつきによろこび、ペトロの鼻の穴はひらき、彼のことですからほんとうはとびあがり、両手をこすって部屋を行ったり来たりするところでしょうが、彼は二人の軍団兵士、大きなアフリカ人たちのあいだに鎖でつながれているのです。

「わたしにローマ人のような衣を着せないでくれ。そうではなくて、アリマタヤのヨセフがイエスをつつんだように、わたしをつつんでくれ。そしてネロのところへ行って、わたしをさがすように言うのだ。あの殺人王が送った墓で、ペトロをさがすようにと――するとみつからなくてあの犬が息をつまらせるのをみるといい。愉快なことだ。埋葬布が空で、ぺしゃんこになっているのを、ネロはみつけるだろう。なにしろペトロはとんでいくのだからな。ははは」

わたしには腕の力がありません。体は骨ばっています。乳房は空っぽの袋のように上着のなかでたれさがっています。腰はまがっています。自分のこともなかなか思うようにできませんが、わたしは独りではありません。教会はやもめのことを気にかけてくれますから。そして、あの鼻持ちならない気むずかし屋の靴職人、アペレが、年を取った者同士のよしみで、わたしをしたってくれるのです。

　ともかく、あのときアキラがわたしを牢から出して、すぐにエフェソを出られるように、元気いっぱいのアペレに協力をもとめると、彼はアキラとわたしに感謝したくらいでした。

　無口なアキラ、口ごもる夫。そのような彼が、わたしたちの人生最大の危機をむかえると、言葉をとりもどし、弁護士のようにふるまったのです。わたしが牢でパウロのふりをしてよこになっているとき、アキラは激怒しているふりをしました。町の高官らをしかりつけ、まちがった「男」を逮捕したと彼らを非難したのです。無力な女を、まるでアルテミスの平和に危険をおよぼす者であるかのように投獄したことで、エフェソの権力者たちに恥をかかせました。

　そして彼は勝ったのです。彼らはわたしを釈放しました。

　牢からまっすぐ官邸の裏の路地へ行き、この目的のためだけにとっておいたテモテの古い荷車に、アキラとわたしはのりこみました。わたしたちにぼろでおおいをかけたのはアペレでした。そのわたしたちの上にすわり、南のミレトスへとロバを駆っていったのはアペレで、その道中、彼はずっと酔っぱらいのように口ぎたなくののしっていました。

そしてローマへの航海のあいだに、靴職人のアペレに不思議なやさしさがあらわれ、こけおどしの下に好意があるのに、わたしは気づいたのです。ローマでは、彼のアキラへの愛が強くなっていくのをみていました。それも当然でしょう。この二人はちょうどいい組みあわせですから。一人は灰汁《あく》の煮立ったなべのように元気で、おしゃべり。もう一人は近視でおとなしく、うなずくばかりで、人の話をけっして中断しない人でしたから。

わたしたちははじめジャニコロの丘の要塞と、かつてそこでうたわれた異教の詠唱にちなんで「ウァーティカヌス」とよばれる、すたれた丘のあいだにある地域に住んでいました。ローマ人はその場所をおそれています。でもユダヤ人はおそれません。信者たちもおそれないので、人びとは礼拝のためにわたしたちの家へあつまり、そこに小さな教会が育っていきました。

しかし数年たつと、わたしたちは貧しさのためにもっと安い建物にうつらなければならなくなりました。わたしたちの仕事をする能力はおとろえていました。ローマは混みあっています。ローマは頽廃《たいはい》的で、生活にはとてもお金がかかります——金持ちにとりいって、目をかけてもらわないかぎり。でもアキラとアペレとわたしがあがめるのはただ一人のかたです。わたしたちの主イエス・キリストをあがめ、その選択によってわたしたちは貧しくなったのです。

そのうち、ティベル川の右岸、スブッラの共同住宅に二つの部屋をみつけ、そこに住むようになりました。それはうすっぺらい建物で、材木ともろい石灰岩だけでつくられ、ほんとうの石はもちいられていませんでした。アペレの部屋は六階で、わたしたちの五階の部屋の真上にありました。

この不快な共同住宅のせまい階段で、二十四年間つれそったわたしの夫アキラは、ローマの大火のときに死にました。

その夏の夜、空気がうなりはじめ、強い風が起こって吹きつけ、屋根が炎につつまれると、ひどい近視の夫は逃げ場をうしなったのです。彼はころび、せまい階段をまっさかさまに落ちました。

わたしはそこにいませんでした。町全体が凶暴な炎につつまれ、わたしはおそろしい王冠となって燃えさかる、とほうもない大釜と化した円形競技場をのがれていました。

叫び声をあげる住人たちの足の下にアキラを発見したのは、アペレでした。彼が自分の腕の力だけで、目をみひらいて混乱する人びとの上にアキラをもちあげたのです。悲しみの声をあげながら、アペレは彼を、内側へたおれようとしている建物のそとへかつぎだしました。

彼が悲しんだのは、そのときすでに手遅れだったためでした。群衆が夫を踏みつぶしたのです。意識を回復することはありませんでした。人びとのおそろしい混乱と、バビロンの恐怖のもとで、目もみえず、だまったまま、アキラはわたしたちのところをはなれ、イエスのもとへ行きました。

でもその夜、靴職人とわたしは頭をつきあわせて泣きました。アペレのすえた汗のにおいを吸いこむと――それはみじめなわたしには、あたたかく、したしく、なぐさめをあたえてくれるものに思えました。

〔ああアキラ。わたしのいとしい夫よ〕

どの友人が死に、どの友人が生きのびたのかを調べにいくため、アペレとわたしがはなれようとするとき、彼は咳ばらいをしました。そして陰気に眉をひそめ、どなりました。「心配するな。心配いらない、心配――」そこでだまりました。それで十分でした。たけだけしいコリント人はみずからに誓いました。わたしたちが生きているかぎり、彼はわたしの世話をすることを自分のつとめにすると。そしてそれ以来、彼は誠実にわたしにつかえてくれています。

パウロはかつてアペレのことを〔真のキリスト信者〕とよびました。目をみはるような変貌《へんぼう》ぶりだと思いませんか？

わたしの腕の力は弱いのですが、アペレには腕力があります。彼はわたしのよい右腕であり、年寄り仲間、おとなしいアキラの形見なのです。

アーメン。

十字架にかけられるまえの何時間かを、シモン・ペトロと笑いあったのはいいことでした。とくにわたしにとって、その笑いは、わたしのつめたく反応のにぶい体に入った、あたらしい血のようなものでした。夫が死んでからまだ五カ月で、わたしは悲しんでいるところでした。ペトロはそのことを考えてくれたのでしょうか。彼はそれに気づいていたのでしょうか。

そして今でも、手と心をつかう、ささやかな仕事ができるのはいいことです。

スーダリオン。

オトニオン。

これらは、あのラッパの音で目をさますまえに、しばらく眠っていなければならない者たちが身につけるものです。

この三日間、わたしは毎日十五枚ずつ縫ってきました。多すぎます。考えたくもないほどの量です。

ネロはわたしたちを殺しています。わたしたちイエスの信者が、彼の街を焼きつくした大火の、火をはなったというのです。だからわたしたちは死ぬべきだと。たしかに火ははなたれています。そして世界はその火によって焼かれるでしょう。でもこの火と、それをあおる風は聖霊であって、地上のどんな力も、霊を消すことはできないのです。

ネロはわたしたちを殺していると思っています。あわれなおろか者。あの男はとおりすぎる影、朝がおとずれるまえのみじかい夜にすぎません。彼は日の光によって消されてしまうのです。わたしたちはただ目ざめるだけで、彼の支配と暗黒、彼をとりまく死を終わらせるのです。アキラが起き上がってわたしをさがしたとき、またペトロ、パウロ、ルフォス、エパフラス、ソステネ、リディア、テルティオ、エラスト、そしてすべての聖なる者が主イエス・キリストの光によって目ざめるとき、ネロはもういないのです。

97

一つ話があります。セネカが死んだのです。

あの偉大にして有名な男は、わたしたちユダヤ人を、彼の言う「迷信」のために軽蔑していました。おびただしい哲学書を書き、別荘やブドウ畑、農場や家を、町にも田舎にもたくさん所有していた、L・アンナエウス・セネカ。彼が担《にな》いかごではこばれるぜいたくをこばみ、公共広場を自分の足で歩くのを、わたしたちはみていました——その彼が何本か静脈を切ったのです。そして目をつむり、もう死んでいます。

彼はここから六キロほどのところで死にました。知らせはあらゆるところにひろまりました。

この世を愛する者たち、金持ちと貴族のあいだで陰謀があったのです。彼らは皇帝を暗殺しようとしました。しかし皇帝に発見されました。だからローマの貴族たちは、わたしたちが去年死んだようにして死んでいくのです。いいえ、同じようにではありません。わたしたちは迫害されましたが、彼らは快適な自宅で自殺することをもとめられるのですから。でも彼らも死ぬことに変わりありません。

セネカの甥で、詩人のルカヌスは死にました。ネロは彼を憎みました。ネロが彼をだまらせたので、わたしたちにはそれがわかるのです。つまり、彼はルカヌスがローマで自作の詩を朗読することを禁じ、たぶんそのためにルカヌスは陰謀にくわわったのでしょう。

そして、コリントでパウロを解放したセネカの兄、ガリオンも死にました——でもそれは弟をしたう気持ちからの死だったのでしょう。やせた胸をしたあの二人がいっしょに歩いているのを、わたしはよくみかけたものです。彼らは体をふれあわせていました。二人ともはげ頭をさげて歩き、話し、ときには手をつないでいました。わたしはそれが好きでした。彼は弟のことが恋しくて自殺したのだと思います。

今でも遺体を火葬にするローマ人がいます。でもわたしたちは火葬しません。わたしたちは最後の日によみがえるのですから。

セネカは火葬されました。別れの言葉も、式もありませんでした。そうのぞんだそうです。ただ火葬するようにと。もういない者の顔のために、どうしてスーダリオンを縫うことができるでしょうか。

彼はカンパニアからローマへもどるとちゅう、一晩泊まるために郊外の別荘によったといいます。そこへ、自殺するようにというネロの勅令がとどいたので、彼は夜が明けるまえにそれにしたがったのでした。

セネカは遺書をしたためることをねがいましたが、百人隊長はそれをゆるさなかったといいます。

それで哲学者セネカは、彼の生きざまをしめす土地と財産にかこまれながら、取り巻きの友人たちにたより、彼らに遺言したそうです。

年老いたセネカは、若い妻と結婚していました。

そのとき彼女がみせた涙は、彼を苦しめました。彼の悲しみは、彼の勇気をぐらつかせました。そこで、自分の死後は、その徳を思い出して心をなぐさめてくれと、彼女に言いました。

すると彼女は「いいえ」と言いました。彼の徳もなぐさめにはならないから、自分もいっしょに行くというのです。

彼といっしょに高貴な最期をとげたいというのがもし本望であるなら、自分はそれをとめないと、セネカは言いました。

それから彼は、短刀をすばやく一振りして自分の手首を切りました。妻の手首も一振りで切りました。

しかしセネカの体はやせて乾いていました。血はなかなか出てきません。そこで彼はひざとくるぶしの静脈も切りました。それはたいへんな苦痛をもたらし、苦痛は弱まることなく、ずっとつづきました。すぐに彼は妻にほかの部屋へ行くようにたのみました。自分が苦しむところを彼女にみせるのをおそれたのでしょう。また自分が彼女の苦しみをみることも、おそれたのでしょう。

夫にみえないところで兵士たちは若い妻の傷口を縫ったので、彼女は死にませんでした。どうしてそのようなことをしたのか、だれにもわかりません。わたしたちは青ざめた彼女がローマの通りを一人で歩いているのをみかけます。

しかしセネカはゆっくりと死んでいきました。

彼は、いつも自分がそばに置いておく毒薬のびんをとってほしいとたのみました。それは、アテネで公開処刑につかわれるのと同じ毒薬でした。彼らはそれをもっていきました。そして彼はそれを飲みました。しかしそれも効果がありません。彼の体は冷えきり、しびれていたので、毒がまわっていかないのでした。

そこで彼らはセネカを風呂へはこびました。

最後は熱い蒸気の風呂へ彼を置き、部屋を息づまるような蒸気でみたすと、彼はようやく窒息《ちっそく》によって死んだのでした。

98

テモテ、きいてください。今日、コリントから来た船で、ある知らせをきいたのです。たぶんエフェソにいるあなたは、まだそれをきいていないでしょう。

エラストが昇進したのです。わたしたちのあの豪華な友人が、町の造営官に指名されたのです。どんなに華やかに着飾って顔を赤くしていることでしょうか。コリントでもっともえらい四人の役人の一人となった今は、いったいどんなものを着るのでしょうか。まったくおどろきました――市場の監督をしていた人が、こんどは公共の競技を監督するのです。エラストがイストミア祭典をとりしきるのですよ。なんということでしょう。テモテ、彼にお祝いの言葉を送ってあげれば、彼のよろこびは増すでしょう。

そしてエラストはこの栄誉をあたえられたお返しに、コリントの野外劇場の東にある庭に、自費で石灰岩の舗装道路をつくると約束したのです。

わたしは彼に手紙を書くつもりです。そして自分が天国に入るときのために、どんな宝をつんだのかとたずねるつもりです。

そこに「パウロ」と署名して。

99

パウロが鎖につながれてローマへつれてこられるときき、わたしたちは彼に会うためにかけつけました。アキラとわたし、アペレ、ペトロ、ルフォス、そしてそのときには彼の母のフェベもいました。彼が会ったことのない友人たちもわたしたちといっしょにかけつけました。トリファイナ、トリフォサ、わたしたちが「ダインティ」、「デリカテ」とよんでいた姉妹たち、アンドロニコと妻のユニアス。わたしたちは大いなる期待とよろこびを胸にいだいて行きました。そこまではまる一日かかりました。

そして、彼がいました。愛する友が、アッピウス広場に立っていました。傷つき、やせたパウロがふるえ、ほほえみ、美しくかがやいていたので、彼をみたとたんわたしは泣きだしました。最後にエフェソで会ったときのようにとらわれの身ではありましたが、そこにわたしのかがやかしい使徒がいました。

でも彼のように崇高な自由をもちあわせた囚人はいません。あのほほえみ。それは彼の目のなかにありました。あの長くのびた眉がローマのアーチのようにもちあがり、大きな頭を安らかなものにしていました――太陽が地上におりてくるときのように。

彼のうしろには百人隊長がいて、まわりは兵士たちにかこまれていました――でもだれもとめませんでした。わたしは彼のところへかけより、彼を抱きしめ、その肩の上で泣きました。彼も両腕をあげてわたしにまわすと、鎖の音がしました。

「ついに来たのですね」わたしはささやきました。「ついにローマまであなたは来た」

「そしてあなたもだ、小さなプリスキラ――」

プリスキラと言うことで彼は何を意味したのか、話してくれたことはありません。彼はのどをつまらせました。のどに嗚咽《おえつ》がこみあげてきて、腕はふるえ、鎖につながれたままわたしを長いこと、しっかりと抱いている彼は、まるで海のようでした。

〔あなたもだ、小さな、プリスキラ〕

〔あなたも〕

「そうだ、それでもわたしはよろこぶのだ」

最後にわたしたちが話したとき、パウロはほほえみ、死について語りました。

彼は公共広場とマルスの野のあいだにある往来の激しい

通りに住んでいました。彼の部屋にはいつも看守がいて、彼と看守のあいだはつねに鎖でつながれ、わたしがたずねるとそれがいつもちがった看守になっていました。すると彼は目くばせをして言うのです。「人としたしくできるわたしの技術をおそれているのだ。プリスキラよ、人としたしくすることにかけて、わたしにかなう者はいないと思わないか」と。

あのころのわたしは、まだ若いしなやかさを感じていました。それ以後とはちがって、まだ老いにも悩まされておらず、わたしは急に元気になったのです。

パウロにプリスキラとよばれると、胸のなかで何かがふるえました。たのしい友情。それだけではなく、彼はこのかわいい愛称をいつもつかい、以前にはなかったように、ほかの人のまえでも口にするようになったのです。このしたしい名前に太陽が射し、だれもがそれをほほえましく思うようにしてくれました。

今ではだれもがわたしをプリスキラとよびます。わたしはそのことをうれしく思っています。彼はもうここにいないし、その息づかいもきけないのに、この名前がわたしの耳に彼の息づかいをとどめてくれるのです。

わたしは話しました。「父は、わたしがローマをはなれているあいだに死にました。だれも知らせを送ってくれなかったのです。いつ、どのように死んだのかも知りませんが、あなたがここにいるから父のことを考えるのです。あなたは知らないと思いますが、あなたは母が死んだときに、わたしをなぐさめてくれたのです。そしてあなたなら彼をなぐさめることができたと思うのです——つまり、父のことを。父はわたしを勘当しました。ふりむいて、わたしに背中をみせ、それが父をみた最後でした」

パウロは言いました。「わたしなら彼に話していただろう。わたしの状態を彼にみせていた。いろいろなことがあってもわたしがよろこんでいることで、彼を説得できただろうに」

「いろいろなことがあっても」とわたしは言いました。「鎖につながれ、年を取り、体はそこなわれ、裁判はひらかれず、未来は不たしかだ」

「いろいろなことがあっても」

「そう、そう、やさしいプリスキラよ」みがいたクルミのような目をかがやかせて、パウロはしずかに言いました。「それでもわたしはよろこぶのだ。あなたの祈りと、イエス・キリストの霊の助けによって、すべてのことがわたしの救いになっていくのだ。そしてわたしは恥じない。その代わり勇気をもって、生によってであれ、死によってであれ、この体によってキリストを賛美するのだ」

彼はほっそりした指先を、唇の端にはしらせました。

「わたしにとって生きることはキリストであり、死ぬことは利益なのだ。しかしもしこの体でながらえていけば、実り多い働きができる。どちらをえらぶかは――わからない。わたしはその二つのあいだで板ばさみになっている」

パウロはまえにかがみました。手をのばし、自分の手首から看守の手首へとのびている鎖をもちあげながら、わたしの手をとりました。

「わたしの望みはこの世を去って、キリストといっしょになることだ」と言って、彼は何か深い、心の奥からの応答をもとめるように、わたしの目をみつめました。「プリスキラ、それのほうがはるかにいい」彼はそう言って、目をみつめつづけます。

「しかしあなたがたのためには、この体にとどまることが必要だ」

彼は姿勢をもどしました。鎖は犬のように床にもどりました。彼はほほえんでいました。顔全体が太陽のようにわたしの上にかがやいていました。

「たしかだ」彼はふいにきっぱり言いました。「わたしはとどまる。あなたがたの信仰を深め、よろこびをもたらすために、あなたがた一同と生きつづけていく。そして、イエス・キリストにむすばれているというあなたがたの誇りの、よい根拠になるようにする。かならず」

彼は話をやめませんでした。パウロは一日じゅう話しつづけました。彼のまえにすわったまま、わたしがそこにいるかぎりパウロは話していました。そして夜のあいだも、わたしがそこにいないときも、彼は話しました。

それからの何日も、何年も、わたしたちといっしょではないときも、彼は話しました。

パウロは話すことをやめませんでした。彼は空にむかって話しました。そしてその「声」は、雲から雨が降るように、天から日の光が射すように、空からおりてきます。わたしの愛する者は、聖なる山にのぼったからです。

〔愛する者たちよ、あなたがたはつねに従順だった〕パウロの声がわたしたちの上に降りそそぐ。〔だから、わたしがいるときだけではなく、わたしがいない今はなおさら従順な心で、おそれとおののきをもって、自分たちの救いをなしとげなさい。なぜなら神はあなたがたの内ではたらいておられ、その御心のままにあなたがたに望ませ、おこなわせておられるからだ〕

テモテ、彼の声がきこえますか。リディア、あなたは？　明快な言葉が、風が吹いてくるように、いつまでも、いつまでも話しつづけるのを。

〔何事も不平や理屈を言わないで、おこないなさい。そうすればあなたがたは非難されることのない、汚点のない、きよらかな神の子となり、よこしまな、ゆがんだ時代にあって、世界の光のようにかがやき、命の言葉をしっかりつかんでいる者になるだろう。そうすればわたしは、自分が走ったことも苦労したことも無駄ではなかったと、キリストの日に誇ることができるだろう。

いつも主においてよろこんでいなさい。

よくきいてほしい、もう一度言おう、よろこぶのだ。

あらゆる者に、あなたがたのひろい心が知られるようにしなさい。主はそばにおられる。

何事も心配せず、どんなことも、感謝をこめて祈りと願いをささげることによって、あなたがたのもとめるものを神に知っていただくのだ。

そうすれば、あらゆる理解を超える神の平和が、あなたがたの心と考えをキリスト・イエスによってまもるだろう」アーメン。アーメン。アーメン。

訳者あとがき

本書は、長大な「小説『聖書』」の著者、ウォルター・ワンゲリンが、ふたたび聖書から想をえて、今回は聖書の「使徒言行録」と「パウロの手紙」をもとに、使徒パウロの物語を書きあげたもので、「使徒言行録」や「パウロの手紙」を読むためのすぐれた手がかりとなるのはもちろん、単に「小説」として読んでも格調高く、感動的な作品だ。

著者は前作のエピローグでもパウロについて言及していたが、やはりパウロで一冊書かなければならないという欲求、書きのこしたという思いが彼のなかにあったと思われる。新約聖書の多くの部分は、このパウロのことで占められているからだ。本作ではその使徒パウロに焦点をあて、彼がキリスト教の迫害者であったときから、回心し、宣教をおこない、ついに念願のローマの地を踏むまでを追い、ユダヤ教とキリスト教が分離していくときのさまざまな葛藤をからめ、広くローマ世界を視野に入れたスケールの大きい作品となっている。このようなパウロの壮烈な生きざまを描くことは、神学者、文学者であるワンゲリンにとって恰好の題材であり、パウロのカリスマ性、魅力をあますところなく描きだしている。

本書の下敷きとなっている聖書の「使徒言行録」は、ルカが編纂《へんさん》した書で、原始キリスト教会の成り立ちや、ペトロやパウロらによってイエスの教えが中近東からヨーロッパへつたえられていくようすが書かれている。「パウロの手紙」はおもに、パウロが自分の設立した各地の教会や、ローマの信徒へあてて書いたもので、新約聖書でもかなりの部分を占めている。とはいえ、これらの部分は新約聖書のなかでも福音書よりはなじみが薄く、ふつうの読者にはあまりおもしろい読み物とは言いがたい。その部分を、ワンゲリンは今回も詳細な説明や時代背景を書きこんで聖書の単調な記述にふくらみをもたせ、たくみな人物造形をおこなうことにより、名人芸ともいえるあざやかさで当時の情景や人物たちをうかびあがらせている。またややこしい教義的な問題も、登場人物たちに闊達《かったつ》なディスカッションをおこなわせることによって、わかりやすく読ませている。「使徒言行録」や「パウロの手紙」がなかなか読めずに敬遠していた者にとっては、そのすばらしい価値に目をひらかされる本であり、これを読んであらためて聖書をひらきたくなるのではないだろうか。

本書にたびたび出てくる「異邦人」という言葉は、gentile の訳語で、単に外国人をしめすのではなく、非ユダヤ人を意味している。つまり「神にえらばれた民」ユダヤ人をほかの民から区別する、排他的な意味あいをもつ言葉だ。ほかの民とのあいだにきびしい一線を引くこのような傾向は、バビロン捕囚以後に強まったもので、そのようにしてこそ、世界の各地へ散らされたユダヤ民族は自分たちのうけついできたものを守ることができたのであり、彼らにとっては民の存亡をかけた生き残り手段だった。

ユダヤ人のそのような意識も、初期のキリスト教徒がみなユダヤ人であるうちはとくに不都合もなかったが、そのうちに異邦人のキリスト教徒がふえることによって、すぐに大問題となっていった。律法に忠実なユダヤ人のキリスト教徒たちは、異邦人が救われるためには、律法にしたがい、割礼《かつれい》をうけることが必要だと考えていたからだ。しかしイエス本人は、律法の立場からみれば罪深い者、けがれた者、異邦人をいやしており、その教えはユダヤ人だけではなく、あらゆる民にむけられたものだった。このような問題をめぐり、あくまでユダヤ人をとおしての救済を主張する律法に忠実なユダヤ人と、パウロのように、律法も割礼も無意味で、イエスを信じさえすればだれにでも救済はあると説く者たちのあいだではげしい論争が起こっていく。キリスト教がユダヤ教と袂《たもと》を分かつときには、このように容易ならざる葛藤《かっとう》があり、産みの苦しみがあったのだ。そしてここが、イエスの教えが一民族の、一地方の宗教にとどまるか、世界的な宗教へと発展していくかの分かれ目だったといえる。この問題から生じるさまざまな困難、そこでのパウロの奮闘ぶりや、周囲の者たちのとまどいや怒りを、ワンゲリンはそれぞれ説得力をもって描きだしている。ことに、自分たちの立場を論じる登場人物たちの熱弁は読みごたえがあり、その力強く明快なダイアローグは、読む者をひきつけずにおかないだろう。

エルサレムの使徒会議の結果、「ペトロはユダヤ人への、パウロは異邦人への」伝道をおこなうことがきめられ、この問題にはいちおうの決着をみるが、その後も律法を重視する者たちからのゆりもどしがあって、パウロは苦闘し、彼の心労の種はつきない。せっかく苦労して設立し、指導してきたわが子のように愛する教会が、彼の旅行中に堕落したり、誤った方向へむかったりすることがあったからだ。そのような教会へむけて書かれたパウロの手紙は、ワンゲリンの筆をくわえられて、せつせつと心にうったえかけるものとなっている。むずかしいものだと思っていた「パウロの手紙」も、今回このような形で読むと、じつに奥の深い、味わいのある言葉だったことに気づかされる。つねに自分の手で働くこと、慢心をおさえるために肉体にあたえられたとげ、どんな人にもそれぞれの役割があたえられていること。また、どのような霊的な賜物《たまもの》をあたえられていようと、そこに愛がなければ自分はさわがしいドラやシンバルに等しいという省察。このあまりにも有名な「愛の讃歌」を読ませるのに、著者は劇的なシチュエーションを用意して、胸をうつ場面をつくりだしている。

前作と同様、ワンゲリンはパウロをとりまくさまざまな人物を語り部《べ》にすることにより、彼の人物像を多面的につくりあげている。彼を愛する者や、彼におびやかされる者など、どの人物造形をとっても、著者のするどい人間観察や、ユーモア、温かい人間観が感じられる。登場人物の一人には哲学者で、皇帝ネロの家庭教師だったセネカが配され、運命に翻弄《ほんろう》される人間や、帝国の権力の座にある者たちの腐敗ぶりをつづるその手紙は、本書のなかではパウロの手紙とは対照をなしている。セネカもまた波瀾万丈の生涯を送ったといえるが、晩年になって死について語るときの彼とパウロのちがいには考えさせられる。生に倦《う》み、つかれ、ひたすら休息をねがい、この世は生きるにあたいしない場所だと言うセネカ。いっぽうつねに死ととなりあわせに生きているのに、感謝と喜びにみたされているパウロ。この両者の死生観のちがいは印象的だ。

パウロはAD六、七年ごろ、キリストより少しおくれて生をうけ、AD六十四年ごろにローマで処刑されたといわれている。しかしパウロがその後、イスパニアまで行き、そこで宣教したという説もあることを書きそえておこう。

著者のウォルター・ワンゲリンは一九四四年オレゴン州ポートランドで、七人きょうだいの長男として生まれ、アメリカ各地およびカナダで成長し、結婚して四人の子どもをもうけている。神学者で、文学者であり、非常に多くの著作があり、前作の「小説『聖書』旧約・新約篇」は十数カ国語に翻訳され、世界的なベストセラーとなっている。彼はまた物語を語ってきかせるパフォーマーでもある。そうきくと、ここで描かれたパウロのように、その口からはよどみなく物語があふれてくる、天性の語り部のような人物が想像される。

翻訳にあたっては、新共同訳聖書を参考にさせていただき、またそこから引用させていただきました。

二〇〇〇年七月

仲村明子

《訳者略歴》
仲村明子（なかむら・あきこ）
東洋英和女学院短期大学英文科卒。英米文学翻訳家。
1950年生まれ。
おもな訳書に『小さな生活者のための週末ブック』（ブロンズ新社）『小説聖書・旧約、新約篇』（小社刊）

小説「聖書」使徒行伝

第１刷――2000年８月31日

著　者――ウォルター・ワンゲリン
訳　者――仲村明子
発行者――徳間康快
発行所――株式会社徳間書店
東京都港区東新橋１―１―16
郵便番号105-8055
電話（03）3573-0111（代表）
振替00140-0-44392
（編集担当）青山恭子
印　刷――本郷印刷㈱
カバー印刷――半七写真印刷工業㈱
製　本――大口製本印刷㈱

ISBN4-19-861227-7